네 가지 질문

내 삶을 바꾸는 경이로운 힘

네 가지 질문

내 삶을 바꾸는 경이로운 힘

바이런 케이티, 스티븐 미첼 지음 | 김윤 옮김

침묵의 향기

아담 조셉 루이스와

마이클에게

| 차 례 |

《네 가지 질문》의 이 2판을 위해 나는 일부 내용을 수정하고 추가했으며, 대화 몇 개를 빼고 일곱 개의 새로운 대화를 넣었습니다.

내가 처음 '생각 작업'(The Work)을 발견했을 때(그것이 나를 발견했을 때) 나는 현실이, 어떤 형태로 나타나든, 늘 좋다는 것을 알게 되었습니다. 모든 경험은 호의적인 우주가 제공합니다. 모든 경험은 선물입니다. 그것은 넘어지는 것이고, 일어나는 것이고, 일상의 자질구레한 일이며, 신선한 딸기의 향기며, 죽은 쥐의 냄새이고, 사랑하는 사람의 죽음이며, 남편이 다른 여자와 사랑에 빠지는 일입니다. 그것은, 좋다고 믿든 나쁘다고 믿든, 자기의 삶에 일어나는 모든 일입니다. 생각에 질문한 사람들은 겉보기에 나빠 보이는 일도 좋게 봅니다. 왜냐하면 그들은 더는 반대되는 것들의 세계[1], 모든 것의 본질을 무시할 만큼 강력한 생각이 있는 세계에서 살지 않기 때문입니다. 그들은 이 좋음을 아주 깊이 깨달았기에 매 순간 좋음을 누릴 수 있습니다.

때때로 나는 현실을 '신'이라고 부릅니다. 현실이 다스리기 때문입니다. 내 삶에서 나는 신의 뜻을 신뢰하며, 그 뜻이 무엇인지 짐작할 필요

---

1 반대되는 것들의 세계란 '좋다/나쁘다, 아름답다/추하다, 길다/짧다'와 같이 반대되는 관념들의 짝으로 이루어진 세계를 가리킨다.—옮긴이

가 없습니다. 무슨 일이 일어나든 신의 뜻입니다. 내가 살든 죽든, 남편과 자녀들이 살든 죽든, 내가 부유하든 가난하든, 아프든 괜찮든, 전쟁이 있든 평화가 있든, 건강하든 세계적인 전염병이 돌든, 날이 화창하든 태풍이 불든 지진이 일어나든, 그것은 신의 뜻이며, 그러므로 나의 뜻입니다. 나는 현실을 사랑하며, 현실은 모든 것을 포함합니다. 모든 것의 양면을 포함합니다. 나는 그 모든 것을 향해 두 팔을 벌립니다.

나는 현실을 너무나 자애롭고 너무나 아름답고 너무나 순수하여 알맞은 이름이 없는 것으로 경험합니다. 나는 그것을 '신'이라 부르며, 그렇게 불러도 괜찮습니다. 그것은 내가 어디로 눈을 돌리든 거기에 존재합니다('존재한다'라는 말조차 너무 많이 말하는 것입니다). 처음 이것을 깨달았을 때 나는 무척 놀랐습니다. 한없이 기뻤습니다. 그리고 나는 여전히 존재합니다. "신이시여, 신이시여, 신이시여." 그것은 나를 통해 흘러나오는 노래였습니다. 그것은 내가 여전히 부르는 노래입니다. 이 친절함, 이 철저한 풍요로움에 들어맞는 이름은 없습니다. 그리고 올바른 마음을 가진 사람이라면 누구나 그것에 헌신하지 않을까요? 그것은 내가 나 자신을 발견하는 곳입니다. 내면적으로 내 무릎 위에서, 그 발치에서, 온전히, 내가 깨달은 것에 끊임없이 깨어 있고 끊임없이 감사하면서…. 나에게 신은 사랑하는 연인이고, 세상의 좋음과 순수함입니다. 그리고 현실을 무한한 좋음으로 아는 것은 자기의 참된 본성을 아는 것입니다.

모든 것이 공평하고, 모든 것이 올바르며, 모든 것이 아름답습니다. 그리고 만일 자기 삶의 어떤 것을 불공평하게 본다면, 그것은 자신이 믿는 생각에 질문하여 무지를 없앨 다음번 기회임을 깨닫습니다. 어떤 생각이든 당신의 앎을 어둡게 한다면, 그것은 단지 질문해 봐야 할 다음 생각일 뿐입니다. 진실이 당신을 자유롭게 합니다. 하지만 그 진실은 세상의 진실이 아니라 당신의 진실입니다. 세상의 진실은 이차적입니다. 나는 나 자신의 진실에 따라 행동해야 합니다. 나는 세상이 내가 믿는 대로 존재한다는 것을 깨달았고, 내가 믿는 생각에 질문했을 때 모든 것을 관통하는 친절하고 아름다운 세상을 경험했습니다.

이것이 영적 실천의 '무엇'(what)입니다. 그럼 '어떻게'(how)는? '어떻게'(방법)는 '생각 작업'입니다. '생각 작업'이 당신 안에 살아 있을 때, 당신에게는 더 필요한 것이 없습니다. 살면서 스트레스를 받을 때마다, 당신이 할 일은 스트레스를 주는 생각에 질문하는 것이 전부입니다. '생각 작업'은 마음의 건강을 위한 위생이며, 내면으로 들어가서 자기의 대답을 발견하는 방법입니다. 이제까지 존재했던 모든 지혜가 당신 안에 살아 있게 됩니다. 당신은 자기의 모든 분노, 모든 슬픔이 오해에 불과했음을 발견합니다.

시대를 초월한 지혜가 당신 안에 살아 있습니다. 그것은 고통이라는 환상 가운데에 확고하게 살아 있습니다. 유일하게 필요한 것은 그 살아 있는 대답과 경쟁하는 생각에 질문하는 것뿐입니다. 당신에게는 늘 대답이 주어지지만, 당신의 마음은 관념과 억측으로 가득 차 있어서 알아차릴 여지가 없을 때가 많습니다. 그러니 매우 고요해지고, 진지하게 질문하고, 질문에 뿌리내리고 있으면서, 진실한 것보다 못한 것에 안주하지 않을 필요가 있습니다.

때로는 질문하거나 찾거나 두드릴 필요조차 없습니다. 마음이 한순간이라도 열려 있으면, 답이 쓱 들어올 수 있기 때문입니다. 필요한 것은 오직 자기가 자기에게 주는 대답을 알아차릴 만큼 충분히 오래 관념이 비어 있는 마음뿐입니다. 현실로 깨어났을 때 나는 그저 지켜보고 있었습니다. 에고는 나에게 보이는 것을 중단시키지 않았습니다. 문은 열려 있었고, 나는 두드리지도 않았습니다. 그것은 신체를 초월해 있었습니다. 그것은 내가 이해하던 존재 이전에 있었습니다. 나는 모든 존재가 어떻게 창조되는지를 목격했는데, 그것은 농담이었고, 이 입에서 쏟아져 나오는 웃음이었으며, 세계들 사이의 웃음이었고, 현실의 기쁜 본성에 대한 황홀한 반응이었습니다. 그것은 난데없이 나와서, 즉시 그곳으로 돌아갔으며, 옴도 감도 없었습니다. 그것은 내 가슴을 여는 열쇠였습니다. 더없이 친절하고 진실하고 친밀한 경험. 진실한 것은 자명합니다. 우리는 자연히 온 가슴으로 그것을 신뢰합니다.

현실로 깨어나면, 삶이 힘들지 않습니다. 자기 안에 두려움이 남아 있지 않기 때문입니다. 마음은 미래를 투사할 수 없습니다. 당신은 무엇을 해야 할지 알 필요가 없으며, 그저 그 일을 합니다. 자신은 행위자가 아님을, 이 쇼를 보여 주는 것은 창조적인 마음, 우주의 지혜임을 깨닫습니다. 신은 이름 없는 것(현실, 친절한 것, 사랑하는 것, 움직이지 않는 것)을 가리키는 다른 이름입니다. 그것에 관해 당신이 할 수 있는 일은 아무것도 없으며, 현실과 다툴 때마다 당신은 자기에게 고통을 줍니다. 그것은 당신의 초대나 허락을 기다리지 않습니다. 그것은 언제나 거기에 있습니다. 그것은 완벽합니다. 그것은 시간의 처음부터 당신의 것입니다.

자기 자신과 자기의 감정을 분명히 알수록

지금 있는 것을 더욱 사랑하게 된다.

_스피노자

사람들이 '생각 작업'을 하는 모습을 처음 지켜보면서, 나는 참으로
놀랄 만한 것을 보고 있음을 깨달았다. 나이가 많거나 적은 사람, 많이
배웠거나 적게 배운 사람들이 차례로 자기의 생각, 곧 가장 고통스러웠
던 생각에 관해 질문하는 법을 배우고 있었다. 이들은 바이런 케이티(사
람들은 그녀를 케이티라 부른다)의 명쾌하고 애정 어린 도움을 받으며, 당
면 문제뿐 아니라 가장 깊은 의문들이 해결되는 마음 상태로 가는 길을
발견하고 있었다. 나는 주요한 영적 전통들의 경전과 고전을 오랫동안
연구하고 번역해 왔기에 이 자리에서 매우 비슷한 어떤 일이 일어나고
있음을 알 수 있었다. 욥기나 도덕경, 바가바드 기타 등에서 볼 수 있듯
이, 이런 전통들의 핵심에는 삶과 죽음에 관한 진지한 물음이 있고, 심
오하면서도 유쾌한 지혜의 답변이 있다. 내가 보기에 그 지혜는 케이티
가 서 있는 자리며, 이 사람들이 향하고 있는 방향이었다.

사람들이 빼곡히 들어찬 시민문화회관 대강당에서, 다섯 명의 남녀

가 한 명씩 차례로 나와 그들을 고통스럽게 했던 생각—이를테면 "남편이 나를 배신했어", "어머니는 나를 그다지 사랑하지 않아"와 같은 생각—을 이용해서 자유를 배우고 있었다. 단순히 그런 생각에 네 가지 질문을 던지고 내면에서 찾은 대답을 듣고 있을 뿐인데도, 그들의 마음은 삶을 변화시키는 깊고 넓은 통찰에 열리고 있었다. 알코올 중독자 아버지에 대한 분노와 원망으로 수십 년간 괴로워하던 남자는 내가 보는 앞에서 사십여 분 만에 얼굴이 환하게 밝아졌다. 몸에 암이 퍼지고 있다는 사실을 막 알게 된 여성은 겁에 질린 나머지 제대로 말을 할 수도 없었지만, 대화가 끝날 무렵에는 기쁜 마음으로 이해하고 받아들였다. 이 가운데 세 명은 '생각 작업'을 처음 접하는 사람들이었지만, 다른 두 사람보다 그 과정을 더 어렵게 느끼거나 깨달음이 얕은 것 같지는 않았다. 그들은 너무나 당연해서 알아차리기 힘든 진실을 깨닫는 것으로 시작했다. 즉 고대 그리스 철학자 에픽테토스가 말한 대로 "우리를 힘들게 하는 것은 우리에게 일어나는 일 자체가 아니라, 그 일에 관한 우리의 생각"이라는 것. 그 진실을 이해하자마자 그들의 인식이 송두리째 바뀌었다.

바이런 케이티의 '생각 작업'을 직접 경험해 보지 않은 사람들은 '생각 작업'이 너무 단순해서 효과가 작으리라 생각하는 경우가 많다. 하지만 '생각 작업'은 바로 그 단순함 때문에 대단히 효과적일 수 있다. 나는 처음 '생각 작업'을 접하고 케이티를 만난 뒤 지난 2년 동안, 예전에는 미처 의식하지 못하던 생각들에 관해 많은 '생각 작업'을 했다. 그리고 미국과 유럽 등지의 공개 장소에서 천여 명의 사람들이 바이런 케이티와 함께 우리 인간들이 겪는 온갖 문제에 관해 '생각 작업' 하는 모습을 직접 지켜보았다. 이 자리에서는 부모나 자녀의 죽음, 중병, 성폭행과 정신적 학대, 갖가지 중독, 금전 문제, 직업적인 문제와 사회적인 문제로부터 일상적으로 겪는 좌절에 이르기까지 온갖 문제를 다루었다. 나는 자기의 문제를 바라보는 사람들의 관점이 '생각 작업'을 통해 금세 완전히 바뀌어 버리는 것을 계속해서 목격했다. 생각이 바뀌면서 문제들도 사라졌다.

"고통은 우리가 선택하는 것입니다"라고 케이티는 말한다. 약간의 불편함이든 극심한 슬픔이나 분노, 절망이든 스트레스를 주는 느낌을 경험할 때는 언제나, 우리가 의식하든 못 하든, 그런 반응을 일으키는 어떤 생각이 원인으로 작용하기 마련이다. 따라서 스트레스를 일으키는 생각을 조사하면 스트레스가 사라지며, 누구든지 펜과 종이 한 장만 있으면 스스로 생각을 조사할 수 있다. 다음에 보게 될 '생각 작업'의 네 가지 질문은 우리의 생각이 어찌하여 우리 자신에게 진실하지 않은지를 깨닫게 한다. 케이티가 '탐구'라고도 부르는 이 과정을 통해서 우리는 자신이 믿거나 당연하게 여기는 모든 관념과 판단이 사실은 참된 현실을 왜곡한 이야기임을 발견하게 된다. 자신에게 정말로 진실한 것 대신에 생각을 믿을 때, 우리는 고통이라는 괴로운 감정을 경험한다. 고통은 우리가 어떤 생각에 집착하고 있음을 알려 주는 자연스러운 경보 신호다. 이 경보를 듣지 않을 때 우리는 고통을 삶의 불가피한 부분으로 받아들이게 된다. 그러나 고통은 불가피한 것이 아니다.

'생각 작업'은 선(禪)의 공안이나 소크라테스 문답법과 놀랍도록 유사한 점들이 있다. 하지만 그것은 동양이나 서양의 어떤 전통에서 유래한 것이 아니다. 그것은 어느 것도 만들어 낼 의도가 없었던 한 평범한 여성의 마음에서 나왔다.

그대의 참된 본성을 깨달으려면

알맞은 때와 알맞은 조건을 기다려야 한다.

때가 되면 마치 꿈에서 깨어나듯 깨어나게 된다.

그대는 알게 된다. 그대가 발견한 것은 그대 자신의 것이며

밖에서 오는 것이 아님을….

_불경

'생각 작업'은 1986년 2월 어느 날 아침, 바이런 케이티가 어느 요양원의 방바닥에서 깨어났을 때 탄생했다. 캘리포니아 남부의 사막 고원지대에 살던 그녀의 나이 마흔세 살 때였다.

세 자녀를 둔 재혼한 어머니로서 좋은 직업이 있고 남들과 다를 바 없이 살던 케이티는 십 년에 걸쳐 분노와 피해망상, 절망의 나락으로 서서히 빠져들었다. 두 해 정도는 극심한 우울증 때문에 집을 나설 수도 없었고, 몇 주일씩 침대에서 떠나지 않은 적도 있었다. 목욕이나 양치질도 할 수 없었고, 일은 침실에서 전화로 했다. 언제 터져 나올지 모를 불같은 화와 고함을 피하기 위해 자녀들은 그녀의 방문 앞을 지날 때마다 발뒤꿈치를 들고 살금살금 걸어야 했다. 결국 그녀는 섭식장애 여성들을 위한 요양원에 스스로 들어갔다. 보험 혜택을 받을 수 있는 시설이 그곳밖에 없었기 때문이다. 요양원에서도 다른 여성들이 그녀를 몹시 무서워해서 케이티는 혼자 다락방에서 지내야 했다.

일주일쯤 지난 어느 날 아침, 케이티는 방바닥에서 누워 자다가(그녀는 자기가 침대에서 잘 자격도 없다고 느꼈다) 잠에서 깨어났는데, 거기에는 자신이 누구이고 무엇이라는 어떠한 관념도 없었다. "어디에도 '나'가

없었습니다"라고 그녀는 말한다.

나를 괴롭히던 모든 분노와 생각, 내 모든 세계, '온 세계'가 사라지고 없었습니다. 동시에 깊은 곳에서 웃음이 솟아나와 넘쳐흘렀습니다. 아무것도 알아볼 수 없었습니다. 마치 다른 무엇이 깨어난 것 같았습니다. '그것'은 자기의 눈을 떴습니다. '그것'은 케이티의 눈을 통해 바라보고 있었습니다. 그리고 기쁨으로 가득 차 있었습니다! 기쁨에 취해 있었습니다. 그것과 분리되어 있는 것은 아무것도 없었고, 그것이 받아들이지 못할 것은 아무것도 없었습니다. 모든 것은 바로 그것 자신이었습니다.

케이티가 집에 돌아왔을 때 가족과 친구들은 그녀가 다른 사람이 되었다고 느꼈다. 그 무렵 열여섯 살이던 딸 록산은 이렇게 말한다.

우리는 끝나지 않을 것만 같던 폭풍이 끝났다는 걸 알았어요. 엄마는 늘 우리에게 고함을 치며 꾸짖었죠. 그래서 엄마와 같은 방에 있는 게 무서웠어요. 그런데 이제 엄마는 완전히 평화로워 보였습니다. 창가에 놓인 의자에 몇 시간씩 고요히 앉아 있거나, 한참 동안 사막에 나가 있곤 했어요. 어린아이처럼 천진하며 기뻐했고 사랑으로 가득해 보였죠. 힘든 문제에 시달리는 사람들이 도움을 청하러 우리 집에 찾아오기 시작했어요. 엄마는 그분들의 이야기를 들으며 질문을 했는데, 주로 "그게 진실인가요?"라는 물음이었어요. 내가 "내 남자친구는 더이상 나를 사랑하지 않아"와 같은 문제 때문에 비참한 심정으로 집에 돌아오면, 엄마는 그런 일은 불가능하다는 듯이 나를 바라보며 묻곤 했죠. "애야,

어떻게 그게 진실일 수 있니?" 마치 내가 방금 우리는 중국에서 살고 있다고 말한 것처럼요.

케이티가 완전히 달라졌다는 것을 알게 된 사람들은 대체 그녀에게 무슨 일이 일어난 것인지 궁금해하기 시작했다. 기적이라도 일어난 것일까? 그녀는 그들의 궁금증을 속 시원히 풀어 주지 못했다. 그녀가 자기의 경험을 알아듣게 설명할 수 있게 된 것은 꽤 많은 시간이 흐른 뒤였다. 케이티는 자기의 내면에서 깨어난 자유에 관해 얘기했다. 그리고 생각들에 관해 질문하자 어떤 생각도 진실하지 않음을 깨닫게 되었다고 말했다.

요양원에서 돌아온 뒤 얼마 지나지 않아, 케이티의 집은 그녀에 관해 전해 듣고서 배우러 찾아온 사람들로 북적대기 시작했다. 케이티는 자유를 원하는 사람이면 누구나 그녀의 도움 없이도 스스로 탐구할 수 있도록 특정한 질문 양식을 만들었다. 얼마 후, 그녀는 가정집에서 열리는 작은 모임들에 초대되기 시작했다. 초대한 사람들은 그녀가 '깨달았는지' 묻는 일이 많았는데, 그럴 때면 그녀는 이렇게 대답했다. "나는 그저 고통을 주는 것과 주지 않는 것의 차이를 아는 사람일 뿐입니다."

1992년에 케이티는 캘리포니아 북부에 초대되었다. '생각 작업'은 그곳에서부터 빠르게 전파되었다. 케이티는 모든 초대를 받아들였다. 그녀는 1993년부터 거의 쉬지 않고 여행하며 교회, 시민문화회관, 호텔 회의실 등에서 사람들에게 '생각 작업'을 전하고 있다. 그리고 '생각 작업'은 기업과 법률회사, 심리상담소에서부터 병원, 교도소, 교회, 학교에 이르기까지 온갖 종류의 단체에 전해졌으며, 케이티가 방문한 다른 나라들에도 널리 알려졌다. 이제는 많은 사람이 미국과 유럽 전역에서

'생각 작업'을 하기 위해 정기적으로 모이고 있다.

'생각 작업'을 이해하려면 직접 경험해야 한다고 케이티는 말한다. 그런데 '생각 작업'은 마음에 관한 최근의 생물학적 연구 결과와도 잘 들어맞는다. 현대의 신경과학은 익숙한 내면의 이야기가 자아의식을 갖게 하며, 이 이야기가 나오는 근원은 '해석자'라고도 불리는 뇌의 특정 부분이라고 말한다. 저명한 신경학자 두 명은 최근 '해석자'가 들려주는 이야기에는 진실을 왜곡하며 신뢰하기 힘든 특성이 있다고 말했다. 안토니오 다마지오는 말한다. "새롭게 밝혀진 사실 중 가장 중요한 것은 바로 이 점일 것이다. 즉, 인간의 왼쪽 뇌는 이야기를 꾸며내는 경향이 있는데, 이 이야기들이 늘 진실과 일치하는 것은 아니라는 점이다." 또 마이클 가자니가는 이렇게 말한다. "왼쪽 뇌는 자기가 완전히 통제하고 있음을 자기 자신과 당신에게 확신시키기 위해 이야기를 엮어 낸다. … 해석자는 개인의 이야기를 하나로 묶기 위해[2] 노력한다. 그렇게 하려면 우리는 자신에게 거짓말하는 법을 배워야 한다." 신뢰할 만한 실험 결과에 근거한 이런 통찰들은 우리가 스스로 만든 홍보용 '보도자료'를 잘 믿는다는 것을 보여 준다. 우리는 자신이 합리적이라고 생각할 때조차 자기만의 생각으로 그럴듯한 이야기를 지어내는 경우가 많다. 이런 성향은 우리가 어떻게 해서 고통스러운 자리로 빠져드는지를 설명해 주며, 케이티가 고통의 한가운데에서 알아차린 사실도 이것이다. 그녀가 발견한 '스스로 질문하는 법'은 마음의 다른 능력을 이용하여, 마음이 스스로 만든 함정에서 빠져나오는 길을 발견하게 한다.

---

2 예를 들어, 자신이 '좋은 사람'이라는 주제 아래 자신에 관한 이야기들을 일관성 있게 묶으려 할 수 있다.—옮긴이

많은 사람은 '생각 작업'을 한 뒤, 자신을 불행하게 하던 생각에서 즉시 해방되고 자유로워짐을 느꼈다고 말한다. 그러나 '생각 작업'이 일시적인 경험에만 머무른다면 실제보다 훨씬 쓸모가 없을 것이다. '생각 작업'은 일시적인 미봉책에 불과한 것이 아니라, 계속할수록 더욱 깊어지는 깨달음의 과정이기 때문이다. "생각 작업은 하나의 기법 이상입니다"라고 케이티는 말한다. "그것은 우리의 내면 깊은 곳으로부터 우리 존재의 본성을 되찾게 합니다."

'생각 작업' 속으로 더 깊이 들어갈수록 그 힘을 더 많이 깨닫게 된다. 한동안 '생각 작업'을 실천해 본 사람은 얘기한다. "이제는 내가 '생각 작업'을 하는 게 아니라, '생각 작업'이 스스로 이루어집니다." 또한 의도하지 않아도, 마음이 스트레스를 주는 생각을 스스로 알아차리고 고통을 일으키지 않게 한다고 말한다. 그들은 현실에 대한 불만이 사라지고 사랑만이 남아 있음을 깨닫는다. 자기에 대한 사랑, 다른 사람에 대한 사랑, 삶이 가져오는 모든 것에 대한 사랑. 이제 '지금 있는 것'(what is)에 대한 사랑은 숨 쉬듯이 쉽고 자연스러워진다.

그 점을 숙고하면, 모든 미움은 흩어지고
마음은 타고난 천진함을 되찾으며
마침내 깨닫게 되리라.
마음이 스스로 기쁘게 하고,
스스로 달래며, 스스로 두렵게 한다는 것을,
자신의 선한 뜻은 하늘의 뜻임을.
_윌리엄 버틀러 예이츠

나는 네 가지 질문을 소개하기 위해 지금까지 기다렸다. 배경을 알면 이 질문들을 더 잘 이해할 수 있기 때문이다. 이 질문들을 만나는 가장 좋은 방법은 '생각 작업'을 한 실제 사례를 보는 것이다. 여러분은 케이티가 '뒤바꾸기'[3]라고 부르는 것도 만나게 될 텐데, 그것은 자신이 믿는 생각을 정반대로 바꾸어 보는 방식이다.

다음에 나오는 대화는 이백여 명의 청중 앞에서 이루어졌다. 케이티의 맞은편에 앉아 있는 메리는 자기의 생각을 쓴 종이를 한 장 들고 있다. 이 종이는 자기를 괴롭게 하는 사람에 관해 어떻게 생각하는지 적게 되어 있는 '이웃을 판단하는 양식'인데, 여기에는 다음과 같은 안내문이 있다. "당신이 실제 느끼는 대로 옹졸하게 마음껏 비판하세요. 영적인 척하거나 관대하려 하지 마세요." 옹졸한 사람처럼 쓸수록 '생각 작업'에서 더 많은 혜택을 입기 쉽다. 메리는 속마음을 조금도 숨기지 않았다. 사십대로 보이는 그녀는 날씬하고 매력적이며, 고급스러운 운동복을 입고 있고, 단호한 말투로 얘기한다. 대화를 시작할 때 그녀는 화가 나 있고 초조해 보였다.

독자나 청중으로서 '생각 작업'을 처음 접할 때는 불편한 마음이 들 수도 있다. 이럴 때는 여기에 있는 참가자들(메리, 케이티, 청중)의 목적이 똑같다는 점을 기억할 필요가 있다. 그들은 모두 진실을 추구하고 있는 것이다. 가끔 케이티가 메리를 놀리거나 조롱하는 것처럼 보일 수도 있지만, 그녀가 놀리는 것은 메리가 아니라, 메리에게 고통을 일으키는 생각일 뿐이다.

대화의 중간쯤에 케이티는 "당신은 정말로 진실을 알고 싶나요?"라

---

3 원래는 '정반대로 방향을 바꾸다', '180도 회전시키다'라는 뜻.—옮긴이

고 묻는데, 여기에서 말하는 진실은 추상적이거나 미리 정해진 어떤 진실 또는 케이티의 진실이 아니라, 메리의 진실, 즉 그녀를 괴롭히는 생각들 뒤에 숨겨진 진실이다. 무엇보다도 메리가 대화에 참여한 이유는 자기 자신에게 어떤 거짓말을 하고 있는지 알 수 있도록 케이티가 도와줄 것이라고 믿었기 때문이다. 메리는 케이티의 끈질긴 질문을 기꺼이 환영한다.

케이티는 사랑하는 사람을 부를 때 쓰는 말[4]을 대화 중에 스스럼없이 사용한다. 어느 사장은 케이티와 함께 '생각 작업'을 하기 전에 회사 중역들에게 미리 주의를 주기도 했다. "케이티가 여러분의 손을 잡고서 '스윗하트'나 '허니'라고 불러도 너무 흥분하지는 마세요. 케이티는 누구에게나 그렇게 하니까요."

메리 (양식에 쓴 문장을 읽는다.) 나는 남편을 혐오한다. 남편은 나를 미치게 만들기 때문이다. 남편에 관한 모든 것, 심지어 숨 쉬는 버릇까지도 나를 미치게 한다. 내가 이제 남편을 사랑하지 않고 우리의 관계가 가식적이라는 사실이 실망스럽다. 나는 남편이 더 성공하기를, 몸매를 잘 가꾸기를, 나와 아이들 밖에서도 삶을 찾기를, 내 몸을 만지려 하지 않기를, 그리고 더 강인하기를 원한다. 남편은 자기가 사업을 잘하고 있다고 착각하지 말아야 한다. 남편은 더 성공해야 한다. 남편은 소심하다. 남편은 요구하는 게 많고 게으르다. 남편은 자기를 속이고 있다. 나

---

4 케이티가 쓰는 이런 말들로는 스윗하트(sweetheart), 허니(honey) 등이 있다. 이 책에서는 원문의 느낌을 전하기 위해, 이런 말들을 우리가 쓰는 말로 대체하지 않고 음역했다.—옮긴이

는 이제 다시는 거짓된 삶을 살지 않겠다. 나는 이제 다시는 내 마음을 속이며 관계를 유지하지 않겠다.[5]

케이티 잘 요약된 건가요? (청중이 웃음을 터뜨리고, 메리도 따라 웃는다.) 웃음소리를 들으니, 당신이 이 강당에 모인 많은 사람을 대신해서 말하는 것 같군요. 자, 그럼 뭐가 문제인지 한번 볼까요? 첫 번째 문장부터 시작합시다.

메리 나는 남편을 혐오한다. 남편은 나를 미치게 만들기 때문이다. 남편에 관한 모든 것, 심지어 숨 쉬는 버릇까지도 나를 미치게 한다.

케이티 "남편은 나를 미치게 만든다"—그게 진실인가요? (이것은 네 가지 질문 중 첫 번째 질문이다: 그게 진실인가요?)

메리 예.

케이티 좋아요. 예를 들면요, 남편이 숨을 쉬나요?

메리 예. 남편과 회사 일로 전화 회의를 할 때면 수화기를 통해 그이의 숨소리가 들리는데, 그 소리를 들으면 비명을 지르고 싶어집니다.

케이티 그래서, "남편의 숨소리는 나를 미치게 한다"—그게 진실인가요?

메리 예.

케이티 당신은 그게 진실인지 확실히 알 수 있나요? (두 번째 질문: 당신은 그게 진실인지 확실히 알 수 있나요?)

메리 예!

케이티 우리 모두 그 심정을 이해할 수 있습니다. 당신은 그게 정말 진실하다고 말합니다. 하지만 내 경험에 따르면, 당신을 미치게 만드는 건

---

5 케이티와의 대화 중에 가끔 등장하는, 이처럼 높임말이 아닌 어투로 하는 말들은 '이웃을 판단하는 양식'에 미리 써 놓은 문장들이나 뒤바꾸기들이다.—옮긴이

남편의 숨소리일 수 없습니다. 당신을 미치게 만드는 건 틀림없이 남편의 숨소리에 관한 당신의 '생각'입니다. 자, 그게 진실인지 좀 더 자세히 들여다봅시다. 수화기를 통해 남편의 숨소리가 들릴 때 당신은 어떤 생각을 하나요?

메리 전화로 회의할 때마다 자기의 숨소리가 크게 들린다는 것을 그이가 알아차려야 한다고 생각해요.

케이티 그 생각을 믿을 때 당신은 어떻게 반응하나요? 무슨 일이 일어나나요? (세 번째 질문: 그 생각을 믿을 때 당신은 어떻게 반응하나요? 무슨 일이 일어나나요?)

메리 그이를 죽이고 싶어집니다.

케이티 그런데 남편의 숨 쉬는 소리와 그 소리에 집착하는 당신의 생각 중에 어느 것이 더 괴로운가요?

메리 숨 쉬는 소리가 더 괴롭습니다. 그이를 죽이고 싶다는 생각은 괜찮아요. (메리가 웃고, 청중도 웃는다.)

케이티 계속 그렇게 생각해도 괜찮습니다. 이것이 '생각 작업'에서 좋은 점입니다. 어떤 생각을 간직하든 상관없습니다.

메리 처음 '생각 작업'을 하다 보니 어떻게 대답해야 하는 건지 잘 모르겠네요.

케이티 스윗하트, 당신의 대답들은 완벽합니다. 미리 준비하지 마세요. 자, 수화기를 통해 남편의 숨소리가 들립니다. 당신은 남편이 숨소리를 알아차려야 한다고 생각하지만, 그는 그렇게 하지 않습니다. 다음에는 어떤 생각이 떠오르나요?

메리 평소 그이를 못마땅하게 여기던 온갖 생각이 한꺼번에 떠오릅니다.

케이티 예, 그런데 남편은 여전히 숨을 쉽니다. "그이는 전화로 회의할 때 수화기에 대고 숨 쉬지 말아야 한다"—현실은 어떤가요? 남편이 그렇게 하나요?

메리 아니요. 나는 그이에게 멈추라고 말했어요.

케이티 그런데 남편은 여전히 그렇게 합니다. 그게 현실입니다. 진실한 것은 늘 지금 일어나고 있는 일이지, 어떤 일이 일어나야 한다는 식의 이야기가 아닙니다. "그이는 수화기에 대고 숨 쉬지 말아야 한다"—그게 진실인가요?

메리 (잠시 침묵한 뒤) 아니요. 진실이 아니에요. 그이는 그렇게 하고 있어요. 그게 현실입니다.

케이티 자, 당신은 남편이 수화기에 대고 숨 쉬지 말아야 한다고 생각하는데 남편은 그렇게 하지 않을 때, 당신은 어떻게 반응하나요?

메리 내가 어떻게 반응하냐고요? 뛰쳐나가고 싶어집니다. 그리고 화가 납니다. 밖으로 나가 버리고 싶지만, 결국은 아무 데도 가지 않을 테니까요.

케이티 다시 질문으로 돌아갑시다, 허니. 실제로 일어나는 일에 관한 당신의 해석, 당신의 이야기 속으로 더 깊이 들어가지 말고. 정말로 진실을 알고 싶나요?

메리 예.

케이티 좋아요. 한 번에 하나의 문장씩만 다루는 것이 좋습니다. 남편이 수화기에 대고 숨 쉬지 말아야 한다는 생각을 내려놓을 이유를 찾을 수 있나요? (이것은 케이티가 가끔 묻는 추가 질문이다.) '생각 작업'을 처음 접하는 분들에게 말씀드리자면, 나는 지금 메리에게 자기의 이야기를 내려놓으라고 말하는 게 아닙니다. 생각을 없애거나 극복하거나 개선하거나 버리라는 뜻이 아닙니다. 그런 말이 아니에요. 이 질문은 내적인 원인과 결과를 스스로 깨닫게 하려는 것입니다. 이 질문은 그저 "당신은 이 생각을 내려놓을 이유를 찾을 수 있나요?"입니다.

메리 예, 찾을 수 있어요. 이 생각이 없으면 전화 회의가 훨씬 더 즐거울 거예요.

케이티 좋은 이유로군요. 남편이 전화기에 대고 숨 쉬지 말아야 한다는 이 생각, 이 거짓말을 유지할 '스트레스 주지 않는 이유'를 찾을 수 있나요? (이것은 두 번째 추가 질문이다.)

메리 아니요.

케이티 그 생각이 없다면 당신은 누구일까요? (네 번째 질문: 그 생각이 없다면 당신은 누구일까요?) 그 생각을 생각할 수조차 없다면, 남편과 전화 회의를 하는 동안 당신은 어떠할까요?

메리 훨씬 행복할 것 같아요. 더 활기찰 것 같아요. 마음도 산란하지 않겠죠.

케이티 예, 그래요. 당신을 힘들게 하는 건 남편의 숨소리가 아니라, 그 소리에 관한 당신의 '생각들'입니다. 당신은 생각들을 조사하지 않아서, 그 생각들이 그 순간의 현실에 반한다는 것을 몰랐습니다. 다음 문장을 봅시다.

메리 이제 나는 남편을 사랑하지 않는다.

케이티 그게 진실인가요?

메리 예.

케이티 좋아요. 알겠어요. 그런데 정말로 진실을 알고 싶은 건가요?

메리 예.

케이티 좋아요. 마음을 고요히 하세요. 옳거나 틀린 대답은 없습니다.

"이제 나는 남편을 사랑하지 않는다"—그게 진실인가요? (메리는 침묵한다.) 만일 지금 정직하게 '예, 아니요' 가운데 하나로만 대답해야 한다면, 또 그 대답—당신의 진실 또는 거짓말—과 함께 영원히 살아야 한다면, 당신의 대답은 무엇일까요? "나는 남편을 사랑하지 않는다"—그게 진실인가요? (긴 침묵. 메리가 흐느끼기 시작한다.)

메리 아니요. 그건 진실이 아니에요.

케이티 참 용기 있는 대답이군요. 우리는 그렇게, 자신에게 정말로 진실한 대답을 하면 빠져나갈 구멍이 없을 거라고 생각하죠. "그게 진실인가요?"는 그저 하나의 질문일 뿐입니다. 우리는 가장 단순한 질문에도 정직하게 대답하기를 두려워합니다. 그 때문에 일어날 수 있는 결과를 미리 상상하기 때문이죠. 그렇게 대답해 버리면 뭔가를 어떻게 해야 할 거라고 생각합니다. 남편을 사랑하지 않는다는 생각을 믿을 때, 당신은 어떻게 반응하나요?

메리 내 삶이 온통 가식적이라고 느껴져요.

케이티 남편을 사랑하지 않는다는 생각이 없다면, 그와 함께 있을 때 당신은 누구일까요?

메리 아주 좋을 것 같아요. 즐거울 거예요. 내가 원하는 게 바로 그거예요.

케이티 당신은 그 생각이 있으면 스트레스를 받고, 그 생각이 없으면 즐거울 거라고 말합니다. 그러면 당신의 불행에 관해 남편이 어떻게 해야 하나요? 우리는 여기에서 그저 알아차리고 있습니다. 자, "나는 남편을 사랑하지 않는다"—뒤바꿔 보세요. (네 가지 질문 뒤에는 '뒤바꾸기'가 있다.)

메리 나는 남편을 사랑한다.

케이티 느껴 보세요. 남편과는 아무 상관이 없습니다. 그렇지 않나요?

메리 예, 상관이 없어요. 나는 남편을 사랑해요. 맞아요, 그이와는 아무런 상관이 없어요.

케이티 가끔 당신은 남편을 미워한다고 생각하지만, 그것도 남편과는 아무 상관이 없습니다. 그 남자는 숨을 쉬고 있을 뿐입니다. 당신 자신이 그를 사랑한다고 이야기하고, 그를 미워한다고 이야기합니다. 행복한 결혼 생활을 위해 두 사람이 필요한 것은 아닙니다. 오직 한 사람이 필요합니다. 바로 당신. 또 하나의 뒤바꾸기가 있군요.

메리 나는 나를 사랑하지 않는다. 무슨 뜻인지 알겠어요.

케이티 남편과 이혼하면 괜찮을 거라고 생각할 수 있겠죠. 하지만 자기의 생각을 조사하지 않으면, 다음에 또 누가 남편이 되든 그 사람에게 같은 관념들을 덧붙일 것입니다. 우리는 사람이나 사물에 집착하지 않습니다. 그 순간 진실이라고 믿는, 조사되지 않은 관념들에 집착하죠. 다음 문장을 봅시다.

메리 나는 남편이 이것저것 요구하지 않기를, 내게 의존하지 않기를, 더 성공하기를, 몸매를 잘 가꾸기를, 나와 아이들 밖에서도 삶을 찾기를, 그리고 더 강인하기를 바란다. 이것들은 일부분에 불과해요.

케이티 이 문장들을 모두 뒤바꿔 보세요.

메리 나는 내가 이것저것 요구하지 않기를 바란다. 나는 내가 남편에게 의존하지 않기를 바란다. 나는 내가 더 성공하기를 바란다. 나는 내가 몸매를 잘 가꾸기를 바란다. 나는 내가 남편과 아이들 밖에서도 삶을 찾기 바란다. 나는 내가 더 강인하기를 바란다.

케이티 그래서, "남편은 이것저것 요구하지 말아야 한다"—그게 진실인가요? 현실은 어떤가요? 남편이 요구하나요?

메리 예, 그래요.

케이티 그럼 "남편은 요구하지 말아야 한다"라는 말은 거짓말이군요. 당신의 말에 따르면, 이 남자는 요구를 하니까요. "남편은 요구하지 말아야 한다"라고 생각하는데 당신의 현실에서는 남편이 자꾸 요구할 때, 당신은 어떻게 반응하나요?

메리 늘 어디론가 도망치고 싶어져요.

케이티 "남편은 요구하지 말아야 한다"라는 생각이 없다면, 남편과 함께 있을 때 당신은 누구일까요?

메리 방어벽을 치는 대신 사랑의 공간에서 그이와 함께할 수 있을 것 같아요. 그동안은 누가 내게 조금이라도 요구하는 게 느껴지면 곧바로 그 자리를 피해 버렸죠. 도망쳐야 했어요. 지금까지 죽 그렇게 살았어요.

케이티 남편이 뭔가를 요구한다고 느껴질 때, 당신은 솔직하게 "안 돼요"라고 말하지 않습니다. 자기 자신과 남편에게 정직하게 말하는 대신 도망치거나 도망치고 싶어 합니다.

메리 사실이에요.

케이티 음, 그래야 했을 거예요. 이제, 우리 함께 연극을 해 볼까요? 당신이 좀 더 분명해지고 자기 자신과 정직하게 소통할 수 있을 때까지 남편을 '요구' 씨라고 부르세요. 자, 분명해집시다. 당신은 이것저것 요구하는 남편의 역할을 맡고, 나는 분명한 사람의 역할을 맡겠습니다.

메리 요구 씨가 내 방에 들어와서 말합니다. "여보, 방금 굉장한 전화를 받았는데 말야, 한번 들어 봐. 이러이러한 사람인데 우리 사업에 큰 도움이 될 거 같아. 또 다른 전화도 받았는데⋯." 그는 이렇게 얘기를 계속 늘어놓는데, 나는 지금 바쁩니다. 급히 마감해야 할 일이 있거든요.

케이티 "야아, 그런 전화가 왔어요? 참 잘됐네요. 그런데 지금은 방에서 좀 나가 줄래요? 급히 마감해야 할 일이 있거든요."

메리 "우리 여행 계획에 관해 얘기 좀 해야 할 것 같은데? 하와이에는 언제 갈까? 항공편도 미리 알아보아야 할 것 같고, 숙박은….."

케이티 "하와이 여행 계획에 관해 얘기하자고요? 그럼, 오늘 저녁 식사 시간에 얘기하는 게 어떨까요? 이제 정말 방에서 나가 주면 좋겠어요. 급히 마감해야 할 일이 있어요."

메리 "당신이 친구 전화를 받았다면 아마 한 시간도 넘게 얘기했을 거요. 그런데 내 말은 고작 2분도 못 듣겠단 말이오?"

케이티 "당신 말이 옳을 수 있어요. 하지만 이제 방에서 나가 주면 좋겠어요. 쌀쌀맞게 들릴지 모르지만 그런 건 아니에요. 마감 시간 때문에 어쩔 수 없어서 그래요."

메리 나는 그렇게 하지 않아요. 보통 그이에게 짜증을 내죠. 속이 부글부글 끓어오르니까요.

케이티 짜증이 날 거예요. 진실을 말하는 게 두렵고, "안 돼요"라고 말하는 게 두려우니까요. 당신은 "이제 방에서 나가 주면 좋겠어요. 마감 시간을 지켜야 해요"라고 말하지 않습니다. 남편에게 뭔가를 바라기 때문이죠. 그 때문에 당신은 남편과 자신에게 뭘 속이고 있나요? 남편에게 무엇을 원하나요?

메리 나는 누구에게도 솔직하게 말하지 않아요.

케이티 사람들에게 뭔가를 원하기 때문이죠. 그게 무엇인가요?

메리 어떤 사람이 나를 좋아하지 않으면 그걸 견딜 수 없어요. 불화를 원치 않거든요.

케이티 사람들에게 좋은 평가를 받고 싶은 거로군요.

메리 예. 화목하게 지내고 싶고요.

케이티 스윗하트, "남편이 나의 말과 행동을 좋게 평가하면 가정이 화목

할 것이다"―그게 진실인가요? 그렇게 되던가요? 당신의 가정은 화목한가요?

메리 아니요.

케이티 당신은 정직을 팔아서 가정의 화목을 사려 하지만, 그렇게 되지 않습니다. 어느 누구에게든 사랑과 인정, 좋은 평가를 받기 위해 자신을 힘들게 하지 마세요. 실제로 무슨 일이 일어나는지 지켜보며 그저 즐기세요. 문장을 다시 읽어 볼까요?

메리 나는 남편이 이것저것 요구하지 않기를 바란다.

케이티 좋아요. 뒤바꿔 보세요.

메리 나는 내가 이것저것 요구하지 않기를 바란다.

케이티 예. 당신은 항상 화목을 요구합니다. 당신은 남편에게 인정해 달라고 요구합니다. 당신은 남편에게 숨 쉬는 방식을 바꾸라고 요구합니다. 당신은 남편에게 몸매를 잘 가꾸라고 요구합니다. 누가 이것저것 요구하는 사람인가요? 누가 누구에게 의존하고 있나요? 자, 이제 모두 뒤바꿔 봅시다.

메리 나는 내가 남편에게 요구하지 않기를 바란다. 나는 내가 남편에게 의존하지 않기를 바란다. 나는 내가 더 성공하기를 바란다.

케이티 좋아요. 다음 문장을 뒤바꿔 보세요.

메리 나는 내가 몸매를 잘 가꾸기를 바란다. 하지만 내 몸매는 좋은데요.

케이티 아, 그래요? 정신적으로는 어떤가요?

메리 아. 더 노력해야겠죠.

케이티 당신은 최선을 다하고 있나요?

메리 예.

케이티 아마 남편도 마찬가지일 거예요. "그이는 몸매를 잘 가꾸어야 한다"—그게 진실인가요?

메리 아니요. 그이의 몸매는 좋지 않아요.

케이티 당신은 남편이 몸매를 잘 가꾸어야 한다는 생각을 믿지만 남편의 몸매는 그렇지 않을 때, 당신은 어떻게 반응하나요? 남편을 어떻게 대하나요? 뭐라고 말하나요? 어떻게 행동하나요?

메리 항상 은근히 표현하죠. 남편에게 내 근육을 보여 줘요. 남편의 몸에 만족하는 눈빛을 보이지 않아요. 남편을 칭찬하지 않아요. 이 점에 관해서는 한 번도 남편을 다정하게 대한 적이 없어요.

케이티 좋아요. 눈을 감으세요. 그런 식으로 남편을 바라보고 있는 자신을 보세요. 이제 남편의 얼굴을 보세요. (침묵. 메리가 한숨을 쉰다.) 계속 눈을 감고 계세요. 다시 남편을 보세요. 남편이 몸매를 잘 가꾸어야 한다는 생각이 없다면, 당신은 어떠할까요?

메리 그이를 바라보고 그이가 얼마나 잘생겼는지 알 거예요.

케이티 예, 그래요. 당신이 남편을 얼마나 사랑하는지도 알게 되겠죠. 참 멋지지 않나요? 정말 신나는 일이죠. 이제 잠시 그대로 있어 보세요. 당신이 남편을 어떻게 대하는지 보세요. 그런데도 남편은 여전히 당신과 함께 하와이에 가고 싶어 합니다. 정말 놀랍군요!

메리 이 남자가 대단한 건, 내가 그렇게 쌀쌀맞고 못되게 구는데도 나를 아무런 조건 없이 사랑한다는 거예요. 그게 나를 미치게 만들어요.

케이티 "그이는 나를 미치게 한다"—그게 진실인가요?

메리 아니요. 지금까지 나를 미치게 만든 건 내 생각이었어요.

케이티 다시 돌아가 봅시다. "그이는 몸매를 잘 가꾸어야 한다"— 뒤바꿔 보세요.

메리 나는 몸매를 잘 가꾸어야 한다. 나는 내 생각을 잘 가꾸어야 한다.

케이티 예. 남편을 보고 혐오감을 느낄 때마다 당신의 생각을 잘 가꾸세요. 남편을 판단하고, 종이에 적고, 네 가지 질문을 하고, 뒤바꿔 보세요. 당신이 괴로움에 지칠 때만…. 좋아요, 허니. 이해한 것 같군요. 양식에 쓴 나머지 문장들에 관해서도 이런 식으로 계속 '생각 작업'을 해 보세요. 함께해서 즐거웠습니다. 탐구에 오신 걸 환영합니다. '생각 작업'에 오신 걸 환영합니다.

모든 생각에서 비켜서면
더는 갈 곳이 없다.
_승찬(선종 3조)

이 책에서 케이티는 당신이 혼자서, 또는 다른 사람들과 함께 '생각 작업'을 하는 데 필요한 모든 것을 전해 준다. 이 책은 당신을 한 걸음씩 전 과정으로 안내할 것이며, 케이티와 함께 직접 '생각 작업'을 하는 사람들을 보여 줄 것이다. 더할 나위 없이 복잡한 인간의 문제들을 명쾌하게 정리하는 이 일대일 대화들은 평범한 사람들이 질문을 통해서 어떻게 자유를 찾을 수 있는지 보여 주는, 몇몇은 무척이나 극적인 사례들이다.

_스티븐 미첼

'생각 작업'은 그저 네 가지 질문일 뿐
그 무엇도 아닙니다.
어떤 동기도, 조건도 없습니다.
그것은 당신의 대답 없이는 아무것도 아닙니다.

이 네 가지 질문은
당신이 참여하는 어떤 프로그램과도
함께하며 더 나아지게 할 것입니다.
당신이 믿는 어떤 종교와도
함께하며 더 나아지게 할 것입니다.
종교가 없는 당신에게는
기쁨을 안겨 줄 것입니다.
그리고 당신에게 진실하지 않은 것은
무엇이든 불사를 것입니다.

그것들은 남김없이 불타 사라지고
늘 기다리고 있던 현실만 남을 것입니다.

_바이런 케이티

이 책은 당신의 행복을 위해 쓰였습니다. 수많은 사람이 '생각 작업'을 통해 도움을 받았습니다. 이 책은 '생각 작업'을 당신의 삶에 어떻게 이용하는지 보여 줄 것입니다.

우선, 화나게 하거나 우울하게 하는 문제들과 함께 시작합니다. 이 책은 그런 문제들을 조사하기 쉬운 형태로 종이에 쓰는 법을 보여 줍니다. 그 뒤 네 가지 질문을 소개하고, 그 질문들을 자신의 문제에 어떻게 사용하는지 보여 줍니다. 그러면 당신은 '생각 작업'을 통해 단순하고 근본적이며 삶을 변화시키는 해결책이 어떻게 드러나는지 알게 됩니다.

실제 사례들을 통해서는 어떻게 '생각 작업'을 하는 것인지 점점 더 깊고 정확하게 배우게 되며, 모든 상황에서 '생각 작업'을 이용하는 법을 알게 됩니다. 먼저 주변 사람들에 관해 '생각 작업'을 하고, 다음에는 자기를 가장 고통스럽게 하는 문제들—돈, 질병, 불의, 자기혐오, 또는 죽음 등에 대한 두려움—에 관해 '생각 작업' 하는 법을 배우게 됩니다. 현실을 있는 그대로 보지 못하게 하는 밑바탕 믿음들을 알아차리는 법을 배우고, 자신을 괴롭히는 자기비판을 다루는 법도 배우게 될 것입니다.

이 책에는 당신과 같은 사람들이 '생각 작업'을 하는 사례가 많이 실려 있습니다. 자기의 문제는 해결될 수 없다고 믿는 사람들, 사랑하는 가족이 죽었거나 더는 사랑하지 않는 사람과 함께 살아야 해서 남은 삶이 고통스러울 것이라고 굳게 믿는 사람들이 '생각 작업'을 했습니다. 당신은 이제 질투심 때문에 괴로워하는 남자, 주식 시장에 투자한 돈을 잃을까 봐 두려워하며 사는 여자, 어린 시절의 트라우마에 관한 생각들로 공포에 떠는 사람, 부하 직원 문제로 골머리를 앓는 상사를 만날 것입니다. 그리고 그들이 어떻게 고통에서 빠져나오는 길을 찾는지 볼 것입니다. 당신은 이런 사례들과 각 장 첫머리에 언급된 도움말을 통해 자신의 고통에서 벗어나는 길을 찾을 수도 있습니다.

사람은 누구나 자기 방식대로 '생각 작업'을 배웁니다. 어떤 사람들은 주로 대화를 듣거나 읽으면서 배웁니다(대화를 읽을 때는 자기의 대답은 무엇인지 알기 위해 내면을 들여다보며 능동적으로 읽기를 권합니다). 다른 사람들은 직접 '생각 작업'을 해 보면서, 즉 괴로운 문제를 만날 때마다 손에 종이와 펜을 들고 스스로 질문하면서 정확하게 배웁니다. '생각 작업'을 하는 데 필요한 기본 사항들을 이해하려면 먼저 2장을, 가능하면 5장도 함께 읽기를 권합니다. 그런 다음 도움이 된다고 느껴지는 대화를 차례차례 읽을 수 있습니다. 다른 부분은 건너뛰고 특별히 흥미롭게 느껴지는 주제의 대화를 먼저 읽고 싶다면, 그것도 좋습니다. 아니면 책 사이사이 이어지는 도움말을 먼저 읽고, 대화는 이따금 들여다보고 싶을 수도 있습니다. 어느 방식을 택하든지 당신에게 가장 좋은 방법이 될 것입니다.

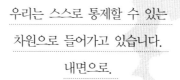

우리는 스스로 통제할 수 있는

차원으로 들어가고 있습니다.

내면으로.

1. 몇 가지 기본 원칙

내가 '생각 작업'을 좋아하는 까닭은 우리가 내면으로 들어가서 자기의 행복을 찾도록 돕기 때문입니다. 그것은 또한 이미 자기 안에 있는, 변하지 않는, 움직이지 않는, 늘 현존하는, 늘 기다리는 '그것'을 경험하게 해 줍니다. 어떤 스승도 필요하지 않습니다. 당신이 지금껏 기다린 스승은 자기 자신입니다. 당신이야말로 당신의 고통을 끝낼 수 있는 바로 그 사람입니다.

　나는 "내가 하는 말을 믿지 마세요"라고 종종 말합니다. 나는 당신이 내게 진실한 것이 아니라 자신에게 진실한 것을 찾기 원합니다. 그렇지만 다음의 몇 가지 원칙은 '생각 작업'을 시작하는 사람들에게 많은 도움이 되었습니다.

현실과 다투는 생각을 알아차리기

우리가 고통을 받는 것은 오직 '지금 있는 것'(what is)과 다투는 생각을 믿을 때뿐입니다. 마음이 티 없이 맑을 때는 '지금 있는 것'이 바로 우리가 원하는 것입니다.

현실(現實)[6]이 실제 있는 그대로와 다르기를 바라느니, 차라리 고양이를 개처럼 짖게 하려고 애쓰는 편이 더 나을 것입니다. 온갖 노력에도 불구하고, 고양이는 당신을 올려다보며 울 것입니다. "야옹." 현실이 바로 지금 실제 있는 그대로와 다르기를 바라는 것은 가망 없는 일입니다. 그런데도 우리는 고양이를 개처럼 짖게 하려고 애쓰며 평생을 보낼 수도 있습니다.

잘 살펴보면, 우리가 이러한 생각을 하루에도 수십 번씩 믿는다는 것을 알아차릴 것입니다. "사람들은 더 친절해야 해", "아이들은 예의 바르게 행동해야 해", "이웃들은 밤에 떠들지 말아야 해", "식품점 계산원은 더 빨리 계산해야 해", "남편(아내)은 내 말에 동의해야 해", "나는 더 날씬해야 해(더 예뻐야 해, 더 성공해야 해)." 이런 생각들은 현실이 바로 지금 실제 있는 그대로와 다르기를 바라는 방식들입니다. 이런 말을 들으면 우울해지나요? 맞습니다. 우리가 느끼는 모든 스트레스는 지금 있는 현실과 다투기 때문에 일어납니다.

1986년에 내가 진정한 현실에 눈을 뜬 뒤, 사람들은 나를 바람과 친구가 된 여자라고 불렀습니다. 내가 살던 바스토우는 바람이 심하게 부는 사막 지대의 작은 읍이었는데, 다들 바람을 싫어했습니다. 심지어 바람을 견디다 못해 그곳을 떠나는 사람들도 있었습니다. 내가 바람, 곧 현실과 친구가 된 까닭은 내게 선택권이 없다는 것을 깨달았기 때문입니다. 바람을 거부하는 것은 몹시 어리석은 짓임을 알게 되었습니다.

---

6 지금 실제로 있는 것, 또는 지금 실제로 일어나는 일.—옮긴이

현실과 다툴 때 나는 집니다. 백 퍼센트 집니다. 바람이 불어야 한다는 것을 어떻게 알 수 있을까요? 바람이 불고 있습니다, 지금!

처음 '생각 작업'을 접하는 사람들은 종종 이렇게 말합니다. "하지만 현실과 씨름하지 않으면 무기력해질 것 같아요. 현실을 그대로 받아들이기만 하면 수동적인 사람이 될 거예요. 행동할 의욕까지 잃을 테고요." 나는 대답 대신 이렇게 질문합니다. "당신은 그게 진실인지 정말로 알 수 있나요?" 일자리를 잃었을 때 "일자리를 잃지 않았더라면 얼마나 좋을까"와 "나는 일자리를 잃었어. 지금 당장 내가 할 수 있는 유익한 일이 뭘까?" 가운데 어느 쪽이 더 무기력하게 들리나요?

'생각 작업'은 당신이 일어나지 말아야 했다고 생각하는 일이 실제로는 일어나야 했다는 것을 보여 줍니다. 그 일은 일어나야 했습니다. 그 일이 일어났기 때문입니다. 세상의 어떤 생각도 그 사실을 바꿀 수는 없습니다. 용납하거나 시인해야 한다는 말이 아닙니다. 지금 일어나는 일을 거부하지 않으면서, 마음의 갈등과 혼란 없이 지켜볼 수 있다는 뜻입니다. 자녀가 병에 걸리기를 바라는 사람은 아무도 없고, 자동차 사고를 당하고 싶어 하는 사람은 아무도 없습니다. 하지만 이런 일이 일어날 때 그 일을 마음으로 거부한다고 해서 무슨 도움이 될까요? 그 점을 알면서도 우리는 그렇게 합니다. 멈추는 방법을 모르기 때문입니다.

나는 지금 있는 것을 사랑합니다. 내가 영적인 사람이어서가 아니라, 현실과 다투면 나 자신이 괴롭기 때문입니다. 우리는 현실이 있는 그대로 좋다는 것을 알 수 있습니다. 현실과 다투면 긴장하고 좌절하기 때문입니다. 그럴 때는 마음이 편안하거나 자연스럽지 않습니다. 우리가 현실에 맞서기를 멈출 때 행동은 단순하게, 물 흐르듯이, 친절하게, 두려움 없이 일어납니다.

자기의 일에 머물기

나는 온 우주에서 세 가지 일만을 봅니다―나의 일, 남의 일, 신의 일. (나는 나의 통제, 당신의 통제, 다른 모든 사람의 통제를 벗어나는 일을 '신의 일'이라고 부릅니다.)

우리가 스트레스를 받는 까닭은 대부분 마음으로 자기의 일을 벗어나 다른 곳에서 살기 때문입니다. "너는 직장을 구해야 해, 네가 행복하기를 원해, 너는 시간에 맞춰 와야 해, 너는 건강해야 해"라고 생각할 때 나는 '남의 일'에 간섭하고 있습니다. 지진, 홍수, 전쟁, 혹은 내가 언제 죽을 것인지에 관해 걱정하고 있다면, 나는 '신의 일'에 간섭하고 있습니다. 내가 마음으로 남의 일이나 신의 일에 간섭할 때는 분리가 일어납니다. 나는 이 사실을 1986년에 깨달았습니다. 내가 마음으로 어머니의 일에(예를 들어 "어머니는 나를 이해해야 해"와 같은 생각으로) 간섭할 때 나는 즉시 외로움을 느꼈습니다. 그리고 고통이나 외로움을 느꼈을 때는 늘 다른 사람의 일에 간섭하고 있었음을 알게 되었습니다.

만일 당신이 당신의 삶을 살고 있고 나도 마음속에서 당신의 삶을 살고 있다면, 여기에 있는 나의 삶은 누가 살까요? 우리는 둘 다 거기에 있습니다. 마음으로 남의 일에 간섭할 때 나는 내 삶을 살고 있지 않습니다. 나 자신에게서 분리되어 있습니다. 그러면서도 왜 삶이 뜻대로 풀리지 않는지 의아해합니다.

무엇이 다른 사람에게 최선인지 안다고 생각하는 것은 '나의 일'을 벗어나는 것입니다. 아무리 사랑으로 포장해도 그것은 순전한 오만이며, 그 결과는 긴장과 걱정, 두려움입니다. 나는 내게 무엇이 옳은지 알고 있는가? 내가 할 일은 이것뿐입니다. 먼저 이 문제를 해결합시다. 남을 위해 남의 문제를 해결하려고 애쓰기 전에….

세 가지 일을 충분히 이해하고 자기의 일에 머무르면, 삶은 이제껏 상상하지 못한 방식으로 자유로워질 것입니다. 혹시 다음에 스트레스나 불편한 마음이 느껴지거든, 지금 마음속에서 누구의 일에 간섭하고 있는지 자신에게 물어보세요. 웃음을 터뜨릴지도 모릅니다. 당신은 그 질문으로 자기에게 돌아올 수 있습니다. 또한 이제껏 진정으로 현존(現存, 지금 여기에 존재함)한 적이 없음을, 마음속에서 남의 일을 하며 살았음을 깨달을 수도 있습니다. 일단 남의 일에 간섭하고 있음을 알아차리면, 당신의 아름다운 자기로 돌아올 수 있습니다.

한동안 이렇게 실천해 보면, 당신이 해야 할 일은 아무것도 없으며 당신의 삶은 저절로 완벽하게 흘러가고 있음을 알게 될 것입니다.

생각을 이해로 만나기

우리가 믿지만 않으면 생각은 해롭지 않습니다. 고통을 일으키는 것은 생각이 아니라, 생각에 대한 집착입니다. 생각에 집착한다는 것은 그 생각을 살펴보지 않은 채 진실하다고 믿는 것입니다. 믿음은 우리가, 때로는 아주 오랫동안, 집착하는 생각입니다.

대다수 사람은 생각이 '나'라고 말하는 것을 진짜 '나'라고 믿습니다. 어느 날, 숨 쉬고 있는 것은 내가 아님을 알게 되었습니다. 나는 숨 쉬어지고 있었습니다. 또 놀랍게도, 생각하고 있는 것은 내가 아니었습니다. 실제로는 내가 생각되어지고 있었고, 생각은 개인의 것이 아니었습니다. 아침에 일어나서 "나는 오늘 생각하지 않겠어"라고 생각해도, 이미 늦었습니다. 이미 생각하고 있습니다. 생각은 저절로 나타납니다. 구름이 텅 빈 하늘을 가로질러 흘러가듯, 생각은 허공에서 나와 허공으로 돌아갑니다. 생각들은 와서 머무르지 않고 지나갑니다. 진실이라 믿고 집착하지만 않으면, 생각은 조금도 해롭지 않습니다.

사람들은 생각을 통제할 수 있었다는 사람들에 관해 얘기하지만, 그럴 수 있었던 사람은 아무도 없습니다. 나는 생각을 놓아주지 않습니다. 생각을 이해로 만납니다. 그러면 생각이 나를 놓아줍니다.

생각은 산들바람이나 나뭇잎, 하늘에서 떨어지는 빗방울과 같습니다. 생각은 그렇게 나타납니다. 그리고 우리는 질문을 통해 생각들과 친구가 될 수 있습니다. 당신은 빗방울과 다툴 수 있나요? 빗방울은 개인의 것이 아니며, 생각도 마찬가지입니다. 어떤 괴로운 생각을 이해로 만나면, 다음에 그 생각이 나타날 때는 흥미롭게 느껴질 수 있습니다. 전에는 악몽이었던 생각이 이제는 재미있게 느껴집니다. 다음에 그 생각이 또 나타날 때는 웃을 수 있습니다. 그다음에는 아예 알아차리지 못할 수도 있습니다. 이것이 지금 있는 것을 사랑하는 힘입니다.

자기의 이야기를 깨닫기

나는 우리가 진실이라고 확신하는 생각들, 잇달아 일어나는 생각들을 '이야기'라고 부릅니다. 이야기는 과거나 현재, 또는 미래에 관한 생각일 수 있습니다. 이야기는 '…해야 해'라거나 '…했으면 좋았을걸', 또는 '그것은 …때문이야'라는 등의 생각일 수 있습니다. 이야기들은 마음속에서 하루에도 수백 번씩 나타납니다. 잠에서 깨어 방에서 걸어 나올 때, 어떤 사람이 미소를 짓지 않거나 응답 전화를 하지 않을 때, 낯선 사람이 자신을 보고 미소를 지을 때, 중요한 편지를 열어 보려 할 때, 가슴에서 낯선 느낌이 느껴질 때, 직장 상사가 당신을 호출할 때, 또는 배우자나 애인이 당신에게 어떤 어조로 말할 때, 우리의 마음속에는 그런 이야기들이 나타납니다. 이야기들은 이런 것들이 무엇을 뜻하는지 우리에게 얘기하는, 검증되거나 조사되지 않은 이론들입니다. 우리는 그것들이 단지 이론에 불과하다는 것을 깨닫지 못합니다.

예전에 동네 식당에 갔을 때였습니다. 여자 화장실에 들어가는데, 한 여자가 칸막이 문을 열고 나왔습니다. 우리는 서로 미소를 지었고, 내가 칸막이로 들어가 문을 닫자 그녀는 노래를 부르며 손을 씻기 시작했습니다. "목소리가 참 아름답구나!"라고 나는 생각했습니다. 그녀가 떠나는 소리를 들었을 때, 변기의 앉는 자리가 흠뻑 젖어 있는 것을 보았습니다. "누가 이런 짓을 한 거지?" 그리고 생각했습니다. "대체 저 여자는 어떻게 받침대에 온통 소변을 묻혔지? 변기 위에 서 있었나?" 그 여자가 실은 남자일 거라는 생각이 떠올랐습니다. 여자 화장실에서 가성으로 노래하는, 여자 옷을 즐겨 입는 변태성욕자. 그 여자(그 남자)를 뒤쫓아 가서 그가 변기를 얼마나 지저분하게 만들어 놓았는지 알게 해 줘야겠다는 생각이 스쳐 갔습니다. 변기 받침대를 닦는 동안 그를 비난하는 온갖 생각이 떠올랐습니다. 그 뒤 변기 물을 내리자, 변기통에서 물이 솟구쳐 받침대 위까지 넘쳐흘렀습니다. 웃지 않을 수 없었습니다.

다행히도 이때는 내 이야기가 더 진행되기 전에 자연히 전후 사정이 파악되었지만, 보통은 그렇지 않습니다. 나는 생각에 질문하는 법을 발견하기 전에는 이런 생각을 어떻게 멈출 수 있는지 알지 못했습니다. 작은 이야기들은 큰 이야기들로 자라났습니다. 큰 이야기들은 삶에 대한 주요한 이론들로 자라났습니다. 삶이란 얼마나 괴로운 것이며, 세상은 얼마나 위험한 곳인가 하는 이론들. 결국 나는 너무나 두렵고 우울한 나머지 침실을 떠날 수도 없었습니다.

조사되지 않은 이론으로 지금 일어나는 일을 해석하고, 그런 사실을 알아차리지도 못할 때, 당신은 내가 '꿈'이라고 부르는 상태에 빠져 있습니다. 꿈은 괴로운 꿈으로 바뀔 때가 많고, 때로는 악몽이 되기도 합니다. 이럴 때면 그런 이론에 관해 '생각 작업'을 해서 그 이론이 진실한지 확인해 보고 싶어질 수 있습니다. '생각 작업'을 할수록 마음을 불편하게 하는 이야기들이 줄어듭니다. 그런 이야기가 없다면 당신은 누구일까요? 당신의 세계는 얼마나 많은 부분이 확인되지 않은 이야기들로 채워져 있나요? 조사해 보기 전에는 알 수 없습니다.

고통 뒤에 있는 생각을 찾기

이제껏 내가 경험한 모든 스트레스는 진실하지 않은 생각에 집착했기에 일어났습니다. 마음을 불편하게 하는 생각 뒤에는 늘 자기에게 진실하지 않은 생각이 있습니다. "바람이 계속 불면 안 돼"나 "남편은 내 말에 동의해야 해"와 같은 생각들. 우리는 현실에 반하는 생각을 믿고, 그 뒤 스트레스를 느끼고, 다음에는 그 느낌에 따라 행동하여 더 많은 스트레스를 만들어 냅니다. 최초의 원인인 생각을 이해하는 대신에, 우리 바깥을 바라봄으로써 스트레스 받는 느낌을 바꾸려고 노력합니다. 그리고 일시적인 위안과 스스로 통제하고 있다는 환상을 얻기 위해 다른 사람을 바꾸려고 애쓰거나 음식, 술, 마약, 돈, 섹스 등에 기대려 합니다.

우리는 고통스러운 느낌에 쉽게 휩쓸릴 수 있습니다. 그럴 때마다, 스트레스를 주는 느낌은 "당신은 지금 꿈속에 빠져 있어요"라고 알려 주는 친절한 자명종과 같다는 것을 기억하면 도움이 됩니다. 우울과 아픔, 두려움은 "지금 당신의 생각을 바라보세요. 당신은 지금 자기에게 진실하지 않은 이야기 속에 빠져 있어요"라고 말해 주는 선물입니다. 진실하지 않은 이야기에 따라 살면 언제나 스트레스를 받게 됩니다. 자명종을 존중하지 않을 때, 우리는 바깥을 향함으로써 그런 느낌을 바꾸려고 합니다. 우리는 흔히 생각보다 먼저 느낌을 알아차립니다. 느낌은 당신이 생각에 빠져 있음을 깨우쳐 주는 자명종이라고 말하는 이유는 그 때문입니다. '생각 작업'을 통해 진실하지 않은 생각을 조사할 때마다, 당신은 진정한 자신으로 돌아오도록 인도를 받습니다. 자기를 진정한 자신이 아닌 다른 무엇이라고 믿으면, 그리고 행복이 아닌 다른 이야기에 따라 살면 고통을 받게 됩니다.

만일 당신이 불 속에 손을 넣었다면, 손을 치우라고 누가 말해 주어야 할까요? 당신이 결정해야 할까요? 아닙니다. 불에 데자마자 손이 움직입니다. 손에게 지시할 필요가 없습니다. 손이 스스로 움직이기 때문입니다. 마찬가지로, 진실하지 않은 생각이 고통을 일으킨다는 것을 이해하면, 당신은 그 생각을 떠나게 됩니다. 그 생각이 있기 전에는 고통이 없었습니다. 그 생각이 고통을 일으킵니다. 그 생각이 진실하지 않음을 깨달으면, 역시 고통이 없습니다. '생각 작업'은 이런 식으로 작용합니다. "그 생각을 믿을 때, 나는 어떻게 반응하는가?" 불 속에 있는 손. "그 생각이 없다면 나는 누구일까?" 불길 밖에 있는. 우리는 생각을 바라보고, 불 속에 있는 손을 느끼고, 자연스럽게 원래 위치로 돌아갑니다. 누구에게 지시받을 필요가 없습니다. 나중에 그 생각이 다시 올라오면, 마음은 저절로 불을 떠납니다. 우리는 '생각 작업'을 통해서 내적인 원인과 결과를 알아차립니다. 그러면 모든 고통이 저절로 풀리기 시작합니다.

탐구

나는 '탐구'를 '생각 작업'과 같은 뜻으로 씁니다. 탐구하거나 조사한다는 것은 어떤 생각이나 이야기에 네 가지 질문을 하고, 그것을 뒤바꾸는 것입니다(다음 장에서 설명됩니다). 탐구는 혼란을 끝내고 내면의 평화를 경험하는 길입니다. 세상이 혼돈으로 가득 차 보일 때도 마찬가지입니다. 무엇보다도 우리는 탐구를 통해, 우리가 이제껏 찾고자 했던 모든 대답이 늘 우리 안에 있다는 것을 깨달을 수 있습니다.

탐구는 하나의 기법 이상입니다. 그것은 우리의 내면 깊은 곳으로부터 우리 존재의 본성을 되찾게 합니다. 한동안 탐구를 계속하면, 탐구는 내면에서 스스로 생명력을 갖게 됩니다. 생각들이 나타날 때마다 탐구도 나타납니다. 생각과 균형을 이루는 짝으로서…. 이 내면의 동반 관계는 당신이 친절하고 유연하고 두려움 없이 즐겁게 귀 기울이는 경청자로, 자기 자신을 알아 가는 학생으로, 억울해하거나 비난하거나 원망하지 않는 친구로 살게 해 줍니다. 때가 되면 깨달음은 삶의 방식으로서 저절로 경험됩니다. 기쁨과 평화는 자연스럽게, 필연적으로, 돌이킬 수 없이 마음 구석구석에, 모든 관계와 경험에 스며듭니다. 그 과정은 너무 미묘해서 알아차리지 못할 수도 있습니다. 당신이 아는 것은 오직, 전에는 괴로웠지만 지금은 그렇지 않다는 것일 수도 있습니다.

당신은 생각에
집착하고 있거나
질문하고 있습니다.
다른 선택은 없습니다.

2. 안전한 자유의 길

'생각 작업'이 너무 단순하다는 말을 자주 듣습니다. 사람들은 "자유가 이렇게 단순할 리는 없어요!"라고 말합니다. 그러면 나는 묻습니다. "그게 진실인지 정말로 알 수 있나요?"

다른 사람을 판단하고, 종이에 쓰고, 네 가지 질문을 하고, 뒤바꿔 보세요. 어느 누가 짐작하겠어요? 자유가 이렇게 단순할 수 있다는 것을….

마음을 종이에 옮기기

'생각 작업'의 첫 단계는 스트레스를 주는 생각을 알아차리고, 그 생각을 종이에 쓰는 것입니다. 이런 생각들은 과거, 현재, 미래의 어떤 상황에 관한 생각일 수 있습니다. 당신이 싫어하거나 염려하는 사람에 관한 생각일 수도 있고, 당신을 화나게 하거나 슬프게 하거나 두렵게 하는 사람 또는 애증의 대상인 사람과 얽힌 상황에 관한 생각일 수도 있습니다. 그런 사람이나 상황에 관한 판단을 종이에 쓰되, 생각하는 그대로 솔직하게 쓰기 바랍니다. 짧고 단순한 문장으로 쓰세요.

처음에는 '이웃을 판단하는 양식'을 작성하는 일이 어렵게 느껴질 수 있습니다. 우리는 수천 년 동안 남을 판단하지 말라고 교육받았기 때문입니다. 그러나 이제는 직시합시다. 여전히 우리는 끊임없이 남을 판단합니다. 진실은, 우리의 머릿속에서는 남에 관한 판단이 멈추지 않는다는 것입니다. 우리는 '생각 작업'을 통해서 그런 판단들이 마침내 종이에 있는 그대로 표현되도록 허용합니다. 그리고 가장 역겨운 생각들까지도 조건 없는 사랑과 만날 수 있음을 알게 됩니다.

처음에는 아직 완전히 용서하지 못한 사람, 여전히 원망하는 사람에 관해 쓰기를 권합니다. 이곳은 가장 효과적으로 시작할 수 있는 자리입니다. 비록 그 사람을 99퍼센트 용서했다고 해도, 완전히 용서하기 전에는 당신은 자유롭지 않습니다. 아직 용서하지 않은 나머지 1퍼센트는 당신이 맺고 있는, 자기 자신과의 관계를 포함하여, 모든 관계에서도 똑같이 갇혀 있는 바로 그 자리입니다.

'생각 작업'을 처음 접하는 분이라면 처음에는 자기 자신에 관해 쓰지 않기를 간곡히 권합니다. 처음부터 자기를 판단하게 되면, 질문에 대한 대답은 어떤 동기를 갖게 되거나, 아무 소용이 없던 해결책을 내세우게 됩니다. 먼저 다른 사람을 판단하고, 질문하고, 뒤바꾸는 것은 바르게 이해하는 직접적인 길입니다. 충분히 오랜 기간 질문하여 진실의 힘을 신뢰하게 되면, 자기를 판단해도 좋습니다.

처음 시작할 때 비난하는 손가락을 바깥으로 향하면, 초점은 자기에게 맞추어져 있지 않습니다. 그러면 자기의 말을 검열하지 않고 편하게 얘기할 수 있습니다. 우리는 다른 사람에게 무엇이 필요한지, 그들이 어떻게 살아야 하는지, 그들이 누구와 함께 살아야 하는지를 안다고 확신할 때가 많습니다. 우리의 시력은 다른 사람을 볼 때는 좋지만, 자기 자신을 볼 때는 그렇지 않습니다.

'생각 작업'을 하다 보면 당신이 다른 사람을 어떻게 생각하는지 알게 되고, 이를 통해 자신이 어떠한지 알게 됩니다. 그리고 마침내 자기 바깥의 모든 것은 자기 생각의 반영임을 알게 됩니다. 당신은 이야기꾼이자, 모든 이야기를 바깥으로 투사하는[7] 사람이며, 세상은 당신의 생각들이 투사된 이미지입니다.

태초부터 사람들은 행복해지기 위해 세상을 바꾸려고 노력했지만, 이 시도는 한 번도 성공한 적이 없습니다. 문제에 거꾸로 접근하기 때문입니다. 우리가 '생각 작업'을 통해 배우는 것은, 투사된 대상이 아니라 투사하는 영사기(마음)를 바꾸는 방법입니다. 이것은 영사기 렌즈에 보풀이 있는 거친 헝겊을 대고 있는 것과 같습니다. 우리는 스크린에 흠집이 있다고 생각하고서, 흠집이 있는 것으로 보이는 사람을 모조리 바꾸려고 애씁니다. 하지만 투사된 모습들을 바꾸려 애쓰는 것은 부질없는 일입니다. 거친 헝겊이 어디에 있는지를 바르게 깨닫는다면, 영사기의 렌즈를 깨끗이 할 수 있습니다. 그러면 괴로움이 끝나고 천국에서의 작은 기쁨이 시작됩니다.

"왜 다른 사람을 판단해야 하죠? 모든 게 내 문제라는 걸 이미 알고 있는데요"라고 말하는 사람들이 있습니다. 그러면 나는 이렇게 얘기합니다. "이해합니다. 하지만 이 과정을 신뢰해 주세요. 먼저 다른 사람을 판단하세요. 그리고 간단한 안내를 따르세요." 다음은 우리가 '생각 작업'을 하고 싶을 수 있는 대상들의 예입니다. 어머니, 아버지, 아내, 남

---

7 영사기가 필름의 영상을 스크린에 투사하듯이.—옮긴이

편, 자녀, 형제자매, 애인, 이웃, 친구, 적, 룸메이트, 직장 상사, 선생, 종업원, 동료, 팀원, 판매 사원, 고객, 남자, 여자, 정부 기관, 신. 대상이 사사로울수록 더 효과적인 '생각 작업'이 이루어질 수 있습니다.

'생각 작업'에 숙달된 뒤에는 죽음, 돈, 건강, 몸, 중독, 그리고 자기비판 같은 주제에 관한 판단들에 대해서도 살펴볼 수 있습니다. (6장 '일과 돈에 관해 탐구하기', 7장 '자기비판에 관해 탐구하기', 그리고 11장 '몸과 중독에 관해 탐구하기'를 참고하세요.) 당신이 준비되기만 하면 마음속에 나타나는 어떤 불편한 생각에 관해서도 쓰고 질문할 수 있습니다. 스트레스를 느끼는 모든 순간은 자유를 가리키는 선물이라는 것을 깨달을 때, 삶은 아주 친절해집니다.

이웃을 판단하는 양식 쓰는 법

'생각 작업'을 할 때는 판단을 쓰지 않고 그냥 진행하려는 유혹을 따르지 않기 바랍니다. 생각을 종이에 옮기지 않은 채 머리로만 '생각 작업'을 하려 하면, 마음은 당신을 교묘하게 속일 것입니다. 마음은 미처 알아차리기도 전에 빠져나가서, 원래의 문장(판단, 생각)이 옳다는 것을 증명하는 다른 이야기로 도망칠 것입니다. 마음은 빛의 속도보다 더 빨리 자기를 정당화할 수 있지만, 종이에 쓰는 행위를 통해 멈춰질 수 있습니다. 일단 마음이 종이나 화면 위에서 멈추면, 생각들이 움직이지 않고 그대로 있으므로 쉽게 탐구할 수 있습니다.

생각들을 종이에 쓸 때는 스스로 검열하지 말고 솔직하게 쓰세요. 펜과 종이를 들고 앉아서 기다리세요. 말들이 찾아올 것입니다. 이야기가 올 것입니다. 만일 정말로 진실을 알고 싶다면, 또 종이에 쓰인 자신의 이야기를 두려움 없이 기꺼이 보려 한다면, 에고는 미친 듯이 써 나갈 것입니다. 에고는 개의치 않습니다. 에고는 전혀 제약받지 않습니다. 에고는 오랫동안 이날을 기다렸습니다. 에고가 종이 위에서 살아 움직이게 하세요. 에고는 당신이 단 한 번이라도 멈추기를, 자기의 말에 진정으로 귀 기울여 주기를 기다렸습니다. 에고는 어린아이처럼 모든 것을 털어놓을 것입니다. 에고가 온전히 표현되고 나면, 이제 당신은 질문할 수 있습니다.

이제 과거에 어떤 사람 때문에 화나고 상처받고 슬프고 실망했던 상황을 잠시 떠올려 보세요. 당신이 지금 그 상황 속에 있는 것처럼 마음 껏 유치하고 옹졸하게 상대를 비판하세요. 슬프고 화나고 겁에 질리고 어찌할 바를 모르는 어린아이처럼 충동적으로 쓰세요. 실제 자신보다 더 지혜롭거나 너그러운 사람이 되려 하지 마세요. 지금은 그 상황에서 느낀 감정을 검열하지 않고 완전히 정직하게 인정해야 할 때입니다. 당신의 감정들이 결과를 두려워하지 않고 완전히 표현되도록 허용해 주세요.

한동안 '생각 작업'을 계속한 사람들은 더욱더 옹졸하게 표현합니다. 그럴수록 남아 있는 걸림돌을 더 쉽게 찾을 수 있기 때문입니다. 문제들이 없어질수록 남아 있는 믿음들은 점점 더 미묘하고 분간하기 힘들어집니다. 그것들은 마지막까지 남아서 "야호! 나 여기 있어! 나 찾아봐라!" 하고 외치는 어린아이와 같습니다. '생각 작업'을 계속할수록 더욱더 솔직하고 옹졸하게 표현하고 싶어집니다. 마음 상하게 하는 문제를 좀처럼 발견하지 못하기 때문입니다. 그러다 마침내 어떤 문제도 보지 못하게 됩니다. 수천 명이 그런 경험을 했다고 내게 말해 주었습니다.

마음속에 떠오르는 생각과 이야기, 화나 원망, 슬픔 등 고통을 일으키는 생각을 써 보세요. 당신에게 상처를 준 사람들, 가장 친했던 사람들, 당신이 질투하는 사람들, 용납할 수 없는 사람들, 실망한 사람들에게 먼저 비난의 손가락을 가리키세요. "남편은 나를 떠났어", "어머니는 나를 사랑하지 않았어", "자녀들은 나를 존경하지 않아", "친구가 나를 배신했어", "나를 부당하게 대우하는 직장 상사가 싫어", "이웃 사람들이 너무 싫어, 그들 때문에 내 삶이 엉망이 되어 버렸어." 오늘 아침 신문에서 읽은 기사에 관해, 전염병이나 경기 침체로 목숨을 잃고 집을 잃은 사람들에 관해 쓰세요. 동작이 너무 굼뜬 식료품점 계산원, 고속도로에서 갑자기 앞으로 끼어드는 운전자에 관해 쓰세요. 모든 이야기는 한 가지 주제의 변형입니다. "이런 일은 일어나지 않아야 해. 나는 이런 일을 겪지 않아야 해. 신은 불공평해. 삶은 공평하지 않아."

처음 '생각 작업'을 할 때는 가끔 이런 생각이 들 것입니다. "뭘 써야 할지 모르겠어. 대체 왜 '생각 작업'을 해야 하는 거지? 나는 누구에게도 화가 나 있지 않아. 나를 정말로 괴롭히는 건 아무것도 없어." 무엇에 관해 써야 할지 모르겠다면, 기다리세요. 삶은 이야깃거리를 줄 것입니다. 전화하겠다고 약속한 친구가 제시간에 전화하지 않아서 실망할 수도 있습니다. 어릴 때 하지도 않은 일로 어머니에게 혼난 기억이 떠오를 수도 있습니다. 신문을 읽거나 세상의 고통에 관해 생각할 때 화가 나거나 두려워질 수도 있습니다.

마음이 얘기하는 이런 이야기들을 종이에 옮겨 보세요. 아무리 노력해도 머릿속에서는 이야기를 멈출 수 없습니다. 그럴 수는 없습니다. 하지만 그 이야기를 쓰고, 모든 고통과 좌절과 분노와 슬픔을 마음이 얘기하는 대로 적으면, 내면에서 소용돌이치는 이야기를 바라볼 수 있게 됩니다. 눈에 보이는 형태로 물질세계에 들어온 이야기를 볼 수 있습니다. 그리고 마침내 '생각 작업'을 통해서 그 이야기를 이해하기 시작합니다.

길을 잃은 어린아이는 심한 공포를 느낄 것입니다. 마음의 혼돈 속에서 길을 잃었을 때도 똑같은 두려움을 느낄 수 있습니다. 하지만 '생각 작업'을 시작하면 정신을 차리고 집으로 돌아오는 길을 발견할 수 있습니다. 지금 어느 거리를 걷고 있든 거기에는 뭔가 익숙한 것이 있습니다. 당신은 그곳이 어디인지 알아봅니다. 설령 어떤 사람이 당신을 납치해서 한 달간 감금한 뒤 눈가리개를 씌우고 차 밖으로 내보냈다 해도, 눈가리개를 벗고 건물들과 거리를 바라보면, 곧 어떤 상점을 알아보기 시작하며 모든 풍경이 익숙해집니다. 이제 집으로 가는 길을 찾을 수 있습니다. '생각 작업'은 이런 역할을 합니다. 마음을 이해하기만 하면, 마음은 언제나 집으로 돌아오는 길을 찾을 수 있습니다. 길을 잃거나 혼란스러운 채로 계속 있을 수 있는 곳은 어디에도 없습니다.

이웃을 판단하는 양식

1986년에 내 삶이 바뀐 뒤, 나는 집 가까이 있는 사막에서 많은 시간을 보내며 나 자신에게 귀를 기울였습니다. 오랜 세월 인류를 괴롭혀 온 이야기들이 내면에서 떠올랐습니다. 오래지 않아 나는 모든 관념을 지켜보았습니다. 그리고 나는 사막에 홀로 있었지만 온 세상이 나와 함께 있다는 것을 알게 되었습니다. 그것은 이런 식으로 들렸습니다. "나는 …을 원해", "나는 …이 필요해", "그들은 …해야 해", "그들은 …하지 말아야 해", "나는 화가 나, 왜냐하면", "나는 슬퍼", "이제 다시는 …하지 않겠어", "나는 …하고 싶지 않아." 마음속에서 계속 되풀이된 이런 말들은 '이웃을 판단하는 양식'에 있는 여섯 가지 질문의 기초가 되었습니다. 이 양식의 목적은 자기의 고통스러운 이야기와 판단을 종이에 쓰도록 돕는 것입니다. 이 양식은 종이에 쓰지 않으면 발견하기 어려운 판단들을 드러내기 위한 것입니다.

이 양식에 쓰는 판단들은 '생각 작업'에 사용될 재료입니다. 우리는 이 양식에 쓴 문장 하나하나에 순서대로 네 가지 질문을 하게 되며, 이 질문들은 우리를 진실로 안내할 것입니다.

다음은 '이웃을 판단하는 양식'을 완성한 사례입니다. 이 사례에서 나는 두 번째 남편인 폴에 관해 썼습니다(이 내용은 폴의 허락을 받고 여기에 실렸습니다). 여기에 쓴 말들은 내 삶이 변화되기 전에 평소 그에 관해 믿던 생각 중 일부입니다. 이 양식을 읽는 동안 폴 대신 이 자리에 어울리는, 당신의 삶에 있는 다른 사람의 이름을 넣어서 읽어 보기를 권합니다.

1. 이 상황에서 당신을 화나게 하거나 슬프게 하거나 실망시키는 사람은 누구인가요? 왜 그런가요?

나는 (이름)폴이 싫다(폴에게 화가 난다, 폴 때문에 슬프다, 폴이 무섭다 등등). 왜냐하면 그는 내 말에 귀 기울이지 않기 때문이다.

2. 이 상황에서 당신은 그 사람이 어떻게 바뀌기를 원하나요? 그 사람이 어떻게 하기를 원하나요?

나는 (이름)폴이 자기가 잘못하고 있음을 알기 원한다. 나는 그가 내게 거짓말하지 않기를 원한다. 나는 그가 자기를 죽이고 있음을 알기 원한다.

3. 이 상황에서 당신이 그 사람에게 해 주고 싶은 조언은 무엇인가요?

("그는 …해야 한다/하지 말아야 한다.")

(이름)폴은 심호흡을 해야 한다. 그는 진정해야 한다. 그는 자기의 행동이 나를 두렵게 한다는 것을 알아야 한다.

4. 이 상황에서 당신이 행복해지려면, 당신은 그 사람이 어떻게 생각하고 말하고 느끼고 행동하는 게 필요할까요?

나는 (이름)폴이 내 말을 경청할 필요가 있다. 나는 폴이 자기를 잘 돌볼 필요가 있다. 나는 폴이 내가 옳다는 것을 인정할 필요가 있다.

5. 이 상황에서 당신은 그 사람을 어떻게 생각하나요? 목록을 만들어 보세요.

(옹졸하게 마음껏 판단해도 됩니다.)

(이름)폴은 부당하고, 오만하고, 시끄럽고, 정직하지 않고, 분별력이 없다.

6. 이 상황에 관해 당신이 다시는 경험하고 싶지 않은 것은 무엇인가요?

나는 앞으로 다시는 (이름)폴이 거짓말하는 것을 보고 싶지 않다. 나는 앞으로 다시는 폴이 건강을 망치는 모습을 보고 싶지 않다.

도움말

양식 1번: 당신이 쓰고 있는 사람에 관해, 그 상황에서 당신을 가장 기분 나쁘게 한 것이 무엇인지 알아차리세요. 자신이 1번에서 묘사한 상황 속에 있다고 상상하면서 2번에서 6번까지 써 보세요.

양식 2번: 이 상황에서 당신이 그 사람에게 원한 것을 (아무리 우습거나 유치해 보여도) 적어 보세요.

양식 3번: 구체적이고 실제적이고 자세하게 조언해 보세요. 그 사람이 당신의 조언을 어떻게 실천해야 하는지를 단계별로 분명히 표현해 보세요. 그 사람이 해야 한다고 생각되는 것을 그 사람에게 정확히 말해 주세요. 만일 그 사람이 당신의 조언을 따르면, 1번에 있는 당신의 문제가 정말로 해결될까요? (5번에서 당신이 묘사한 대로인) 이 사람에게 적절하고 실천할 수 있는 조언을 해 주세요.

양식 4번: 1번에서 묘사한 상황에 머물렀나요? 당신에게 필요한 것들이 충족되면 당신이 '행복'해질까요? 아니면, 고통이 멈출 뿐일까요? 당신에게 필요한 것을 구체적으로, 실질적으로, 자세히 표현해 보세요.

탐구: 네 가지 질문과 뒤바꾸기

1. 그게 진실인가요? ('예' 또는 '아니요'로 대답. 대답이 '아니요'라면 3번 질문으로 갑니다.)

2. 당신은 그게 진실인지 확실히 알 수 있나요? ('예' 또는 '아니요'로 대답)

3. 그 생각을 믿을 때 당신은 어떻게 반응하나요? 무슨 일이 일어나나요?

4. 그 생각이 없다면 당신은 누구 또는 무엇일까요?

그리고

뒤바꿔 보세요.

(그 뒤 각 뒤바꾸기가 이 상황에서 당신에게 진실한 예를 찾아보세요.)

이제 네 가지 질문을 이용하여, 앞의 사례에 있는 양식 1번의 첫 번째 문장("폴은 내 말에 귀 기울이지 않는다.")을 살펴봅시다. 글을 읽으면서, 자신이 아직 완전히 용서하지 않은 사람을 생각해 보세요.

1. 그게 진실인가요?

그 상황을 다시 떠올려 보면서 스스로 물어보세요. "폴은 내 말에 귀 기울이지 않는다는 말이 진실인가?" 고요하세요. 정말로 진실을 알고 싶다면, 마음의 눈으로 그 상황을 회상할 때 '예' 또는 '아니요'라는 정직한 대답이 내면에서 떠올라 질문을 만날 것입니다. 마음이 질문하게 하고, 대답이 떠오르기를 기다리세요.

　(질문 1이나 2에 대한 대답은 '예' 또는 '아니요'라는 한 단어입니다. 대답할 때 자신이 어떤 식으로든 방어하려 하는지를 알아차리세요. 만일 당신의 대답에 "왜냐하면…"이나 "하지만…"이 포함되면, 이것은 당신이 찾는 '한 단어 대답'이 아니며, 당신은 더이상 '생각 작업'을 하고 있지 않습니다. 당신은 자기 바깥에서 자유를 찾고 있습니다. 나는 새로운 패러다임으로 당신을 초대합니다.)

2. 당신은 그게 진실인지 확실히 알 수 있나요?

다음 질문들을 잘 살펴보세요. "그 상황에서, 폴이 내 말에 귀 기울이지 않는다는 말이 진실인지 나는 확실히 알 수 있는가? 다른 사람이 귀 기울여 듣고 있는지 아닌지를 늘 확실히 알 수 있는가? 나도 듣고 있지 않은 것처럼 보이지만 사실은 듣고 있을 때도 있지 않은가?"

3. 그 생각을 믿을 때 당신은 어떻게 반응하나요? 무슨 일이 일어나나요?

폴이 당신의 말에 귀 기울이지 않는다고 믿을 때, 당신은 어떻게 반응하나요? 당신은 그를 어떻게 대하나요? 고요하세요. 알아차리세요. 예를 들어, "나는 낙담하고 화가 난다. 그를 노려본다. 그의 말을 가로챈다. 그를 응징한다. 그를 무시한다. 화를 낸다. 그가 내 말에 귀를 기울이도록 더 빨리, 더 크게 얘기한다." 그 상황을 지켜보며, 그 생각을 믿을 때 당신이 어떻게 반응하는지를 보여 주는 이미지들이 마음의 눈에 떠오르도록 허용하면서, 계속 목록을 만들어 보세요.

그 생각이 당신의 삶에 평화를 가져오나요, 아니면 스트레스를 가져오나요? 어떤 이미지들이 보이나요? 그리고 그런 이미지들을 지켜볼 때 어떤 신체 감각들이 떠오르나요? 그것들이 지금 경험되도록 허용하세요. 그 생각을 믿을 때, 어떤 집착이나 강박이 나타나기 시작하나요? (알코올, 약물, 신용카드, 음식, 성관계, 텔레비전 같은 것들을 이용하나요?)

이 상황에서 당신이 자기를 어떻게 대하는지, 그럴 때 어떤 느낌을 경험하는지 보세요. "나는 마음의 문을 닫는다. 스스로 고립된다. 화가 난다. 강박적으로 먹는다. 며칠씩 텔레비전을 본다. 우울하고, 기분이 나쁘고, 외롭다." 당신이 "폴은 내 말에 귀 기울이지 않는다"라는 생각을 믿을 때 일어나는 모든 결과를 알아차리세요.

4. 그 생각이 없다면 당신은 누구 또는 무엇일까요?

이것은 아주 강력한 질문입니다. 당신이 하지 말아야 한다고 생각하는 행동을 하는 사람과 함께 있는 자기의 모습을 마음속에 그려 보세요. 이제, 예를 들어 "폴은 내 말에 귀 기울이지 않는다"라는 생각이 없다면 당신은 누구일지 상상해 보세요. 당신이 그 생각을 믿지 않았다면, 같은 상황에서 당신은 누구일까요?

눈을 감고서, 당신의 말에 귀 기울이지 않는 폴의 모습을 상상해 보세요. 폴이 귀 기울여 듣지 않는다는(또는 그가 귀 기울여야 한다는) 생각이 아예 없는 자신을 상상해 보세요. 충분히 시간을 두세요. 무엇이 드러나나요? 무엇이 보이나요? 그것이 어떻게 느껴지나요?

뒤바꿔 보세요.

뒤바꾸기는 당신이 믿는 생각과 반대되는 진실들을 경험할 기회입니다. 하나의 문장을 뒤바꾸면 많은 진실이 드러날 수 있습니다. 생각 탐구는, 당신이 진실하다고 믿는, 어떤 상황을 보는 고통스러운 시각에서 당신을 해방할 수 있습니다. 뒤바꾸기는 더 친절하고 자기를 더 실현하는 삶으로 들어가는 강력한 길일 수 있습니다.

 하나의 문장을 여러 가지로 뒤바꿀 수 있습니다. 때로는 한두 개의 뒤바꾸기만 있을 수도 있습니다. 마음을 열고, 너그러운 마음으로, 어떤 뒤바꾸기가 당신의 상황에 적합한지 보세요. 신발 가게에서 새 신발을 신어 보듯이 뒤바꾸기를 시도해 보세요. 먼저 신발을 신어 보지 않고서 신발값을 치르고 가게를 나오고 싶지는 않을 것입니다. 당신의 상황에서, 뒤바꾸기가 원래의 문장만큼 진실하거나 더 진실한 사례를 찾아보세요.

 예를 들어, "폴은 내 말에 귀 기울이지 않는다"라는 원래 문장을 뒤바꾸면, "나는 내 말에 귀 기울이지 않는다"가 됩니다. 이 뒤바꾸기가 원래 문장만큼 진실하거나 더 진실한가요? 그 상황에서 당신은 자기의 말에 귀 기울이고 있었나요? 천천히 시간을 두고, 폴과 함께 있던 그 상황에서 당신이 자기의 말에 귀 기울이지 않고 있었음을 보여 주는 사례들을 찾아보세요. 나의 사례 중 하나는, 그 상황에서 나는 비난을 쏟아냈고, 내가 옳다는 것을 증명하는 데 너무 집중하느라 나 자신의 말에 귀 기울일 수 없었습니다.

또 하나의 뒤바꾸기는 "나는 폴의 말에 귀 기울이지 않는다"입니다. 그 상황에서, 폴이 보기에, 당신이 폴의 말에 귀를 기울이지 않고 있었던 사례를 찾아보세요. 폴이 당신의 말에 귀 기울이지 않는다고 생각할 때, 당신은 그의 말에 귀 기울이고 있었나요?

세 번째 뒤바꾸기는 "폴은 내 말에 귀 기울인다"입니다. 예를 들어, 그는 (금연하라는 내 말을 듣고서) 피우고 있던 담배를 끕니다. 그는 5분 안에 다른 담배에 불을 붙일지 모르지만, 그 상황에서, 심지어 자신의 건강에 신경 쓰지 않는다고 말하면서도, 그는 내 말에 귀 기울이는 것 같았습니다. 뒤바꾸기를 할 때마다 그 뒤바꾸기가 자신에게 진실함을 보여 주는 사례들을 찾아보세요.

각 뒤바꾸기에 관해 명상한 뒤, 양식에 쓴 다음 문장(이 사례에서는 "나는 폴이 자기가 잘못하고 있음을 알기 원한다"입니다)에 관해, 그다음에는 양식에 쓴 다른 문장들에 관해 차례차례 정해진 질문을 계속해 가면 됩니다.

뒤바꾸기는 건강과 평화, 행복을 위한 당신의 처방입니다. 이제까지 다른 사람들에게 처방해 온 그 약을 자기 자신에게 줄 수 있나요?

스스로 하기: 양식

이제 직접 '생각 작업'을 해 보세요. 처음에는 자기의 생각을 종이에 씁니다. 아직은 네 가지 질문을 할 때가 아닙니다. 질문은 나중에 할 것입니다. 한 사람이나 하나의 상황을 선택한 뒤 짧고 단순하게 쓰세요. '비난이나 판단의 손가락을 밖으로 가리킬 것'을 기억하세요. 당신은 현재의 입장이나 다섯 살 또는 스물다섯 살의 관점에서 쓸 수 있습니다. 아직 자신에 관해서는 쓰지 마세요.

1. 이 상황에서 당신을 화나게 하거나 슬프게 하거나 실망시키는 사람은 누구인가요? 왜 그런가요? (가혹하고 유치하고 옹졸하세요.)

(예: 나는 (이름) 때문에 화가 난다(슬프다, 괴롭다 등등). 왜냐하면 (이름)은 _____ 때문이다.)

_____

_____

2. 이 상황에서 당신은 그 사람이 어떻게 바뀌기를 원하나요? 그 사람이 어떻게 하기를 원하나요?

(예: 나는 (이름)이 _____를 원한다.)

_____

_____

3. 이 상황에서 당신이 그 사람에게 해 주고 싶은 조언은 무엇인가요?

(예: (이름)은 _____해야 한다(또는, 하지 말아야 한다.))

_____

_____

4. 이 상황에서 당신이 행복해지려면, 당신은 그 사람이 어떻게 생각하고 말하고 느끼고 행동하는 게 필요할까요? (오늘은 당신의 생일이라서 원하는 것은 뭐

든지 가질 수 있다고 상상하세요.)

(예: 나는 (이름)이 _____할 필요가 있다.)

_____

_____

5. 이 상황에서 당신은 그 사람을 어떻게 생각하나요? 목록을 만들어 보세요.

(이성적이거나 관대하려 하지 마세요.)

(예: (이름)은 _____하다.)

_____

_____

6. 이 상황에 관해 당신이 다시는 경험하고 싶지 않은 것은 무엇인가요?

(예: 나는 앞으로 다시는 _____하고 싶지 않다.)

_____

_____

(참고: 까닭 없이 기분이 안 좋을 때가 있을 수 있습니다. 그럴 때는 늘 원인이 되는 내면의 이야기가 있지만, 그 까닭을 알기가 몹시 힘들 때가 있습니다. '이웃을 판단하는 양식'을 쓰다가 막힌다고 느낄 때는 343-346쪽에 있는 '이야기를 발견하기 힘들 때'를 참고하세요.)

스스로 하기: 탐구

'이웃을 판단하는 양식'에 쓴 문장들 중 첫 문장부터 하나씩 '생각 작업'
을 합니다. 순서대로 네 가지 질문을 한 뒤, 뒤바꾸기를 합니다. 그 상
황에서 원래 문장만큼 진실하거나 더 진실한 사례를 찾을 때까지 가만
히 기다려 보세요. (55-56쪽의 사례를 참고하세요.) 이미 안다고 생각하는
것 너머의 가능성에 마음의 문을 열어 보세요. '모르는 마음'(don't-know
mind)과 그 마음이 보여 주는 것을 발견하는 것처럼 신나는 일은 없습
니다.

'생각 작업'은 명상입니다. 그것은 자기 자신 속으로 깊이 잠수하는
것과 같습니다. 질문을 묵상하고, 내면 깊이 들어가고, 귀 기울이고, 대
답이 떠오르기를 기다리세요. 마음이 열려 있다면, 대답이 당신의 질문
을 발견할 것입니다. 당신이 아무리 닫혀 있고 낙담해 있고 혼란스럽고
절망적인 상태에 있어도, 마음의 더 온화한 극성이 아직 자기 자신을
깨닫지 못해서 혼란스러운 반대편 극성을 만날 것입니다. 당신은 자기
자신과 자기 세계에 관한 진실들이 드러나는 것을 경험하기 시작할 텐
데, 그 진실들은 당신의 삶을 영원히 변화시킬 것입니다.

이제 직접 '생각 작업'을 해 보세요. 당신이 양식에 적은 첫 번째 문장
을 보세요. 그리고 네 가지 질문을 해 보세요.

1. 그게 진실인가요?

첫 번째 질문을 한 뒤에는 충분한 시간을 두고 대답을 기다리세요. 대
답은 '예' 또는 '아니요'입니다. (만일 대답이 '아니요'라면 질문 3으로 넘어가세
요.) '생각 작업'은 자기의 가장 깊은 내면에서 무엇이 진실한지를 발견

하려는 것입니다. 그 진실은 당신이 이제껏 한 번도 생각해 보지 못한 것일 수 있습니다. 하지만 자기의 대답을 경험할 때 진실을 알게 됩니다. 그저 마음을 열고, 진실을 묵상하며, 그 진실이 당신을 내면으로 더 깊이 데려가도록 허용하세요.

이 질문에는 옳거나 틀린 대답이 없습니다. 당신은 지금 자기의 대답에 귀를 기울이고 있습니다. 그것은 다른 사람의 대답이 아니며, 어디서 배운 것도 아닙니다. 이럴 때는 마음이 몹시 불안할 수 있습니다. 모르는 곳으로 들어가고 있기 때문입니다. 그래도 내면으로 계속 들어가면서, 내면의 진실이 떠올라 질문을 만나게 하세요. 다정한 마음으로 자기를 탐구하세요. 이 경험에 자신을 완전히 맡기세요.

2. 당신은 그게 진실인지 확실히 알 수 있나요?

이 질문은 모르는 곳으로 더 깊이 들어갈 기회를, 그리고 이미 안다고 생각하는 것의 밑에 있는 대답을 발견할 기회를 줍니다. 이 영역에 관해 내가 할 수 있는 말은 오로지 악몽의 밑에는 좋은 것이 있다는 말뿐입니다. 당신은 정말로 진실을 알고 싶나요?

만일 '질문 2'에 대한 대답이 '예'라면, 다음 질문으로 넘어가면 됩니다. 하지만 그 문장에 대한 당신의 '해석'이 무엇인지 알아보기 위해 잠시 멈추고 문장을 고쳐 써 보면 도움이 될 수 있습니다. 실제로 고통을 일으키는 원인은, 스스로 자각하지 못하고 있을 수 있는, 자기의 해석일 때가 많습니다. 고쳐 쓰기에 관한 자세한 설명을 보고 싶다면 210-214쪽에 있는 '원래의 문장이 진실하다고 생각할 때'를 참고하세요.

3. 그 생각을 믿을 때 당신은 어떻게 반응하나요? 무슨 일이 일어나나요?

그 생각을 믿을 때 당신은 자기를 어떻게 대하고, 상대방을 어떻게 대하나요? 어떻게 행동하나요? 구체적으로 적어 보세요. 당신의 행동을 하나씩 적어 보세요. 그 생각을 믿을 때 당신은 그 사람에게 뭐라고 말하나요? 그 생각을 믿을 때 당신의 삶은 어떤가요? 그런 반응들이 몸에서 각각 어떻게 느껴지는지 적어 보세요. 그런 느낌이 몸의 어느 부위에서 느껴지나요? 그것이 어떻게 느껴지나요(따끔따끔한, 화끈 달아오르는 등등)? 그 생각을 믿을 때 머릿속에서는 어떤 말들이 오가나요?

4. 그 생각이 없다면 당신은 누구 또는 무엇일까요?

눈을 감고 기다리세요. 한순간이라도 그 생각이 없는 자신을 상상해 보세요. 당신이 그 사람과 함께 있을 때(또는 그 상황에서) 그 생각을 아예 생각할 능력조차 없었다고 상상해 보세요. 어떤 모습이 보이나요? 그것이 어떻게 느껴지나요? 상황이 어떻게 다른가요? 이 관념이 없다면 당신의 삶이 어떻게 다를 수 있는지 적어 보세요. 예를 들어, 그 생각이 없다면 똑같은 상황에서 그 사람을 어떻게 대할까요? 이게 내면에서 더 친절하게 느껴지나요?

뒤바꿔 보세요.

뒤바꾸기의 힘을 경험하려면 원래 문장의 반대 문장을 찾아보세요. 하나의 문장은 보통 자기 자신으로, 상대방으로, 그리고 정반대로 바뀔 수 있습니다. 먼저, 그 문장이 마치 자신에 관해 쓰인 것처럼 바꿔 씁니다. 다른 사람의 이름 대신 자기 이름을 넣습니다. '그'나 '그녀' 대신 '나'를 넣으세요. 예를 들어 "폴은 내 말에 귀 기울이지 않는다"라는 문장은 "나는 내 말에 귀 기울이지 않는다"로 바뀝니다. 이 뒤바꾸기가 어째서 원래 문장만큼 진실하거나 더 진실한지를 보여 주는 사례를 하나, 둘, 또는 세 개까지 찾아보세요. 다른 형태의 뒤바꾸기는 "나는 폴의 말에 귀 기울이지 않는다"입니다. 또 하나의 형태는 180도 회전시켜 정반대로 뒤바꾸는 것입니다. 그러면 원래 문장은 "폴은 내 말에 귀 기울인다"로 바뀝니다.

이 상황에 관해 명상하고 살펴보면서, 자신이 뒤바꾸기를 충분히 경험하도록 허용해 주세요. 뒤바꾼 문장이 당신의 원래 생각만큼 진실하거나 더 진실해 보이는지 스스로 물어보고, 어떤 사례가 마음에 와닿는지 보세요. 예를 들어, 그 특정한 상황에서 당신이 자기의 말에 귀 기울이지 않는 방식들을 찾아보세요. 그 상황에서 당신이 폴의 말에 귀 기울이지 않는 방식들을 찾아보세요. 그 상황에서 폴이 당신의 말에 귀 기울이는 방식들을 찾아보세요. 이는 자기를 비난하거나 죄책감을 느끼게 하려는 것이 아닙니다. 당신에게 평화를 가져올 수 있는 다른 대안을 발견하려는 것입니다.

한 문장에서 서너 개, 혹은 그 이상의 뒤바꾸기를 찾을 수 있습니다. 때로는 자신에게 진실하게 느껴지는 뒤바꾸기가 한두 개만 있을 수도 있습니다.

(양식에 있는 6번 문장의 뒤바꾸기는 일반적인 뒤바꾸기와 다릅니다. 우리는 "나는 앞으로 다시는 …하고 싶지 않다"라는 형태의 문장을 "나는 기꺼이 …하겠다"로, 그 뒤 "나는 …하기를 고대한다"로 바꿉니다.) 뒤바꾸기에 관해 더 자세히 알고 싶다면 219-230쪽을 참고하세요.

뒤바꾸기를 할 때마다 원래 문장으로 돌아가서 시작하세요. 예를 들어, "그는 그의 시간을 낭비하지 말아야 한다"라는 문장은 "나는 나의 시간을 낭비하지 말아야 한다", "나는 그의 시간을 낭비하지 말아야 한다", 그리고 "그는 그의 시간을 낭비해야 한다"로 뒤바뀔 수 있습니다. "나는 나의 시간을 낭비해야 한다"와 "나는 그의 시간을 낭비해야 한다"는 유효한 뒤바꾸기가 아님을 알아차리세요. 그것들은 원래 문장의 뒤바꾸기가 아니라 뒤바꾸기의 뒤바꾸기입니다.

뒤바꾼 문장이 원래 문장만큼 진실하거나 더 진실한지 잘 살펴봅니다. "폴은 내게 친절해야 한다"라는 문장을 예로 들어 봅시다. "나는 내게 친절해야 한다"라는 뒤바꾸기는 내게 알맞아 보이고, 원래 문장만큼 진실하거나 더 진실해 보입니다. 왜냐하면 나는 폴이 내게 친절해야 한다고 생각하지만 폴은 친절하지 않을 때, 나는 화를 내고 분개하며, 나 자신에게 굉장한 스트레스를 주기 때문입니다. 이것은 친절한 행위가 아닙니다. 내가 나에게 친절하다면, 다른 사람의 친절을 기다릴 필요가 없을 것입니다.

"나는 폴에게 친절해야 한다"라는 뒤바꾸기도 최소한 원래 문장만큼은 진실합니다. 폴이 내게 친절해야 한다고 생각하고, 그래서 내가 화를 내고 분개할 때, 나는 폴을 몹시 퉁명스럽게 대합니다. 특히 마음속으로. 나 자신부터 시작하겠습니다. 폴이 내게 어떻게 해 주기를 바란다면, 내가 먼저 나 자신에게 그렇게 해 주겠습니다. 내 지혜에서 나온 뒤바꾸기가 인도한 대로 행동하겠습니다.

"폴은 내게 친절하면 안 된다"라는 뒤바꾸기는 분명히 그 반대 문장보다 더 진실합니다. 그는 그 상황에서 내게 친절하면 안 됩니다. 그는 지금 그렇지 않기 때문입니다. 그것이 현실입니다.

직접 탐구하기

이제 나머지 판단들에 관해 스스로 네 가지 질문을 하고 뒤바꿔 봅니다. 한 번에 하나씩. 먼저 '이웃을 판단하는 양식'에 적은 문장을 다 읽어 보세요. 그리고 스스로 질문하면서 한 문장씩 살펴보세요.

1. 그게 진실인가?
2. 나는 그게 진실인지 확실히 알 수 있는가?
3. 이 생각을 믿을 때 나는 어떻게 반응하는가? 무슨 일이 일어나는가?
4. 이 생각이 없다면 나는 누구 또는 무엇일까?
그리고

뒤바꿔 보세요.

(그리고 각 뒤바꾸기가 그 상황에서 어떻게 자신에게 진실한지를 보여 주는 사례들을 찾아보세요.)

스트레스를 주는 생각에 질문할 때는 최대한 고요히 있는 것이 중요합니다. 눈을 감으세요. 대답을 보여 달라고 요청하고, 진심으로 그렇게 하세요. 요점은, 에고가 좋아하면서 제공하는 익숙한 대답에 멈추거나 안주하지 않는 것입니다. 참된 대답은 당신이 안다고 생각하는 것과 무척 다를 수도 있습니다. 그것은 생각보다 더 깊은 고요함에서 올라올 것입니다. 만일 탐구하는 동안 생각으로 인해 산만해지면, 주의를 계속 고요함으로 이동하세요. 그곳은 질문에 대한 대답이 나오는 곳입니다.

하지만 알아차리든 알아차리지 못하든, 대답은 당신 안에 살아 있습니다. 그것은 고통이라는 환상 가운데 확고히 살아 있습니다. 유일하게 필요힌 것은 살아 있는 대답과 경쟁하려는 것을 알아차리고 질문히는 것입니다. 대답은 당신에게 언제나 주어지겠지만, 당신의 마음은 관념으로 너무나 가득 차 있어서 알아차릴 공간이 없습니다.

그러니 매우 고요해지고, 진지하게 질문하고, 그 질문에 머무르며, 참된 대답이 아닌 것에 안주하지 마세요. 대답을 두려워하지 마세요. 당신이 안다고 생각하는 것이 아니라, 알지 못하는 것이 당신을 통과하도록 허용하세요.

처음 '생각 작업'을 할 때는 잘 되지 않아도 괜찮습니다. 그냥 다음 장으로 넘어가거나, 다른 사람에 관해 '생각 작업'을 해 본 뒤, 나중에 이 '생각 작업'으로 돌아와 보세요. '생각 작업'이 잘 되고 있는지 안 되고 있는지는 염려하지 마세요. 당신은 이제 막 '생각 작업'을 배우기 시작했습니다. 이것은 자전거를 타는 것과 같습니다. 당신이 할 일은 오직 비틀거리면서도 계속 앞으로 나아가는 것입니다. 다음에 나오는 대화들을 읽으면 '생각 작업'이 한결 쉽게 느껴질 것입니다. 이미 많은 사람이 '생각 작업'의 효과를 경험했습니다. 처음에는 '생각 작업'의 효과를 실감하기 힘들 수 있지만, 이미 당신은 바뀌었습니다. '생각 작업'은 무척 미묘하며 심오할 수 있습니다.

모든 사람은
거울에 비치듯
당신에게 되돌아오는
당신의 생각입니다.

3. 대화로 들어가며

'생각 작업'을 할 때, 도움을 주는 조력자(이 사례들에서는 내가 조력자입니다)와 함께 하는 것과 스스로 하는 것 사이에 근본적인 차이는 없습니다. 이 책에 실린 대화들을 읽을 때는 이 점을 이해하는 것이 중요합니다. 당신이 지금까지 기다린 스승과 치유자는 바로 당신 자신입니다. 이 책은 당신이 스스로 '생각 작업'을 할 수 있도록 도울 것입니다. 조력자와 함께 하면 무척 효과적일 수 있지만, 반드시 그럴 필요는 없습니다. 다른 사람이 조력자와 함께 '생각 작업' 하는 것을 지켜보면서 자기의 대답을 찾기 위해 내면을 들여다보는 것도 유익한 방법입니다. 이런 식으로 참여하다 보면 스스로 질문하는 법을 더 잘 배울 수 있습니다.

다음에 이어지는 내용에는 내가 '생각 작업'을 하는 사람들과 나눈 대화들이 담겨 있습니다. 이 대화들은 내가 지난 한두 해 동안 참석한 '생각 작업' 모임에서 사람들과 나눈 내용을 녹취하여 편집한 것입니다. 공개적으로 '생각 작업'을 할 때는 참석자들 가운데 대여섯 명의 자원자가 한 명씩 나옵니다. 그리고 나와 함께 청중 앞에 앉아서 '이웃을 판단하는 양식'에 쓴 내용을 읽습니다. 다음에는 네 가지 질문과 뒤바꾸기의 힘을 경험하도록, 그래서 스스로 진실을 깨닫도록 안내를 받습니다.

그동안 방문한 모든 언어권과 모든 나라에서 나는 어디에도 새로운 생각이 없다는 것을 발견했습니다. 그 생각들은 모두 재생된 것이었습니다. 똑같은 생각들이 저마다의 마음속에서 이런저런 식으로, 이런저런 때에 떠오릅니다. 어떤 사람의 '생각 작업'이라도 당신의 '생각 작업'이 될 수 있는 것은 이 때문입니다. 이 대화들을 당신이 쓴 것처럼 여기며 읽어 보세요. 대화에 참여한 사람들의 대답을 그냥 읽지만 말고, 내면으로 들어가서 자기의 대답을 찾아보세요. 그 대화들에 최대한 가까이, 가슴으로 참여해 보세요. 당신이 읽고 있는 내용과 비슷한 일을 언제, 어디에서 경험했는지 찾아보세요.

다음 대화들을 읽다 보면 자연히 알게 되겠지만, 나는 늘 앞에서 설명한 순서대로 네 가지 질문을 하지는 않습니다. 일반적인 순서를 바꿀 때도 있고, 다른 질문들은 생략한 채 한두 개의 질문에만 초점을 맞추기도 하고, 때로는 질문을 완전히 건너뛴 채 곧바로 뒤바꾸기로 들어가기도 합니다. 일반적인 순서에 따라 질문하는 것이 효과를 잘 발휘하기는 하지만, 어느 정도 지난 후에는 순서대로 질문하지 않아도 됩니다. "그게 진실인가요?"라는 질문으로 시작하지 않아도 됩니다. 어떤 질문으로도 시작할 수 있습니다. "그 생각이 없다면 당신은 누구일까요?"라는 질문을 먼저 하는 것이 좋겠다고 느껴지면 그렇게 할 수도 있습니다. 내면 깊숙이 질문하면, 단 하나의 질문으로도 자유로워질 수 있습니다. 탐구가 내면에서 살게 될 때 질문들은 당신의 일부가 됩니다. 하지만 이런 일이 일어나기 전까지는 권장된 순서대로 네 가지 질문을 모두 하고 나서 뒤바꾸기를 할 때 가장 깊은 변화가 일어납니다. 처음 '생각 작업'을 하는 사람들에게 이 양식을 이용하라고 강력히 권하는 이유는 이 때문입니다.

나는 가끔 "그 생각을 내려놓을 이유를 찾을 수 있나요?"와 "그 생각을 유지할 '스트레스 주지 않는 이유'를 찾을 수 있나요?"라는 두 개의 보조 질문을 사용합니다. 이 질문들은 세 번째 질문인 "그 생각을 믿을 때 당신은 어떻게 반응하나요? 무슨 일이 일어나나요?"에 따른 추가 질문입니다. 이 질문들은 무척 유용할 수 있습니다.

필요하다고 느낄 때마다 나는 고통의 진짜 원인이지만 감추어져 있어 알아차리기 힘든 '이야기'를 발견하도록 사람들을 도울 것입니다. 그래서 이면에 있는 그런 문장을 찾기 위해 원래의 문장을 더 깊이 들여다보도록 안내할 수도 있습니다. 또는 대화 중에 그들이 새롭게 찾아낸 고통스러운 생각을 탐구할 수도 있습니다. (혼자서 '생각 작업'을 하다가 고통스러운 생각이나 더 깊은 이야기가 새롭게 떠오르면, 그것도 종이에 써서 함께 탐구할 수 있습니다.) 가끔 나는 어떤 질문에 관해 나 자신의 대답을 얘기하기도 하고 나의 개인적인 이야기를 들려주기도 할 것입니다. 그럴 때 나는 나 자신의 경험을 참고하여 얘기하고 있으며, 내 대답은 당신이 어떻게 살아야 한다고 제안하는 것이 아님을 이해해 주기 바랍니다.

'생각 작업'은 어떤 해로운 행위도 묵인하지 않습니다. '생각 작업'이 친절하지 않은 행위를 정당화하는 것으로 보인다면, 그것은 오해입니다. 다음에 나오는 대화들을 읽는 동안 어떤 말이 냉정하거나 무정하게, 또는 사랑이 없거나 불친절하게 들린다면, 부디 너그럽게 대해 주세요. 천천히 숨을 쉬어 보세요. 내면에서 일어나는 것을 느끼고 경험해 보세요. 내면으로 들어가서 네 가지 질문에 대답해 보세요. 직접 탐구를 체험해 보세요.

다음에 나오는 대화들을 마치 자기의 대화인 것처럼 읽어 보세요. 자기의 대답을 발견하기 위해 내면으로 들어가 보세요. 최대한 감정적으로 참여하며 가까이 다가가 보세요. 대화에서 언급되는 일을 언제 어디에서 경험해 보았는지 찾아보세요. 여기에 나오는 사례들이 자신과는 상관없다고 여겨지면, 사례에 나오는 이름을 자신에게 중요한 사람으로 바꿔 보기 바랍니다. 예를 들어, 참가자의 문제가 친구에 관한 것일 때는 그 친구를 자기의 남편이나 아내, 애인, 어머니나 아버지, 직장 상사로 바꿔 보세요. 그러면 그 사람의 '생각 작업'이 결국은 자기의 '생각 작업'이 될 수도 있음을 알게 될 것입니다.

우리는 사람들에 관해 '생각 작업'을 하고 있다고 생각하지만, 실제로는 사람들에 대한 우리의 '생각'들에 관해 하고 있습니다. (예를 들어, 어머니에 관해 '생각 작업'을 했는데, 나중에는 딸과의 관계가 아주 좋아질 수 있습니다. 왜냐하면, 알아차리지는 못했지만, 딸에 관해서도 똑같은 생각들에 집착하고 있었기 때문입니다.)

'생각 작업'을 하면 내면으로 들어가서 평화를 경험하게 됩니다. 그것은 이미 자기 안에 있는 평화입니다. 그 평화는 변하지 않고, 움직이지 않으며, 늘 지금 여기에 있습니다. '생각 작업'은 당신을 그곳으로 데려갑니다. 그것은 참된 귀향입니다.

(탐구의 과정을 쉽게 이해하도록 4장의 대화에서는 네 가지 질문이 굵은 글씨로 표시되어 있습니다.)

만일 내게 기도가 있다면
이러할 것입니다.

"신이시여, 부디 제가
사랑과 인정, 좋은 평가를
바라지 않게 해 주소서.
아멘."

4. 부부와 가정생활에 관해 탐구하기

내 경험에 따르면, 우리에게 가장 필요한 스승은 지금 우리 곁에 있는 사람들입니다. 우리의 배우자, 부모, 자녀들이 바로 우리가 소망하는 가장 분명한 스승들입니다. 그들은 우리가 보고 싶어 하지 않는 진실을 우리에게 보여 줄 것입니다. 다시 또다시, 마침내 우리가 그 진실을 볼 때까지.

1986년, 세상과 나 자신에 관한 이해가 송두리째 바뀐 뒤 요양원에서 집으로 돌아왔을 때, 나는 남편 폴이나 아이들의 어떤 행위도 내 기분을 상하게 할 수 없다는 것을 알게 되었습니다. 탐구는 내 안에 살아 있었고, 마음속에 떠오르는 생각들은 늘 말없는 질문과 만났습니다. 예전 같으면 화가 났을 행위를 남편이 했을 때, 그리고 "그는 …해야 해"라는 생각이 마음속에 나타났을 때, 나는 진심으로 감사했고 또 웃었습니다. 남편은 진흙투성이 신발로 카펫 위를 걸어 다니거나, 옷을 벗어 아무 데나 놓거나, 붉으락푸르락한 얼굴로 삿대질을 하며 내게 고함을 지르기도 했는데, 그때 만일 마음속에 "그는 …해야 해"라는 생각이 나타나면 나는 웃었습니다. 그 생각이 어디로 이어지는지 알았기 때문입니다. 나는 그 생각이 "나는 …해야 해"로 이어진다는 것을 알았습니다. "그는 고함치는 것을 멈추어야 한다"? 그에게 진흙투성이 신발을 벗으라고 말하기 전에, '내'가 그에게 마음속으로 고함치는 것을 멈추어야 했습니다.

어느 날 거실 소파에 앉아 눈을 감고 있는데, 남편이 들어오다가 나를 보고는 불같이 화를 내며 소리를 질렀습니다. "제기랄, 케이티, 도대체 당신한테 뭐가 문제야?" 그것은 간단한 질문이었습니다. 나는 내면으로 들어가서 나 자신에게 물었습니다. "도대체 너한테 뭐가 문제니, 케이티?" 내가 그 질문에 대한 대답을 찾을 수 있을까? 과연, 남편이 계속 고함을 지르면 안 된다는 생각이 들었던 순간이 있었습니다. 비록 현실은 그가 계속 고함을 지르고 있다는 것이었지만…. 아, 그게 바로 문제였습니다. 그래서 나는 말했습니다. "여보, 당신이 계속 고함을 지르면 안 된다는 생각을 했는데, 그게 나한테 문제였어요. 질문해 줘서 고마워요."

내가 요양원에서 집으로 돌아온 뒤 처음 몇 달 사이에, 우리 아이들은 전에 어머니로 알던 여자를 어떻게 생각했는지 내게 솔직히 말해 주었습니다. 예전에는 혼날까 봐 말할 수 없던 얘기들이었지요. 큰아들 바비는 이렇게 털어놓았습니다. "엄마는 언제나 나보다 로스를 더 사랑했어요. 엄마는 늘 그 애를 가장 사랑했어요." (로스는 작은아들입니다.) 이제 나는 귀 기울여 들을 수 있는 어머니였습니다. 나는 그 얘기를 듣고서 내면으로 들어갔고, 고요히 침묵했습니다. "이 말이 진실인가? 이 애의 말이 옳은가?" 나는 진심으로 진실을 알고 싶어서 아이들에게 솔직히 얘기해 달라고 부탁했고, 그래서 이제 진실을 찾았습니다. "애야, 정말 그렇구나. 그래, 네 말이 맞아. 나는 그때 뭐가 뭔지 몰라 혼란스러웠단다." 나는 그 모든 고통을 견디며 살았던 그 아이에게 내 스승으로서 깊은 사랑을 느꼈고, 한 아이를 다른 아이보다 더 좋아한다고 생각했던 그 여자에게도 깊은 사랑을 느꼈습니다.

사람들은 1986년 이전에 내게 종교가 있었는지 종종 묻습니다. 나는 그렇다고 대답합니다. "아이들은 자기 양말을 주워야 한다"라는 생각이 내 종교였고, 아무 효과도 없었지만 나는 그 종교에 완전히 헌신했습니다. 그 뒤 '생각 작업'이 내 안에 살아 있던 어느 날, 나는 내가 믿던 생각이 진실하지 않다는 것을 깨달았습니다. 내가 그토록 오랫동안 훈계하고 잔소리하고 나무랐지만, 현실은 아이들이 날이면 날마다 양말을 바닥에 벗어 놓는다는 것이었습니다. 만일 양말이 바닥에 놓여 있지 않기를 바란다면, 양말을 주워야 할 사람은 바로 나였습니다. 아이들은 양말이 바닥에 놓여 있어도 아무런 불만이 없었습니다. 누구에게 문제가 있는가? 나였습니다. 내 삶을 힘들게 한 것은 바닥에 놓인 양말이 아니라, 그 양말에 관한 내 생각들이었습니다. 그러면 누구에게 해결책이 있는가? 역시 나였습니다.

나는 옳을 수도 있고("내가 옳고, 아이들이 틀렸어"라고 믿는다는 뜻 — 옮긴이), 아니면 자유로울 수도 있다는 것을 깨달았습니다. 둘 가운데 하나를 선택해야 했습니다. 나는 금세 양말들을 주울 수 있었고, 아이들에 관한 생각은 필요하지 않았습니다. 그러자 신기한 일이 일어났습니다. 아이들의 양말을 줍는 일이 즐거워진 것입니다. 그 일은 아이들이 아니라 나를 위한 일이었습니다. 그 순간 그 일은 더는 허드렛일이 아니었고, 양말을 주운 뒤 말끔해진 바닥을 보는 것이 나의 즐거움이 되었습니다. 마침내 아이들도 나의 즐거움을 알아차렸고, 내가 말하지 않아도 스스로 자기 양말을 줍기 시작했습니다.

우리의 부모, 아이들, 애인, 배우자와 친구들은 우리 내면의 해결되지 않은 모든 문제를 들추려 할 것입니다. 우리가 아직 자신에 관해 알고 싶지 않은 것이 무엇인지를 깨닫기까지 다시, 또다시 도전할 것입니다. 그늘은 순간순간 우리의 자유를 가리켜 줄 것입니다.

남편이 바람을 피웠어요

나와 대화하기 위해 무대 위로 올라온 마리사는 무척이나 괴로워 보였습니다. 그녀의 입술은 떨리고 있었고, 금방이라도 눈물을 쏟아 낼 것만 같았습니다. 비록 상대방에게 몹시 부당한 대우를 받았다고 생각하며 심한 고통을 겪고 있어도, 진심으로 진실을 알고 싶어 한다면 탐구가 얼마나 강력할 수 있는지를 지켜보기 바랍니다.

마리사 (양식에 쓴 글을 읽으며) 나는 데이비드—내 남편입니다—에게 화가 난다. 왜냐하면 그이는 상황을 정리하려면 시간이 필요하다며 계속 말을 안 하기 때문이다. 나는 남편이 느끼는 것을 그때그때 표현해 주기를 원한다. 왜냐하면 나는 물어보는 데 지쳤기 때문이다. 그리고 나는 이제 더 기다릴 마음의 여유가 없다.

케이티 그래서, "남편들은 그들이 느끼는 것을 표현해야 한다"—그게 진실인가요?

마리사 예.

케이티 그런데 이 지구에서는 현실이 어떤가요?

마리사 음, 기본적으로 그들은 그렇게 하지 않죠.

케이티 나는 남편들이 느끼는 것을 표현하면 '안 된다'는 것을 압니다. 어떻게 알까요? 그들은 그렇게 하지 않습니다. (청중과 마리사가 함께 웃는다.) 때로는. 그게 현실입니다. "남편들은 느끼는 것을 표현해야 한다"라는 말은 한 조각의 증거도 없이 우리가 믿는 생각일 뿐입니다. 이 거짓말을 믿을 때 당신은 어떻게 반응하나요? 왜 그 말을 거짓말이라고 하는지 알겠어요? 남편이 느낌을 표현해야 한다는 생각은 진실이 아니기 때문입니다. 진실은, 당신의 경험에 따르면, 남편이 그렇게 하지 않는다는 것입니다. 십 분이나 열흘 후에도 남편이 느낌을 잘 표현하지 않을 거라는 뜻이 아닙니다. 지금 당장은 진실이 아니라는 말입니다. 자, 이 생각을 믿을 때 당신은 어떻게 반응하나요?

마리사 마음이 아프고 화가 납니다.

케이티 예. 당신은 남편이 느낌을 표현해야 한다는 생각을 믿지만 그는 표현하지 않을 때, 당신은 그를 어떻게 대하나요?

마리사 꼬치꼬치 캐묻고 다그친다고 느낍니다.

케이티 '느낍니다'는 빼겠습니다. 당신은 꼬치꼬치 캐묻고 다그칩니다.

마리사 하지만 나는… 아… 예, 맞습니다.

케이티 꼬치꼬치 캐묻고 다그칠 때는 기분이 어떤가요?

마리사 기분이 안 좋아요.

케이티 그 생각을 내려놓을 이유를 찾을 수 있나요? 그 생각을 내려놓으려고 애쓰지는 마세요. 내 경험에 따르면, 당신은 생각을 내려놓을 수 없습니다. 우선 그 생각을 만든 건 당신이 아니기 때문이죠. 내 질문은 단지 "그 생각을 내려놓을 이유를 찾을 수 있나요?"입니다. "그 생각을 믿을 때 당신은 어떻게 반응하나요?"라는 질문에 대한 대답에서 좋은 이유들이 발견될 때가 많습니다. 화나 슬픔, 거리감 등 스트레스를 느끼는 반응들은 그 생각을 내려놓을 좋은 이유입니다.

마리사 예. 이유를 찾을 수 있어요.

케이티 남편들이 느낌을 표현해야 한다는 생각을 믿을 '스트레스 주지 않는 이유'를 하나만 말해 보세요.

마리사 스트레스 주지 않는 이유?

케이티 이 생각을 믿어야 할 '스트레스 주지 않는 이유'를 하나만 말해 보세요.

마리사 그게 무슨 말인지….

케이티 "남편은 내게 느낌들을 표현해야 한다"라는 생각을 믿어야 할 이유들 중에서, 당신에게 아픔이나 스트레스를 주지 않는 이유를 하나만 얘기해 달라는 뜻입니다. 결혼한 지 얼마나 되었죠?

마리사 십칠 년요.

케이티 당신의 말을 들어 보면, 십칠 년 동안 남편은 자신이 어떻게 느끼는지를 표현하지 않았습니다. 그 생각을 믿을 '스트레스 주지 않는 이유'를 하나만 말해 보세요. (긴 침묵.) 찾는 데 시간이 걸릴 수도 있습니다.

마리사 예. 이유를 못 찾겠어요.

케이티 이 남자와 함께 살면서 이 거짓말을 믿지 않는다면, 당신은 누구일까요?

마리사 더 행복할 거예요.

케이티 예. 그럼 남편은 문제가 아니라는 말이군요.

마리사 예. 꼬치꼬치 캐묻고 다그치는 사람은 나니까요.

케이티 마음을 그토록 아프게 하는 이 거짓말을 믿는 사람은 당신입니다. 이 거짓말을 믿지 않으면 행복할 테고, 이 거짓말을 믿으면 꼬치꼬치 따지고 다그친다고 당신은 말합니다. 그러면 어떻게 남편이 문제일 수 있나요? 당신은 현실을 바꾸려 애씁니다. 오해 때문입니다. 나는 현실을 사랑합니다. 언제나 현실을 신뢰합니다. 나는 현실이 바뀔 수 있다는 것 역시 사랑합니다. 하지만 나는 현실을 지금 있는 그대로 사랑합니다. 자, 그 문장을 다시 읽어 보세요. 남편이 어떻게 해 주기를 원하는지….

마리사 나는 남편이 느끼는 것을 그때그때 표현하기를 원한다.

케이티 뒤바꿔 보세요. "나는 내가…"

마리사 나는 내가 느낌을 그때그때 표현하기를 원한다. 나는 항상 그렇게 하는데요.

케이티 예, 그래요. 당신은 그렇게 살고 있지요. 그것은 당신의 방식이지만 남편의 방식은 아닙니다.

마리사 아, 알겠어요.

케이티 당신은 느낌을 표현해야 합니다. 당신은 그렇게 하니까요. 남편은 느끼는 것을 표현하지 않아야 합니다. 그는 그렇게 하지 않으니까요. 당신은 자기 방식이 더 낫다는 이 거짓말로 자기를 속이면서, 꼬치꼬치 캐묻고 다그치는 가정을 만듭니다. 꼬치꼬치 캐물을 때는 어떻게 느껴지나요?

마리사 기분이 좋지 않아요.

케이티 그리고 당신은 남편 때문에 기분이 안 좋다고 느끼며 그걸 남편 탓으로 돌립니다.

마리사 맞아요. 무슨 말인지 알겠어요.

케이티 당신은 남편이 기분을 나쁘게 한다고 믿습니다. 그것은 오해입니다, 언제나. 자, 다음 문장을 봅시다.

마리사 나는 물어보는 데 지쳤다. 그리고 이제 더 기다릴 마음의 여유가 없다.

케이티 "나는 더 기다릴 마음의 여유가 없다"—그게 진실인가요?

마리사 예.

케이티 그런데 당신은 기다리고 있나요?

마리사 그렇다고 생각해요.

케이티 '생각해요'는 빼겠습니다.

마리사 나는 기다리고 있어요. 예.

케이티 그래서 "나는 더 기다릴 마음의 여유가 없다"—그게 진실인가요?

마리사 예.

케이티 그런데 당신은 기다리고 있나요?

마리사 예. 그런데 어떻게 멈추어야 할지 모르겠어요.

케이티 그래서, "나는 더 기다릴 마음의 여유가 없다"—그게 진실인가요? (아주 긴 침묵.) 당신은 기다리고 있어요! 기다리고 있습니다! 방금 자기 입으로 그렇게 말했어요!

마리사 아, 알겠다! 아….

케이티 알겠어요?

마리사 예.

케이티 예. 당신은 기다릴 마음의 여유가 없는 게 아니에요. 당신은 포기하지 않고 끈질기게 기다리고 있습니다. 십칠 년, 십팔 년….

마리사 예.

케이티 더 기다릴 마음의 여유가 없다는 생각을 믿을 때 당신은 어떻게 반응하나요? 그 거짓말을 믿을 때 당신은 남편을 어떻게 대하나요?

마리사 좋게 대하지 않아요. 그이에게 마음의 문을 닫아 버려요. 때로는 그이에게 소리 지르고, 울면서 떠나 버리겠다고 협박도 하죠. 가끔은 잔인한 말로 속을 뒤집어 놓기도 하고요.

케이티 이제 이 거짓말을 믿을 '스트레스 주지 않는 이유'를 하나만 말해 보세요.

마리사 하나도 없어요.

케이티 만일 이 거짓말을 믿지 않는다면, 가정에서 당신은 누구일까요?

마리사 그이를 사랑한다는 사실을 즐길 것 같아요. 나머지 것들에는 마음을 뺏기지 않을 것 같고요.

케이티 예. 남편에게 이렇게 말하고 싶은 마음이 생길 수도 있겠죠. "여보, 난 당신을 굉장히 사랑하나 봐요. 내가 잘 참는 걸 보면. 나는 나를 속이고 있었어요. 그동안 당신에게 더는 참고 기다릴 수 없다고 말했지만, 그건 사실이 아니에요."

마리사 예.

케이티 그래서 나는 정직을 사랑합니다. 우리가 내면으로 들어갈 때마다 그것은 거기에 있습니다. 그곳은 살기에 더없이 좋은 집입니다. 자, **뒤바꿔 봅시다.** "나는 더 참고 기다릴 수 없다"—반대로 바꾸면 어떻게 될까요?

마리사 나는 참고 기다릴 수 있다.

케이티 예. 이 말이 원래 문장만큼 진실하거나 더 진실하지 않나요?

마리사 더 진실해요. 확실히 더 진실해요.

케이티 다음 문장을 봅시다.

마리사 예, 읽겠습니다. 내가 썼으니까요. 남편은 내가 한없이 기다릴 거라고 생각하면 안 된다. (웃으며) 물론 나는 지금까지 기다렸죠.

케이티 "그이는 그렇게 생각하면 안 된다"—그게 진실인가요?

마리사 물론 아니에요.

케이티 그래요. 남편은 당신이 기다릴 거라는 수많은 증거를 가지고 있습니다.

마리사 (미소 짓고 고개를 끄덕이며) 예.

케이티 그래서… 이 생각을 믿을 때 당신은 어떻게 반응하나요? 내가 좋아하는 게 뭔지 아세요, 스윗하트? 우리를 깊은 우울증에 빠지게 했던 바로 그 생각들이, 일단 이해되기만 하면, 우리를 웃음 속에 빠지게 한다는 거예요. 이것이 탐구의 힘이죠.

마리사 참 놀라워요!

케이티 탐구를 하면, "여보, 사랑해요"가 남습니다. 조건 없는 사랑.

마리사 예.

케이티 그것은 깨끗한 마음입니다. 자, 당신이 영원히 기다릴 거라고 남편이 생각하면 안 된다는 **생각을 믿을 때, 당신은 어떻게 반응하나요?**

마리사 내가 쓴 대로 믿는다면 나를 속이는 거죠.

케이티 예. 자신을 속이며 사는 것은 몹시 고통스럽죠. 우리는 어린아이 같습니다. 우리는 너무나 순진합니다. 온 세상이 당신에게 참지 말아야 한다고 말하겠죠.

마리사 오늘까지도 그렇게 확신했어요.

케이티 하지만 내면으로 들어가면 무엇이 정말 진실한지를 알 수 있습니다. 어느 누구도 당신을 아프게 할 수 없다는 말이 이해될 거예요. 당신을 아프게 할 수 있는 사람은 당신뿐입니다.

마리사 예. 다른 사람을 비난하기는 아주 쉽죠.

케이티 음, 하지만 그게 진실일까요? 비난하지 않는 게 더 쉬울지도 모르죠. 우리를 자유롭게 하는 것은 진실입니다. 나는 용서할 게 아무것도 없다는 걸, 내게 문제를 일으킨 사람은 바로 나 자신이라는 걸 깨달았습니다. 지금 당신이 깨닫고 있는 것도 그것입니다. 4번 문장을 봅시다.

마리사 그이는 내게 계속 상처를 주면서 상처 주고 싶지 않다고 말하지 않아야 한다.

케이티 "그이는 내게 상처를 주고 싶어 한다"—당신은 그게 진실인지 정말로 알 수 있나요?

마리사 아니요, 정말로 그런지는 모르겠어요.

케이티 "그이는 내게 상처를 주고 싶어 한다"… 내면으로 들어가서 그게 진실인지 보세요.

마리사 어떻게 대답해야 할지 모르겠어요. 그이는 그렇지 않다고 말해요.

케이티 나는 남편의 말을 믿을 거예요. 다른 근거는 뭔가요?

마리사 그이의 행위들이에요.

케이티 "그이는 내게 상처를 주고 싶어 한다"—당신은 그게 진실인지 확실히 알 수 있나요?

마리사 아니요.

케이티 이 생각을 믿을 때 당신은 어떻게 반응하나요? 남편을 어떻게 대하나요?

마리사 좋게 대하지 않아요. 기본적으로 죄의식을 심어 줘요.

케이티 기본적으로, 당신은 남편에게 상처를 주고 싶어 하는 것처럼 행동합니다.

마리사 아! 맞아요… 맞습니다.

케이티 당신은 남편이 당신에게 상처를 주고 싶어 한다고 믿었지만, 진실은 당신이 남편에게 상처를 주고 싶어 한다는 것입니다. 당신은 이 모든 이야기를 투사하는 사람이며, 이 모든 이야기를 꾸며내는 이야기 꾼입니다.

마리사 그렇게 단순한가요, 정말로?

케이티 예, 그렇습니다.

마리사 와아!

케이티 다른 사람이 내 문제를 일으킨다고 생각한다면, 나는 제정신이 아닙니다.

마리사 그렇군요. 그럼⋯ 우리가 스스로 자기의 문제를 만들어 낸다는⋯?

케이티 예, 자기의 문제들만. 오해가 있었어요. 당신의 오해. 남들의 오해가 아닙니다. 전혀, 조금도. 당신의 행복은 당신의 책임입니다. 이것은 아주 좋은 소식입니다. 함께 사는 남자가 당신에게 상처를 주고 싶어 한다고 믿을 때면 어떤 기분이 드나요?

마리사 정말 괴로워요.

케이티 남편과 함께 살면서 이 생각을 믿지 않는다면, 당신은 누구일까요?

마리사 무척 행복할 거예요. 이제는 분명히 알겠어요.

케이티 "그이는 내게 상처를 주고 싶어 한다"—뒤바꿔 보세요.

마리사 나는 내게 상처를 주고 싶어 한다. 예. 무슨 말인지 이해돼요.

케이티 그게 원래 문장만큼 진실하거나 더 진실한가요?

마리사 더 진실하다고 생각해요.

케이티 우리는 그렇습니다. 우리는 다른 길을 모릅니다, 알기 전까지는. 우리가 오늘 밤 이 자리에 있는 것도 다른 길을 알기 위해서입니다. 우리는 함께 앉아서 다른 길을 발견합니다. 또 하나의 뒤바꾸기가 있군요. "그이는 내게 상처를 주고 싶어 한다."

마리사 나는 그이에게 상처를 주고 싶어 한다. 예. 이것도 더 진실합니다.

케이티 뒤바꾸기가 하나 더 있군요. "그이는 내게 상처를 주고 싶어 한다"—반대로 뒤바꾸면 어떻게 될까요?

마리사 그이는 내게 상처를 주고 싶어 하지 않는다.

케이티 남편은 당신에게 진실을 말했을 수 있습니다. 그럴 수 있어요. 좋아요, 다시 돌아가 볼까요? "나는 남편에게 상처를 주고 싶어 한다"—그게 정말로 진실인가요?

마리사 아니요. 아니, 상처를 주고 싶지 않아요.

케이티 그래요, 스윗하트. 혼란에 빠져 있지 않으면 아무도 다른 사람에게 상처를 주지 않을 거예요. 그게 내 경험이에요. 이 지구에서 유일한 고통은 혼란입니다. 남편에게 상처를 줄 때는 기분이 어떤가요?

마리사 기분이 안 좋아요.

케이티 예. 그런 느낌은 선물입니다. 당신이 자기의 본성에서 벗어나 있다는 것을 알려 주는···. 우리의 생각들은 "그이에게 상처를 주면 안 돼"라고 말하지만, 우리는 어떻게 해야 멈출 수 있는지를 모릅니다. 그렇게 느낀 적 있나요?

마리사 예.

케이티 그런 일이 계속 반복됩니다. 그리고 우리가 여기에서 경험하는 깨달음들을 통해서 행동이 바뀝니다. 나도 당신과 똑같았어요. 바꿀 수가 없었죠. 내 아이들과 나 자신에게 상처 주는 행위를 멈출 수가 없었어요. 그런데 내면에 살아 있던 질문들을 통해서 무엇이 내게 진실인지를 깨닫자 행동이 바뀌었습니다. 문제들이 끝났습니다. 내가 문제들을 끝낸 것이 아닙니다. 그것들이 끝났죠. 이렇게 단순합니다. 자 이제, 남편이 어떤 행동을 했나요? 남편의 행동들이 당신에게 상처를 주고 싶어 하는 증거라고 말했습니다. 어떤 일들이 있었나요? 어떤 증거들이 있나요?

마리사 간단히 말하면, 그이가 바람을 피웠어요. 다섯 달 전에 말하더군요. 아직 서로에 대한 감정이 많이 남아 있고, 얘기도 하고 만나기도 해요. 그런 행동들이죠.

케이티 좋아요. 이제 당신의 마음속에 있는 그 두 사람을 지켜보세요. 그들이 보이나요?

마리사 두 사람이 함께 있는 걸 많이 보았어요.

케이티 이제 남편의 얼굴을 바라보세요. 그 여자를 바라보고 있는 남편을 보세요. 이제 단 한 순간만이라도 당신의 이야기 없이 그를 바라보세요. 그의 눈을 바라보세요. 그의 얼굴을 바라보세요. 무엇이 보이나요?

마리사 그 여자에 대한 사랑. 행복. 하지만 아픔도… 함께 있지 않으니까요. 그이는 그 여자와 함께 있고 싶어 하는데….

케이티 그게 진실인가요? 당신은 그게 진실인지 확실히 알 수 있나요?

마리사 확실히는 아니에요. 아니, 알 수 없어요.

케이티 남편은 누구와 함께 있나요?

마리사 아! 나와 함께 있습니다.

케이티 "남편은 그 여자와 함께 있고 싶어 한다"—그게 진실인가요?

마리사 음… 그이는…

케이티 그는 누구와 함께 있나요?

마리사 아, 예. 무슨 말인지 알겠어요.

케이티 "남편은 그 여자와 함께 있고 싶어 한다"—그게 진실인가요? 누가 그를 가로막고 있나요? 그는 자유롭습니다.

마리사 나도 그 점을 분명히 얘기했어요.

케이티 남편이 그 여자와 함께 있고 싶어 한다는 생각을 믿을 때, 당신은 어떻게 반응하나요?

마리사 아, 가슴이 아파요.

케이티 …그런데 남편은 당신과 함께 살고 있네요?

마리사 나는 지금 이 순간을 제대로 살고 있지 않은 것 같아요. 남편이 나를 사랑하고 나와 함께 있다는 사실을 받아들이지 못하죠.

케이티 남편은 당신과 함께 살고 있는데, 당신의 마음속에서는 남편이 그 여자와 함께 살고 있습니다. 그래서 아무도 그 남자와 함께 살고 있지 않습니다! (마리사와 청중이 웃는다.) 이렇게 멋진 남자가 여기에 있는데, 아무도 그와 함께 살고 있지 않아요! (마리사가 더 크게 웃는다.) "나는 그이가 나와 함께 살기를 원해, 나는 그이가 나와 함께 살기를 원해!" 자, 언제부터 함께 살 건가요? 사실은 남편이 당신과 함께 살고 있는데, 당신은 남편이 그 여자와 함께 살고 싶어 한다는 생각을 믿을 때, 당신은 그를 어떻게 대하나요?

마리사 좋게 대하지 않아요. 밖으로 밀어냅니다.

케이티 그러면서 당신은 남편이 왜 그 여자를 만나는지 의아해합니다.

마리사 예. 맞아요.

케이티 사실은 남편이 당신과 함께 있는데, 남편이 그 여자와 함께 있고 싶어 한다는 생각을 믿을 '스트레스 주지 않는 이유'를 하나만 말해 보세요.

마리사 이유?

케이티 당신은 남편을 억지로 집에 오게 할 수 없습니다. 그는 자기가 원하기 때문에 집에 옵니다. 그 생각을 믿지 않으면 당신은 누구일까요?

마리사 아! (활짝 웃으며) 아무 문제도 없을 거예요.

케이티 "남편은 그 여자와 함께 있고 싶어 한다"—뒤바꿔 보세요.

마리사 남편은 나와 함께 있고 싶어 한다.

케이티 예. 그것은 원래 문장만큼 진실하거나 더 진실할 수 있습니다.

마리사 예. 그래요.

케이티 당신은 남편이 행복해 보인다고 말했습니다.

마리사 예.

케이티 당신이 원하는 게 그것 아닌가요?

마리사 아, 그이가 행복하기를 정말 원해요. 그이에게도 그렇게 말했어요. 어떤 대가를 치르더라도.

케이티 "나는 남편이 행복하기를 원한다"—뒤바꿔 보세요.

마리사 나는 내가 행복하기를 원한다.

케이티 예.

마리사 아주 많이.

케이티 그게 진실 아닌가요?

마리사 진실입니다.

케이티 당신은 남편이 행복하기를 원합니다. 그래야 자신이 행복해지기 때문입니다. 지금 행복하세요. 중개인은 잊어버리고요. 그럼 남편도 행복해질 거예요. 그러지 않을 수 없습니다. 남편은 당신의 투사니까요.

마리사 (웃으며) 예.

케이티 남편의 행복은 남편의 책임입니다.

마리사 맞아요.

케이티 당신의 행복은 당신의 책임입니다.

마리사 예. 무슨 말인지 알겠어요.

케이티 당신 말고는 아무도 당신을 행복하게 해 줄 수 없습니다.

마리사 그게 왜 그리도 어려운지 모르겠어요.

케이티 아마 당신을 사랑하고 행복하게 해 주는 것은 남편의 할 일이라고 생각하기 때문이 아닐까요? 스스로 어떻게 해야 하는지 모르면 그렇게 생각하겠죠. "난 못해, 당신이 해 줘요."

마리사 다른 사람에게 책임을 떠넘기는 게 더 쉽죠.

케이티 그게 진실일까요? 남편이 당신을 사랑한다는 걸 어떻게 증명할 수 있을까요? 남편이 어떻게 해야 할까요?

마리사 모르겠어요.

케이티 재미있지 않나요? 아마 남편도 모를 거예요. (마리사와 청중이 웃는다.) 어쩌면 집에 오는 것과 남편으로 남아 있는 것 말고는….

마리사 어제라면 "그 여자를 다시 보지 않는 것으로 나에 대한 사랑을 증명할 수 있어요."라고 말했을 거예요. 그러면 행복해졌을 것 같아요. 근데 지금은 그렇게 말하지 못하겠어요.

케이티 당신은 현실을 좀 더 분명히 보고 있습니다. 다음 문장을 볼까요?

마리사 "나는 그이를 어떻게 생각하는가?" 뭐라고 말해야 할지 모르겠군요. 나는 그이를 사랑해요.

케이티 뒤바꿔 보세요.

마리사 나는 나를 사랑한다. 이렇게 되는 데 꽤 시간이 걸렸어요.

케이티 남편은 사랑하면서도 자기는 사랑하지 않는다?

마리사 한 번도 그렇게 생각해 보지 못했어요. 예.

케이티 다음 문장을 보죠.

마리사 나는 앞으로 다시는 내 행복이 나를 사랑하는 사람에게 달려 있다고 느끼고 싶지 않다.

케이티 "나는 기꺼이…"로 바꾸어 다시 읽어 보세요.

마리사 나는 기꺼이 내 행복이 나를 사랑하는 사람에게 달려 있다고 느끼고 싶다.

케이티 예. 그 생각을 믿으면 상처를 받을 테니까요. 그럴 때는 다시 남편을 혹은 누구든 판단하고, 네 가지 질문을 하고, 뒤바꾸세요. 그래서 다시 제정신으로, 평화로 돌아오세요. 아픔은 무엇을 더 조사해야 하는지를 보여 줍니다. 아픔은 사랑을 알아차리지 못하게 방해하는 것이 무엇인지를 보여 줍니다. 아픔이 있는 건 그 때문입니다. "나는 고대한다…"

마리사 나는 내 행복이 나를 사랑하는 사람에게 달려 있다고 느끼기를 고대한다?

케이티 예. 우리 중 일부는 제정신으로 돌아오고 있습니다. 아픔에 지쳤기 때문입니다. 미루지 마세요. 늦장 부릴 시간이 없습니다. 만일 "그이가 바뀌면 나는 더 행복할 거야"라고 생각하는 건 좋습니다. 그 생각을 종이에 적으세요. 그리고 질문하세요.

가족에게 인정받고 싶어요

저스틴이 '생각 작업'을 하기 위해 자리에 앉았을 때 그는 가족에게 제대로 인정받지 못하는, 이상을 꿈꾸는 십대로 보였습니다. 가족에게 사랑과 인정, 좋은 평가나 다른 무언가를 받아야 한다고 믿으면 자기 길을 찾기가 쉽지 않습니다. 더군다나 가족이 자신의 기준에 맞추기를 바랄 때는 특히 더 어렵습니다. 탐구가 진행되면서 저스틴은 마음속에서 다시 가족에게 돌아갑니다. 동시에 자기의 길을 존중합니다.

🕊️

저스틴 (양식에 쓴 글을 읽으며) 나는 가족 때문에 화가 나고 혼란스럽고 슬프다. 왜냐하면 그들은 나를 판단하기 때문이다. 나는 내게 강요되는 틀 때문에 화가 난다. 나는 자기의 길만이 유일한 길이라고 생각하는 가족과 주위 사람들 때문에 화가 난다. 내가 이미 정해진 틀을 인정하고 그들이 옳다고 여기는 방식을 따를 때 가장 많이 사랑받는다는 것이 나를 슬프게 한다.

케이티 좋아요. 다음 문장은요?

저스틴 나는 우리 가족이 본연의 자기이기를 바란다. 그리고 내가 어떻게 성장해야 한다는 그들의 인식과 견해에 따라 나에 대한 사랑과 관심을 제한하지 않기를 원한다. 내가 이 삶에서 나의 진실을 배우는 동안 그들이 나를 받아들여 주길 원한다. 그리고 나의 진실을 찾아가고 있는 나를 사랑하기 원한다.

케이티 좋습니다. 첫 문장을 다시 읽어 보세요.

저스틴 나는 가족 때문에 화가 나고 혼란스럽고 슬프다. 왜냐하면 그들은 나를 판단하기 때문이다.

케이티 예. 그런데 판단하는 것은 부모의 일일 뿐 아니라, 이 세상 모든 사람의 일입니다. 그것은 우리의 일입니다. 판단 아닌 것이 어디에 있나요? 모든 것이 판단입니다. 판단 아닌 생각을 하나만 말해 보세요. "저것은 하늘이다."—이것도 판단입니다. 우리는 판단을 합니다. 그래서 "부모는 자녀를 판단하면 안 된다"—그게 진실인가요? 현실은 어떤가요? 부모님이 판단하나요?

저스틴 예.

케이티 예, 허니. 그것은 그들의 일입니다. "부모님은 나를 판단하지 말아야 해"라는 생각을 믿을 때, 당신은 어떻게 반응하나요?

저스틴 음, 자신감이 없어집니다. 왜냐하면 나는… 잘 모르겠지만, 내가 배운 것들 가운데 일부에 관해서는 동의하지 않습니다.

케이티 질문에서 벗어나지 않으면 좋겠군요. 마음이 자기가 옳다는 증거를 찾으려 할 때, 잘 지켜보세요. 이런 일이 일어나고 있다는 것을 알아차리면, 다시 부드럽게 질문으로 돌아오세요. 그 생각을 믿을 때 당신은 어떻게 반응하나요? 자신감이 없어진다. 또 뭐가 있죠?

저스틴 하던 일을 멈추게 되고, 덜컥 겁이 납니다.

케이티 "부모님은 나를 판단하지 말아야 한다"라고 생각하지만 그분들은 계속 당신을 판단할 때, 당신은 부모님을 어떻게 대하나요?

저스틴 반항해요. 마음이 멀어집니다. 지금까지 그랬어요.

케이티 예. 이제 현실과 다투는 이 철학, 부모는 자녀를 판단하면 안 된다는 이 철학을 내려놓을 이유를 찾을 수 있나요?

저스틴 예.

케이티 이것은 제정신이 아닌 믿음입니다. 사람들은 사람들을 판단하지 말아야 한다? 당신은 어느 행성에서 살고 있다고 생각하나요? 당신이 살고 있는 곳은 지구입니다. 당신이 지구에 오면, 당신은 우리를 판단하고 우리는 당신을 판단합니다. 우리는 그렇게 합니다. 기본 원칙들만 잘 이해하면 이곳은 살기 좋은 행성입니다. 하지만 당신의 이 이론은 실제로 일어나는 일과 완전히 반대됩니다. 제정신이 아니에요! 그 생각이 없다면 당신은 누구일까요? "부모님은 나를 판단하지 말아야 한다"라는 생각을 아예 떠올릴 수도 없다면, 당신은 누구일까요?

저스틴 마음이 평화로울 거예요.

케이티 예. 이것은 내면에 있는 전쟁의 끝입니다. 나는 현실을 사랑합니다. 지금 있는 현실이 내게 더 좋은지를 어떻게 알까요? 그것이 지금 있기 때문입니다. 부모들은 판단합니다. 그뿐이에요. 당신의 삶은 이것이 진실이라는 걸 알려 주는 증거입니다. 자, **뒤바꿔 보세요.**

저스틴 나는 나 때문에 혼란스럽고 슬프다. 왜냐하면 나는 나를 판단하기 때문이다.

케이티 예. 또 하나가 있네요. "나는…"

저스틴 나는 나 때문에 혼란스럽고 슬프다. 왜냐하면 내가 부모님과 가족들을 판단하기 때문이다.

케이티 예. 당신을 판단하는 가족들을 판단하지 않게 되면, 판단에 관해 가족들과 얘기해 보세요.

저스틴 알겠어요.

케이티 가족들에게 그만두기 원하는 것을 당신이 먼저 그만두고 나면, 가족들과 그 점에 관해 얘기해 보세요. 얼마간 시간이 걸릴 수 있어요.

저스틴 아직은 준비가 안 된 것 같아요.

케이티 예, 스윗하트. 이제, 양식의 2번을 다시 읽어 보세요.

저스틴 나는 우리 가족이 본연의 자기이기를 바라며, 나에 대한 사랑과 관심을 제한하지 않기를 원한다.

케이티 그들은 이미 본연의 자기입니다. 그들은 사랑과 관심을 제한하는 사람들이고 판단하는 사람들입니다. 당신의 말에 따르면요.

저스틴 (웃으며) 예.

케이티 그들은 그런 사람들입니다. 그러지 않을 때까지는. 그것은 그들의 일이에요. 개는 멍멍 짖고, 고양이는 야옹 울고, 당신의 부모는 판단합니다. 그래서 부모님은… 부모님이 또 어떻게 한다고 했나요?

저스틴 사랑과 관심을 제한합니다.

케이티 예. 그것도 부모의 일입니다.

저스틴 하지만 우리는 가족입니다!

케이티 예, 그렇죠. 그런데 그들은 제한하고 판단합니다. 스윗하트, 당신의 철학은 몹시 스트레스를 줍니다. 이 이상한 철학, 제정신이 아닌 철학을 유지할 '스트레스 주지 않는 이유'를 하나만 말해 보세요.

저스틴 내가 제정신이 아니라고 느껴질 때가 가끔 있어요.

케이티 예, 그랬을 거예요. 무엇이 진실하고 무엇이 진실하지 않은지를 스스로 물어보지 않았으니까요. 가족들과 함께 있을 때 이 생각이 없다면, 당신은 누구일까요? 현실과 다투는 이 생각을 아예 생각할 수도 없다면, 당신은 누구일까요?

저스틴 정말 좋을 거예요! 정말 행복할 거예요!

케이티 예. 그럴 거예요. 내 경험도 그랬습니다.

저스틴 하지만 내가 원하는 것은…

케이티 당신은 "'하지만' 나는 이런저런 것들을 원해"라고 말할 수 있지만, 부모님은 여전히 자기의 일을 할 거예요.

저스틴 예.

케이티 스윗하트, 현실은 우리의 의견이나 선택, 허락을 기다리지 않습니다. 현실은 늘 있는 그대로 있으며, 할 일을 계속합니다. "안 돼. 내가 허락할 때까지 기다려." 나는 그렇게 생각하지 않아요. 당신이 언제나 집니다. 뒤바꿔 보세요. 어떤 게 가능한지 볼까요? "나는 내가…"

저스틴 나는 내가 본연의 나이기를 바란다.

케이티 예.

저스틴 그리고 내가 어떻게 성장해야 한다는 나의 인식과 견해에 따라 나에 대한 사랑과 관심을 제한하지 않기를 원한다. 삼키기 힘들군요.

케이티 아, 그래요? 나는 당신이 부모님은 날마다 똑같은 밥만 먹어야 한다고 생각한 부분이 마음에 드는데요. (청중이 웃는다.) 이제, 그 말을 잠시 묵상해 보세요. 내가 좀 세게 밀어붙이긴 했지만, 이것은 대단한 통찰들입니다. 이야기가 없다면, 통찰들은 늘 살고 있는 내면에서 표면으로 떠오를 수 있습니다. 또 하나의 뒤바꾸기가 있군요. 자신을 다정하게 관해 주세요. "나는 내가…"

저스틴 (잠시 후) 잘 모르겠는데요.

케이티 쓴 대로 읽어 보세요.

저스틴 나는 우리 가족이 본연의 자기이기를 바란다.

케이티 "나는 내가…"

저스틴 나는 내가 본연의 나이기를, 그리고 내가 어떻게 성장해야 한다는…

케이티 "그들의…"

저스틴 그들의 인식과 견해에 따라 나의 사랑과 관심을 제한하지 않기를 바란다. 와아! 마음에 드는 말이에요.

케이티 예, 가족들에게 바라는 삶을 당신이 직접 산다는 뜻입니다.

저스틴 그 바람을 놓고 싶지 않아요. 그래서 마음이 혼란스러워집니다.

케이티 그럴 거예요, 허니. 그 혼란에 관해 더 말해 보세요.

저스틴 내겐 열한 명의 남매가 있는데, 모두들 한목소리로 말합니다. "넌 지금 잘못하고 있어, 그러면 안 돼."

케이티 음, 그들이 옳을 수도 있습니다. 당신은 자신에게 필요한 삶을 살아야 합니다. 당신에게는 열한 명, 열두 명, 열세 명의 사람이 필요합니다. 자신에게 무엇이 진실한지를 알기 위해…. 당신의 길은 당신의 것입니다. 그들의 길은 그들의 것입니다. 다음 문장을 봅시다.

저스틴 내가 이 삶에서 나의 진실을 배우는 동안 그들이 나를 받아들여주길 원한다.

케이티 그들은 그들이 받아들이는 것을 받아들일 거예요. 그들은 당신이 그들의 방식을 받아들이게 했나요? 그들이 그렇게 할 수 있나요? 열세 명의 가족이 그들의 방식을 따르도록 당신을 납득시켰나요?

저스틴 음, 그건 내 일이죠. 아닌가요? 왜냐하면 그들 삶의 토대는…

케이티 '예, 아니요'로 답해 보세요. 그들이 그들의 방식을 따르도록 당신을 납득시켰나요?

저스틴 아니요.

케이티 당신은 그들의 방식을 받아들이지 못합니다. 그런데 왜 그들은 당신의 방식을 받아들여야 한다고 생각하나요?

저스틴 그렇군요.

케이티 어떤 상황인지 보세요. 열세 명도 당신을 납득시키지 못하는데, 당신은 혼자서 열세 명 모두를 납득시키려 하고 있어요. 이게 전쟁이라면 당신은 중과부적입니다.

저스틴 맞아요.

케이티 "나는 그들이 내 방식을 받아들이기 원한다"라는 생각을 믿을 때, 하지만 그들은 그렇게 하지 않을 때 당신은 어떻게 반응하나요?

저스틴 괴로워요.

케이티 예. 외로운가요?

저스틴 아, 예.

케이티 세상 모든 사람이 언제든 당신을 받아들여야 한다는 이 이론을 내려놓을 이유를 찾을 수 있나요?

저스틴 내려놓아야겠죠.

케이티 그 생각을 내려놓으라는 말이 아니에요. 그저 좋은 이유를 찾을 수 있느냐고 묻는 거예요. 관념들을 내려놓을 수는 없습니다. 질문을 하면서 그것들에 작은 빛을 비출 수 있을 뿐이죠. 그러면 진실이라고 생각했던 것이 사실은 그렇지 않다는 걸 알게 됩니다. 그리고 한번 진실을 보게 되면, 다시는 거짓말을 진실처럼 보이게 할 수 없습니다. "나는 우리 가족이 내 방식을 받아들이기 원한다"라는 생각은 우리 모두가 탐구할 수 있는 주제이기도 합니다. 그건 희망이 없는 생각입니다. 그 생각을 믿을 때 당신은 가족을 어떻게 대하나요?

저스틴 마음이 멀어집니다.

케이티 "나는 그들이 내 방식을 받아들이기 원한다"라는 이 생각이 **없다**면, 가족 안에서 당신은 누구일까요?

저스틴 사이좋게 지내고 사랑할 거예요.

케이티 뒤바꿔 보세요.

저스틴 나는 이 삶에서 나의 진실을 배우는 동안 내가 나를 받아들이기 원한다.

케이티 그래요! 그들이 그렇게 하지 않으면, 누가 할까요? 당신. 자, 스윗하트, 또 다른 뒤바꾸기를 찾을 수 있나요? "나는 그들이…"

저스틴 나는 그들이 이 삶에서 그들의 진실을 배우는 동안 내가 그들을 받아들이기 원한다.

케이티 예. 그들은 그들의 진실을 배우고 있습니다. 그들도 당신처럼 그렇게 하고 있어요. 우리는 모두 최선을 다하고 있습니다. 다음 문장을 봅시다.

저스틴 나는 그들이 나의 진실을 찾아가고 있는 나를 사랑하기 원한다.

케이티 당신이 누군가를 사랑하는 것은 누구의 일인가요?

저스틴 내 일입니다.

케이티 그들이 누군가를 사랑하는 것은 누구의 일인가요?

저스틴 그들의 일입니다.

케이티 당신이 마음으로 거기에서 그들의 삶을 통제하려 하고, 그들에게 누구를 이런저런 이유로 사랑하라고 지시할 때는 기분이 어떤가요?

저스틴 거기는 내가 있어야 할 곳이 아니에요.

케이티 외로운가요?

저스틴 예, 아주 많이.

케이티 그럼 뒤바꿔 봅시다.

저스틴 나는 내가 그들의 진실을 찾아가고 있는 그들을 사랑하기를 원한다.

케이티 그거예요! 그들의 진실입니다. 당신의 진실이 아니라. 그들에게는 열세 명 모두 동의하는 아주 좋은 방식이 있습니다! 그들의 어떤 말이 가슴을 아프게 하나요? 그들이 당신에게 한 말 가운데 가장 가슴을 아프게 하는 말은 무엇인가요?

저스틴 길을 잃고 헤맨다는 말.

케이티 당신이 어디에서 잠시 길을 잃었는지 찾을 수 있겠어요?

저스틴 오 이런, 예!

케이티 예, 그럼 그들의 말이 맞습니다. 다음에 그들이 "넌 길을 잃었어"라고 말하면, 당신은 "맞아요, 이제 나도 그렇다는 걸 알아요"라고 말할 수 있습니다. 그렇죠?

저스틴 예.

케이티 그들이 얘기한 끔찍한 말 가운데 또 어떤 것이 진실일 수 있나요? 내 경우, 누가 내게 어떤 진실을 말했을 때 그 말이 진실인지를 아는 방법이 하나 있었어요. 내가 즉시 방어하려 한다는 것이었죠. 나는 그 말을 가로막고, 마음속에서 그들과 전쟁을 치르고, 그래서 모든 고통을 겪었어요. 그런데 사람들은 오직 진실만을 말하고 있었어요. 당신은 진실을 사랑하는 사람으로서, 무엇이 진실인지 정말 알고 싶지 않나요? 그런 말이 바로 당신이 찾고 있던 진실일 때가 많습니다. 또 어떤 말이 가슴을 아프게 하던가요?

저스틴 내가 마음을 표현하려고 하면 내 말을 가로막는 것 같아요. 그러면 가슴이 아파요.

케이티 당연히 그럴 거예요. 그런데 우리가 당신의 말을 들어야 한다고 생각하나요?

저스틴 하지만 어린 자녀에게는 그럴 만한 자격이 있지 않나요?

케이티 아니요. 그건 자격의 문제가 아닙니다. 그들은 듣지 않습니다. "우리 아이들은 무려 열두 명이랍니다. 제발 우리에게 쉴 틈 좀 주세요!" "그들은 내 말을 잘 들어야 해"라는 생각을 믿을 때, 그런데 그들은 듣지 않을 때, 당신은 어떻게 반응하나요?

저스틴 외로워요.

케이티 그 생각을 믿을 때 당신은 그들을 어떻게 대하나요?

저스틴 마음이 멀어져요.

케이티 멀리 떨어져 있는 사람의 말을 듣기는 무척 힘들죠!

저스틴 예.

케이티 "그들이 내 말을 잘 들어 주길 원해. 그래서 나는 멀리 가야겠어."

저스틴 예. 무슨 말인지 알겠어요.

케이티 조금씩 이해되나요? 그 생각이 없다면, 그 훌륭한 가족 안에서 **당신은 누구일까요?** 만일 당신이 "나는 그들이 내 말에 귀 기울여 주기를 원해"라는 생각을 아예 생각할 수도 없다면, 당신은 누구일까요?

저스틴 만족할 거예요. 평화로울 거예요.

케이티 귀 기울여 듣는 사람일까요?

저스틴 예, 귀 기울여 듣는 사람일 거예요.

케이티 뒤바꿔 봅시다. 스윗하트, 가족 말고 당신이 어떻게 살아야 하는지 들어 봅시다.

저스틴 나는 내가 나의 진실을 찾아가고 있는 나를 사랑하기를 원한다. 예, 그래요.

케이티 잠시 그 말에 관해 묵상해 보세요. … 자, 또 하나의 뒤바꾸기가 있네요.

저스틴 나는 내가 그들의 진실을 찾아가고 있는 그들을 사랑하기 원한다. 예. 나는 그들이 행복해서 정말 좋아요. 하지만… 좋아요, 좋습니다. (저스틴과 청중이 웃는다.)

케이티 이해했군요! 아주 좋습니다. 자신에게 더 진실한 것을 깨닫고 판단이 멈추게 되어 기쁩니다. 당신은 웃었고 현실에 머물렀어요. 좋아요. 다음 문장.

저스틴 이미 이 문장에 대한 답을 알고 있어요.

케이티 아, 훌륭해요! 한번 우리가 현실을 이해하게 되면, 허니… 아!

저스틴 나는 그들이 내 음악을 존중하기를 간절히 원한다.

케이티 가망 없는 일이에요.

저스틴 예, 그래요.

케이티 뒤바꿔 보세요.

저스틴 나는 내가 내 음악을 존중하기를 간절히 원한다.

케이티 또 하나가 있습니다. "나는 내가…"

저스틴 나는 내가 그들의 음악을 존중하기를 간절히 원한다?

케이티 그들의 음악은 이것입니다. "우린 듣고 싶지 않아. 우린 이해하고 싶지 않아. 우리의 길을 걸으렴. 이 길은 우리에게 좋았어. 그러니 네게도 틀림없이 좋을 거야." 이것이 그들의 음악입니다. 우리는 저마다 자기의 음악이 있습니다. 만일 어떤 사람이 "내 길을 따라 보세요. 참 좋아요"라고 말한다면, 나는 그 사람이 진심으로 나를 사랑하며 내게 좋은 길을 가르쳐 주려 한다는 말로 듣습니다. 나는 그 길을 가지 않을 수도 있습니다. 하지만 그 길은 분명히 내 길과 동등합니다. 그리고 나는 그 길이 그들에게 좋고 그들을 행복하게 해 주어 기쁩니다. 이 모든 길들! 다른 어떤 길보다 더 좋은 길은 없습니다. 우리는 저마다 알아차리게 됩니다. 그런 권유를 받으면 나는 말합니다. "당신의 길이 당신을 행복하게 해 주어 참 기쁘군요. 그 길을 나와 나누려 해 주어 고마워요."

저스틴 다른 문제들을 다 해결하면 그렇게 할 수 있겠죠. "당신 때문에 행복해요, 나 때문에 행복해요"라고 말하는 건 쉽지 않을까요?

케이티 "거기에서 '나 때문에'는 빼. 우리가 알 바 아니니까! 우리는 네가 우리 때문에 행복하다는 부분만 듣고 싶단 말야, 알겠어?" 가슴이 아플 거예요. 아무도 당신에 관해서는 듣고 싶어 하지 않습니다. 적어도 우리에 관해 들어 주기를 당신에게 바라는 만큼은 아닙니다. 지금은 그렇습니다. 이것을 알면 내면의 전쟁이 끝날 수 있습니다. 이 앎에는 대단한 힘이 있습니다. 그리고 우리가 오늘 얘기하는 진실이 당신의 음악을 통해 흐를 것입니다. 당신이 원하는 게 그것 아닌가요?

저스틴 예. 전에는 왜 이걸 몰랐는지 모르겠어요.

케이티 오, 히니. 니는 당신이 오늘 일아 가고 있는 것을 43년 동안 놀랐답니다. 현실로 깨어날 때까지. 이런 자각은 언제나 그저 시작일 뿐입니다. 집에 가면 엄마에게 잠시 얘기하자고 하세요. 엄마가 "지금은 바빠서 안 되겠다"라고 말하면, 좋습니다! 고대하세요. 엄마와 함께할 수 있는 다른 길은 늘 열려 있습니다. 엄마가 아기의 기저귀를 갈고 있으면, "도와드릴까요?" 하고 여쭐 수 있습니다. 아니면, 그냥 옆에 앉아서 엄마가 하는 말을 가만히 듣거나, 일하는 모습을 지켜볼 수도 있습니다. 엄마가 살아온 얘기를 하면 귀 기울여 듣고, 엄마의 신과 엄마의 길에 관해 얘기할 때 얼굴이 환해지는 모습을 지켜보세요. 당신의 이야기는 끼어들게 하지 말고…. 엄마와 함께할 수 있는 길은 많습니다. 그것은 당신에게 완전히 새로운 세계일 수도 있습니다. 자신이 정말로 원하는 것이 무엇인지를 분명히 알면, 이제껏 알지 못했던 새로운 세계가 열립니다. 아무도 내게서 내 가족을 빼앗아 갈 수 없습니다. 나 말고는. 당신이 오늘 이해하게 되어 기쁩니다. 구원해야 할 가족은 아무도 없습니다. 바꿔야 할 가족도 없습니다. 오직 한 명만 있을 뿐입니다—당신.

저스틴 좋네요.

케이티 마지막 문장을 봅시다.

저스틴 나는 아무도 내 말에 귀 기울이지 않는 사람이고 싶지 않다.

케이티 "나는 기꺼이…"

저스틴 나는 기꺼이 아무도 내 말에 귀 기울이지 않는 사람이 되겠다.

케이티 "나는 고대한다."

저스틴 나는 고대한다… 아니, 나는 잘… 음…

케이티 만일 그들이 당신의 말을 듣지 않아서 가슴이 아파지면, 다시 '생각 작업'을 하세요. "그들은 내 말을 들어야 한다"—그게 진실인가요?

저스틴 아니요.

케이티 "그들은 내 말을 들어야 한다"라는 생각을 믿을 때, 그런데 그들은 그렇게 하지 않을 때, 당신은 어떻게 반응하나요?

저스틴 괴로워요.

케이티 "그들은 내 말을 들어야 한다"라는 이 거짓말, 이 생각이 없다면 당신은 누구일까요?

저스틴 후와… 이건 정말 단순한 질문인데, 하지만 거기에는… 와아! 행복할 겁니다. 평화로울 거예요.

케이티 "그들은 내 말을 들어야 한다"—뒤바꿔 보세요.

저스틴 나는 내 말을 들어야 한다.

케이티 또 하나가 있습니다.

저스틴 그들은 내 말을 듣지 않아야 한다.

케이티 예, 그들이 들을 때까지는. 아직 하나가 더 있습니다.

저스틴 나는 그들의 말을 들어야 한다.

케이티 예. 그들의 노래를 들으세요. 자녀들이 내 말을 듣기 원한다면, 나는 제정신이 아닙니다. 그 애들은 내가 하는 말이 아니라, 자기가 듣는 말만을 들을 거예요. 예를 들어, 그 애들이 듣는 말을 거르려 하면서 내가 이렇게 말합니다. "애야, 내 말만 듣고 다른 말은 듣지 말거라." 좀 정신 나간 소리 같지 않나요? "다른 말은 듣지 마라, 네 생각도 듣지 마라, 내가 원하는 것만 들어라, 내 말을 들어라." 제정신이 아닙니다. 효과도 없고요.

저스틴 괜히 기력만 굉장히 낭비할 뿐… 예.

케이티 가망 없는 일이에요. 나는 그 애들이 듣는 대로 듣기를 원합니다. 나는 이제 제정신으로 돌아왔습니다. 나는 지금 있는 것을 사랑합니다. 오늘 저녁 어디에서든 고요히 무상해 보세요. 그리고 지기에 관해 알게 된 내용을 가족과 나누고 싶은 마음이 들면 그들에게 얘기하세요. 당신이 들을 수 있도록…. 그리고 "나는 그들이 내 말에 귀 기울이기를 원해"라는 생각을 알아차리세요. 그 생각이 있을 때와 없을 때, 자신이 어떻게 다른지 알아차리세요. 그들이 귀 기울여 듣기를 기대하지 마세요. 그저 말하세요. 당신이 들을 수 있도록.

그녀가 나를 무시합니다

2018년에 파리에서 나눈 이 대화는 질투와 불안감이 어떻게 관계를 망칠 수 있는지를 보여 주는 훌륭한 사례입니다. 베르나르는 질문을 신뢰했고 마음이 열려 있었습니다. 그래서 그의 분노와 버림받았다는 느낌을 일으킨 원인은 그의 애인이 아니라 자기의 생각임을 볼 수 있었습니다. 그런 생각들에 질문했을 때, 그는 그녀에 대한 새로운 사랑을 발견했을 뿐 아니라, 자기 자신에 대한 새로운 사랑도 발견했습니다.

베르나르 나는 엘리스에게 화가 난다. 왜냐하면 그녀는 나를 무시하고, 다른 남자에게 열렬한 관심이 있기 때문이다.

케이티 당신은 그녀가 어떤 사람인지를 아는군요. (청중이 웃는다.) 그래서 스윗하트, 어떤 상황인가요?

베르나르 우리는 시골의 댄스홀에 있습니다.

케이티 좋아요. 그녀는 당신을 무시하고 있습니다. 어떤 상황인가요? 당신이 "그녀는 나를 무시하고 있어"라고 생각하는 그 순간에 그녀는 무엇을 하고 있나요?

베르나르 나는 앉아 있습니다. 두 사람이 들어옵니다. 그녀가 그 남자에게 말을 걸고 춤에 관해 대화합니다. 그녀의 눈이 밝아집니다.

케이티 (단어 하나하나를 강조하며) 그녀의 눈이 밝아집니다! (청중이 웃는다.)

베르나르 (웃으며) 그녀는 그 남자와 열정적으로 얘기합니다. 마치 지구상에 그 두 사람만 있는 것처럼.

케이티 당신이 그 자리에 있는데도요. (청중이 웃는다.)

베르나르 저 말고도 두 사람이 더 있는데도요.

케이티 좋아요. 그녀는 당신을 무시하고 있습니다. 눈을 감아 보세요. 그 남자와 얘기하는 그녀를 보세요. 그리고 당신 자신과 다른 두 사람을 보세요. 그녀는 당신을 무시하고 있다—그게 **진실인가요?** (베르나르가 얼굴을 찌푸린다.) 당신의 대답은 '예'인가요? (청중이 웃는다.)

베르나르 예.

케이티 좋아요. 그녀는 당신을 무시합니다. 다시 바라보세요. 그녀가 당신을 무시하고 있다는 게 진실인지 당신은 확실히 알 수 있나요? 그래요, 그녀는 그를 바라보고 있어요. 그래요, 그녀는 그 남자만을 바라보고 있어요. 그래요, 그녀는 눈을 반짝이며 바라보고 있어요. 그리고 그녀는 당신을 무시하고 있다—그게 진실인지 당신은 **확실히 알 수 있나요?**

베르나르 아니요.

케이티 방금 무엇을 이해했나요?

베르나르 내가 그녀의 관심 밖에 있는 건 아니라고 느꼈습니다.

케이티 정말 그런 것 같나요? (베르나르가 천천히 고개를 끄덕인다.) 알겠어요, 이제 눈을 감아 보세요. 그 상황에서, 그 순간에 "그녀가 나를 무시하고 있어"라는 생각을 믿을 때, 당신은 어떻게 반응하나요? 무슨 일이 일어나나요?

베르나르 (아주 느린 속도로 말한다.) 마치 내가 버림받은 것 같아요. 불안해집니다. 그리고 화가 나요.

케이티 화가 나려면, 먼저 과거와 미래의 모습들을 보아야 합니다. (청중에게) 마음이 어떻게 작용하는지, 스트레스 주는 이런 생각들을 믿는 것이 어째서 스트레스 받는 감정의 원인(유일한 원인)인지를 여러분 모두 이해할 거예요. (베르나르에게) 당신은 미래와 과거의 모습들을 보는데, 그렇다는 것을 알아차리지 못합니다. 그리고 당신이 그 꿈을 볼 때, 그것은 마치 영화를 보는 것과 같은데, 그게 바로 화가 나는 원인입니다. 화가 아무리 빨리 일어나더라도, 화가 일어나려면 과거와 미래의 모습들을 먼저 보아야 하고, 이런 모습들은 1초도 안 되는 짧은 시간에 나타나고 사라질 수 있습니다. 그래서 당신은 그런 모습을 알아차리지도 못할 수 있습니다. 이제 눈을 감아 보세요. 당신은 그녀가 눈을 반짝이며 그 남자와 얘기하는 모습을 보고 있습니다. 당신은 "그녀는 나를 무시하고 있어"라는 생각을 합니다. 지금 그 자리에 앉아서 그녀를 바라볼 때, 마음의 눈에 어떤 과거와 미래의 모습이 보이나요? 그녀가 '당신'을 그런 식으로 바라보던 모습이 어떻게 보이는지 알아차려 보세요. (베르나르가 고개를 끄덕인다.) 당신은 그 남자를 바라보고는 자신(처진 목소리로)의 이미지를 상상합니다. 그리고 당신의 마음은 그 남자(활기찬 목소리로)를 당신(다시 처진 목소리로)과 비교하며, 당신은 그녀가 다시는 그런 식으로 자신을 바라보지 않을 것이라고 확신합니다. 그녀가 언제나 그 남자를 생각할 것이라고 믿습니다. (베르나르가 활짝 웃는다.) 이게 왜 우

110

스운지 이해하셨군요. 그녀가 당신을 무시한다고 믿은 순간에 이런 일이 일어났어요. 당신은 이런 과거와 미래의 모습들을 보았고, 무슨 일이 일어나고 있는지를 알아차리지도 못했죠. 그래도 결국엔 알아차릴 거예요. 생각 탐구를 실천하게 되면, 생각이 일어나는 순간에 그 생각을 더 잘 알아차릴 테니까요. 그리고 그 영화를 볼 때 깨어 있으면, 그 순간 경험하는 화와 혼란의 원인을 알아차릴 수 있습니다. 그러니 이제 그 모습들을 놓아 버리세요. 눈을 감아 보세요. 그 남자를 바라보세요. 그녀를 바라보세요. 그리고 그들에게서 이야기를 떼어 내 보세요. 친밀해져 보세요. 연결되세요. 그 생각이 **없다면** 당신은 누구일까요? 그 이야기를 이 두 사람에게 덧붙이지 않는다면, 머릿속 모습들을 실제 사람과 비교하지 않는다면, 다시 말해 '없는 것'(nothing)[8]을 '어떤 것'(something)과 비교하지 않는다면, 당신은 누구일까요?

베르나르 그녀로 인해 행복할 겁니다. 그녀가 춤에 대한 열정에 관해 얘기할 수 있어서 행복할 거예요.

케이티 그게 바로 당신이 그녀에게 원하는 것 아닌가요? 내가 사랑하는 모든 사람에게 원하는 것은 바로 그거예요. 나는 그들이 행복하기를 원합니다. 왜 나만 그들을 행복하게 해 주는 사람이어야 할까요? (에고를 연기하며) 아니요, 오직 '나만' 그녀에게 행복을 주는 사람이길 원해요! (평소 목소리로) 그런 종류의 사랑은 몹시 제한됩니다. 그것은 조건적인 사랑입니다. 당신은 그녀가 행복해하는 것을 보아야 합니다. 이제 다시 그 상황에 있는 자기를 바라보세요. 당신의 이야기는 내려놓고, 그녀가 당신을 무시한다는 생각 없이 자기를 바라보세요.

---

8 머릿속 모습(이미지)은 실재하는 게 아니므로 '없는 것'이다.—옮긴이

베르나르 (오래 침묵한 뒤) 평온합니다. 그 생각이 나를 괴롭히지 않아요.

게이디 다시 바라보세요. 그 모습을 사랑할 때까지. 내 말은, 그녀는 당신의 애인이에요. 그리고 그가 그녀를 행복하게 해 주고 있어요. (청중이 웃는다.) 당신은 좋은 시간을 보내려고 그녀를 그곳에 데려갔습니다. (더 많이 웃는다.) (청중에게) 알다시피, 진담입니다. (더 크게 웃는다.)

베르나르 인정합니다.

케이티 그것은 실천입니다. 자, "그녀는 나를 무시한다"—뒤바꿔 보세요.

베르나르 나는 그녀를 무시한다.

케이티 이 말에 관해 얘기해 보세요.

베르나르 나는 그녀의 열정을 무시하고 있어요. 그녀의 감정을 무시하고 있습니다.

케이티 나중에 그녀를 응징했나요? 그녀를 무시했나요?

베르나르 기억나지는 않아요. 아마 그랬을지도.

케이티 '아마도'는 별 도움이 되지 않을 거예요. (청중이 웃는다.) 잘 살펴보세요. 당신은 함께 떠났나요? 함께 집에 왔나요?

베르나르 그녀는 남은 휴가 기간 그곳에 머물렀고, 나는 떠났어요.

케이티 음, 그녀가 남은 휴가 기간 내내 그 댄스홀에 머무른 건 아니었죠. 그러니 당신이 그녀를 남겨 두고 떠난 것 같군요. "나는 그녀를 무시한다"라는 뒤바꾸기가 어떻게 진실일 수 있는지 자신에게 물을 때, 그것을 마음의 눈으로 보세요. 어떤 식으로든 그녀를 무시하거나 응징했나요? 그리고 나중에 어떤 식으로든 원망하는 마음을 품었나요? 한동안 그녀에게 전화하지 않았나요? 최대한 자세히 들여다보세요. 뒤바꾸기가 어떻게 진실할 수 있는지를 먼저 미시적으로(즉, 댄스홀에서 그녀를 무시했는지 안 했는지) 본 뒤, 거시적으로(즉, 언제 어떤 식으로든 그녀를 무시했는지 안 했는지) 보세요. 그리고 만일 그녀를 무시한 적이 있다면, 그녀에게 연락해서 그 사실을 인정하고, 할 수 있는 만큼 그 일을 바로잡으세요. 그 일을 만든 사람도 당신이고, 그 일 가운데 당신의 몫을 끝낼 필요가 있는 사람도 당신입니다. 그곳은, 헨젤과 그레텔 이야기처럼, 당신이 길을 표시하기 위해 빵부스러기를 남기는 곳입니다. 그저 길을 되돌아가서, 빵부스러기를 집어 들고, 집으로 돌아가는 길을 발견하세요. 그것이 실천입니다. "그녀는 나를 무시한다"—다른 뒤바꾸기를 발견할 수 있나요? "나는 …"

베르나르 나는 나 자신을 무시한다.

케이티 어떤 면에서 자신을 무시하고 있었나요?

베르나르 나는 그녀를 사랑하는데, 내가 행동한 방식은 그다지 사랑하는 게 아니었어요.

케이티 아.

베르나르 내가 행동한 방식으로 내 마음을 아프게 했어요.

케이티 예, 자기를 그 남자와 비교해서 그렇게 했죠. 당신은 그가 어떻게 보이는지, 그가 얼마나 로맨틱하고 매력적인지 봅니다.

베르나르 그는 춤꾼일 뿐이죠. (청중이 웃으며 박수를 친다.) 나도 춤꾼이고요.

케이티 (웃으며) 예. 하지만 그 상황에서, 당신이 비교하고 있을 때, 그 남자를 바라보고 자신을 바라보세요. 비교하는 순간, 당신은 집니다. 그날 밤에 당신이 보고 있던 자신의 이미지를 바라보세요. 그게 당신인가요? (베르나르가 고개를 젓는다.) 아무도 자기 자신을 본 적이 없습니다. 어떤 인간도 자기 자신을 본 적이 없습니다. 당신은 자기의 얼굴을 본 적이 없습니다. 당신이 거울을 보면, 당신의 마음은 거울에 비친 모습이 당신이라고 말합니다. 그리고 당신이 너무 뚱뚱하고, 너무 말랐고, 너무 늙었고, 너무 어리고, 코는 너무 크고, 너무 작다는 둥 이러쿵저러쿵 얘기합니다. 당신은 거울 속에서 자기라고 '상상하는' 모습을 봅니다. (비교하면) 당신은 언제나 그 남자보다 나은 사람이거나 못한 사람입니다. 그리고 사실은 자기를 그 남자와 비교하는 게 아닙니다. 자기의 '이미지'를 그 남자의 '이미지'와 비교하고 있습니다. '없는 것'(nothing)을 '어떤 것'(something)과 비교하고 있습니다. 당신은 꿈속에서 길을 잃었습니다. "그녀는 그 남자에게 열렬한 관심이 있다"—그게 진실인가요? 짐작할 필요 없습니다. 확인해 봅시다. 한 번 더 살펴봅시다. "그녀는 그 남자에게 열렬한 관심이 있다"— 여기에서 핵심 구절은 '그 남자에게'입니다. "그녀는 그 남자에게 열렬한 관심이 있다"—그게 진실인가요?

베르나르 (미소 지으며) 아니요.

케이티 어째서 그렇게 대답했나요? '아니요'라고 말하게 된 이유는 무엇인가요?

베르나르 그녀는 춤꾼과 춤에 관심이 있었어요.

케이티 "그녀는 그 남자에게 열렬한 관심이 있다"라는 생각을 믿을 때, 당신은 어떻게 반응하나요? 무슨 일이 일어나나요?

베르나르 싸우고 고함치고 폭력을 행사하고 싶어집니다.

케이티 그렇다는 것을 알아차리니 참 좋군요. 자신이 폭력적으로 느껴질 때면 당신은 과거나 미래에 있습니다. 당신은 현실 안에 있지 않습니다. 그 생각이 없다면 당신은 누구일까요?

베르나르 평온할 겁니다. 다정할 거예요. 그 남자에게 흥미를 느낄 것 같습니다.

케이티 예, 스윗하트. 우리가 현실 안에 있을 때는 질투도 없고, 부러움도 없고, 그 이상도 아니고, 그 이하도 아닙니다. 거기에는 제정신, 온전한 정신이 있습니다. "그녀는 그 남자에게 열렬한 관심이 있다"—뒤바꿔 보세요.

베르나르 그녀는 그 남자에게 열렬한 관심이 있지 않다.

케이티 예. 그녀는 춤에 열렬한 관심이 있습니다. 그리고 그 남자의 춤 경험에…. 이제 그 남자를 바라보고, 그녀를 바라보세요. 네 번째 질문으로 돌아가 봅시다. "그녀는 그 남자에게 열렬한 관심이 있다"라는 생각이 없다면 당신은 누구일까요? 두 사람에게서 그 이야기를 벗겨 내고, 가만히 지켜보세요.

베르나르 (잠시 침묵한 뒤) 두 사람은 형제 같아요.

케이티 그들은 춤을 사랑합니다. 그는 훌륭한 춤꾼입니다. 그에게는 배울 게 아주 많습니다. 당신이, 춤에 대한 열정을 품은 채, 그 상황에서 두 사람과 대화에 참여하는 모습을 상상할 수 있나요?

베르나르 아직은 못하겠습니다. (청중이 웃는다.)

케이티 좋아요. 한번 시도해 봅시다. 당신은 그녀의 관심이 정말로 춤과 이 춤꾼에게 있다고 믿을 때만 그렇게 할 수 있습니다. 당신의 열정을 그곳으로 가져가서 두 사람과 함께 있어 보세요. 아무 말도 하지 말고, 그저 듣기만 해 보세요.

베르나르 (잠시 침묵한 뒤) 괜찮네요.

케이티 많이 배웠나요?

베르나르 예. 그 남자, 다른 춤꾼을 인정할 수 있습니다.

케이티 세 분은 공유하는 것이 있습니다. 그 상황에서, 당신은 자신을 무시했어요. 귀 기울여 들을 만큼 충분히 대화에 참여하지 않았습니다.

춤은 당신이 열정이 있는 곳입니다. 당신의 열정은 그녀와 함께히는 데 있습니다. "그녀는 다른 남자에게 열렬한 관심이 있다"—다른 뒤바꾸기를 찾을 수 있나요? "나는 …"

베르나르 나는 그녀에게 열렬한 관심이 있다.

케이티 그리고 "나는 …에 열렬한 관심이 있다."

베르나르 춤에

케이티 그리고 "나는 …에 열렬한 관심이 있다." 거기에는 세 명이 있었어요. (청중이 웃는다.) 나는 당신이 아직 가 보지 못한 곳으로 당신을 데려가고 싶습니다. 거기에는 그 남자가 있고, 당신이 있고, 그녀가 있습니다. (잠시 말을 멈춘다. 청중이 더 크게 웃는다.) **또 하나의 뒤바꾸기: "나는 …에 열렬한 관심이 있다."**

베르나르 (겸연쩍은 미소를 지으며 천천히 말한다.) 그 남자에. (청중이 크게 웃으며 박수를 친다.)

케이티 예. 그렇죠? 그게 어째서 진실인지 알겠어요? 그는 훌륭한 춤꾼입니다. 그는 춤에 관한 그녀의 열정을 나누고 있어요.

베르나르 예. 그 말이 어째서 진실한지 알겠어요.

케이티 스윗하트, 자신에게 진실하게 느껴지지 않으면 이런 곳들로 가지 마세요. 어떤 뒤바꾸기가 진실하게 느껴지는지 보세요. 신발가게에서 새 신발을 신어 보듯이 시도해 보세요. 어떤 뒤바꾸기는 당신에게 잘 맞을 수도 있고, 맞지 않을 수도 있습니다. 이 뒤바꾸기는 당신에게 유용할 것 같군요. 왜냐하면 당신이 어떤 것에 관심을 둘 때, 당신이 믿는 생각은 그것을 당신에게서 앗아 갈 수 있기 때문입니다. 우리는 자신에게 훌륭한 스승일 수 있는 어떤 것이나 사람을 우리의 생각과 믿음으로 인해 정말로 잃을 수 있습니다. 아주 귀중한 것(자신의 성장을 위한 큰 기회)을 놓칠 수 있어요. 좋아요, 2번 문장을 봅시다.

베르나르 나는 엘리스가 그 남자에게 그런 식으로 관심을 보이지 않기를 원한다. 나는 그녀가 사랑하는 눈으로 나를 바라보기를 원한다. 나는 그녀가 나를 가장 중요하게 여겨 주기를 원한다.

케이티 좋아요. 당신은 그녀가 그 남자에게 그런 식으로 관심을 보이지 않기를 원합니다. 그런 식이란 어떤 식인가요? 로맨틱한? 그런데 당신이 있는 그대로 볼 때, 그녀가 그를 로맨틱하게 바라보았나요? 아니면, 그를 춤꾼으로 보았기에 열렬한 관심을 보인 건가요? '그런 식으로'라고 쓸 때 당신은 어떤 방식을 생각했나요?

베르나르 그녀가 그 남자와 사랑에 빠진 것 같은….

케이티 그래서 "나는 엘리스가 그 남자에게 그런 식으로 관심을 보이지 않기를 원한다"—그게 진실인가요? (청중에게) 베르나르는 그녀가 이 남자를 사랑과 매혹된 눈으로 바라보기를 원하지 않는다는 것을 여러분 모두 이해합니다. 애인이 다른 사람을 선택한 연애를 해 본 적이 있는 분은 몇 분이나 되나요? (많은 참석자가 손을 든다.) 그러니 우리 모두 이 '생각 작업'을 해 봅시다. (베르나르에게) 눈을 감아 보세요. 당신은 거기에 있어야 합니다. 이 질문에 답하려면, 마음의 눈으로 그 모습을 바라보아야 합니다. 그 상황에 있는 그녀를, 자신을 제대로 바라보아야 합니다. 그곳에 머무르세요. 그 순간에 관해 명상해 보세요. 그녀의 표정을 보세요. 그녀의 반짝이는 눈을 보세요. 그래서 "당신은 엘리스가 그 남자에게 그런 식으로 관심을 보이지 않기를 원한다"—그게 진실인가요?

베르나르 (긴 침묵 뒤) 예.

케이티 사람들은 이 문제로 사람을 죽입니다. 그들은 이 문제로 죽이고 싸우고 때리고 전쟁을 일으킵니다. 사랑하는 사람을 해칩니다. 그러니 내가 여기에서 하는 질문은 작은 문제가 아닙니다. 당신은 그녀가 그 남자에게 그런 식으로 관심을 보이지 않기를 원한다—당신은 그게 진실인지 확실히 알 수 있나요?

베르나르 (다시 긴 침묵 뒤) 아니요.

케이티 "나는 엘리스가 그 남자에게 그런 식으로 관심을 보이지 않기를 원한다"라는 생각을 믿을 때, 당신은 어떻게 반응하나요? 무슨 일이 일어나나요?

베르나르 그녀를 집에 가두어 놓고, 다른 남자들을 만나지 못하게 막고 싶어집니다.

케이티 그녀를 가두어 버립니다. 그녀를 작게 만들어 버립니다. 그녀가 좋아하는 것을 하지 못하게 합니다. 당신의 표정을 보면 이것이 당신의 본성과는 거리가 멀다는 것을 알 수 있습니다. 그것은 지옥입니다. 그 뒤 당신은 그녀를 사랑하는 이유를, 그녀의 열정을 죽여 버립니다. 그러니 스윗하트, 그 남자를 바라보세요. 그녀를 바라보세요. 그 이야기를 그녀에게서 떼어 내 보세요. "나는 그녀가 그 남자에게 그런 식으로 관심을 보이지 않기를 원한다"라는 생각이 없다면 당신은 누구일까요?

베르나르 그녀를 자유롭게 놓아줄 겁니다.

케이티 당신의 이야기가 없다면, 그녀는 자유롭습니다. 그녀는 이렇게 아름다운 자유 영혼인데, 그게 바로 당신이 애초에 그녀를 사랑하게 된 이유입니다. "나는 엘리스가 그 남자에게 그런 식으로 관심을 보이지 않기를 원한다"—뒤바꿔 보세요.

베르나르 나는 그녀가 그 남자에게 그런 식으로 관심을 보이기를 원한다.

케이티 예. 그것이 당신을 괴로운 삶에서 구해 줄 것입니다. 그리고 당신이 깨끗한 마음 상태에 있을 때, 그녀는 당신이 함께 있고 싶지 않은 사람을 보여 줄 수 있습니다. 당신은 만일 그녀가 그 남자를 사랑하면 그녀가 그 남자를 사랑하기를 원합니다. 그리고 그녀는 당신에게 보여 줍니다. 당신은 다른 남자들과 사랑에 빠지는 여성과는 함께 있고 싶지 않다는 것을…. 당신이 그녀와 함께하고 싶지 않다는 뜻은 아닙니다. 하지만 그것은 당신이 삶에서 원하지 않는 것을 분명히 보여 줍니다.

베르나르 예, 그렇다는 것을 알겠어요.

케이티 다음 문장 "나는 그녀가 사랑의 눈으로 나를 바라보기를 원한다"―그게 진실인가요? 그녀는 그 순간 그 남자를 바라보고 있는데, 당신은 그녀가 사랑의 눈으로 당신을 바라보기를 정말로 원하나요?

베르나르 (고개를 저으며) 아니요.

케이티 당신이 성장하고 있는 것 같군요. 당신의 사고가 더 성숙해지고 있으니 당신의 말과 행동도 성숙해질 거예요. "나는 그녀가 사랑의 눈으로 나를 바라보기를 원한다"―그 생각을 믿을 때 당신은 어떻게 반응하나요? 무슨 일이 일어나나요?

베르나르 기분이 나빠지고 화가 납니다. 낙담합니다. 실망합니다.

케이티 "나는 그녀가 사랑의 눈으로 나를 바라보기를 원한다"―그 생각이 없다면 당신은 누구일까요?

베르나르 이완되고 편안해지고 흥미가 생길 겁니다. 그녀로 인해 행복할 겁니다.

케이티 "나는 그녀가 사랑의 눈으로 나를 바라보기를 원한다"― 뒤바꿔 보세요. "나는 …을 원한다."

베르나르 나는 내가 사랑의 눈으로 나 자신을 바라보기를 원한다.

케이티 예. 지금 그렇게 해 보세요. 눈을 감고, 그 상황에 있는 지신을 바라보세요. 당신이 얼마나 괴로운지 보세요. 사랑의 눈으로 자신을, 그 무고한 남자를 바라보세요. 당신이 믿는 생각을 제외하면, 당신은 괜찮지 않나요? 그러니 그 생각을 믿을 때 자신이 어떤 사람인지 알아차리세요. 이제 그 생각이 없는 자신을 알아차리세요. 당신을 괴롭게 한 것은 그 남자인가요, 아니면 당신이 믿는 생각인가요?

베르나르 내가 믿는 생각입니다. 분명히 알겠어요.

케이티 그렇게 당신은 자기의 괴로움을 만들어 냅니다. 그리고 그것이 당신의 삶을 멈추게 합니다. 질문해 볼 수 있는 생각을 믿는 것이…. "나는 그녀가 사랑의 눈으로 나를 바라보기를 원한다"—다른 뒤바꾸기를 찾을 수 있나요?

베르나르 나는 내가 사랑의 눈으로 그녀를 바라보기를 원한다.

케이티 예. 나중에 당신이 일하거나 춤추거나 클럽에 있거나 아침 식사를 할 때, 그녀가 열정적으로 그 남자와 얘기하는 모습이 생각나면, 당신은 너그럽고 사랑하는 남자로서 그 모습을 경험할 수 있습니다. 그녀를 열린 가슴으로 볼 수 있고, 그녀의 경험을 행복하게 지켜볼 수 있습니다. 꿈에서 깨어나면 당신은 다음번에 그 모습이 생각날 때 평온할 수 있습니다. 그것은 아침 식사와 잘 어울립니다. 그렇지 않으면 당신의 원망은 아침 식사를 할 때 심한 소화불량의 원인이 될 수 있습니다. 그 모습은 당신이 아침 식사를 하거나 거리를 걷거나 밤에 잠자리에 누웠을 때 떠오를 수 있고, 그날 저녁에 당신이 그 모습에 반응한 방식도 함께 떠오를 수 있습니다. 하지만 당신의 생각에 질문하면 생각의 마력에서 풀려나며, 그 상황이 다시 생각날 때 평화를 경험합니다. 그리고 만일 조금이라도 질투심을 경험하면, 아직 '생각 작업'을 할 것이 남아 있는 것입니다. 이제 3번 문장을 봅시다.

베르나르 엘리스는 현실로 돌아와야 한다. (웃는다.) 내가 쓴 글인데 이제 조금 부끄러워집니다. (청중이 웃는다.) 그녀는 다른 사람들의 관심을 끌려고 하지 말아야 한다. 그녀는 나에게 전념해야 하고, 내가 거기에 있다는 사실을 존중해야 한다.

케이티 좋아요. 첫 문장은 네 가지 질문을 건너뜁시다. 나중에 집에 가서 스스로 해 보세요. 반대를 경험하도록 그 생각을 뒤바꿔 보세요. "그 상황에서 나는 …해야 한다"

베르나르 나는 현실로 돌아와야 한다.

케이티 예. 왜냐하면 당신은 과거와 미래에 빠져 있어서, 실제로 일어나는 일에 잠들어 있기 때문입니다. 당신은 그녀가 자신을 그런 식으로 바라보는 것을 상상합니다. 당신은 그녀가 그 남자와 함께 도망치는 미래를 상상합니다. 당신은 그녀 없는 삶을 상상합니다. "나는 현실로 돌아와야 한다. 그리고 나는 …."

베르나르 나는 다른 사람들의 관심을 끌려고 하지 말아야 한다.

케이티 "나는 그녀와 다른 사람들의 관심을 끌려고 하지 말아야 한다."

베르나르 아, 예. 알겠어요.

케이티 "그리고 나는 …해야 한다."

베르나르 그리고 나는 나 자신에게 전념해야 한다. 내가 거기에 있다는 사실을 존중해야 한다.

케이티 그게 당신이 정말 원하는 것 아닌가요?

베르나르 (크게 감동하며) 예! 세상에, 케이티, 정말 단순하군요! 삶이 아주 단순해집니다!

케이티 삶은 단순합니다. 하지만 이를 위해 다른 사람의 삶을 통제하려는 시도는 그리 단순하지 않습니다. 그것은 가망 없는 일입니다. 우리가 정말로 원하는 것은 우리 자신이 그렇게 하는 것입니다. 다른 사람을 통제하기는 몹시 어렵습니다. 우리 자신이 바뀌는 편이 더 쉽습니다. 다른 뒤바꾸기를 찾을 수 있나요? "엘리스는 …해야 한다"

베르나르 엘리스는 다른 사람들의 관심을 끌려고 해야 한다. 그녀는 나에게 전념하지 않아야 하고, 내가 거기에 있다는 사실을 존중하지 않아야 한다.

케이티 그게 어떻게 느껴지나요?

베르나르 독재자를 그만두는 건 어려운 것 같습니다. (청중이 웃는다.)

케이티 독재자로 사는 것은 더 어렵습니다. (청중이 웃는다.) 특히 엘리스한테는요. 그녀는 독재자와 잘 지내지 못합니다. (청중이 더 크게 웃는다.) 알다시피, 그녀에게는 자기의 삶이 있습니다. 그리고 당신이 엘리스에게 독재자처럼 굴면, "나는 그녀가 사랑하는 사람이야"라는 당신의 정체성이 위태로워집니다. 좋아요. 4번 문장을 봅시다.

베르나르 나는 엘리스가 나를 뛰어난 춤꾼으로 소개해 줄 필요가 있다. (이 문장을 들으면 웃음이 나올 겁니다.) 나는 엘리스가 나를 자기를 탐구하는 아름다운 남자로 소개할 필요가 있다. (큰 웃음과 박수.) 그리고 그것을 나와만 나눌 필요가 있다.

케이티 "나는 엘리스가 나를 뛰어난 춤꾼으로 소개해 줄 필요가 있다"—그게 진실인가요?

베르나르 아니요.

케이티 당신이 행복해지려면 그럴 필요가 있다는 생각을 믿을 때, 그 상황에서 당신은 어떻게 반응하나요? 무슨 일이 일어나나요?

베르나르 내가 우월하게 느껴집니다.

케이티 그런데 그녀가 당신을 뛰어난 춤꾼으로 소개해 주지 않으면, 당신은 어떤 기분을 느끼나요?

베르나르 내가 무시당한 것처럼 느껴집니다.

케이티 그 생각이 없다면 당신은 누구일까요?

베르나르 편안할 겁니다. 나는 그녀가 어떤 식으로든 나를 소개해 줄 필요가 없습니다. 만일 그녀가 "이분은 베르나르예요"라고만 말했어도 완벽히 좋았을 겁니다.

케이티 좋아요. 당신은 자기를 탐구하는 편안하고 아름다운 남자이며, 훌륭한 춤꾼이며, 엘리스를 사랑하는 사람일 거예요. 이제 다 뒤바꿔 보세요. 그들은 서로의 눈을 들여다보며 매료되어 있습니다. 그래서 어떻게 하면 당신이 행복할까요? 문장을 당신 자신으로 뒤바꿔 보세요. "나는 내가 …할 필요가 있다"

베르나르 나는 내가 나 자신을 훌륭한 춤꾼으로 소개할 필요가 있다.

케이티 예. 당신이 그녀의 어깨에 팔을 두른 채 자신을 훌륭한 춤꾼으로 소개하는 모습을 상상해 보세요. 계속해 보세요.

베르나르 나는 내가 나 자신을 자기를 탐구하는 아름다운 남자로 소개할 필요가 있다. (청중이 웃는다.)

케이티 그리고 당신은 그것을 그들과만 나눕니다. 또는 그 남자와만. 그녀의 어깨에 팔을 두른 채. 그래서 당신은 자신이 할 일을 그 여성이 대신 해 주기를 기대하고 있었습니다. (케이티와 베르나르가 웃는다.) 이렇게 하면 그 대화가 어떻게 나아질 것인지 상상해 보세요.

베르나르 알겠습니다.

케이티 좋아요. 5번 문장을 봅시다.

베르나르 내가 이 문장을 썼다는 게 믿어지지 않네요. 엘리스는 이기적이고 둔감하고 마음을 아프게 하며 실망하게 하다.

케이티 예, 스윗하트. 당신은 이제 그 문장을 쓸 때의 사람과 다른 사람입니다. "엘리스는 이기적이고 둔감하고 마음을 아프게 하며 실망하게 한다"—그게 진실인가요?

베르나르 (미소를 지으며) 아니요.

케이티 "엘리스는 이기적이고 둔감하고 마음을 아프게 하며 실망하게 한다"라는 생각을 믿을 때, 당신은 어떻게 반응하나요? 무슨 일이 일어나나요?

베르나르 슬프고 화가 납니다. 그녀에게서 멀어집니다.

케이티 그 생각이 없다면 당신은 누구일까요?

베르나르 그녀를 사랑할 겁니다. 그녀를 응원할 겁니다. 그녀의 짝일 거예요.

케이티 예, 허니. 이제 그 문장을 자기 자신에게로 뒤바꿔 보세요.

베르나르 나는 이기적이고 둔감하고 마음을 아프게 하며 실망하게 한다.

케이티 그 말이 맞나요? 그 상황에서? 그 순간, 당신은 이기적입니다. 그녀는 좋은 시간을 보내고 있는데, 당신은 마치 그 모든 것이 자기에 관한 일인 것처럼 반응합니다. 당신은 그녀의 흥미와 열정에 둔감합니다. 마음을 아프게 하고 실망하게 합니다. 당신이 그녀에게서 멀어지기 때문입니다. 이제 다른 방식으로 뒤바꿔 보세요. "엘리스는 …하다." 이기적임의 반대는 무엇인가요? 너그러운?

베르나르 그녀는 너그럽고 민감하고 따뜻하며 친절하다.

케이티 예. 그래서 당신이 그녀에 관해 믿는 생각을 제외하면, 그녀는 괜찮나요? 당신이 그녀에 관해 믿는 생각을 제외하면, 그녀는 당신이 사랑하는 여성인가요? 그녀는 아름답고 자유롭고 행복합니다.

베르나르 예

케이티 6번 문장을 봅시다.

베르나르 나는 앞으로 다시는 무시당한다고 느끼고 그런 식으로 소외당하고 싶지 않다.

케이티 6번 문장의 뒤바꾸기는 다른 뒤바꾸기와 다릅니다. "나는 기꺼이 …하겠다."

베르나르 나는 기꺼이 무시당한다고 느끼고 그런 식으로 소외당하겠다.

케이티 "나는 …을 고대한다."

베르나르 나는 무시당한다고 느끼고 그런 식으로 소외당하기를 고대한다.

케이티 그런 일이 생기면 아주 즐거워집니다. 왜냐하면 다른 '생각 작업'을 할 수 있는 때임을 알 수 있기 때문입니다. '생각 작업'은 자기 자신을 알고 그녀와 더 가까워지는 훌륭한 방법입니다. 우리에게 당신 자신을 깊이 들여다볼 특권을 주셔서 고맙습니다. 당신은 정말로 자기를 탐구하는 사람입니다. (큰 박수가 오래 이어진다.)

베르나르 정말 고마워요, 케이티.

남편이 배신했어요

이 대화를 나눈 것은 2017년 암스테르담에서였습니다. 바바라는 인간이 겪을 수 있는 가장 고통스러운 상황, 지구라는 학교에서 가장 어려운 수업 중 하나인, 배우자가 아무 경고 없이 결혼 생활을 끝내 버리는 일을 다루고 있었습니다. 이런 상황에서는 엄청난 분노와 배신감에 시달릴 수 있습니다. 그녀가 처음에는 자기 입장이 옳다는 것을 얼마나 확신하고 있는지 주목해 보세요. 그녀가 입고 있던 갑옷의 첫 번째 균열은 "그 생각이 없다면 당신은 누구일까요?"라는 질문에 대답할 때 일어납니다. 그때부터 그녀는 이전에는 상상하지 못했던 진실들에 차츰 마음을 열어 갑니다. 그리고 마침내 자신을 배신한 것처럼 보였던 그 남자가 사실은 그녀에게 자유를 가리켜 준 사람이라는 것을 깨닫습니다.

케이티 좋아요, 스윗하트. '양식'의 1번 문장을 읽어 주세요.

바바라 나는 페터에게 몹시 화가 난다. 왜냐하면 그는 나에게 한 약속을 어겼기 때문이다.

케이티 어떤 상황인가요?

바바라 결혼한 지 30년이 지나 자녀를 다 키웠는데, 어느 날 남편 페터가 난데없이 나와 자녀들을 떠나겠다고 말했어요. 아무 설명도 없었고, 아무 말도 없었죠. 갑자기 폭탄을 던진 거예요. 2년 전 아버지의 날에 나는 아들과 함께 집에 돌아왔어요. 우리는 3일 동안 이어진 기업가 정신 주말 교육을 잘 마치고 집에 돌아왔는데, 그때가 10시 20분쯤이었죠. 그가 말했어요. "당신과 아이들에게 할 얘기가 있어."

케이티 그때 당신은 어디에 서 있거나 앉아 있었나요?

바바라 현관 쪽에 있었던 것 같아요.

케이티 막 집 안으로 들어온 참이었군요.

바바라 아들과 함께요. 아들은 내게서 조금 떨어져 있었는데, 그가 말했죠. "당신에게 할 말이 있어." 뭔가 심상치 않은 일이 일어나고 있는 것 같더군요.

케이티 예.

바바라 그래서 내가 말했죠. "일단 앉아서 얘기해요. 문을 닫고, 아이들은 이 대화를 듣지 않게 하는 게 좋겠어요." 그는 말했어요. "3주일 전에 어떤 여성을 만났는데, 남은 생은 그녀와 함께 지내고 싶어. 그래서 나는 당신과 아이들을 떠날 거야."

케이티 좋아요. 당신은 여전히 현관 쪽에 서 있나요, 아니면 다른 곳으로 갔나요?

바바라 우리는 거실에, 거실에 있는 소파에 앉았어요.

케이티 "그는 나에게 한 약속을 어겼다"—그게 진실인가요?

바바라 예!

케이티 "그는 나에게 한 약속을 어겼다"—그게 진실인지 당신은 확실히 알 수 있나요?

바바라 (눈을 감고 잠시 멈춘 뒤) 예.

케이티 좋아요. 다시 눈을 감고, 그 상황에서 남편과 함께 있는 자신을 보고, 남편의 얼굴을 바라보세요. 그의 몸짓 언어를 알아차려 보세요. 자신을 바라보세요. 자신의 몸짓 언어와 감정을 알아차리세요. "그는 나에게 한 약속을 어겼다"라는 생각을 믿을 때, 당신은 어떻게 반응하나요? 무슨 일이 일어나나요?

바바라 얼어붙어 버려요. 충격을 받아요. 도저히 믿을 수가 없고, 받아들이지도 못해요. 그를 받아들이지 못해요. 나에게 감히 그런 말을 할 수 있다는 사실이 받아들여지지 않아요.

케이티 이제 "그는 나에게 한 약속을 어겼다"라는 생각 없이 그를 바라보세요. 그의 얼굴을 바라보세요. 그의 눈을 들여다보세요. 정말로 현존해 보세요. 그 생각이 없다면 당신은 누구일까요?

바바라 그 생각이 없다면 내가 누구겠느냐고요?

케이티 당신의 이야기를 그냥 내려놓아 보세요. 남편을 바라보세요.

바바라 솔직하게 말할까요? 안도할 거예요. 우와! 전에는 한 번도 이런 생각을 해 보지 못했어요.

케이티 안도하는. 그 생각을 어떻게 뒤바꿔 보실 건가요? 가끔 나는 조금 이상한 뒤바꾸기를 발견합니다. 들어 보고 싶나요?

바바라 예.

케이티 (우울한 어조로 느리게 말한다.) "그는 나에게 한 약속을 어겼어." 그리고 여기에 뒤바꾸기가 있습니다. (활기차고 행복한 어조로) "그는 나에게 한 약속을 어겼어!" 안도감. 그것은 안도감에서 행복으로 넘어가는 꽤 큰 도약이지만, 당신은 그렇게 할 수 있습니다.

바바라 예, 하지만 여전히 두려움이 있어요. 그가 그런 선택을 해서 안도했는데, 나 스스로는 결코 그런 선택을 하지 않았을 거라는 걸 깨달았거든요. 절대로.

케이티 그에게 감사하는 문자를 보낼 수도 있어요. (청중이 웃는다.)

바바라 아, 그에게 감사하는 문자를 쓰긴 했어요.

케이티 좋네요.

바바라 보내진 않았지만 써 놓긴 했죠. (더 크게 웃는다.)

케이티 다른 뒤바꾸기를 찾을 수 있나요?

바바라 나는 나에게 한 약속을 어겼다.

케이티 그게 당신에게 무슨 뜻인가요? 그 상황에서 당신은 어떤 면에서 그에게 한 약속을 어겼나요?

바바라 그 두려움, 폭력 때문에 진짜 진실을 말하지 못했어요.

케이티 예.

바바라 지금도 마찬가지예요.

케이티 예. 우리는 그저 알아차리고 있습니다. 또 하나의 뒤바꾸기가 있군요. 듣고 싶나요?

바바라 예.

케이티 "그는 나에게 한 약속을 지켰다." 그 상황에서 그렇게 뒤바꾸면 무엇이 보이나요?

바바라 그는 그때 내가 생각한 방식으로는 약속을 지키지 않았지만, 내게 정직하게 말하고 있었죠. 그는 진심을 말하고 있었어요. 그것은 그의 진실이었어요.

케이티 좋아요. 2번 문장을 봅시다.

바바라 나는 그가 내게 한 약속을 어겼음을 인정하고 왜 그런 선택을 했는지 설명해 주기를 원한다. 나는 그가 자기의 선택과 행위에 책임지기를 원한다. 행위… 그게 두려운 부분이에요.

케이티 "당신은 그가 당신에게 한 약속을 어겼음을 인정하기를 원한다"—그게 진실인가요?

바바라 아니요.

케이티 "나는 그가 나에게 한 약속을 어겼음을 인정하기를 원한다"라는 생각을 믿을 때, 당신은 어떻게 반응하나요? 무슨 일이 일어나나요?

바바라 그의 행동이나 말에 의지하게 돼요. 그러고 싶지 않아요. 그럴 필요가 없으니까요.

케이티 예. 이제 눈을 감고, 그가 이렇게 하기를 원한다는 생각, 그가 당신에게 한 약속을 어겼음을 인정하기를 원한다는 생각 없이 그를 바라보세요. "나는 그가 나에게 한 약속을 어겼음을 인정하기를 원한다"라는 생각이 없다면 당신은 누구일까요?

바바라 내가 누구겠느냐고요? 나는… 나는 더 편안할 거예요. 나 자신과 내 삶에 집중할 수 있을 테고, 그가 어떻게 행동하거나 말해야 한다고 주장하는 생각들로 마음이 바쁘지 않을 거예요.

케이티 예.

바바라 자유로울 거예요.

케이티 이제 눈을 감고, 그 상황에서 다시 그를 바라보세요. 그냥 그대로 머물면서, "나는 그가 어떤 것을 인정하기를 원해"라는 생각 없이, 그저 그의 말에 귀 기울여 보세요. 연결되어 보세요. 자아는 제쳐두고, 그의 말을 경청해 보세요. 그는 떠나겠다고 말합니다. 그는 다른 사람과 함께 살고 싶어 합니다.

바바라 그는 마음을 정했어요. 여생을 다른 사람과 함께 보내고 싶어 해요.

케이티 예.

바바라 끝. 그 생각 없이 그의 말을 들으니 스트레스를 훨씬 덜 받네요.

케이티 이제 뒤바꿔 보세요. "나는 내가…"

바바라 나는 내가 인정하기를 원한다…

케이티 "내가 나에게 한 약속을 어겼음을"

바바라 내가 나에게 한 약속을 어겼음을.

케이티 예. 그리고 "나는 내가 그에게 한 약속을 어겼음을 인정하기를 원한다."

바바라 나는 내가 그에게 한 약속을 어겼음을 인정하기를 원한다.

케이티 그렇게 뒤바꾸면 무엇이 보이나요? 어떤 면에서 그에게 한 약속을 어겼나요?

바바라 나는 전혀… 말하지 않아서 약속을 어기는 방법도 있고, 그게 내가 한 방법이에요. 해야 할 말을 하지 않았어요.

케이티 아름답네요.

바바라 적어도… 솔직한 마음을 얘기하지는 않았어요.

케이티 예. "나는 그가 자신의 행위에 책임지기를 원한다"—그게 진실인가요?

바바라 예. (청중이 웃는다.) 그렇게 생각하는 건 사실이에요. 그게 내게 도움이 되지는 않겠지만요.

케이티 그렇죠. 그러니 시험해 봅시다. "나는 그가 자신의 행위에 책임지기를 원한다"라는 생각을 믿을 때, 당신은 어떻게 반응하나요? 무슨 일이 일어나나요?

바바라 스트레스를 받아요. 그런 일은 일어나지 않을 거라는 걸 아니까요. 그리고 내게 그것이 필요하지 않다는 걸 인정하는 게 정말, 정말 힘들거든요.

케이티 예. 이제 "나는 그가 자신의 행위에 책임지기를 원한다"라는 생각이 없는 당신의 세계를 알아차려 보세요. 그 생각이 **없다면** 당신은 누구일까요? 그 생각이 없다면 당신의 세계는 어떤 모습일까요? 그 생각이 없다면 두 사람의 대화는 어떠할까요? 정말로 집중해 보세요. 그 상황에서 그저 그를 바라보세요.

바바라 그 세계가 어떤 모습일 것 같냐고요? 예, 알맞은 말을 찾으려 하고 있어요. 그건 아마… 그는 어떤 설명도 할 필요 없이 편히 숨을 쉴 수 있을 거예요. 나는 듣고 싶지 않다는 두려움을 놓아 버릴 수 있겠죠. 또는 아마도…

케이티 그 생각이 없다면, 그가 그의 행위에 책임을 지든 말든 당신은 그다지 상관하지 않겠죠.

바바라 음, 그가 나를 위해 그럴 의무는 없다고 생각해요. 그가 원하면 그렇게 할 수 있겠지만, 나는 그에게 그럴 의무가 있다고는 생각하지 말아야겠죠.

케이티 당신은 그가 그래야 한다고 고집하지 않고 그러기를 원하지도 않는군요. 3번 문장을 봅시다.

바바라 그는 나와 대화할 시간을 내야 하고, 나와 아이들을 소중한 사람으로 여긴다는 것을 보여 주어야 하며, 나를 겁먹게 한 것을 사과해야 한다.

케이티 "그는 나를 겁먹게 했다"—그게 진실인가요?

바바라 음, 예. 그가 말로 그런 건 아닐지 몰라요, 하지만…

케이티 잠시 그 말에 관해 명상해 봅시다. 당신은 대화하고 있습니다. 부부가 거기에 있습니다. "그는 나를 겁먹게 했다"—그게 진실인가요?

바바라 아니요. 나는 겁을 먹었지만, 그 순간에 그가 나를 겁먹게 한 건 아니에요.

케이티 그는 그가 한 말을 했어요. 그게 하나죠. 하지만 당신은 그가 한 말에 관한 자기의 생각을 믿었고, 그 믿음이 당신을 겁먹게 했어요. "그는 당신을 겁먹게 했다"—그 생각을 믿을 때, 당신은 어떻게 반응하나요? 무슨 일이 일어나나요?

바바라 나는 약속을 어겨요. 그 생각을 믿을 때는 그가 실제로 하는 말을 정말로 듣지는 않아요. 그가 하고 있다고 생각되는 말을 듣죠.

케이티 그는 당신을 겁먹게 했다… 당신을 겁먹게 하는 사람이 그 사람이라는 생각을 믿을 때, 당신은 어떻게 반응하나요? 무슨 일이 일어나나요?

바바라 무슨 일이 일어나고 있는지를 알지 못해요. 그저 얼어붙어 버려요.

케이티 그가 하는 말에 귀 기울여 보세요. 당신의 이야기는 내려놓고. "그가 나를 겁먹게 하고 있어"라는 생각 없이 그를 바라보세요. 그저 말을 받아들여 보세요. 경청해 보세요. 과거와 미래의 모습들을 알아차려 보세요. 무엇이 보이나요? 당신은 남편 없는 삶을 봅니다. "그는 나를 겁먹게 하고 있어"라고 생각할 때는 미래의 어떤 모습들이 보이나요?

바바라 그가 나를 다시 때릴 것이라는. 나를 비난하는….

케이티 예. "그는 나를 겁먹게 하고 있어"라는 생각이 없다면 당신은 누구일까요?

바바라 나 자신을 신뢰할 거예요.

케이티 그러니 말해 보세요. 누가 당신을 겁먹게 하고 있나요? 남편인가요, 아니면 당신의 머릿속 모습들인가요?

바바라 내 마음이요. 내 생각이요.

케이티 당신은 자기를 때리는 머릿속 모습을 봅니다. 그가 당신을 때린 과거의 모습을 봅니다. 그가 당신을 때릴 미래의 이미지를 봅니다. 그리고 지금 그가 하는 말을 듣지 못합니다. 당신은 겁에 질려 있습니다. 그게 경청을 방해하고 있습니다.

바바라 예. 내 생각들 때문에 그렇게 되고 있어요.

케이티 마음이 얼마나 강력한지, 우리를 정말로 겁먹게 하는 것이 무엇인지 볼 수 있을 만큼 고요히 있을 수 있는 사람은 아주 드뭅니다. 마음이 현재에 머무르면, 당신은 겁먹을 수 없습니다. 기억할 때 두려움이 있습니다. 예상할 때 두려움이 있습니다. 우리의 삶은 기억되지도 예상되지도 않습니다. 그리고 이 일에서 당신을 겁먹게 하는 것이 누구인지 아는 것은 아주 좋은 일입니다. 그런 앎이 평생 당신에게 있는 것은 좋은 일입니다. "그는 나를 겁먹게 했다"—뒤바꿔 보세요. "그는 나를…"

바바라 그는 나를 겁먹게 하지 않았다.

케이티 그 상황에서, 당신을 겁먹게 한 것은 과거와 미래에 관한 자기의 생각들이었습니다. 당신은 이 두려움으로 그를 바라봅니다. 마치 그가 겁먹게 하는 것처럼 보이지만…

바바라 (자기의 머리를 가리키며) 그 일은 여기에서 일어납니다.

케이티 (뽀뽀하는 소리를 내며) 으음와! 이제 3번의 다음 문장을 보죠.

바바라 그는 자녀들에 대한 관심을 내게 보여 주어야 한다. 그는 자기의 선택이 아이들에게 미칠 결과에 관심이 있다는 것을 내게 보여 주어야 해요. 양식에 이렇게 쓰지는 않았지만, 그런 말이 하고 싶었죠. 그가 아이들에게 관심이 없다는 뜻은 아니에요. 하지만 그의 선택이 미칠 결과들….

케이티 그래서 그 문장은 "그는 이 일이 자녀들에게 어떤 영향을 미칠지를 이해해야 한다"라는 말인가요?

바바라 그 일은 아이들에게 깊은 영향을 미칠 거예요. 예.

케이티 "이 일은 우리 아이들에게 깊은 영향을 미칠 것이다."

바바라 예. 그 말이에요.

케이티 그게 진실인가요? "남편의 떠남이 자녀들에게 깊은 영향을 미칠 것이다." 그래서 당신은 남편과 대화 중이고, "남편은 이 일이 자녀들에게 깊은 영향을 미칠 것이라는 점을 이해해야 한다"라고 생각하는군요. 그가 그 점을 이해해야 한다는 게 진실인가요?

바바라 아. 그가 그 점을 이해해야 한다는 게 진실이냐고요? 아니요. 아니요.

케이티 좋습니다.

바바라 예, 고마워요.

케이티 (청중에게) 여러분 모두 '생각 작업'을 하고 있나요? '이해해야 하는' 사람들에 관해서?

바바라 우습네요, 정말로. (청중이 웃으며 박수를 친다.) (청중에게) 고마워요.

케이티 "그는 이 일이 자녀들에게 깊은 영향을 미칠 것이라는 점을 이해해야 한다"—그 생각을 믿을 때 당신은 어떻게 반응하나요? 무슨 일이 일어나나요?

바바라 엄청나게 화가 나요. 독선적이죠.

케이티 눈을 감고, 그렇게 대화하고 있는 그를 바라보세요. 그가 이해해야 한다는 생각은 없이. 방금 당신이 말했듯이, 그 우스운 생각은 없이.

바바라 예, 그건 그냥 나의 잔소리일 뿐이죠. 그것은 그와는 아무 상관이 없어요. 예, 그 생각이 없다면 훨씬 가볍고 자유롭다고 느껴져요. 그에게 더 연민이 느껴지고.

케이티 좋군요. 이제 뒤바꿔 보세요. "나는…"

바바라 나는 이 일이 자녀들에게 깊은 영향을 미칠 것이라는 점을 이해해야 한다.

케이티 예. 이 조언은 당신을 위한 것입니다. 그는 행복하기 위해 떠났어요. (청중이 웃는다.)

바바라 아.

케이티 당신에게는 무엇이 남을까요? 당신이 믿는 생각들. 그것보다 더 나쁠 수는 없습니다.

바바라 그게 나쁘죠. 내 생각은 정말로 나쁠 수 있어요.

케이티 그것은 마치 "휴우! 그건 좋은 생각이었어. 그 생각은 우울하게 했어. ㄱ 생각은 정말 나를 두렵게 했어"라고 하는 것과 같습니다. 우리가 이런 어려운 감정들을 한번 이해하면, 이런 감정들은 우리가 믿는 생각을 보여 주고, 우리는 그 감정들 뒤에 있는 생각들에 질문하는 법을 알게 됩니다. 마음을 다루는 법을 이해하기만 하면, 이 마음은 아주 아름답습니다. 그것은 삶의 모든 날에 기쁨을 가져올 것입니다.

바바라 그렇다는 걸 믿어요. 나는 전에 당신의 책을 읽고 스스로 '생각 작업'을 해 보았죠. 이 문제에 관해서는 잘 되지 않았지만, 다른 생각들에 관해서는 아주 좋은 결과를 얻었으니 효과가 있을 거라는 걸 알아요.

케이티 나도 그렇게 생각해요.

바바라 나의 진실을 과감히 얘기하지 않으면, '생각 작업'을 할 수 없는 것 같아요. 예. 맞아요. (청중이 웃으며 박수를 친다.) 예. 이해했어요. 고마워요.

케이티 뒤바꿔 보면, "그는 이해하지 않아야 한다."

바바라 예. 그는 어떤 것도 이해할 필요가 없죠.

케이티 "그는 자녀들에 대한 관심을 나에게 보여 주어야 한다"―그게 진실인가요?

바바라 예, 그렇게 생각해요. 하지만, 아니요. 그는 그럴 필요가 없어요. 그래도 그게 아이들에게 도움이 될 거라고 생각해요. 그건 확신해요.

케이티 눈을 감아 보세요. 그가 보이나요? 당신은 대화하고 있습니다. "그는 자녀들에 대한 관심을 나에게 보여 주어야 한다"―그게 진실인가요?

바바라 아뇨. 아뇨. 그는 내게 보여 줄 필요가 없어요. 정말 그래요.

케이티 좋아요. 자기의 말을 믿으세요. 당신이 종이 위에 쓴 말을. 그것은 정말 중요합니다. 에고는 그것을 바꾸고 싶어 할 거예요. "그는 자녀들에 대한 관심을 나에게 보여 주어야 한다"라는 생각을 믿을 때, 자녀들에 관해 떠오르는 과거와 미래의 모습들을 알아차려 보세요.

바바라 예, 그 생각을 더는 원하지 않아요.

케이티 거기에 당신이 있습니다. 거기에 남편이 있습니다. 그리고 거기에 과거와 미래를 넘나드는 당신의 상상이 있습니다. 그리고 당신은 아버지가 관심을 보여 주지 않는 가여운 자녀들을 봅니다.

바바라 가여운 아이들. "아버지는 나에게 관심을 보여 주지 않는다."

케이티 아주 좋아요. "그는 자녀들에 대한 관심을 나에게 보여 주어야 한다."

바바라 예, 맞아요. 그는 애인에게도 보여 주어야 해요. 예, 아니요. (청중이 웃는다.)

케이티 음, 이런 식으로 작동합니다. 그는 당신에 관해 믿고 있던 생각들을 이 새로운 관계에서도 믿을 수밖에 없습니다. 그는 자기의 믿음들을 새로운 관계에도 가져갈 거예요. 그러니 그냥 당신의 삶만을 다룹시다.

바바라 좋은 소식이네요.

케이티 당신이 그녀가 아니라면. (청중이 웃는다.)

바바라 여러 가지 면에서 그렇겠죠. 빈정대는 건 아니에요. 예. 하지만 나는 그를 놓아주어야 하죠.

케이티 당신이 놓아주든 말든 그는 갔어요.

바바라 그래요, 예.

케이티 (자기의 머리를 가리키며) 당신은 이 속에 관해 얘기하고 있어요.

바바라 그를 내 머릿속에서 내보낼 수 있다면 내게 도움이 되겠죠.

케이티 아니, 그를 여기에 그냥 두세요. 그는 당신의 스승입니다. 그는 당신을 깨어나게 해 줄 사람입니다. 그게 모든 인간이 있는 이유입니다. 그들은 당신을 깨어나게 해 줍니다. 당신은 그들에 관한 생각과 믿음을 바라보고, 그렇게 현실로 깨어납니다. 그래서 더 나은 어머니, 더 나은 친구가 되고, 더 나은⋯ 놀라운 삶을 살게 됩니다. "그는 자녀들에 대한 관심을 나에게 보여 주어야 한다"—뒤바꿔 보세요.

바바라 그는 자녀들에 대한 관심을 나에게 보여 주지 않아야 한다. 그리고 나는 자녀들에 대한 관심을⋯

케이티 나에게.

바바라 나에게 보여 주어야 한다.

케이티 예. 그리고 만일 그가 곁에 있다면, 당신은 자녀들에 대한 관심을 그에게 보여 줄 수 있습니다.

바바라 물론이죠.

케이티 "그 일이 내게 아주 잘 맞지는 않아요. 그러니 그 일을 당신에게 넘길게요." 무슨 뜻인지 알겠어요? 만일 내가 기울이는 관심을 어떤 사람에게 보여 주고 싶다면, 나는 정말로 관심을 기울이는 게 아닙니다.

바바라 예. 나는 자녀들에게 관심을 기울이며 살아야 해요.

케이티 예.

바바라 남에게 보여 주기 위해서가 아니라 그저 관심으로.

케이티 예. 그거예요. 좋아요. 다음 문장을 봅시다.

바바라 5번. 이건 그리 좋지 않네요. (청중이 웃는다.)

케이티 당신이 쓴 그 글은 당신에게 많은 것을 말해 줍니다. 나는 어떤 상황에서 내가 믿고 있는 생각을 진지하게 받아들여야 했어요. 그렇지 않으면 그 믿음을 평생 지니고 살 테니까요. 그래서 나는 이런 믿음들에 질문을 해야 했어요. 나는 생각들을 사랑받지 못한 자녀들로 봅니다. 그 아이들은 관심을 끌기 위해 비명을 지릅니다. 그리고 다시, 다시, 다시, 또다시 돌아옵니다. 만일 사랑스러운 한 아이, 한 생각을 알아차리면, 아무리 역겨운 생각이라도 그저 그 생각을 쓰고, 자녀와 함께 앉아서 인내하듯이 함께 앉아서, 그 생각과 "얘야, 그게 진실이니?"와 같은 대화를 나누어 보세요. 알다시피, 우리는 생각들에 질문합니다. 생각은 사람이 아닙니다. 그것은 사람들에 관한, 자신에 관한 우리의 생각과 믿음입니다. 그래서 마침내 마음은 자기 안에서 집을 발견합니다. 그러면 자기와 벌이는 전쟁이 끝납니다. 그것이 깨달은 마음입니다. 친절한 마음. 우리는 여기에서 그런 마음으로 깨어나고 있습니다. 그러니 당신이 쓴 글, 불친절해 보이는 그 글을 읽어 보세요. 에고는 친절하지 않습니다. 에고는 하나의 대상으로 머물고 동일시하기 위해 최선을 다합니다. 그건 힘든 일입니다. 에고는 결코 존재할 수 없기 때문입니다.

바바라 좋아요. 읽겠어요. (청중이 웃는다.) 그는 이기적이고 비겁하고 믿을 수 없고 폭력적이며, 무책임하고 잔인하고 강압적이며 나를 겁먹게 한다.

케이티 좋아요.

바바라 친절하지 않은 말이네요.

케이티 음, 알다시피, 그것은 당신이 그 순간에 생각하고 있던 생각입니다. 시간을 절약하기 위해, 질문은 생략하고 **뒤바꿔 봅시다.** 나중에 집에 돌아가면 하나씩 네 가지 질문으로 탐구해 보세요. "그와 함께 있던 그 순간, 나는…" 이렇게 읽어 보세요. "그와 함께 있던 그 순간, 나는 이기적이다…"와 같이. 죽 그렇게 읽어 보세요.

바바라 나는 이기적이었다?

케이티 예. 그 상황에서 당신은 어떤 면에서 이기적이었나요? 그 상황에서. 오직 그 상황에서. 당신은 어떤 면에서 이기적이었나요?

바바라 설명을 요구했어요. 명백히 그가 더는 지킬 수 없던 약속을 지키며 살기를 원했어요. 그리고 그에게 나를 행복하게 해 줄 책임이 있음을 느끼게 해 주고 싶었죠.

케이티 좋아요, 스윗하트. 다른 것도 있어요. 나는 어떤 면에서 이기적이었는가? 나는 그의 새로운 삶을 축하해 주지 않았어요. 나는 어떤 면에서 이기적이었는가? 나는 "그녀는 어떤 사람인가요?"라고 물어볼 시간을 내지 않았어요. (청중이 웃는다.) 나는 그에게 이렇게 물어볼 수 있었어요. "어디에서 살 건가요? 어떻게 할 계획이에요? 그녀가 당신을 사랑하나요?" 그걸 상상할 수 있나요? 아니면, 아직 거기까지는 이르지 않았나요?

바바라 음, 예, 지금은 그럴 수 있어요.

케이티 와아!

바바라 그 순간에는 그럴 수 없었죠.

케이티 다음에 당신이 그와 함께 있게 되면 그런 대화를 할 수 있을 거예요.

바바라 정말요?

케이티 조만간 만날 수도 있겠죠. 알다시피, 그 모든 문제는 나에 관한 이야기입니다. 나, 나, 나, 나. 그건 잠들어 있는 상태죠. 그래서 그런 일이 그렇게 가슴 아픈 거예요. 자, 그 상황에서 당신은 어떤 면에서 이기적이었나요? 이 '생각 작업'을 할 때는 고요히 있음이 필요하고, 열린 마음이 필요하고, 용기가 필요합니다. 우리는 에고의 죽음에 관해 얘기하고 있기 때문입니다. 거짓 자아의 죽음. 만일 그 모든 게 나에 관한 이야기라면, 그 나는 거짓 자아입니다. 그것은 과정입니다. 이제 당신은 어떤 면에서 비겁했나요?

바바라 내 진실을 다 말하지 않았다는 점에서 비겁했어요.

케이티 그런데 만일 당신이 자기를 때리는 사람과 함께 살고 있다면, 그렇게 다 말하지 않는 것은 아주 현명한 행동일 수 있고, 그런 면에서 자기에게 고마워할 수 있습니다. 내가 '생각 작업'에 관해 사랑하는 점 중 하나는, 우리가 발견하는 진실이 명백히 안전한 소통을 제공한다는 것입니다. 그것은 방어적인 대화, 또는 원하거나 필요로 하는 자리에서 나오는 대화와 달리, 현명합니다. 그래서 우리는 뒤바꾸기를 통해 이 '생각 작업'에서 언어를 배웁니다. "그는 믿을 수 없어." 그 상황에서 당신은 어떤 면에서 믿을 수 없었나요? 우리는 그저 시간 속의 한 순간, 시간 속의 한 상황을 바라보고 있을 뿐입니다. 당신은 어떤 면에서 믿을 만하지 않았나요?

바바라 잘 모르겠어요.

케이티 음, 지금까지 우리가 질문한 생각들을 살펴보세요.

바바라 예. 좋아요. 나는 그가 있는 자리를, 그가 어쩔 수 없었다는 것을 알면서도 인정하고 싶지 않았던 순간에 나는 믿을 만하지 않았어요. 그는 그렇게 행동하고 말할 수밖에 없었죠. 그렇다는 걸 나는 잘 알고 있었어요. 아주 잘 알고 있었죠. 그렇지만 알고 싶지 않았어요.

케이티 예.

바바라 남편에게서.

케이티 그는 폭력적이었어요. 그 상황에서 당신은 어떤 면에서 폭력적이었나요?

바바라 그의 말을 받아들이지 않겠다고 했죠. 그의 말을 받아들이지 않았이요.

케이티 예. 그 상황에서 당신은 어떤 면에서 무책임했나요?

바바라 나는…

케이티 실제로 그를 보고 그의 말을 듣는 대신에 당신이 믿고 있던 과거와 미래의 모습들을 알아차려 보세요.

바바라 계속 이유를 묻고 있었다는 점에서 나는 무책임했어요. 왜 그런 일이 일어났는지, 앞으로 어떻게 될지에 관한 설명을 계속 묻고 있었죠. 어떤 답도 없을 거라는 것을 알면서도 계속 질문하고 있었어요.

케이티 오, 내면을 알아차리는 건 아름답네요. 그것은 평생 도움이 될 거예요.

바바라 예. 그 당시 내가 어찌할 수 없다는 것을 깨달았는데, 그게 걱정돼요.

케이티 예. 그렇지만 이 '생각 작업'은 당신을 실제로 도울 수 있습니다. 우리는 스스로 깨닫지 못한 것을 바꿀 수 없어요. 하지만 일단 우리가 현실 부정에서 빠져나오면, 일단 현실에 눈을 뜨면, 그것은 스스로 바뀝니다. 우리는 더 명쾌하게 결정합니다. 이제 우리는 그렇게 미쳐 있지 않기 때문입니다. 그 상황에서 당신은 어떤 점에서 겁을 주고 있었나요?

바바라 계속 질문만 했죠. 내 목소리의 톤도 그랬고.

케이티 예.

바바라 에구.

케이티 강압적이기까지 했군요.

바바라 두 시간 동안 계속 질문했어요. 겁을 주고 있었을 것 같아요.

케이티 이제, 소중한 친구님, 6번 문장을 봅시다.

바바라 좋아요. 나는 앞으로 다시는…

케이티 잠시 기다려 보세요. (청중에게) 얼마나 많은 분이 지금 이 여성과 긴밀히 연결되어 있다고 느끼나요? 손들어 보시겠어요? (많은 사람이 손을 든다.) (바바라에게) 보세요. 저분들의 손을 가만히 계속 바라보세요. (청중에게) 이분의 '생각 작업'을 들으면서 얼마나 많은 분이 자기 자신을 바라보나요? (대다수 사람이 손을 든다.)

바바라 와아!

케이티 6번 문장을 봅시다.

바바라 나는 앞으로 다시는 열등감, 두려움, 의존감, 무력감을 느끼고 싶지 않다.

케이티 뒤바꿔 보세요. "나는 기꺼이…"

바바라 하지만 못하겠어요!

케이티 그런 일이 다시 일어날 수 있다는 데 동의하시나요?

바바라 음, 이 모든 일이, 이런 말과 행동들이 다시 일어날 수 있겠죠. 하지만 그런 것을 다시 받아들이고 싶지는 않아요. 그런 일을 내가 열등하다는 뜻으로 받아들이고 싶지 않아요. 그런 말이에요.

케이티 그래요. 그리고 당신은 그것을 다시 그런 방식으로 받아들일 수 있어요.

바바라 아, 예. 맞아요. (청중이 웃는다.)

케이티 "나는 기꺼이…"

바바라 나는 기꺼이 열등감, 두려움, 의존감, 무력감을 다시 느끼고 싶다.

케이티 당신이 그렇게 하는 순간, 그것은 그저 또 하나의 '양식'일 뿐입니다. 만일 자신이 열등감을 느낀다는 것을 알아차리면, 자기의 생각과 믿음을 쓰기 시작하고, 자기의 마음을 믿지 않습니다. 만일 쓰지 않으면, 에고가 탐구를 가로채 버릴 것입니다. '생각 작업'은 실전입니다. 고요함 속의 실천입니다. 매일 아침 이삼십 분 동안 해 보세요. 그것은 아주 강력합니다.

바바라 방금 생각난 게 있어요. 나는 늘 빠른 해결을 원해요. 한 질문에 이십 분을 쓰지 않죠. 그래서…

케이티 오, 매일 아침 '양식'에 이삼십 분만 써 보세요. 일어나는 일은 삶의 모든 선택입니다. 무엇을 먹을지, 언제 잠자러 갈지, 무엇을 할지 등등. 마음이 맑아질수록 더 알맞은 선택을 하게 됩니다. 그러다 보면 그녀에게 감사 문자를 보낼 수도 있겠죠. 그때까지 당신의 '생각 작업'은 끝난 게 아닙니다. 그리고 그것은 당신의 진심이 담긴 감사 문자일 거예요. (청중이 웃는다.) 자, "나는 …을 고대한다"

바바라 전부 다요? (청중이 웃는다.) 나는 열등감, 두려움, 의존감, 무력감을 다시 느끼기를 고대한다.

케이티 예. 그것은 기도와 같습니다. "그것을 계속 가져오세요, 그때마다 그것을 깨달을 수 있도록"과 같습니다. 그것은 끝날 때까지 끝난 게 아닙니다. 수없이 많은 사람이 자유로워지고 있습니다. 당신도 그것이 효과가 있음을 압니다. 스스로 경험했기 때문입니다. 그러니 매일 아침 이삼십 분만 해 보세요. 그것은 "가져오세요, 가져오세요"라고 말하는 것과 같습니다. 세상에 두 팔을 벌리고 말하세요. "마음대로 하세요" 나는 정직하게 그렇게 말할 수 있습니다. 그것은 "나는 기꺼이 하겠다, 나는 고대한다"의 삶을 사는 것과 같습니다. 그리고 여기에서는 모든 것이 환영받습니다. 일어날 수 있는 최악의 일은 내가 나에 관해, 당신에 관해, 그리고 세상에 관해 믿는 생각입니다. 우리는 그 생각에 질문할 수 있습니다. 다시 말하지만, 그것은 실천입니다. 당신처럼 아름다운 분과 함께해서 정말 즐거웠습니다. 이 특권을 주셔서 감사합니다.

바바라 고마워요, 케이티.

그들은 무모해요

이 대화를 나눈 것은 코로나 바이러스의 세계적 전염이 한창이던 2020년에 진행된 웹캐스트 'At Home with BK'에서였습니다. 글로리아는 대다수 부모가 느끼는 마음으로 대화를 시작했습니다. 위험한 시기에 자녀들이 안전하기를 바라는 마음. 그러나 이 바람이 미묘한 형태의 이기심이라는 것을 깨닫자, 그녀는 물러나서 자기 자신의 두려움을 책임질 수 있었습니다. 그녀는 이로 인해 마음이 더 건강한 사람, 더 나은 부모가 될 것입니다.

글로리아 나는 아들과 며느리 때문에 화가 난다. 왜냐하면 그들은 무모하기 때문이다.

케이티 어떤 상황인가요?

글로리아 그들이 9월에 일주일 동안 여행할 계획을 세웠다는 것을 페이스북에서 알게 되었는데, 그때는 코로나 바이러스 전염의 2차 물결이 몰려올 예정입니다.

케이티 예. 이 첫 번째 물결이 끝난다면요.

글로리아 예. 나는 캐나다의 작은 섬에 살고 있는데, 이 섬에서는 한 건의 감염만 발견되었죠.

케이티 오, 대단해요. 좋은 일이네요.

글로리아 예. 여기에는 좋은 의사가 있거든요. 그렇지만 아들 부부는 감염 환자가 많이 발생하는 캐나다의 다른 지역으로 갈 예정이죠. 그들은 비행기를 타는 여행을 계획하고 있고, 항공사들이 승객을 다시 태우겠다고 발표했어요. 아들과 며느리가 비행기에 타면 사회적 거리두기를 더는 할 수 없게 되고, 9월에 사람들이 들어찬 비행기를 타고 캐나다의 감염 위험 지역에 가게 되는데, 그들은 지금 친구들과 친척들이 그들을 공항에서 데려갈 수 있는지 알아보는 중이에요. 그들을 만나면 포옹을 하게 되겠죠. 그리고 나는 심장이 마비될지 몰라요.

케이티 재미있겠네요! 이제 눈을 감아 보세요. 그 페이스북 페이지를 바라보고 있을 때 당신은 어디에 있었나요? 거기에 있는 자신을 상상해 보세요. 마음의 눈 속에서, 당신은 페이스북 페이지를 열고 있고, 그것을 바라보고 있고, "그들은 무모해"라고 생각합니다. "그들은 무모해"—그게 진실인가요?

글로리아 예.

케이티 "그들은 무모해"—그게 진실인지 당신은 확실히 알 수 있나요? (인터넷 청중에게) 여러분 모두 이 질문에 참여해서 스스로 대답해 보세요. '확실히'라는 말에 속지 마세요. 이 말은 그저, 만일 '그게 진실인가요?'라는 첫 번째 질문에 당신의 마음이 '예'라고 대답하면, 그보다 더 깊이 들어가 보도록 돕는 말일 뿐입니다. 그 아래로 내려가서, 당신이 뭔가 놓친 것이 있는지 보세요. (글로리아에게) 답은 언제나 한 단어일 뿐입니다. 그것은 언제나 '예' 아니면 '아니요'입니다. 그 명상 상태에서, 당신에게 보이는 것이 살도록 그저 허용해 보세요. '예'와 '아니요'는 동등합니다. 하나의 대답이 다른 대답보다 나은 것은 아닙니다. 우리는 여기에서 진실을 찾고 있을 뿐입니다. 세상의 진실이 아니라, 다른 사람들의 진실이 아니라, 자기 자신의 진실을⋯. "그들은 무모해"—그게 진실인지 당신은 확실히 알 수 있나요?

글로리아 아니요.

케이티 가만히 그것을 느껴 보세요.

글로리아 그것을 느끼는 게 두려워요.

케이티 두려울 거예요. 에고는 자기의 믿음을 놓아 버리고 싶어 하지 않습니다. 그건 에고의 존재에 위험하기 때문입니다. 그들이 무모하다는 생각을 믿을 때, 당신은 어떻게 반응하나요? 무슨 일이 일어나나요?

글로리아 두려워요. 그들을 보호하고 싶어져요. 그들이 엄마의 말에 귀 기울이기를 원하게 돼요.

케이티 어머니로서 그 생각을 믿을 때는 그런 식으로 반응하게 됩니다. 당신은 그들을 깨우치고 그들의 목숨을 구하는 게 자기의 일이라고 믿습니다. 만일 그렇게 하지 못해서 그들이 죽으면, 당신의 잘못이라고 믿습니다.

글로리아 맞아요.

케이티 이 에고는 사소한 게 아닙니다. 이건 옳거나 그른 일이 아니고, 당신이 상상할 수도 없는 당신 안의 현실로 깨어나는 일인데, 그것은 당신 안에서 아주 깊이 흐릅니다. 자신이 믿는 생각에 질문하려면 용기가 필요합니다. 좋아요, 눈을 감아 보세요. 세 번째 질문을 다시 봅시다. "그들은 무모해"라는 생각을 믿을 때, 당신은 어떻게 반응하나요? 감정과 신체에 무슨 일이 일어나나요? 당신의 감정과 연결되어 보세요. 그 감정들을 알게 되면 눈을 감고 이런 감정들을 우리에게 묘사해 주세요.

글로리아 두려워요. 무력감을 느껴요.

케이티 좋아요. 이제, "그들은 무모해"라는 생각을 믿을 때는 어떤 신체 반응이 일어나나요?

글로리아 가슴이 꽉 조이고, 목이 조이고, 배가 가라앉고, 손에서 땀이 나요. 호흡이 얕아집니다.

케이티 계속 눈을 감고서, 그게 당신의 면역계에 어떻게 악영향을 미칠 수 있는지 경험해 보세요. 호흡이 얕고, 몸이 흐르지 않습니다.

글로리아 그것은 내가 부모 역할을 알맞게 할 능력에도 악영향을 미칩니다. 나 자신과 함께 현존하고 지금 일어나는 일을 즐길 능력에도 악영향을 미칩니다.

케이티 자기의 몸과 연결된 채로 있어 보세요. 질문은 이거예요. 그 생각을 믿을 때 당신은 어떻게 반응하나요? 무슨 일이 일어나나요? 이런 감정들은 혈압을 올린다고 하더군요. 당뇨, 혈당에도 영향을 미친다고 합니다.

글로리아 근육들이 굳어져요.

케이티 우리는 당신이 페이스북 페이지를 바라보고 있는 순간에 명상을 하고 있습니다. "그들은 무모해"라는 생각을 믿을 때, 당신은 어떻게 반응하나요? 당신이 그 생각을 믿을 수 있는 길은 하나뿐입니다. 에고의 임무는 당신이 '지금'을 떠나 있게 하는 것입니다. 그래서 과거로 돌아가서 그 상황에 있는 당신을 바라볼 때, 페이스북 페이지를 바라볼 때, 마음속에서 어떤 과거/미래의 이미지들을 보나요?

글로리아 몇 년 전 아들이 위험해 보이는 여행을 하지 못하게 말렸던 모습이 보입니다. 그들이 코로나 바이러스에 감염되는 미래가 보입니다.

아들이 어릴 때 호흡 곤란으로 응급실에 실려 갈 때 동행하던 일이 보입니다.

케이티 예, 당신은 어머니로서 아드님의 목숨 때문에 공포에 질렸던 과거의 순간들을 보고, 병원이 환자들로 가득 차거나 당신을 들여보내 주지 않아서 아드님에게 다가가지 못하고 아드님이 혼자 죽어 가는 미래를 봅니다. 우리는 사람들이 사랑하는 사람에게 다가갈 수도 없는 장면들을 텔레비전에서 보았습니다. 이제, 과거/미래의 그런 이미지들을 볼 때, 지금-아닌 그런 이미지들, 지금-아닌 영화를 경험할 때, "그들은 무모해"라는 생각 없이 페이스북 페이지를 바라보고 있는 자신을 알아차려 보세요. 페이스북 페이지를 다시 바라보세요. 자녀들의 기쁨을 따라잡으세요.

글로리아 그들은 아주 신나는 계획을 많이 세웠어요. 그들은 며느리의 고향을 방문하려 하고, 여행을 좋아하고, 이 여행을 가려고 아주 열심히 일했고, 갈 필요가 있어요.

케이티 그런데 페이스북 페이지를 읽을 때 당신은 무엇 때문에 괴로웠나요?

글로리아 내가 안다고 생각하니까, 무엇이 최선인지 안다고 생각하니까 그랬어요.

케이티 그 영화를 바라보세요.

글로리아 예.

케이티 영화를 보다가 무서워서 극장에서 뛰쳐나오고 싶었던 적이 있나요?

글로리아 예.

케이티 음, 이 영화에서는 뛰쳐나올 수 없습니다. 그것은 믿는 자의 삶이기 때문입니다. 괴로운 꿈에서 벗어나는 유일한 길은 꿈에 깨어 있는 것인데, 그것은 꿈이 없을 때 자신이 누구인지를 본다는 뜻입니다. 당신의 생각과 믿음을 제외하면, 그 상황에서 당신은 괜찮나요?

글로리아 나는 괜찮아요.

케이티 확인해 보세요. 당연하게 여기지 마세요. 당신의 호흡은 잘 흐르고 있나요?

글로리아 예.

케이티 당신의 얼굴에 조금 미소가 있군요. 꿈에서 깨어나고 있는 거예요.

글로리아 부모 노릇이라는 꿈에서 분리되기는 정말 어려워요.

케이티 음, 그것도 꿈입니다. 당신은 과거에 아팠고 미래에 죽는 자녀를 보면서, 그 여행을 놓치고 있습니다. 당신의 생각들은 당신이 그들과 분리되게 합니다. 당신은 아드님에게 전화해서 "애야, 네 페이스북 페이지를 보았어. 너희가 아주 신나 보이더구나!"라고 말하지 못합니다.

글로리아 아들에게 전화하긴 했는데, 페이스북에서 본 건 말하지 않았어요. 그저 여행이 얼마나 위험한지만 얘기했죠.

케이티 예. 당신이 그 생각에 반응한 방식 중 하나는 속이는 것이었어요.

글로리아 예. 그들을 위해서였다고 생각해요.

케이티 그래서 며느님은 시어머니를 만나지 못하고, 아드님은 어머니를 만나지 못하죠. 그들은 속이는 행위를 만납니다. 그리고 방금 당신이 말했듯이, 에고는 그게 오직 그들을 위한 행위라고 여깁니다. 우리는 그런 식으로 합리화합니다. 그건 잠들어 있는 것입니다.

글로리아 기분이 좋지는 않았어요.

150

케이티 그렇겠죠. 만일 내 아들이 "엄마, 저는 절벽에서 뛰어내릴 거예요. 저를 구해 주세요"라고 말하면, 나는 아마 나를 알면서 말하겠죠. "얘야, 그게 정말 좋은 행동이라고 생각하니?" 그리고 만일 그 아이가 "예"라고 대답하고 뛰어내리면, 나는 그 아이가 최선을 다하는 행동이라 여기며 존중합니다. 그리고 만일 그 아이가 "엄마, 어떻게 생각하세요?"라고 물으면, 나는 진실을 말해 줄 수 있습니다. "나는 네가 절벽에서 뛰어내리는 걸 바라지 않는단다. 나는 네가 내 삶에 있기를 바라니까."

글로리아 하지만 그들은 묻지 않았어요.

케이티 그랬죠. 나는 단지 '만일'을 말하고 있을 뿐이에요. 그리고 그건 좋은 거예요. 그들은 우리를 신뢰하지 않으면 묻지 않고, 우리는 그들에게 속이는 법을 가르칩니다. 나는 그게 차이점이라고 생각해요. 내가 아는 한, 내 아들들은 아주 사적인 문제들에 관해 주저하지 않고 나에게 얘기합니다. 그 아이들은 이런 문제들을 내게 가지고 옵니다. 나를 신뢰하니까요. 내가 얼마나 제정신이 아닌, 절망적일 정도로 불행한 어머니였는지를, 그런 상태로 그 아이들을 키운 어머니였다는 것을 떠올려 보면, 그 아이들이 나를 그렇게 깊이 신뢰한다는 게 놀랍죠. 나는 그 차이점을 볼 때마다 늘 놀라워하고 고마워합니다. 좋아요. "그들은 무모해"라는 생각이 없다면 당신은 누구일까요?

글로리아 더 침착할 거예요. 지나치게 걱정하지 않겠죠.

케이티 "그들은 무모하다"—뒤바꿔 보세요.

글로리아 그들은 무모하지 않다.

케이티 좋아요. 다른 뒤바꾸기를 찾을 수 있나요?

글로리아 흐음. (잠시 멈춘다.)

케이티 '무모한'의 반대말은 무엇인가요?

글로리아 인진헌.

케이티 음, 그 말로 뒤바꿔 보세요. 그들은 어째서 안전할까요? 어떤 예가 있을까요?

글로리아 음, 그들은 내가 아는 수준의 정보는 다 접할 수 있고, 그 정보를 알면서 어떻게 행동할지를 신중하게 결정했고, 그들은 어른이고, 그렇게 할 수 있어요. 그들은 자신의 우선순위가 있어요.

케이티 이제 더 자세히 들여다보세요. 그들은 정확히 어떤 면에서 안전할까요? 이는 명상의 과정입니다. 그러니 대충 넘어가지 말고, 이 뒤바꾸기에 관해 충분히 오래 숙고해 보세요. "그들은 안전할 것이다." 이 뒤바꾸기에 관해 명상하다 보면, 결국 그들에게 전화해서 이렇게 말할 수도 있겠죠. "너희의 페이스북 페이지를 읽다 보니, 안전하게 잘 지내는지 궁금하더라. 여행하려고 하나 보던데, 어떻게 할 계획이니? 즐거운 여행 하기를 바라고, 코로나 바이러스 전염이 계속되고 있다는데, 혹시 내가 여기에서 도울 일이 생기면 얘기해 주렴. 내가 할 수 있는 일이라면 뭐든지 도울 테니." 당신이 어떤 식의 대화를 할 수 있는지 알겠나요?

글로리아 예.

케이티 당신의 마음이 열리면 대화도 활짝 열립니다. 그것이 함께하는 길입니다. 그것은 두려움과 속임의 반대입니다. 그것은 천진하고 두려움 없는 마음 상태입니다. 우리는 질문하고 명상하면서 성숙해지고, 우리 자신을 알기 시작하고, 자녀들에 관해 어떤 생각을 믿는지를 알기 시작합니다. 우리의 자녀들은 그 점에서 위대한 스승입니다. 하지만 우리는 자녀들에 관해 믿는 생각에 질문하기 전에는 자녀를 제대로 알지 못합니다.

글로리아 아마 그 애들은 안전할지도 모르죠. 설령 그 애들이 여행하다 가 코로나 바이러스에 걸리고, 그 때문에 어떤 결과를 보게 되더라도.

케이티 나는 모릅니다. 그렇지만 지금 당신이 하는 것처럼 그 일을 숙고 하다 보면 당신의 마음이 열립니다. 열린 마음은 사랑으로 직접 흘러 들어갑니다. 반면에, 에고는 자기가 믿는 생각에 고정되게 하여, 그것 을 사랑의 반대로 굳어지게 합니다.

글로리아 그건 안전하지 않죠.

케이티 예, 그건 안전하지 않습니다. 그건 당신의 건강에 좋지 않고, 아 들, 며느리와의 관계에도 좋지 않습니다.

글로리아 그건 아들을 소중히 여기는 게 아닌 것 같아요.

케이티 예, 가슴을 거스르니까요. 올바른 방법을 알면 우리는 다르게 하 겠죠. 그리고 이 '생각 작업'이 그 방법입니다. 자, "그들은 무모하다"— 다른 뒤바꾸기를 찾을 수 있나요?

글로리아 나는 무모하다. 두려움 없이 살면서 일들이 흘러가게 놓아두지 않고, 그들에 대한 내 생각을 굳혔다는 점에서.

케이티 그리고 자기 두려움의 원인을 알아보지 못했다는 점에서. 아드님 과 여행은 그 원인이 아닙니다. 그 원인은 당신과 함께, 당신의 마음 안 에서 일어납니다. 당신이 집에서 의자에 앉아 있을 때…. 끔찍한 일은 하 나도 일어나지 않았습니다. 자기를 괴롭히는 꿈에 빠져 있는 것은 무모 합니다. 좋아요. '이웃을 판단하는 양식'의 2번 문장으로 넘어가 봅시다.

글로리아 나는 그들이 코로나 바이러스의 세계적 전염 기간에는 불필요 한 여행을 피하기를 원한다.

케이티 그게 진실인가요? (청중에게) 여러분 모두 이 질문에 관해 숙고해 보세요. 그 문장이 여러분의 삶에 어떻게 적용되는지 보고, 그게 진실인지 정말로 살펴보세요. (글로리아에게) "나는 그들이 코로나 바이러스의 세계적 전염 기간에는 불필요한 여행을 피하기를 원한다"—그게 진실인가요?

글로리아 나는 그들이 하는 대로 하기를 원해요.

케이티 첫 번째와 두 번째 질문에 대한 답은 하나의 단어뿐이라는 점을 기억하세요. 그것은 '예'나 '아니요'입니다. 끝. 그 이상 말할 때, 합리화하거나 방어하거나 설명하려고 할 때, 당신은 더는 '생각 작업'을 하고 있지 않습니다. 그리고 당신은 그 상황—당신이 그들의 페이스북 페이지를 들여다보고 있을 때—의 마음 상태에서 대답하고 있다는 것을 기억하세요.

글로리아 좋아요.

케이티 "나는 그들이 하는 대로 하기를 원해요"라는 말은 합리적이고 성숙해 보이지만, 당신이 그 상황에 있을 때 생각하던 것이었나요?

글로리아 아뇨, 분명히 아니죠.

케이티 "나는 그들이 코로나 바이러스의 세계적 전염 기간에는 불필요한 여행을 피하기를 원한다"—그게 진실인가요?

글로리아 예.

케이티 좋아요. 이제 고요히 있어 보세요. 당신이 안다고 생각하는 것 밑으로 내려가고, 다시 그 밑으로 더 내려가 보세요. 대답이 당신을 발견할 때까지…. 이것은 명상입니다. 여기에는 많은 고요함이 필요합니다. "나는 그들이 코로나 바이러스의 세계적 전염 기간에는 불필요한 여행을 피하기를 원한다"—그게 진실인지 당신은 확실히 알 수 있나요?

글로리아 아니요.

케이티 좋아요. (청중에게) 여러분 중 일부는 여전히 '예'라고 대답합니다.

154

우리는 모두 각자의 대답에 이르게 됩니다. 이 탐구는 아주 강력해서, 여기에서 여러분의 대답이 '예'인지 '아니요'인지는 중요하지 않습니다. 중요한 것은 자기만의 진실을 찾는 것이니까요. 열린 마음으로 명상하며 질문할 때 주어지는 진실이 무엇이든…. (글로리아에게) 이제 세 번째 질문으로 가 보죠. "나는 그들이 코로나 바이러스의 세계적 전염 기간에는 불필요한 여행을 피하기를 원한다"라는 생각을 믿을 때, 당신은 **어떻게 반응하나요? 무슨 일이 일어나나요?** 눈을 감고, 떠오르는 모습들을 지켜보세요. 우리는 괴로움의 원인을 지켜보고 있습니다. 당신은 생각을 믿고, 그 결과는 당신의 괴로움입니다. 그것이 바로 우리가 명상하는 곳이며, 우리가 초대하는 것입니다. 그 생각을 믿을 때 당신은 **어떻게 반응하나요? 무슨 일이 일어나나요?**

글로리아 가슴이 조이는 것 같아요. 호흡이 얕아져요. 머리가 혼란스럽고 뒤죽박죽인 것 같아요. 붐비는 공항, 붐비는 비행기, 붐비는 버스 속에 있는 아들의 모습이 보입니다.

케이티 예, 그래서 이제 당신은 자기의 안전한 곳을 떠났습니다. 당신이 이미 알아차렸듯이, 바로 지금, 바로 여기에는 당신에게 필요한 모든 것이 있습니다. 당신은 실제로는 괜찮습니다. 그렇지만 공항과 버스 안에 있는 자신을 상상하고, 건강이 나빠진 아드님과 함께 있는 과거의 자신을 상상합니다. 그는 건강이 좋지 않은 상태에서 바이러스에 감염됩니다. 당신이 여기 이 공간 ― 어떤 사람들은 신이 주신 장소 또는 다정한 우주라고 부를 이 공간 ― 에 앉아 있는 동안…. 에고는 "예, 하지만… 예, 하지만… 예, 하지만 그건 무책임해요"라고 말할 수 있습니다. 하지만 당신이 지금 생각하는 것, 믿는 것 말고는 당신은 괜찮습니다. 당신은 은총의 상태에서 살고 있는데, 그것을 지옥과 맞바꿉니다.

그것은 당신의 몸에 악영향을 미치고, 모든 면에 악영향을 미쳐서 우리는 병원을 찾아가고 약을 먹습니다. 무엇을 중단하기 위해서? 마음을. 그렇지만 만일 우리가 마음을 중단하려 하지 않는다면 어떻게 될까요? 만일 우리가 마음을 이해로 만난다면, 스트레스 주는 생각을 믿기에 괴로움을 당한다는 깨달음으로 마음을 만난다면, 어떻게 될까요? 생각이 없으면 괴로움도 없습니다. 삶은 천국입니다. "나는 그들이 코로나 바이러스의 세계적 전염 기간에는 불필요한 여행을 피하기를 원한다"—그 생각이 없다면 당신은 누구일까요?

글로리아 편안할 거예요. 그 애들이 여행을 떠나지 않도록, 마음속에서, 단념시키려 애쓰지 않을 거예요.

케이티 "나는 그들이 코로나 바이러스의 세계적 전염 기간에는 불필요한 여행을 피하기를 원한다"—뒤바꿔 보세요. "나는 내가…"

글로리아 나는 내가 코로나 바이러스의 세계적 전염 기간에는 불필요한 여행을 피하기를 원한다.

케이티 그 불필요한 여행이 뭔가요?

글로리아 나는 식탁에 앉아 있지만, 마음속에서는 코로나 바이러스로 가득 찬 붐비는 비행기 속에 있어요.

케이티 예. 그것이 불필요한 여행입니다. 당신은 거기에 갈 필요가 없어요. 그것은 불필요하고, 도움이 되지도 않습니다. 그것은 당신에게 아주 많은 스트레스를 줍니다.

글로리아 알겠어요.

케이티 예. 우리는 일부러 그러는 게 아닙니다.

글로리아 아.

케이티 스트레스는 당신의 관심을 끌기 위해 일어납니다. 그 외에 마음이 어떻게 자기를 대상으로, '나'로 동일시하겠어요? 하지만 우리가 질문할 때, 우리는 꿈에서 깨어나기 시작합니다.

글로리아 예.

케이티 거기에는 해로움도 없고 충돌도 없습니다. 나는 다시 숨을 쉴 수 있습니다.

글로리아 아하.

케이티 나는 "나중에 해야겠어"라는 말 없이 그냥 양치질을 할 수 있습니다. 이 제정신이 아닌 꿈은 우리의 양치질까지 모든 면에 악영향을 미칩니다. 당신은 내면에서 벌어지는 전쟁을, 우리가 어떻게 (당신이 우리에게 아름답게 보여 주고 있는) 괴로움에, 스트레스 받는 감정에 푹 빠지는지를, 하나의 생각을 믿을 때 어떻게 이런 감정들이 일어나는지를 바라보고 있습니다. 그러니 그런 감정을 경험할 때마다 그 감정의 원인을 알아차리세요. 꿈에서 깰 때 당신은 말합니다. "난 참 바보 같아. 에고한테 또 당하고 말았어." 우리는 나쁜 짓을 하고 있는 게 아닙니다. 우리는 무고합니다. 거기에는 해로움이 없습니다. 이것은 지구 학교이며, 우리가 여기에 있는 까닭은 참된 자기로 깨어나기 위해서입니다.

글로리아 자녀들의 안전에 관한 생각은 우리가 아주 쉽게 걸리는 갈고리죠.

케이티 예, 그래요. 우리의 삶에 자녀가 있는 이유는 그 때문입니다. 지구 학교는 우리가 염려하는 사람들을 위해 마련되었습니다. 그들은 우리의 스승입니다. 우리가 좋아하지 않는 것들, 그것들이 우리의 스승입니다. 우리는 그들에게 아주 감사하게 됩니다. 그들이 우리를 깨우기 때문입니다. (청중에게) 나는 여러분이 여기에서 많은 것을 얻기를 바랍니다. 미국에서 우리는 좋은 스승들이 필요합니다. 우리 중 일부는 코로나 바이러스의 세계적 전염이 한창일 때 마스크를 쓰지 않는 것이 믿기지 않는 일이라고 생각합니다. 얼마나 야성적이고 멋진 세상인가요! 여러분 중 일부는 "미쳤어. 어떻게 그럴 수 있지?"라고 생각할지 모릅니다. 그렇지만 내가 믿고 있는 미친 생각들은 무엇일까요? 나는 나 자신을 바라봅니다. 나는 어떤 면에서 마스크를 쓰고 있지 않은가? 나는 어떤 면에서 다른 사람들을, 특히 나의 자녀를 보호하고 있지 않은가? 우리는 그들이 어떻게 해야 하는지 안다고 생각합니다. 그런 생각은 무모합니다. 그런 생각은 우리 자녀를 위험에 빠뜨립니다.

글로리아 나는 분명히 내 아이들에게 그렇게 해요.

케이티 예. 만일 내가 그렇게 마스크를 반대하는 사람들이 믿는 생각을 믿는다면, 나도 마스크를 쓰지 않을 거예요. 내겐 선택의 여지가 없습니다. 나의 할 일은 깨어나는 것이고, 자기와 다른 사람들을 위험에 빠뜨리는 사람들을 생각하면, 그들과 그들이 사랑하는 사람들에게 연민을 느낍니다. 다시 말합니다. 만일 내가 그들이 믿는 생각을 믿는다면, 나도 같은 자리에 있을 것입니다. 무지는 잠들어 있음을 가리키는 다른 말입니다. 좋아요. "나는 그들이 코로나 바이러스의 세계적 전염 기간에는 불필요한 여행을 피하기를 원한다"—다른 뒤바꾸기를 찾을 수 있나요? 180도 반대를 찾아봅시다.

글로리아 나는 그들이 코로나 바이러스의 세계적 전염 기간에는 불필요한 여행을 피하기를 원하지 않는다. 흐음. 머리로는 그런 뒤바꾸기를 찾을 수 있는 것 같아요. 그렇지만 이런 전염 기간에는 불필요한 여행을 피하는 게 좋은 방법이라고 정말 생각해요.

케이티 예, 그렇게 생각할 수 있어요. 하지만 여기에서 당신이 할 일은 뒤바꾸기를 시도해 보는 거예요. 우리는 하나의 믿음을 다른 믿음과 교

환하려는 게 아닙니다. 우리는 그저 반대를 시험해 보려는 거예요. 마치 새로 산 신발이 발에 맞는지 신어 보듯이. "나는 그들이 불필요한 여행을 피하기를 원하지 않는다." 이 뒤바꾸기는 어떤 면에서 맞을까요?

글로리아 나는 그 애들이 할 필요가 있는 일, 하고 싶은 일을 하기를 바라는 것 같다고 짐작해요.

케이티 짐작하지 마세요. 이 뒤바꾸기를 제대로 시도해 보세요. 그것이 당신의 원래 문장만큼 진실할 수 있을까요?

글로리아 (잠시 멈춘다.) 예. 나는 그들이 불필요한 여행을 피하기를 원하지 않는다. 나는 그들이 그 여행을 정말로 필요하다고 생각한다면 피하기를 원하지 않는다. 그 애들은 이 여행이 필요하다고 느낍니다. 며느리의 가족 중 한 분이 사망했고, 그들은 가고 싶어 해요. 그들은 그 여행이 필요하다고 생각하죠. 필요에 관한 그들의 정의는 그들의 거예요. 그것은 나의 정의와 다릅니다.

케이티 맞습니다. 그리고 그 안에는 연민이 있습니다. 당신 안에는 이전에는 없던 이해가 있습니다. 이 이해는 대화가 달라지게 합니다. 그렇다고 해서 그들이 바이러스에 감염되지 않을 것이라는 뜻은 아닙니다.

글로리아 감염될 수도 있겠죠. 그 애들은 그럴 가능성에 대비하고 있어요.

케이티 어머니가 할 수 있는 일은 많지 않습니다. 어머니가 반대해도 그들은 어쨌든 여행을 갈 테고, 우리에게 숨기겠죠.

글로리아 그 애들은 사실 그 여행 계획을 내게 숨겼어요. 우연히 페이스북에서 보게 되었죠.

케이티 "우리는 엄마를 신경 쓰이게 하고 싶지 않아. 엄마를 걱정시키고 싶지 않아."

글로리아 그 애들은 나의 행복에 책임이 있다고 생각해요.

케이티 그들이 당신에게 그랬듯이 당신도 자신에게 친절하고, 그들이 그랬듯이 당신도 자신을 세심하게 배려하니 좋군요.

글로리아 그걸 어떻게 알죠?

케이티 그들은 이 여행에 관해 당신에게 말하지 않았어요. 그들은 당신의 감정을 배려하고 있어요. 그들은 당신이 걱정하기를 바라지 않아요. 그건 친절한 거죠.

글로리아 아, 예. 그런 식으로는 보지 못했어요. 단지 나의 관여를 피하려 하는 것으로만 보였죠.

케이티 아뇨, 그들의 상황을 들여다본 것은 당신이었어요.

글로리아 아. 맞아요.

케이티 3번 문장을 봅시다. '…해야 한다'라는 문장들.

글로리아 그들은 집에 머물러야 한다. 그들은 사람들이 꽉 들어찬 비행기에 타면 안 된다. 그들은 내 아들이 호흡 장애를 겪은 적이 있다는 것을 기억해야 한다.

케이티 그래서 이 문장들을 살펴볼 때 당신에게 진실해 보이는 문장이 있나요? "그들은 집에 머물러야 한다"—그게 진실인가요?

글로리아 의료 전문가들이 그렇게 하라고 권고했어요.

케이티 좋아요. 아까 1번과 2번 질문에는 하나의 단어로만 대답하라고 한 말을 기억하세요. '예' 아니면 '아니요'. "그들은 집에 머물러야 한다"—그게 진실인가요?

글로리아 예.

케이티 좋아요. "코로나 바이러스 전염 기간에는 그들은 집에 머물러야 한다"—그게 진실인지 당신은 확실히 알 수 있나요?

글로리아 아뇨, 확실히 알 수는 없어요.

케이티 스윗하트, 다른 말은 다 빼고 단순히 '아니요'라고만 대답할 때 어떻게 느껴지는지 보세요. 그저 그 대답과 함께 앉아 보세요. 그저 그 대답이 가라앉게 놓아두세요.

글로리아 아니요. (긴 침묵.)

케이티 설령 그들이 죽더라도, 그들이 집에 머물러야 한다는 것이 진실한지 당신은 확실히 알 수 있나요? 내가 종종 말하듯이, "당신이 자기의 견해를 고집한다면, 누가 신을 필요로 하겠어요?"

글로리아 예.

케이티 "이것은 나의 세계다. 나는 모든 것을 알고 모든 것을 결정하는 위대한 지도자이며, 나는 그들이 집에 머물러야 한다는 것을 알고, 나는 그들이 내 말에 동의하기 전에는 화가 날 것이다."

글로리아 그건 엄마로서 나의 역할이에요. 그 애들이 안전한 선택, 가장 좋은 선택을 하도록 필요한 모든 일을 하는 건….

케이티 그리고 우리는 의아해합니다. 우리가 그런 태도를 보일 때, 왜 때때로 가족 관계가 좋지 않은 것인지…. 자, 만일 그들이 "아, 어머니 말씀이 옳아요"라고 말하고 여행을 취소한다면, 당신은 무엇을 얻을까요?

글로리아 그 애들이 안전하다고, 여행을 떠나는 것보다 안전하다고 느낄 거예요. 그 애들이 불필요한 여행에 노출되지 않을 거라는 걸 알게 돼요.

케이티 자기를 위해서는 무엇을 얻을까요? 안전하다고 느끼겠죠.

글로리아 예. 그들은 내 삶을 더 편안하게 해 준 거예요.

케이티 그래서 그건 사실은 당신을 위한 거예요. 당신을 위한 거죠.

글로리아 예, 알겠어요. 나를 위한 거네요.

케이티 그리고 만일 그들이 죽지 않으면, 당신은 무엇을 얻을까요? 당신은 괴로움을 겪지 않습니다.

글로리아 예. 그 애들은 내가 엄청난 괴로움을 겪지 않게 해 줄 수 있어요.

케이티 그들이 가지 않으면, 당신은 행복합니다. 그들이 가면, 당신은 행복하지 않습니다. 당신, 당신, 당신. 그 뒤 거기에 당신이 있고, 그 뒤 거기에 당신이 있습니다. 모든 게 당신을 위한 것이죠. 아드님을 위한 것은 아무것도 없습니다. 하지만 만일 당신이 그가 무엇을 원하는지를 생각해 보면, 당신은 "애야, 너희가 이 여행을 계획했다는 걸 페이스북에서 보았어. 만일 너희가 바이러스에 감염되어 죽으면, 나는 어떻게 대처해야 할지 모르겠지만, 어떻게든 할 거야"라고 말할 수 있습니다.

글로리아 예. 맞아요. 그게 정직합니다.

케이티 "나는 너희가 내 삶에 있어 주면 좋겠어. 나는 걱정하게 되겠지만, 그건 내가 알아서 해야 할 문제야."

글로리아 나는 그 애가 살아 있고 건강하면 좋겠어요.

케이티 그래야 당신이 행복하게 살 수 있을 테니까요.

글로리아 그래야 그 아이가 행복하게 살 수 있지 않나요?

케이티 음, 에고는 당신에게 그렇다고 말하겠지만, 그는 그렇지 않을 수 있습니다. 그는 이 여행을 가고 싶어 해요.

글로리아 하지만 그 애가 위험해지면…

케이티 문제는 '나는 자녀에게 어떻게 얼마나 의존하고 있는가?'입니다.

글로리아 그러면 나는 그 애에게 자유를 주어야 하는군요.

케이티 '당신'이 아드님에게 자유를 주어야 한다고요? 자유는 당신이 줄 수 있는 것이 아닙니다. 그에게는 그의 자유가 있어요.

글로리아 나는 아들에 관한 생각으로부터의 자유를 나에게 주어야 하겠군요…

케이티 나는 그저 깨달을 거예요. 그들이 집에 머물기를 내가 원하는 까닭은 그럴 때 내 마음이 더 편하기 때문이라는 것을…. "그들은 사람들로 들어찬 비행기에 타면 안 돼. 그러면 그들이 죽을 수 있고, 내 삶에 악영향이 미칠 테니까. 나는 가슴이 찢어질 거야. 아들은 호흡 장애가 있다는 것을 기억해야 해. 그래야 아들이 가지 않을 것이고, 그러면 내 마음이 더 편할 테니까. 그들이 가지 않으면 나는 안심할 거야." 이는 옳거나 그른 문제가 아닙니다. 이는 그저 당신이 자녀들에게 많은 여지를 주지 않는다는 것을 인정하는 문제입니다. 당신은 그들의 선택을 존중하지 않습니다. 그들이 집에 머물러야 하는데 그러지 않는다는 생각을 믿을 때, 당신은 어떻게 반응하나요? 무슨 일이 일어나나요?

글로리아 불안해요. 겁에 질릴 때도 있어요. 속이 불편해요. 그 애들이 죽는 것을 상상하고, 그 때문에 가슴이 찢어집니다.

케이티 그런데 이런 감정들이 일어나는 원인은 무엇인가요? 아드님인가요, 아니면 아드님에 관한 당신의 생각인가요?

글로리아 아들에 관한 내 생각입니다. 분명해요.

케이티 그 생각이 없다면 당신은 누구일까요?

글로리아 분명히 더 평화로울 거예요. 그들은 오거나 갈 수 있고, 그래도 나는 괜찮을 거예요.

케이티 "그들은 집에 머물러야 한다"—**뒤바꿔** 봅시다. 그리고 자녀는 당신에게 줄 수 없지만 당신은 자신에게 줄 수 있는 것이 무엇인지 봅시다.

글로리아 좋아요. 나는 집에 머물러야 한다.

케이티 예. 아드님의 삶으로 떠나는 여행을 그만두세요.

글로리아 나 자신의 일에 머물러야겠어요.

케이티 예. 당신이 할 일은 자신이 어디에 있든지 평화로운 거예요. 우리의 평화에 대한 책임이 자녀들에게 있다고 믿을 때, 우리는 괴로움을 겪습니다.

글로리아 그건 어떤 일에 대한 책임을 자녀에게 지우는 것이네요. 그들에게 나의 일을 책임지게 하고, 그들에게서 그들의 일을 앗아가는 것이고요. 그건 친절한 행위가 아니네요.

케이티 그래서 "나는 집에 머물러야 한다." 나는 지옥 같은 꿈에서 깨어나 내 안의 집에 머물러야 합니다. 미래의 지옥에서, 과거의 지옥에서 벗어나세요.

글로리아 나는 내 호흡과 심장을 돌볼 수 있어요. 아들이 이렇게 내게 도전할 때 내가 실제 일어나는 일을 알아차리면 내 호흡에 훨씬 나을 거예요. 그리고 나는 내 안의 집에 머무르며 내 일을 책임질 수 있겠죠.

케이티 그리고 당신은 꿈속에서 길을 잃는 대신, 자신이 이해하는 내적인 삶을 자신에게 줄 수 있습니다. 자, 3번 문장을 봅시다. "그들은 사람들이 들어찬 비행기에 타지 말아야 한다." 뒤바꿔 보세요.

글로리아 나는 사람들이 들어찬 비행기에 타지 말아야 한다. 예, 좋아요. 실제 삶이나 내 상상 속에서 사람들이 들어찬 비행기에 타지 않을 거예요.

케이티 예. 아드님은 당신을 위한 항공권은 사지 않았으니까요. 그냥 집에 머물러 계세요.

글로리아 나는 그들의 여행에 초대받지 않았는데도 동행하고 있었네요.

164

케이티 "그들은 내 아들이 호흡 장애를 겪은 적이 있다는 것을 기억해야 한다." 뒤바꿔 보세요.

글로리아 나는 내 아들이 호흡 장애를 겪은 적이 있다는 것을 기억해야 한다.

케이티 아드님이 그 이야기를 들었다는 것을 기억하세요. 아드님은 그 일을 알고 있습니다. 잊을 것 같지는 않아요. 그런 일이 아드님의 삶에 몇 번이나 일어났나요?

글로리아 오, 많이 일어났어요.

케이티 그러니 아드님은 기억합니다.

글로리아 그 아이는 그 장애를 고려하여 가장 좋게 여겨지는 일을 하고 있을 거예요.

케이티 예. 아드님은 지구 학교에서 이것저것 배우느라 바쁩니다. 4번 문장을 봅시다.

글로리아 나는 그들이 지금은 조심해야 할 때라고 생각할 필요가 있다. 나는 그들이 나와 함께 집에 있을 필요가 있다. 나는 그들이 가지 않겠다고 말할 필요가 있다. 나는 그들이 여행을 취소할 필요가 있다.

케이티 "내가 행복하려면, 나는 그들이 지금은 조심해야 할 때라고 생각할 필요가 있다." (청중에게) '생각 작업'에 처음 오신 분들에게 말씀드리면, '양식'의 4번 문장은 행복에 관한 말입니다. 방금 우리가 탐구한 3번은 조언에 관한 말이고요. 그러니 이 3번 문장을 뒤바꿀 때 우리는 자기를 위한 조언을 발견합니다. "나는 집에 머물러야 한다. 나는 사람들이 들어찬 비행기에 자녀들과 함께 타지 말아야 한다. 나는 아들이 호흡 장애를 겪은 적이 있다는 것을 기억해야 한다." 그것은 내가 책임져야 할 일입니다. 그는 살아남았어요.

글로리아 예.

케이티 4번 문장은 그 상황에서, 페이스북을 보면서 앉아 있던 상황에서 당신의 행복에 관한 말입니다. 좋아요. 이 문장들에 관한 질문은 건너뛰고, 곧장 뒤바꾸기로 가 봅시다. "나는 그들이 지금은 조심해야 할 때라고 생각할 필요가 있다"—뒤바꿔 보세요. "내가 행복하려면, 나는…"

글로리아 나는 내가 지금은 조심해야 할 때라고 생각할 필요가 있다. 나는 내가 나와 함께 집에 있을 필요가 있다. 나는 내가 가지 않겠다고 말할 필요가 있다. 나는 내가 이 여행을 취소할 필요가 있다.

케이티 좋아요. 첫 번째 문장을 봅시다. "내가 행복하려면, 나는 내가…"

글로리아 지금은 조심해야 할 때라고 생각할 필요가 있다.

케이티 조심하세요, 지금. 당신이 초대받지 않은 세계로 마음을 데려가지 마세요. 그들은 그 여행에 관해 당신에게 말하지도 않았습니다.

글로리아 그랬죠.

케이티 당신은 초대받지 않았어요. "내가 행복하려면, 나는 내가…"

글로리아 나와 함께 집에 있을 필요가 있다.

케이티 예. 자기와 함께 집에 머무르세요. 아드님의 일로 여행하지 마세요. 자신이 그러고 있다는 걸 알아차리면, 알게 해 준 자신에게 감사하고 집으로 돌아오세요. 마음속으로 들어갈 때는 안전하지 않습니다. 그러면 당신의 신체 체계가 공격받으며, 그러는 게 당연합니다. 하지만 그런 감정들은 사원의 종과 같아서, 그 종소리는 원인을 살펴보도록 상기해 줍니다. 원인은 당신의 생각과 믿음이며, 감정은 당신을 깨우기 위해 그곳에 있습니다. 스트레스를 알아차릴 때는 그런 생각들을 쓰고 질문하고 뒤바꿔 보세요. 좋아요. 다음 문장, "내가 행복하려면, 나는 내가…"

글로리아 그들은 가지 않을 것이라고 말할 필요가 있다.

케이티 예, 나는 그들이 언제나 나와 함께, 내 안에 있으며, 결코 떠날 수 없다고 말할 필요가 있습니다. 설령 그들이 가더라도 그들은 가지 않을 것입니다. 이해되나요?

글로리아 예.

케이티 또 하나의 뒤바꾸기가 있군요. "그 상황에서, 페이스북 페이지를 읽는 상황에서 내가 행복하려면, 나는 내가…"

글로리아 나는 가지 않을 것이라고 말할 필요가 있다.

케이티 나는 나 자신에게 돌아올 필요가 있습니다. 나는 내게 있는 것에 만족할 필요가 있습니다.

글로리아 나는 내가 집에 머무르는 것에 만족할 필요가 있다.

케이티 예. 자기 안의 집에 머무르는 것, 가슴속의 모든 사랑과 감사로.

글로리아 그곳은 훨씬 다정한 자리죠.

케이티 그리고 존중하는.

글로리아 예, 서로를 존중하는.

케이티 우리의 자녀들은 자기의 길을 가고 있고, 우리는 그들과 거리를 두는 것 말고는 그 일에 관해 할 수 있는 일이 많지 않다는 것을 경험으로 압니다. "내가 행복하려면, 나는 내가…"

글로리아 그 여행을 취소할 필요가 있다.

케이티 나는 나 자신의 일을 벗어날 때마다 그 여행을 취소할 필요가 있다. 나는 자기의 일부인 우리를 사랑하기를 멈추지 않는 이 다정한 우주로 돌아올 필요가 있다. 우리는 자연 자체입니다. 그래서 우리는 정말로 우리의 참된 본성으로 깨어나고 있습니다. 5번 문장을 봅시다.

글로리아 그들은 어리석고 무모하고 사려 깊지 않고 이기적이고 무지하다.

케이티 좋아요. 시간을 절약하기 위해, 이 문장들에 관한 질문도 건너뛰겠습니다. 집에 가서 스스로 해 보세요. 시간이 있을 때, 4번과 5번 문장들에 관해 질문해 보세요. 철저히 해 보세요. 이런 질문들에 한 시간을 쓸 수도 있고, 일주일을 쓸 수도 있습니다. 이제 뒤바꿔 보세요. '어리석다'의 반대는 무엇인가요? "그들은…"

글로리아 현명하다.

케이티 그들의 마음에는 그렇습니다. 그렇다는 걸 알겠어요?

글로리아 예.

케이티 그게 진실인지 아닌지 나는 모르지만, 그들은 여러 정보를 참고하여 결정하고 있을 수 있어요. 그것은 당신이 자신이나 그들을 위해 하는 결정이 아니라, 그들이 하는 결정입니다. '무모하다'의 반대는 무엇인가요?

글로리아 주의하는. 그들은 자신의 결정에 관해 주의하고 있어요.

케이티 스윗하트, 당신은 이 일에 관해 그들과 좋은 대화를 나눌 수 있습니다. "어떻게 할 계획이야? 나는 너희가 이 여행의 장단점을 충분히 고려했을 거라고 생각해. 어떻게 해서 그런 결정을 하게 되었는지 알려 줄 수 있겠니? 정말로 알고 싶구나." '사려 깊지 않은'의 반대는 무엇인가요?

글로리아 사려 깊은. 그 애들이 내게 말하지 않은 건 사려 깊은 행동이었어요. 그 결정이 내 마음을 힘들게 하고 걱정하게 할 거라는 걸 알았으니까요.

케이티 "엄마가 걱정하지 않게 조심하자."

글로리아 예. 아주 좋은 행동이었어요.

케이티 예, 그랬어요. 다음 말인 '이기적인'의 반대는 무엇인가요?

글로리아 주는, 너그러운.

케이티 마지막 말인 '무지한'의 반대는 무엇인가요?

글로리아 많이 아는. 현명한.

케이티 이런 말들을 살펴보세요. 지금 여기에서는 이런 말들을 빨리 훑어보았지만, 집에 돌아가면 이런 말 하나하나를 한 시간 동안, 하루 내내 살펴볼 수 있고, 정말로 중요한 여행, 자기로 들어가는 여행을 할 수 있습니다. 세상에는 괴로움이 있고, 이 괴로움에는 원인이 있으며, 그 원인은 우리의 생각과 믿음, 질문되지 않은 마음입니다. 질문되지 않은 삶은 살 만한 가치가 없습니다. 소크라테스가 말했듯이. 그러니 이 모든 말을 자기에게로 **뒤바꿔** 보세요. "페이스북 페이지를 읽고 있는 그 상황에서, 은총의 상황에서, 나는…"

글로리아 그 상황에서, 나는 어리석고 무모하고 사려 깊지 않고 이기적이고 무지하다. 와아! 모두 사실이에요. 나는 내 자녀들보다 그런 꿈을 더 사랑할 정도로 어리석었어요.

케이티 예, 그리고 자기의 안전을 지키기 위해 자녀를 이용할 정도로.

글로리아 예, 맞아요. 그건 사려 깊지 못하고 이기적이에요.

케이티 그리고 무지하죠. 만일 그들이 우리가 원하는 대로 하면, 우리는 다른 것에 관해 걱정하지 않을 것이라고 정말 생각합니다.

글로리아 예, 그렇죠. 나 자신의 '생각 작업'을 피하려고 내 생각들을 이용하는 것.

케이티 좋아요. 이제 마지막 6번을 읽어 보세요.

글로리아 나는 앞으로 다시는 아들과 며느리가 자진해서 자신의 건강과 다른 사람들의 건강을 위험에 빠뜨리는 것을 보고 싶지 않다.

케이티 이런 일은 당신에게 계속 되풀이될 수 있는데, 당신이 다시 그런 꿈을 꿀 때, 다시 그런 꿈속에 있을 때, 스트레스와 걱정은 당신에게 그렇다는 것을 알려 줍니다. 뒤바꿔 보세요. "나는 기꺼이…"

글로리아 나는 기꺼이 아들과 며느리가 자진해서 자신의 건강과 다른 사람들의 건강을 위험에 빠뜨리는 것을 보고 싶다.

케이티 "나는 …고대한다"

글로리아 나는 아들과 며느리가 자진해서 자신의 건강과 다른 사람들의 건강을 위험에 빠뜨리기를 고대한다.

케이티 내 마음의 눈 속에서. 그것은 이렇게 말하는 것과 같습니다. "나는 지금 있지 않은, 지금 실재하지 않는 최면 상태로 다시 잠들기를 고대한다. 나는 그러기를 고대한다. 왜냐하면 그런 일은 내 '생각 작업'이 아직 끝나지 않았다는 것을 보여 주기 때문이다. 그런 일들이 내게 다시 일어날 때, 내 머릿속 아들의 모습은 실제 아들이 아니고, 내 머릿속 며느리의 모습은 실제 며느리가 아니고, 내 머릿속 비행기의 모습은 실제 비행기가 아니며, 그것은 모두 꿈이라는 사실에 내가 깨어 있기까지는…." 내가 꿈에 깨어 있기까지는 나의 '생각 작업'은 끝나지 않았습니다. 스트레스와 걱정은 당신에게 여전히 '생각 작업'을 할 것이 남아 있음을 알게 해 줄 것입니다. 이것은 개인적인 탐구입니다. 아무도 우리를 위해 그것을 대신해 줄 수 없습니다. 세상에는 우리를 위한 초대가 있고, 우리는 자신이 믿는 생각에 질문할 수 있으며, 그러지 않으면 괴로움을 겪을 수 있습니다. 내 경험에 따르면 나는 다른 선택지를 발견하지 못했습니다. 그것은 나와 함께 있는 나일 뿐이고, 당신은 내 안에 있으며, 나는 당신을 현명하고 깨어 있고 깨달은 존재로, 당신의 아름다운 자기를 따라잡고 있는 존재로 봅니다. 당신과 함께 '생각 작업'을 한 것은 내게 특권이었습니다. 오늘 우리의 선생님이 되어 주셔서 고맙습니다.

글로리아 고마워요, 케이티.

케이티 스윗하트, 언제나 환영합니다.

아버지는 끔찍한 사람이었어요

2018년 웨스트 코스트에 있는 도시에서 많은 청중이 자리한 가운데 이 대화를 나누었습니다. 마저리는 자신이 '가장 힘든 사례'라고 생각하는데, 실제로 어린 시절 당한 학대는 직시하고 극복하기 어려운 고통입니다. 여러분은 내가 '생각 작업'을 돕는 동안 평소와 달리 네 가지 질문을 건너뛸 때가 많다는 것을 알아차릴 것입니다. 나는 그녀를 아주 부드럽게 대하고 싶었고, 그녀가 자기의 때에 자기의 방식으로 스스로 깨닫도록 놓아두고 싶었습니다. 그리고 그녀는 그렇게 합니다. 그녀는 말합니다. "당신은 상황 전체를 뒤집어 놓았어요. 내가 평생 믿고 있던 생각을요!"

마저리 (청중 가운데에서) 정말로 혼란스러워요, 케이티. 나는 당신의 모든 책을 읽었고, 동영상을 대부분 보았는데, 당신이 오늘 하는 말들을 들으면서 정말로 혼란스러웠어요. 아버지가 나에게 한 짓을 내가 고대해야 하는 걸까요?

케이티 오, 허니, 그렇지 않아요.

마저리 내 두 번째 질문은, 아버지는 돌아가셨지만 무덤에서도 내 삶을 계속 망치고 있고, 나는 당신의 말을 어느 정도 이해한다고 여기면서 여기에 왔는데, 지금은 정말 혼란스럽네요. 오늘 여기에서 이루어진 대화 가운데 많은 부분이 이해되지 않아요. 마치 당신이 끔찍한 행동을 한 사람들에게 면죄부를 주고 있는 것 같아요.

케이티 그게 그런 끔찍한 사람들과 끔찍한 일들에 관해 당신이 믿고 있는 생각에 더욱더 질문해 봐야 할 이유이고, 그래야 자유로워집니다. 그것이 이 '생각 작업'을 하는 목적입니다.

마저리 근친상간은 근친상간이고 근친상간이고 근친상간입니다.

케이티 맞습니다.

마저리 그리고 자녀를 도로 옆에 내려놓고 가 버리는 짓. 나는 지구상의 뚱뚱한 지방 덩어리라고 불렸어요. 내가 어떻게 그런 걸 고대하겠어요? 무례하게 대들려는 게 아니라, 정말 정말 혼란스러워서 그래요.

케이티 오, 허니. 당신은 혼란스러워할 모든 권리가 있답니다. 그리고 나는 당신을 전혀 무례하다고 보지 않아요. 이 강당에는 당신처럼 느끼는 사람들이 있을 거예요.

마저리 그러면 내가 이해하도록 도와주실 수 있나요? 우선, 죽은 사람에 관해서는 어떻게 '생각 작업'을 하나요? 그리고 둘째로, 아버지가 내게 한 나쁜 짓을 고대하는 법을 배우려면 어떻게 해야 할까요?

케이티 억지로 고대하려 하지 마세요. 우리는 조금 전에 나와 함께 '생각 작업'을 하고 이해한 여성처럼 여기에서 사례들을 보고 있습니다. 하지만 스스로 이해하기 전에는 억지로 고대하려 하지 마세요. 그건 옳지 않습니다. 정직하지 않을 거예요. 아버지들은 죽지 않습니다. 그들은 (자기의 머리를 가리키며) 여기에 살아 있어요.

마저리 그들은 영원히 살아요.

케이티 그들은 계속 살고, 그건 끝날 때까지는 끝나지 않습니다.

마저리 그를 내 머리에서 끄집어내려면 어떻게 '생각 작업'을 해야 할까요? 그가 내 인생을 지금도 망치고 있어서 그래요.

케이티 아버지에 관해 '양식'에 썼나요?

마저리 예.

케이티 그러면 한번 봅시다. 내 응접실로 들어오세요. (청중이 웃는다. 마저리가 무대 위로 걸어 올라온다.) 정말 자유로워지고 싶나요?

마저리 물론이죠!

케이티 좋습니다. 당신이 쓴 말을 들어 봅시다.

마저리 나는 아버지가 역겹다. 왜냐하면 그는 학대하고 폭력적이고 상처를 주고 해를 끼치는 끔찍한 아버지였기 때문이다.

케이티 좋아요. 아버지에 관해 일반적인 방식으로 썼으니…

마저리 예.

케이티 집에 돌아가시면, 근친상간을 당하던 특정한 상황에 관해 '생각 작업'을 해 보시기 바랍니다.

마저리 좋아요.

케이티 근친상간을 당하던 순간으로 가서, 그때 당신이 믿고 있던 생각들을 종이에 쓰고, 그 생각들에 질문해 보세요. 그렇지만 지금은 당신이 쓴 말을 살펴봅시다. 자, "그는 끔찍한 아버지였다"—그게 진실인가요?

마저리 예.

케이티 좋아요. 그렇게 한 단어로 대답하시면 됩니다. 이제, 그는 끔찍한 아버지였다는 생각을 할 때 마음속에 일어난 일을 알아차려 보세요.

그가 끔찍한 아버지였다는 것이 진실이냐고 내가 물었을 때, 당신의 마음이 어디로 갔는지 알아차려 보세요. 마음을 스쳐 지나가는 과거의 모습들을 알아차려 보세요.

마저리 예.

케이티 그건 아주 중요합니다. 그런 모습들을 볼 때, 그 이미지와 함께 올라오는 감정을 알아차리세요. 생각이 원인이며, 감정은 결과입니다. 원인과 결과.

마저리 예.

케이티 "그는 끔찍한 아버지였다"—그게 진실인지 당신은 확실히 알 수 있나요?

마저리 예.

케이티 "그는 끔찍한 아버지였다"—그 생각을 믿을 때 당신은 어떻게 반응하나요? 무슨 일이 일어나나요?

마저리 긴장해요. 구역질이 나요. 그 사람에게 분노해요. 그가 너무나 원망스러워요. 우울해져요. 나 자신이 불쌍하게 느껴져요. 삶이 불공평하게 느껴져요.

케이티 예, 허니. 그 생각이 없다면 당신은 누구일까요? 만일 그가 끔찍한 아버지였다는 생각을 생각할 능력이 아예 없다면, 당신은 누구일까요?

마저리 만일 내가 그 생각을 아예 하지 않는다면, 나는 그렇게 화가 나지도, 기분이 나쁘지도, 지나치게 경계하지도, 흥분하지도 않을 거예요.

케이티 좋아요. 당신은 아버지에 관해 생각하지 않을 때는 균형이 잡혀 있습니다. 하지만 어떤 계기로 아버지가 생각나면, 아버지의 그런 모습과 그가 저지른 끔찍한 행위들이 마음에 들어옵니다.

마저리 맞아요. 모든 것이 아버지를 떠올리게 하죠.

케이티 자, "그는 끔찍한 아버지였다"—뒤바꿔 보세요. '끔찍한'의 반대는 무엇인가요?

마저리 아주 좋은

케이티 그는 아주 좋은 아버지였다.

마저리 (긴 침묵 뒤) 솔직히 그렇게는 말하지 못하겠어요.

케이티 음, 그냥 한번 말해 보세요.

마저리 그렇게 말할 수는 있어요. 하지만 그러면 토할 것 같아요.

케이티 스윗하트, 그냥 그렇게 한번 해 보는 거예요. 마치 신발가게에서 새 신발을 신어 보듯이. 신발을 그냥 한번 신어 볼 수는 있잖아요. 신발이 발에 맞을지는 알지 못해도. 이건 그가 사실은 아주 좋은 아버지였다는 뜻이 아니에요. 그저 한번 해 보는 거예요.

마저리 하지만 그건 마치 돼지에게 립스틱을 바르는 것 같아요.

케이티 그래요. 그러니 그냥 돼지에게 립스틱을 발라 봅시다.

마저리 그는 돼지예요.

케이티 맞아요. 그냥 한번 해 보세요.

마저리 그는 아주 좋은 아버지였다. 하지만 그건 진실이 아니에요.

케이티 이게 얼마나 어려운 일인지 당신은 알 수 있습니다. 우리 모두 알 수 있죠. 우리가 그의 책임을 면해 줄 길은 없습니다. 그는 끔찍한 아버지였어요.

마저리 예, 끔찍했어요.

케이티 그렇지만 우리는 새 신발을 신어 보고 있습니다. "그는 아주 좋은 아버지였다." 그냥 그 말을 몇 분간만 놓아두어 보고, 그것이 진실일지도 모를 좁은 길을 하나라도 발견할 수 있는지 봅시다. 예전에 나는 이 '생각 작업'을 한 때 옆에 양동이를 놓아두곤 했어요. 그리고 내가 직시해야 했던 것들 때문에 거기에 구토할 때가 있었죠.

마저리 이해돼요.

케이티 당신은 전문가입니다. 자, "그는 아주 좋은 아버지였다." 한번 시도해 봅시다. 아버지에 관해 아주 좋았던 점을 하나만 얘기해 보세요.

마저리 아버지에 관해 아주 좋았던 게 하나라도 있었을 것 같지는 않아요. 하지만 괜찮았던 건 찾을 수 있어요. 아버지는 가끔 내게 작은 사탕을 주곤 했죠.

케이티 그게 하나입니다.

마저리 예.

케이티 아버지에 관해 아주 좋았던 점은 또 뭐가 있나요?

마저리 음, 아버지가 내게 가르쳐 준 모든 것에서 추잡한 면을 제외하면, 나는 도덕적인 협상가와 좋은 사업가가 되는 법을 배웠어요. 나는 힘든 처지에 놓인 아동들을 위해 일하고, 모든 불행을 최대한 긍정적인 것으로 바꾸는 사람이 되었죠. 나는 말하자면 모든 고통을 청산하기 위해 노력해요. 아버지는 내게 그걸 주었어요. 하지만 나는 행복한 사람이 아니에요.

케이티 우리는 그가 어떤 면에서 아주 좋은 아버지인지를 보고 있습니다.

마저리 예.

케이티 아버지가 당신에게 준 것을 보세요. 그는 당신에게 잘 보살피는 삶을 주었습니다. 우리는 당신의 목록을 들었습니다. 그건 작은 것이 아닙니다. 그건 많은 사람이 가지고 싶어 할 만한 것입니다.

마저리 흐음. 전에는 그런 식으로 본 적이 한 번도 없어요. 엄청난 고통

176

을 겪어야 했죠.

케이티 내가 과거에 관해 사랑하는 것이 무엇인지 당신은 알 거예요.

마저리 과거는 끝났다는 것. 예, 그렇게 말하는 걸 들었어요.

케이티 그리고 당신은 누구를 위해 일하나요? 힘든 처지에 놓인 어린아이들입니다.

마저리 맞아요.

케이티 그리고 좋은 일을 아주 많이 하죠.

마저리 예. 그런 식으로는 본 적이 없어요. 한 번도요.

케이티 그러니 그냥 그것과 함께 있어 보세요.

마저리 만일 아버지가 끔찍한/아주 좋은 사람이 아니었다면, 나는 지금의 내가 되지 못했을 것 같아요.

케이티 추측하지는 맙시다. 이것을 정말로 이해합시다. 이건 쉬운 일이 아닙니다. 옆에 양동이를 계속 두세요.

마저리 좋아요.

케이티 에고에게는 진실이 쉽게 오지 않습니다. 그러니 이제 만일 사람들이 당신 아버지가 누구였느냐고 물으면, 당신은 그가 끔찍한 아버지였고 아주 좋은 아버지였다고 정직하게 말할 수 있습니다. 그리고 아버지가 없었다면 오늘의 당신이 되지 않았을 것이고, 당신이 가장 사랑하는 자기의 모습이 되지 않았을 것이라고….

마저리 하지만 아버지가 없었다면 나는 더 행복한 사람이었을 거예요.

케이티 오, 글쎄요. 당신은 추측하고 있습니다.

마저리 그럼 내가 무엇 때문에 슬프겠어요?

케이티 음, 우리에게 물어보세요. (청중을 가리키며) 대다수 우리의 아버지는 우리를 성폭행하거나 때리거나 욕하지 않았지만, 우리는 아버지에게 불평할 이유를 많이 찾을 수 있습니다.

마저리 우리 아버지가 정상적인 아버지였다고 해도, 내가 반드시 행복한 사람인 것은 아닐 것이라는 말인가요?

케이티 우리는 완벽하게 불행할 주된 이유가 필요하지 않습니다. 내가 아는 사람 중에는 아주 부유하고 사랑하는 부모를 두었지만 비참한 사람들이 있습니다.

마저리 좋아요. 알겠어요.

케이티 아주 좋은 아버지를 둔 사람들도 당신만큼 불행할 수 있답니다. 그리고 설령 그들이 그만큼 불행하지는 않더라도, 괴로움은 괴로움입니다.

마저리 그런 식으로는 생각해 본 적이 없어요.

케이티 괴로움은 괴로움입니다. 우리는 자신이 특별한 사람이라고 생각합니다. 그러나 우리만 특별한 게 아니에요.

마저리 저도 그렇게 생각했어요.

케이티 마음이 원인이고, 삶은 결과입니다. 자, 당신의 아버지는 끔찍했습니다. 그리고 또 뭐가 있죠?

마저리 무슨 뜻인가요?

케이티 그는 끔찍했어요, 그리고 또?

마저리 무슨 말인지 모르겠어요.

케이티 그는 끔찍한 아버지였습니다. 그리고 아주 좋은 아버지였어요.

마저리 예.

케이티 좋아요. 조금 전 당신은 이해했습니다.

마저리 지금도 이해해요.

케이티 좋아요. 당신의 에고는 '아주 좋은' 부분을 빼고 싶을 거예요. 그

걸 빼지 않으면 당신의 정체성이 사라지기 때문이죠.

마저리 하지만 만일 내 아버지가 나치였다고 말한다면요? 그래도 당신은 여전히 같은 대화를 할 건가요?

케이티 예.

마저리 어디에도 한계선이 없나요?

케이티 없습니다.

마저리 당신이 공격적이고 끔찍하고 지독하고 역겨운 인간으로 보는 사람은 아무도 없나요?

케이티 그리고 아주 좋은. 나는 사람들에 눈멀지 않았습니다.

마저리 내 아버지가 히틀러 같은 사람이었다면요?

케이티 전에 베를린에서 어떤 독일 여성과 함께 있었는데, 그녀의 아버지는 나치 정권의 관리였어요. 우리는 함께 홀로코스트 박물관을 둘러보고 있었죠. 벽에는 오래된 베를린 신문 기사가 액자에 담겨 있었는데, 1920년대에 나치즘이 막 시작되었고, 조금 세력을 얻은 뒤 여기저기에서 확대되었고, 마침내 온 나라를 지배했다는 사실을 보여 주었습니다. 나치즘은 몹시 급진적이었습니다. 신문 기사는 이런 끔찍한 나치들에 관해 얘기하고 있었고, 그녀는 나를 위해 독일어를 번역해 주고 있었습니다. 그리고 그녀는 최고위급 나치 관리들의 사진 중 몇 명을 가리키면서 말했어요. "오, 우리는 저 사람을 사랑했어요. 그는 우리 아버지의 친구였고, 늘 저녁 식사에 왔는데, 아주 매력적이고 교양 있는 사람이었죠." 놀라운 발언이었어요. 하지만 그녀는 그 사람에 관한 생각들을 믿었고, 다른 사람들은 다른 생각들을 믿었습니다. 각자의 입장에 따라 달라지죠. 좋은 면이 하나도 없는 인간은 없습니다. 히틀러조차도. 그렇다고 해서 그가 괴물이 아니었다는 뜻은 아닙니다.

마저리 히틀러에게도 좋은 성질이 있었을까요?

케이티 음, 그는 개를 사랑했어요. 채식도 했죠.

마저리 흐음. 그렇다면 내가 우리 아버지를 끔찍하게 보는 것은…

케이티 아뇨, 그를 끔찍하게'만' 보는 것. '오직' 끔찍하다고만 보는 것.

마저리 아버지가 끔찍하기만 한 건 아니라는 말씀이지만, 그에게는 용납할 수 없는 점들이 더 있을 거예요.

케이티 그렇기만 한 건 아니죠. 그는 당신이 태어나게 해 주었어요.

마저리 정자를 기부했죠.

케이티 그는 당신이 태어나게 해 주었어요. 당신의 말에 따르면…. 그는 남들을 보살펴 주는 당신이 태어나게 해 주었어요. 하지만 당신은 그 사실을 계속 부정하고 있죠.

마저리 예. 알겠어요.

케이티 에고는 당신에게 그 사실을 계속 부정하라고 요구할 거예요. 자신이 이해한 것을 정말로 붙잡으려 해야 합니다.

마저리 좋아요. 더는 이런 식으로 느끼고 싶지 않아요.

케이티 그에게 아주 좋은 면도 있었다는 생각을 붙잡는 게 나을 거예요. 그 뒤 가끔 한밤중에 호흡이 곤란해지고 괴로움으로 몸을 웅크릴 때, 그 사람에게도 좋은 면이 아주 조금은 있었다는 것을 기억할 수 있습니다. 그 사람이 끔찍하다는 믿음으로 자신을 속이지 않고, 균형을 잡기 위해서.

마저리 나 자신을 위해서.

케이티 예. 과장하지 마세요. 가장하지 마세요. 여기에서는 긍정적인 생각 기법 같은 것도 하지 마세요.

마저리 그러면 당신은 아버지가 내게 한 끔찍한 짓들을 축소하지 않는군요.

케이티 당연히 안 합니다. 나는 미치지 않았어요.

마저리 하지만 당신이 하는 것은 어떤 길을 찾으려는…

케이티 나는 고통을 주는 것과 그렇지 않은 것의 차이를 압니다. 당신이 생각하던 대로 아버지를 생각하면 몹시 고통스럽습니다.

마저리 좋아요. 알겠어요. 전에는 사람들이 하는 나쁜 짓을 당신이 축소하는 것처럼 느껴졌고, 그 나쁜 짓을 당하는 사람의 입장에서는…

케이티 나는 살면서 남에게 고통을 주는 행위를 충분히 많이 했어요. 그래서 사람들이 왜 그렇게 하는지를 이해합니다. 나는 나 자신을 바라봅니다. 나는 말이나 행동으로 남에게 고통을 주는 행위를 하기 직전에 내가 생각하고 믿던 생각을 살펴봅니다. 그리고 다른 선택의 여지가 없었음을 봅니다. 나는 마음이 어떻게 작용하는지를 압니다. 끔찍하기만 한 사람은 없습니다. 당신이 바른 마음을 가지고 있거나, 바른 마음에 도달할 만큼 충분히 마음이 열려 있다면, 그렇습니다.

마저리 아버지를 끔찍하다고 생각하면 괴로우니까요.

케이티 맞습니다. 그가 끔찍하기만 하다고 생각하면….

마저리 좋아요. 이제 이해한 것 같아요. 여기까지 도달하기가 힘들었어요.

케이티 그곳은 무척 도달하기 힘든 곳이었지만, 당신은 방금 장애물을 뛰어넘었어요.

마저리 예. 오랫동안 그 장애물을 뛰어넘으려 해 왔어요. 고마워요.

케이티 고마워요. 우리는 이 일을 함께하는 파트너입니다. 나는 당신보다 조금 더 많이 생각 탐구를 했지만, 당신은 나를 따라잡을 수 있어요.

마저리 모르겠어요. 그건…

케이티 당신은 총명합니다. 당신은 괴로움이 무엇인지 알고 있어요. 당신이 알 필요가 있는 것은 그게 전부입니다.

마저리 내가 괴로움의 전문가이긴 하죠.

케이티 자유도 처음에는 조금 이상하게 느껴집니다. 처음에는 행복도 아픔만큼 얼얼할 수 있죠. 행복이 낯설게 느껴질 수도 있습니다. 조금 열린 마음이 필요합니다. 그는 당신을 학대했습니다. '학대하는'의 반대는 무엇인가요?

마저리 우와! 사랑하는.

케이티 예.

마저리 낯선 말이네요.

케이티 이해하기는 어렵겠지만, 사랑은 거기에 있었습니다. 그렇다는 걸 신뢰해 보세요.

마저리 소시오패스 같은 인격 장애자가 사랑을 할 수 있는 건지 모르겠어요. 그건…

케이티 음, 최대한 가까이 다가가 보세요. 내가 시작한 것처럼 한번 해보죠. 그가 당신을 쫓아온다고 생각했는데 그러지 않았던 순간이 한 번이라도 있었나요? 그 순간을 찾을 수 있나요?

마저리 모르겠어요. 아버지는 꽤 한결같았어요.

케이티 좋아요. 그 말은 적어도 한 번은 있었다는 말로 들리는군요. 당신은 "꽤 한결같다"고 말했어요.

마저리 아버지가 나쁜 짓을 할 수 있었는데 실제로 하지는 않은 때를 듣고 싶은 건가요? 그는 탁자 위에 가위를 놓아두었어요. 내 머리카락이 눈에 들어가면 머리카락을 자르겠다면서요. 실제로 자른 적은 없죠. 가위는 거기에 있었지만, 실제로는 가위를 사용한 적은 없어요. 그저 그렇게 하겠다고 위협했을 뿐이죠. 그게 왜 중요한가요?

케이티 왜냐하면 그게 전부이기 때문입니다.

마저리 내 말을 이해하지 못하는 것 같아요.

케이티 좋아요. 그는 학대하는 사람이었어요. 그는 거기에 가위를 놓아 두었죠. 하지만 가위로 머리카락을 자르면서 학대하지는 않았어요. 그게 하나입니다. 하나의 사례를 찾을 수 있다면, 둘도 찾을 수 있습니다.

마저리 좋아요.

케이티 정직해야 합니다. 진짜여야 해요.

마저리 이런 사례를 찾으려는 까닭은…

케이티 아버지의 나머지 부분을 알기 위해서입니다.

마저리 난 그냥 아버지가 내 머릿속에서 빠져나가기만 하면 좋겠어요. 정말 아버지를 알고 싶지 않아요. 아버지가 무덤 속에만 있으면 좋겠어요.

케이티 그는 이미 당신의 머릿속에서 나왔습니다. 당신이 생각한 머릿속 그는 끔찍하기만 한 사람이었죠. 그가 어떤 면에서든 아주 좋다는 생각… 당신은 처음에는 그곳으로 갈 수도 없었어요.

마저리 맞아요.

케이티 이제 그의 정체성이 바뀌었습니다. 그것이 아버지를 머리에서 꺼내는 방법입니다. 그는 폭력적이었어요. 그리고 사랑하기도 했죠.

마저리 그래서 만일 내가 아버지의 괜찮은 면과 좋은 면을 발견할 수 있다면…

케이티 그의 정체성이 바뀝니다. 그리고 그런 일이 일어날 때마다 당신의 정체성도 바뀝니다. 왜냐하면 당신이 다른 아버지와 살았다는 것을 깨닫기 때문입니다. 당신의 마음속 아버지가 아니라 실제 사람과 살았나는 것을.

마저리 좋아요.

케이티 이전에 그는 오직 끔찍한 사람일 뿐이었습니다. 이제 그는 끔찍하면서 아주 괜찮은 사람입니다. 특히 여기에서, 여기에서, 여기에서. 당신이 할 일은 하나하나 계속 인정하는 것입니다. 아직 끔찍한 면을 지우지는 말고.

마저리 알겠어요. 그런데 내가 이렇게 아버지의 이미지를 새롭게 하는 건 나를 구원하기 위해서인 거죠? 맞나요?

케이티 그것이 당신 자신을 구원하는 길입니다. 그러지 않으면 당신은 계속 부정할 테니까요. 이런 긍정적인 점들은 당신의 코 밑에 있었지만, 이전에는 볼 수 없었죠. 그래요, 그는 학대했어요. 그 반대는 무엇인가요?

마저리 '학대하지 않은'이라고만 해도 될까요?

케이티 예.

마저리 그게 더 중립적이네요.

케이티 좋아요. 하지만 나는 높은 길, 어려운 길을 택하는 걸 좋아합니다.

마저리 그럼 '사랑하는'이라고 말하겠어요. 하지만…

케이티 가위가 그곳에 있었지만, 그는 가위를 사용하지는 않았어요. 다른 작은 사례들을 발견할 수 있을 거예요. 그런데 그럴 때 에고는 그걸 싫어할 수도 있습니다. 마음이 열리기 시작할 때는 어느 정도 공간이 있을 텐데, 그게 이상하게 느껴질 수도 있습니다. 마음이 열려 있으면, 다른 것들이 들어오도록 허용됩니다. 그것은 당신의 정체성에 큰 위협인데, "나는 학대하는 아버지를 둔 여자다"가 그 정체성입니다.

마저리 그게 이해되지 않았어요. 말하자면, 당신이 아버지를 편드는 것처럼 느껴졌죠. 그렇지만 이제는 당신이 그저 내가 좋은 점들을 보도록 돕고 있다는 것이 이해돼요. '좋은 점'이라는 말이 아버지에게 적용될 때는 숨이 막혔지만, 그러면 삶이 덜 괴로워질 것이라는 걸 알겠어요. 그것은 앞서 진행된 '생각 작업', 알코올 중독 어머니를 둔 흑인 소녀에게 개가 달려들도록 방치한 백인 이웃들에 관한 탐구에서 내가 정말로 혼란스러웠던 점이었어요. 그것은 마치…

케이티 우리가 그런 끔찍한 사람들에게 면죄부를 주는 것 같았다는 거죠?

마저리 바로 그거예요.

케이티 하지만 탐구하지 않으면 우리는 결코 그들을 놓아 보내지 못합니다. 그들은 언제나 우리와 함께 있습니다. 우리 마음속 갈고리에 걸린 채로…. 그러면 마음이 불편합니다. 그건 작게 사는 것입니다. 당신처럼 큰 사람, 이 세상에서 할 일이 많은 사람은 그럴 필요가 없습니다.

마저리 고마워요. 나는 평생 이 물건을 추가 수하물처럼 이리저리 계속 끌고 다녔어요.

케이티 당신이 어디를 가든지 그게 함께 있죠.

마저리 그래요.

케이티 그는… '학대하는'의 반대말은 무엇인가요?

마저리 양육하는. 보살펴 주는.

케이티 보살펴 주는. 스윗하트, 나는 이게 얼마나 힘든 일인지 안답니다. 그건 마치 어떤 사람이 담뱃불로 내 피부를 지지는 것과 같아요.

마저리 아버지는 나를 이용하고 해를 끼쳤어요. 좋아요, 양육해 주고 보살펴 주는 것은 내가 아버지에게 '바랐던' 거예요.

케이티 거기에 마음을 열어 보세요. 그가 실제로 양육해 주고 보살펴 준 적이 있나요?

마저리 아버지는 우리를 해변에 데리고 갔어요. 놀이공원에도 데리고 갔죠. 나를 자동차 파괴 경기에 데리고 간 적도 있어요. 다른 좋은 일들도 떠올려 보려 하는데, 하지만… (떠올리기 위해 잠시 침묵한다.) 한 번은 우리가 한동안 개를 가지게 해 준 적도 있죠. 어머니는 때리지 않았어요. (고개를 저으며) 아이고, 이건 정말 억지로 쥐어 짜내는 거네요. 그는 우리에게 집을 제공했어요. 우리에게 밥을 주었어요. 우리에게 옷을 주었어요.

케이티 당신이 얘기하는 것들… 그것들이 내게는 억지로 쥐어 짜내는 것처럼 들리지는 않는군요. 이 세상에는 집을 주고 밥을 주고 옷을 줄 아버지를 두기 위해 기도하는 아이들이 많습니다. 만일 당신이 그렇게 겁에 질려 있지 않았다면, 그렇게 큰 충격을 받지 않았다면, 그것은 꽤 놀라운 목록입니다. 하지만 당신은 너무나 큰 충격을 받아서, 그런 선물들을 활용할 마음이 없었습니다.

마저리 맞아요.

케이티 그런데도, 당신이 알아주든 알아주지 않든, 그는 당신이 방금 아주 쉽게 떠올린 것들을 주고 있었습니다.

마저리 이건 정말 새롭게 눈이 뜨이는 관점이네요. 정말 놀라워요. 우와! 마치 상황 전체를 뒤집어 놓은 것 같아요. 내가 평생 믿고 있던 생각을요! 그건 정말, 정말 어릴 때 시작되었거든요. 난 이제까지 속으며 살아온 거였어요. (청중이 웃는다.) 나는 이제까지 녹음된 당신의 대화를 거의 다 들었고, 당신이 나와 같은 문제를 가진 사람을, 또는 이 문제의 일부를 가진 사람을 만나 대화하기를 늘 기다렸지만, 그런 사례를 보지 못했어요. 아마 내가 당신의 동영상 중 일부를 놓친 거겠죠. 나는 그동안 나 같은 문제를 가진 사람이 당신에게 와서, 그가 자신에게 이러이러한 짓들을 했는데 그 일이 마음속에서 떠나지 않는다고 말하기를 늘 기다렸어요. 내가 그랬듯이 당신이 나 같은 사람과 대화하기를 기다리는 다른 사람들이 있을 거라고 생각해요.

케이티 아무도 그렇게 하지 않을 때 당신이 자원해 주어서 고마워요.

마저리 나는 잃을 게 아무것도 남아 있지 않았어요. 오늘 당신이 사람들과 대화하는 이야기를 들으면서 너무 힘들었어요. 여기에 처음 왔을 때는 괜찮았는데, 30분쯤 지났을 때부터 혼란스러웠죠.

케이티 예, 소중한 분.

마저리 우리는 내 첫 번째 문장에 관해 질문했을 뿐인데, 이미 아주 많은 것을 얻은 것 같아요.

케이티 좋아요. 당신은 아버지가 해를 끼쳤다고 말했어요. 그 말을 뒤바꿀 수 있나요?

마저리 그는 수리했어요. 예, 그는 고장 난 물건을 고칠 수 있었죠. 밀레니얼 세대는 이해하지 못할 구세대의 사례지만, 그는 우스꽝스러운 방식이라도 어떻게든 방법을 찾아내어 물건을 고칠 수 있었어요. 나는 아동용 작은 오디오를 가지고 대학에 갔는데, 아버지는 그것에 이것저것 붙여서 십대 아이의 오디오처럼 보이게 했죠.

케이티 장난기 많은 분이었군요!

마저리 내가 웨스트 코스트에 있는 대학에 가려고 차를 운전해 나라를 횡단할 때도 그는 내 작은 폭스바겐 비틀에 라디오와 작은 선반을 설치해 주었죠. (잠시 침묵.) 그런 일들을 잊고 있었네요.

케이티 이제 전체 문장을 자기 자신으로 **뒤바꿔** 보세요. "그런 상황 중 몇몇에서, 나는…" 그리고 당신이 아버지에 관해 쓴 글을 읽어 보세요.

마저리 첫 문장을요?

케이티 예.

마저리 이런 상황 중 몇몇에서 나는 학대했다. 나는 폭력적이었다. 나는 해를 끼쳤다.

케이티 나는 아버지를 학대했다.

마저리 나는 아버지를 학대했다.

케이티 예. 그 문장과 함께 가만히 있어 보세요. 만일 당신이 나와 같다면, 하나의 작은 노려봄으로도 학대했을 수 있습니다.

마저리 나는 그냥 잠적해 버렸어요. 충분히 나이 들자 떠나 버렸는데, 떠나는 건 내가 바라던 해결책은 아니었죠. 아버지가 돌아가셨을 때는 기뻤어요.

케이티 이해해요.

마저리 아버지의 죽음이 나를 해방해 줄 것으로 생각했거든요. 그런데 그렇지 않았죠.

케이티 예. 아버지를 데리고 다녔으니까요.

마저리 나는 폭력적이었어요.

케이티 아버지에게 폭력적이었나요?

마저리 아버지게 내게 저지른 온갖 나쁜 일이 생각났을 때 아버지에게 편지를 썼어요. 편지를 써서, 자신이 한 짓들을 직면하게 했죠. 그런데 그게 꽤 폭력적이었던 것 같아요.

케이티 나는 모릅니다. '당신의' 견해가 중요하죠.

마저리 내 자녀에게서 그런 편지를 받고 싶지는 않아요.

케이티 편지를 보내고 싶지 않았지만 보냈다는 말로 들리는군요. 당신은

188

어떤 면에서 끔찍한 딸이었나요?

마저리 아버지는 분명 나를 끔찍한 딸이라고 느꼈을 거예요.

케이티 당신이 제공한 원인은 무엇인가요?

마저리 내가 끔찍했던 이유가 무엇이냐는 말인가요?

케이티 아니요. 당신이 한 행동 가운데 다른 사람의 눈에 끔찍해 보일 수 있는 것은 무엇인가요?

마저리 내가 어떤 끔찍한 일들을 했느냐고요?

케이티 그것은 아주 작고 사소한 행동, 아무것도 아닌 행동일 수도 있지만, 당신에게는 끔찍한 행동이었을 수 있습니다. 우리는 당신이 자신을 어떻게 괴롭히는지 보고 있습니다.

마저리 나는 아버지가 내게 준 모든 선물을 부수어 버렸어요. 다 내버렸죠. 내게 준 모든 것을 모조리 내버렸어요. 모든 기억을 싹 다 지워 버리려고요. 그리고 잠적해 버렸죠. 숨어 버렸어요.

케이티 그는 그렇게 하지 않았어요. 당신은 그렇게 했죠.

마저리 그래요. 나는 잊으려 하고 있었어요. 제일 좋은 방법으로 잊으려 했죠.

케이티 예. 아버지의 이름으로.

마저리 생각 탐구는 모든 것을 완전히 다르게 바라보는 방법이네요. 나는 혼자 힘으로는 이렇게 도약할 수 없었죠. 이제는 알겠어요.

케이티 당신은 어떤 점에서 아버지를 학대했나요?

마저리 십대가 되었을 때 나는 더는 참고 싶지 않았어요. 그래서 아버지에게 소리를 질렀죠.

케이티 "나는 그것을 더는 참고 싶지 않았다"라는 말은 아버지에게 책임을 돌립니다. 그것은 일종의 정당화입니다. 하지만 비난받을 사람은 아무도 없습니다. 당신은 남 탓을 하면서 시간을 보냈지만, 그렇게 해서는 해방되지 않을 거예요. 당신은 그를 어떻게 학대했나요? '왜'가 아닙니다.

마저리 나는 아버지에게 소리를 질렀고, 그가 얼마나 형편없는 아버지인지 말하면서, 아버지가 저지른 몇몇 행위를 직면하게 했어요. 부모가 된 지금은 그게 좋은 행동이 아니었다는 걸 알아요. 나는 아버지의 관점으로 과거의 일들을 보는 게 너무 힘들었어요. 그렇게 보기 위해 충분히 오래 멈춘 적이 한 번도 없죠.

케이티 또는 자기 자신을 잘 바라보기 위해.

마저리 예. 내가 얼마나 흠 있는 사람인지를 알겠어요. 마음 아프지만. 그리고 아버지의 일부도…

케이티 아니요. 우리는 '당신'에 관해서만 얘기하고 있어요. 특히 '당신'이 어떤 면에서 학대했고, 해를 끼쳤고, 폭력적이었는지 등등을….

마저리 그 모든 걸 내 안에서 볼 수 있어요.

케이티 그리고 거기에서 자기혐오가 나옵니다.

마저리 내겐 그게 아주 많아요.

케이티 음, 그럴 수밖에 없을 거예요.

마저리 맞아요. 살아남으려면 어떻게든 강한 감정을 가져야 하죠.

케이티 그걸 살아남은 것이라고 부를 수 있다면요.

마저리 간신히. 우와! 이건 내게 혁명적이에요!

케이티 이제 아주 다정한 마음으로 2번 문장을 봅시다.

마저리 나는 아버지가 달랐기를, 적어도 나를 그렇게 심하게 학대하지 않았기를 원한다. 나는 아버지가 무덤 속에 있으면서 가족을 망치는 짓을, 두 자매가 나를 미워하게 만드는 짓을, 어린 시절 내내 나에게 협박

했듯이 유언장에서 나를 제외한 일을 처리하게 만드는 짓을 그만두기를 원한다. 많네요.

케이티 당신은 아버지가 달랐기를 원하는군요. 이제 더 깊이 들어가 보도록 당신을 초대하고 싶습니다. 에고는 이런 종류의 것을 아주 좋아하기 때문입니다. 그것은 특별한 나, 나, 나입니다. 당신의 핵심으로 가 보세요. (청중에게) 여러분 모두 이렇게 해 보세요. (마저리에게) 당신은 아버지가 달랐기를 원합니다.

마저리 예.

케이티 잘 살펴보세요. 그게 진실인가요?

마저리 음, 그것은 끝난 일이에요. 아버지는 돌아가셨어요. 그러니 조금도 달라질 수 없죠.

케이티 그건 그럴듯한 이유를 말하는 거죠. 그건 자신의 대답을 듣기 위해 더 깊이 들어가는 대신, 논리를 이용하는 거예요. 질문으로 돌아가 봅시다. "당신은 아버지가 달랐기를 원한다"—그게 진실인가요?

마저리 아뇨, 그건 불가능해요.

케이티 좋아요, 이제 그 너머로 가 봅시다.

마저리 내가 뭔가 놓치고 있나요?

케이티 예, 하지만 나는 당신을 알아요. 당신은 그 너머로 가려 합니다. "당신은 아버지가 달랐기를 원한다"—그게 진실인가요? 당신의 정체성을 살펴보세요. 만일 그가 달랐다면, 당신의 정체성에 무슨 일이 일어났을까요?

마저리 음, 나는 다른 사람이었을 것 같아요.

케이티 당신에게는 "나는 누구인가?"라는 질문이 남습니다.

마저리 맞아요.

케이티 그것은 정말로 두렵습니다.

마저리 나는 그리 대단한 사람이 아니니까요.

케이티 나는 당신이 갈 수 있다고 생각되는 곳까지 깊이 들어가도록 요청하고 있습니다.

마저리 내게 뭘 요청하는지 잘 모르겠어요. 나만 빼고 모든 사람이 답을 아는 것 같아요.

케이티 당신만 그렇지는 않을 거예요. (청중에게) 내가 가려는 곳이 어디인지 이해하지 못하는 분이 얼마나 되나요? (청중 가운데 1/3가량이 손을 든다.) 나는 생각 탐구를 많이 경험했어요. "나는 어머니가 지금과 다르기를 원해"—이 생각에 질문했을 때 나는 놀라운 경험을 했고, 내 세계의 모든 것을 놓아줄 수 있었습니다. 그러자 내게는 모든 생각이 사랑의 대상으로 보였어요. 나는 그것을 냄새 맡고 맛보고 키스하고 싶었죠. "나는 어머니가 달랐기를 원한다"—그게 진실인가요? 오, 아니요. 나는 그 생각에 너무 많은 투자를 했어요. 내 정체성 전체가 그 생각에 묶여 있었죠. 내가 잘못했다는 게 증명되면, 어머니가 이긴다고 믿었죠. 이기니 지니 하는 그런 생각을 당신은 잘 알 거예요.

마저리 "나는 아버지가 달랐기를 원한다." 유일하게 마음에 떠오르는 한 가지는 아버지가 돌아가셨다는 것이고, 변할 필요가 있는 건 나예요. 왜냐하면 그 문제에서 나 말고는 다른 사람이 아무도 없으니까요. 나는 어릴 때부터 노력해 왔어요.

케이티 아버지가 살아 계시던 때로 돌아가 보세요. 이 '양식'을 쓴 공간으로 돌아가 보세요.

마저리 좋아요.

케이티 "나는 그가 달랐기를 원한다"—그게 진실인가요?

마저리 그런 일은 절대로 일어나지 않았을 거예요. 그래요. 그는 그냥 그런 사람이었어요. 그는 그런 식으로 태어났고, 그런 식으로 죽었죠.

케이티 당신은 그 모든 불행 가운데에서도 안전했어요.

마저리 무슨 말인지 모르겠어요.

케이티 몰라도 괜찮아요.

마저리 너무 혼란스러워요. 무슨 말씀을 하는지 알려고 정말 열심히 애쓰고 있는데도 이해하지 못하겠어요.

케이티 음, 아마 이해할 수 없는 건 아닐 거예요. 아마 아직 직면하지 않아서 그런 걸 거예요. 그러니 아직은 이해하지 못하겠죠. 아버지가 당신을 학대한 곳으로 가 봅시다.

마저리 좋아요.

케이티 묘사할 준비가 되었나요? 가장 무서웠던 순간을?

마저리 아버지는 집 안에서 나를 쫓아다니고 나는 벗어나려고 하면서, 집 전체가 흔들리곤 했어요. 여동생은 서서 샌드위치를 먹고 있었고, 어머니는 지켜보며 서 있었죠. 내가 집 밖으로 달려 나가면, 그들이 현관문을 잠가 버릴 때도 있었는데, 가끔은 맨발로 눈 속에 서 있기도 했어요. 그들이 나를 낯선 곳에서 도로 옆에 내려 두고 가 버린 적도 있었죠. 그런 때들이 아마 최악의 시간이었을 거예요. 맞은 적도 있죠.

케이티 그들이 당신을 도로 옆에 내려 두고 떠나 버리기도 했어요?

마저리 맞아요.

케이티 좋아요. 그럼 지금 그곳으로 가 봅시다.

마저리 쉽죠.

케이티 그래서, 아름다운 소녀님, 그들은 당신을 내려 두고 떠나 버렸어요. 당신은 그곳이 어디인지 모르죠. 돈도 없고요. 완전히 길을 잃었어요.

마저리 예.

케이티 무엇이 가장 무서운가요?

마저리 거기에 기약 없이 남아 있는 거요.

케이티 그래서 그들은 당신을 버렸나요?

마저리 예.

케이티 눈을 감아 보세요. 도로 옆에 서 있는 어린 소녀가 되어 보세요. 나는 그녀와 얘기할 거예요. 괜찮나요?

마저리 예.

케이티 어린 소녀님, 그들이 당신에게 돌아오지 않을까 봐 두려운가요?

마저리 맞아요.

케이티 "그들은 당신에게 절대로 돌아오지 않을 것이다. 당신은 그들을 다시는 보지 못할 것이다"—그게 진실인가요?

마저리 실제 그렇지는 않았지만, 그래도 그렇게 느껴져요.

케이티 앞의 두 질문에 관해서는 '예'나 '아니요'로만 대답한다는 것을 기억하세요. 당신의 대답은 '예' 같군요.

마저리 예.

케이티 어린 소녀님, "그들은 당신에게 절대로 돌아오지 않을 것이다"—그게 진실인지 당신은 확실히 알 수 있나요?

마저리 아니요. 무슨 말인지 알겠어요. 두려움은 실제 사건보다 훨씬 심했어요. 알겠어요.

케이티 좋아요. 어린 소녀님, 다시 눈을 감아 보세요. 그 일이 당신의 마음의 눈에서 일어나는 것을 알아차리고, 어떤 감정이 일어나는지 알아차려 보세요. "그들은 당신에게 절대로 돌아오지 않을 것이다"—그 생각을 믿을 때 당신은 어떻게 반응하나요?

마저리 마음이 무너져요.

케이티 그들이 당신에게 절대로 돌아오지 않을 것이라고 믿을 때 떠오르는 과거와 미래의 모습들을 알아차려 보세요.

마저리 가슴이 찢어지는 것 같아요.

케이티 특히 무엇이 보이나요?

마저리 어떤 감정을 느끼냐고요?

케이티 아니요. 마음의 눈에 무엇이 보이나요?

마저리 아, 그냥 거기에 서서 그 상황에서 빠져나올 방법을 끊임없이 생각하는 내 모습요.

케이티 그리고 어떤 해결책도 찾지 못하죠.

마저리 맞아요.

케이티 그게 당신의 미래입니다. 당신은 어떤 해결책도 찾지 못합니다.

마저리 예, 그렇게 느껴져요. 내게 어떤 해결책도 없다고 느껴집니다.

케이티 이제 우리는 그 순간에 관해 명상할 겁니다. 당신은 그들이 절대로 돌아오지 않을 것이라고 믿고, 또 무엇을 상상하나요? 당신이 도로 옆 그곳에서 죽을 것이라고 상상하나요? 영원히 혼자일 것이라고 상상하나요? 무엇이 보이나요? 그 소녀에게 돌아가 보세요. 지금 여기가 아니라 지금 거기에 있어 보세요.

마저리 정신이 나갈 뻔했어요. 너무 겁이 나서 제대로 생각하지 못했고 공포에 사로잡힐 것 같았죠. 두려움이 너무 극심할 것 같았어요.

케이티 극심한 공포.

마저리 특히 처음 몇 번은요. 나중에는 그들이 결국엔 언제나 돌아온다는 걸 알게 되었거든요.

케이티 하지만 그때는 그렇다는 것을 몰랐죠.

마저리 그때는 몰랐어요.

케이티 이제 어린 소녀님, "그들은 당신에게 절대로 돌아오지 않을 거야"라는 당신의 이야기를 놓아 버리세요.

마저리 이제는 그게 진실하지 않다는 것을 알겠어요.

케이티 '그때' 당신의 이야기를 놓아 버리세요. 우리는 지금이 아니라 그때에 관해 명상하고 있어요.

마저리 좋아요.

케이티 그때의 어린 소녀로 있으면서, 그 소녀로서 그 이야기를 놓아 보세요.

마저리 알겠어요.

케이티 어린 소녀님, "그들은 당신에게 절대로 돌아오지 않을 것이다"— 그 생각이 없다면 당신은 누구일까요? 당신이 있는 곳을 바라보세요. 알아차리세요. 무엇이 보이나요?

마저리 그러면 그 상황을 백 배는 더 잘 다룰 수 있었을 거예요.

케이티 그저 보이는 것을 말해 보세요. 거기에 서 있는 자신이 보이나요?

마저리 아마 근처에 앉아 있거나, 있을 곳을 찾으려 했을 거예요.

케이티 그저 자신이 있는 곳을 바라보세요. 당신은 서 있나요, 앉아 있나요?

마저리 서 있어요.

케이티 당신은 서 있습니다. 이제 주위를 둘러보세요. 하늘을 보세요.

마저리 예.

케이티 하늘에 구름이 있나요?

마저리 아니요.

케이티 좋아요. 맑은 하늘이 있군요. 도로가 보이나요?

마저리 예.

케이티 당신이 서 있는 곳이 보이나요?

마저리 도로 가장자리에 서 있어요.

케이티 도로 가장자리에. 이제, 당신이 생각하고 믿는 것은 제쳐두고, 당신은 안전한가요? 괜찮은가요?

마저리 이론상으로는 나는 안전하고 괜찮아요.

케이티 아니요. 거기에는 이론이 없습니다. 소녀의 생각과 믿음은 제쳐두고, 그 어린 소녀를 바라보세요. 그녀는 괜찮나요?

마저리 기술적으로는 괜찮아요. (케이티를 향해 미소 짓는다.) 당신은 '기술적으로'라는 말에 이의를 제기하겠죠. (청중이 웃는다.) 그녀는 괜찮습니다.

케이티 예. 그녀는 정말로 괜찮습니다. 이건 당신의 마음을 내려놓는 일이 아니에요. 그런 게 아니에요. 우리는 그저 분명히 보고 있을 뿐입니다. 질문은 이거예요. 그들이 절대로 당신에게 돌아오지 않을 것이라는 생각이 없다면, 그 상황에서 당신은 누구일까요?

마저리 알겠어요.

케이티 당신은 편안할 거예요.

마저리 알겠어요. 정말로 알겠어요.

케이티 그 자리에 편안히 앉아 있으면, 땅바닥이 집처럼 느껴지기 시작할 거예요.

마저리 예.

케이티 거기에 꽃들이 있든 자갈이 있든, 그곳은 집입니다.

마저리 예.

케이티 그곳은 집이고, 심지어 그 이상이 있습니다. 당신에게는 옷이 있습니다. 하늘이 있습니다. 당신의 생각과 믿음을 제외하면, 당신의 삶 전체에서 자신이 괜찮지 않았던 적을 한 번이라도 발견할 수 있나요? 그런 일은 일어나지 않습니다. 당신은 언제나 괜찮습니다. 하지만 자신이 공포와 공황, 다른 종류의 괴로움들에 빠졌다고 믿습니다. 믿는 자의 삶은 힘듭니다. 환상은 상상과 현실의 경쟁과 같습니다. 하지만 현실은 경쟁하지 않습니다.

마저리 당신은 아버지의 행위를 과소평가하고 있지는 않아요. 그저 만일 내가 그 상황에서 괜찮았던 것을 찾을 수 있다면, 과거의 일을 계속 떠올리며 고통스러워하는 대신에, 그 안에서 어떤 평화를 찾을 수도 있을 거라고 말하는 것 같아요. 그런 뜻인가요?

케이티 그때 당신의 생각과 믿음을 제외하면, 어디에 문제가 있었나요?

마저리 음, 여덟 살 아이가 혼자서 도로 옆에 서 있는 건 바람직하지 않아요. 나는 그렇게 말하겠어요.

케이티 그 아이가 현실에 깨어 있지 않다면요.

마저리 좋아요. 당신이 이런 것들을 계속 지적해 주는 이유는 내가 더 평온해지도록 돕기 위해서라고 나 자신에게 계속 얘기해 주어야 할 것 같아요.

케이티 당신이 그것들을 자신에게 계속 지적해 주면 더 많이 평온해지겠죠.

마저리 좋아요. 일부는 이해가 되네요.

케이티 당신은 이런 믿음들을 시멘트처럼 굳게 붙잡았어요. 그래서 우리는 그 믿음들에 질문하기 시작했고, 정반대를 발견하고 있죠. 우리는 균형을 잡습니다. 그 뒤 이 '생각 작업'을 계속 한다면, 당신은 그것이 체스의 외통장군(킹이 붙잡히게 된 상황)과 같다는 것을 이해하기 시작합니다. 천천히 하세요. 예를 들어, "나는 아버지가 달랐기를 원해—그게 진실인가?"라는 생각과 질문을 택한 뒤, 일주일 동안 이 질문에 관해 묵상할 수도 있습니다. 그저 그 하나의 질문에 관해서만.

마저리 알겠어요.

케이티 그리고 당신이 '양식'에 쓴 모든 문장에 관한 '생각 작업'이 끝날 때까지 계속 탐구해 보세요. 당신에게는 그렇게 할 여생이 남아 있습니다.

마저리 내가 충분히 오래 살면 좋겠어요.

케이티 신나지 않나요?

마저리 나만큼 힘든 사례가 있을까 싶어요.

케이티 어린 소녀님, 이제 "그들은 내게 절대로 돌아오지 않을 것이다"—**뒤바꿔 보세요.**

마저리 그들은 내게 돌아올 것이다.

케이티 이 말도 그만큼 진실할 수 있습니다. 그 순간에는 어느 하나가 다른 것보다 더 유효한 것은 아니에요.

마저리 좋아요.

케이티 이 말도 그만큼 진실할 수 있어요. 당신은 모릅니다. 그동안 그냥 편안히 있으면 됩니다.

마저리 예.

케이티 당신이 삶에서 괜찮지 않았던 순간을 하나 찾아보세요.

마저리 내가요? 괜찮지 않은 순간은 아주 많은데요?

케이티 하나만 골라 보세요.

마저리 좋아요. 생각나는 것 하나만 골라 볼게요. 한겨울에 나를 자주 밖으로 내쫓았죠. 맨발인 채로요. 힘들었어요.

케이티 예. 정말 힘들었겠네요. 그리고 근친상간은 어떤가요?

마저리 누구에게도 그런 일이 일어나지 않으면 좋겠어요.

케이티 당신이 경험하는 동안 가장 무서웠던 때는 언제인가요?

마저리 그 일이 기억났을 때가 가장 무서웠어요. 나는 해리 증상을 겪었는데, 50~70퍼센트의 아이들이 그런 일을 겪죠. 그 일이 떠올랐을 때, 그건… 내가 미쳐 가는 것 같았어요.

케이티 그 일이 기억난 건 몇 살 때인가요?

마저리 막 딸을 낳았을 때니까 서른 살이었을 거예요.

케이티 좋아요. 30대에. 그럼 그때까지 당신은 근친상간을 당하지 않았던 거네요?

마저리 (잠시 생각해 본 뒤) 예.

케이티 좋아요.

마저리 놀랍네요!

케이티 이해하셨군요. 서른 살이 될 때까지는 근친상간이 없었어요.

마저리 맞아요.

케이티 그 뒤 그 일이 머릿속에 떠올랐고, 그 순간 당신은 근친상간을 당했어요.

마저리 맞아요.

케이티 아버지는 거기에 있지도 않았죠.

마저리 음, 내가 기억하기로 그는 다른 많은 짓을 저질렀어요.

케이티 나는 그 근친상간에 관해 말하고 있습니다.

마저리 예, 맞아요.

케이티 그래서 사실, 그는 그 자리에 있지도 않았어요. 그 일은 당신이 서른 살 때 일어났습니다.

마저리 당신이 왜 그런 말을 하는지 이제 이해되네요. 예, 그 말에 동의할 수 있어요.

케이티 아, 스윗하트, 당신은 대단하군요.

마저리 힘들고, 힘들고, 힘든 도약이었는데, 이제는 당신이 왜 돼지 입에 계속 립스틱을 바르는지 이해하겠어요. 그래서 내가 그렇게 도약할 수 있었어요. 이제 남은 삶은 정말 이런 식으로 살고 싶지 않아요.

케이티 그래서 서른 살에 그가 당신을 근친상간했나요, 아니면 당신이 자신을 근친상간했나요? 그는 그 방에 있지 않았어요. 거기에 첫 번째 단서가 있습니다.

마저리 내가 나 자신에게 하고 있었던 것 같아요.

케이티 '같아요'라는 말은 빼겠습니다.

마저리 예, 나에게 수십 년 동안 해를 끼친 사람은 바로 나 자신이었어요. 그래요.

케이티 아, 당신은 놀라운 사람이군요. 고맙습니다.

마저리 내가 지금 자유로운 건가요?

케이티 그 대답은 당신에게 맡기겠어요.

마저리 감사해요.

케이티 하나 더요. 당신이 6번에 쓴 문장이 무엇이었죠?

마저리 "나는 앞으로 다시는 아버지가 내 삶의 다른 순간을 망치기를 원하지 않는다."

케이티 뒤바꿔 보세요. "나는 기꺼이…"

마저리 나는 기꺼이 아버지가 내 삶의 다른 순간을 망치도록 허용하겠디.

케이티 "나는 고대한다."

마저리 나는 아버지가 내 삶의 다른 순간을 망치기를 고대한다.

케이티 예. 왜냐하면 당신은 그 일이 무엇이고 그 일을 어떻게 다루어야 하는지를 조금 더 잘 아니까요.

마저리 어떻게든 그 뒤바꾸기를 붙잡을 수 있으면 좋겠어요.

케이티 그것을 붙잡지도 마세요. 그저 '생각 작업'을 하세요. 아침 식사로 '생각 작업'을 하고, 좋은 하루를 보내세요.

마저리 당신이 나라는 적수를 만났다고 생각했는데, 전혀 아니었어요. 정말 고마워요, 케이티.

케이티 늘 환영합니다.

현실은

우리가 현실에 관해

얘기하는 이야기들보다

늘 더 친절합니다.

5. 더 깊이 탐구하기[9]

이제 우리는 질문 과정을 더 깊이 들여다보고, 각 질문과 뒤바꾸기를 더 자세히 살펴보겠습니다. 이 장은 무한한 마음속으로 여행을 떠나는, 그리고 아무것도 두려워할 것이 없음을 깨닫기 시작하는 당신을 도우려는 것입니다. 어디를 여행하든 탐구는 당신을 안전하게 지켜 줄 것입니다.

'생각 작업'은 언제나 우리를 참된 자기로 다시 데려옵니다. 하나의 믿음을 조사하여 이해하게 되면, 그 뒤에 있는 믿음이 표면으로 떠오릅니다. 당신은 그 믿음을 해결합니다. 다음에는 그 뒤에 있는 믿음을 해결하고, 또 그 뒤의 믿음을 해결합니다. 그 다음에는 그 뒤의 믿음이 떠오르기를 고대하게 됩니다. 어느 시점이 되면, 당신은 모든 생각과 감정, 사람과 상황을 친구로 여기며 만나고 있을 것입니다. 나중에는 문젯거리가 나타나기를 고대하게 됩니다. 그리고 마침내, 오랫동안 어떤

---

9 기본적으로 '생각 작업'은 네 가지 질문과 뒤바꾸기만으로도 매우 효과적이다. 5장에서 소개하는 질문과 방법들은 '생각 작업'에 어느 정도 익숙해진 다음, 필요에 따라 하나씩 적용해 보면 된다.—옮긴이

문제도 만나지 못했음을 알아차리게 됩니다.

질문 1: 그게 진실인가요?

때로는 자신이 쓴 문장이 진실하지 않음을 곧바로 알게 됩니다. 만일 '아니요'라는 대답이 강하게 떠오르면, '질문 3'으로 가세요. 그렇지 않으면 '질문 1'을 더 조사하는 다음 방법들을 참고하세요.

현실은 어떤가요?

'질문 1'에 대한 대답이 '예'라면, 스스로 물어보세요. 이 상황의 현실은 어떠한가?

"폴은 텔레비전을 너무 많이 보지 말아야 한다"라는 문장을 살펴봅시다. 현실은 어떤가요? 당신의 경험에 따르면, 그가 텔레비전을 아주 많이 보나요? 예. 현실은 폴이 거의 매일 6~10시간쯤 텔레비전을 본다는 것입니다. 그런데 폴이 텔레비전을 그처럼 많이 보아야 한다는 것을 우리가 어떻게 알까요? 그는 그렇게 합니다. 그것이 현실입니다. 그것이 진실한 것입니다. 개는 멍멍 짖고, 고양이는 야옹 울며, 폴은 텔레비전을 봅니다. 그것은 그의 일입니다. 늘 그렇지는 않을 수 있지만, 지금은 그렇습니다. 폴은 텔레비전을 너무 많이 보면 안 된다는 생각은 마음으로 지금 있는 현실과 다투는 당신의 방식일 뿐입니다. 이 생각은 당신에게 유익하지도 않고, 폴을 바꾸지도 못합니다. 스트레스를 줄 뿐입니다. 폴이 텔레비전을 장시간 본다는 현실을 일단 받아들이면, 당신의 삶에 어떤 변화가 일어날 수 있을지 누가 알겠어요?

내게는 현실이 진실한 것입니다. 지금 당신 앞에 있는 것이 무엇이든, 지금 실제로 일어나고 있는 일이 무엇이든, 그것은 진실합니다. 당신이 좋아하든 싫어하든, 지금 비가 내리고 있습니다. "비가 내리면 안 돼"는 하나의 생각일 뿐입니다. 현실에서는 "…해야 해"나 "…하면 안 돼"와 같은 것이 없습니다. 이것들은 우리가 현실에 덧붙이는 생각일 뿐입니다. 마음은 목수의 수평 측정기와 같습니다. 측정기의 방울이 한쪽("비가 내리면 안 돼")으로 쏠리면, 마음이 자기 생각에 빠져 있음을 알 수 있습니다. 방울이 한가운데("비가 내리고 있어")에 있으면, 나무의 겉면이 평평하며 마음이 현실을 있는 그대로 받아들이고 있음을 알 수 있습니다. "…해야 해"와 "…하면 안 돼"라는 생각이 없으면, 우리는 현실을 있는 그대로 볼 수 있고, 그러면 효과적이고 분명하고 건전하게 행동할 수 있습니다. "현실은 어떤가요?"라는 질문은 마음이 이야기에서 벗어나 현실 세계로 돌아오도록 도울 수 있습니다.

그것은 누구의 일인가요?

앞에서 말했듯이, 나는 우주에서 오직 세 가지 일만을 봅니다. 나의 일, 남의 일, 신의 일(내게는 현실이 신입니다). 당신이 종이에 쓴 생각을 믿을 때, 당신은 누구의 일에 관여하고 있나요? 자기 자신이 아닌 다른 사람이나 다른 무엇이 변해야 한다고 생각할 때, 당신은 마음속에서 자기의 일을 벗어나 있습니다. 그러면 분리감과 외로움을 느끼고, 스트레스를 받게 됩니다. 폴이 저기 텔레비전 앞에서 그의 삶을 살고 있고, 당신도 마음속으로 저기에서 그의 삶을 살고 있다면, 여기에는 당신을 위한 사람이 아무도 없게 됩니다. 스스로 물어보세요. "내가 텔레비전을 얼마나 많이 보는지는 누구의 일인가? 폴이 텔레비전을 얼마나 많이 보는지는 누구의 일인가? 그리고 길게 볼 때 폴에게 무엇이 최선인지 내가 정말로 알 수 있는가?" "폴은 텔레비전을 덜 보아야 한다"—그게 진실인가요? 그것은 누구의 일인가요?

질문 2: 그게 진실인지 당신은 확실히 알 수 있나요?

'질문 1'에 대한 대답이 '예'라면, 스스로 물어보세요. "그게 진실인지 내가 확실히 알 수 있는가?" 자신이 쓴 문장이 진실해 보일 때가 많습니다. 왜냐하면 당신의 관념들이 평생 조사되지 않은 믿음들에 기반하고 있기 때문입니다.

1986년에 현실로 깨어난 뒤, 나는 대화 중에 또는 대중 매체와 책에서 사람들이 이렇게 말하는 것을 많이 들었습니다. "세상에는 이해와 관심이 부족해요", "요즘은 너무 폭력적이에요", "우리는 서로 더 많이 사랑해야 해요." 나도 전에는 이런 이야기들을 믿었습니다. 이 이야기들이 세심하고 선하며 다정해 보이지만, 나는 그런 이야기를 믿을 때 내면에서 평화롭지 않은 스트레스와 근심이 생긴다는 것을 알게 되었습니다.

예를 들어 "사람들은 더 많이 사랑해야 해"라는 이야기를 들을 때, 내면에서 이런 물음이 떠올랐습니다. "그 말이 진실인지 내가 확실히 알 수 있는가? 사람들이 더 많이 사랑해야 하는지 내가 스스로, 내 안에서 정말로 알 수 있는가? 온 세상이 내게 그렇다고 말한다 해도 그 말이 정말 진실한가?" 그런데 내 안에서 대답을 들었을 때, 놀랍게도 나는 세상이 지금 이 순간 있는 그대로임을, 사람들이 지금보다 더 사랑할 수

느 없음을 알게 되었습니다. 현실에는 '…해야 한다'라는 것이 없습니다. 오직 지금 있는 것이 바로 지금 있는 그대로 있을 뿐입니다. 진실은 모든 이야기에 앞서 존재합니다. 그리고 조사되지 않은 모든 이야기는 진실한 것을 보지 못하게 가립니다.

나는 마음을 불편하게 할 수 있는 모든 이야기에 질문을 했습니다. "그게 진실인지 내가 확실히 알 수 있는가?" 그리고 대답은, 질문처럼 하나의 경험이었습니다. "아니요." 나는 그 대답에 뿌리내리고 서 있을 것입니다. 홀로, 평화롭게, 자유롭게.

'아니요'가 어떻게 옳은 대답일 수 있는가? 내가 아는 사람들과 내가 읽은 책들은 하나같이 그 대답이 '예'이어야 한다고 말했습니다. 하지만 진실은 진실 그 자체이며, 누구도 좌우할 수 없다는 것을 알게 되었습니다. '아니요'라는 내면의 대답을 통해, 세상은 늘 그래야 하는 대로 있다는 것을 알게 되었습니다. 내가 반대하든 안 하든 상관없이…. 나는 온 가슴으로 현실을 껴안게 되었습니다. 나는 아무 조건 없이 세상을 사랑합니다.

"나는 가슴이 아프다. 왜냐하면 폴이 내게 화가 나 있기 때문이다"라는 문장을 한번 봅시다. 당신은 "예, 진실이에요. 폴은 내게 화가 나 있습니다. 얼굴이 붉어졌고, 매서운 눈으로 나를 쏘아보고 있고, 내게 고함을 치고 있어요"라고 대답할 수 있습니다. 그런 증거가 있습니다. 하지만 다시 내면으로 들어가 보세요. 폴이 화내고 있는 대상이 정말 당신인지를 확실히 알 수 있나요? 당신은 다른 사람의 마음속에서 무슨 일이 일어나고 있는지를 정말로 알 수 있나요? 그 사람이 어떤 생각을 하고 어떻게 느끼는지를 그의 얼굴빛이나 몸짓만으로 확실히 알 수 있나요?

208

언젠가 당신이 어떤 감정을, 예를 들어 두려움이나 화를 느꼈을 때, 가장 가까운 사람에게 비난의 손가락을 향하는 것을 알아차린 적이 있나요? 당신은 상대방이 어떤 감정을 느끼는지를, 설령 그 사람이 자기의 감정이 어떻다고 얘기한다 해도, 확실히 알 수 있나요? 그 사람이 자기의 생각과 감정을 분명히 알고 있다고 확신하나요? 자신이 누구에게 또는 무엇 때문에 화가 나는지 잘 몰랐던 적이 있지 않았나요? 폴이 '당신에게' 화내고 있다는 것이 진실인지 당신은 정말로 알 수 있나요?

그리고 당신이 가슴 아픈 이유가 폴이 화내기 때문인지 정말로 알 수 있나요? 폴이 내는 화가 실제로 당신의 가슴을 아프게 하는 원인인가요? 폴이 미친 듯이 화를 폭발하고 있을 때도 당신은 그 화를 개인적인 것으로 경험하지 않으면서, 다른 마음 상태로 고요히 있는 것이 가능할까요? 그의 말에 그저 귀를 기울이며 조용히 사랑으로 받아들일 수 있을까요? 탐구한 뒤, 내 경험은 그러했습니다.

당신이 쓴 문장 "폴은 담배를 끊어야 한다"라고 가정해 봅시다. 물론 그래야 하겠죠! 흡연이 폐암의 원인이 된다는 것을 모르는 사람은 없습니다. 이제 질문과 함께 내면으로 깊이 들어가 보세요. 폴이 담배를 끊어야 한다는 게 진실인지 당신은 정말로 알 수 있나요? 폴이 담배를 끊으면 더 오래 살고 그의 삶이 더 나아질 것인지 당신은 알 수 있나요? 폴의 인생 여정에서 그에게 무엇이 최선인지 당신은 정말로 알 수 있나요? 길게 볼 때 폴이 담배를 끊는 것이 그 자신이나 당신에게 가장 좋을지 당신은 정말로 알 수 있나요? (그러지 않을 것이라는 말이 아닙니다.) 나는 그저 질문할 뿐입니다. "폴은 담배를 끊어야 한다"—그게 진실인지 당신은 확실히 알 수 있나요?

만약 당신의 대답이 여전히 '예'라면, 좋습니다. 만약 그게 진실이며 그래야 한다는 것을 확실히 알 수 있다고 생각한다면, '질문 3'으로 넘어가도 좋습니다. 혹시 조금 망설여지면, 다음에 나오는 방법들을 이용해 보기 바랍니다.

원래의 문장이 진실하다고 생각할 때

"질문 1'과 '질문 2'에 '예'라고 대답했을 때 마음이 편치 않을 때가 있습니다. 그리고 탐구가 점점 막힌다고 느낄 수 있습니다. 마음으로는 더 깊이 들어가 탐구하고 싶지만, 원래 문장이나 자신을 괴롭히는 생각이 명백한 사실처럼 보입니다. 다음에 나오는 몇 가지 방법은 생각들이 순조롭게 떠오르도록 돕고, 더 깊이 탐구하게 해 주는 새로운 문장을 찾는 데 도움이 될 것입니다.

1) 그런데 그것은 _____ 라는 뜻이다

새로운 문장을 찾을 수 있는 효과적인 방법은 원래 문장에 "그런데 그것은 _____라는 뜻이다"를 덧붙이는 것입니다. 고통을 일으킨 원인은 당신이 종이에 쓴 생각이 아니라, 실제 일어난 일을 해석하는 생각일 수 있습니다. 이 부가 구절은 당신이 사실을 어떻게 해석하는지 알수 있도록 도와줍니다.

가령 당신이 쓴 원래의 문장이 "나는 아버지에게 화가 난다. 왜냐하면 아버지가 나를 때렸기 때문이다"라고 합시다. 그게 진실인가요? 예, 당신은 화가 나 있습니다. 또 예, 아버지는 당신을 때렸습니다. 당신이 어렸을 때 여러 번 때렸습니다. 이제 새로 덧붙인 해석을 더해 문장을 써 봅시다. "나는 아버지에게 화가 난다. 왜냐하면 아버지가 나를 때렸기 때문이다. 그런데 그것은 _____라는 뜻이다." "그런데 그것은 아버지가 나를 사랑하지 않는다는 뜻이다"는 뒷문장을 채우는 하나의 예입니다.

이제 당신의 해석이 무엇인지 알았으니 그 해석을 탐구할 수 있습니다. 새 문장을 쓰고, 네 가지 질문과 뒤바꾸기를 해 보세요. "아버지가 나를 때린 것은 아버지가 나를 사랑하지 않았다는 뜻이다"—그게 진실인지 당신은 정말로 알 수 있나요? 당신에게 스트레스를 준 것은 사실에 대한 해석이라는 것을 깨닫게 될 것입니다.

2) 당신은 무엇을 얻을 것 같나요?

새 문장을 이끌어 내는 또 하나의 방법은 원래의 문장을 읽고서, 만일 현실이 당신의 뜻대로 된다면 무엇을 얻을 것인지 자신에게 물어보는 것입니다. 원래의 문장이 "폴은 내게 사랑한다고 말해야 한다"라고 가정합시다. "그러면 당신은 무엇을 얻을 것 같나요?"라는 질문에, 폴이 사랑한다고 말하면 더욱 안정감을 느낄 거라고 대답할 수도 있습니다. 이제 "폴이 내게 사랑한다고 말하면, 나는 더욱 안정감을 느낄 것이다"라는 새 문장을 적고, 그 문장에 관해 '생각 작업'을 해 보세요.

3) 일어날 수 있는 최악의 상황은 무엇인가요?

원래의 문장이 당신이 원하지 않는 상황에 관한 얘기라면, 그 문장을 읽고서 그로 인해 당신에게 일어날 수 있는 최악의 결과를 상상해 보기 바랍니다. 가장 두려워하는 일들을 종이 위에 다 상상해 보세요. 남김없이 떠올려 보세요. 극단적인 상황까지 상상해 보세요.

예를 들어, 원래의 문장은 "나는 가슴이 찢어진다. 왜냐하면 아내가 나를 떠났기 때문이다"일 수 있습니다. 이제 자신에게 물어보세요. "일어날 수 있는 최악의 일은 무엇인가?" 현재의 상황으로 인해 일어날 것으로 예상되는 끔찍한 일들을 모두 적어 보세요. 마음속에 어떤 두려운 상황이 떠오르면, 그다음에 일어날 수 있는 일을 상상해 보세요. 그다음에는 또 어떤 일이 일어날 수 있을까요? 또 그다음엔? 무서워 벌벌 떠는 어린아이가 되세요. 억제하지 마세요.

다 썼으면, 일어날 수 있는 최악의 상황들을 적은 목록의 첫 문장부터 차례로 시작하되, 문장 하나하나에 네 가지 질문과 뒤바꾸기를 해 보세요. 하나씩 차례대로 문장을 탐구해 보세요.

4) 어떤 것이 '…해야 한다'인가요?

또 하나의 효과적인 방법은 원래의 문장을 '……해야 한다'나 '…하지 말아야 한다'는 형태로 바꿔 보는 것입니다. 현실이 달라야 했다는 믿음 때문에 화가 난다면, "나는 아버지에게 화가 난다. 왜냐하면 아버지가 나를 때렸기 때문이다"라는 원래의 문장을 "아버지는 나를 때리지 말아야 했다"로 바꿔 쓸 수 있습니다. 이 문장이 탐구하기에 좀 더 쉬울 것입니다. 우리는 원래 형태의 문장("아버지가 나를 때렸다")에 관해서는 대답을 알거나, 안다고 생각합니다. "그게 진실인가요? 분명히 진실입니다." 우리는 이 대답에 목숨이라도 걸 수 있겠지만, 바꿔 쓴 형태의 문장("아버지는 나를 때리지 말아야 했다")에 관해서는 그만큼 확신하지 못합니다. 그리고 우리의 마음은 또 다른, 더 깊은 진실을 찾는 데 더욱 열리게 됩니다.

5) 당신의 증거는 무엇인가요?

처음 쓴 문장이 진실이라고 확신하며, 그게 진실인지 확실히 알 수 있다고 믿을 때가 많을 것입니다. 하지만 '증거'들을 조사해 보았나요? 정말로 진실을 알고 싶다면, 자기의 증거들을 모두 내보이고 탐구해 보세요. 다음은 하나의 사례입니다.

원래 문장

나는 폴 때문에 슬프다. 왜냐하면 그는 나를 사랑하지 않기 때문이다.

폴이 나를 사랑하지 않는다는 증거

1. 가끔 말없이 나를 지나친다.
2. 내가 방에 들어가도 나를 쳐다보지 않는다.
3. 나를 본 척도 하지 않고 좋아하는 일을 계속한다.
4. 나를 부를 때 내 이름을 부르지 않는다.
5. 쓰레기를 버려 달라고 부탁해도 못 들은 체한다.
6. 저녁 식사 시간을 미리 알렸는데도 오지 않을 때가 종종 있다.
7. 함께 얘기할 때면 마음이 다른 데 있는 것 같다. 더 중요한 일이 있는 것처럼.

네 가지 질문과 뒤바꾸기를 모두 사용하여 아래와 같이 '진실의 증거'들을 하나씩 조사해 보세요.

1. 가끔 말없이 나를 지나친다. 그것은 나를 사랑하지 않는다는 것을 증명한다.
그게 진실인가? 그게 진실인지 내가 확실히 알 수 있는가? 그가 다른 뭔가에 몰두해 있을 수 있는가? 계속해서 네 가지 질문을 묻고, 뒤바꾸기를 해 보세요.

2. 내가 방에 들어가도 나를 쳐다보지 않는다. 그것은 나를 사랑하지 않는다는 것을 증명한다.

그게 진실인가? 그게 나를 사랑하지 않는다는 뜻인지 내가 확실히 알수 있는가? 계속해서 당신의 증거들을 네 가지 질문과 뒤바꾸기로 조사해 보세요.

이런 식으로 목록에 있는 문장들을 모두 조사한 뒤 원래의 문장으로 돌아가세요. "나는 폴 때문에 슬프다. 왜냐하면 그는 나를 사랑하지 않기 때문이다"—그게 진실인가요?

'진실의 증거'를 찾기

지금까지 만난 사람 가운데 당신을 사랑하지 않는다고 생각되는 사람을 한 명 떠올려 보세요. 그리고 그게 진실임을 입증하는 증거들을 하나씩 적어 보세요.

이제 그게 진실임을 증명하는 문장들을 네 가지 질문과 뒤바꾸기를 이용하여 하나씩 조사해 보세요.

질문 3: 그 생각을 믿을 때 당신은 어떻게 반응하나요? 무슨 일이 일어나나요?

우리는 이 질문을 통해 내적인 원인과 결과를 깨닫기 시작합니다. 그리고 생각을 믿을 때 가벼운 불안에서부터 두려움이나 공포심에 이르기까지 마음이 불편해지고 동요한다는 것을 알게 됩니다. '질문 1'을 통해 생각이 자신에게 진실하지 않다는 것을 깨닫게 되면, 거짓말의 힘을 알아차리게 됩니다. 우리의 본성은 진실이기에, 진실에 맞설 때는 마음이 편안하지 않습니다. 스트레스는 평화와 달리 자연스럽게 느껴지지 않습니다.

네 가지 질문이 나를 발견한 뒤[10], 나는 "사람들은 더 많이 사랑해야 해"와 같은 생각들을 알아차렸고, 그런 생각들이 마음을 불편하게 한다는 것을 알게 되었습니다. 그 생각이 일어나기 전에는 평화로웠습니다. 내 마음은 고요하고 평온했습니다. 스트레스도 없었고, 몸에서 불편한 반응도 일어나지 않았습니다. 내 이야기가 없을 때 나는 이렇습니다. 그리고 고요한 알아차림 속에서, 나는 그런 생각을 믿거나 집착할 때 일어나는 느낌과 감정을 알아차렸습니다. 그 고요 속에서, 그런 생각을 믿으면 마음이 불편해지고 슬퍼진다는 것을 알 수 있었습니다. 다음에는 "나는 이를 위해 무언가를 해야 해"라는 생각으로 이동합니다. 그다음에는 죄책감으로 옮겨갑니다.

나는 어떻게 하면 사람들이 더 많이 사랑하게 할 수 있는지 전혀 알 수가 없었습니다. 나 자신이 지금 실제로 사랑하는 것보다 더 많이 사랑할 수는 없었기 때문입니다. "사람들이 더 많이 사랑해야 한다는 생각을 믿을 때, 나는 어떻게 반응하는가? 무슨 일이 일어나는가?"라고 스스로 물었을 때, 나는 (명백히) 마음이 불편했을 뿐 아니라, 그 생각이 진실임을 증명하기 위해 마음속 과거의 이미지(모습)들로 반응한다는 것을 알았습니다. 사람들에게 받았다고 여기던 부당한 대우들, 사람들

---

10 케이티는 자신이 네 가지 질문을 발견한 것이 아니라, 네 가지 질문이 자신을 발견했다고 말한다.—옮긴이

이 내게 가했다고 생각한 끔찍한 일들, 나와 아이들을 냉정하게 대했던 첫 남편에 관한 기억들로···. 나는 존재하지 않는 세계로 떠났습니다. 그때 나는 찻잔을 들고 의자에 앉아 있었는데, 마음으로는 실체 없는 과거의 이미지들 속에서 살고 있었습니다. 나는 고통의 신화라는 책 속의 인물, 불의로 가득 찬 세상에 사로잡힌 고통의 여주인공이 되었습니다. 그래서 몸과 마음은 스트레스에 지쳤고, 나는 겁에 질린 눈으로 모든 것을 보고 있었으며, 끝없는 악몽을 꾸는 사람, 몽유병자와 같았습니다. 치료약은 그저 생각에 질문하는 것이었습니다.

나는 '질문 3'을 좋아합니다. 이 질문에 스스로 대답하면, 그리고 한 생각의 원인과 결과를 알게 되면, 모든 고통이 사라지기 시작합니다. 처음에는 그렇다는 것을 알아차리지 못할 수도 있습니다. 자신이 나아지고 있다는 것을 모를지도 모릅니다. 더 나아지는지 아닌지에 관심 둘 필요는 없습니다. 그저 '생각 작업'을 계속해 보세요. 그러면 점점 더 깊이 들어가게 됩니다. 이전에 탐구한 문제가 다시 나타날 때, 당신은 놀라워하며 웃음을 터뜨릴 수도 있습니다. 어떤 스트레스도 느끼지 않을 수 있습니다. 아예 그 생각을 알아차리지 못할 수도 있습니다.

그 생각을 내려놓을 이유를 찾을 수 있나요?

(생각을 내려놓으려고 애쓰지는 마세요.)

나는 '질문 3'을 보완하기 위해 이 질문을 추가로 하는 경우가 많습니다. 이 질문이 당신의 인식을 근본적으로 바꿀 수 있기 때문입니다. 이 질문은, 뒤에 나오는 추가 질문과 더불어, 내적인 원인과 결과를 더 깊이 알아차리게 합니다. "나는 그 생각을 내려놓을 이유를 찾을 수 있는가? 예. 나는 그 생각이 나타나기 전에는 평화로웠지만, 그 생각이 나타난 뒤에는 긴장과 스트레스를 느꼈다."

탐구는 생각을 알아차리려는 것이지, 내려놓으려는 것이 아닙니다. 생각을 내려놓을 수는 없습니다. 나는 생각을 내려놓으라고 말하는 게 아닙니다. 탐구는 생각을 없애려는 것이 아닙니다. 그것은 알아차림과 조건 없는 자기사랑을 통해서, 자기에게 진실한 것이 무엇인지를 깨닫기 위한 것입니다. 일단 당신이 진실을 알게 되면, 생각이 당신을 놓아줍니다. 그 반대가 아닙니다.

그 생각을 유지할 '스트레스 주지 않는 이유'를 찾을 수 있나요?

내가 때때로 묻는 또 하나의 질문은 "당신은 그 생각을 유지할 '스트레스 주지 않는 이유'를 찾을 수 있나요?"입니다. 많은 이유를 찾을 수도 있지만, 그것들 모두는 스트레스를 주고 마음을 아프게 합니다. 당신이 고통을 끝장내는 데 관심이 있다면, 그것들 가운데 어느 하나도 평화롭거나 타당하지 않습니다. 타당해 보이는 이유를 찾게 되면 스스로 물어보세요. "이 이유는 평화로운가, 아니면 스트레스를 주는가? 그 생각을 생각하면 평화로워지는가, 아니면 스트레스를 받는가? 내가 더 효율적으로, 기분 좋게, 시원시원하게 일할 때는 스트레스를 받을 때인가, 아니면 스트레스를 받지 않을 때인가?" (내 경험에 따르면, 모든 스트레스는 비효율적입니다.)

질문 4: 그 생각이 없다면 당신은 누구 또는 무엇일까요?

이 질문은 대단히 강력합니다. 그 생각이 없다면 당신은 누구 또는 무엇일까요? 그 생각이 없다면 당신은 어떠할까요? 당신은 그 사람이 어떻게 하면 안 된다고 생각하는데 그가 그렇게 하고 있을 때, 그 사람 앞에 있는 당신의 모습을 그려 보세요. 이제 잠시 눈을 감고 심호흡을 한 뒤, 만약 그 생각을 생각할 수조차 없다면 자신이 누구일지 한번 상상해 보세요. 그 생각이 없다면, 똑같은 상황에서 당신의 삶은 어떻게 다를까요? 눈을 감고서, 당신의 이야기 없이 그 사람을 지켜보세요. 어떤 모습이 보이나요? 이야기가 없을 때는 그 사람이 어떻게 느껴지나요? 당신의 이야기가 있을 때와 없을 때, 어느 쪽이 더 마음에 드나요? 어느 쪽이 더 친절하게 느껴지나요? 어느 쪽이 더 평화롭게 느껴지나요?

많은 사람은 이 질문에 "자유로울 거예요", "평화로울 거예요", "더 사랑하는 사람일 거예요"라고 대답합니다. 또는 이렇게 말할 수도 있습니다. "마음이 맑아져서 그 상황을 잘 이해하고 지성적으로 행동할 거예요." 이야기들이 없을 때 우리는 두려움 없이 분명하게 행동할 수 있습니다. 그럴 때 우리는 다정한 친구이며, 귀 기울여 듣는 사람입니다. 우리는 행복하게 사는 사람들입니다. 우리는 호흡처럼 자연스럽게 존중하고 감사합니다. 행복은 자연스러운 상태입니다. 알아야 할 것이 아무것도 없음을 아는 사람에게는, 필요한 모든 것이 이미 자신에게, 바로 지금 여기에 있음을 아는 사람에게는….

'질문 4'에 대한 대답은 우리에게 어떤 정체성도 남기지 않을 수 있습니다. 이는 정말 신나는 일입니다. 당신에게는 아무것도 남지 않으며, 당신은 오로지 지금 이 순간의 현실(의자에 앉아 글을 쓰는 여성)로만 존재할 뿐, 다른 무엇도 아닙니다. 과거와 미래라는 환상이 사라지므로 조금은 두려울 수 있습니다. 그래서 당신은 이렇게 물을지도 모릅니다. "이제 어떻게 살아야 할까요? 무엇을 해야 할까요? 아무것도 의미가 없습니다." 그러면 나는 말할 것입니다. "'과거와 미래가 없으면 어떻게 살아야 할지 모를 것이다'—그게 진실인지 정말로 알 수 있나요? '무엇을 해야 할지 모르며, 아무것도 의미가 없다'—그게 진실인지 정말로 알 수 있나요?" 두려움들을 종이에 쓰고, 쉽게 이해하기 힘든 이런 미묘한 개념들에 관해 다시 탐구해 보세요. 탐구는 우리를 올바른 마음으로 다시 데려와서, 우리가 낙원에 살면서도 그 사실을 알아차리지 못하고 있었다는 것을 스스로 깨닫게 하려는 것입니다.

"그 생각이 없다면 당신은 누구일까요?"라는 질문은 '생각 작업'을 시작하는 사람들에게 제안하는 '질문 4'의 형태입니다. 이 질문을 묵상해 보세요. 이 형태의 질문을 두고 묵상할 때는 어떤 생각이나 심상이라도 오고 가게 놓아두세요. 이는 지극히 풍요로운 경험일 수 있습니다. 혹은 다음과 같이 원래 형태로 '질문 4'를 할 수도 있습니다. "그 생각이 없다면 당신은 무엇일까요?" 사람들은 '평화'라고 대답할 때가 많습니다. 그러면 나는 다시 묻습니다. "그 생각조차 없다면 당신은 무엇일까요?"

뒤바꾸기

'생각 작업'에서 뒤바꾸기는 매우 힘 있는 역할을 합니다. 여기에서는 다른 사람에 관해 쓴 글을 자신에게 그대로 적용한 뒤, 이 글이 원래의 글만큼 진실하거나 더 진실한지를 보게 됩니다. 자기 문제의 원인이 '밖에' 있다고 생각하는 한, 자기의 고통이 다른 사람이나 다른 무엇 때문이라고 생각하는 한, 그 상황은 나아질 희망이 없습니다. 그럴 때 당신은 언제까지나 피해자의 역할을 하게 되고, 낙원에 살면서도 고통을 겪게 됩니다. 그러니 진실을 깨닫고 자유로워지세요. 뒤바꾸기와 결합된 네 가지 질문은 스스로 진실을 깨닫는 지름길입니다.

예를 들어, "폴은 냉정하다"라는 문장은 "나는 냉정하다"로 바뀝니다. 내면으로 들어가서, 이 뒤바꾸기가 자신에게 진실해 보이는 상황을 찾아보세요. 당신이 말하는 그 상황에서 당신은 어떻게 폴에게 냉정했나요? ("'폴은 냉정하다'라는 생각을 믿을 때, 당신은 어떻게 반응하나요? 당신은 폴을 어떻게 대하나요?"라는 질문에 자신이 어떻게 대답하는지 보세요.) 폴을 냉정한 사람이라고 보는 순간, 당신은 냉정하지 않나요? 폴이 냉정하다고 믿을 때 어떻게 느껴지는지 경험해 보세요. 몸이 긴장되고, 심장 박동이 빨라지며, 얼굴이 붉어진다고 느낄 수 있습니다. 그것은 자기를 다정하게 대하는 것일까요? 당신은 그를 비판하면서 자기를 방어하려 할 수 있습니다. 그것은 내면에서 어떻게 느껴지나요? 그런 반응들은 생각을 조사하지 않을 때 일어나는 현상입니다.

폴이 당신에게 심한 말을 하면, 당신은 그 장면을 마음속에서 얼마나 많이 재연하나요? 누가 더 냉정한가요? (당신에게 오늘 한 번 심한 말을 한) 폴인가요, 아니면 (그가 한 번 내뱉은 말을 마음속에서 수없이 되풀이한) 당신인가요? 한번 생각해 보세요. 당신이 경험하는 감정들의 원인은 폴의 행위 자체인가요, 아니면 그 행위에 대한 당신의 판단들인가요? 만약 폴이 심한 말을 했어도 당신이 그걸 몰랐다면, 그때도 마음이 괴로웠을까요? 잠시 고요히 침묵해 보세요. 내면으로 깊이 들어가세요. 이 질문에 관해 묵상하면서 마음속에서 어떤 일들이 일어나는지 주의 깊게 지켜보세요.

뒤바꾸기의 세 가지 형태

뒤바꾸기에는 세 가지 방식이 있습니다. 하나의 판단은 자기 자신으로, 상대방으로, 그리고 정반대로 바뀔 수 있습니다. 이 세 가지로 많은 조합을 할 수 있습니다. 중요한 점은 뒤바꾸기를 최대한 많이 찾는 것이 아니라, 당신이 순진하게 집착하는 악몽에서 풀려나게 하는 뒤바꾸기를 찾는 것입니다. 가장 깊이 꿰뚫는 뒤바꾸기들을 찾을 때까지 원래의 문장을 마음껏 뒤바꾸어 보세요.

예를 들어, "폴은 나를 존중해야 한다"라는 문장을 봅시다.

먼저, 상대방을 자기 자신으로 바꿔 보세요.

나는 나를 존중해야 한다. (이것은 그의 일이 아니라 나의 일이다.)

다음에는, 자기와 상대방을 맞바꿔 보세요.

나는 폴을 존중해야 한다(만약 폴이 나를 존중하는 것은 아주 쉬운 일이라고 내가 믿는다면, 그러는 나는 폴을 존중할 수 있는가? 나는 그 믿음대로 살 수 있는가?).

그 뒤, 반대말로 바꿔 보세요.

폴은 나를 존중하지 않아야 한다(그게 현실이다. 때로는. 폴은 나를 존중하지 않아야 한다. 그가 그렇게 할 때까지는).

내면으로 들어가서, 이렇게 발견하는 뒤바꾸기를 하나하나 살펴보고, 그것이 원래의 문장만큼 진실하거나 더 진실한지 물어보세요. 이 뒤바꾸기가 어떤 면에서 진실한지를 보여 주는 구체적인 사례를 당신의 삶에서 찾아보세요. 그것을 인정해 보세요. 인정하기가 힘들면, 뒤바꾸기에 '때로는'이라는 말을 덧붙여 보세요. 당신은 이 뒤바꾸기가 '때로는' 진실하다고 인정할 수 있나요? 두 번째 뒤바꾸기만 진실하다는 생각이 스쳐 가는 순간만이라도?

당신이 어떤 상황에서 어떻게 폴을 존중하지 않는지 다양한 사례를 찾아 목록을 만들어 볼 수 있습니다. 어떤 상황에서, 어떻게 다른 사람을 존중하지 않는지 목록을 만들어 보세요. 자기 자신과 남들을 어떻게 대하는지 목록을 만들어 보고, 어떻게 늘 자신을 존중하지는 않는지 알아차려 보세요.

뒤바꾸기는 언제나 네 가지 질문을 한 뒤에 하는 것이 좋습니다. 네 가지 질문을 건너뛴 채 처음부터 뒤바꾸기를 하고 싶을 수 있습니다. 그러나 이는 뒤바꾸기를 이용하는 효과적인 방법이 아닙니다. 먼저 질문하고 대답하는 과정을 거치지 않으면, 뒤바꾸기가 무자비하고 수치스럽게 느껴질 수 있습니다. 충분히 이해하기도 전에 자기에게 되돌아온 판단은 가혹하게 느껴질 수 있습니다. 네 가지 질문은 먼저 충분히 이해할 수 있는 기회를 줍니다. 이 질문들은 자신이 진실하다고 믿는 생각의 무지를 끝내며, 그 뒤 마지막으로 뒤바꾸기를 하면 너그러워진 마음으로 납득하게 됩니다.

'생각 작업'은 수치심을 느끼게 하거나 비난하기 위한 것이 아닙니다. 당신이 잘못한 사람이라는 것을 증명하려는 것이 아니며, 다른 사람이 옳다는 것을 믿게 하려는 것이 아닙니다. 뒤바꾸기는 자기 밖에서 본다고 믿는 모든 것이 실제로는 자기 마음의 투사임을 깨닫게 합니다. 이것이 뒤바꾸기의 힘입니다. 모든 것은 자기의 생각이 거울에 비치듯 반영된 것입니다. 자기 자신의 대답을 발견하기 위해 내면으로 들어가는

222

법을 배우고 뒤바꾸기에 마음을 열면, 그렇다는 것을 직접 경험할 것입니다. 자신이 판단한 사람에게 잘못이 없음을 알게 되면, 마침내 자기 자신에게도 잘못이 없음을 깨닫게 됩니다.

자기의 행동에서는 뒤바꿀 만한 것을 찾지 못할 때도 있을 것입니다. 그럴 때는 자기의 생각에서 찾아보기 바랍니다. 예를 들어, "폴은 담배를 끊어야 한다"라는 생각은 "나는 담배를 끊어야 한다"로 바뀝니다. 당신은 한 번도 담배를 피운 적이 없을지 모릅니다. 하지만 마음속에서는 담배를 피우고 있을 수 있습니다. 폴이 담배를 피워 온 집 안을 역겨운 냄새로 가득 채우는 장면을 마음속에 떠올릴 때, 당신은 잇달아 분노와 좌절을 피웁니다. 혹시 당신은 마음속에서 하루에 폴보다 더 많은 담배를 피우지는 않나요? 그렇다면 평화를 위한 당신의 처방은 스스로 마음속 담배를 끊는 것이며, 폴의 흡연에 관해 화를 피우지 않는 것입니다.

뒤바꾸기를 찾는 또 하나의 방법은 '담배'를 다른 말로 바꾸는 것입니다. 그래요, 당신은 한 번도 담배를 피우지 않았을지 모릅니다. 하지만 폴이 담배를 이용한다고 생각되는 것과 마찬가지로 당신도 뭔가를 이용하고 있지는 않나요? 음식, 쇼핑, 술, 마약, 성관계…? 당신의 뒤바꾸기는 "나는 기분 전환을 위한 쇼핑을 끊어야 한다"일 수 있습니다. 당신이 폴에게 주는 조언을 기꺼이 받아들이려 해 보세요. 그 조언은 자기의 일 안에서 살아가는 법을 알려 줍니다.

뒤바꾸기를 실천하기

뒤바꾸기로 얻은 깨달음은 행위로 이어질 때 완전해집니다. 뒤바꾸기에 따라 살아 보세요. 남들에게 어떻게 설교해 왔는지를 알아차리면,

돌이키고 바로잡으세요. 그들에게 바랐던 것을 당신이 직접 실천하기가 얼마나 어려운지 그들에게 얘기하세요. 그리고 당신이 원하는 것을 얻기 위해 어떤 식으로 그들을 속이고 조종하려 했는지, 어떻게 화를 내고, 성관계를 이용하고, 돈을 이용하고, 죄책감을 이용했는지 얘기해 주세요.

내가 남들에게 고집스레 요구했던 삶을 뒤바꾸었을 때, 나는 늘 그렇게 살 수는 없었습니다. 이 점을 깨달았을 때, 나는 그동안 내가 판단했던 사람들이 나와 똑같은 처지에 있다는 것을 알게 되었습니다. 어느 누구도 내 철학에 따라 살기는 쉽지 않다는 것을 알았습니다. 우리 모두 저마다 최선을 다하고 있다는 것을 알았습니다. 겸손한 삶은 이렇게 시작됩니다.

깨달음을 실천하는 또 하나의 힘 있는 방법은 상대방에게 알리는 것입니다. 현실로 깨어난 그해에, 나는 전에 내가 비판하던 사람들을 자주 찾아가서 나의 뒤바꾸기와 깨달은 점에 관해 얘기했습니다. 내가 어떤 어려움을 겪고 있을지라도, 나는 오직 내 몫에 관해 발견한 부분만 말했습니다. (어떤 경우에도 그들의 몫에 관해서는 말하지 않았습니다.) 이렇게 한 이유는 적어도 두 사람(상대방과 나 자신)의 증인이 있는 자리에서 그 말을 듣기 위해서였습니다. 나는 그 말을 주었고, 그 말을 받았습니다. 예를 들어 당신이 쓴 문장이 "그는 내게 거짓말을 했어"라면, 하나의 뒤바꾸기는 "나는 그에게 거짓말을 했어"가 됩니다. 이제 당신이 지금껏 그 사람에게 거짓말한 것들을 최대한 떠올려서 목록을 만든 뒤 그 사람에게 얘기합니다. 그 사람이 당신에 한 거짓말은 말하지 않습니다. 그의 거짓말은 그의 일이기 때문입니다. 당신은 자기의 자유를 위해 이렇게 합니다. 겸손은 참된 휴식처입니다.

더 빨리, 더 자유롭게 나아가기를 원했을 때, 나는 가슴에서 우러난 보상과 사과가 훌륭한 지름길임을 발견했습니다. '보상'은 잘못을 깨닫고 바로잡는다는 뜻입니다. 내가 '보상의 생활'이라 부르는 것은 훨씬 더 멀리 미칩니다. 그것은 하나의 일뿐 아니라, 이후에 일어날 모든 비슷한 사건들에까지 적용됩니다. 과거에 어떤 사람에게 상처 주었다는 것을 탐구를 통해 깨달았을 때, 나는 남들에게 상처 주는 행위를 그만두었습니다. 만약 그 후에도 어떤 사람에게 상처를 주게 되면, 곧바로 그 사람에게 내가 왜 그랬는지, 내가 무엇을 잃을까 두려워했는지, 그 사람에게서 무엇을 얻고자 했는지 얘기했습니다. 그리고 늘 백지상태에서 새롭게 시작했습니다. 이것은 자유롭게 살 수 있는 강력한 길입니다.

가슴에서 우러난 사과는 잘못을 되돌리고 흠 없는 바탕 위에서 다시 시작하는 길입니다. 자신을 위해서 사과하고 잘못을 바로잡으세요. 이것은 오로지 당신의 평화를 위해서입니다. 말로만 성인(聖人)이면 무슨 소용이 있을까요? 이 지구는 그런 사람들로 가득 차 있습니다. 이야기가 없다면 당신은 이미 평화입니다. 그저 그렇게 살 수는 없나요?

자신에게 진실한 뒤바꾸기 사례들의 목록을 읽고서, 어떤 사람에게 어떤 식으로든 해를 끼쳤다고 느껴지는 문장에 밑줄을 그어 보세요. (질문 3 "그 생각을 믿을 때 당신은 어떻게 반응하나요, 무슨 일이 일어나나요?"에 대한 대답들의 목록을 만들어 보세요. 상대방에게 알리고 사과하느라 아주 바쁘게 생활할 수 있을 것입니다.) 다른 사람에게 보상함으로써 자신에게 보상하세요. 그 사람에게 피해를 주었다고 여겨지는 만큼 돌려주세요.

보상을 실천하면서 상대방에게 있는 그대로 정직하게 알리면, 다른 방법으로는 회복할 수 없는 관계가 참으로 친밀해집니다. 만약 상대방이 이미 세상을 떠났다면, 남아 있는 사람들을 통해서 보상의 생활을 하세요. 그 사람에게 주려는 것을 우리에게 주세요. 당신 자신을 위해서.

예전에 만난 어떤 남성은 자유를 간절히 원했습니다. 그는 과거에 마약 중독자였으며, 능숙한 솜씨로 많은 집을 턴 도둑이었습니다. 한동안 '생각 작업'을 계속한 뒤, 그는 최대한 기억을 되살려 이전에 털었던 집들과 그 집에서 훔친 물건들의 목록을 만들기 시작했습니다. 다 완성된 목록에는 수십 가구의 집이 있었습니다. 이제 그는 실천에 옮기기 시작했습니다. 그는 감옥에 갈 수도 있다는 것을 알았지만, 자신에게 옳은 일을 해야 했습니다. 그는 집집마다 찾아가서 문을 두드렸습니다. 그는 아프리카계 사람이었고, 다시 찾아간 곳들 가운데 일부 지역에서는 마음이 편치 않았습니다. 흑인에 대한 편견이 있다고 믿었기 때문입니다. 하지만 그런 생각들에 관해서도 '생각 작업'을 계속하며 대문을 두드렸습니다.

사람들이 문을 열면, 자기가 누구이며 어떤 물건을 훔쳤는지 얘기한 뒤 그들에게 사과하며 말했습니다. "어떻게 하면 이 일을 바로잡을 수 있을까요? 무슨 일이든 하겠습니다." 그가 찾아간 집들 가운데 경찰을 부른 사람은 아무도 없었습니다. 그가 "저는 이 일을 바로잡기 위해 무슨 일이든 해야 합니다. 어떤 일을 해야 하는지 말해 주세요"라고 얘기하면, 그들은 "좋아요, 우리 차를 고쳐 주세요"라거나 "집에 페인트를 칠해 주세요"라는 식으로 할 일을 알려 주었습니다. 그는 기쁘게 일했고, 일을 마치면 목록에 있는 이름이나 주소에 표시했습니다. 그리고 페인트 붓으로 한 번씩 칠할 때마다 말했습니다. 하느님, 하느님, 하느님.

내 아들 로스는 오랫동안 '생각 작업'을 했습니다. 여러 해 전에 우리는 함께 장을 보고 있었는데, 가끔 그 애는 "엄마, 잠깐만요. 금방 돌아올게요"라고 말하고는 십여 분쯤 지나서 돌아오곤 했습니다. 한번은 가게에서 셔츠를 고르고 있는 그 애를 우연히 유리 너머로 보게 되었습니다. 그 애는 셔츠 한 벌을 들고 계산대로 가서 대금을 치르더니 다시 진열대로 돌아갔습니다. 그러고는 주변을 둘러보며 지켜보는 사람이 있는지 살핀 다음, 셔츠를 제자리에 돌려놓고 가게를 나오는 것이었습니다.

나는 로스에게 왜 그랬는지 물어보았습니다. "실은 예전에 대여섯 군데 가게에서 물건을 훔쳤거든요. 정말 괴로웠어요, 엄마. 이제는 전에 물건을 훔친 가게를 보면 안으로 들어가서, 전에 훔친 것과 같은 물건을 찾은 뒤 돈을 지불하고 다시 돌려놓아요. 처음에는 자수하려고 마음먹고 가게에 찾아갔어요. 그리고 "내가 훔친 물건 값을 돌려 드립니다. 고발하고 싶으면 그렇게 하세요"라고 말했어요. 그러면 직원들은 당황해서 관리자를 부르는데, 관리자도 그 돈을 어떻게 해야 할지 모르더군요. 컴퓨터로 회계를 처리하기 때문에 문제가 너무 복잡해진대요. 한번은 직원이 경찰을 부른 적이 있는데, 경찰도 현장에서 잡아야 처벌할수 있다면서 어떻게 할 방법이 없다고 했어요. 하지만 나는 훔친 물건을 꼭 돌려주어야 했죠. 그래서 이렇게 하기로 했는데, 괜찮은 방법인 것 같아요."

나는 좋은 일을 할 때는 남들이 모르게 하기를 권하는데, 로스도 놀이처럼 그렇게 하기를 좋아합니다. 남들에게 알려지면 그 행위는 무효가 된다고 여기면서 그런 놀이를 합니다. 언젠가 놀이공원에서 그 애가어떤 아이들을 지켜보는 모습을 보게 되었습니다. 돈이 모자라서 좋아하는 놀이기구에 타지 못하는 아이들 같았습니다. 로스는 지갑에서 지폐를 꺼낸 뒤 손에 쥐고서 아이들 쪽으로 걸어갔습니다. 그리고 아이들 앞에서 바닥을 향해 몸을 굽히더니, 땅에서 지폐를 주운 척 집어 들고는 아이에게 건네며 말했습니다. "얘야, 이거 네가 떨어뜨린 돈이지?" 그러고는 뒤도 안 보고 재빨리 걸어가 버렸습니다. 그는 보상의 생활을 통해 어떻게 뒤바꾸기를 실천하는지 보여 주는 좋은 선생입니다.

일상생활에서 뒤바꾸기를 실천하는 것은 너그러운 일입니다. 그 결과들은 기적과 다를 바 없으며, 더 탐구할수록 더 깊이 실현됩니다.

6번 문장을 위한 뒤바꾸기

'이웃을 판단하는 양식'에 있는 6번 문장을 위한 뒤바꾸기는 다른 뒤바꾸기와 조금 다릅니다. "나는 앞으로 다시는 …하고 싶지 않다"는 "나는 기꺼이 …하겠다"와 "나는 …하기를 고대한다"로 바뀝니다. 예를 들어 "나는 앞으로 다시는 폴과 다투고 싶지 않다"라는 문장은 "나는 기꺼이 폴과 다시 다투겠다"와 "나는 폴과 다시 다투기를 고대한다"로 바뀝니다.

이 뒤바꾸기는 삶 전체를 있는 그대로 온전히 껴안기 위한 것입니다. "나는 기꺼이 …하겠다"라고 말하고 마음먹으면 마음이 열리고, 창조적으로 바뀌며, 유연해집니다. 현실에 저항하는 마음이 누그러지고, 그로 인해 삶의 상황에 마음이 열리며, 그 상황을 없애거나 밀어내려 헛되이 애쓰지 않게 됩니다. "나는 …하기를 고대한다"라고 말하고 마음먹으면, 삶이 펼쳐질 때 삶에 능동적으로 열리게 됩니다. 우리 중 일부는 '지금 있는 것'을 받아들이는 법을 배웠는데, 나는 여러분이 앞으로 더 나아가도록, 지금 있는 것을 실제로 사랑하도록 초대합니다. 이는 우리의 자연 상태입니다. 자유는 우리의 타고난 권리입니다.

예를 들어 "폴이 바뀌지 않으면, 나는 앞으로 다시는 그와 함께 살고 싶지 않다"라는 문장은 "폴이 바뀌지 않아도 나는 기꺼이 폴과 함께 살겠다"와 "폴이 바뀌지 않아도 나는 폴과 함께 살기를 고대한다"로 바뀝니다. 차라리 고대하는 편이 낫습니다. 당신은 계속 그와 함께 살 수 있습니다, 마음속에서라도. (나와 함께 '생각 작업'을 한 사람 중에는 배우자가 이십 년 전에 죽었는데도 여전히 비통해하는 사람들이 있었습니다.) 당신은 그와 함께 살든 안 살든 이 생각을 다시 생각할 수 있고, 그 때문에 스트레스를 받고 우울해질 수 있습니다. 이런 느낌과 감정들을 고대하세요. 그것들은 악몽에서 깨어날 때라는 것을 알려 줍니다. 불편한 느낌과 감정들은 당신을 '생각 작업'으로 다시 데려올 것입니다. 그렇다고 해서 당신이 폴과 함께 살아야 한다는 뜻은 아닙니다. 그저 당신이 더는 현실에 마음을 닫지 않는다는 뜻일 뿐입니다. 기꺼이 하고자 하면 삶의 모든 가능성에 문이 열립니다.

두 가지 사례를 더 보겠습니다.

원래 문장. 6번 나는 폴이 건강을 망치는 것을 지켜보지 않겠다.
뒤바꾸기 나는 기꺼이 폴이 건강을 망치는 것을 지켜보겠다.
　　　　나는 폴이 건강을 망치는 것을 지켜보기를 고대한다.

원래 문장. 6번 나는 앞으로 다시는 폴에게 무시당하고 싶지 않다.
뒤바꾸기 나는 기꺼이 폴에게 다시 무시당하겠다.
　　　　나는 폴에게 다시 무시당하기를 고대한다.

같은 감정이나 상황이, 미음속에서리도, 다시 일이날 수 있음을 인정하는 편이 좋습니다. 괴로움과 불편한 감정이 탐구로 초대하는 신호임을 알게 되면, 불편한 감정들을 진심으로 고대할 수 있습니다. 나아가 그런 감정들이, 아직 완전히 조사하지 않은 믿음을 알려 주기 위해 찾아오는 친구로 느껴질 수도 있습니다. 이제는 조화롭고 평화롭기 위해 사람이나 상황이 바뀌기를 기다릴 필요가 없습니다. '생각 작업'은 행복을 되찾는 직접적인 길입니다.

아무도 내게 상처를 줄 수 없습니다.

나 말고는.

6. 일과 돈에 관해 탐구하기

어떤 사람들의 삶은 일과 돈에 관한 생각들에 지배당합니다. 하지만 우리의 생각이 명료하다면, 어떻게 일이나 돈이 문제가 될 수 있을까요? 변화시킬 필요가 있는 것은 우리의 생각뿐입니다. 변화시킬 수 있는 것은 생각밖에 없습니다. 이것은 아주 좋은 소식입니다.

성공하기 위해 열심히 사는 사람들이 많습니다. 그런데 무엇이 성공인가요? 무엇을 이루려 하나요? 우리는 살면서 세 가지만을 합니다. 서 있고, 앉고, 눕는 것. 우리가 성공을 찾는다 해도 서 있기 전에는 어딘가에 앉아 있을 것이며, 눕거나 앉기 전에는 서 있을 것입니다. 성공은 하나의 관념이며 환상입니다. 당신은 4십 달러짜리 의자 대신 4천 달러짜리 의자를 원하나요? 앉는 것은 앉는 것입니다. 이야기가 없다면 우리는 어디에 있든지 늘 성공하는 삶을 살 것입니다.

직업 문제에 관한 '생각 작업'은 광범위한 영향을 미칠 수 있습니다. 기업에 가서 '생각 작업'을 할 때 나는 가끔 모든 직원에게 서로 판단하라고 권장합니다. 알고 보면 이것은 사원들과 상사들이 늘 원했던 것입니다. 모두들 상대방의 눈에 자신이 어떻게 보이는지를 알고 싶어 합니다. 그들은 상대방에 대한 판단을 쓴 뒤, '생각 작업'을 하고 뒤바꿉니다. 그러면 분명함, 정직함, 책임감이 놀라울 정도로 향상될 수 있으며, 그러면 직원들이 필연적으로 더 행복해지며 더 생산적이고 효율적으로 일하게 됩니다.

한번은 나와 함께 '생각 작업'을 하던 중역이 말했습니다. "내 비서는 나와 함께 일한 지 10년이 되었는데 아직도 일을 잘하지 못합니다. 하지만 그녀는 다섯 아이를 부양해야 하죠." 내가 말했습니다. "좋아요. 계속 일하게 하세요. 그래서 일을 잘하든 못하든 부양할 아이만 많으면 계속 일할 수 있다는 것을 다른 사원들에게도 알려 주세요." 그러자 그가 말했습니다. "음, 하지만 정말 그녀를 내보낼 수는 없습니다." 나는 말했습니다. "예, 이해합니다. 그럼 그녀가 하던 일은 유능한 사람에게 맡기고, 그녀는 다섯 아이에게 돌려보낸 뒤 매달 월급을 지급하세요. 그게 당신이 지금 하는 행동보다는 더 정직합니다. 죄책감의 대가는 비쌉니다."

그 후 그 중역이 양식에 쓴 글을 비서에게 읽어 주자, 그녀는 자신의 업무 수행에 관한 내용에 모두 동의했습니다. 그것은 분명한 진실이었기 때문입니다. 나는 그녀에게 물었습니다. "어떻게 하면 좋을까요? 당신이 상사라면 어떻게 할까요?" 사람들은 이런 상황을 깨닫게 되면 대개 스스로 회사를 그만두는데, 그녀도 그렇게 했습니다. 나중에 그녀는 집에서 가까운 다른 회사에 취직하여 비슷한 일을 했는데, 그곳에서는 좋은 직원인 동시에 좋은 어머니가 될 수 있었습니다. 그 중역은, 알고 보면 자신처럼 그 상황이 불편했던, 비서를 보호해야 한다는 생각을 한 번도 조사해 보지 않았음을 깨달았습니다.

지금까지 내가 본 일과 돈에 관한 문제들은 하나같이 생각의 문제로 밝혀졌습니다. 예전에는 나도 행복하려면 돈이 필요하다고 믿었습니다. 그러나 내게 많은 돈이 있을 때도, 어떤 끔찍한 일이 일어나서 돈을 다 잃을 수 있다는 두려움에 사로잡힐 때가 많았습니다. 이제는 아무리 많은 돈이라도 그런 스트레스를 받을 가치가 없다는 것을 깨닫습니다.

"안전하게 살려면 돈이 필요해"라는 조사되지 않은 생각을 믿고 있다면, 당신은 희망이 없는 마음 상태로 살고 있습니다. 은행들은 파산합니다. 주가는 폭락합니다. 화폐 가치는 떨어집니다. 전쟁들이 일어납니다. 사람들은 거짓말을 하고, 계약을 악용하고, 약속을 어깁니다. 이런 혼란스러운 마음 상태에서는 아무리 많은 돈을 벌어도 여전히 불안하고 불행할 수 있습니다.

어떤 사람들은 두려움과 스트레스가 돈을 벌도록 동기를 부여한다고 믿습니다. 하지만 당신은 그게 진실인지 정말로 알 수 있나요? 그런 두려움과 스트레스가 없으면 돈을 그 이상 벌 수 없는지 백 퍼센트 확신할 수 있나요? "동기를 부여받으려면 두려움과 스트레스가 필요해"—만약 그 이야기를 두 번 다시 믿지 않는다면, 당신은 누구일까요?

내면에서 '생각 작업'을 발견한 뒤(사실은 '생각 작업'이 나를 발견한 뒤), 나는 언제나 바로 지금 내게 꼭 필요한 만큼 돈을 가지고 있다는 것을 알아차리기 시작했습니다. 내게 있는 돈이 아주 적거나 하나도 없을 때도…. 행복은 맑은 마음입니다. 맑고 건강한 마음은 어떻게 살아야 하는지, 어떻게 일해야 하는지, 어떤 이메일을 보내야 하는지, 어디에 전화를 해야 하는지, 원하는 것을 창조하려면 어떻게 해야 하는지를 두려움 없이 압니다. "안전하게 살려면 돈이 필요해"라는 생각이 없다면, 당신은 누구일까요? 훨씬 편안한 사람일 것입니다. 나아가 너그러움의 법칙, 곧 돈이 두려움 없이 떠나도록 놓아두면 돈이 두려움 없이 돌아오는 법칙도 알아차리게 될 것입니다. 당신은 지금 있는 것보다 더 많은 돈이 필요하지 않습니다. 이 점을 이해하면, 돈을 통해 우선 얻고 싶은 안전이 이미 자신에게 있음을 알게 됩니다. 이 자리에서는 돈을 버는 일이 훨씬 쉬워집니다.

돈을 벌기 위한 동기로 스트레스와 두려움을 이용하듯이, 사회 운동에 참여하기 위한 동기로 화와 불만에 의지할 때도 있습니다. 만약 내가 지구의 환경을 깨끗하게 하면서 건전하고 효과적으로 활동하고 싶다면, 먼저 나 자신의 환경을 깨끗하게 하는 일부터 시작하겠습니다. 생각 속에 있는 모든 쓰레기와 공해를 사랑과 이해로 만남으로써 깨끗하게 청소해야 합니다. 그럴 때 나의 활동은 정말로 효과적일 수 있습니다. 지구를 돕는 데 필요한 사람은 한 명이며, 당신이 바로 그 사람입니다.

교도소에 '생각 작업'을 하러 가면, 독방 동에서 온 남자들이 이백 명쯤 강당에 모여 있는데, 다들 가슴에 팔짱을 끼고는 바닥을 내려다보며 앉아 있습니다. 그 사람들과 '생각 작업'을 마치면, 간수들이 또 다른 이백 명을 데려옵니다. 그들은 모두 상습 폭력범들이며 그들 가운데 많은 사람은 강간죄나 살인죄 등으로 종신형을 선고받고 갇혀 있습니다. 그곳에서 여자는 나 혼자입니다. 그들이 나와 눈을 마주치기까지 나는 한마디도 하지 않습니다. 그들이 나와 눈을 마주치는 것은 쉽지 않은 일입니다. 그들에게는 나 같은 사람을 그들의 문화에서 배제하는 어떤 불문율 같은 것이 있습니다.

나는 그들 앞에 그냥 서 있습니다. 눈이 마주치기를 기다리며…. 나는 그들이 앉아 있는 줄 사이로 들어가 천천히 발걸음을 옮기며 단 한 명이라도 나를 쳐다보기를 기다립니다. 그 일이 일어나는 순간은, 한 사람—그는 계속 바닥을 내려다보고 있었습니다 — 이 그렇게 하는 순간은 정말 빠르지만, 이제 너무 늦었습니다. 이미 눈이 마주쳤습니다. 그가 흘낏 쳐다보는 것을 본 사람은 나밖에 없습니다. 그 일은 너무 빨리 일어나서 다른 사람은 볼 수가 없습니다. 그런데도 그 불문율은 즉시 강당 전체에서 무너져 내리기 시작합니다. 다른 두세 명이 나와 눈을 마주치고, 그 뒤 다른 여덟 명이, 그 뒤 다른 열두 명이, 그 뒤에는 모두가 나를 바라보고 있습니다. 웃으면서, 얼굴이 빨개지면서…. 그리고 서로 "제에에엔장!"이나 "제기랄, 저 여자는 돌았어" 등의 말을 합니다. 다 끝났습니다. 이제 나는 그들에게 말을 할 수 있고 그들과 함께 '생각 작업'을 할 수 있습니다. 용기를 내 나와 눈을 마주친 그 한 사람 때문에 이 모든 일이 일어납니다.

나는 그들에게 고맙다고 말합니다. 자유롭기를 원하면 어떻게 살면 안 되는지를, 따라서 어떻게 살아야 하는지를 우리 아이들에게 가르쳐주기 위해 자기의 삶 전체를 희생하기에…. 그들은 가장 훌륭한 선생들이며, 그들의 삶은 유익하고 세상에 필요한 삶이라고 말합니다. 그리고 떠나기 전에 그들에게 묻습니다. "당신이 감옥에 있어 한 아이가 당신처럼 살지 않을 수 있다면, 남은 삶을 감옥에서 보낼 수 있겠어요?" 그러면 이 폭력범들 중 많은 사람은 내 말뜻을 이해하고 귀여운 어린애처럼 펑펑 눈물을 흘립니다.

우리가 하는 일 가운데 이 지구를 돕지 않는 일은 없습니다. 실제로 그렇습니다.

부하 직원이 너무 무능합니다

게리는 유능하지 않은 부하 직원 때문에 화가 나 있습니다. 누가 당신을 화나게 하나요? 당신의 직장 동료인가요? 아니면 설거지를 제대로 하지 않는, 세면대에 치약을 흘려 놓고 닦지 않는 배우자나 자녀인가요? 당신의 삶에서 그런 예를 찾아본 뒤, 게리가 자신의 대답을 찾기 위해 내면으로 들어가듯이, 내면으로 들어가 당신의 대답을 찾아보세요.

게리 나는 프랭크에게 화가 난다. 왜냐하면 그는 무능하기 때문이다.

케이티 좋아요. "프랭크는 유능해야 한다"—그게 진실인가요?

게리 그렇다고 생각해요.

케이티 당신은 그게 진실인지 확실히 알 수 있나요? 누가 당신에게 그렇게 말했나요? 이력서에 따르면 그는 유능합니다. 추천장도 그렇죠. 어디를 봐도 그렇습니다. 그래서 당신은 그를 유능하다고 판단하여 그를 채용했습니다. 당신의 경험에 따르면 현실은 어떤가요? 그는 유능하나요?

게리 내 경험에 따르면, 그렇지 않습니다.

케이티 현실 안에 있을 때만 우리는 제정신일 수 있습니다. 그가 유능해야 한다는 것은 진실인가? 아니요. 그는 유능하지 않습니다. 그것이 당신의 현실입니다. 우리는 "그게 진실인가?"라고 묻기 전에는 계속해서 이런 일을 반복할 수 있습니다. 이 점을 이해하면 당신은 현실을 사랑하는 사람이 되고 균형 잡히게 됩니다. 당신은 그가 유능해야 한다는 거짓말을 믿지만 그는 유능하지 않을 때, 당신은 어떻게 반응하나요?

게리 불만이 쌓이고 자꾸 화가 납니다. 그가 해야 할 일까지 내가 떠맡아야 한다고 느낍니다. 항상 따라다니며 뒤치다꺼리를 하게 됩니다. 혼자 일하도록 맡겨 두지를 못합니다.

케이티 그가 유능해야 한다는 생각을 내려놓을 이유를 찾을 수 있나요? 그 생각을 내려놓으라는 말이 아니에요.

게리 그 생각을 내려놓으면 기분이 더 나아질 겁니다.

케이티 아주 좋은 이유로군요. 현실에 맞서는 이 생각을 유지할 '스트레스 주지 않는 이유'를 찾을 수 있나요?

게리 예. 그런데 '현실에 맞서는'이라는 말이 무슨 뜻인지 잘 모르겠습니다.

케이티 현실은, 당신의 말에 따르면, 그가 유능하지 않다는 거예요. 당신은 그가 유능해야 한다고 말하지만, 이 이론은 당신에게 도움이 되지 않습니다. 현실과 대립하고 있기 때문이죠. 당신은 그 이론 때문에 불만과 화가 생긴다고 말합니다.

게리 예, 무슨 말인지 알 것 같습니다. 그는 유능하지 않다는 것이 현실입니다. 내가 미칠 것 같았던 이유는 현실을 있는 그대로 받아들이는 대신 그가 유능해야 한다고 생각했기 때문입니다.

케이티 그는 무능합니다. 당신이 그 사실을 받아들이든 받아들이지 않든. 현실은 우리의 동의나 승인을 기다리지 않습니다. 현실은 있는 그대로 있을 뿐입니다. 현실은 신뢰할 수 있는 것입니다.

게리 현실은 지금 실제로 있는 것.

케이티 예. 현실은 늘 환상보다 더 친절합니다. 나중에 댁에 돌아가면, '진실의 증거' 놀이라는 걸 해 보세요. 재미있을 거예요. "그는 유능해야 해"—당신의 증거는 무엇인가요? 증거들의 목록을 만들어 보세요. 그리고 그 증거들을 하나하나 조사하면서, 그가 유능해야 한다는 생각을 정말로 증명하는 증거가 있는지 찾아보세요. 그것들은 모두 거짓말입니다. 어떤 증거도 없습니다. 진실은, 그가 유능하면 안 된다는 거예요. 그는 유능하지 않으니까요. 그 업무에는 유능하지 않다는 말입니다.

게리 그가 유능하지 않다는 것은 사실이고, 나는 부족한 부분을 메우기 위해 할 일을 하면 되겠네요. "그는 이러저러해야 한다"라는 짐을 추가로 질 필요는 없는 거죠.

케이티 잘 말씀하셨어요.

게리 정리해 보자면, 내가 회사 일로 힘들었던 이유는 프랭크가 유능해야 한다는 생각 때문이었던 거네요. 진실은 그가 유능하지 않다는 건데요. 내가 덧붙인 건, 그게 나를 미치게 했는데, 그가 유능해야 한다는 생각이었던 거죠. 나는 내 할 일을 할 겁니다. 그가 더는 내게 문제 되지 않을 때까지 나 스스로 부족한 부분을 메울 겁니다. 그냥 그렇게 하겠어요. 쓸데없이 그가 유능해야 한다는 생각을 덧붙여서 내 마음이 점점 염병할 상태로 빠져 버렸네요. 뉴욕에 오신 걸 환영합니다!

케이티 뉴욕에서는 '염 어쩌고' 하는 말을 쓰나 보죠? (청중이 웃음을 터뜨린다.)

게리 예, 우리는 그렇게 합니다. 가끔은.

케이티 자, 현실과 다투는 이런 이상한 이야기가 없다면, 당신은 누구일까요?

게리 그저 흐름에 따라 할 일을 할 겁니다.

케이티 그 이야기가 없다면, 사무실에서 이 사람과 함께 있는 당신은 누구일까요?

게리 그를 다정하게 대하고 효율적으로 일할 겁니다.

케이티 예. "프랭크는 유능해야 한다"—뒤바꿔 보세요.

게리 프랭크는 유능하면 안 된다.

케이티 그래요. 그가 유능할 때까지는. 지금은 그것이 현실입니다. 다른 뒤바꾸기가 있군요.

게리 나는 유능해야 한다. 맞아요.

케이티 양식에 있는 2번 문장을 봅시다.

게리 나는 프랭크가 맡은 일에 책임을 다하기를 원한다.

케이티 뒤바꿔 보세요.

게리 나는 내가 맡은 일에 책임을 다하기를 원한다.

케이티 예. 그의 무능함에 관심을 쏟다 보면 맡은 일에 충실하기 어려우니까요.

게리 그리고, 나는 그가 맡은 일에도 책임을 다해야 한다.

케이티 예. 그가 맡은 일이 잘되기를 바라고, 다른 방법이 없다면…. 이제 다음 문장을 볼까요?

게리 그는 자기 분야의 전문가이자 사업계획 팀장으로서, 지금 맡고 있는 사업계획을 더 빨리 추진해야 한다.

케이티 그게 진실인가요? 그런데 그가 어디에서 그런 능력까지 얻겠어요? "이보게 자네(무능한 양반), 더 빨리 추진하게!"

게리 예, 진실이 아닙니다. 제정신이 아닌 생각이에요. 동의해요. 그는 그저 하는 일을 하고 있을 뿐이에요.

케이티 그 환상을 믿을 때 당신은 프랭크를 어떻게 대하나요?

게리 가혹해집니다. 그가 더 빨리 해야 한다고 생각하고 그를 닦달합니다.

케이티 그다지 효과는 없을 거예요. 그 생각을 내려놓을 이유를 찾을 수 있나요?

240

게리 그럼요.

케이티 뒤바꿔 보세요.

게리 나는 내 분야의 전문가로서 사업계획을 더 빨리 추진해야 한다. 속도를 높일 겁니다. 그래야 하고….

케이티 그는 당신이 최고 수준의 역량을 갖추도록 돕는 전문가입니다. 잘못은 없습니다.

게리 예. 그는 나의 선생입니다. 그런 것 같아요.

케이티 좋아요. 4번 문장으로 넘어갑시다.

게리 그는 사업계획 중 그의 몫을 완수해야 한다. 이젠 그럴 필요가 없다는 걸 알겠어요.

케이티 희망이 없나요?

게리 확실히 희망이 없어요. 나는 그의 몫과 나의 몫을 완수해야 한다. 사업계획을 완수하고 싶다면….

케이티 다음 문장을 봅시다.

게리 프랭크는 무능하다.

케이티 뒤바꿔 보세요.

게리 나는 무능하다.

케이티 그를 무능하다고 생각하는 순간, 당신은 무능합니다. 그는 당신에게 분명한 이해를 가져다준 일에서는 완전히 유능했습니다. 그가 가져다준 것은 그것입니다. 더 많은 것을 가져다줄지도 모르죠, 누가 알겠어요?

게리 이 뒤바꾸기는 안 맞는 것 같네요. 나는 아주 유능한 사람이라고 생각해요.

케이티 프랭크에 관한 부분을 제외하고는. 그의 무능함을 알아볼 만큼 유능하지는 않았습니다.

게리 동의합니다. 그 점에서는 무능했네요. "그는 직급이 높은데도 불구하고 감독받을 필요가 있다." 나는 나 자신을 감독할 필요가 있다. 이 문장이 더 진실합니다. 나는 때로 제정신이 아닐 수 있어요.

케이티 당신은 내면의 세계를 발견했습니다. 다뤄야 할 대상이 자기의 생각뿐임을 알게 되면, 세상에서 경험하는 모든 문제는 탐구로 돌아오게 하는 기쁨이 됩니다. 정말로 진실을 알고 싶은 사람들에게는 이 '생각 작업'이 문제를 끝내는 외통장군입니다.

게리 며칠 전에 혼자서 이 문제에 관해 '생각 작업'을 하려고 했을 때는 앞으로 더 나아갈 수 없었어요. 내가 옳다고 생각했기 때문이죠. 그런데 이 문제를 내면으로 가져오니 모든 뒤바꾸기가 이해됩니다.

케이티 그 사람이 걸어 들어오면, 당신은 자기의 이야기를 그에게 덧붙인 뒤 그의 잘못으로 자신이 괴롭다고 생각합니다. 자기의 이야기를 믿고는 그 사람이 문제라는 환상 속에서 스트레스를 받습니다. 이 사람이 지금보다 더 유능해야 한다는 생각이 없다면, 당신은 그를 해고하게 될지도 모릅니다. 그러면 그는 자기에게 알맞은 일자리를 자유롭게 구할 수 있고, 자기가 필요한 곳에서 유능하게 일할 수 있습니다. 이제 그 사람이 있던 자리에는 다른 사람이 와서 일할 공간이 마련되었습니다. 보름 후에는 그가 당신에게 전화해서 이렇게 말할 수도 있습니다. "나를 해고해 주어서 고맙습니다. 사실은 당신과 함께 일하는 게 너무 싫었거든요. 새 일자리가 마음에 들어요." 무슨 일이든 가능합니다. 또는 내일 아침 그 사람을 만났을 때, 전에는 모르고 있던 유능함을 그에게서 발견할지도 모릅니다. 내면의 '생각 작업'을 통해 자기의 생각을 더 분명히 알게 되었기 때문입니다. 좋습니다. 마지막 문장을 읽어 보세요.

게리 나는 앞으로 다시는 프랭크 같은 사람과 일하고 싶지 않다.

케이티 뒤바꿔 보세요.

게리 나는 기꺼이 프랭크 같은 사람과 일하겠다. 나는 프랭크 같은 사람과 일하기를 고대한다. 왜냐하면 해결책을 찾기 위해 내면의 공간으로 다시 돌아올 테니까.

케이티 아주 잘하시는군요. '생각 작업'에 오신 걸 환영합니다.

삼촌이 엉터리 주식 정보를 주었습니다

다음 대화는 어떤 사람이 자기의 이야기에, 따라서 자기의 고통에 강하게 집착한다 해도 끈기 있게 끝까지 탐구해 가면 자유로워질 수 있다는 것을 보여 줍니다. 마티가 보여 주듯이, '생각 작업'은 계속 관념적으로 느껴지다가도 갑자기 아주 깊은 수준에서 가슴에 와닿을 수 있습니다.

나는 서두르지 않습니다. 마음은 바뀔 때까지는 바뀌지 않으며, 바뀔 때는 정확히 제시간에 바뀝니다. 1초도 이르거나 늦는 법이 없습니다. 사람들은 싹트기를 기다리는 씨앗과 같습니다. 스스로 이해할 때까지 재촉하지 말고 기다려야 합니다.

마티가 주식 투자에 관해 얘기하는 전문적인 내용들은 알 필요가 없습니다. 그저 마티가 보유한 주식이 올랐다가 폭락했으며, 그의 감정들도 주가와 함께 움직였다는 것만 알면 충분합니다.

마티 나는 랄프 삼촌에게 화가 난다. 왜냐하면 삼촌이 준 엉터리 주식 정보들 때문에 내 돈을 다 날렸기 때문이다. 나는 삼촌에게 돈을 빌려 주식을 샀는데, 그 주식들이 계속 급락했어요. 나중에 삼촌의 정보를 믿고 산 다른 주식들도 지난 2년 사이에 85퍼센트나 하락했죠.

케이티 예.

마티 삼촌은 항상 은행 잔고의 크기로 남들보다 우월하다는 것을 증명 하려고 합니다. 삼촌은 부자라서 남에게 돈을 빌릴 필요가 없었어요. 나는 얼른 돈을 벌어서 삼촌에게 진 빚을 갚고 싶어서 삼촌에게 주식을 빌렸는데, 그때 주식 하나는 떨어지고 있었고 다른 하나는 괜찮았습니다.

케이티 그렇군요.

마티 그래서 삼촌에게 진 빚은 계속 늘어갔어요. 2년 반 동안 주가가 조금씩 떨어지고 있었는데 최근에 갑자기 왕창 떨어졌습니다. 다른 주식 까지 계속 폭락하자, 나는 고민 끝에 삼촌에게 털어놓았죠. "삼촌, 주식 이 둘 다 폭락해서 돈을 다 날렸어요. 삼촌 돈도 일부." 삼촌이 화를 내 며 말했어요. "야, 이 망할 자식아, 내가 분명히 말했잖아. 남의 돈으로 주식 투자하지 말라고. 그런데도 끝내 고집 피우며 빌리더니, 이제 와 서 뭐가 어쩌고 어째? 너는 날 배신한 거야. 내 말은 하나도 안 들어. 어쩌고저쩌고…" 나는 간신히 한마디만 참견할 수 있었죠. "삼촌, 삼촌 의 다른 주식을 사야겠는데 돈이 하나도 없어요." 삼촌에게 말은 하지 않았지만, 실은 어떻게 해서든 삼촌에게 빌린 돈을 갚아 보려는 마음 때문이었죠. 나도 돈 좀 벌고 싶었고. 내 두려움과 욕심도 작용했다는 말이지만….

케이티 스윗하트, 그냥 당신이 쓴 글을 읽으세요. 이런저런 이야기를 하 는 것보다는 당신이 쓴 글을 읽는 것이 중요합니다.

마티 예, 예. 미안합니다. 나는 삼촌이 내가 처음 시작할 때 가지고 있던 60,000달러에 내가 갚아야 할 35,000달러를 더하여 돌려줌으로써 나를 구제해 주기를 원한다. 또 신용 카드로 빌린 돈을 갚아 주고, 잘못된 정보를 주어 나와 가족에게 금전적 손실을 입힌 것을 책임지기를 원한다.

케이티 좋아요. 계속 읽어 보세요.

마티 삼촌은 내가 빚진 돈을 전액 삭감해 주고 내게 10만 달러를 주어야 한다. 삼촌은 내게 빚을 갚도록 요구하지 말아야 한다. 나는 갚을 능력이 없기 때문이다. 삼촌은 나를 파산 상태에서 구해 주어야 한다. 삼촌은 우리가 함께 한 일을 책임 있는 성인으로서 책임져야 하고, 적어도 나와 사이좋게 지내도록 노력해야 한다. 삼촌은 지나치게 요구하고, 통제하려 하고, 아마도 보복하려는 사람 같고, 진실에는 관심이 없고 자신이 항상 옳고 뛰어나다는 것을 증명하려고만 한다. 괜찮나요? 나머지 하나도 읽을까요?

케이티 예.

마티 나는 앞으로 다시는 삼촌에게 돈을 빌리거나, 주식 정보를 듣거나, 쩨쩨하고 유치하고 화내는 소리를 듣고 싶지 않다.

케이티 예, 좋아요. 잘했습니다. 자, 스윗하트, 첫 번째 문장을 당신이 쓴 대로 다시 읽어 볼까요?

마티 알겠습니다. 나는 랄프 삼촌에게 화가 난다. 왜냐하면 삼촌이 준 엉터리 주식 정보들 때문에 내 돈을 다 날리고 삼촌에게 빌린 돈까지 일부 날렸기 때문이며, 삼촌이 나를 위협⋯ 아, 내가 쓴 글씨인데도 알아보질 못하겠습니다.

케이티 좋습니다. 그럼 거기에서 멈춥시다. 삼촌이 당신에게 정보를 주었나요?

마티 예.

케이티 좋아요. 내가 당신에게 이 컵을 건넬 때 당신은 받지 않아도 됩니다. 받고 안 받고는 당신에게 달려 있습니다. 여기에는 옳고 그른 것이 없습니다. "삼촌들은 조카들에게 주식 투자 정보를 주면 안 된다"―그게 진실인가요? 현실은 어떤가요? 그들은 그렇게 하나요?

마티 음, 삼촌은 내가 돈 벌기를 바랐고, 그래서 내게 정보를 주었습니다.

케이티 그래서 무엇이 현실인가요? 현실은, 삼촌이 당신에게 정보를 주었다는 것입니다.

마티 삼촌은 내게 정보를 주었고, 나는 그걸 받았고, 그래서 돈을 다 날렸습니다. 망했어요.

케이티 우리는 주식 정보가 위험하다는 것을 다들 잘 알지만, 그렇다고 해서 그런 정보를 따르지 않는 것은 아닙니다. 가끔 우리는 이미 저지른 일을 깨닫고 두려움에 사로잡힙니다. 새벽 2시나 오후 2시에. 어떤 사람들은 결국 건물 밖으로 뛰어내려 생을 마감합니다. 그래서 "삼촌들은 조카들에게 엉터리 정보를 주면 안 된다"―그게 진실인가요?

마티 예, 맞아요. 진실이에요!

케이티 현실은 어떤가요? 삼촌들은 그런 정보를 주나요?

마티 예. 삼촌은 내게 엉터리 정보를 주었는데, 그게 엉터리라는 걸 인정하지 않습니다.

케이티 좋아요. "삼촌들은 잘못을 인정해야 한다"―그게 진실인가요?

마티 예, 그래요. 삼촌들은 잘못을 인정해야 합니다.

케이티 그런데 현실은 어떤가요? 당신의 경험은 어떠했나요?

246

마티 삼촌은 이게 다 내 잘못 때문이라고 비난했어요. 그런데 그건…

케이티 그럼 당신의 경험은 '아니요'로군요. 그들은 잘못을 인정하지 않습니다.

마티 맞습니다.

케이티 그래서, 삼촌들이 잘못을 인정해야 한다는 것은 진실인가요?

마티 모든 사람이 자기 잘못을 인정해야 한다는 것이 진실이라고 생각합니다.

케이티 오, 저런! 그런데 현실은 어떤가요? 그들은 늘 그렇게 하나요? 삼촌들이 잘못을 인정해야 한다는 것이 진실인가요?

마티 예.

케이티 그런데 현실은 어떤가요?

마티 삼촌은 그렇게 하지 않습니다.

케이티 삼촌은 그렇게 하지 않습니다. 그래서 묻는 건데, 그렇게 해야 한다는 건 대체 어느 행성에서의 일인가요? "사람들은 잘못을 인정해야 한다"—그게 진실인가요? 아니요. 그들이 그렇게 하기 전에는. 이 자리에서는 무엇이 옳고 그른지를 묻고 있는 게 아니에요. 단순한 진실을 묻고 있는 거예요.

마티 하지만 나는 정말 내 잘못을 인정하려고 노력합니다. 또 내가 결정을 내리고 삼촌에게 돈과 재산을 몽땅 맡기는 과정에서 내가 저지른 잘못도 인정합니다.

케이티 당신은 그렇습니다. 나도 그렇게 살지요.

마티 예.

케이티 나는 내 행위에 책임질 때 기분이 좋습니다. 하지만 "사람들은 잘못을 인정해야 한다"—그게 진실인가요? 아니요. 사람들이 잘못을 인정하면 안 된다는 것을 우리가 어떻게 알까요?

마티 그렇게 하지 않으니까요.

케이티 그들은 그렇게 하지 않습니다. 이 사실은 너무나 단순해서, 스윗하트, 우리는 수천 년 동안 놓치고 있었습니다. 나를 자유롭게 하는 것은 진실입니다. 현실과 다투면, 지는 것은 당신입니다. 나는 현실을 사랑합니다. 내가 어떤 영적 존재이기 때문이 아니라, 현실과 다투면 내면에서 내가 지기 때문입니다. 내면에 있는 집과 접촉이 끊기기 때문입니다. 당신은 삼촌이 잘못을 인정해야 한다고 생각하지만 그는 그렇게 하지 않을 때, 당신은 어떻게 반응하나요?

마티 속았다는 느낌이 듭니다.

케이티 그 밖에 다른 것은요? 내면에서 어떻게 느껴지나요?

마티 아픔, 슬픔, 분노, 두려움… 그런 것들이 느껴집니다.

케이티 분리감도?

마티 예, 안 좋은 것들은 전부.

케이티 당신이 이 모든 고통을 느끼는 까닭은 거짓말 속에 갇혔기 때문입니다. 삼촌이 잘못을 인정해야 한다는 것은 진실이 아닙니다. 그것은 거짓말입니다. 세상은 이 거짓말을 긴긴 세월 동안 가르쳤습니다. 만일 당신이 고통에 지쳤다면, 이제 무엇이 진실인지 알아차릴 때입니다. 사람들이 잘못을 인정해야 한다는 것은 아직은 진실이 아닙니다. 어떤 사람들은 이 진실을 받아들이기 어렵겠지만, 나는 당신을 그곳으로 초대합니다. 이 '생각 작업'에 필요한 것은 완전한, 단순한, 순수한 정직입니다. 그게 전부입니다. 그리고 기꺼이 진실을 듣고자 하는 마음. "삼촌이 잘못을 인정하고 당신에게 돈을 돌려준다면, 그것은 당신에게 훨씬 좋을 것이다. 삼촌이 잘못을 인정하고 당신에게 돈을 돌려준다면, 그것은 당신에게 최고의 영적인 길과 가장 큰 자유가 될 것이다"—당신은 그게 진실인지 확실히 알 수 있나요?

마티 그것은 나에게 최고의 영적인 길이 될 것이다?

케이티 예.

마티 으음.

케이티 '예, 아니요'로 답해 주세요. 당신은 그게 진실인지 확실히 알 수 있나요?

마티 모르겠습니다.

케이티 내 경험도 그랬어요. 나는 그게 진실인지 아닌지 알 수가 없습니다.

마티 그런데 음, 이렇게 한번 해 보죠. 내가 '예'라고 대답하면, 그런 다음 정의감을 느낄 텐데… 하지만 정의가 평화와 같은지는 모르겠네요.

케이티 동의합니다. 정의는 평화와 같은 것이 아닙니다. 나는 정의에는 관심이 없어요. 내가 관심 있는 것은 당신의 자유, 당신을 자유롭게 할 수 있는 내면의 진실입니다. 이것이 궁극의 정의입니다.

마티 그렇죠. 그런데 내가 말하는 정의는 신의 정의입니다. 내 생각에, 진실한 것은 우리가 성인 남자로서 머리를 맞대고 해결책을 상의하는 것 같고, 또… 내 잘못도 있으니까요.

케이티 "삼촌은 당신과 상의해야 한다"—그게 진실인가요?

마티 예, 분명히 진실합니다.

케이티 현실은 어떤가요?

마티 삼촌은 그렇게 하지 않습니다.

케이티 삼촌은 그렇게 하지 않습니다. 그런 일은 일어나고 있지 않습니다.

마티 맞습니다.

케이티 당신은 삼촌이 성인 남자로서 당신과 함께 상의해야 한다고 생각하지만 그는 그렇게 하지 않을 때, 당신은 어떻게 반응하나요?

마티 음, 부당한 취급을 받는다고 느끼고, 내가 옳다고 느끼고, 또 기분이 더러워집니다.

케이티 예, 그것이 결과입니다. 당신의 가슴이 아픈 것은 삼촌이 당신과 함께 상의하지 않아서가 아닙니다. 당신이 생각을 믿기 때문입니다. 삼촌이…

마티 삼촌이 그렇게 해야 한다는 생각을.

케이티 삼촌이 그렇게 해야 한다는 생각을. 잠시 가만히 있어 보세요. 그 생각이 어디에 있는지 찾아보세요. 삼촌이 성인 남자로서 당신과 함께 상의해야 한다는 이야기, 삼촌이 잘못을 인정하고 사과해야 한다는 이야기가 없다면, 당신은 누구일까요? 그 이야기가 없다면 당신은 어떠할까요? 그 이야기를 내려놓으라는 말이 아니에요. 단지, 그 이야기가 없다면 일상생활을 하는 당신은 오늘 어떠하겠느냐고 묻는 거예요.

마티 삼촌에게 아무 기대도 하지 않으며 살고 있을 겁니다.

케이티 예.

마티 그러면 마음이 더 평온할 것 같습니다.

케이티 예.

마티 하지만 나는…

케이티 '하지만'이라고 말할 때는 당신이 어떻게 자기의 이야기로 들어가려 하는지 알아차리세요.

마티 (침묵한 뒤) 그러면 어떤 느낌일지 전혀 모르겠습니다.

케이티 맞아요, 스윗하트. 우리는 지금 실제 일어나는 일에 관한 거짓말을 붙드는 데 너무나 익숙해져서, 자유롭게 사는 법을 알지 못합니다.

우리 중 일부는 그렇게 사는 법을 배우고 있습니다. 배우지 않고 그냥 넘어가기에는 그들의 고통이 너무 크기 때문입니다. 내 경험에 따르면, 그 이야기를 붙잡지 않을 때 나는 아침에 일어나서 이를 닦고, 아침 식사를 하고, 날마다 하는 일들을 하고, 여기에 오고… 그런 일들을 합니다. 하지만 스트레스는 없이, 지옥은 없이.

마티 근사해 보이네요. 나도 전에 자유로운 상태를 잠시 맛본 적이 있어서 그 상태를 기억합니다. 정말 그렇게 살고 싶습니다. 여기에 온 것도 그 때문이죠.

케이티 그럼 그 부분을 다시 읽어 보세요.

마티 그래요, 첫 부분. 이제 내 글씨를 알아보겠군요. "나는 랄프 삼촌에게 화가 난다. 왜냐하면 삼촌이 준 엉터리 주식 정보들 때문에 내 돈을 다 날렸기 때문이다."

케이티 우리는 이제 뒤바꾸기를 할 거예요. '생각 작업'은 이웃을 판단하고, 종이에 적고, 네 가지 질문을 하고, 뒤바꾸는 것입니다. 그게 전부입니다. 단순하죠. 자, 이제 뒤바꾸기를 해 볼까요? "나는 내게 화가 난다."

마티 나는 내게 화가 난다…

케이티 "…받아서." 삼촌은 주고, 당신은 받았습니다.

마티 삼촌을 믿고, 삼촌이 준 주식 정보들을 받아서.

케이티 예, 비슷합니다. 아주 단순하게 하세요. 이제 다시 읽는데, 앞부분은 처음 쓴 대로 읽어 보세요. "나는 내게 화가 난다."

마티 나는 내게 화가 난다. 왜냐하면 나는 내게…?

케이티 예, 허니.

마티 아! 나는 내게 화가 난다. 왜냐하면 나는 내게 몇 가지 엉터리 주식 정보를 주어 내 돈을 다 날리게 했기 때문이다?

게이디 에. 당신은 그 징보들을 자신에게 주었습니다.

마티 알겠어요. 나는 내게 정보를 주었습니다. 삼촌의 정보를 받아들여서.

케이티 그래요. 당신이 받지 않으면, 삼촌은 당신에게 줄 수 없습니다. 당신은 자기의 근거 없는 생각을 믿었습니다. 무슨 말인지 이해할 것 같군요.

마티 인정하기 힘들군요.

케이티 음, 인정하기 더 힘든 게 하나 있는데, 그건 당신이 지금까지 죽 그렇게 살았고 그런 식으로 자기를 다른 사람의 손에 내맡겼다는 거예요.

마티 예. 정말 바보 같았어요.

케이티 다음 문장을 보죠.

마티 나는 삼촌이 나를 구제해 주기를 원한다.

케이티 좋아요. "삼촌은 당신을 구제해 주어야 한다"—그게 진실인가요?

마티 예, 삼촌이 훌륭한 사람이라면. 예.

케이티 왜 그래야 하죠? 당신은 누구의 돈을 투자했나요?

마티 삼촌의 돈 일부와 내 돈 일부입니다.

케이티 좋아요, 당신의 돈과 삼촌의 돈. 하지만 당신의 돈을 봅시다. 당신은 삼촌에게 들은 뒤 자신에게 준 주식 정보에 따라 그 돈을 투자했습니다.

마티 맞습니다.

케이티 그런데 삼촌이 당신을 구제해 주어야 한다?

마티 음, 그런 식으로 얘기하면… 아닙니다.

케이티 좋아요. 그럼 삼촌이 그 당시 옳다고 믿은 정보를 당신에게 알려 준 것 말고, 이 문제에 관해 어떻게 해야 하나요?

마티 아무 의무가 없습니다.

케이티 그래요. 아무 의무가 없지요.

마티 하지만 문제는, 지금 나한테는 이런 말이 관념에 불과하다는 겁니다. 머리로는 그렇다고 생각하지만, 아직도 화가 납니다.

케이티 그냥 이 과정을 따라 주세요. 지금 이게 관념으로 보인다면, 그래야 하기 때문입니다. 삼촌이 구제해 줘야 한다는 생각을 믿을 때, 당신은 어떻게 반응하나요? 삼촌이 당신을 구제해 주면, 그게 당신에게 영적으로 가장 좋은 길일까요?

마티 심한 걱정과 두려움을 느끼고, 내게 일어나지 않았더라면 좋았을 나쁜 일들을 생각합니다.

케이티 당신은 계속 그런 생각에 집중할 수 있고, 자신을 구제하지 않아도 됩니다.

마티 예.

케이티 당신은 삼촌이 어떻게 해야 한다는 생각에 집중하며, 자신이 옳은 이유를 얘기합니다. 하지만 당신의 뜻대로 되지 않습니다. 진실은, 삼촌은 당신을 구제할 의무가 없다는 것입니다. 당신의 돈을 투자한 사람은 삼촌이 아니라 당신이기 때문입니다.

마티 예.

케이티 당신을 구제할 수 있는 길은 진실을 알고 진실에 따라 사는 것이지만, 진실이 아닌 삼촌에게 초점을 맞추면 그렇게 할 수 없게 됩니다. 스스로 자기를 구제하는 것만큼 기분 좋은 일은 없습니다. 누가 당신을 이 상황 속으로 밀어 넣었나요? 당신입니다. 삼촌이 당신을 구제하지 않겠다면, 누가 당신을 구제해야 하나요? 당신입니다. 만일 삼촌이 당신을 구제해 주면, 당신은 스스로 할 수 있다는 것을 깨닫지 못할 것입니다.

마티 맞습니다.

케이티 나중에 삼촌이 다시 거절하면, 당신은 예전처럼 그를 원망하고 계속 그에게 관심을 쏟으며 스스로 자신을 구제하지 않을 것입니다. 스스로 할 수 있다는 것을 모르기 때문입니다. 그리고 당신은 임종의 순간에도 이렇게 외칩니다. "이건 부당해! 내가 뭘 잘못했기에 저렇게 야박한 삼촌을 만난 거야?"

마티 예, 그럴 거예요. 맞습니다.

케이티 자, 삼촌은 당신을 구해야 한다는—진실은 그렇지 않은데도—이 신화를 붙들어야 할 좋은 이유를 하나만 말해 보세요.

마티 그 정도 돈은 삼촌에게는 껌값입니다.

케이티 아주 좋은 이유로군요! 우주에는 세 가지 일만이 있습니다—나의 일, 남의 일, 신의 일. 신이라는 말 대신 자연이나 현실을 넣어도 상관없습니다. 자, 이것은 분별 시험입니다. 삼촌의 돈을 어떻게 하는지는 누구의 일인가요?

마티 삼촌의 일입니다.

케이티 그렇죠.

마티 나는 그것을 내 일로 여기고 있었어요. 그게 마음을 아프게 합니다.

케이티 예. 내가 알아차린 것은 이거예요. 내가 마음으로 당신의 일에 관여하면, 나의 내면에는 스트레스가 생깁니다. 의사들은 그것을 위궤양, 고혈압, 암 등 수많은 이름으로 부릅니다. 그 뒤 마음은 그것에 집착하

254

고, 첫 번째 거짓말을 지탱하기 위한 완전한 체계를 만들어 냅니다. 첫 번째 거짓말이 시작될 때 느낌들이 말해 주는 얘기를 들어 보세요. 그리고 질문하세요. 그렇지 않으면 스트레스를 일으키는 느낌들과 이야기들 속에서 길을 잃게 됩니다. 당신은 그저 고통스러울 뿐이고, 마음은 질주를 멈추지 않습니다. 하지만 질문을 하면, 느낌들을 통해 첫 번째 거짓말을 간파합니다. 그리고 자신이 집착하는 이야기를 종이 위에 옮기면 마음을 멈출 수 있습니다. 스트레스 받는 마음이 멈추면 그만큼 빈 공간이 생깁니다. 머릿속에서는 그 마음이 아직 소리 지를 수 있지만. 이제는 그 문장들을 탐구하면 됩니다. 네 가지 질문을 하고 뒤바꾸세요. 그게 전부입니다. 당신을 자유롭게 하는 존재는 삼촌이 아니라 당신 자신입니다. 스스로 자신을 구하세요. 그러지 않으면 당신은 구제되지 않을 거예요. 그렇지 않던가요?

마티 전부 동의합니다. 다 맞는 말씀입니다. 다만, 내게는 지금 나를 구할 능력이 없다는 게 문제입니다.

케이티 음, 이 나라에는 파산 제도가 있습니다. 만일 내가 나를 파산하게 했다면, 내가 나를 파산에서 구제할 겁니다. 파산을 신청한 뒤에는 모든 빚을 끝까지 다 갚을 겁니다. 그래야 내가 찾는 자유를 얻을 수 있기 때문입니다. 매월 10센트씩이라도 상관없습니다. 나 역시 신의를 지킵니다. 내가 영적인 사람이라서가 아니라, 그렇게 하지 않으면 가슴이 아프기 때문입니다. 단순합니다.

마티 예, 그게 이유입니다. 동의합니다.

케이티 사람들은 "큰 부자가 되면 행복할 거야"라고 생각합니다. 나는 말합니다. "지금은 그 부분을 놓아두고, 여기에서 당장 행복합시다." 당신이 자기를 그 상황으로 밀어 넣었습니다. 삼촌은 지금까지 그 일과 아무런 상관이 없습니다.

마티 맞습니다. 삼촌이 나를 그렇게 만든 게 아니라는 걸 지금 깨닫고 있습니다. 내가 그렇게 했습니다. 어떤 면에서 이 대화는 전율을 느끼게 하는 것 같고, 또 한편으로는 "오, 젠장!" 하는 것 같습니다.

케이티 예. 현실로 오신 걸 환영합니다. 우리가 현실 안에서 살게 되고 우리의 옛 이야기들 없이 현실을 있는 그대로 보게 되면, 현실은 믿을 수 없이 놀랍습니다. 잠시 이 상황을 이야기 없이 바라보세요. 이것은 모두 현실입니다. 신입니다. 나는 현실을 신이라 부릅니다. 현실이 다스리기 때문입니다. 현실은 늘 있는 그대로 있습니다. 그리고 삼촌이 책임져야 한다는 이야기는 현실을 알아보지 못하게 방해할 것입니다. 아주 단순합니다. 자, 삼촌의 돈은 누구의 일인가요?

마티 삼촌의 일입니다.

케이티 삼촌이 자기 돈으로 뭘 하든 그것은 누구의 일인가요?

마티 삼촌의 일입니다.

케이티 그래요!

마티 이제는 그 두 가지를 분명히 알겠습니다. 전에는 그렇지 않았어요. 정말 그게 내 일이라고 생각했죠.

케이티 당신은 재산을 정식으로 삼촌에게 양도했나요?

마티 예.

케이티 좋아요. 이제 그것은 누구의 돈인가요?

마티 삼촌의 돈입니다.

케이티 삼촌이 자기 돈으로 뭘 하든 그것은 누구의 일인가요?

마티 삼촌의 일입니다.

케이티 이게 마음에 들지 않나요? 우리가 자기의 일로 돌아갈 때 삶은 이렇게 단순합니다.

마티 아직은 이 문제에 관해 기분이 썩 좋지는 않습니다.

케이티 스윗하트, 우리가 이처럼 근본적인 것을 깨달을 때 우리는 때로 막 태어난 망아지 같답니다. 처음에는 다리가 말을 듣지 않죠. 비틀거리다가 주저앉곤 합니다. 이 모임이 끝나면 다른 곳에 가서 잠시 조용히 앉아, 당신이 깨닫는 것과 함께 고요히 있어 보세요. 다음 문장을 봅시다.

마티 좋습니다. 삼촌은 내 빚을 갚아 주고 내게 십만 달러를 주어야 한다.

케이티 대단하군요! 마음에 들어요! 이제 뒤바꿔 보세요.

마티 나는 내 빚을 갚고 나에게 십만 달러를 주어야 한다.

케이티 참 재미있네요. 마음이 삼촌의 일에 빠져 있지 않으면, 당신은 자신을 위해 열리는 공간, 자기 문제를 해결하기 위해 열리는 능력을 보고 놀라워할 거예요. 그것은… 음, 말로는 표현할 수 없답니다. 말로는 정말 표현할 수가 없어요. 진실은 우리를 자유롭게 하여 분명하게 사랑으로 행동하게 합니다. 그리고 그 안에는 흥미진진함이 있습니다. 좋아요. 또 하나의 뒤바꾸기를 해봅시다. "나는…"

마티 나는 내 빚을 갚고 나에게 십만 달러를 주어야 한다.

케이티 "…삼촌에게 십만 달러를 주어야 한다." (마티와 청중이 웃는다.)

마티 오, 이런!

케이티 삼촌에게 빚진 것이 무엇이든.

마티 나는 내 빚을 갚아야 하고… 음, 삼촌에게 또 다른 십만 달러를 빚진 것 같군요.

케이티 그런 것 같군요.

마티 나는 내 빚을 갚고 삼촌에게 십만 달러를 주어야 한다. 와아!

케이티 예. 자기를 위해서. 그 사람의 재산이 수십억 달러든 수백억 달러든 그건 상관이 없어요. 당신 자신을 위해 그렇게 하는 거예요.

마티 동의합니다. 완전히 동의해요.

케이티 예. 그래서 "삼촌은 당신에게 십만 달러를 주어야 한다"―왜 그렇죠?

마티 음, 제가 지난 2년 반 동안 애쓴 데 대한 기본적인 보상이라는 거겠죠.

케이티 그러면 당신은 행복할까요?

마티 음, 아니요.

케이티 삼촌이 당신에게 십만 달러를 주어야 한다는 생각을 믿을 때, 당신은 어떻게 반응하나요?

마티 마음이 아픕니다.

케이티 예. 그 생각이 없다면 당신은 누구일까요?

마티 자유로울 겁니다.

케이티 다음 문장을 봅시다.

마티 (웃으며) 삼촌은 나를 파산 상태에서 구해 주어야 한다. 정말 웃기는 말이네요!

케이티 좋아요. 이제 뒤바꿔 보세요.

마티 나는 나를 파산 상태에서 구해 주어야 한다.

케이티 당신이 어떻게 고통을 끝내고 있는지 알겠어요? 사람들은 아흔 살에 임종을 맞으며 말합니다. "다 삼촌이 잘못한 거야." 우리는 이제 그럴 필요가 없습니다. 여기에서 배우는 것이 그것입니다. 삼촌을 판단하고, 종이에 쓰고, 네 가지 질문을 하고, 뒤바꾸세요. 그리고 삼촌에게 감사의 편지를 보내세요. 삼촌이 구해 주지 않은 것이 당신에게 가장 좋은 일이 될지 우리가 어떻게 알겠어요? 그는 그렇게 하지 않았습니다. 당신은 큰 선물을 받고 있습니다. 당신이 진실 속으로 들어갈 때, 그 선물은 눈에 보이게 되고 가질 수 있게 됩니다. 그리고 당신은 어린 소년처럼 새로워질 것입니다.

마티 그러면 좋겠군요.

케이티 당신은 정말 용기 있는 사람입니다. 삼촌에게 전화해서, 당신의 뒤바꾸기들을 얘기해 주면 아주 좋을 거예요. 예를 들어 이렇게 말할 수 있겠죠. "삼촌, 사실 저는 삼촌에게 전화할 때마다 뭔가를 원했어요. 이젠 제가 그랬다는 것을 분명히 알게 되었죠. 저는 더이상 삼촌이 구해 주기를 바라지 않아요. 삼촌의 돈은 삼촌의 돈이고, 제가 삼촌에게 빚을 졌으니 저는 그 빚을 갚을 겁니다. 제게 조언하실 말씀이 계시면 언제든지 해 주세요. 그동안 제가 삼촌한테 잘못한 게 많아요. 진심으로 사과드립니다." 혹시 삼촌이 좋은 주식 정보를 알고 있다고 말하면, 당신은 고맙다고 말한 뒤 스스로 결정할 수 있고, 설령 그 정보들 때문에 돈을 잃는다 해도 삼촌을 비난하지 않을 수 있습니다. 당신이 자신에게 그 주식 정보를 주었으니까요.

마티 예. 사실, 나는 삼촌에게 정보를 달라고 조르기도 했어요. 나는 돈을 좀 상속받았는데, 부자인 삼촌이 그 돈을 어떻게 굴려야 하는지 잘 알 거라고 믿었기 때문이죠.

케이티 당신이 투자할 수 있는 최고의 주식 시장은 당신 자신입니다. 이 진실을 발견하는 것이 금광을 발견하는 것보다 더 낫습니다.

마티 그런데 삼촌에게 전화해서 아까 그 내용을 얘기한다고 생각하니 굉장히 두려워집니다.

케이티 그럴 거예요. 당신은 잘못한 게 되고, 삼촌은 옳은 게 될 테니까요.

마티 삼촌이 잠자쿠 내 말을 들을지도 모르겠네요.

케이티 예, 당신은 모릅니다. 좋아요, 다음 문장을 봅시다.

마티 나는 앞으로 다시는 삼촌에게 돈을 빌리거나, 주식 정보를 듣거나, 쩨쩨하고 유치하고 화내는 소리를 듣고 싶지 않다.

케이티 당신은 이 모든 일을 다시 되풀이할 수 있습니다. 마음속에서라도. 당신의 내면에 어떤 잔재가 남아 있을 수도 있습니다. 하지만 당신이 어느 한 가지를 놓아 버리면, 모든 것이 도미노처럼 쓰러질 거예요. 우리가 다루는 대상은 관념들이니까요. 한 번도 조사되지 않은 이론들. 이런 관념들은 다시 나타날 수 있지만, 그것들을 어떻게 해야 하는지 알면 이것은 좋은 소식입니다. 당신은 삼촌에게 다시 뭔가를 기대할 수 있는데, 그게 당신의 진실과 어긋나면 고통을 받을 거예요.

마티 맞아요. 예, 정말 맞습니다. 인정하기는 어렵지만 사실입니다.

케이티 예, 하지만 인정하는 것이 인정하지 않는 것보다 더 쉽답니다.

마티 예… 잘 모르겠네요. 아직 그럴 수 있는지, 하지만…

케이티 당신은 그 극본을 마음속에서 다시 상영할 수 있어요. 그런데 만일 당신이 집착하는 대상이 남아 있다면, 무언가가 당신의 마음을 아프게 한다면, 그것은 당신을 다시 '생각 작업'으로 데려올 거예요. 자, 앞의 문장을 당신이 쓴 대로 읽되, "나는 기꺼이…"로 바꿔서 읽어 보세요.

마티 예. 나는 기꺼이 삼촌에게 돈을 빌리고 주식 정보를 듣겠다? (잠시 침묵) 그럴 것 같습니다. 나는 기꺼이 삼촌에게 돈을 빌리고 주식 정보를 듣겠다. 나는 기꺼이 삼촌의 쩨쩨하고 유치하고 화내는 소리를 듣겠다.

케이티 예. 그 때문에 아픔을 느끼면 다시 '생각 작업'으로 돌아올 테니까요. 당신이 자유를 원한다면. 이제, "나는 고대한다."

마티 나는 고대한다… 잠깐만요… 갑자기 혼란스럽네요.

케이티 그냥 하세요. 이 과정을 신뢰하세요. "나는 고대한다."

마티 좋습니다. 나는 삼촌에게 돈을 빌리고, 주식 정보를 듣고, 쩨쩨하고 화내고 유치한 소리를 듣기를 고대한다?

케이티 예. 그러면 당신이 그 극본을 다시 한 번 상영할 수 있기 때문입니다.

마티 그럴 것 같진 않은데요. 삼촌이 다시 정보를 주지는 않을 테고, 앞으로 주식에 투자할 만한 돈이 다시 생길 것 같지도 않으니까요. 그렇다고 다시 투자하고 싶다는 말은 아니지만.

케이티 한밤중에 이 극본을 상영한 뒤 식은땀을 흘리며 깨어날 수도 있어요.

마티 아!

케이티 그때 이런 일이 자주 일어납니다.

마티 그렇군요.

케이티 그럴 때는 종이와 펜을 들고 삼촌을 다시 판단하세요. 그렇게 마음속을 청소하세요. 지금껏 존재했던 모든 관념은 당신의 마음속에 있습니다. 그것은 개인의 것이 아닙니다. 수천 년이 지난 지금도 그 생각들은 여전히 우리 각자 안에 있습니다. 그리고 그 생각들은 우리가, 생각들을 달리 어찌해야 하는지 모르는 까닭에 환각제에 빠지거나 도망치거나 숨거나 거부하는 대신, 얼마간의 다정함과 이해로 만나 주기를 기다리고 있습니다. 생각들이 일어나면, 그것들을 그저 정직하게 만나세요. "삼촌은 내게 갚을 빚이 있다"—그게 진실인가요? 당신은 그게 진실인지 확실히 알 수 있나요? 그 생각을 믿을 때 당신은 어떻게 반응하니요? 스스로 물어보세요. 그리고 그 생각이 없다면 당신은 누구일까요? 당신에게는 가까운 삼촌이 한 명 있고, 당신은 스스로 책임질 것입니다. 삼촌을 조건 없이 사랑하기 전에는 아직 '생각 작업'이 끝나지 않았습니다. 이제 눈을 감고서, 당신을 도우려 애쓰는 삼촌을 바라보세요. 그 남자를 바라보세요, 당신의 이야기 없이.

마티 내 경험을 얘기해도 될까요?

케이티 예.

마티 나는 삼촌의 비난 때문에 아직도 아픔을 느낍니다.

케이티 좋아요, 비난… 뒤바꿔 보세요. "나는 아픔을 느낀다."

마티 나는 내 비난 때문에 아직도 아픔을 느낀다.

케이티 내 마음속에서 삼촌을 향한.

마티 나는 내 마음속에서 삼촌을 향한 내 비난 때문에 아픔을 느낀다?

케이티 예.

마티 여기 있는 사람들은 다 이해할지 모르지만, 나는 이해가 안 됩니다.

케이티 삼촌이 어떻게 비난했나요?

마티 "마티, 네가 대체 뭘 알아? 내가 너한테 이렇게 하라고 했잖아? 그런데 너는 네 마음대로 다 해 버리고…"

케이티 좋아요. 여기에서 멈춥시다. 혹시 삼촌의 말이 옳지만 당신은 그 말을 듣고 싶지 않은 건 아닐까요? 그 말은 비난이 아닙니다. 어떤 사람이 우리 자신에 관한 진실을 얘기하지만 우리가 그 말을 듣고 싶지 않을 때, 우리는 그것을 '비난'이라고 합니다. 즉 우리는 그 말을 듣고 싶지 않다고 생각합니다. 하지만 우리는 내면 깊은 곳에서 진실에 목말라 있습니다.

마티 좋습니다. 알겠어요. 사실입니다.

케이티 비난이라는 것은 없습니다. 내가 듣고 싶지 않은 진실을 말해 주는 어떤 사람이 있을 뿐이죠. 나를 비난하는 사람의 말을 정말로 들을 수 있다면, 나는 자유를 찾을 거예요. 당신이 자기라고 믿고 있는 '나'는 발견되기를 원하지 않습니다. 그것은 곧 자기의 죽음이기 때문입니다. 내가 거짓말을 했다고 어떤 사람이 말하면, 나는 그 말이 옳은지 알기 위해 내면으로 들어갑니다. 그 사람이 말한 상황에서는 그 사실을 찾을 수 없어도 다른 상황에서는 찾을 수 있습니다. 아마 이십 년 전의 어떤 상황에서는. 그러면 나는 말합니다. "맞아요, 나는 거짓말쟁이입니다. 당신의 말이 어떤 면에서 옳은지 알겠어요." 우리는 여기에서 공통점을 찾았습니다. 그는 내가 거짓말쟁이라는 것을 알고, 이제 나도 그렇다는 것을 압니다. 우리는 함께하며 연결됩니다. 우리는 둘 다 동의합니다. 나는 내가 어떤 사람인지 알려 주는 조각들을 그들을 통해 발견할 수 있습니다. 이것은 자기사랑의 시작입니다.

마티 맞습니다. 세상에, 그렇게 볼 수도 있는 거군요!

케이티 삼촌의 어떤 말이 마음을 아프게 하면, 그는 당신이 아직 보고 싶지 않은 어떤 진실을 보여 주고 있습니다. 그 사람은 붓다입니다. (청중이 웃고, 마티도 함께 웃는다.) 우리 가까이 있는 사람들은 우리에게 필요한 모든 것을 줄 것입니다. 그러면 우리는 자기 자신을 깨닫고 거짓말에서 해방될 수 있습니다. 삼촌은 무슨 말을 해야 하는지 정확히 알고 있습니다. 그는 당신을 당신에게 돌려주는 당신이기 때문입니다. 하지만 당신은 말합니다. "그만 하세요, 그런 말은 듣고 싶지 않아요." 주로 마음속에서만 그렇게 말합니다. 삼촌에게 정직하게 말해 버리면 삼촌이 돈을 주지 않을 거라고 생각하니까요. 또는 애정이나 인정을.

마티 삼촌은 나를 한 번도 인정해 주지 않았어요.

케이티 좋네요! 나는 이 사람이 아주 마음에 들어요. (마티와 청중이 웃는다.) 그는 당신이 자신을 인정하도록 놓아두고, 자기의 진실에만 관심을 둡니다.

마티 삼촌을 직접 보고도 깨달은 존재라고 생각할지 모르겠군요.

케이티 내가 아는 건, 그는 당신이 아직 보고 싶지 않은, 당신에 관한 진실을 알고 있다는 거예요. 그는 당신이 (내면 깊은 곳에서) 정말로 보고 싶어 하는 것들로 당신을 인도할 수 있습니다. 그게 진실이에요. 당신이 친구에게 가서 "삼촌은 나한테 너무 부당하게 했어"라고 말하면, 친구는 "세상에, 삼촌이 너무하네"라고 말하겠죠. 적을 찾으라는 말이에요. 그들은 당신에게 동정을 베풀지 않습니다. 당신은 피난처를 찾아 친구들에게 갑니다. 그들은 당신의 이야기에 맞장구를 쳐 주니까요. 하지만 적들에게 가면, 그들은 당신이 알고 싶어 하는 것은 무엇이든 솔직하게 말해 줍니다. 당신은 알고 싶지 않다고 생각하겠지만…. 정말로 진실을 알고 싶다면, 삼촌은 더없이 소중한 것을 줄 거예요. 그러기 전까지는 삼촌을 원망하게 됩니다.

마티 내가 방어하려는 모든 것은 내가 보고 싶지 않은 진실이라는 말인가요? 이런 세상에! 당연히 나는 삼촌을 적으로 보고 있었어요! 정말 놀랍군요!

케이티 삼촌들에게는 아무런 문제가 없었고, 앞으로도 없을 거예요. 문제는 삼촌에 대한, 당신의 조사되지 않은 생각입니다. 생각을 조사할 때 당신은 스스로 자유로워집니다. 당신의 삼촌은 실은 삼촌으로 가장한 신입니다. 그는 자유를 위해 필요한 모든 것을 당신에게 주고 있습니다.

대기업들의 횡포에 화가 납니다

사람들은 종종 묻습니다. "만일 '생각 작업'을 한 뒤에 지구의 앞날을 걱정하지 않게 되면, 사회를 위해 활동하고 싶은 마음이 들까요? 마음이 완전히 평화롭다면, 왜 군이 사회를 위해 행동하려 할까요?" 나는 대답합니다. "사랑이 그렇게 하기 때문입니다."

탐구를 시작하는 사람들에게 가장 큰 장애물 중 하나는 두려워하지 않음에 대한 두려움입니다. 그들은 스트레스나 화가 없으면 행동하지 않을 것이며, 입가에 침이나 흘리면서 가만히 앉아 있을 것이라고 믿습니다. 평화는 행동하지 않는다는 인상을 심어 준 사람들은 내가 아는 평화를 알지 못했습니다. 나는 화가 없이도 완전히 행동할 준비가 되어 있습니다. 진실은 우리를 자유롭게 하며, 자유는 행동합니다.

사람들을 데리고 사막에 가면, 그들은 선인장 아래에서 뒹굴고 있는 빈 깡통을 보고 말합니다. "대체 누가 이 아름다운 사막에 와서 이런 짓을 했지?" 하지만 그 빈 깡통이 사막입니다. 그것은 지금 있는 것입니다. 어떻게 그것이 제자리에 있지 않을 수 있을까요? 선인장, 뱀, 전갈, 모래, 깡통, 그리고 우리—그 모두가 사막입니다. 이것이 자연입니다. 깡통 없는 사막이라는 마음속 그림이 아니라…. 나는 스트레스나 판단 없이 그저 깡통을 줍습니다. 아니면, 사람들이 지구를 오염시키고 있으며 인간의 이기심과 탐욕은 끝이 없다는 '이야기'를 얘기한 뒤, 슬픔과 화를 느끼며 깡통을 주울 수도 있습니다. 어느 쪽이든 깡통이 옮겨질 때가 되면, 자연으로서 그 자리에 있는 나는 깡통을 주울 것입니다. 조사되지 않은 '이야기'가 없다면 나는 누구일까요? 나는 그냥 즐겁게 깡통을 주울 것입니다. 그러면 내가 깡통 줍는 것을 본 사람들도 내 행위를 옳게 여기고 다른 깡통을 주울 수 있습니다. 우리는 미리 계획하지 않아도 이미 공동체로서 행동하고 있습니다. 이야기가 없다면, 적이 없다면, 행동은 즉각적이고 분명하고 한없이 친절합니다.

마가렛 나는 대기업들이 책임을 다하고, 생명을 존중하며, 미래에 관심을 가지고, 환경을 보호하고, 개발도상국들을 지원하며, 동물에 대한 학대를 그만두고, 돈만 생각하지 않기를 원한다.

케이티 "대기업들은 돈만 생각한다"—당신은 그게 진실인지 정말로 알 수 있나요? 그렇지 않다는 말이 아닙니다. 나는 이 주제에 관한 철학도 없고, 옳고 그름을 판단하지도 않아요. 그냥 묻는 거예요.

마가렛 음, 그런 것 같아요.

케이티 대기업들은 돈에만 관심이 있다는 생각을 믿을 때, 당신은 어떻게 반응하나요?

마가렛 화가 나고 좌절해요. 그들을 돕고 싶지 않아요.

케이티 예, 실제로는 돕고 있으면서도···. 당신은 대기업이 생산한 상품들을 씁니다. 전기와 휘발유, 가스를 쓰죠. 그러면서 죄의식을 느끼지만 그래도 계속 씁니다. 그리고 그들처럼 자기 행위를 정당화할 방법을 찾을지도 모릅니다. 이제 이 사람들이 돈에만 관심이 있다는 생각을 믿을 '스트레스 주지 않는 이유'를 하나만 얘기해 주세요.

마가렛 하지만 나는 그러지 않으려 노력하고 있어요. 적어도 내가 할 수 있는 일을 하고 있어요.

케이티 당신은 그 생각을 믿을 때 화가 나고 좌절한다고 말합니다. 자신은 변화를 위해 노력하지만 그들이 여전히 나무를 자르고 있다고 생각할 때, 당신은 어떤 기분을 느끼나요? 당신은 더 많은 스트레스를 받아야 지구를 구할 수 있다고 생각합니다. 이제 그 생각을 믿을 '스트레스 주지 않는 이유'를 하나만 말해 보세요.

마가렛 스트레스 주지 않는 이유는 없어요.

케이티 스트레스 주지 않는 이유는 없어요? 그럼 그들이 돈에만 관심이 있다는 이 생각, 이 철학이 없다면 당신은 누구일까요?

마가렛 평화로울 거예요. 행복할 거예요. 아마 마음이 더 밝을 거예요.

케이티 예. 또 아마 더 효과적으로 일하고, 더 활기차고, 덜 혼란스럽고, 또 아직 상상하지 못한 방식으로 진정한 변화를 이끌어 내는 자리에 있겠죠. 내 경험에 따르면, 맑은 마음은 폭력과 스트레스보다 훨씬 더 효율적으로 행동합니다. 도중에 적들을 만들지도 않지요. 그래서 누구와도 얼굴을 맞대고 편안하고 평화롭게 협상할 수 있습니다.

마가렛 맞아요.

케이티 만일 내가 대기업 임원이나 벌목꾼을 찾아가서, 환경을 파괴한다며 어떤 식으로든 그 사람이나 그의 기업을 비난한다면, 내 말이 아무리 옳다고 한들 그 사람이 마음의 문을 열까요? 나의 태도는 그 사람에게 겁을 줄 테고, 진상은 실종될 거예요. 나의 말과 태도가 두려움에서 나오기 때문에 그렇습니다. 그 사람의 귀에는 자기가 잘못하고 있고 전부 자기 탓이라는 얘기만 들리겠죠. 그러면 그는 부인하고 저항할 거예요. 하지만 만일 내가 모든 것은 지금 그래야 하는 대로 있음을 완전히 확신하며 아무 스트레스 없이 그에게 얘기한다면, 나는 미래에 대한 두려움 없이 상냥하게 얘기할 수 있습니다. "진상은 이러이러합니다. 우리가 어떻게 하면 더 낫게 할 수 있을까요? 다른 방법이 있을까요? 우리가 어떻게 하면 좋을까요?" 그가 의견을 얘기하면, 나는 들을 수 있습니다.

마가렛 무슨 말인지 알겠어요.

케이티 스윗하트, 뒤바꿔 보세요. 어떤 경험을 할지 봅시다. 양식의 2번에 쓴 문장을 뒤바꿔 보세요. 대기업을 당신으로 바꿔서 다시 말해 보세요. "나는…"

마가렛 나는 내가 책임을 다하고, 생명을 존중하며, 미래에 관심을 가지고, 환경을 보호하고, 개발도상국들을 지원하며, 동물에 대한 학대를 그만두고, 돈만 생각하지 않기를 원한다.

케이티 어떻게 느껴지나요?

마가렛 음, 나는 정말… 나는 늘 그렇게 하고 있어요.

케이티 똑같은 일을 해도 스트레스와 화, 좌절감 없이 일하면 더 좋지 않을까요? 당신이 우리(기업인들)에게 독선적인 태도로 찾아올 때, 우리에게는 적이 오는 것으로 보입니다. 당신이 우리에게 맑은 마음으로 온다면, 우리는 지구의 미래에 관해 이미 가슴속에서 알고 있는 것을 당신에게서 들을 수 있습니다. 당신이 들려주는 얘기와 해결책을, 위협을 느끼거나 방어하지 않고 들을 수 있습니다. 우리는 당신을 다정하고 매력적인 사람, 함께 일하기 좋은 사람, 신뢰할 수 있는 사람으로 볼 수 있습니다. 그것이 나의 경험입니다.

마가렛 음, 사실이에요.

케이티 전쟁은 전쟁을 가르칩니다. 당신이 자기의 정신 환경을 깨끗이 하면, 우리도 우리의 물질 환경을 더 빨리 깨끗이 할 것입니다. 그런 식으로 일이 이루어집니다. 다음 문장을 봅시다.

마가렛 대기업들은 지구에 관심을 가져야 하고, 지구로부터 받은 것을 돌려주어야 하며, 환경 단체들을 지원하고, 집 없는 사람들에게 집을 지어 주고, 방송의 자유를 지원하는 데 돈을 써야 한다. 대기업들은 깨어나서 미래에 관해 생각해야 한다.

케이티 그래서, "대기업들은 지구에 관심이 없다"—당신은 그게 진실인지 정말로 알 수 있나요?

마가렛 음, 그런 것 같은데요. 아닌가요?

케이티 글쎄요. 무슨 말인지는 이해합니다. "대기업들은 지구에 관심이 없다"고 생각할 때 당신은 어떻게 반응하나요?

마가렛 때로는 정말 우울해져요. 하지만 괜찮아요. 정말 화가 나니까요. 그러면 일할 의욕이 생기고, 그들을 변화시키기 위해 열심히 노력합니다.

케이티 그 화가 내면에서 어떻게 느껴지나요?

마가렛 마음이 아파요. 그들이 우리 지구에 하는 짓을 참을 수 없어요.

케이티 그 모든 화가 내면에서 폭력적으로 느껴지지 않나요?

마가렛 그렇게 느껴져요.

케이티 화는 폭력적입니다. 느껴 보세요.

마가렛 하지만 화는 행동할 힘을 줍니다. 그래서 어느 정도의 스트레스는 좋다고 생각해요. 일을 추진하려면 화가 필요합니다.

케이티 폭력이 일을 하고, 폭력이 평화롭게 해결하는 길이라고 말하는군요. 나는 납득할 수가 없습니다. 우리 인류는 그것을 증명하기 위해 끊임없이 노력해 왔어요. 당신의 말은, 폭력이 당신에게는 건전하지만 기업들이 지구에 쓰면 안 된다는 거예요. "여보세요, 기업님들. 여러분은 폭력을 중단하고 지구를 평화롭게 대해야 해요. 그런데 말이에요, 내게는 폭력이 정말 쓸모 있답니다." 그래서, "나는 스스로 동기를 부여하기 위해 폭력이 필요하다"—그게 진실인가요?

마가렛 (잠시 침묵한 뒤) 아니요. 그런 식으로 화를 내고 나면 우울해지고 기진맥진해집니다. 그럼 폭력 없이도 스스로 동기를 부여할 수 있다는 말인가요?

케이티 예, 스윗하트, 그래요. 내가 어떤 일들을 이루거나 스스로 동기를 부여하는 데는 어떤 화나 폭력도 필요하지 않습니다. 화를 느끼게 되면, 나는 그 뒤에 있는 생각을 탐구합니다. 그러면 사랑이 동기를 부여합니다. 사랑보다 더 힘 있는 것이 있을까요? 당신의 경험을 생각해 보세요. 또 그 무엇이 사랑보다 더 강하게 동기를 부여할 수 있나요? 당신은 두려움과 화가 우울하게 한다고 얘기합니다. 한번 돌이켜 보세요. 누군가를 사랑할 때 당신이 얼마나 동기 부여되는지를…. 동기를 부여받으려면 폭력이 필요하다는 생각이 없다면, 당신은 누구일까요?

마가렛 잘 모르겠어요. 아주 낯설게 느껴져요.

케이티 자, 스윗하트, 뒤바꿔 봅시다. "나는…"

마가렛 상관없어요. 예, 맞아요. 나는 그런 사람들에게 관심이 없었어요. "나는 지구에 관심을 가져야 하고, 지구로부터 받은 것을 돌려주어야 한다. 나는 환경 단체들을 지원하고, 집 없는 사람들에게 집을 지어주고, 방송의 자유를 지원하는 데 내 돈을 써야 한다. 나는 깨어나서 미래에 관해 생각해야 한다."

케이티 예. 당신이 가슴에 폭력이 없이, 화가 없이, 기업들을 적으로 보지 않으면서 진정으로 그렇게 하면, 사람들은 알아차리기 시작할 거예요. 우리는 평화를 통한 변화가 가능하다는 것을 들으며 알아차리게 될 거예요. 알다시피, 그 일은 한 사람과 함께 시작해야 합니다. 당신이 아니면 누가 그렇게 할까요?

마가렛 음, 맞아요. 정말 그래요.

케이티 다음 문장을 봅시다.

마가렛 그들은 지구를 해치거나 파괴하지 말아야 하며, 바뀌어야 하고, 생명을 존중해야 한다.

케이티 자, "그들은 그렇게 해야 한다"―그게 진실인가요?

마가렛 음, 그렇게 한다면 굉장한 첫걸음이겠죠.

케이티 그래서 "그들은 그렇게 해야 한다"―그게 진실인가요?

마가렛 예.

케이티 당신은 내면으로 들어가고 있나요? 진정으로 묻고 있나요? "그들은 바뀌어야 한다"―그게 진실인가요?

마가렛 음, 나의 일상적인 생존이나 그런 것들 때문에 그래야 하는 건 아니에요. 하지만, 예, 그렇게 되면 정말 좋을 거예요.

케이티 알겠어요. 그런데 그게 당신의 행복을 위해 필요한가요?

마가렛 내가 원하는 건 그거예요. 무슨 말인지는 알겠지만 그건 정말…

케이티 이것은 당신의 내면에 엄청난 공포를 일으킵니다. 당신은 대기업들이 바뀌어야 한다고 생각하지만 대기업들은… 오, 저런… 그들은 예전과 똑같이 하고 있을 때, 당신은 어떻게 반응하나요? 그들은 당신의 말을 듣지 않습니다. 당신은 그들의 자문위원도 아닙니다. (청중이 웃는다.) 그들은 당신의 전화에 응답하지 않습니다. 당신은 녹음된 자동응답 메시지만을 들을 뿐입니다. 당신은 그들이 바뀌어야 한다고 생각하지만 그들은 그렇게 하지 않을 때, 당신은 어떻게 반응하나요?

마가렛 낙담해요. 마음이 아파요. 초조해지고, 무척 화가 나고, 몹시 두려워져요.

케이티 예. 그래서 아예 아이를 낳지 않으려는 사람도 많지요. 그런 생각이 조사되지 않은 채 머릿속에서 계속 떠오르기 때문입니다. 이 믿음에 집착하면 커다란 두려움 속에서 살게 됩니다. 이 믿음을 내려놓을 이유를 찾을 수 있나요? 내려놓으라는 말이 아니에요.

마가렛 예, 많은 이유를 찾을 수 있어요. 하지만 정말 걱정되는 것은…

케이티 당신이 그 믿음을 내려놓으면 무슨 일이 일어날까요?

마가렛 무관심해질 거예요.

케이티 이렇게 묻고 싶군요. "이 생각을 믿지 않으면 나는 환경에 관해 완전히 무관심해질 것이다"—당신은 이게 진실인지 정말로 알 수 있나요?

마가렛 아니요.

케이티 만일 고통을 겪지 않는다면 우리는 무관심해질 것이다? 참 재미있는 생각이로군요. 스트레스가 관심을 가지는 것이고 두려움이 관심을 가지는 것이라고 생각할 때, 당신은 어떻게 반응하나요? 그 생각을 믿을 때, 우리는 어떻게 반응하나요? 우리는 고통의 왕자들이 됩니다. 좋은 목적을 위해서, 인류애의 이름으로…. 우리는 고통을 위해 우리의 삶을 희생합니다. 그런 이야기는 예수가 십자가 위에서 몇 시간이나 고통을 겪었다고 말합니다. 당신은 얼마나 오랫동안 몸에 이런 대못들이 박힌 채 살았나요?

마가렛 무슨 말인지 알겠어요.

케이티 뒤바꿔 봅시다.

마가렛 예. "나는 지구를 해치거나 파괴하지 말아야 한다."

케이티 지구를 깨끗이 한다는 명분으로 자신을 해치거나 파괴하지 마세요. "지구가 깨끗해지면 나는 평화로울 것이다." 그게 말이 된다고 생각하세요? 당신의 고통, 그게 지구를 깨끗이 하는 방법인가요? 당신이 많은 고통을 겪으면 누군가 당신의 말을 듣고 뭔가를 할 거라고 생각하나요?

마가렛 좋아요. 알겠어요. 나는 바뀌어야 한다. 나는 내 생명을 존중해야 한다.

케이티 예, 당신의 생명. 그것이 시작입니다.

마가렛 먼저 나 자신의 생명을 존중해야겠어요.

케이티 예. 먼저 자기 자신을 돌보세요. 그래서 당신이 평화를 찾고 당신의 정신환경이 균형 잡히면, 그때는 지구가 균형 잡히도록 두려움 없이, 사랑으로, 효과적으로 일하는 전문가가 되세요. 그동안은 최선을 다하세요. 나머지 우리처럼. 심지어 우리 기업인들처럼. 내면이 균형 잡히지 않고 좌절한 여성이 어떻게 남들에게 행동을 바로잡는 법을 가르칠 수 있겠어요? 우리가 먼저 배워야 합니다. 그러면 그것은 우리 안에서부터 시작됩니다. 폭력은 폭력만을 가르칩니다. 스트레스는 스트레스를 가르칩니다. 평화는 평화를 가르칩니다. 그리고 내게는 평화가 완전히 효율적입니다. 잘하셨어요. 훌륭합니다.

당신은 옳기를 바라나요,

자유롭기를 바라나요?

7. 자기비판에 관해 탐구하기

예전에 손자인 레이시의 부탁을 받고서 다스 베이더(영화 '스타워즈'에 나오는 등장인물) 장난감을 생일선물로 사 준 적이 있습니다. 이제 막 세 살이 된 레이시는 다스 베이더 장난감을 가지고 싶어 했지만, 사실 영화 '스타워즈'에 관해서는 아무것도 몰랐습니다. 다스 베이더 장난감에 동전을 넣으면 스타워즈 음악이 나오면서 다스 베이더의 거친 숨소리가 들립니다. 잠시 후 그가 말합니다. "제법이군, 하지만 너는 아직 제다이가 아니야." 그러고는 그 점을 강조하려는 듯이 검을 들어 올립니다. 레이시는 그 목소리를 듣고서 "할머니, 나 제다이 아냐"라고 말하고는 조그만 머리를 가로저었습니다. 나는 "얘야, 너는 할머니의 어린 제다이가 될 수 있단다"라고 말해 주었습니다. 하지만 그 애는 "나 아냐"라고 말하면서 다시 머리를 가로저었습니다.

그로부터 일주일쯤 지난 뒤, 나는 그 애에게 전화를 걸어 물어보았습니다. "이제 제다이가 되었니? 할머니의 어린 제다이야?" 그러자 그 애는 슬픈 목소리로 조그맣게 대답했습니다. "나 아냐." 그 애는 제다이가 무엇인지 몰랐고 물어보지도 않았지만, 그래도 제다이가 되고 싶어 했습니다. 그래서 이 이런 꼬마는 네 살이 되어 가도록 플라스틱 장난감의 명령을 받고 있었고, 실망한 채 주위만 맴돌고 있었습니다.

얼마 뒤 한 친구가 그의 비행기로 사막을 횡단하는 여행에 나를 초대했습니다. 나는 친구에게 제다이 일을 얘기한 뒤, 레이시를 데려가도 되는지 물어보았습니다. 그는 좋다고 말했고, 레이시를 놀라게 해 줄 아이디어를 떠올리며 미소를 지었습니다. 레이시는 비행기를 보고 감동했고, 비행기의 계기판과 기계장치를 무척 좋아했습니다. 친구가 공항의 지상 근무원과 미리 입을 맞춰 놓은 까닭에, 공항에 착륙했을 때 우리는 객실 확성기를 통해 울려 퍼지는 목소리를 들었습니다. "레이시, 너는 제다이다! 너는 이제 제다이다!" 레이시는 작은 눈망울을 굴리며 믿어지지 않는다는 표정을 지었습니다. 나는 그 애에게 이제 제다이인지 물었습니다. 그 애는 대답하지 않았습니다.

여행을 마치고 다시 집에 돌아오자마자 그 애는 곧장 다스 베이더에게 달려갔습니다. 그 애가 동전을 집어넣자 거친 숨소리와 함께 음악이 시작되고 검이 들리면서 굵은 저음의 목소리가 흘러나왔습니다. "제법이군, 하지만 너는 아직 제다이가 아니야." 이 장난감은 원래 그렇게 하도록 되어 있는 것 같았습니다. 나는 레이시에게 다시 물어보았고 그 애는 고개를 저었습니다. "할머니, 나 아냐."

플라스틱 장난감이 미리 녹음된 대로 말하듯이, 우리 가운데 많은 사람은 자기 자신을 가혹하게 비판하며, 우리가 무엇이며 무엇은 아니라고 마음속에서 끊임없이 얘기합니다. 이런 자기비판은 조사되기만 하면 저절로 없어집니다. 만약 당신이 여기까지 안내 사항을 따르고 밖을 향해 비난의 손가락을 가리키며 '생각 작업'을 했다면, 다른 사람에 대한 판단이 늘 자신을 향해 되돌아옴을 알아차렸을 것입니다. 그렇게 뒤바꾼 판단으로 인해 마음이 불편해질 때는 당신이 자기에 관해 믿고 있던, 아직 조사되지 않은 어떤 믿음이 명중된 것입니다. 예를 들어 "그는 나를 사랑해야 한다"라는 문장은 "나는 나를 사랑해야 한다"로 뒤바뀌는데, 이 생각 때문에 스트레스를 받는다면 그 생각을 조사해 볼 수 있습니다.

네 가지 질문과 뒤바꾸기에 능숙해지면, 당신이 판단하는 대상이 다른 사람이 아니라 자기 자신일 때도 '생각 작업'의 힘은 똑같이 강력하다는 것을 알게 될 것입니다. 당신이 판단하는 '당신'은 결국, 다른 모든 사람이 그렇다고 판명되듯이, 개인이 아님을 알게 될 것입니다. '생각 작업'이 다루는 것은 사람들이 아니라 관념들입니다.

네 가지 질문은 자기비판에 적용될 때도 똑같은 방식으로 사용됩니다. 예를 들어 "나는 실패자다"라는 자기비판을 탐구해 봅시다. 먼저 '질문 1', '질문 2'와 함께 내면으로 들어가세요. 그게 진실인가요? 나는 내가 실패자라는 것이 진실인지 확실히 알 수 있나요? 남편이나 아내가 그렇게 말할 수 있고, 부모가 그렇게 말할 수 있고, 나도 그렇게 말할 수 있습니다. 하지만 그게 진실인지 내가 백 퍼센트 확실히 알 수 있나요? 혹시 나는 줄곧 내가 살아야 했던 삶을 살았으며, 내가 한 모든 일은 내가 해야 했던 일이 아닐까요?

이제 '질문 3'으로 넘어가세요. "나는 실패자다"라는 생각을 믿을 때, 자신이 어떻게 반응하는지, 몸에서는 어떻게 느껴지는지, 자기 자신과 다른 사람들을 어떻게 대하는지 목록을 만들어 보기 바랍니다. 당신은 구체적으로 어떻게 하나요? 구체적으로 어떻게 말하나요? 어깨가 축 처지나요? 사람들에게 짜증을 내나요? 먹을 것을 찾나요? 계속 목록을 만들어 보세요.

그리고 '질문 4'와 함께 내면으로 들어가세요. 이 생각을 절대로 다시 생각할 수 없다면 당신의 삶이 어떠할지 경험해 보세요. "나는 실패자다"라는 생각이 없다면 당신은 어떠할지 눈을 감고 그려 보세요. 고요히 지켜보세요. 어떤 모습이 보이나요?

자기비판에 관한 뒤바꾸기는 대단히 혁명적일 수 있습니다. "나는 실패자다"라는 생각을 180도 돌려서 뒤바꾸면 "나는 실패자가 아니다" 또는 "나는 성공하는 사람이다"로 바뀝니다. 이 뒤바꾸기와 함께 내면으로 들어가서, 이것이 어째서 원래 문장만큼 진실하거나 더 진실한지 보세요. 당신이 어떤 면에서 성공하는 사람이라고 할 수 있는지 목록을 만들어 보세요. 그런 진실들을 어둠 속에서 꺼내 보세요.

어떤 사람들에게는 이렇게 하는 것이 처음에는 무척 어렵게 느껴지고, 심지어 하나의 사례를 찾는 것도 큰 고역일 수 있습니다. 서두르지 마세요. 정말로 진실을 알고 싶다면, 진실이 스스로 드러나도록 허용하세요. 날마다 성공 사례를 세 가지씩 찾아보세요. 첫째는 "나는 양치질을 했다"일 수 있습니다. 둘째는 "나는 설거지를 했다", 셋째는 "나는 숨을 쉬었다"가 될 수 있습니다. 당신이 이 점을 깨닫든 깨닫지 못하든, 자기 자신으로 존재하는 데 성공하는 것은 경이로운 일입니다.

때로는 '나'라는 단어를 '내 생각'으로 바꾸어 보는 것도 진실을 깨달을 수 있는 좋은 방법입니다. "나는 실패자다"라는 문장은 "내 생각이 실패자다. 특히 나 자신에 관한 생각이"로 바뀝니다. '질문 4'에 답하기 위해 내면으로 들어갈 때 이 점을 분명히 이해할 수 있습니다. "나는 실패자다"라는 생각이 없다면, 당신은 완벽하게 좋습니다. 고통스러운 것은 생각일 뿐, 당신의 삶이 아닙니다.

뒤바꾸기를 하는 데에 옳거나 그른 방법이 있는 것은 아닙니다. 그러니 뒤바꾸기에 너무 매이지 마세요. 수긍하기 힘든 뒤바꾸기가 있다면, 걱정하지 마세요. 이는 그래야 하는 대로입니다. 그냥 다음 문장으로 넘어가세요. 성실하게 탐구하고, 뒤바꾸기가 당신을 발견하게 하세요.

현실과 다툴 때

나는 집니다.

언제나.

8. 아이들과 탐구하기

어린아이와 청소년들도 '생각 작업'을 할 수 있는지 묻는 사람들이 있습니다. 나는 "물론 그럴 수 있지요"라고 대답합니다. 탐구할 때 우리가 다루는 대상은 사람이 아닙니다. 우리는 생각과 관념을 다루고 있으며, 여덟 살이건 여든 살이건 모든 연령대의 사람들은 같은 관념들을 가지고 있습니다. "엄마한테 사랑받고 싶어", "친구가 내 말에 귀 기울여 주길 원해", "사람들은 못되게 굴면 안 돼." 나이가 많든 적든 우리는 조사하면 미신에 불과한 것으로 밝혀지는 관념들을 믿고 있습니다.

어린아이들에게도 '생각 작업'은 삶을 바꾸어 줍니다. 나와 함께 '생각 작업'을 하던 여섯 살짜리 소녀는 몹시 놀라워하며 얘기했습니다. "이 '생각 작업'은 정말 놀라워요! 왜 아무도 내게 알려 주지 않았죠?" 어떤 일곱 살짜리 소년은 어머니에게 말했습니다. "세상에서 '생각 작업'이 최고예요!" 어머니가 궁금해하며 "왜 그렇게 '생각 작업'을 좋아하니?"라고 묻자, 그 애는 이렇게 대답했습니다. "무서울 때 함께 '생각 작업'을 하면 안 무서워지거든요."

어린아이들과 '생각 작업'을 할 때는 좀 더 쉬운 말을 사용한다는 것이 내가 아는 유일한 차이점입니다. 혹시 아이들이 이해하기 어려울 듯한 낱말을 쓰게 되면 나는 무슨 말인지 알겠느냐고 물어봅니다. 그 애들이 정말 이해하지 못하는 것 같으면 다른 말로 바꿔 말합니다. 하지만 아기에게 쓰는 말투는 사용하지 않습니다. 아이들의 수준을 낮게 보고 이야기하면 금방 알아차립니다.

다음은 다섯 살짜리 소녀와 나눈 대화에서 발췌한 것입니다.

베키 (겁에 질린 채, 나를 바라보지 못하며) 밤에는 침대 밑에 괴물이 있어요.

케이티 "내 침대 밑에 괴물이 있어"—애야, 그게 진실이니?

베키 예.

케이티 애야, 나를 보렴. 너는 그게 진실인지 확실히 알 수 있니?

베키 예.

케이티 증거를 대 보렴. 그 괴물을 직접 본 적이 있니?

베키 예.

케이티 그게 진실이니?

베키 예.

이제 그 아이는 웃으며 질문에 마음을 열기 시작합니다. 내가 억지로 믿거나 믿지 말라고 하는 게 아님을 신뢰하기 시작합니다. 그러면 우리는 그 애의 괴물을 데리고 재미있게 놀 수 있습니다. 결국 괴물은 인격을 갖게 되고, 대화가 끝날 무렵 나는 아이에게 눈을 감으라고 한 뒤 괴물과 직접 대화하라고 말합니다. 괴물이 침대 밑에서 무엇을 하고 있고 아이에게 정말 원하는 것이 무엇인지를 얘기하게 해 보라고 말합니다. 괴물이 얘기하는 대로 내버려 둔 채 괴물이 뭐라고 말하는지 듣고서 내게 말해 달라고 얘기합니다. 나는 괴물이나 귀신을 두려워하는 열두 명의 아이들과 이런 '생각 작업'을 했습니다. 그 아이들은 늘 "외롭대요"라거나 "그냥 놀고 싶어 해요"라거나 "나와 함께 있고 싶어 해요"라는 등의 얘기를 합니다. 이쯤에서 아이에게 물어봅니다. "애야, '내 침대 밑에 괴물이 있어'—그게 진실이니?" 그러면 대개 아이들은 내가 그런 우스운 이야기를 믿을 줄 알았다는 듯이 재미있어하며 나를 바라봅니다. 그러고는 깔깔대며 웃습니다.

다음 질문으로 넘어가기는 아주 쉽습니다. 예를 들어 "밤에 방에 혼자 있는데 침대 밑에 괴물이 있다는 생각을 믿을 때, 너는 어떻게 반응하니? 그 생각을 믿을 때는 어떤 느낌이 들지?"라고 물어보면, 아이들은 "무서워요, 무서워져요"라고 대답합니다. 아이들은 몸을 이리저리 배배 꼬며 안절부절못하곤 합니다. "애야, 밤에 침대에 누워 있을 때 '침대 밑에 괴물이 있어'라는 생각을 할 수 없다면, 너는 어떨까?"라고 물으면, 아이들은 흔히 "괜찮을 거예요"라고 대답합니다. 이때 나는 아이들에게 이런 얘기를 즐겨 합니다. "내가 네게 배운 건, 너는 그 생각이 없으면 무서워하지 않고, 그 생각이 있으면 무서워한다는 거란다. 내가 네게 배운 건, 네가 두려워하는 것은 괴물이 아니라 생각이라는 거란다. 이건 아주 좋은 소식이야. 나는 무서울 때마다 내가 무서워하는 건 생각이라는 것을 알거든."

나중에 부모들은 '생각 작업'을 한 뒤로 아이들의 악몽이 그쳤다고 늘 말합니다. 아이들에게 다시 나를 만나러 가자고 말할 필요를 느끼지 못한다는 얘기도 듣습니다. 탐구를 하면 우리는 같은 이해를 나눕니다. 한번은 부모의 요청에 따라 네 살배기 남자아이인 데이비드와 '생각 작업'을 한 적이 있습니다. 부모들은 그전에 데이비드를 심리치료사에게 데려갔었다고 합니다. 아이가 여동생인 아기를 심하게 괴롭혔기 때문입니다. 부모들은 잠깐이라도 데이비드에게서 눈을 뗄 수가 없었습니다. 아이는 기회만 있으면 심지어 부모가 옆에 있는데도 아기를 괴롭혔습니다. 아기를 손으로 쿡쿡 찌르거나, 잡아당기거나, 밀어서 바닥에 떨어뜨리려고 했습니다. 아이는 아기가 떨어질 거라는 것을 충분히 알 수 있는 나이였습니다. 부모들은 아이에게 심각한 정서장애가 있다고 여겼습니다. 아이는 갈수록 더 화를 냈습니다. 부모들은 어찌할 바를 몰랐습니다.

나는 데이비드에게 '이웃을 판단하는 양식'에 있는 질문들 가운데 몇 가지를 물었고, 어머니의 심리치료사가 아이의 대답을 적었습니다. 그 사이 부모는 다른 방에서 따로 '생각 작업'을 했습니다. 부모가 돌아오자, 나는 부모가 먼저 자기가 쓴 양식을 아이 앞에서 서로 읽게 했습니다. 아이가 솔직하게 감정을 표현해도 혼나지 않을 거라는 점을 알 수 있게 하기 위해서였습니다.

어머니 나는 새 아기에게 화가 난다. 왜냐하면 나는 온종일 그 애의 기저귀를 갈아야 하고, 데이비드와 함께 놀 수 있는 시간이 적기 때문이다. 나는 아기 아빠에게 화가 난다. 왜냐하면 그이는 밖에서 일하느라 기저귀 가는 일을 도울 수 없기 때문이다.

어머니와 아버지는 어린 데이비드 앞에서 계속 상대방과 아기를 판단했습니다. 그 뒤 데이비드는 차례가 되자 자기의 말을 큰 소리로 읽었습니다. "나는 엄마에게 화가 난다. 왜냐하면 엄마는 하루 종일 아기하고만 지내기 때문이다." "나는 아빠에게 화가 난다. 왜냐하면 아빠는 집에 잘 있지 않기 때문이다." 마지막으로 우리는 아기에 관한 문장을 들었습니다.

데이비드 나는 아기에게 화가 난다. 왜냐하면 그 애는 나와 놀고 싶어 하지 않기 때문이다. 나는 그 애와 공놀이를 하고 싶다. 그 애는 나와 놀아야 한다. 그 애는 하루 종일 누워만 있으면 안 된다. 그 애는 일어나서 나와 놀고 싶어 해야 한다. 그 애는 나랑 놀아야 한다.

케이티 "그 애는 나와 놀아야 한다"—애야, 그게 정말이니?

데이비드 예.

케이티 그 생각을 하면 기분이 어떻지?

데이비드 미치겠어요. 아기와 놀고 싶어요.

케이티 아기들이 너와 공놀이해야 한다는 걸 어떻게 알게 됐지?

데이비드 엄마와 아빠.

아이의 부모는 대답을 듣자마자 어찌 된 일인지 알게 되었습니다. 그들은 임신 기간 내내 이 어린 친구에게 "아기가 태어나면 너와 놀 수 있단다"라고 말했습니다. 부모가 깜박 잊고 말해 주지 못한 부분은, 아기가 뛰거나 공을 잡으려면 어느 정도 자라야 한다는 것이었습니다. 그들이 이 점을 데이비드에게 설명하고 사과하자, 당연히 그 애는 이해했고, 그 뒤로는 아기를 괴롭히지 않았습니다. 나중에 부모는 데이비드가 아기를 괴롭히지 않으며, 분명한 의사소통을 위해 가족이 함께 노력하고 있고, 아이는 부모를 다시 신뢰하기 시작했다고 말했습니다.

나는 어린아이들과 함께 하는 '생각 작업'을 아주 좋아합니다. 아이들은 아주 쉽게 탐구로 나아옵니다. 진정으로 자유로워지고 싶을 때 우리 모두 그러하듯이.

그 애들은 나랑 놀고 싶어 하지 않아요

2007년에 나눈 이 대화는 놀라울 정도로 잘 이해하는 언니인 아홉 살 소녀와 '생각 작업'을 한 사례입니다. 이 소녀가 질문들에 얼마나 정직하게 답하는지 주목해 보세요. 이 아이는 심지어 내가 보지 못한 곳에서 뒤바꾸기의 진실을 보기까지 합니다. 이 아이는 마음속에 방어나 정당화가 없기에, 내면으로 들어가서, 자기를 불행하게 한 믿음들을 놓아줍니다.

케이티 자, 스윗하트, 여기에 앉으렴. 더 가까이 앉자꾸나. 뭐라고 썼니?

제피 나는 조위에게 화가 난다. 왜냐하면 그 애는 나한테서 애비를 빼앗아 갔기 때문이다.

케이티 조위는 너한테서 애비를 빼앗아 갔다—그게 진실이니?

제피 예.

케이티 조위는 너한테서 애비를 빼앗아 갔다—조위가 그랬다는 것이 진실인지 너는 확실히 알 수 있니?

제피 아뇨, 아뇨.

케이티 어째서 아니라고 대답했니?

제피 음, 나는 그 애가 그렇게 했는지 확실히 알지는 못해요.

케이티 아주 좋구나. 조위가 너한테서 애비를 빼앗아 가면 안 된다고 믿을 때, 너는 어떻게 반응하지? 무슨 일이 일어나지?

제피 음, 엄청 스트레스 받아요. 그리고 애비를 비난하기 시작해요. 조위를 따라갔다면서….

케이티 네가 그 생각을 믿는데 우연히 그 아이들이 함께 있는 걸 볼 때는 무슨 일이 일어나지?

제피 "나도 너희랑 놀 수 있을까?"라고 물어요. 그럼 그 애들은 "음… 사실 우린 놀고 있지는 않았어. 하지만… 그래, 좋아"라는 식으로 대답해요. 기분이 좋지는 않아요. 내가 거기에 있는 걸 그 애들이 정말로 바라는 건 아니라는 걸 아니까요.

케이티 와! (청중에게) 누가 "그 애들은 내가 거기에 있는 걸 정말로 바라지는 않는다"라고 써 주시겠어요? 나중에 이 생각에 관해 '생각 작업'을 해 보고 싶군요. (제피에게) 집에 있거나 숙제를 하거나 설거지를 하거나 잠자러 가는 동안, "조위는 나한테서 애비를 빼앗아 갔어"라는 생각을 믿을 때, 너는 어떻게 반응하니?

제피 잠이 오지 않아요. 그리고 아침에 일어나서 학교에 가야 하는데, 가고 싶지 않고, 쉬는 시간이 겁나기 시작해요. 예.

케이티 한번 눈을 감아 보렴. 그리고 "조위가 나한테서 애비를 빼앗아 갔어"라는 생각 없이 잠자리에 들고, 아침에 잠에서 깨고, 학교에 갈 준비를 하는 너, 학교 쉬는 시간의 너를 바라보렴. 그 생각이 없다면 너는 누구일까?

제피 음, 애비와 조위를, 그 애들이 즐겁게 노는 걸 그냥 구경할 것 같아요. 그 애들은 "아… 음, 그래… 우리랑 놀아도 되지"라는 식으로 말하는데, 그 애들이 나를 원하는 것 같지 않고 나도 거기에 있는 게 그다지 기분이 좋지는 않아서 남자애들이랑 놀려고 가는데, 그 애들은 엄청 재미있는 게임을 하고 있고 누구든 끼워 줘요. (청중이 웃는다.)

케이티 아주 총명한 말 같구나. "조위가 나한테서 애비를 빼앗아 갔어"라는 생각이 없다면, 아침에 잠에서 깰 때, 학교에 가려고 옷을 입을 때, 너는 누구일까?

제피 음…

케이티 눈을 감고, 그 생각 없이 아침에 잠에서 깨는 너 자신을 상상해 보렴.

제피 그 애들을 성가시게 하지 않을 것 같아요. 그 애들이 나랑 놀고 싶으면 나한테 와서 놀자고 말하면 돼요. 나는 다른 친구인 이안과 놀 수 있어요. 걔는 아주 착해요. 아니면 1학년 애들이랑 놀 수도 있죠. 그 애들은 재미있어요.

케이티 선택지가 많구나.

제피 예.

케이티 그 이야기가 전혀 없다면, 아침에 잠에서 깰 때 너는 누구일까?

제피 행복할 거예요!

케이티 다시 눈을 감아 보고, 눈을 감고 있어도 괜찮다는 걸 믿어 보렴. 이제 이야기 없이 아침에 잠에서 깨는 너 자신을 상상해 보렴. 그냥 지켜보렴. 너의 이야기가 없다면 너는 어떠할까?

제피 기분 좋게 일어나서 옷을 입고 아침밥을 먹고 점심 도시락을 챙기고 스노우 팬츠를 입고, 서둘러 밖으로 나가서 아빠 차를 타고 학교에 갈 거예요. 그리고 쉬는 시간이 두 번뿐인데, 선생님들이랑 놀거나 하겠죠.

케이티 와, 너는 할 게 많구나! 애비와 조위는 이제 아주 작은 세계로 보이네.

제피 예.

케이티 자, "조위가 나한테서 애비를 빼앗아 갔다"— 뒤바꿔 보렴. 반대 말을 찾아봐.

제피 조위는 나한테서 애비를 빼앗아 가지 않았다.

케이티 이제 그 말이 어째서 진실일 수 있는지 예를 들어 볼래?

제피 음, 조위는 그냥 온 거였어요. 걔는 유치원에 다니니까 학교에 올 수밖에 없었고, 거기에서 애비를 만나 친구가 되었죠.

케이티 와! 그럼 너와는 아무 관계가 없네. 그렇지?

제피 예, 없어요. 그리고 애비는 여전히 나를 좋아해요.

케이티 응. "조위가 나한테서 애비를 빼앗아 갔다"의 다른 뒤바꾸기를 찾을 수 있니? "나는…"

제피 좋아요. 나는 조위한테서 애비를 빼앗아 갔다.

케이티 알맞은 것 같지는 않구나.

제피 음, 사실은 맞아요.

케이티 얘기해 보렴.

제피 왜냐면 난 애비가 나랑 놀게 하려고 했거든요. "넌 누구를 더 좋아 해?"라고 물으면서요.

케이티 와. 조위는 빼고!

제피 예.

케이티 그럼 알맞은 뒤바꾸기네. 그렇지?

제피 예.

케이티 오, 세상에. 그래서 너는 조위가 너와 같다고 생각하는 거로구나.

제피 예.

케이티 네가 그렇게 하니까, 너는 그 아이도 너처럼 그럴 거라고 생각하는 거지.

제피 예.

케이티 하지만 우리가 정말로 알 수는 없단다. 그렇지 않니? 다른 뒤바꾸기를 찾을 수 있겠니?

제피 좋아요. (잠시 침묵) 나는 나한테서 나를 빼앗아 갔다.

케이티 이 뒤바꾸기에 관해 얘기해 보렴.

제피 음, "그건 정말 나빠!"라면서 "조위가 나한테서 애비를 빼앗아 갔어"라고 생각할 때, 나는 조위의 일에 간섭하기 시작해요. 그러면 여기엔 내 삶을 살 사람이 아무도 없게 돼요. 왜냐면 나는 저기서 조위의 삶을 살고 있으니까요.

케이티 와! 케이티가 하는 말을 들었나 보구나.

제피 (청중과 함께 웃으며) 예!

케이티 그래, 그렇게 하면 너는 네 삶에서 벗어나게 되지. 너 자신과 함께 있는 게 아니라 그 애들과 함께 있게 되고.

제피 예. 하지만 내가 그 애들과 정말 함께 있고 싶은 건 아니에요. 난 그저 그 애들의 일에 간섭하고 있을 뿐이죠.

케이티 너 자신과 함께 있는 게 더 재미있지.

제피 예. 그리고 남자애들과 1학년 아이들, 이안, 왓슨 선생님과….

케이티 애비와 함께 있지 않으니, 학교에서 네게 완전히 다른 세계가 열리는구나.

제피 예.

케이티 애비가 네 삶에서 나가지 않았더라면, 학교에서 이 넓은 세계가 네게 열리지 않았겠지.

제피 예. 나한테는 하나의 선택지만 있었을 거예요. 아니면, 나한테 수많은 선택지가 있어도 애비하고만 놀고 싶어 했겠죠.

케이티 이제 모든 것이 이해되기 시작하는구나. 내가 "설령 어떤 사람이나 어떤 것을 잃는다 해도 나는 살아남았습니다"라고 한 말을 들어 보았니?

제피 예.

케이티 응. 네게도 해당하는 말 같구나. 네가 이렇게 제한된 곳에서 벗어났고, 이 학교 전체가 네게 열렸으니까.

제피 예. 다음 문장을 읽을까요?

케이티 응.

제피 나는 조위가 애비를 혼자 내버려 두고, 좋아하는 다른 애를 찾기를 원한다.

케이티 너는 조위가 애비를 혼자 내버려 두기를 원한다 — 그게 진실이니?

제피 아니요.

케이티 와!

제피 왜냐면 그럼, 말씀하셨듯이, 내겐 그렇게 많은 선택지가 있지 않을 테니까요.

케이티 아, 허니, 너는 큰 세계를 위해 준비되었구나. 그렇지 않니?

제피 그런 것 같아요.

케이티 그 문장을 뒤바꿔 보렴.

제피 좋아요. (잠시 멈춘다.) 흐음.

케이티 "나는 내가…"

제피 나는 내가 애비를 혼자 내버려 두고, 좋아하는 다른 애를 찾기를 원한다. 예, 맞아요. 난 이미 그렇게 했어요!

케이티 좋아. 이제 3번의 다음 문장으로 넘어가 볼까?

제피 조위는 애비와 나의 관계를 방해하지 말아야 한다.

케이티 조위는 너의 관계를 방해한다—그게 진실이니?

제피 아뇨.

케이티 좋아. 이 문장에 관한 질문은 건너뛰어 보자꾸나. 이 문장을 뒤바꿔 볼 수 있겠니?

제피 나는 조위와 애비의 관계를 방해하지 말아야 한다.

케이티 이제 네가 왜 그 애들의 관계를 방해하면 안 되는지, 사례를 하나 얘기해 주겠니?

제피 음, 그 애들은 "아… 음, 그래…"와 같았어요. 그건 그다지 재미있지 않았죠.

케이티 아주 좋은 이유로구나.

제피 예. 나는 그냥 1학년 애들이나 다른 애랑 놀고 싶어요.

케이티 다음 문장을 읽어 볼래?

제피 나는 조위가 애비와 나를 성가시게 하지 않을 필요가 있다.

케이티 스윗하트, 넌 아주 잘하고 있단다. 여기에서도 질문은 건너뛰고 곧바로 뒤바꾸기로 가 보자꾸나.

제피 나는 조위가 애비와 나를 성가시게 하지 않을 필요가 없다. 사실은 그게 더 진실해요.

케이티 좋아. 다른 뒤바꾸기를 찾을 수 있니?

제피 좋아요. 나는 내가 애비와 조위를 성가시게 하지 않을 필요가 있다.

케이티 응.

제피 예, 맞아요. 나는 그 애들 사이에 계속 끼어들려고 했는데, 그 애들은 계속 "안 돼, 안 돼, 안 돼"라는 메시지를 분명히 보내고 있었어요.

케이티 나를 좋아하지 않는 사람들에 관해 내가 사랑하는 점이 뭔지 아니? 그들은 나에게 함께 있지 않아야 할 사람을 보여 준단다.

제피 예!

케이티 짐작할 필요도 없지. 그들이 너에게 지름길을 알려 주니까. 다른 뒤바꾸기를 찾을 수 있니? 다 뒤바꿔 보자꾸나.

제피 나는 나를 성가시게 하지 않을 필요가 있다. 예, 정말 그래요. 나는 이 일로 나를 정말 성가시게 하고 있거든요. (청중이 웃는다.)

케이티 응. 그 말을 들으니 좋구나. "나는 나를 성가시게 하지 않을 필요가 있다."

제피 예.

케이티 5번 문장으로 넘어가 보렴.

제피 조위는 언제나 온갖 일에 참견한다.

케이티 그게 진실이니?

제피 아뇨. 나와 1학년 애들이나 이안이나 남자애들이나 왓슨 선생님이나 내 여동생이나 엄마나 게일이나 다른 모든 사람과의 관계에는 참견하지 않아요.

케이티 좋아. "나는 조위가 모든 일에 참견하는 걸 그만두길 원해"라는 생각을 믿을 때, 너는 어떻게 반응하니? 무슨 일이 일어나니?

제피 그 애가 없었다면 애비는 나와 가장 친한 친구가 될 수 있었을 거라고 생각해요. 애비의 집에 가서, 신문에서 오려 낸, 애비와 조위가 레모네이드를 팔고 있는 사진을 보면, 커다란 화의 거품이 부글부글 올라오는데, 그러면 기분이 아주 안 좋아요.

케이티 응. 너는 사진들을 보고 그 위에 네 생각을 덧붙이는 거지.

제피 어제는 엄마랑 여동생, 남동생이랑 차를 차고 가다가 애비의 엄마를 보았는데, 조위의 집에서 걸어 나오고 있었어요. 그걸 보니 정말 화가 났죠.

케이티 응, 그건 네가 상상했으니까… 뭘?

제피 그 애들이 나만 빼고 놀이 약속을 하는 거요. 사실은 그게 별로 중요하진 않지만요. 왜냐면 나와 애비는 조위를 빼고 놀이 약속을 하고, 조위와 나는 애비를 빼고 놀이 약속을 하거든요. 그러니 왜 그 애들이 나를 빼고 놀이 약속을 하면 안 되겠어요?

케이티 그렇지. 자, 다른 뒤바꾸기를 찾을 수 있니?

제피 나는 언제나 온갖 일에 참견한다. 음, 예, 나는 그 애들의 관계에 참견하고 있어요. 그리고 나와 애비는 여전히 만나고 있으니까 조위가 뭘 어떻게 하고 있지는 않은 거예요. 그 애들의 관계에 참견하고 있는 사람은 바로 나인 거죠.

케이티 아주 좋구나. 아주 가슴 아프기도 하고. 괴로움이 어디에서 오는지 알아서 참 좋구나. 그렇지 않니?

제피 예.

케이티 괴로움은 그 애들에게서 오고 있지 않단다. 그것은 그 애들에 관한 너의 생각에서 오고 있지. 네가 그 애들의 관계에 참견하고 있을지 모를 곳이 한 군데 더 있구나. 너는 레모네이드 광고를 보고 네가 거기에 있지 않은 데 대해 참견했어.

제피 예.

케이티 광고에 참견한 거지.

제피 그리고 그 애들이 그 광고에 있었는데, 그 애들은 실제로 레모네이

드를 팔고 있었거든요. 그러니까 내 말은, 그 애들이 나를 초대하려고 했는데 내가 아팠을 수도 있고, 아니면 휴가나 무슨 일로 집에 없었을지도 모르죠. 모르겠어요. 기억나지 않아요.

케이티 그래. 누가 알겠니? 마지막 문장을 보자꾸나.

제피 나는 앞으로 다시는 조위가 나한테서 친구를 빼앗아 가는 걸 경험하고 싶지 않다.

케이티 "나는 기꺼이…"

제피 나는 기꺼이 조위가 나한테서 친구를 빼앗아 가는 걸 경험하고 싶다. 그리고 그 애는 심지어 나한테서 친구를 빼앗아 가지도 않았어요!

케이티 응. 우리가 기꺼이 그런 일을 다시 경험하고 싶어지는 까닭은 그 때문이지. 왜냐하면 너는 네가 살고 있는 그런 악몽에서 깨어날 능력이 있으니까. "나는 고대한다…"

제피 나는 조위가 나한테서 친구를 빼앗아 가기를 고대한다. 예, 그러면 나는 다시 '생각 작업'을 하게 될 기회를 얻을 거예요. (청중이 웃으며 박수를 친다.)

케이티 응, 그렇지. 이제까지 '생각 작업'으로 해결하지 못한 문제를 본 적 있니?

제피 아뇨. 한 번도, 한 번도, 한 번도, 단 한 번도 없었어요.

케이티 훌륭하구나. 자, 내 어린 가슴님, 이제 아까 적어 놓은 문장을 살펴보자꾸나. "그 애들은 내가 거기에 있는 걸 정말로 바라지는 않는다"—그게 진실이니?

제피 예.

케이티 "그 애들은 내가 거기에 있는 걸 정말로 바라지는 않는다"—그 생각을 믿을 때 너는 어떻게 반응하니?

제피 음, 내가 아무 이유 없이 거기에 있는 것처럼 느껴지고, 좀 있다가 애비, 조위와는 아무 상관도 없는 이야기를 혼자 속으로 얘기하기 시작해요. 내가 너무 대장처럼 굴어서 그 애들이 나랑 놀고 싶어 하지 않는 거라는 둥.

케이티 그렇게 너 자신을 공격하기 시작하는구나.

제피 예.

케이티 "그 애들은 내가 거기에 있는 걸 바라지 않는다"라는 생각이 없다면 너는 누구일까?

제피 나는 그냥 "애비야, 조위야, 안녕!"이라고 말할 거고, 그 애들도 "안녕, 우리랑 놀래?"라고 말하겠죠. 그러면 나는 "음, 아니 이안과 놀 거야. 그렇지만 그렇게 얘기해 줘서 고마워!"라고 말할 거예요.

케이티 자, "그 애들은 내가 거기에 있는 걸 바라지 않는다"—뒤바꿔 보렴.

제피 좋아요. 그 애들은 내가 거기에 있어도 괜찮다. 아니면, 그 애들은 내가 거기에 있는 걸 정말로 바란다.

케이티 누가 알겠니? 모든 게 달라졌을지도 모르지.

제피 맞아요! 가끔 그 애들은 정말 나랑 놀고 싶어 해요.

케이티 그 애들이 그럴 때는 재미있지! 그 애들이 그러지 않을 때는 또 그대로 재미있고!

제피 예. 그럼 그냥 다른 친구와 놀 수 있죠.

케이티 1학년 아이들과 노는 게 어째서 더 재미있지?

제피 내가 그 애들보다 나이가 많아서 그 애들이 나를 존중하고, 나랑 놀고 싶어 하고, 자기들이 얼음을 깎아서 뭘 만드는 걸 내가 도와주기를 바라고, 날 그네에서 떼 내려 하고, 내가 나무에 오르기를 바라고,

또 나무에서 뛰어내려 보라고 해요.

케이티 그 애들은 훨씬 재미있게 노는 것 같구나.

제피 그리고 엉클 샘 놀이도 해요.

케이티 그렇구나. 그럼 조위와 애비에게 고마워할 수도 있겠다. 자, 스윗하트, "그 애들은 내가 거기에 있는 걸 바라지 않는다"에 대한 다른 뒤바꾸기를 찾을 수 있니?

제피 나는 그 애들이 거기에 있는 걸 정말로 바라지는 않는다. 나는 그 애들과 정말로 놀고 싶어 하지는 않는다. 예, 맞아요! 그 애들이 "아… 음, 그래… 음…" 같은 친구라는 걸 알겠어요. 그리고 나는 "너 하고 싶은 대로 해!" 그래서 나는 내가 거기에 있기를 정말로 바라는 정말 좋은 친구들과 놀 거예요.

케이티 정말로 아주 재미있는 친구들과…. 그런 게 진짜 놀이겠지.

제피 예. 왜 나를 원하지 않는 사람, 내가 원하지 않는 사람과 놀겠어요?

케이티 응. 그건 놀이 같지 않아.

제피 그건 말다툼 같아요. 그리고 당연히 우리는 다투게 되겠죠. 예. 고마워요.

케이티 스윗하트, 언제나 환영한단다. 너와 함께 '생각 작업'을 해서 참 좋았어.

"나는 모른다"
는 내가 좋아하는 자리입니다.

9. 밑바탕 믿음들에 관해 탐구하기

우리가 종이에 쓴 판단들 밑에는 다른 생각들이 깔려 있을 때가 많습니다. 이것들은 우리가 오랜 세월 믿고 있던 생각들, 삶을 판단하는 토대로 사용하는 생각들일 수 있습니다. 나는 이런 생각들을 '밑바탕 믿음'이라고 부릅니다. 밑바탕 믿음들은 더 넓고 더 일반적인 형태의 이야기입니다. 이런 믿음들은 우리가 무의식적으로 믿으며 사는 종교와 같습니다.

예를 들어 "함께 산책하러 나가려면 남편이 서둘러야 해"라는, 사소해 보이지만 언짢아지는 생각을 종이에 썼다고 가정해 봅시다. 이 생각을 탐구해 보면 "남편은 서둘러야 해"와 연관된, 여러 가지 조사되지 않은 생각을 알아차릴 수 있습니다. 곧,

현재는 미래보다 안 좋아.

내 뜻대로 하면 행복할 거야.

시간은 낭비될 수 있어.

이런 밑바탕 믿음들에 집착하게 되면, 당신이 기다리고 있는 상황이나 다른 사람들이 너무 느리게 움직이는 듯한 상황에 놓여 있을 때 삶이 괴로워질 것입니다. 이런 믿음들 가운데 어느 하나라도 낯익어 보인다면, 다음에 누구를 기다리는 동안 조급해지는 마음 밑에 깔린 생각들을 적어 본 뒤, 그 생각들이 당신에게 정말로 진실한지 알아보기 바랍니다. (아래의 제안을 참고하세요.)

밑바탕 믿음들은 당신의 천국 개념과 지옥 개념을 이루는 구성 요소입니다. 당신의 뜻대로 되면 현실이 어떻게 나아질 것이라고 생각하는지, 그리고 당신의 두려움이 실제가 되면 현실이 얼마나 안 좋게 보일 수 있는지를 그 믿음들은 정확히 보여 줍니다. 이 모든 믿음이 와르르 무너지는 것을 지켜보는 것, 곧 우리가 오랜 세월 짊어지고 온 괴로운 믿음들은 우리에게 진실이 아니며 필요하지도 않음을 깨닫는 것, 그것은 한없이 자유롭게 하는 경험입니다.

다음은 당신에게도 해당할 수 있는 이런 믿음들의 몇 가지 사례입니다.

재수 없게 안 좋은 일을 당할 수 있다.
삶은 불공평하다.
무엇을 어떻게 해야 할지 알아야 한다.
나는 상대방의 고통을 느낄 수 있다.
죽음은 슬픈 것이다.
좋은 기회를 놓칠 수 있다.
고민이 없다는 것은 무관심하다는 뜻이다.
착하게 살지 않으면 신에게 벌 받을 것이다.

죽음 뒤에는 또 다른 삶이 있다.

자녀들은 부모를 좋아해야 한다.

어떤 끔찍한 일이 내게 일어날 수 있다.

부모는 자녀의 선택에 책임이 있다.

잘못을 저지를 수 있다.

세상에는 악이 있다.

이 문장들 가운데 당신의 자유에 걸림돌이 된다고 느껴지는 것이 있다면, 그런 믿음들에 관해 '생각 작업'을 해 보면 좋을 것입니다.

가족이나 친구와 대화하는 동안 자기를 방어하려 한다고 느낄 때마다, 또는 자기가 옳다고 확신할 때마다, 밑바탕 믿음을 적어 두었다가 나중에 '생각 작업'을 해 볼 수 있습니다. 정말로 진실을 알고 싶고 이런 믿음들이 일으키는 괴로움 없이 살고 싶다면, 이런 믿음들은 탐구를 위한 훌륭한 소재들입니다.

자기의 밑바탕 믿음을 발견하는 가장 좋은 방법 가운데 하나는 '질문 1'을 위한 '진실의 증거'를 적어 보는 것입니다. 확실히 알 수 있는 것은 아무것도 없다는 자각(질문 2)으로 곧장 넘어가는 대신, 그 이야기 속에 잠시 머물러 보세요. 원래의 문장이 진실하다고 굳게 믿는 자리에 머무르세요. 그리고 그 문장이 진실하다는 것을 입증하는 이유를 모두 적어 보세요. 이 목록은 수많은 밑바탕 믿음들을 분명히 보여 줄 것입니다. 다음은 '진실의 증거'를 이용하여 밑바탕 믿음들을 발견하는 사례입니다.

'진실의 증거'를 이용하여 밑바탕 믿음들을 발견하기

원래 문장 나는 내 자녀들에게 화가 난다. 왜냐하면 그 애들은 나를 진심으로 존중하지 않기 때문이다.

진실의 증거

1. 자기 물건을 스스로 정리하라는 내 말을 무시한다.
2. 내가 고객과 통화하고 있을 때도 소란스럽게 떠들고 싸운다.
3. 내가 관심 두는 것들을 놀린다.
4. 미리 연락도 없이 갑자기 집에 들이닥쳐서는, 내가 일하고 있거나 심지어 욕실에 있을 때도, 즉시 돌봐 주기를 바란다.
5. 내가 만들어 준 음식을 감사히 여기거나 맛있게 먹지 않는다.
6. 젖은 신발을 신은 채로 거실에 들어온다.
7. 내가 한 아이의 잘못을 지적하면, 나머지 애들이 그 애를 놀리고 서로 싸운다.
8. 내가 자기 친구들과 함께 있는 것을 원하지 않는다.

밑바탕 믿음들

1. 자기 물건을 스스로 정리하라는 내 말을 무시한다.

아이는 어른을 존중해야 한다.

사람들은 나를 존중해야 한다.

사람들은 내 지시에 따라야 한다.

내 지시는 상대방에게 가장 좋은 길이다.

내 말을 무시한다는 것은 나를 존중하지 않는다는 뜻이다.

2. 내가 고객과 통화하고 있을 때도 소란스럽게 떠들고 싸운다.

어떤 일이든 늘 때와 장소를 가려야 한다.

아이들은 전화벨이 울리면 조용히 있도록 자제해야 한다.

고객이 내 아이들보다 더 중요하다.

내게는 남들이 내 아이를 어떻게 평가하느냐가 중요하다.

사람들을 통제하면 존경받을 수 있다.

3. 내가 관심 두는 것들을 놀린다.

사람들은 나를 놀리며 재미있어하거나 즐거워하면 안 된다.

자녀들은 부모가 관심 두는 것들에 관심을 가져야 한다.

4. 미리 연락도 없이 갑자기 집에 들이닥쳐서는, 내가 일하고 있거나 심지어 욕실에 있을 때도, 즉시 돌봐 주기를 바란다.

상황을 보아 가며 원하는 것을 요청해야 한다.

자녀들은 부모가 돌봐 줄 수 있을 때까지 기다려야 한다.

욕실은 신성한 곳이다.

다른 사람들은 나를 행복하게 해 줄 책임이 있다.

5. 내가 만들어 준 음식을 감사히 여기거나 맛있게 먹지 않는다.

자녀들은 무엇을 먹을지 결정할 권한이 없다.

나는 감사하다는 말을 들어야 한다.

사람들은 내가 입맛을 바꾸라고 하면 그렇게 바꿔야 한다.

6. 젖은 신발을 신은 채로 거실에 들어온다.

나는 힘들게 일하고 있지만 제대로 평가받지 못한다.

자녀들은 집안일에 관심을 가져야 한다.

7. 내가 한 아이의 잘못을 지적하면, 나머지 애들이 그 애를 놀리고 서로 싸운다.

나는 싸움을 일으킬 힘이 있다.

내 잘못으로 싸움이 일어난다.

부모는 자녀의 행실에 책임이 있다.

8. 내가 자기 친구들과 함께 있는 것을 원하지 않는다.

자녀들은 친구를 보듯이 부모를 보아야 한다.

자녀들은 감사할 줄 모른다.

밑바탕 믿음을 발견하게 되면, 그 믿음에 네 가지 질문을 하고 뒤바꾸기를 하세요. 이 믿음들에 관한 뒤바꾸기를 할 때는, 자기비판에 관한 뒤바꾸기처럼, 180도로 회전시켜 정반대로 바꾸는 것이 가장 타당할 때가 많습니다. 밑바탕 믿음 하나를 풀면, 연관된 믿음들이 모두 표면으로 드러나서 탐구될 수 있습니다.

이제 밑바탕 믿음에 관해 실습해 봅시다. 서두르지 말고, 스스로 질문한 뒤 귀 기울여 들어 보세요.

내 삶에는 목적이 있어야 한다

"내 삶에는 목적이 있어야 한다"라는 생각을 탐구하는 것이 처음에는 이상해 보일 수 있습니다. 우리는 이 밑바탕 믿음이 사람들에게 고통이나 문제를 일으킬 수 없으며, 오히려 "내 삶에는 목적이 없다"라는 말이야말로 고통을 줄 것이므로 탐구가 필요하다고 생각할 수 있습니다. 하지만 긍정적인 듯한 이 믿음은 부정적인 듯한 믿음만큼이나 고통을 주는 것으로 밝혀집니다. 또 이 믿음에 관한 뒤바꾸기는 겉보기에는 부정적인 듯하지만 실제로는 대단히 편안하고 자유롭게 하는 문장으로 밝혀집니다.

밑바탕 믿음 내 삶은 목적이 있어야 한다.

그게 진실인가? 예.

그게 진실인지 나는 확실히 알 수 있는가? 아니요.

그 생각을 믿을 때 나는 어떻게 반응하는가? 무슨 일이 일어나는가? 두려움을 느낀다. 왜냐하면 내 삶의 목적이 무엇인지 알아야 한다고 생각하지만 그게 뭔지 모르기 때문이다. 가슴과 머리에 압박감을 느낀다. 그러면 남편이나 아이들에게 짜증을 내기도 하고, 결국은 냉장고나 침실의 텔레비전으로 가게 된다. 삶을 낭비하고 있다고 느낀다. 내가 하는 일이 하찮게 느껴지고, 뭔가 더 중요한 일을 해야 한다고 느낀다. 그래서 스트레스를 받고 혼란스러워진다. 이 생각을 믿으면, 죽기 전에 내 삶의 목적을 달성해야 한다는 커다란 압박감을 느낀다. 그때가 언제인지 알 수 없으므로 가능한 한 빨리 이 목적(그게 무엇인지는 모르지만)을 이루어야 한다고 생각한다. 나는 내가 어리석고 실패한 사람이라고 느끼며, 그래서 우울해진다.

내 삶에 목적이 있어야 한다는 믿음이 없다면, 나는 누구 또는 무엇일까? 모르겠다. 하지만 그 믿음이 없을 때는 더 평화롭고 차분하다. 나는 이 상태에 만족할 것이다! 이 생각으로 인한 두려움과 스트레스가 없다면, 나는 아마 자유롭고 활기칠 테고 지금 앞에 있는 일을 즐겁게 할 것이다.

뒤바꾸기 내 삶은 목적이 있으면 안 된다. 이는 내가 알아차리지 못했을 뿐 사실은 내 삶이 늘 풍족했다는 의미일 것이다. 오히려 내 삶은 지금 이대로의 삶 말고는 다른 목적이 없어야 하는지도 모른다. 낯설게 들리지만 더 진실하게 느껴진다. 내가 이미 살아온 삶 자체가 목적은 아닐까? 이 생각은 훨씬 덜 스트레스를 주는 것 같다.

밑바탕 믿음에 질문하기

이제 당신에게 스트레스를 주는 밑바탕 믿음을 쓰고서 탐구해 봅시다.

그게 진실인가요? 당신은 그게 진실인지 확실히 알 수 있나요?

그 생각을 믿을 때 당신은 어떻게 반응하나요? 무슨 일이 일어나나요? (당신의 삶은 얼마나 많은 부분이 그 생각에 바탕을 두고 있나요? 그 생각을 믿을 때 당신은 어떻게 행동하며 어떤 말을 하나요?)

그 생각이 없다면 당신은 누구일까요?

밑바탕 믿음을 뒤바꿔 보세요.

다음의 대화들이 4장('부부와 가정생활에 관해 탐구하기')과 6장('일과 돈에 관해 탐구하기')에 포함될 수도 있었지만 여기에 실린 까닭은, 밑바탕 믿음에 관해 '생각 작업'을 하는 좋은 사례이기 때문입니다. 밑바탕 믿음들은 삶의 여러 영역에서 우리에게 영향을 미칠 수 있습니다. 찰스가 탐구하기 전에 그랬듯이 만일 당신의 행복이 다른 사람에게 달려 있다고 믿는다면, 그 믿음은 자기 자신과의 관계를 포함하여 당신이 맺고 있는 모든 관계를 서서히 좀먹을 것입니다. 두 번째 대화의 루스처럼 아직 스스로 준비되지 않았는데도 미리 결정을 내려야 한다고 믿는다면, 삶은 골치 아픈 의무의 연속처럼 보일 것입니다. 찰스는 아내가 문제라고 생각합니다. 루스는 돈이 문제라고 생각합니다. 하지만 이 전문가들이 알려 주듯이, 문제는 늘 우리의 조사되지 않은 생각입니다.

아내는 나를 행복하게 해 주어야 합니다

찰스는 자기의 행복이 아내에게 달려 있다고 굳게 믿고 있습니다. 이 놀라운 남자는 아내의 불륜이라는 최악의 악몽까지도 실은 자신이 아내와 자기에게 진정 원하는 것이었음을 깨닫게 됩니다. 찰스가 자기의 생각을 조사하자 한 시간이 채 안 되어 그의 세계가 완전히 바뀝니다. 행복은 당신이 상상하는 것과는 완전히 다르게 보일 수 있습니다.

이 대화에서 나는 가끔 네 가지 질문을 생략한 채 곧바로 뒤바꾸기를 하게 합니다. 처음 '생각 작업'을 하는 사람들에게는 이런 방식을 권하지 않습니다. 질문을 생략한 채 문장들을 뒤바꾸면 수치심과 죄책감을 느낄 수 있기 때문입니다. 하지만 찰스는 뒤바꾸기를 하면서 그런 감징들을 거의 느끼지 않기에, 니는 제한된 시간에 최대한 많은 문장을 함께 탐구하고 싶었습니다. 대화 중에 지나친 부분에 관해서는, 그가 집에 돌아간 뒤 원하는 만큼 깊이 탐구할 수 있다고 보았습니다.

찰스 나는 드보라에게 화가 난다. 왜냐하면 드보라는 한 달 전 내 곁을 떠나기 전날 밤에, 내가 혐오스럽게 느껴진다고, 내가 코를 골 때 혐오스럽게 느껴지고 나의 뚱뚱한 몸이 혐오스럽게 느껴진다고 말했기 때문이다.

케이티 예. 음, 당신은 어떤 사람이 혐오스럽게 느껴진 적이 있나요? 그런 느낌을 경험한 적이 있나요?

찰스 나는 내가 혐오스럽게 느껴졌습니다.

케이티 예, 또 다른 사람은요? 예전에 만난 사람 가운데… 혹시 언젠가 친구나 부모님이?

찰스 공항에서 어린아이를 때리던 사람요. 그런 짓을 하는 사람들.

케이티 예. 당신은 그때 혐오스럽다는 느낌을 멈출 수 있었나요?

찰스 아니요.

케이티 좋습니다. 그 감정을 느껴 보세요. 그 상황 속에 있는 당신을 바라보세요. 당신이 혐오스럽게 느끼는 것은 누구의 일인가요?

찰스 당연히 나의 일입니다.

케이티 드보라가 혐오스럽게 느끼는 것은 누구의 일… 그녀가 아내인가요?

찰스 예.

케이티 드보라가 혐오스럽게 느끼는 것은 누구의 일인가요?

찰스 나는 사랑하는 영혼의 짝이 나에 관해 어떻게 생각하고 느껴야 한다는, 몇 가지 심각한 '…해야 한다'라는 생각들 속에 빠져 있습니다.

케이티 아, 그래요! 좋은 말이에요! (청중이 웃는다.) 질문에 대답하지 않는 방법이 아주 마음에 드는군요.

찰스 내 일이 아닙니다.

케이티 그녀의 혐오는 누구의 일인가요?

찰스 그녀의 일입니다.

케이티 당신이 마음속에서 그녀의 일에 빠져 있으면 무슨 일이 일어날까요? 분리가 일어납니다. 공항에서 아동을 학대하는 모습을 보았을 때 당신은 혐오스럽다는 느낌을 멈출 수 있었나요?

찰스 아니요.

케이티 하지만 그녀는 혐오스럽다는 느낌을 멈추어야 한다? 당신이 말하는 영혼의 짝이라는 신화 때문에?

찰스 나는 드보라가 평생 나와 함께 있어야 한다는, 이 '…해야 한다'라는 생각을 짊어지고 왔습니다. 이제는 그 '…해야 한다'를 버리고 싶습니다.

케이티 좋아요, 스윗하트. "아내는 남편을 혐오스럽게 여기지 말아야 한다"라는 생각을 믿을 때, 당신은 그녀를 어떻게 대하나요?

찰스 감옥에 가두어 버립니다. 평면적인 존재로 만들어 버립니다.

케이티 당신은 그녀를 '실제로' 어떻게 대하나요? 그것이 어떻게 보이나요? 그것이 어떻게 들리나요? 눈을 감고 자신을 바라보세요. 당신은 그녀가 혐오스럽게 느끼면 안 된다는 생각을 믿지만 그녀는 그러지 않을 때, 당신이 그녀를 어떻게 대하는지 바라보세요.

찰스 "당신은 왜 나를 그런 식으로 대하지? 내가 누구인지 몰라? 어떻게 그걸 모를 수 있지?"

케이티 자, 그럴 때는 어떻게 느껴지나요?

찰스 감옥처럼.

케이티 아내는 당신을 혐오스럽게 느끼지 말아야 한다는 이야기를 내려놓을 이유를 찾을 수 있나요?

찰스 물론입니다.

케이티 그 이야기를 유지할 '스트레스 주지 않는 이유'를 볼 수 있나요?

찰스 아니요, 이제는 없습니다. 우리 가족이 유지되도록 지켜야 하고 내가 진실이라고 알고 있는 것을 존중해야 한다는 문제에 이르면, 우리는 영혼의…

케이티 아, 또 영혼의 짝이 어쩌고 하는 얘기를 할 건가요?

찰스 예. 나는 정말로 거기에 집착하고 있습니다.

케이티 예. 그럼 그녀가 영혼의 짝이라는 부분을 읽어 보세요.

찰스 지금 나를 놀리고 있는 건 아니겠죠?

케이티 내가 어떻게 하고 있다고 당신이 말한다면 나는 그렇게 하고 있습니다. 나는 나에 대한 당신의 이야기입니다. 그 이상도 이하도 아닙니다.

찰스 좋습니다. 아주 좋은 말씀입니다.

케이티 예. 당신이 이 의자에 앉아 있을 때, 당신이 정말로 진실을 알고 싶어 한다면, 당신의 개념들은 분쇄기 속에 들어간 고기입니다. (청중이 웃는다.)

찰스 (웃으며) 좋아요. 마음껏 갈아 주세요. (더 크게 웃는다.)

케이티 나는 진실을 사랑합니다. 그리고 누군가 나와 함께 이 의자에 앉으면, 그 사람 역시 그렇다는 것을 나는 분명히 압니다. 나는 당신을 사랑합니다. 나는 당신이 원하는 것을 원합니다. 만일 당신이 자신의 이야기를 계속 간직하고 싶다면, 나 또한 그것을 원합니다. 만일 당신이 질문들에 대답하면서 자신에게 정말로 진실한 것을 깨닫고자 한다면, 나 또한 그것을 원합니다. 그러니 스윗하트, 계속합시다. 영혼의 짝에 관한 부분을 읽어 보세요.

찰스　그런 내용을 양식에 적지는 않았습니다. 아마 "드보라는 나를 있는 그대로 받아들이지 않는다"는 정도일 것입니다.

케이티　"드보라는 나를 있는 그대로 받아들이지 않는다"—뒤바꿔 보세요.

찰스　나는 나를 있는 그대로 받아들이지 않는다. 사실입니다. 나는 그렇게 하지 않습니다.

케이티　또 하나의 뒤바꾸기가 있습니다.

찰스　나는 드보라를 있는 그대로 받아들이지 않는다.

케이티　예. 그녀는 당신에 관한 조사되지 않은 이야기를 하며 스스로 혐오감을 느끼는 여성입니다. 그러지 않을 수 없습니다.

찰스　아아. 내가 오랫동안 드보라를 그렇게 만들었습니다. 예. 나 자신도.

케이티　당신은 그녀에 관한 이야기를 하며 스스로 혐오감을 느낍니다.

찰스　그렇습니다.

케이티　또는 행복을 느낍니다. 당신은 부인에 관한 어떤 이야기를 하며 스스로 기분이 좋아지고, 부인에 관한 다른 이야기를 하며 스스로 기분이 나빠집니다. 그녀는 당신에 관한 어떤 이야기를 하며 스스로 기분이 좋아지고, 당신에 관한 다른 이야기를 하며 스스로 혐오감을 느낍니다. 조사되지 않은 이야기들은 가족 안에 혼돈과 원망과 미움을 일으킬 때가 많습니다. 이야기들을 조사하지 않으면 그럴 수밖에 없습니다. 자,

첫 번째 문장을 다시 읽어 보세요.

찰스 좋습니다. 나는 드보라에게 화가 난다. 왜냐하면 드보라는 내게 내 코 고는 것과 뚱뚱한 몸이 혐오스럽게 느껴진다고 말했기 때문이다.

케이티 예. 뒤바꿔 보세요. "나는 내게 화가 난다."

찰스 나는 내게 화가 난다. 왜냐하면…

케이티 "나는 드보라에게…"

찰스 나는 드보라에게…

케이티 "그녀가…"

찰스 그녀가 혐오스럽게 느껴진다고 말했기 때문이다.

케이티 예. 그녀의 무엇 때문에?

찰스 우리의 관계를 너무나 쉽게 끝내 버리려는 마음 때문에.

케이티 예. 그럼 당신은 부인과 똑같군요. 당신은 코를 골고, 그녀는 혐오스러워합니다. 그녀는 떠나고, 당신은 혐오스러워합니다. 무슨 차이가 있나요?

찰스 바로 그 점이 혐오스럽습니다. (그의 눈가에 눈물이 맺힌다.) 오, 이런!

케이티 당신이 보는 그녀는 당신의 생각이 거울에 비치듯 투사된 이미지일 뿐입니다. 그럴 수밖에 없습니다. 바깥에는 당신의 이야기만 있을 뿐 아무도 없습니다. 다음 뒤바꾸기를 봅시다. "나는 내게 화가 난다." 왜냐하면?

찰스 왜냐하면 나는 독선적이기 때문이다. 왜냐하면 나는 그녀가 나의 바람에 들어맞는 사람이어야 한다고 생각하기 때문이다.

케이티 당신이 누구와 함께 사는 것은 누구의 일인가요?

찰스 내 일입니다.

케이티 예. 당신은 그녀와 함께 살고 싶어 합니다. 당신이 누구와 함께 살고 싶어 하는지는 당신의 일입니다.

찰스 그렇습니다.

케이티 그래서 이것은 정확히 하나의 뒤바꾸기입니다. 그녀는 다른 어떤 사람과 함께 살고 싶어 합니다. 당신도 다른 어떤 사람과 함께 살고 싶어 합니다.

찰스 아, 알겠습니다. 나는 다른 어떤 사람과 함께 살고 싶어 합니다. 존재하지도 않는 어떤 사람과, 내가 드보라에게 되어 주기를 바라는 여자와…. (찰스가 울음을 터뜨린다.)

케이티 그래요, 스윗하트. (찰스에게 티슈 상자를 건넨다.)

찰스 맞아요. 맞습니다. 오랫동안 그랬어요.

케이티 다음 문장을 봅시다.

찰스 나는 드보라가 삶을 있는 그대로 받아들이며 감사하기를 원한다.

케이티 그녀는 감사하거나 감사하지 않습니다. 그것은 누구의 일인가요?

찰스 그녀의 일입니다.

케이티 뒤바꿔 보세요.

찰스 나는 내가 삶을 있는 그대로 받아들이며 감사하기를 원한다.

케이티 예. 당신은 그녀에게 설교하는 대로 살고 있나요? 당신은 자녀에게 설교하는 대로 살고 있나요? 당신이 먼저 그렇게 사세요.

찰스 예.

케이티 당신이 우리를 가르치려 하는 한, 희망은 없습니다. 왜냐하면 당신은 자기도 아직 어떻게 살아야 하는지 모르면서 남을 가르치고 있기 때문입니다. 행복을 모르는 사람이 어떻게 남에게 행복을 가르칠 수 있겠어요? 고통을 가르치는 선생이 있을 뿐입니다. 만일 내가 나의 고통을 끝내지 못한다면, 어떻게 배우자의 고통이나 자녀의 고통을 끝낼 수 있겠어요? 가망 없는 일입니다. 고통스러운 이야기가 없다면 당신은 누구일까요? 당신은 고통이 없고 자아가 없는 사람이며, 귀 기울여 듣는 사람일 것입니다. 그러면 그 가정에는 좋은 선생이 있을 것입니다. 집 안의 붓다. 그렇게 사는 존재.

찰스 무슨 말인지 알겠습니다.

케이티 이것은 사실 우리가 알아야 할 가장 아름다운 것입니다. 이것을 알면 당신은 자기 자신을 책임지게 됩니다. 그러면 그곳에서 깨달음이 세상에 태어나며, 우리는 그렇게 우리의 자유를 찾습니다. 다음 문장을 봅시다.

찰스 나는 드보라가 자기의 힘을 인정하기를 원한다. 이건 정말 헛소리입니다!

케이티 당신은 이 문장을 쓴 뒤로 그사이 많이 바뀌었어요. 그 오만이 들리나요? "그런데 여보, 당신은 자기의 힘을 인정해야 해." (청중이 웃는다.)

찰스 하지만 이건 상당히 역설적인데, 드보라는 우리 가정에서 힘을 가진 사람이기 때문입니다. 내가 그런 힘을 주었어요. 나는 나의 힘을 포기했습니다.

케이티 예. 뒤바꿔 보세요.

찰스 나는 내가 나 자신의 힘을 인정하기를 원한다.

케이티 그녀의 일에서 손을 뗀 뒤 그 힘을 경험해 보세요.

찰스 으음. 나는 드보라가 화에는 상응하는 결과가 따른다는 것을 알기 원한다.

케이티 오! 이런, 이런, 이런!

314

찰스 어찌나 독선이 심한지 말이 안 나옵니다.

케이티 참 훌륭하군요! 이것이 자기 깨달음입니다. 우리는 동반자에 관해 아주 잘 알고 있다고 생각하지만 질문이 여기를 때릴 때, 그것은 마치 "우와!" 하는 것 같죠. (청중이 웃는다.) 우리는 지금 시작합니다. '지금'이 시작입니다. 당신이 자기를 새로운 이해로 만날 수 있는 곳은 그곳입니다. 이제 종이 위의 마음인 다음 질문을 봅시다.

찰스 드보라는… 오, 맙소사!

케이티 청중 가운데 "그래도 읽어 보세요"라고 말하는 분들이 있군요. 그분들에게는 그 부분이 필요하다는 얘기입니다. "그래도 읽어 보세요"라는 말은 "나는 여기에서 얼마간 자유를 원해요"라는 뜻이죠.

찰스 드보라는 환상을 사랑하면 안 된다. 그녀는 지금 유럽에서 다른 남자를 만나고 있습니다.

케이티 오, 그녀는 당신이 하고 싶었던 일들을 다 하고 있군요. (청중이 웃는다.)

찰스 그건 모두 내가 했던 일입니다. 나는 환상과 사랑에 빠져 있었습니다. 그리고 드보라와 싸우고, 드보라를 괴롭히고, 그녀가 환상과 다르다며 혐오스러워했습니다.

케이티 예. 집에 돌아오신 걸 환영합니다.

찰스 또 내가 여기에 쓴 말들 하나하나는 모두… 내가 얼마나 독선적인지를 보여 줄 뿐입니다. "드보라는 내가 얼마나 사려 깊고 이해심 많고 사랑이 많은지 알아야 한다." 나는 줄곧 그 이야기를 굳게 붙들고 있었고, 동시에 내가 더 나을 바 없다는 이유로 스스로 자책해 왔습니다. 이 자만심과 자기거부는 그동안 줄곧 내 삶을 물들였습니다.

케이티 예, 스윗하트.

찰스 나는 내가 얼마나 사려 깊고 이해심 많고 사랑이 많은지를 스스로 알고 싶습니다.

케이티 예.

찰스 또 드보라가 얼마나 사려 깊고 이해심 많고 사랑이 많은지도.

케이티 예.

찰스 왜냐하면 드보라는 정말 그러니까요.

케이티 예. 당신은 그녀를 가슴 깊이 사랑합니다. 정말 그렇습니다. 여기에 관해 당신이 할 수 있는 일은 아무것도 없습니다. 어떠한 비난도 당신 안에 있는 그 사랑을 움직일 수 없습니다. 당신은 그녀를 사랑합니다.

찰스 예, 사랑합니다.

케이티 예, 계속할까요?

찰스 드보라는… 모두 독선입니다… 내가 오랜 세월 혼자서 가족을 부양한 데 관해 감사해야 한다.

케이티 당신은 그녀에게 뭔가를 원해서 돈을 주었군요.

찰스 맞습니다.

케이티 그게 무엇이었나요?

찰스 그녀의 사랑. 그녀의 인정. 그녀의 감사. 나를 있는 그대로 받아들여 주는 것. 왜냐하면 나는 나한테 그렇게 해 줄 수 없었으니까요.

케이티 결국 당신은 그녀에게 아무것도 주지 않았습니다. 가격표를 주었을 뿐이죠.

찰스 맞습니다.

케이티 예. 당신은 그렇다고 느낍니다.

찰스 그게 혐오스럽습니다.

316

케이티 예, 그래요.

찰스 정말 그걸 돈으로 살 수 있다고 믿었습니다.

케이티 예. 지금은 알게 돼서 참 좋지 않나요? 다음에 당신이 자녀들이나 아내, 또는 다른 어떤 사람의 마음을 돈으로 사려고 애쓸 때, 당신은 이 놀라운 삶을 경험합니다. 당신은 전문가에게 도움을 요청할 수 있습니다—당신 자신에게. 다음에 당신이 자녀들에게 돈을 주거나 그녀에게 돈을 줄 때, 당신은 주는 순간 받는다는 것을 알 수 있습니다.

찰스 좀 더 자세히 설명해 줄 수 있나요?

케이티 얻는 것, 받는 것은 당신이 뭔가를 주는 순간 경험됩니다. 그 순간 주고받는 것이 끝납니다. 모두가 당신에 관한 일입니다. 어느 날, 그때 두 살이었던 내 손자 트래비스는 가게의 진열대에 놓인 커다란 쿠키를 손가락으로 가리켰습니다. 나는 트래비스에게 물었습니다. "애야, 너 정말 저걸 원하니?" 그 애는 고개를 끄덕였습니다. 내가 그 쿠키를 함께 나눠 먹어도 되겠는지 묻자, 그 애는 동의했습니다. 나는 가게로 들어가서 쿠키를 산 뒤, 그 애의 예쁜 조막손을 쥐고 탁자로 갔습니다. 그리고 봉지에서 쿠키를 꺼내 작은 조각들로 나눈 다음 양손에 두 조각을 들어 보였습니다. 그 애는 작은 조각을 잡으려고 손을 내밀었는데, 내가 큰 조각을 쥐어 주자 깜짝 놀란 듯한 표정을 지었습니다. 쿠키를 입가로 가져가는 그 애의 얼굴이 환하게 밝아졌습니다. 그 애의 두 눈이 내 마음을 사로잡았습니다. 나는 어찌나 큰 사랑을 느꼈던지 심장이 터질 것 같았습니다. 그 애는 미소를 지으며, 입가에서 큰 조각을 떼더니 내게 주고 작은 조각을 가져갔습니다. 그것은 우리에게 자연스러운 일입니다. 줌으로써 받습니다.

찰스 알겠습니다.

케이티 주는 것은 자연스러운 일입니다. 오직 미래에 관한 이야기, 상대 방이 당신에게 받은 만큼 갚아야 한다는 이야기가 당신의 너그러움을 알지 못하게 방해할 것입니다. 다시 돌아오는 것은 당신의 일이 아닙니 다. 당신의 일은 끝났습니다. 자, 다음 문장을 봅시다.

찰스 드보라는 나를 있는 그대로 사랑해야 한다. 내 장점과 단점을 사랑 해야 하며, 예술가와 영적 존재로서 잠재력을 실현하고 싶은 나의 마음 을 이해해야 하고, 이 중요한 중년의 길을 잘 통과할 수 있도록 내게 여 유를 주어야 하며, 내가 하는 일에서 더 많은 의미를 찾도록 노력해야 한다. 많은 말이 있지만 하나에만 초점을 맞추어야겠죠?

케이티 예. 단순하게 하고, 그냥 뒤바꿔 보세요.

찰스 드보라는 나를…

케이티 "나는 나를…"

찰스 나는 나를 있는 그대로 사랑해야 한다. 나는 그런 식으로 나를 사 랑하지 않았습니다. 하지만 이제부터는 그렇게 하려고 합니다.

케이티 단점을 사랑하지 못하도록 가로막는 것은 단점에 관해 얘기하 는 당신의 이야기입니다. 단점은 자기를 맑은 눈으로 볼 수 있는 건강 한 마음을 기다립니다. 단점은 어떤 해도 끼치지 않습니다. 그저 거기 에 있을 뿐입니다. 나무에 달려 있는 나뭇잎처럼…. 당신은 나뭇잎에게 "야! 네 꼴 좀 봐라. 그게 뭐냐? 멋있게 좀 바꾸어 봐"라고 시비를 걸지 않습니다. (찰스와 청중이 웃는다.) 당신은 그렇게 하지 않습니다. 하지만 당신은 여기에(자신의 손을 가리키며), 단점에 초점을 맞추고는 단점에 관 한 이야기를 늘어놓습니다. 그리고 자기를 혐오스럽게 여깁니다. 단점 은… 신입니다. 그것은 현실입니다. 그것은 지금 있는 것입니다.

찰스 나는 늘 드보라의 사랑을 갈구했던 것 같아요. 그리고 그녀가 아이들을 위해서라도 가정을 지켜 주길 바랐어요.

케이티 "엄마와 함께 사는 것이 당신의 아이들에게 훨씬 더 나을 것이다"—그게 진실인지 확실히 알 수 있나요?

찰스 아니요, 정말 그런지는 알지 못합니다.

케이티 참 놀랍지 않나요?

찰스 그게 가장 고통스러웠어요. 함께 살지 못할 거라는 생각이.

케이티 예.

찰스 하지만 정말 그런지는, 우리가 함께 살아야만 딸이 잘 자랄 수 있는지는 알지 못합니다.

케이티 예. "엄마가 집에 있으면 딸의 삶이 훨씬 더 풍성할 것이다"—당신은 그게 진실인지 확실히 알 수 있나요? (찰스가 울기 시작한다.) 스윗하트, 충분히 시간을 가지세요. 어떻게 들리나요?

찰스 (울음을 터뜨리며) 나는 아이들과 떨어지고 싶지 않아요! 하루 24시간, 일주일 내내 아빠이고 싶어요!

케이티 예. 그래요.

찰스 하지만 내 일을 잘하고 싶고 또 작업실에 오래 있어야 하니까 아이들과 오래 지내기가 힘듭니다. 함께 있고 싶은 바람과 상충하는 거죠. 나는 아침에 딸과 함께 일어나고 싶어요. 아시겠죠?

케이티 예, 알죠.

찰스 나는 가족사진을 가지고 다닙니다. 이 사진은 내 마음속에 깊이 새겨져 있어요.

케이티 예, 그래요.

찰스 (울다가 웃다가) '돈나 리드'는 내가 좋아했던 텔레비전 쇼입니다. (케이티와 청중이 웃는다.) 정말 그랬죠!

케이티 결국 그녀가 떠난 것은 문제가 아닙니다. 당신이 믿고 있던 신화의 죽음일 뿐이죠.

찰스 오, 세상에! 예. 물론입니다. 나는 거짓말을 하고 있었어요.

케이티 예. 그녀는 당신의 꿈을 엉망으로 만들고 있습니다.

찰스 완전히! 드보라가 정말 고마울 뿐입니다.

케이티 예, 스윗하트. 내가 듣는 말은, 그녀가 사실은 당신에게 선물을 주었다는 것입니다.

찰스 예, 맞습니다.

케이티 좋습니다. 다음 문장을 볼까요.

찰스 예. 드보라는 우리의 관계와 가족을 신성하게 지켜야 하고 다른 남자와 사랑에 빠지거나 잠자리를 같이하지 않아야 한다.

케이티 그게 진실인가요?

찰스 이것은 나의 신화입니다. 드보라는 자기에게 진실하지 않은 것을 할 필요가 없습니다. 나는 그녀를 깊이 사랑합니다. 그녀가 자기에게 진실한 것을 하기 원해요.

케이티 아까 읽은 이야기를 믿을 때 당신은 그녀를 어떻게 대하고, 그녀와 어떻게 얘기하고, 따님과는 어떻게 지내나요?

찰스 이기적이고, 사랑과 관심을 요구하고, 그녀가 내게 주고 주고 또 주기를 원합니다.

케이티 당신의 신화 속에서만 존재하는 가짜 여인을 주기를…. 당신은 그녀가 당신을 위해 거짓이기를 원합니다. 자, 눈을 감으세요. 그녀를 바라보세요. 그 이야기를 믿을 때 당신이 그녀를 어떻게 대하는지 지켜보세요.

찰스 아!

케이티 좋아요. 이제 그녀를 바라보세요. 자기의 이야기를 믿지 않는다면, 그녀와 함께 있는 당신은 어떤 사람일까요?

찰스 강하고 재능 있고 섹시하며 힘 있는 남자.

케이티 우와! (웃음, 휘파람 소리들, 박수갈채) 오, 세상에!

찰스 그것은 나의 비밀입니다. 나는 지금까지 그런 사람이었습니다.

케이티 예, 그래요. 소유권의 힘을 알게 되신 걸 축하합니다. 아무도 그것을 건드릴 수 없습니다. 당신조차도. 이것은 당신의 역할입니다. 당신은 이제까지 자기 내면에 있는 이런 자질들을 못 보는 척했습니다. 그래서 그것들은 묻혀 있었습니다.

찰스 45년 동안.

케이티 예, 스윗하트. 자신이 혐오스러운 사람에서 섹시하고 힘 있는 사람으로 바뀌는 것을 느꼈나요? (청중에게) 얼마나 많은 분이 그런 변화를 느꼈나요? (박수) 알아차림 말고는 아무 일도 일어나지 않았습니다.

찰스 나는 눈을 감았고 그것을 보았습니다.

케이티 삶으로 그것을 가르치세요.

찰스 그러기를 바랍니다.

케이티 예. 그것이 당신의 음악에 흐르게 하세요. 따님과 그렇게 사세요. 그리고 따님이 과거에 당신에게 배운 대로 어머니에 관해 어떤 얘기를 할 때, 당신도 예전에는 그렇게 느꼈다고 얘기해 주세요.

찰스 부정적인 얘기 말인가요?

케이티 예.

찰스 딸에게는 그렇게 가르치지 않는데요.

케이티 말로는 아니지만.

찰스 아!

케이티 힘 있고 섹시한 이 남자, 힘 있는 이 작곡가와 반대인 사람. 당신은 삶으로 따님에게 반대를 가르쳤습니다. 당신은 따님에게 어떻게 반응하고, 어떻게 생각하고, 어떻게 존재하는지를 가르쳤습니다.

찰스 나는 완전히 겁쟁이였어요.

케이티 당신이 따님에게 가르친 것은, 누가 자기를 떠날 때 반응하는 방법이었습니다. 따님에게 당신의 경험을 얘기해 주고, 지금 알게 된 것을 실천하세요. 따님이 당신의 삶을 보고 배우는 것을 지켜보세요. 가족 안에서의 변화는 그렇게 일어납니다. 하지만 그들이 요청하기 전에는 '생각 작업'을 알려 줄 필요가 없습니다. 우리만 그렇게 살면 됩니다. 그곳이 힘이 있는 자리입니다. 당신은 뒤바꾸기에 따라 삽니다. "그녀가 떠나는 것은 잘못이다"—여기에 관한 뒤바꾸기는 "내가 떠나는 것은 잘못이다"입니다. 특히 지금 이 순간을 떠나는 것은…. 당신은 마음속에서 자기의 삶을 떠나 유럽으로 갈 수 있습니다. 지금 여기에 있는 당신의 삶으로 돌아오세요.

찰스 알겠습니다.

케이티 내가 즐겨 하는 이야기가 있습니다. 언젠가 내 딸 록산은 내게 전화해서 아들의 생일잔치에 참석해 달라고 부탁했습니다. 나는 그날 다른 도시에서 공개 모임이 약속되어 있어 가기 힘들다고 대답했습니다. 그 애는 몹시 서운하고 화가 나서 전화를 끊어 버렸습니다. 그 뒤, 십 분쯤 후에 그 애는 다시 전화했습니다. "정말 기뻐요, 엄마. 방금 엄마에 관해 '생각 작업'을 했는데, 엄마에 대한 내 사랑을 엄마가 막을 수 없다는 것을 알았어요."

찰스 와!

케이티 이제 다음 문장을 봅시다.

찰스 나는 앞으로 다시는 드보라에게 심한 말로 공격당하고 싶지 않다.

케이티 예. 이제, "나는 기꺼이…"로 뒤바꿔 보세요. 당신은 그 영상을 마음속에서 다시 상영할 수 있으니까요. 다른 사람과의 관계에서 그럴 수도 있죠.

찰스 어떻게 뒤바꾸죠?

케이티 "나는 기꺼이…." 그 다음에는 당신이 쓴 대로 읽으세요.

찰스 나는 기꺼이 공격당하겠다. 아, 왜냐하면 그런 일이 일어나니까. 좋습니다.

케이티 갑자기 그런 일이 일어날 수 있습니다.

찰스 나는 기꺼이 드보라에게 심한 말로 공격당하겠다. 오, 이런! 맞습니다.

케이티 "나는 고대한다."

찰스 나는 드보라에게 공격당하기를 고대한다. 나는 그녀의 심한 말을 고대한다. 와! 딱 맞는 뒤바꾸기입니다. 특히 독선적인 것들에 관해. 아주 마음에 듭니다.

케이티 예.

찰스 좋습니다. 나는 앞으로 다시는 드보라에게서 결혼생활 14년 동안 딱 한 번 만난 사람과 사랑에 빠졌다는 얘기를 듣고 싶지 않다. 좋습니다. 그러면…

케이티 "나는 기꺼이…"

찰스 나는 기꺼이 그녀에게서 결혼생활 14년 동안 딱 한 번 만난 사람과 사랑에 빠졌다는 얘기를 듣겠다.

케이티 "나는 고대한다."

찰스 나는 그것을 고대한다. 와! 좋습니다.

케이티 그리고 만일 그것이 여전히 가슴을 아프게 하면…

찰스 그럼 '생각 작업'을 더 해야겠죠.

케이티 예. 그게 좋지 않나요?

찰스 왜냐하면 나는 진실과, 현실과 다투고 있으니까요.

케이티 예.

찰스 그런데, 케이티, 여기에서 질문이 있습니다. 나는 집을 떠나기보다는 집에 있기를 원했습니다. 아마 그동안 '돈나 리드' 신화에 많은 시간을 투자했기 때문이겠죠.

케이티 '아마도'라는 말은 빼겠습니다.

찰스 좋아요, 물론입니다. 그래서 나는 드보라가 재결합하기를 원하며 다시 돌아올 거라고 느낍니다. 그런데 만일 내가 신뢰할 수 없는 사람과 함께 살면서 계속 얼굴을 맞대려고 한다면, 다시 결합했을 때 나는 더이상 강하고 힘 있고 섹시한 남자가 아닐 거라는 생각이 듭니다.

케이티 스윗하트, '생각 작업'을 하세요. 그것 말고는 할 일이 없습니다. 그녀가 돌아오면 '생각 작업'을 하세요. 그녀가 돌아오지 않으면 '생각 작업'을 하세요. 이것은 당신의 문제입니다.

찰스 하지만 나는 이제 묵묵히 참기만 하는 사람은 되고 싶지 않습니다.

케이티 아, 그런가요? '생각 작업'을 하세요. 그것으로 아침 식사를 하세요. 당신이 '생각 작업'을 먹지 않으면, 생각이 당신을 먹을 거예요.

찰스 하지만 만일 내가 자기사랑의 자리를 떠난다면, 왜냐하면 내가 떠나기를 선택해서, 더이상은 그렇게 하고 싶지 않아서, 또…

케이티 스윗하트, 당신은 자신이 오거나 가지 못하도록 막을 수 없습니다. 자신이 그 일과 어떤 관련이 있다는 이야기만 할 뿐입니다.

찰스 내가 습관적으로 그렇게 한다는 건가요? 그런 말인가요?

케이티 어떤 이야기가 떠오를 때 그 이야기를 믿으면, 아마 당신은 자신이 직접 결정해야 한다고 생각할 거예요. 조사하고 자유로워지세요.

찰스 만일 내가 계속 자기사랑의 자리에 있다는 것만 알 수 있다면, 재결합의 길이 결국 멀어지고 다른 사람과 새로운 삶을 시작하더라도 괜찮습니다.

케이티 탐구를 하면 결정들은 당신을 위해 스스로 이루어질 거예요.

찰스 그러니 그냥 믿고 맡겨야겠군요.

케이티 당신이 믿고 맡기든 그렇지 않든 그 일은 일어납니다. 그렇지 않던가요? 다시 말하지만, 이해하기만 하면 삶은 아주 좋은 거처입니다. 삶에는 아무런 잘못이 없습니다. 삶은 천국입니다. 조사되지 않은 이야기에 집착하지만 않으면….

찰스 그것이 정말 지금 이 순간에 존재하는 것이겠지요.

케이티 지금 있는 것이 있습니다. 이 연극을 연출하는 것은 내가 아닙니다. 나는 내 것이 아니며, 당신은 당신의 것이 아닙니다. 우리는 우리의 것이 아닙니다. 우리는 '있음'입니다. 그런데 우리는 "나는 아내를 떠나야 해"라는 식의 이야기를 합니다. 그건 진실이 아닙니다. 당신은 아내를 떠날 필요가 없습니다. 그렇게 할 때까지는. 당신은 '있음'입니다. 당신은 '있음'으로서 '있음'과 함께 흐릅니다. 그녀를 받아들이지 않기 위해 당신이 할 수 있는 일은 아무것도 없습니다. 그녀를 떠나지 않기 위해 당신이 할 수 있는 일도 전혀 없습니다. 내 경험에 따르면, 이것은 우리의 연극이 아닙니다.

찰스 와!

케이티 그녀가 오고, 당신이 어떤 이야기를 하고, 그 결과 당신은 순교자가 됩니다. 또는 그녀가 오고, 당신은 어째서 고마운지 얘기하고, 그 결과 당신은 행복한 사람이 됩니다. 당신은 자기 이야기의 결과물입니다. 그게 전부입니다. 탐구하지 않으면 이 점을 알기 어렵습니다. '생각 작업'으로 아침 식사를 하라는 이유가 이것입니다. 내가 아니라 당신에게 진실한 것이 무엇인지를 스스로 아세요. 내가 하는 말들은 당신에게 가치가 없습니다. 당신이 지금까지 기다린 존재는 당신 자신입니다. 자기 자신과 결혼하세요. 당신이야말로 당신이 평생 기다린 바로 그 존재입니다.

결정을 내리기가 힘들어요

지금 있는 현실을 사랑하게 되면, 더이상 결정할 것이 없습니다. 나는 살면서 그저 기다리며 지켜봅니다. 그리고 결정이 제때 내려질 것임을 알기에 '언제, 어디에서, 어떻게'에 관해서는 상관하지 않습니다. 나는 미래가 없는 여자라고 즐겨 말합니다. 결정할 것이 없으면 미래를 계획할 필요도 없습니다. 내 모든 결정은 나를 위해 내려집니다. 당신의 모든 결정이 당신을 위해 내려지듯이…. 스스로 결정해야 한다고 마음속으로 생각할 때 당신은 밑바탕 믿음에 집착하고 있습니다.

43년 동안 나는 늘 미래에 관한 나의 이야기들을 믿었고, 나의 어리석음을 믿었습니다. 현실을 새롭게 이해하고 요양원에서 돌아온 뒤 가끔 긴 여행을 마치고 집에 들어서면, 집 안에서는 더러워진 세탁물들과 책상 위에 쌓인 우편물 더미, 덕지덕지 딱지가 붙어 있는 개 밥그릇, 어질러진 욕실, 설거지할 그릇이 잔뜩 쌓인 싱크대가 눈에 들어왔습니다. 이런 집 안 꼴을 처음 보았을 때 어떤 목소리가 들렸습니다. "설거지를 해라." 그 소리는 불타오르는 떨기나무[11]에서 나오는 것 같았는데, 그 소리가 말했습니다. "설거지를 해라." 그다지 영적인 말 같지는 않았지만, 나는 잠자코 그 말을 따랐습니다. 싱크대 앞에 서서 하나씩 그릇을 씻었고, 청구서 더미 앞에 앉아서 맨 위에 있는 것부터 하나씩 처리하기 시작했습니다. 한 번에 하나씩. 더 필요한 것은 아무것도 없었습니다. 그날이 끝날 무렵이면 모든 일이 다 처리되었고, 나는 누가 또는 무엇이 그 일을 했는지 이해할 필요가 없었습니다.

"설거지를 해라"와 같은 생각이 나타날 때 그 생각을 따르지 않으면 내면에서 어떻게 전쟁이 일어나는지 지켜보세요. 아마 마음속에서 이런 말이 오갈 것입니다. "나중에 해야겠어. 지금쯤은 끝내야 했는데…. 룸메이트가 그 일들을 다 끝내 놓아야 했어. 내 차례가 아니야. 이건 공평하지 않아. 지금 이 일들을 하지 않으면 사람들이 나를 안 좋게 볼 거야." 이럴 때 느끼는 스트레스와 피로는 전쟁신경증과 같습니다.

내가 '설거지하기'라고 말하는 것은 지금 당장 자기 앞에 있는 일을 사랑하며 실천하는 것입니다. 내면의 목소리는 당신이 이를 닦고, 일터로 출근하고, 친구에게 전화하고, 설거지를 하는 등 단순한 일들을 하도록 하루 내내 인도합니다. 그 역시 또 하나의 이야기지만 매우 짧은 이야기이며, 당신이 그 목소리의 지시를 따를 때 그 이야기는 끝납니다. 지금 우리 앞에 나타나는 일을 하는 데에 열리고 기다리고 신뢰하고 사랑하며 그렇게 단순하게 살면, 우리의 삶에는 생명력이 넘치게 됩니다.

---

11 구약성서 출애굽기 3장에는 모세가 불타는 떨기나무 사이에서 들려오는 하느님의 목소리를 듣는 장면이 나오는데, 그 표현을 인용하고 있다.—옮긴이

우리가 해아 할 일은 늘 우리 앞에서 펼쳐집니다. 설거지하기, 청구 요금 내기, 아이들의 양말 줍기, 양치질하기⋯. 우리가 할 수 없는 일은 결코 우리에게 주어지지 않으며, 우리가 할 일은 언제나 한 가지뿐입니다. 삶은 그보다 더 어렵지 않습니다.

다음 대화에서 내가 질문 1과 2에 관해 '예 또는 아니오'로만 답할 것을 고수하지는 않는 점에 주목해 보세요. 그런 대답을 엄격히 요구하기에는 루스가 너무 여려 보였습니다. 그래서 그녀가 질문에 익숙해질 때까지는 이런저런 얘기를 하도록 놓아두는 편이 더 친절할 것 같았습니다.

루스 나는 돈을 어떻게 할 것인지, 그리고 주식 시장에 그냥 있을 것인지 나올 것인지 결정하는 게 너무 무섭고 떨려서 온몸이 마비될 지경이다. 왜냐하면 요즘 주가의 기복이 심하고 내 미래가 돈에 달려 있기 때문이다.

케이티 "내 미래는 돈에 달려 있다"—그게 진실인지 당신은 정말로 알 수 있나요?

루스 아니요, 하지만 그 생각 때문에 미칠 것 같아요.

케이티 예, 그럴 거예요. 그것이 진실이라고 믿으며 스스로 질문하지 않았으니까요. "내 미래는 내가 투자한 돈에 달려 있다"—그게 진실이든 아니든 그 생각을 믿을 때, 당신은 어떻게 반응하고 어떻게 살아가나요?

루스 안절부절못해요. 굉장히 초조해요. 주가가 오를 때는 마음이 훨씬 편안하지만, 주가 변동이 심할 때는 불안해서 미칠 것 같아요.

케이티 "내 미래는 내가 주식 시장에 투자한 돈에 달려 있다"라는 생각이 없다면, 당신은 누구일까요?

루스 훨씬 마음 편안한 사람일 거 같아요. 몸은 덜 긴장할 것 같고.

케이티 그 생각을 유지해야 할 이유 중에서 스트레스를 주거나 두렵게 하지 않는 이유를 하나만 말해 보세요.

루스 스트레스를 주지 않는 이유는 없어요. 하지만 돈에 관해 생각하지 않으려 해도 역시 스트레스를 받아요. 내가 무책임한 사람처럼 느껴지니까요. 그래서 어느 쪽이든 스트레스를 받게 돼요.

케이티 당신이 어떻게 뭔가에 관해 생각하지 않을 수 있겠어요? '그것'이 '당신'을 생각합니다. 생각은 저절로 나타납니다. 또 그것에 관해 생각하지 않는다 해도 그게 어떻게 무책임한 일일 수 있겠어요? 당신은 그것에 관해 생각하거나 생각하지 않습니다. 생각은 나타나거나 나타나지 않습니다. 정말 놀랍군요. 그토록 긴 세월을 살았으면서도 생각을 통제할 수 있다고 믿다니…. 당신은 바람도 통제할 수 있나요?

루스 아니요, 통제할 수 없습니다.

케이티 바다는요?

루스 통제할 수 없어요.

케이티 "파도를 멈추자." 그럴 수는 없겠죠. 당신이 잠들었을 때 멈추는 것 말고는.

루스 생각들이요?

케이티 파도들요. (당신이 깊이 잠들었을 때는 — 옮긴이) 생각도 없고 바다도 없습니다. 주식 시장도 없습니다. 밤에 잠을 자다니, 당신은 정말 무책임하군요! (청중이 웃는다.)

루스 나는 불면증이 있어요! 새벽 다섯 시까지 잠을 못 잡니다.

게이디 에, 무책임합니다. "생각하고 걱정하면 내 모든 문세가 해결될 것이다"—당신의 경험에 따르면 그런가요?

루스 아니요.

케이티 자, 밤에 자지 말고 생각이나 더 합시다. (루스와 청중이 웃는다.)

루스 생각을 통제하지는 못하겠어요. 오랫동안 노력했지만.

케이티 이것은 참 흥미로운 발견입니다. 생각을 이해로 만나면 더없이 좋습니다. 효과가 있을 거예요. 그 안에는 많은 유머가 있습니다. 편안한 밤의 휴식도….

루스 나는 이 문제에 관해 유머가 필요한 것 같아요. 정말로 유머가 필요해요.

케이티 "스트레스를 주는 생각이 없으면, 올바른 결정을 내리지 못할 것이다"—당신은 그게 진실인지 정말로 알 수 있나요?

루스 오히려 그 반대가 진실일 것 같아요.

케이티 반대로 뒤바꾸기를 하면 어떻게 느껴지는지 경험해 볼까요. "내 미래는 내가 주식 시장에 투자한 돈에 달려 있다"—어떻게 뒤바꾸겠어요?

루스 내 미래는 내가 주식 시장에 투자한 돈에 달려 있지 않다.

케이티 느껴 보세요. 이 말은 원래 문장만큼 진실할 수 있습니다. 원하는 만큼 많은 돈을 벌었을 때, 평생 다 쓰지도 못할 만큼 많은 돈을 주식 시장에서 벌었을 때, 당신은 무엇을 얻을까요? 행복? 행복을 얻기 위해 돈을 벌려는 거 아닌가요? 평생 지속될 수 있는 지름길을 택합시다. "내 미래는 주식 시장에 투자한 돈에 달려 있다"라는 이야기가 없다면, 당신은 누구일까요?

루스 훨씬 행복할 거 같고, 더 편안하게 살 거 같고, 더 즐겁게 일할 거 같아요.

케이티 예. 주식 시장에서 돈을 벌든 잃든. 당신은 돈을 통해 얻고 싶었던 것들을 다 얻을 거예요.

루스 그것은… 예!

케이티 "내 미래는 내가 주식 시장에 투자한 돈에 달려 있다"라는 생각을 유지할 '스트레스 주지 않는 이유'를 하나만 말해 보세요.

루스 하나도 없습니다.

케이티 당신이 원하는 유일한 미래는 평화와 행복입니다. 돈이 많건 적건 무슨 상관이겠어요? 우리가 늘 행복할 수 있다면. 더이상 스스로 속지 않는 마음, 이것이 참된 자유입니다.

루스 평화와 행복, 그건 내 어린 시절 기도였어요.

케이티 당신이 얻으려 애쓰는 바로 그것이 자신에게 이미 있는 것을 알지 못하게 합니다.

루스 예. 나는 항상 미래에 살려고, 미래를 대비하려고, 미래를 안전하게 보장받으려고 노력했어요.

케이티 예, 순진한 어린아이처럼. 우리는 악몽에 집착하거나 악몽을 조사합니다. 다른 선택은 없습니다. 생각들이 나타납니다. 당신은 생각들을 어떻게 만나렵니까? 여기에서 우리가 얘기하는 것은 그게 전부입니다.

루스 우리는 문제에 집착하든지, 아니면 조사하고 있다고요?

케이티 예. 주식 시장이 당신에게 협조하지 않아서 다행입니다. (루스가 웃는다.) 당신의 삶에 참된 행복과 평화를 가져오기 위해 그럴 필요가 있다면…. 모든 일은 당신의 행복과 평화를 위해 일어납니다. 해답은 스스로 찾아야 합니다. 이제 원하는 만큼 돈을 벌고 나서 만족하면, 완전히 만족하면 당신은 무엇을 할까요? 앉고, 서고, 누울 것입니다. 그게 다입니다. 그리고 만일 어머니가 사랑으로 아기를 대하듯 생각을 알맞게 보살피지 않으면, 즉 생각을 이해로 만나지 않으면, 당신은 지금 얘기하는 내면의 이야기를 또다시 되풀이하게 될 것입니다.

루스 할 일은 그게 전부라는 말이군요.

케이티 예. 앉고, 서고, 눕고—그게 다입니다. 하지만 이런 단순한 행위를 하면서, 자신이 얘기하는 이야기를 살펴보세요. 왜냐하면 당신이 원하는 만큼 돈을 벌고 원하는 모든 것을 다 얻을 때도 당신에게 나타나는 것은 지금 이 의자에 앉아 있을 때 나타나는 것일 테니까요. 당신이 지금 얘기하는 이야기가 그때에도 나타납니다. 그 안에는 행복이 없습니다. 좋아요, 다음 문장을 볼까요?

루스 나는 어디에 투자해야 할지 결정하고 싶지 않고, 남들이 결정해 주는 것도 믿지 못하겠다.

케이티 "나는 어디에 투자해야 할지 결정해야 한다"—당신은 그게 진실인지 확실히 알 수 있나요?

루스 아니요. 돈을 그냥 내버려 둘 수도 있습니다. 그리고 그 돈이 어떻게 되는지 지켜볼 수 있겠죠. "돈을 완전히 내버려 둬, 그게 최선의 길이야"라는 생각이 듭니다.

케이티 "나는 살면서 결정을 내려야 한다"—당신은 그게 진실인지 정말로 알 수 있나요?

루스 그래야 한다고 느껴져요. 근데 확실히는 모르겠어요.

케이티 그렇게 느낄 거예요. 당신은 그 생각을 믿고, 그 때문에 그 생각에 집착하고 있으니까요.

루스 예.

케이티 모든 테러리즘은 거기에서 나옵니다. 당신은 스스로 굳게 믿는 생각에 의문을 품지 않았습니다. 그 모든 것은 오해였습니다.

루스 결정할 필요가 없다는 말은 참 근사해 보이는군요.

케이티 내 경험은 그렇습니다. 나는 결정을 하지 않습니다. 그런 문제로 걱정하지 않습니다. 결정은 나를 위해 제때 내려질 것임을 알기 때문입니다. 나는 그저 행복하게 살며 기다릴 뿐입니다. 결정은 쉽습니다. 쉽지 않은 것은, 당신이 결정에 관해 얘기하는 이야기입니다. 비행기에서 뛰어내린 뒤 낙하산 끈을 잡아당겼는데, 낙하산이 펴지지 않으면 당신은 두려움을 느낍니다. 또 하나의 예비 끈이 있기 때문이죠. 그래서 그 끈을 잡아당기는데 그것도 펴지지 않습니다. 그게 마지막 끈이었습니다. 그래서 이제는 결정할 것이 없습니다. 결정할 것이 없으면 두려움도 없습니다. 그러니 그저 여행을 즐기세요! 내 입장은 그렇습니다. 나는 지금 있는 현실을 사랑합니다. 지금 있는 현실, 여기에는 잡아당길 끈이 없습니다. 그 일은 이미 일어나고 있습니다. 자유로운 낙하. 내가 할 일은 아무것도 없습니다.

루스 이 자리에 오는 것은 의심할 여지가 없었죠. "가야 하나, 가지 말아야 하나, 가야 하나?" 하고 생각할 필요가 없었어요. "음, 그래. 넌 그때 갈 수 있어. 가자."

케이티 그래서 그 결정이 어떻게 내려졌나요? 아마 저절로 내려졌을 거예요. 방금 당신은 머리를 그렇게 움직였습니다. 당신이 그렇게 하기로 결정했나요?

루스 아니요.

케이티 당신은 방금 손을 움직였습니다. 당신이 그렇게 하기로 결정했나요?

루스 아니요.

케이티 예. "나는 결정을 내려야 한다"—그게 진실인가요? 아마 모든 일은 잘 이루어지고 있을 거예요. 우리의 도움 없이도.

루스 내 뜻대로 통제해야 한다고 믿었다니, 제정신이 아니었나 봐요.

케이티 예. 당신이 직접 쇼를 연출해 버리면, 신이 왜 필요하겠어요? (루스가 웃는다.)

루스 그러고 싶지는 않은데, 멈추는 방법을 모르겠어요.

케이티 이런 식으로 생각하고 그래서 이런 식으로 사는 것은 현실에 반대하는 것입니다. 그러면 불행해지며 스트레스를 느낍니다. 왜냐하면 모든 사람은 현실을 사랑하기 때문입니다. 아무리 무서운 이야기를 믿고 있다 해도. 그러니 지금 평화롭게 삽시다. 세상은 혼돈으로 가득 차 보여도…. "나는 결정해야 한다"라는 생각을 믿지만 결정이 내려지지 않을 때, 당신은 어떻게 반응하나요?

루스 미칠 것 같아요. 정말 미칠 것 같아요.

케이티 그곳은 참 흥미로운 자리입니다. 우리는 그 상태에서 결정을 내리려고 애를 씁니다. 그런데 그 상태에서는 심지어 갈지 말지조차 결정할 수 없습니다. 그리고 스스로 결정했다고 확신한다 해도 당신의 증거는 어디에 있나요? "나는 결정해야 한다"라는 생각을 유지할 '스트레스 주지 않는 이유'를 하나만 말해 보세요. 스스로 결정해야 한다는 생각을 그만두라고 말하는 게 아니에요. 이 '생각 작업'에는 자기에게 열리는 꽃의 다정함이 있습니다. 당신의 아름다운 자아를 다정하게 대하세요. '생각 작업'은 고통을 끝내려는 것입니다. 우리는 여기에서 그 가능성을 보고 있습니다.

루스 한동안 아무것도 결정하지 않는 실험을 한번 해 보면 효과가 있을까요? 그건 미친 짓일까요, 아니면…

케이티 당신이 방금 어떤 결정을 했을 수 있는데, 그 결정은 저절로 바뀔 수 있습니다. 그러면 마음을 바꾸었다고 말하면 됩니다.

루스 그래도 여전히 똑같은 악순환에 빠져 있겠죠.

케이티 글쎄요. 하지만 지켜보는 것은 재미있습니다. 만일 내가 결정을 하지 않겠다고 말하면, 나는 결정을 한 것입니다. 지켜보세요. 우리는 스트레스를 주는 신화를 깨뜨리기 위해 탐구를 합니다. 이 네 가지 질문은 우리를 말할 수 없이 아름다운 세계로 데려갑니다. 존재하는 것은 그 세계뿐인데도, 우리 중 일부는 아직 그 세계에 관한 탐험을 채 시작하지도 않았습니다.

루스 결정하지 않는다는 말이 무슨 뜻인지 어렴풋이 알 듯한데, 한편으로는 통제에 반대하는 실험처럼 느껴집니다.

케이티 "나는 주식 투자를 결정해야 한다"라는 생각을 유지할 '스트레스 주지 않는 이유'를 하나만 말해 보세요.

루스 하나도 생각나지 않습니다. 정말로 생각나지 않아요.

케이티 "내가 결정해야 한다"라는 생각이 없다면, 당신은 누구 또는 무엇일까요?

루스 늘 걱정하는 우리 어머니와는 다를 거예요. 갈수록 점점 더 미쳐 가지도 않을 테고요. 사람들과 어울리는 게 싫어서 혼자 고립되려 하지도 않겠죠.

케이티 스윗하트, 당신이 탐구를 알게 되어 참 기쁘군요.

루스 그동안 소용없는 일에 너무 많이 애를 썼던 것 같아요.

케이티 "나는 결정해야 한다"—뒤바꿔 보세요.

루스 나는 결정할 필요가 없다.

케이티 예. 결정들은 저절로 내려질 것입니다. 그런 평화로움 안에서는 모든 것이 분명합니다. 삶은 당신이 내면으로 더 깊이 들어가는 데 필요한 모든 것을 줄 것입니다. 어떤 결정이 내려지고 당신이 행동할 때, 일어날 수 있는 최악의 일은 하나의 이야기뿐입니다. 당신이 행동하지 않을 때도 일어날 수 있는 최악의 일은 하나의 이야기뿐입니다. 결정은 스스로 내려집니다—언제 먹을 것인지, 언제 잘 것인지, 언제 행동할 것인지. 결정은 스스로 움직입니다. 그리고 그것은 아주 차분하고 완전히 성공적입니다.

루스 음.

케이티 당신의 손이 어디에 있는지 느껴 보세요. 당신의 발이…. 이것은 아주 좋습니다. 이야기가 없으면, 당신이 어디에 앉아 있든 언제나 좋습니다. 다음 문장을 봅시다.

루스 나는 주식 시장에 있는 돈이 너무 비이성적으로 움직이는 걸 원하지 않는다. 희망이 없어요, 희망이!

케이티 "주식 시장에 있는 돈은 비이성적이다"—뒤바꿔 보세요, 스윗하트. "내 생각은"

루스 내 생각은 비이성적이다.

케이티 예. 당신이 그런 식으로 돈을 볼 때 당신의 생각은 비이성적이며 두려움을 느끼게 합니다. "돈은 비이성적이다, 주식 시장은 비이성적이다"—당신은 그게 진실인지 정말로 알 수 있나요?

루스 아니요.

케이티 그 생각을 믿을 때 당신은 어떻게 반응하나요?

루스 두려워요. 너무 무서워서 정신이 나갈 정도예요.

케이티 그 생각을 내려놓을 이유를 찾을 수 있나요? 생각을 내려놓으라는 말이 아니에요. '생각 작업'을 처음 접하는 여러분, 여러분은 생각을 내려놓을 수 없습니다. 그렇게 할 수 있다고 생각할지 모르지만, 뒤에 그 생각이 다시 나타나고 이전과 똑같은, 어쩌면 더 심한 두려움이 일어납니다. 당신이 조금 더 집착하기 때문입니다. 그래서 나는 단지 "당신은 주식 시장이 불합리하다는 생각을 내려놓을 이유를 찾을 수 있나요?"라고 묻는 것입니다.

루스 그 생각을 내려놓을 이유를 찾을 수는 있지만, 내려놓아야 한다는 뜻은 아니라는 말이죠?

케이티 맞아요. '생각 작업'은 깨닫기 위한 것이지 뭔가를 바꾸려는 것이 아닙니다. 세상은 당신이 인식하는 대로 존재합니다. 맑은 마음은 아름다움을 가리키는 말입니다. 그것은 나 자신입니다. 내가 맑을 때는 아름다움만 보입니다. 다른 것은 보일 수 없습니다. 나는 내 생각을 인식하는 마음이며, 모든 것은 그 마음으로부터 펼쳐집니다. 그것은 마치 새로운 태양계처럼 기쁨으로 자기를 쏟아 냅니다. 내가 맑지 않을 때는 내 모든 광기(狂氣)를 세상으로서 세상에 투사할 것입니다. 그리고 나는 미쳐 있는 세계를 인식하며, 그게 문제라고 생각할 것입니다. 우리는 수천 년 동안 투사기가 아니라 투사된 모습을 바꾸려고 애를 썼습니다. 그래서 삶은 늘 혼란스러워 보입니다. 혼돈이 혼돈에게 다르게 살라고 말하고 있습니다. 혼돈은 자기가 늘 그렇게 살아왔으며 우리가 혼돈을 극복하기 위해 거꾸로, 명백히 거꾸로 노력했다는 것을 깨닫지 못하고 있습니다. 그러니 당신의 혼란스럽고 고통스러운 생각들을 바깥세상 속에 내려놓지 마세요. 당신은 그 생각들을 내려놓을 수 없습니다. 무엇보다 생각을 만든 건 당신이 아니기 때문입니다. 하지만 생각들을 이해로 만나면, 세상이 바뀝니다. 바뀌지 않을 수 없습니다. 당신이 바로 온 세상을 투사하는 투사기인 까닭입니다. 당신이 바로 투사기입니다! 다음 문장을 봅시다.

루스 결정하기가 너무 어렵거나 무서우면 안 된다.

케이티 아까 당신이 말했듯이, 제때에 앞서 결정하려고 애쓴다면 희망이 없습니다. 제때에 앞서 결정할 수는 없습니다. 결정은 결정될 때 결정됩니다. 한 호흡도 더 이르지 않습니다. 마음에 들지 않나요?

루스 근사해 보입니다.

케이티 예. 당신은 거기에 앉아서 "아, 나는 내 주식을 어떻게든 해야 해" 하고 느낄 수 있는데, 그러면 물을 수 있습니다. "그게 진실인가? 나는 그게 진실인지 정말로 알 수는 없다." 그래서 그냥 내맡깁니다. 당신은 그저 관심 있는 내용을 읽고, 인터넷을 지켜보며, 그것들로부터 배웁니다. 그 뒤 때가 되면 그런 것들을 통해 결정이 올 것입니다. 그것은 아름답습니다. 당신은 그 결정 때문에 돈을 잃을 수도 있고 벌 수도 있습니다. 그래야 하는 대로…. 하지만 자신이 직접 뭔가를 해야 한다고 생각하며 스스로 행위자라고 상상하는 것은 순전히 망상입니다. 그저 좋아하는 것을 따르세요. 좋아하는 것을 하세요. 그러는 동안 탐구하며 행복하게 사세요.

루스 가끔은 글을 읽기도 힘들어요. 점점 기억력이 약해지고 상황을 파악하는 능력도 떨어지고 있고, 또…

케이티 오, 허니. 당신은 살아남았습니다! (루스와 청중이 웃는다.) 내가 사람이나 뭔가를 잃을 때마다 '나는 살아남았다'고 말하는 것을 들은 적이 있나요? 예, 실제로 그렇습니다. 마지막 문장을 봅시다.

루스 나는 앞으로 다시는 주식 시장에 투자한 돈 때문에 두려움에 떨고 싶지 않다.

케이티 "나는 기꺼이…"

루스 나는 주식 시장에 투자한 돈 때문에 기꺼이 두려움에 떨겠다.

케이티 "나는 고대한다." 그 일은 다시 일어날 수 있습니다.

루스 (웃으며) 나는 주식 시장에 투자한 돈 때문에 두려움에 떨기를 고대한다.

케이티 예. 왜냐하면 당신은 그 때문에 다시 '생각 작업'으로 돌아올 테니까요.

루스 그 자리에 있고 싶어요.

케이티 스트레스의 목적이 그것입니다. 스트레스는 친구입니다. 스트레스는 자명종입니다. '생각 작업'을 할 때라고 알려 주는…. 당신은 그저 자신이 자유로움을 잊고 있을 뿐입니다. 조사하면 참된 자기로 돌아갑니다. 그것은 알려지기를 기다리고 있으며 늘 실재합니다.

나는 관념들을 내려놓지 않습니다.

그것들을 이해로 만납니다.

그러면 관념들이 나를 놓아줍니다.

10. 생각이나 상황에 관해 탐구하기

질문할 수 없는 생각이나 상황은 없습니다. 모든 생각, 모든 사람, 그리고 문제처럼 보이는 모든 것은 당신의 자유를 위해 여기에 있습니다. 어떤 것이 자신에게서 분리되어 있거나 받아들일 수 없다고 느껴지면, 질문해 보세요. 그러면 그 생각을 믿기 전에 느꼈던 평화를 다시 누릴 수 있습니다.

　세상에 살면서 조금이라도 불편한 마음이 들거든 '생각 작업'을 해 보세요. 모든 불편한 느낌이 있는 까닭은, 아픔이 있는 까닭은, 돈이 있는 까닭은, 담벼락과 구름과 개와 고양이와 나무가 있는 까닭은, 세상 모든 것이 있는 까닭은 바로 이것을 위해서입니다—당신의 자기 깨달음. 그 모든 것은 당신의 생각이 거울에 비치듯 비친 모습들입니다. 자유를 원한다면 그것을 판단하고, 조사하고, 뒤바꿈으로써 자유로워지세요. 화나 두려움, 슬픔을 경험하는 것은 좋은 일입니다. 조용히 앉아서, 이야기를 알아차리고, '생각 작업'을 해 보세요. 세상 모든 것이 친구로 보이지 않는다면, 당신의 '생각 작업'은 아직 끝나지 않았습니다.

'내 생각'으로 뒤바꾸기

사람들에 관한 '생각 작업'을 잘한다고 느껴지면, 이제는 세계 곳곳의 굶주림이나 종교 원리주의, 관료주의, 정부, 섹스, 테러리즘과 같은 사회 문제들이나 마음에 떠오르는 불편한 생각들에 관해서도 탐구할 수 있습니다. 사회 문제들에 질문하고 판단들을 뒤바꾸면, '바깥'에 있다고 여겨진 모든 문제가 사실은 자기 생각 속에서의 오해일 뿐임을 알게 될 것입니다.

양식에 쓴 내용이 사회 문제에 관한 것이라면, 우선 평소처럼 네 가지 질문으로 탐구해 보세요. 그리고 뒤바꾸기를 할 때 그 문제를 '내 생각'으로 바꿔 보세요. 그렇게 하는 것이 적합해 보이면…. 예를 들어 "나는 전쟁을 좋아하지 않는다. 왜냐하면 전쟁은 나를 두려워하게 만들기 때문이다"라는 문장은 "나는 내 생각을 좋아하지 않는다. 왜냐하면 내 생각은 나를 두려워하게 만들기 때문이다"로, 또는 "나는 내 생각, 특히 전쟁에 관한 생각을 좋아하지 않는다. 왜냐하면 그 생각은 나를 두려워하게 만들기 때문이다"로 뒤바뀝니다. 이 뒤바꾸기가 당신에게 원래 문장만큼 진실하거나 더 진실하나요?

다음은 '내 생각'으로 뒤바꾼 몇 개의 사례입니다.

원래 문장 나는 관료들에게 화가 난다. 왜냐하면 그들은 내 삶을 복잡하게 만들기 때문이다.

뒤바꾸기 나는 내 생각에게 화가 난다. 왜냐하면 내 생각은 내 삶을 복잡하게 만들기 때문이다.

원래 문장 나는 내 신체장애가 싫다. 왜냐하면 내 장애는 사람들이 나를 피하게 만들기 때문이다.

뒤바꾸기 나는 내 생각이 싫다. 왜냐하면 내 생각은 내가 사람들을 피하게 만들기 때문이다.

나는 내 생각이 싫다. 왜냐하면 내 생각은 내가 나를 피하게 만들기 때문이다.

이야기를 발견하기 힘들 때

가끔 마음은 불편한데, 그 불편한 느낌 뒤에 어떤 생각이 있는지 찾기 어려울 때가 있습니다. 마음을 불편하게 하는 생각을 정확히 찾기 어려울 때는 다음의 방법이 도움 될 수 있습니다.

먼저, 빈 종이 여섯 장을 준비한 뒤, 다 펼쳐 놓을 수 있는 곳에서 시작하세요.

첫 장에 번호 '1'을 쓰고, 맨 위에 슬프다, 실망스럽다, 창피하다, 당혹스럽다, 두렵다, 짜증이 난다, 화가 난다 라고 쓰세요. 그 아래에는, 왜냐하면 _____이라고 쓰세요. 종이의 중간쯤에는, 그리고 그것은 _____라는 뜻이다 라고 쓰세요.

다음 장에는 번호 '2'를 쓰고, 맨 위에 원한다 라고 쓰세요.

다음 장에는 번호 '3'을 쓰고, 맨 위에 해야 한다 라고 쓰세요.

다음 장에는 번호 '4'를 쓰고, 맨 위에 필요하다 라고 쓰세요.

다음 장에는 번호 '5'를 쓰고, 맨 위에 판단한다 라고 쓰세요.

다음 장에는 번호 ‘6’을 쓰고, 맨 위에 다시는 하지 않겠다 라고 쓰세요.

　여섯 장을 한꺼번에 펼쳐 놓고, 마음이 불편한 기분으로 거칠게 내달리게 하세요. 생각들을 이용하여 불쾌한 기분이 더 불타오르도록 부채질한 뒤, 어떤 생각이 가장 효과가 있는지 보세요. 어떤 생각도 별다른 효과가 없다면, 새로운 생각이나 과장된 생각들을 시험해 보세요. 그 생각들을 최대한 단순하게 적어 보세요. 솔직하고 정직하게 표현하는 데 도움이 됩니다. 특정한 순서를 따를 필요는 없습니다. 다음은 여섯 장을 사용하는 방법입니다.

　1번 종이에는 ‘사실’로 보이는 것을 적습니다. 예를 들면, “그녀는 나와 점심 식사를 하기로 약속했지만 나오지 않았고, 나를 식당에서 기다리게 했으며, 전화도 하지 않았다.” 왜냐하면 다음의 빈칸에 ‘사실’들을 적으세요. 그 뒤 연관된 감정들—슬프다, 화가 난다, 등등—에 동그라미를 치세요. **그리고 그것은** _____라는 뜻이다의 빈칸에는 그 ‘사실’에 관한 당신의 해석을 쓰세요. 여기에는 당신이 생각하는 최악의 일들도 함께 적어 보세요. 이를테면 “그녀는 더이상 나를 사랑하지 않는다” 또는 “그녀는 다른 남자와 사귀고 있다.”

　“나는 _____을 원한다”라는 형태의 생각을 발견하면, 그 생각을 2번 종이에 쓰세요. 그 상황이나 사람을 정확히 어떻게 개선시킬 것인지에 초점을 맞추면 이런 형태의 생각들을 찾는 데 도움이 됩니다. 어떻게 하면 그 사람이나 상황이 당신에게 만족스러울까요? “나는 _____을 원한다”라는 형태로 써 보세요. 신이 된 것처럼 완벽한 상태를 창조해 보세요. 예를 들면, 나는 그녀가 무슨 일이 있어도 제시간에 나오기를 원한다, 나는 그녀가 무엇을 하고 있는지 언제나 정확히 알기를 원한다. (이 용지를 거의 다 채운 뒤에는 정말로 원하는 것들을 다 적었는지 스스로 물어보세요. 다 적지 않았다면, 정말로 원하는 것을 맨 밑에 적으세요.)

"어떻게 해야 한다, 어떻게 하면 안 된다"라는 형태의 생각들은 3번 종이에 쓰세요. 혹시 '해야 한다'라는 생각들을 잘 모르겠다면, 그 상황에서 어떻게 하면 당신이 생각하는 정의와 질서가 바로잡힐지 생각해 보세요. 그 상황을 바로잡을 '해야 한다'들을 모두 적으세요.

4번 종이는 '나는 …이 필요하다'를 위한 종이입니다. 행복한 삶을 위해 필요한 것들을 써 보세요. 상황을 바람직하게 만들어 줄 수정 사항들을 적어 봅니다. 예를 들어 "나는 그녀의 사랑이 필요해" 또는 "나는 직장에서의 성공이 필요해." 이 종이에 몇 개의 문장을 쓴 뒤, 그런 필요들이 다 충족되면 자신이 무엇을 가지게 될지 스스로 물어보면 도움이 됩니다. 그것을 용지의 맨 밑에 적으세요.

5번 종이에는 그 사람이나 상황에 대한 무자비한 평가를 쓰세요. 이 불쾌한 기분을 통해 볼 때 그 사람이나 상황이 어떻게 보이나요. 하나하나 적어 보세요.

6번 종이에는 그 상황에서 당신이 다시는 그렇게 살지 않겠다고 맹세하거나 희망하는 부분을 쓰세요.

이제 감정이 가장 격렬히 표현된 문장들에 밑줄을 치고, 그 문장들에 관해 하나씩 '생각 작업'을 해 보세요. 한 문장에 관한 '생각 작업'을 끝마치면, 나머지 문장들에 관해서도 하나씩 '생각 작업'을 해 보세요.

만일 위의 과정을 끝마친 뒤에도 6번 종이에 쓴 내용을 '고대'하기 힘들다면, 또는 당신을 괴롭히는 이야기가 여전히 발견되지 않은 것 같다면, 또 하나의 방법이 매우 효과적일 수 있습니다. 대여섯 장의 빈 용지와 시계나 타이머를 가져오세요. 불쾌한 기분에 초점을 맞추고서, 그 기분에 관해 5분간 자유로운 형식으로 쉬지 말고 쓰세요. 중간에 멈추고 싶어지면, 마지막으로 쓴 구절을 계속 되풀이해서 쓰세요. 다시 계속할 준비가 될 때까지. 다 쓴 뒤에는 지금까지 쓴 문장들을 다시 살펴보고 가장 괴롭거나 거북하게 하는 구절들에 밑줄을 치세요. 밑줄 친 문장들을 여섯 개의 용지 가운데 가장 잘 어울리는 종이에 옮겨 쓰세요. 다 쓴 용지들을 잠시, 이를테면 하룻밤 동안, 그대로 놓아둔 뒤 나중에 다시 읽어 보고, 감정이 가장 격앙된 문장들에 밑줄을 치세요. 이제 당신은 어디에서부터 '생각 작업'을 시작할지 알게 됩니다.

당신의 바깥에는
당신이 찾고 있는 것을
줄 수 있는 것이
아무것도 없습니다.

11. 몸과 중독에 관해 탐구하기

몸은 생각하거나 상관하지 않으며, 자기에게서 아무런 문제점도 보지
못합니다. 몸은 자기를 때리거나 모욕하지 않습니다. 몸은 그저 스스로
조화롭게 유지하고 치유하려 할 뿐입니다. 몸은 완전히 효율적이며, 지
성적이고 친절하고 슬기롭습니다. 생각이 없으면 문제도 없습니다. 우
리를 혼란스럽게 하는 것은 우리가 믿는 조사되지 않은 이야기입니다.
나의 아픔은 몸의 잘못이 아닙니다. 나는 내 몸에 관한 이야기를 하면
서, 내 몸이 문제이며 이것이나 저것이 바뀌기만 하면 내가 행복할 것
이라고 믿습니다. 그 생각을 조사하지 않았기 때문입니다.

몸은 결코 우리의 문제가 아닙니다. 우리의 문제는 늘 우리가 순진
하게 믿고 있는 생각입니다. 그래서 '생각 작업'은 우리가 중독되어 있
다고 믿는 대상이 아니라 우리의 생각을 다룹니다. 우리는 어떤 대상에
중독되는 것이 아닙니다. 오직 순간순간 일어나는, 조사되지 않은 관념
에 집착할 뿐입니다.

예를 들어, 나는 내가 담배를 피우든 안 피우든 상관하지 않습니다.
그것은 내게 옳고 그른 문제가 아닙니다. 나는 오랫동안 골초였고 줄담

배를 피우기도 했습니다. 그러다가 1986년에 요양원에서 깨어난 뒤로는 담배를 입에 대지 않았습니다. 그 뒤 1997년에 터키에 갈 때까지 나는 11년 동안 담배를 피우지 않은 상태였습니다. 그곳에서 택시를 탔는데, 차 안의 라디오에서는 신나는 터키 음악이 요란하게 터져 나오고 있었고, 운전사는 쉬지 않고 경적을 울려 대고 있었습니다(터키에서는 보통 경적을 울리는데, 그것은 신의 소리입니다. 6차선이 2차선으로 줄어들고 있었고, 모든 차량이 서로에게 경적을 울리며 운전하는데, 그 모든 것은 완벽한 흐름 속에서 일어나고 있었습니다). 그는 내게로 몸을 돌리더니 활짝 웃으며 담배를 권했습니다. 나는 주저하지 않았습니다. 나는 담배를 받았고, 그는 내게 불을 붙여 주었습니다. 음악도 경적 소리도 귀청을 찢을 듯이 울려 대고 있었지만, 나는 뒷자리에 앉아서 순간순간을 사랑하며 담배를 피웠습니다. 나는 담배를 피워도 좋고 피우지 않아도 좋다는 것을 알아차렸습니다. 그리고 지금 알아차립니다. 그 근사한 택시 여행 뒤로는 담배를 피우지 않았다는 것을.

하지만 담배를 피워야 한다거나 피우면 안 된다고 말하는 관념이 일어날 때, 내가 그 생각을 믿고 지금 이 순간의 현실을 벗어난다면, 그것이 바로 중독입니다. 우리는 자신에게 진실하지 않은 생각들을 살펴보지도 않고 믿어 버리는데, 이런 생각들은 우리가 담배를 피우거나 술을 마시는 이유가 됩니다. '해야 한다'나 '하지 말아야 한다'라는 생각이 없다면, 당신은 누구일까요?

만일 술이 당신을 병들게 하거나 분별력을 잃게 하거나 화나게 한다고 생각한다면, 술을 마실 때 당신은 질병을 마시는 것과 같습니다. 당신은 술이 있는 곳에서 술과 만나고 있으며, 술은 정확히 당신이 예상하는 대로 작용할 것입니다. 그래서 우리는 생각을 조사합니다. 술을 끊기 위해서가 아니라, 단지 술이 어떻게 할 것인지에 대한 오해를 끝내기 위해서. 만일 술을 정말 계속 마시고 싶어 한다고 믿는다면, 술이 당신에게 어떻게 하는지 보세요. 술은 동정심이 없습니다. 술에는 피해자가 없습니다. 그리고 결국 술에는 즐거움이 없습니다. 오직 숙취뿐.

나는 몸이 아프면 의사에게 갑니다. 내 몸은 의사의 일입니다. 내 생각은 나의 일입니다. 그 평화로움 안에서, 나는 무엇을 하고 어디에 갈 것인지를 분명히 압니다. 그러면 몸은 아주 재미있어집니다. 왜냐하면 당신은 몸이 살거나 죽는 데 관심을 쏟지 않기 때문입니다. 몸은 당신의 생각이 투사된 이미지이며, 그 생각의 은유입니다. 거울에 비치듯 당신에게 다시 반사되는 이미지입니다.

1986년 어느 날, 마사지를 받고 있었는데 갑작스럽게 온몸이 마비되기 시작했습니다. 마치 모든 인대와 힘줄과 근육이 극도로 팽팽해진 것 같았습니다. 죽은 뒤에 몸이 굳어지는 현상 같았고, 손가락 하나 까딱할 수 없었습니다. 하지만 그 경험을 하는 동안, 나는 완전히 고요했고 기쁨으로 가득했습니다. 왜냐하면 내게는 몸이 어떤 식으로 보여야 한다거나 자유롭게 움직여야 한다는 이야기가 없었기 때문입니다. 생각들은 지나갔습니다. 이를테면 "오 맙소사, 몸이 움직이지 않아. 뭔가 끔찍한 일이 일어나고 있는 게 틀림없어"와 같은 생각들. 하지만 내 안에 살아 있던 질문들은 이런 생각들에 대한 집착을 허용하지 않았습니다. 만일 질문의 과정이 느리고 말로 표현되었다면, 이런 식이었을 것입니다. "'너는 이제 다시는 걷지 못할 거야—스윗하트, 너는 그게 진실인지 정말로 알 수 있니?" 이 네 가지 질문은 너무 빨랐습니다. 이 질문들은 생각이 일어나는 찰나에 그 생각과 만납니다. 한 시간쯤 지나자 몸의 마비가 풀리기 시작했고, 사람들이 정상이라고 말하는 상태로 돌아왔습니다.

딸이 중독되었어요

나는 수백 명의 알코올 중독자들과 '생각 작업'을 했는데, 그럴 때마다 그들이 술에 취하기 전에 먼저 생각에 취한다는 것을 알게 되었습니다. 그들 중 많은 사람은 '알코올 중독자 모임(Alcoholics Anonymous)'의 12단계가 '생각 작업'에 다 포함되어 있다고 말했습니다. 예를 들어, '생각 작업'은 수많은 알코올 중독자들이 실천하고 싶었지만 방법을 몰랐던 4단계와 5단계─'우리 자신을 두려움 없이 철저히 평가하기, 우리가 정확히 무엇을 잘못했는지 인정하기'─에 분명한 형식을 제공합니다.

　나는 그들에게 말합니다. "반드시 음주에 관해서만 '생각 작업'을 할 필요는 없습니다. 술이 필요하다는 생각보다 먼저 일어나는 생각이 있습니다. 그 생각으로 돌아가서 그 생각에 관해, 그 남자나 여자에 관해, 그 상황에 관해 '생각 작업'을 해 보세요. 당신은 술을 통해 그 생각을 막으려 애쓰고 있습니다. 그 생각에 관해 '생각 작업'을 해 보세요. 문제는 술이 아니라, 조사되지 않은 생각입니다. 술은 정직하며 진실합니다. 술은 당신이 취할 것이라고 약속하며, 실제로 그렇게 합니다. 술은 사태를 더 악화시킬 것이라고 약속하며, 실제로 그렇게 합니다. 술은 언제나 약속을 지킵니다. 술은 성실성의 위대한 스승입니다. 술은 '나를 마셔 주세요'라고 말하지 않습니다. 술은 그저 거기에 있을 뿐이며, 자기에게 충실하고 자기 자신으로 존재하면서 자기에게 맡겨진 일을 하려고 기다리고 있습니다."

"이런 생각들에 관해 '생각 작업'을 하고 12단계 모임에도 가 보세요. 거기에서 사람들에게 당신의 경험과 의지력을 솔직히 얘기해 보세요. 당신이 직접 들을 수 있도록…. 당신이 늘 함께하는 사람은 자기 자신입니다. 당신을 자유롭게 하는 것은 우리의 진실이 아니라 당신의 진실입니다."

내 딸 록산은 열여섯 살 때 술을 많이 마셨고 마약도 했습니다. 내가 1986년 질문들을 통해 깨어나기 이전부터 그런 일이 시작되었지만, 그때 나는 심한 우울증에 빠져 있었기에 까맣게 모르고 있었습니다. 내 안에서 질문이 살아 있게 된 뒤로는 그 애의 행동들을 알아차렸고, 그 행동들에 관한 나의 생각들을 알아차리기 시작했습니다.

록산은 매일 밤 그 애의 새 차인 빨간색 카마로를 몰고 나갔습니다. 가끔 내가 어디 가느냐고 물으면, 그 애는 분노에 찬 눈초리로 나를 쏘아본 뒤 문을 쾅 닫고서 나가 버리곤 했습니다. 그 눈길은 내가 잘 아는 것이었습니다. 그렇게 나를 쏘아보도록 가르친 것은 바로 나 자신이었습니다. 나 자신이 오랜 세월 그런 눈초리를 하고 살았습니다.

탐구를 통해서 나는 그 애에 관해, 모든 사람에 관해 깊이 고요해지는 법을 배웠습니다. 주의 깊게 듣는 법을 배웠습니다. 나는 때때로 자정이 훨씬 넘도록 의자에 앉아 그 애를 기다렸습니다. 그 애를 보는 순수한 특권을 위해서, 오직 그 특권을 위해서 그랬습니다. 나는 그 애가 술 마시는 것을 알았지만, 동시에 내가 할 수 있는 일이 아무것도 없음을 알았습니다. 그 당시 내 마음속에 일어나던 생각은 이런 것들이었습니다. "그 애는 아마 술에 취해 운전하고 있을 텐데, 갑자기 사고가 나서 죽을 수도 있어. 그럼 그 애를 다시는 보지 못하겠지. 나는 그 애의 어머니고, 차를 사 준 것도 나니까 내게 책임이 있어. 차를 뺏어야 해(하지만 그 차는 내 차가 아니었습니다. 내가 차를 그 애에게 주었으니 그 차는 그 애의 것이었습니다). 그 애는 술에 취해 운전하다가 누군가를 치어 죽일 수도 있어. 다른 차와 충돌하거나 가로등을 들이박아서 자기도 죽고 차에 탄 다른 사람들도 죽겠지." 생각들이 나타날 때마다 각각의 생각은 말 없고 생각 없는 질문과 만났습니다. 그러면 질문은 곧바로 나를 다시 현실로 데려왔습니다. 의자에 앉아서 사랑하는 딸을 기다리고 있는 한 여자. 그것이 그 순간의 진실이었습니다.

어느 날 저녁, 사흘간의 주말여행을 갔던 록산은 몹시 비참해 보이는 얼굴로 현관문을 열고 들어왔는데, 모든 방어의지가 해제된 것 같았습니다. 그 애는 거실에 앉아 있는 나를 보고 다가와서는 내 품속에 풀썩 쓰러지며 말했습니다. "엄마, 더이상은 이렇게 살지 못하겠어요. 저 좀 도와주세요. 우리 집에 찾아오는 사람들에게 엄마가 어떻게 해 주는지 모르겠지만, 저한테도 그렇게 해 주세요." 그래서 우리는 '생각 작업'을 했습니다. 딸은 '알코올 중독자 모임'에 참여했고, 더는 술과 마약을 하지 않았습니다. 그다음부터는 어떤 문제가 생겨도 술이나 마약에 의지하지 않았습니다. 나를 필요로 하지도 않았습니다. 그 애는 그저 종이에 문제를 적고서, 네 가지 질문을 하고, 뒤바꾸었습니다.

여기에 평화가 있으면, 저기에도 평화가 있습니다. 고통이라는 환상, 그 너머를 보는 길을 가지는 것은 더없이 큰 선물입니다. 내 아이들이 그 길의 도움을 받아서 기쁩니다.

다음 대화에서는 딸의 마약 중독에 관한 생각에 사로잡힌 여성 샬럿을 만나게 됩니다. 대화를 읽으면서 자신이 무엇에 중독되어 있을 수 있는지 생각해 보세요. 마약이나 담배에는 중독되지 않았을지 모르지만, 남에게 인정받거나 관심받거나 자신이 옳다고 믿는 데에는 중독되어 있을지 모릅니다. 무언가를 얻기 위해 자기 밖으로 나가면 괴로워진다는 것을 결국엔 알게 될 것입니다.

샬럿 나는 딸의 마약 중독이 걱정된다. 왜냐하면 마약 중독이 그 애를 죽이고 있기 때문이다.

케이티 당신은 그게 진실인지 확실히 알 수 있나요? 그렇지 않다는 말이 아니에요. 이것은 그저 질문일 뿐입니다. "마약 중독이 그 애를 죽이고 있다"—당신은 그게 진실인지 확실히 알 수 있나요?

샬럿 아니요.

케이티 "마약 중독이 그 애를 죽이고 있다"라는 생각을 믿을 때, 당신은 어떻게 반응하나요?

샬럿 몹시 화가 납니다.

케이티 당신은 따님에게 뭐라고 말하나요? 어떻게 하나요?

샬럿 그 애를 비난하고 그 애를 밀어냅니다. 그 애를 두려워합니다. 그 애가 곁에 있기를 원치 않습니다.

케이티 "마약 중독이 그 애를 죽이고 있다"라는 생각이 없다면, 따님과 함께 있을 때 당신은 누구일까요?

샬럿 마음이 더 편안할 테고, 더 정신 차리고 살 거예요. 그 애를 좀 더 너그럽고 따뜻하게 대할 거 같아요.

케이티 '생각 작업'이 나를 발견했을 때 내 딸은, 그 애의 말에 따르면, 알코올 중독자였고 마약도 하고 있었습니다. 그런데 내 안에는 질문들이 살아 있었습니다. "그 애의 중독이 그 애를 죽이고 있다"—그게 진실인지 나는 확실히 알 수 있는가? 아니요. 이 이야기가 없다면 나는 누구일까? 그 애가 살아 있는 동안 그 애를 가슴 깊이 사랑하며 늘 곁에 있을 것입니다. 그 애는 마약 과다복용으로 내일 죽을지 모르지만 지금은 내 품속에 있습니다. "마약 중독이 그 애를 죽이고 있다"라는 생각을 믿을 때, 당신은 따님을 어떻게 대하나요?

샬럿 그 애를 보고 싶지 않아요. 그 애가 내 눈에 뜨이지 않기를 바라죠.

케이티 두렵기 때문입니다. 악몽에 집착할 때는 두려움을 느낍니다. "마약이 그 애를 죽이고 있다"—뒤바꿔 보세요. 마약과 같은 문제들을 뒤바꿀 때는 그 문제 대신 '내 생각'이라는 말을 넣어 보세요. "내 생각이…"

샬럿 내 생각이 그 애를 죽이고 있다.

케이티 또 하나의 뒤바꾸기가 있습니다. "내 생각이…"

샬럿 나를 죽이고 있다.

케이티 예.

샬럿 그 생각이 우리의 관계를 죽이고 있죠.

케이티 따님은 마약 과다복용으로 죽어 가고 있고, 당신은 생각 과다복용으로 죽어 가고 있습니다. 따님이 당신보다 훨씬 더 오래 살 수도 있어요.

샬럿 예, 그래요. 스트레스가 나를 조금씩 갉아먹고 있습니다.

케이티 따님도 중독되어 있고, 당신도 중독되어 있습니다. 나도 그런 적이 있습니다.

샬럿 예, 딸이 마약을 이용한다는 것을 눈치챌 때면 정말로 중독됩니다.

케이티 "딸은 이용하고 있다"—뒤바꿔 보세요.

샬럿 내가 이용하고 있다?

케이티 예, 당신은 중독된 상태로 있기 위해 따님을 이용합니다. 따님은 마약을 이용하고, 당신은 딸을 이용합니다. 무슨 차이가 있나요?

샬럿 흐음.

케이티 다음 문장을 봅시다.

샬럿 나는 딸의 마약 중독 때문에 슬프고 화가 난다. 왜냐하면 나는 딸의 중독이 손녀의 삶을 위태롭게 한다고 느끼기 때문이다.

케이티 당신은 뭔가 안 좋은 일이 일어날 거라고, 손녀가 죽을 거라고 생각하는군요.

샬럿 아니면 성폭행을 당하거나, 또는…

케이티 따님의 중독 때문에 어떤 끔찍한 일이 손녀에게 일어날 수 있다는 거죠?

샬럿 예.

케이티 그게 진실인가요? 나는 그게 진실이 아니라고 말하는 게 아닙니다. 이것은 그저 질문일 뿐이에요. 여기에는 어떤 동기도 없습니다. 이것은 당신의 고통을 끝내기 위한 것입니다. 그게 진실인지 당신은 확실히 알 수 있나요?

샬럿 아니요, 알 수 없습니다.

케이티 그 생각을 믿을 때 당신은 어떻게 반응하나요?

샬럿 음, 지난 이틀 동안 눈물이 그치질 않았어요. 잠도 이루지 못했죠. 너무 두려웠어요.

케이티 이 생각을 믿을 '스트레스 주지 않는 이유'를 하나만 말해 보세요.

샬럿 하나도 없습니다.

케이티 "내 딸의 마약 중독이 손녀의 생명을 위태롭게 하고 있다"—뒤바꿔 보세요. "내 생각 중독이…"

샬럿 내 생각 중독이 내 생명을 위태롭게 하고 있다. 예. 알겠어요. 사실입니다.

케이티 이번에는 "내 마약 중독이…"로 말해 보세요.

샬럿 내 마약 중독이 내 생명을 위태롭게 하고 있다?

케이티 예. 당신의 마약 중독은 따님입니다.

샬럿 아. 음, 알겠어요. 내 마약 중독은 그 애입니다. 나는 그 애의 일에 지나치게 참견하고 있어요.

케이티 그래요. 따님은 마약에 중독되어 있고, 당신은 마음속으로 따님의 삶을 통제하는 데 중독되어 있습니다. 따님은 당신의 마약입니다.

샬럿 예.

케이티 자녀의 일에 마음으로 간여하는 것은 제정신이 아닙니다.

샬럿 아기에 관해서도 그런가요?

케이티 "그 애는 아기를 돌보아야 한다"—뒤바꿔 보세요.

샬럿 나는 아기를 돌보아야 한다?

케이티 예. 당신이 돌보세요.

샬럿 세상에! 내가 그렇게 해야 한다고요?

케이티 그럼 어떻게 하면 좋을까요? 당신 말에 따르면, 따님은 그렇게 할 수 없습니다.

샬럿 음, 나는 이미 다른 딸들의 아기를 셋이나 키우고 있어서….

케이티 좋아요, 아기 넷을 키우세요, 다섯을 키우세요, 천 명을 키우세요. 세계 곳곳에는 굶주린 아이들이 있습니다! 지금 여기에 앉아서 뭐 하고 있나요?

샬럿 내가 딸 대신 손녀를 키우면 딸이 더 마음 놓고 마약을 복용할 것 같아요. 그게 문제예요. 그러면 내가 그 애를 더 죽이는 셈이 됩니다.

케이티 그럼 아기를 돌보는 일이 당신에게 문제라는 건가요? 그것은 따님에게도 미친기지입니다. 이 점을 알면 우리는 겸손할 수 있습니다. 당신은 최선을 다하고 있나요?

샬럿 예.

케이티 나는 당신의 말을 믿습니다. "내 딸은 그 문제를 어떻게든 해결해야 해"라는 생각이 들면, 그 생각을 뒤바꿔 보세요. "나는 그 문제를 어떻게든 해결해야 해." 그렇게 할 수 없다면 당신도 따님과 똑같습니다. 따님이 "나는 할 수 없어요"라고 말할 때 당신은 따님을 이해할 수 있습니다. 하지만 자기 생각을 조사하지 않은 까닭에 당신이 따님에게 분노할 때, 당신들은 둘 다 중독되어 있습니다. 그리고 당신은 따님에게 광기를 가르칩니다.

샬럿 아!

케이티 "딸의 마약 중독이 손녀의 생명을 위태롭게 하고 있다"―뒤바꿔 보세요.

샬럿 딸의 마약 중독에 관한 내 생각이 내 삶을 위태롭게 하고 있다.

케이티 예.

샬럿 정말 그렇습니다.

케이티 따님의 마약 중독은 누구의 일인가요?

샬럿 딸의 일입니다.

케이티 당신의 마약 중독은 누구의 일인가요?

샬럿 나의 일입니다.

케이티 자기의 일을 돌보세요. 다음 문장을 봅시다.

샬럿 딸의 마약 중독은 그 애의 삶을 망치고 있다.

케이티 당신은 길게 볼 때 마약 중독이 따님의 삶을 망치고 있다는 게 진실인지 확실히 알 수 있나요?

샬럿 아니요.

케이티 이제 모든 것이 이해되기 시작합니다. 당신이 그 질문에 대답해서 기쁩니다. 1986년에 딸에 관해 '생각 작업'을 하면서 내가 알게 된 사실은, 당신이 방금 찾은 진실을 발견하려면 내면으로 깊이 들어가야 한다는 것이었습니다. 그리고 내 딸은 그 중독을 경험한 까닭에 오히려 지금 삶이 더 풍요로워졌습니다. 나는 아무것도 알 수 없습니다. 나는 현실을 있는 그대로 지켜봅니다. 그러면 나는 온전한 정신과 사랑으로 행동하는 자리에 있게 되고, 그래서 삶은 늘 더없이 아름답습니다. 설령 내 딸이 죽는다 해도, 나는 여전히 그 아름다움을 볼 수 있을 것입니다. 나는 나 자신을 속일 수 없습니다. 나는 정말로 진실을 알아야 합니다. 이 길이 신에게 가는 유일한 길이라면, 당신은 이 길을 선택하겠습니까?

샬럿 예.

케이티 음, 그런 것 같군요. 잘못은 없습니다. 우리는 오랜 세월 딸을 알아 왔습니다. 이제는 자기를 깨달읍시다. 그 문장을 다시 읽어 보세요.

샬럿 내 딸의 마약 중독은 그 애의 삶을 망치고 있다.

케이티 그 생각을 믿을 때 당신은 어떻게 반응하나요?

샬럿 희망이 없다고 느낍니다.

케이티 희망이 없다고 느낄 때 당신은 어떻게 사나요?

샬럿 산다고 말할 수도 없습니다.

케이티 이 생각을 내려놓을 이유를 찾을 수 있나요?

샬럿 예.

케이티 이 생각이 없다면, 자기의 삶을 살아가는 당신은 누구일까요?

샬럿 음, 나는 분명히 더 나은 엄마일 거예요.

케이티 좋아요. 당신은 전문가이며, 나는 당신에게 이 점을 배웁니다.

즉, 그 생각이 있으면 고통이 있고, 그 생각이 없으면 고통도 없으며 당신은 더 나은 어머니일 것이라는 점입니다. 그렇다면 따님이 당신의 문제에 관해 뭘 해야 할까요? 아무것도. 만일 따님이 당신의 문제라는 생각이 들면, '생각 작업'을 해 보세요. 따님은 당신에게 완벽한 딸입니다. 왜냐하면 따님은 당신이 조사하지 않은 모든 관념을 보여 줄 것이기 때문입니다. 당신이 현실을 이해할 때까지. 그게 따님의 일입니다. 모든 것은 자기의 일이 있습니다. 이 양초의 일은 촛불을 피우는 것이고, 이 장미의 일은 피어나는 것이고, 따님의 일은 마약을 이용하는 것이며, 지금 나의 일은 차를 마시는 것입니다. (차를 마신다.) 그리고 당신이 현실을 이해할 때, 따님도 당신을 따라 이해할 것입니다. 그것은 법칙입니다. 따님은 당신의 투사이기 때문입니다. 당신이 진실과 정반대로 가면, 따님도 그럴 것입니다. 여기에 지옥이 있으면, 저기에도 지옥이 있습니다. 여기에 평화가 있으면, 저기에도 평화가 있습니다. 다음 문장을 봅시다.

샬럿 지금 보니 우스워 보이네요. 그래도 읽을까요?

케이티 그러세요. 생각들은 또 나타납니다.

샬럿 나는 딸의 마약 중독 때문에 화가 나고 혼란스럽고 슬프고 걱정된다. 왜냐하면 그것은 나를 견딜 수 없이 고통스럽게 하기 때문이다.

케이티 뒤바꿔 보세요.

샬럿 그러죠. 그 애에 관한 내 생각은 나를 견딜 수 없이 고통스럽게 한다. 맞아요.

케이티 예. 따님은 당신의 고통과 아무 상관이 없습니다.

샬럿 음. 확실히 그래요. 이제 알겠어요. 그렇게 느껴져요.

케이티 사람들이 이 점을 깨달을 때 나는 기쁩니다. 자녀와 부모와 배우자의 잘못 없음을 보게 될 때 자기의 잘못 없음도 볼 수 있기 때문입니다. '생각 작업'은 백 퍼센트 용서를 위한 것입니다. 당신이 그것을 원하기 때문입니다. 당신이 그 용서입니다. 다음 문장을 봅시다.

샬럿 나는 딸의 마약 중독이 두렵다. 왜냐하면 마약은 그 애의 성품을 바꾸기 때문이다.

케이티 뒤바꿔 보세요. "나는 내 생각이 두렵다."

샬럿 나는 내 생각이 두렵다. 왜냐하면 내 생각은 딸의 성품을 바꾸기 때문이다?

케이티 재미있군요. 이제 "내 생각은 나의…"로 뒤바꿔 보세요.

샬럿 내 생각은 나의 성품을 바꾸기 때문이다. 예, 좋아요.

케이티 따라서 딸의 성품도.

샬럿 따라서 딸의 성품도.

케이티 우리가 마지막으로 바라보는 곳이 바로 우리 자신이라는 점이 재미있지 않나요? 언제나 투사기를 깨끗이 하기보다는 투사된 것을 바꾸려고 노력하다가…. 우리는 지금까지 이렇게 하는 방법을 몰랐습니다.

샬럿 예.

케이티 방금 뒤바꾼 것을 원래 문장처럼 읽어 보세요.

샬럿 나는 내 생각이 두렵다. 왜냐하면 내 생각은 나의 성품을 바꾸기 때문이다.

케이티 느껴 보세요.

샬럿 와아! 그러면 나는 딸을 보지 못해요. 그래요! 나는 내 생각을 두려워합니다. 왜냐하면 내 생각은 나의 성품을 바꾸기 때문이고, 그러면 나는 나 자신도 그 애도 보지 못하니까요. 예, 그래요.

케이티 따님에게 화를 낸 뒤 이런 생각이 든 적이 있나요? "내가 어떻게

저 애한테 그런 말을 할 수 있지? 네가 왜 저 애에게 상처를 주고 있지? 저 애는 내 삶의 전부야, 나는 저 애를 사랑해, 그런데 나는 저 애를 마치…"

샬럿 똥처럼 대했어요. 마치 내가 다른 사람으로 변한 것 같았죠. 그 애가 마약을 할 때마다 나는 그 애를 정말 심하게 대했어요.

케이티 왜냐하면 당신은 마약 복용자이며, 따님은 당신의 마약이기 때문입니다. 그게 아니라면 당신이 어떻게 고통의 여왕이 될 수 있겠어요? 어떤 부모는 내게 전화해서 이렇게 얘기합니다. "내 딸애는 마약 중독자입니다. 그 애는 헤어나기 힘든 상태에 빠져 있습니다." 그들은 자신들이 바로 헤어나기 힘든 상태에 빠져 있음을 알지 못합니다. 자녀들은 오히려 잘하고 있는 경우가 많습니다. 적어도 부모들만큼은…. 당신이 분명해지면, 따님도 따라서 분명해질 것입니다. 당신이 길입니다. 다음 문장을 봅시다.

샬럿 나는 딸의 마약 중독 때문에 화가 난다. 왜냐하면 그 애가 마약을 할 때 나는 그 애를 두려워하기 때문이다.

케이티 뒤바꿔 보세요.

샬럿 나는 내 마약 중독 때문에 화가 난다. 왜냐하면 그럴 때 나는 나 자신을 두려워하기 때문이다. 그 애가 마약을 한 뒤 집에 올 때면 이런 일이 일어납니다. 나는 그 애를 대하는 내 태도를 두려워합니다.

케이티 "나는 딸을 두려워한다"—그게 진실인가요?

샬럿 아니요.

케이티 그 생각을 믿을 때 당신은 어떻게 반응하며 따님을 어떻게 대하나요?

샬럿 화를 내고 변덕스럽고 공격적이고, 심지어 그 애를 쫓아내기까지

362

합니다.

케이티 마치 독극물이 집 안으로 걸어 들어온 것처럼.

샬럿 예, 맞아요.

케이티 따님은 당신의 소중한 아이입니다.

샬럿 예, 맞아요.

케이티 그런데 당신은 따님을 집 안으로 기어 들어오는 해로운 벌레처럼 대합니다.

샬럿 맞아요. 정말 그래요.

케이티 따님은 당신의 한없이 소중한 아이인데도, 당신은 그녀를 원수처럼 대합니다. 이것이 조사되지 않은 생각의 힘입니다. 이것이 악몽의 힘입니다. 악몽은 경험됩니다. 당신이 "나는 그 애가 두려워"라고 생각하면, 그 악몽을 경험하게 됩니다. 하지만 그 생각을 조사하면("나는 그 애가 두려워"—그게 진실인가?), 악몽은 사라질 것입니다. 그 뒤 따님이 집 안으로 걸어 들어올 때 "나는 그 애가 두려워"라는 생각이 일어나면, 두려움 대신 웃음이 나옵니다. 당신은 가만히 따님을 품에 안을 수 있고, 딸이 자기 자신을 얼마나 두려워하는지 들을 수 있습니다. 따님은 앉아서 당신에게 얘기할 것입니다. 지금 당신의 가정에는 귀 기울여 듣는 사람이 없습니다. 오직 두려움을 가르치는 선생이 있을 뿐입니다. 그럴 수밖에 없습니다. 이제까지 당신은 자신이 믿는 생각이 진실인지를 스스로 물어보지 않았기 때문입니다. 다음 문장을 봅시다.

샬럿 나는 딸이 마약을 할 때 내게서 멀리 떨어져 있기를 원한다.

케이티 그게 진실인가요? 그렇지 않다는 말이 아닙니다.

샬럿 그렇게 느껴집니다.

케이티 따님이 마약을 할 때 당신에게 다가오나요?

샬럿 아니요. 이제는 안 옵니다.

케이티 그러면 당신에게 필요한 것은 그것입니다. 당신에게 그런 일이 일어났으니까요. 잘못된 건 없습니다. 내 딸이 내게 오지 않으면, 나는 내게 그 애가 필요하지 않다는 것을 압니다. 그 애가 내게 오면, 나는 내게 그 애가 필요하다는 것을 압니다.

샬럿 그 애가 내게 다가오면 나는 그 애를 끔찍스럽게 대합니다.

케이티 앞의 문장을 뒤바꿔 보세요.

샬럿 나는 내가 마약을 할 때 나 자신에게서 멀리 떨어져 있기를 원한다. 정말 맞는 말입니다.

케이티 당신이 마약, 곧 따님이라는 마약을 할 때 자기에게서 떨어져 있을 수 있는 길은 따님을 판단하고, 그것을 종이에 적고, 네 가지 질문을 하고, 뒤바꾸는 것입니다. 그리고 당신이 생각하는 자신, 두려워하고 화가 나 있는 여자에게서 떨어져 당신의 아름다운 자기로 돌아오세요. 당신은 따님이 그렇게 하기를 원했으니, 당신도 할 수 있을 것입니다. 이것은 평생 해야 할 일입니다. 자기 자신에 관해서 탐구하면 훨씬 많은 에너지가 생깁니다.

샬럿 예. 그럼 나는 그 애가 곁에 있기를 원할 거예요. 그 애가 마약을 하든 안 하든.

케이티 나는 모릅니다.

샬럿 적어도 그 애가 마약을 할 때 그 애를 밀어내는 대신 그 애의 곁에 있을 거예요.

케이티 그러면 서로에게 훨씬 덜 고통스럽겠죠.

샬럿 예.

케이티 그 점을 깨닫다니 훌륭합니다. 잘하셨어요.

364

모든 일은
'나에게'가 아니라
'나를 위해' 일어납니다.

12. 일어날 수 있는 최악의 상황과 친해지기

나는 사람들이 베트남 전쟁과 보스니아 내전, 고문, 나치 집단수용소에 수용된 경험, 자녀의 죽음, 성폭행, 그리고 암 같은 장기 질병에 관해 '생각 작업'을 하도록 도왔습니다. 인간이 이처럼 극도로 가혹한 경험을 받아들일 수는 없다고 생각하는 사람이 많습니다. 더구나 그런 일을 조건 없는 사랑으로 만난다는 것은…. 하지만 우리는 그럴 수 있습니다. 조건 없는 사랑은 우리의 본성이기 때문입니다.

우리의 생각 밖에서는 어떤 끔찍한 일도 일어난 적이 없습니다. 현실은 언제나 좋습니다. 심지어 악몽처럼 보이는 상황들에서도…. 우리가 하는 이야기가 바로 우리가 겪는 유일한 악몽입니다. "일어날 수 있는 최악의 일은 하나의 믿음입니다"라는 나의 말에는 조금의 과장도 없습니다. 당신에게 일어날 수 있는 최악의 일은 당신이 조사하지 않은 믿음 체계입니다.

용서에 관하여

'생각 작업'은 100퍼센트 용서에 관한 것입니다. 정기적으로 기도하거나 명상하는 사람 중 대다수는 (어느 정도) 용서하고 싶어 합니다. 용서하지 않으면 마음이 괴롭다는 것을 이해하기 때문입니다. 하지만 부당한 일을 당한 사람이라는 자기의 정체성이 위협받으면, 놓아 보내고 싶지 않을 때가 종종 있습니다. 스스로 알아차리든 못하든 그들은 "나는 이 일의 피해자야. 나는 부당한 일을 당한 사람이야. 그리고 만약 내가 고통을 겪지 않으면, 그건 가해자에게 면죄부를 주는 셈이야"라고 생각합니다.

남동생이 살해당한 여성을 만난 적이 있습니다. 그녀의 내면은 동생의 죽음으로 인한 비통함, 살인자에 대한 미움, 신에 대한 원망으로 황폐해져 있었습니다. 몹시 힘든 내면의 성찰을 많이 한 뒤, 그녀는 살인자를 용서했고 신도 용서했습니다. 하지만 그 남자가 가석방을 신청했을 때, 그런 비통한 심정이 더욱 물밀듯이 밀려들어서 아침에 침대 밖으로 나가지도 못할 지경이 되었습니다. 그녀는 그를 용서한 것이 전혀 아니었다는 것을 깨달았습니다.

나는 이 세계가 마음의 평화를 원하는 사람들을 위해 마련된 방식을 사랑합니다. 그녀가 자유보다 못한 것을 받고 그냥 넘어가지 않은(넘어갈 수 없었던) 점이 아름답다고 생각했습니다. 나는 그녀에게 물었습니다. "만약 우주가 언제나 친절하다면(나에게는 우주가 언제나 친절합니다), 이 남자가 교도소에서 나올 수도 있다는 것이 왜 좋은 일일까요? 그것은 왜 그에게, 당신에게, 그리고 세상에 좋은 일일까요?" 누구나 짐작하듯이, 이는 그녀에게 매우 어려운 실습이었습니다. 당신은 이 일에

괘해 '영적' 태도를 보이려 애쓸 수 있고, 자신이 느끼고 싶은 모든 연민을 불러일으키려 노력할 수도 있겠지만, 여전히 가슴에 치미는 분노를 안고 한밤중에 깨어나게 될 것입니다. 탐구는 자신에게 진짜인 대답을 찾도록 요청합니다. 당신은 속일 수 없습니다. 오직 진짜 대답만이 당신을 자유롭게 해 줄 것입니다.

어두운 밤에 잠에서 깨어 화장실에 가려다가 침대 모서리에 발가락을 부딪치면, 순간적으로 화가 치밀 것입니다. 그러나 침대에게 화를 내지는 않습니다. 발가락과 부딪쳤다며 침대를 비난하지는 않습니다. 침대를 원망하며 절대 용서하지 않겠다고 맹세하지는 않습니다. 우주는 부당한 것이라고 결론 짓지도 않습니다. 침대는 그저 하나의 물건일 뿐입니다. 그것은 자기의 일을 하고 있었습니다. 있어야 할 시간에, 있어야 할 장소에 있었을 뿐입니다. 당신이 침대를 비난하기 시작하면 그게 얼마나 우스꽝스러운 일인지 곧 알아차릴 것입니다. 결국 그 모든 것은 자신이 믿는 생각을 스스로 책임지는 것으로 귀결됩니다.

어떤 불교도들은 용서 수행을 하는데, 자비심의 대상을 자기로부터 친구들로, 친구 아닌 사람들로, 적들로, 그리고 그들에게 잘못한 사람들로 넓혀 갑니다. 나는 이 수행이 훌륭한 수행이라고 들었습니다. 그런데 이 수행은 망상의 뿌리까지 다가가지는 않습니다. 예를 들어, 어떤 친구는 내게 "어머니가 내 삶을 망쳐 버렸어"라는 생각을 믿었던 그의 친구에 관해 얘기해 주었습니다. 그 믿음은 그에게 크나큰 고통을 안겨 주었지만, "나는 어머니 때문에 인생을 망친 사람이다"라는 믿음은 그의 온 정체성이었습니다. 모험적인 사업이든 인간관계든 어떤 일에 실패했다고 생각할 때마다 그는 어머니 탓으로 돌리며 비난했습니다. 나중에 그는 불교의 용서 명상을 시작했는데, 이 명상은 큰 도움이 되었습니다. 그는 어머니에게 사랑의 에너지를 보내는 상상을 한 뒤 마음이 한결 가벼워졌다고 느꼈고, 통화를 할 때 어머니에게 화가 덜 났고 덜 퉁명스럽게 대했습니다. 그런데 문제는 그가 여전히 자기 삶을 망친 여성에게 '사랑을 보내고' 있었다는 점이었습니다. 달리 말해, 그는 어머니 자신이 아니라, 어머니에 관한 자기의 '이야기'에 사랑을 보내고 있었던 것입니다. 그는 여전히 자기의 상상이라는 흙탕물 웅덩이에 앉아 있었습니다. 그 이야기에는 질문을 던지지 않았습니다.

나중에 '생각 작업'을 발견한 뒤, 그는 이 생각과 그런 종류의 생각들에 질문할 수 있게 되었습니다. "'어머니는 내 삶을 망쳤다'—그게 진실인가?" "예"가 그의 첫 대답이었습니다. "'어머니는 내 삶을 망쳤다'—그게 진실인지 나는 확실히 알 수 있는가?" "아니요. 나는 어머니가 주요 원인인지는 알 수 없다. 나는 심지어 내 삶이 망했다는 게 사실인지도 알 수 없다." "'어머니는 내 삶을 망쳤다'—그 생각을 믿을 때 나는 어떻게 반응하는가? 무슨 일이 일어나는가?" "나는 몹시 화가 나고 우울하고 원망한다. 가슴이 무거워진다. 무력한 피해자가 된다. 어머니를 무례하게 대한다. 여성을 불신한다." "'어머니는 내 삶을 망쳤다'—그 생각을 믿지 않으면 나는 누구일까?" "더 자유로울 것이다. 내 행동에 더 책임감을 가질 것이다. 덜 비통하고 덜 원망할 것이다. 더 나은 아들일 것이다. 더 나은 애인일 것이다."

그리고 그는 그 생각을 반대말로 뒤바꾸었습니다. "어머니는 내 삶을 망치지 않았다." 그는 그 뒤바꾸기가 진실함을 보여 주는 구체적인 사례를 찾아보았습니다. 처음에는 찾기가 몹시 어려웠습니다. 단 하나의 사례도 떠올릴 수 없었고, 포기하고 싶은 유혹도 받았습니다. 하지만 날마다 명상을 하면서 하나의 사례를 발견하려 했고, 며칠 뒤 하나를 찾았습니다. 그가 여섯 살 때 어머니가 마련해 준 생일 파티. 저어도 그 하나의 일에서는 그녀는 너그럽고 좋은 어머니였습니다. 그 사례를 발견하자, 다른 사례들도 발견할 수 있었습니다. 그런 사례들을 보며 그는 놀라워했습니다. 그의 상상 속 어머니는 엄격하고 처벌하는 어머니였지만, 그녀는 그가 행복해지도록 최선을 다한 어머니이기도 했다는 것을 알게 되었습니다. 그는 자신이 원하는 기억들만 선별하여 떠올렸고, 좋은 기억은 모두 억누르고 있었다는 것을 깨달았습니다.

어머니가 그의 삶을 망치지 않았음을 보여 주는 사례들은 그를 좀 더 겸손하게 해 주었습니다. 25년 동안이나 믿고 있던 이야기의 정반대가 적어도 원래 이야기만큼 진실하고 오히려 더 진실할 수도 있음을 보게 되자, 그는 해방감을 느꼈습니다. 한동안 어머니에 관한 '생각 작업'을 한 뒤, 그는 자신이 자라는 동안 함께 살았다고 생각한 여성과는 전혀 다른 여성을 발견했습니다. 그는 더이상 '그녀에게 사랑을 보낼' 필요가 없었습니다. 사랑은 저절로 일어났고, 저절로 내면에서 솟아났습니다. 왜냐하면 그와 그녀 사이를 가로막고 있던 이야기가 없어졌기 때문입니다. 내가 자주 말하듯이, 용서란 일어났다고 생각한 일이 일어나지 않았음을 깨닫는 것입니다.

여기 용서에 관해 이해할 필요가 있는 모든 것을 알게 해 줄 연습이 있습니다. 하지 말아야 했다는 것을 알았지만 어쨌든 하고 말았던 일, 나중에 깊이 후회한 일을 했던 때를 생각해 보세요. 이제 매우 고요해지고, 눈을 감고, 그 행동을 했던 정확한 순간을 떠올려 보세요. 그 당시 당신이었던 사람의 눈으로 보면서, 최대한 깊이 그 속으로 들어가 보세요. 당신이 있던 장소, 당신과 함께 있던 사람이나 사람들, 그 순간 당신의 감정들, 그리고 그런 감정들을 불러일으킨 생각들을 떠올려 보세요. 그 행위 직전의 순간에 당신이 생각하고 믿고 있던 생각을 알아차려 보세요. 그 순간을 살펴보면서, 당신이 그 생각을 믿고 있을 때는 어째서 그때 한 행위가 아닌 다른 행위를 할 수 없었는지를 깨달아 보세요. 그 순간 당신이 믿고 있던 생각을 고려해 보면, 당신이 어떻게 다른 행위를 할 수 있었을까요? 그 왜곡되거나 제한된 이해를 하고 있던 당신에게 정말로 다른 선택지가 있었을까요?

이 연습으로 더 깊이 들어가 보면, 다른 어떤 행위도 가능하지 않다는 것을 알게 될 것입니다. 다른 어떤 행위가 일어날 수도 있었을 가능성은 그저 그때에 관해 지금 하는 생각일 뿐입니다. 그것은 실제 과거와 비교하는 상상된 과거일 뿐이며, 그것도 상상된 것입니다. 당신의 생각이 당신의 행위를 일으키며, 당신이 믿던 생각을 믿는 데에 다른 선택지가 없었다는 것을 깨달을 때, 자신의 무고함을 발견할 수 있을 것입니다.

전에 어떤 남자가 내게 말했습니다. "그렇지만 나는 아들을 때리기로 결정했어요. 멈출 수 있다는 것을 알았지만, 속으로 '아 몰라' 하고는 아이를 때렸죠. 그런 짓을 한 나 자신을 용서할 수 없어요." 그는 멈출 수 있다는 것을 알았다—그게 진실인가요? 그가 그 결정을 한 것일까요, 아니면 그 일이 '그에게' 일어난 것일까요? 만약 그가 그 순간 자신이 믿고 있던 생각—"아들은 내가 하라는 대로 해야 해", "아들은 나한테 반항하지 말아야 해", "자녀들은 부모를 존중해야 해" "내가 그 애를 때려야만 그 애가 배울 수 있을 거야"—들을 자세히 살펴본다면, 그는 사실 거기에는 의식적인 결정이 없었다는 사실을 깨달을 것입니다. 우리는 스트레스를 주는 생각을 믿거나, 아니면 그 생각들에 질문합니다. 다른 선택은 없습니다.

우리는 모두 이와 같습니다. 우리는 우리가 하는 것을 합니다. 왜냐하면 우리는 질문되지 않은 생각을 믿기 때문입니다. 그것이 우리의 유일한 잘못입니다. 우리는 모두 최선을 다하고 있습니다. 다른 선택지가 없었다는 깨달음은 모든 사람이 무고함을 뜻합니다. 나도, 당신도, 당신이 그렇게 분노하는 대상인 그 사람도, 살인자도, 성폭행한 사람도 그렇습니다. 예수를 십자가에 못 박은 로마인들이 그랬듯이…. 예수는 '그들은 자신이 무엇을 하고 있는지 모른다'고 말했습니다. 그들은 그러지 않을 수 없었습니다.

사람들은 사람들이 아닙니다. 오직 마음이 있을 뿐입니다. 만약 어떤 사람이 당신에게 잘못을 저질렀다고 생각한다면, 그 생각에 질문해 보세요. 나는 종종 말합니다. "아무도 나를 해칠 수 없습니다. 나 말고는." 우리에게 고통을 주는 것은 그들이 한 말이나 행위가 아닙니다. 그것은 그들이 한 말이나 행위에 관해 우리가 믿는 생각입니다. 이것이 본질적인 진실입니다. 그 진실은 삶을 변화시킵니다. 그 진실을 이해할 때, 당신과 자기 자신, 다른 사람들, 세상과의 관계에 관한 모든 것이 투명해집니다.

아버지가 나를 때렸습니다

"이 네 가지 질문 없이는 지옥으로 들어가지 마세요." 2018년 스위스에서 열린 이 대화를 마치면서 나는 해롤드에게 이렇게 말했습니다. 학대당한 아이였던 그의 상황은 참으로 지옥 같은 것이었습니다. 그는 우리가 대화를 나누기 일주일 전에야 '생각 작업'을 발견했고, 이 대화가 실제로 '생각 작업'을 한 첫 번째 경험이었습니다. 하지만 그는 처음 했는데도 깊이 들어갈 수 있었고, 거기에서 발견한 대답으로 아버지와 자신에 관한 이해가 바뀌었습니다.

해롤드 나는 아버지 때문에 슬프다. 왜냐하면 아버지는 나를 때리고 학대했기 때문이다.

케이티 어떤 상황인가요?

해롤드 아버지에게 끔찍한 일들을 당했습니다. 어렸을 때 아버지는 나를 수없이 때렸어요. 지금은 돌아가셨죠.

케이티 (자기의 머리를 가리키며) 하지만 그는 여전히 여기에 살고 있죠.

해롤드 예.

케이티 그러니 아버지가 어린 당신을 실제로 때리던 상황을 찾아보세요.

해롤드 어느 날 아버지는 나를 욕실로 끌고 가서, 벽이 붉게 물들 때까지 나를 때렸어요.

케이티 벽이 붉어졌어요?

해롤드 욕실 벽의 타일이요. 피가 묻어 붉어졌죠.

케이티 그전에도 당신을 때린 적 있나요?

해롤드 계속 나를 때렸어요. 아주 어릴 때부터.

케이티 좋아요. 그는 당신을 계속 때립니다. 그가 욕실로 끌고 갈 때 당신은 몇 살이었나요?

해롤드 일곱 아니면 여덟 살이었어요. 처음 때린 건 아마 여섯 살 때였을 거예요. 그 뒤로 수없이 많이 때렸죠.

케이티 좋아요. 아버지가 당신을 욕실로 끌고 가던 이 특정한 때. 그 장면이 마음의 눈에 보이나요?

해롤드 예.

케이티 좋아요. 당신은 아직 욕실에 있지 않습니다. 그는 당신을 거기로 끌고 가고 있어요. 나는 그때 일곱 살이던 당신에게 말하겠어요. 어린아이야, 아빠는 너를 때릴 거야. 눈을 감아 보렴. 그는 너를 욕실로 끌고 가고 있어. "그는 너를 때릴 것이다"—그게 진실이니? 그가 너를 때릴 것이라는 게 진실인지 너는 확실히 알 수 있니? 대답은 '예' 또는 '아니요'란다.

해롤드 예.

케이티 가만히 그것을 느껴 보렴. 너는 그 어린아이란다. 그는 너를 욕실로 끌고 가고 있고, 너는 그가 널 때릴 것이라고 믿고 있어. 이제 그가 너를 욕실로 끌고 가는데, 어린아이야, 눈을 감고, "아버지가 나를 때릴 거야"라는 생각을 믿을 때, 네가 어떻게 반응하는지, 무슨 일이 일어나는지 알아차려 보렴.

해롤드 무서워요. 겁에 질립니다.

케이티 예, 물론 무서울 거예요. 그 어린 소년은 안전하지 않았어요. 하지만 당신은 바로 지금, 바로 여기에서 안전합니다. 지금은 그 순간에 가만히 있어도 안전합니다. "아버지가 나를 때릴 거야"라는 생각을 믿을 때, 당신의 마음이 어떻게 반응하는지 알아차려 보세요. 미래의 모습들, 심지어 10억 분의 1초라도 그 순간 이후의 모습들을 알아차려 보세요. "아버지가 나를 때릴 거야"라는 생각을 믿을 때, 어떤 장면들이 보이나요?

해롤드 나는 거의 의식을 잃어버립니다. 몸을 떠나 버려요.

케이티 몸을 떠나기 전에, 당신은 욕실에서 일어날 것이라고 믿는 일의 모습을 봅니다.

해롤드 아버지의 손이 보입니다. 손가락 하나가 불구인….

케이티 그가 욕실에서 당신을 때리는 모습이 보이나요?

해롤드 예.

케이티 아직 욕실에 들어가지 않았는데요.

해롤드 예, 하지만 이전에 그런 일을 여러 번 겪었습니다.

케이티 예, 당신은 아버지가 아직 때리고 있지 않은데도 그 순간 마음속에서 그 일을 겪고 있습니다. "아버지가 나를 때릴 거야"라는 생각이 없다면, 당신은 누구일까요?

해롤드 편안히 이완될 겁니다. 완전히 자유로울 거예요.

케이티 예. 당신은 그 순간 완벽하게 괜찮습니다. 당신이 상상하고 있는 것 말고는, 당신이 상상하는 미래의 모습 말고는. 당신을 겁에 질리게 한 것은 그런 미래로의 비약입니다. 그리고 그 어린 소년이 본 것은 죽음에 너무 가까워서("그는 나를 죽일 거야!") 마음은 투사할 능력을 잃어버립니다. 정체성이 몸에서 분리되어 버립니다. 정체성이 몸을 떠나서, 어린 소년과 아버지를 위에서 내려다봅니다.

해롤드 어떤 일이 일어나기 전에 일어날 그 일을 보지 않으면, 그 일이 일어나지 않을 수도 있다고 말할 수 있을까요?

케이티 아니요. 하지만 당신은 거기로 돌아갈 수 있을 만큼 고요해질 수 있고, 욕실로 가는 여행을, 그 순수한 경험을 두려움 없이(즉, 당신이 거기에 덧붙이는 공포의 이야기 없이) 경험할 수 있습니다.

해롤드 내 에고가 내 상황을 미래로 투사했다는 말인가요?

케이티 완전히.

해롤드 놀랍군요!

케이티 예, 그것은 대단한 속임수입니다. 사과를 본 적 있나요?

해롤드 물론입니다.

케이티 그것은 "아버지가 나를 때릴 거야"와 같은 말입니다. 당신이 사과를 본 적 있다는 말의 증거는 어디 있나요?

해롤드 내 마음속에만 있을 뿐이죠. 그것은 내 생각일 뿐이고, 생각들은 쉽게 바뀔 수 있죠.

케이티 내게 사과를 본 적이 있는지 물어보세요.

해롤드 케이티, 사과를 본 적이 있나요?

케이티 예. 내 증거를 원하나요? (자기의 머리를 가리키며) 그것은 이 안에 있습니다. 그것은 내 머릿속의 모습일 뿐입니다. 그러니 내 증거는 없습니다. (자기의 머리를 가리키며) 이 모습이 사과인가요? (청중에게) 여러분 모두 현실과 상상의 차이를 이해하실 거예요. (쾌활한 목소리로) 예, 나는 사과를 먹었어요. 내가 어떻게 알까요? 나는 내 머릿속의 사과를 봅니다. (청중이 웃는다.)

해롤드 내 머릿속에 있는 모든 것은 실제가 아니라고 말하는 건가요? 우리가 여기에서 경험하는 모든 것은 영화 같은 거라고요?

케이티 뭔가 눈치챈 것 같군요. 예, 그렇다고 말하겠어요.

해롤드 그러면 내가 여기에 당신과 함께 앉아 있다는 사실도 그 영화의 일부인가요? 그것은 사과와 마찬가지로 현실과 아무 상관이 없나요?

케이티 당신이 여기까지 걸어온 것을 기억하나요?

해롤드 예.

케이티 당신의 증거는 어디에 있나요?

해롤드 어디에도 없습니다. 그것은 영화 속에, 내 머릿속에 있죠. 실체는 없습니다.

케이티 없죠. 영화는 현실이 아닙니다.

해롤드 우리는 이 모든 생각을 그저 놓아 버려야 한다는 뜻인가요?

케이티 아니요. 그 생각들이 실제가 아니라는 것만 알아차리세요. 누가 영화를 멈추고 싶어 하나요? 그것은 개인적인 것이 아닙니다.

해롤드 어떤 사람은 힘든 삶을 살고, 다른 사람은 쉬운 삶을 사는 것은 왜 그런가요?

케이티 음, 자신에게 물어보세요. 당신도 나처럼 깨어 있는 것 같습니다. 당신이 정말로 이해하면, 아무도 다른 사람들보다 더 깨어 있는 것은 아니라는 것을 알 수 있습니다. 이 네 가지 질문과 뒤바꾸기는, 만일 당신이 그 안에서 침묵하게 되면, 당신이 이미 아는 것을 보여 줄 것입니다. (청중에게) 얼마나 많은 분이 이 대화를 이해하고 있나요? (청중 가운데 4분의 3쯤 손을 든다.) 인생은 마음의 속임수입니다. 모든 것이. 그렇다는 말을 듣는 것만으로는 충분하지 않습니다. 직접 경험해 봐야 합니다. 남아 있는 꿈은 당신을 시험하기 위해 돌아올 것입니다. 그것은 특권입니다. 그것은 우리가 인생이라고 부르는 것의 달콤함입니다. 인생이 꿈이라는 것을 이해하면, 그 꿈은 종이 위에 속하며, 조금 존중받을 자격이 있습니다. 결국 그것은 당신을 불러냅니다. 그것이 "마음이 모든 것을 창조한다"라는 말의 뜻입니다. 모든 것을, 예외 없이. 그리고 이는 고차원적인 것만이 아닙니다. 여러분이 자녀, 부모, 배우자와 언쟁할 때, 자기의 참된 본성과 접촉하지 않고 있음을 알아차리세요. (해롤드에게) 당신을 때리는 아버지를 기억할 때는 그저 알아차리세요. 그것이 꿈이라는 사실에 깨어 있고, 그것이 떠나지 않고 머무르면 '이웃을 판단하는 양식'에 적고 질문해 보세요. 나는 당신이 그것과 친밀해지도록 초대하기 위해 여기에 있고, 당신이 그것을 놓치지 않은 것을 사랑합니다. 당신의 공포의 근원은 무엇이었나요? 아버지였나요? 아니면, 욕실까지 가는 길에 당신이 믿고 있던 생각이었나요?

해롤드 어떤 끔찍한 일에 관한 상상은 실제 일어나는 일보다 더 두렵습니다. 그렇지만 이것을 어떻게 다루어야 할까요? 이건 개인적인 질문입니다. 나는 일주일 전에야 '생각 작업'을 알게 되었는데, 알고 싶군요. 당신은 어떤 생각과 동일시한 적이 있습니까? 이러지도 저러지도 못하는 상태에 갇혀 본 적이 있나요?

케이티 스윗하트, 내게 직접 물어보면 나는 진실을 말해야 합니다. 아니요. 나는 늘 꿈에 깨어 있습니다.

해롤드 이것이 꿈이라는 걸 매 순간 알아차리고, 꿈과 동일시하지 않으며, 참된 자기와만 동일시하나요?

케이티 내가 이해하기로, 그 질문은 우리가 아까 얘기하던 사과를 실제라고 생각하느냐고 묻는 것과 같습니다. 그것이 내 머릿속의 모습이라는 것을 내가 언제나 알아차리는가? 물론 그렇습니다! 나는 이 이 꿈속에서 모든 말을 하고 모든 행동을 할 수 있습니다. 그렇지만 나는 행위자가 아닙니다. (청중에게) 얼마나 많은 분이 내가 하는 말을 들었나요? 바로 지금 내 목소리를 듣고 있는 분은 몇 분인가요? 어떤 목소리를? 어떤 '지금'을? 여러분이 내가 한 말을 경험하려면 과거로 돌아가야 합니다. (잠시 멈춘다.) 바로 지금 잘 모르겠다고 느끼는 분은 몇 분이나 되나요? (청중이 절반쯤 손을 든다.) 오. 좋아요. 조금 속도를 늦춥시다. (해롤드에게) 자, 어떤 문장이 더 진실한가요? "나는 아버지가 내게 한 행위 때문에 슬프다"인가요, 아니면 "나는 아버지가 내게 한 행위에 관한 내 생각들 때문에 슬프다"인가요?

해롤드 아마 두 번째일 겁니다.

케이티 '아마'는 빼겠습니다. (청중이 웃는다.) 좋아요. 손을 든 분들을 위해 속도를 늦춰 봅시다. 당신은 아버지가 자신에게 한 행위 때문에 슬프다—그게 진실인가요?

해롤드 이전만큼은 진실하지 않습니다.

케이티 당신이 몇 분 전에 의자에 앉아서 "나는 아버지가 내게 한 행위 때문에 슬프다"라는 생각을 믿고 있던 상황으로 돌아가 봅시다. 이제, 당신이 그 생각을 믿을 때 어떻게 반응하는지 알아차려 보세요. 그 생각을 믿을 때 나타나는 과거의 모습들을 알아차려 보세요. 당신은 자신을 욕실로 끌고 가는 아버지를 봅니다. 그가 당신을 때리는 모습을 봅니다.

해롤드 이제는 슬픔이 다른 생각에서 나온다고 느낍니다. 내가 이 환생에서 그런 아버지의 아들이 되어야 했다는 사실이 슬픕니다. 그것은 거의 신을 비난하는 것 같습니다.

케이티 내가 과거에 관해 사랑하는 점이 무엇인지 아나요? 그것이 끝났다는 점입니다. (청중이 웃는다.) 슬픔과 원망, 아픔과 실망을 불러일으키는 그 모든 꿈은 종이나 스크린 위에 속하며, 그래서 당신은 '생각 작업'의 네 가지 질문으로 그 생각들에 관해 명상할 수 있습니다. 자, 아버지는 어린 일곱 살 소년을 욕실로 끌고 갑니다. "아버지는 나를 때릴 거야"라는 생각을 믿을 때, 당신은 어떻게 반응하나요?

해롤드 극심한 공포에 빠집니다. 아버지가 나를 죽일까 봐 무서워해요.

케이티 이제 눈을 감고, 당신이 그 생각에 반응한 방식을 이해해 보세요. 그 상황에서 그 어린 소년의 머릿속으로 들어가서, 아버지가 그를 욕실로 끌고 갈 때 그 아이가 경험하는 미래의 모습들을 지켜보세요. 매우 현존하세요. 당신은 아직 그 욕실에 들어가지도 않았습니다. 아버지가 당신을 욕실로 데려가서 때릴 것이라고 믿을 때, 당신에게 어떤 미래의 모습들이 보이나요?

해롤드 텅 빈 욕실의 모습이 보입니다. 손가락 하나가 불구인 아버지의 손이 보입니다. 두려움이 느껴집니다.

케이티 당신이 두려움을 느끼는 까닭은 아버지가 당신을 때리는 모습을 보기 때문입니다.

해롤드 맞습니다.

케이티 가만히 계세요. 그 소년이 욕실로 끌려갈 때 보이는 모습을 모두 알아차려 보세요.

해롤드 도살장에 끌려가는 것처럼 느낍니다.

케이티 예. 자기의 몸을 떠나는 것은 몹시 두렵습니다.

해롤드 예.

케이티 이제 욕실로 가고 있는 몸으로 돌아와 보세요. 어린아이야, 그 생각이 없다면 너는 누구일까?

해롤드 덜 무서울 것 같아요.

케이티 응, 이제 다시 한번 자세히 보렴.

해롤드 더 차분해요.

케이티 그 여행을 바라보렴. 그 여행을 놓치지 말아 봐. 그것은 삶이라고 불린단다. 벽들이, 천장이, 아니면 혹시 창문으로 들어오는 빛이 보이니?

해롤드 모든 것이 보여요. 수건도 보여요. 모든 것이 보여요.

케이티 예. 자, " 나는 아버지가 내게 한 행위 때문에 슬프다"—뒤바꿔 보세요.

해롤드 나는 아버지가 내게 한 행위 때문에 행복하다. 와! 즉시 에너지가 바뀝니다.

케이티 그는 이제 당신에게 생명을 주고 있습니다.

해롤드 아버지가 그 꿈에서 깨어나도록 나를 깨우고 있다는 말인가요?

케이티 예. 당신은 다루기 힘든 고객입니다. 당신에게는 특별한 선생이 필요합니다.

해롤드 (혼란스러우면서도 기뻐하는 것처럼 보인다.) 흐음. 그건 그 일을 바라보는 완전히 새로운 관점이네요.

케이티 음, 그가 당신을 때린 적이 있다는 증거는, 당신의 머릿속이 아니라면, 어디에 있나요?

해롤드 내 마음속에만. (아까 한) 사과와 같은 이야기네요.

케이티 이제, 그가 나를 때렸다고 내 어머니가 말하고, 그가 나를 때렸다고 여동생과 남동생이 말하는데, 모든 사람이 그것은 진실이 아니라고 말한다고 가정해 봅시다. 그것은 그들의 경험입니다. 그들의 말은 옳을 수 있습니다. 나는 그 이상의 것이 필요합니다. 나는 무엇이 실제이고 무엇이 실제가 아닌지를 직접 알 필요가 있습니다.

해롤드 우리가 평화로워지려면 모든 투사, 모든 바람, 모든 꿈을 놓아 버려야 한다는 뜻이겠죠.

케이티 우리가 '놓아 버려야 한다'는 뜻은 아니지만, 그럴 방법은 분명히 있습니다. 우리는 그 모든 것에 질문할 수 있습니다.

해롤드 어떻게 하면 되나요?

케이티 정확히 우리가 지금 여기에서 하는 방법으로 하면 됩니다. 나는 나를 괴롭힌 생각들에 질문했습니다. 그리고 현실로 깨어나는 것이 나의 할 일이라는 것을 알았습니다. 환상은 당신의 마음과 같은 마음에는 즐겁지 않습니다.

해롤드 만일 내게 어떤 생각이 일어나면 그 생각을 깨달을 필요가 있고, 그 뒤 다시 같은 생각이 일어나면 다시 그 생각을 깨달으면 되겠군요. 평생. 나는 4~5년간 연애를 했는데, 우리는 헤어지고, 그 뒤 다른 연애를 하고, 다시 또 다른 연애를 합니다. 평생 그렇게 살아왔어요. 그런 연애들은 결코 충족되지 않았죠.

케이티 음, 나는 지금 그냥 시작하겠습니다. 내 말은, 시작할 다른 곳이 없다는 뜻이에요. 지금이 시작할 때이고 장소죠. 그러니 아버지가 당신을 실제로 때리고 있고, 당신이 몸에서 나오지 않았던 때로 가 보세요. 그가 그 나이쯤의 당신을 실제로 때리고 있던 곳으로 가 보세요.

해롤드 예.

케이티 그는 당신을 다시 때리려고 합니다. 그가 당신을 때리고, 그의 손이 다시 공중에 있고, 그가 다시 당신을 때리려고 하는 곳을 찾을 수 있나요?

해롤드 예, 그 모습이 보입니다.

케이티 좋아요. 어린아이야, "아버지는 나를 다시 때릴 거야"—너는 그게 진실인지 확실히 알 수 있니?

해롤드 아니요. 확실히 알 수는 없어요. 상상일 뿐이에요.

케이티 응, 그의 손은 공중에 있고, 응, 그는 그런 표정을 하고 있고, 지금 그의 손은 점점 더 가까이 다가오고 있어. 그가 너를 다시 때릴 것이라는 걸 너는 확실히 알 수 있니?

해롤드 아뇨.

케이티 이제 "아버지는 나를 다시 때릴 거야"라는 생각을 믿을 때, 네가 어떻게 반응하는지 알아차려 보렴. 그의 손은 공중에 있어. 네가 그 생각을 믿을 때 네 마음은 무엇을 하고 있는지 알아차려 보렴. 그가 때리기 전에 네가 맞는 것을 상상하는 자리를 찾아보렴.

해롤드 나는 거기에 있어요.

케이티 어느 쪽이 더 괴롭니? 상상이니, 아니면 아버지의 손이 실제로 너를 때릴 때니?

해롤드 상상이 더 괴로워요.

케이티 이제 그가 너를 때리는 것을 알아차리렴. 마음은 늘 기억하거나 예상한다는 것을 알아차리고…. 중심에 무엇이 있니? 마음은 언제나 과거나 미래에 있고, 기억하거나 예상해. 아버지가 너를 때릴 때, 그것은 기억되거나 예상되지. 이제 뒤바꿔 보렴. "아버지는 나를 때린다." 반대는 뭘까?

해롤드 나는 나를 때린다.

케이티 나는 나를 때린다. 내 마음의 눈 속에서.

해롤드 나는 나에게 끔찍한 짓을 했어요. 그곳에 직접 있지 않았죠.

케이티 응. 너는 기억하고 예상하느라 바빴지. 그가 다시 너를 때리려고 한 순간, 너는 다음번 때림을 예상했어. 너는 그것이 실제 때리는 것보다 더 무서웠다고 말했어. 그래서 네 마음의 눈 속에서 너는 너 자신을 때린 거지. 그것이 공포의 원인이었고.

해롤드 나는 나 자신을 때렸다. 나는 나 자신을 학대했다.

케이티 스윗하트, 이는 옳거나 그른 문제가 아닙니다. 그것은 당신이 어느 정도로든 날마다, 하루 내내 하는 것일 뿐이죠.

해롤드 예, 확실히 그렇습니다.

케이티 다른 뒤바꾸기를 찾을 수 있나요? "나는…"

해롤드 나는 내 아버지를 때렸다?

케이티 예, 당신의 마음속에서요.

해롤드 그렇다는 걸 알겠어요. 나는 그동안 내내 마음속에서 아버지를 때리고 있었어요.

케이티 2번에는 뭐라고 썼나요?

해롤드 나는 아버지가 나를 사랑하기를, 나를 이해하기를, 나를 위해 거기에 있어 주기를, 내게 더 자비롭기를 원한다.

케이티 눈을 감아 보세요. 그는 당신을 욕실로 데려가고 있어요. 그를 바라보세요. 그의 얼굴이 보이나요? 그가 화나 있나요? 그가 괴로워 보이나요?

해롤드 예, 그래 보입니다. 괴롭고 화나 보여요.

케이티 그의 얼굴을 잘 살펴보세요. 그의 마음 상태를 잘 살펴보세요. 당신은 아버지가 당신을 사랑하기를, 당신을 이해하기를, 당신을 위해 거기에 있어 주기를, 그리고 당신에게 더 자비롭기를 원한다―그게 진실인가요? 그게 가능하기나 할까요?

해롤드 불가능합니다.

케이티 이제 그가 당신을 사랑하고 이해하고, 당신을 위해 거기에 있어 주고, 당신에게 더 자비롭기를 원한다는 생각을 믿을 때, 당신은 어떻게 반응하는지, 무슨 일이 일어나는지 알아차려 보세요.

해롤드 가슴이 아픕니다.

케이티 그리고 당신은 즉시 무력한 피해자가 됩니다. 일곱 살에.

해롤드 예. 무겁고 둔한 느낌이 있어요.

케이티 외로움도.

해롤드 예, 외로움도.

케이티 그리고 당신은 무력한 피해자입니다.

해롤드 예, 무력감을 느낍니다. 최악은 그런 무력한 느낌인 것 같아요.

케이티 그 생각이 없다면 당신은 누구일까요?

해롤드 자유롭다고 느낄 겁니다. 이제는 그게 단지 이야기일 뿐이라는 걸 알겠어요.

케이티 예. 그 어린 소년은 정신이 다른 데로 가 있었어요. 그는 꿈속에 있었어요. 그러니 이제 자기 자신으로 뒤바꿔 보세요. "나는 아버지가 나를 사랑하기를, 이해하기를, 나를 위해 거기에 있어 주기를, 나에게 더 자비롭기를 원한다"—뒤바꿔 보세요. "나는 내가…"

해롤드 나는 내가 나를 사랑하기를, 이해하기를, 나를 위해 거기에 있어 주기를, 나에게 더 자비롭기를 원한다.

케이티 예. 지금 여기에 현존하기를.

해롤드 질문 하나 해도 될까요?

케이티 아마도요. 하지만 누가 미래를 알겠어요? (청중이 웃는다.)

해롤드 당신의 관점에서 보면, 내가 생각하는 생각들은 '나의' 생각인가요, 아니면 그저 나에게 생각되는 생각들인가요?

케이티 그 생각들이 누구의 것이든 누구의 것도 아니든 무슨 상관이겠어요? 사실은 그 생각들이 괴롭게 한다는 것입니다. 나는 오직 당신의 고통을 끝내는 데에만 관심이 있습니다. 하지만 당신이 배우는 단계에 있으니, 나는 이런 생각들이 삶과 같다고 말하겠어요. 그 생각들은 필요할 때 옵니다. 그 생각들은 당신을 깨우기 위해 여기에 있습니다.

해롤드 그 생각들에 긍정적인 목적이 있다는 말인가요?

케이티 우주는 호의적이고 친절합니다. 모든 것은 당신을 위해 여기에 있습니다. 모든 것이.

해롤드 흐음. 정말 그런 것인지 한번 생각해 봐야겠습니다.

케이티 만일 당신이 괴로움을 겪고 있다면, 뭔가 바로잡아야 할 것이 있습니다. 그러니 돌아가서 그것을 바로잡으면 됩니다. 다른 뒤바꾸기를 찾을 수 있나요? "나는 내가…"

해롤드 나는 내가 나를 사랑하기를, 나를 이해하기를 원한다.

케이티 아니, 그 뒤바꾸기는 아까 했습니다. "나는 내가…"

해롤드 나는 내가…

케이티 거기에 또 누가 있나요? 거기엔 당신이 있고, 또…

해롤드 아하. 나는 내가 아버지를 사랑하기를, 아버지를 이해하기를, 아버지를 위해 거기에 있어 주기를, 아버지에게 더 자비롭기를 원한다.

케이티 예, 아버지에게 더 자비롭기를…. 그는 폭력적입니다. 그는 당신을 욕실로 끌고 갑니다. 그는 꿈속에서 길을 잃었습니다. 그를 자세히 바라보세요. 만일 그가 당신에 관해 믿는 생각을 당신도 믿고 있다면, '당신'도 자신을 욕실로 끌고 가고 있습니다. 우리는 그 생각을 믿는 순간에 믿는 생각을 믿지 않을 수 없습니다. 우리는 무고합니다. 그러니 연민을 조금 느껴 보세요. 아버지를 가까이 바라보세요. 아이를 때리는 것은 그에게 괴로운 일이었을 거예요.

해롤드 바로 지금 내 안에서 일어나는 일을 말로 설명하기 어렵지만, 아주 좋은 기분이 느껴집니다.

케이티 아무도 내가 그들을 사랑하지 못하도록 막을 수 없습니다. 그들은 선택권이 없습니다. 아무도 내가 그들과 연결되는 것을 막을 수 없습니다. 그들이 나를 어떻게 대하든…. 아무도 내가 이해하지 못하도록 막을 수 없습니다. 내게 그럴 수 있는 것은 오직 나의 질문되지 않은 생각뿐입니다.

해롤드 그래서 나는 모든 것을 하는 자인가요?

케이티 전적으로.

해롤드 전적으로요? 그건 정말…

케이티 전부. (해롤드는 놀라워하는 표정으로 말없이 앉아 있다.) 좋아요. 3번 문장을 살펴봅시다. 아버지에게 해 주는 조언을….

해롤드 아버지는 더 다정하고, 더 사랑하고, 더 너그럽고, 더 자비로워야 한다.

케이티 그게 진실인가요?

해롤드 아니요. 아버지는 그럴 필요가 없습니다. 아버지는 그럴 수 없습니다.

케이티 당신은 아버지가 지금보다 더 다정해야 한다고 믿는데, 아버지가 그럴 수 없을 때 당신은 어떻게 반응하나요?

해롤드 무력감을 느낍니다.

케이티 아버지가 더 다정해야 한다는 생각이 없다면, 당신은 누구일까요?

해롤드 덜 괴로울 겁니다. 욕실까지 가는 도중에 실제로 일어나는 일을 더 잘 알아차리고 더 현존할 거예요.

케이티 당신은 자기의 여행에서 지금 더 깨어 있습니다. 그러니 그 문장을 뒤바꿔 볼 수 있습니다. "이 상황에서 나는…"

해롤드 이 상황에서 나는 더 다정해야 한다.

케이티 자신에게. 자신에게 더 다정해야 합니다.

해롤드 나는 나 자신에게 더 다정해야 하고, 더 사랑해야 하고, 더 너그러워야 하고, 더 자비로워야 한다.

케이티 예. 그리고 그 안에서 당신은 현실과 상상의 차이를 볼 수 있습니다. 그리고 알다시피, 그것은 당신 삶의 마지막 호흡, 마지막 순간일 수 있습니다. 당신은 그것을 놓치고 싶어 하지 않을 거예요. 아무도 당신을 마을 수 없습니다.

해롤드 하지만 우리가 방금 한 뒤바꾸기는… 그것도 상상 아닌가요?

케이티 상상 아닌 것은 아무것도 없습니다. 하지만 꿈의 모든 순간에 깨어 있는 것은 존경받을 만한 일입니다. 이미지(모습)는 사과처럼 당신의 마음에 옵니다. 그건 괜찮습니다. 하지만 당신이 사과에 관해 믿는 생각을 알아차리세요. "나는 사과를 싫어해." "사과는 너무 단단해. 나는 바나나를 좋아해." "이 사과는 충분히 달지 않아." "이런, 사과는 하나뿐인데 우리는 다섯 명이야." 사과, 사과, 사과. 결국 모든 것은 꿈입니다. 우리는 꿈에서 깨어나는 과정을 거치고 있습니다. 그 어린 소년의 꿈은 여전히 그 남자에게 남아 있습니다. 거기엔 뭔가 바로잡아야 할 게 있습니다. 하지만 그 아이의 공포가 그 남자의 일부로 있는 한, 그 남자에게는 살펴볼 기회가 주어집니다. 당신 상상의 소년이 그것에 깨어날 때, 그 남자는 자유로워집니다. 아이는 자유로워지고, 그 아이의 자유는 그 남자의 것입니다.

해롤드 당신은 행위자가 아니라고 말했습니다. 하지만 만일 내가 상상이나 꿈을 바꿀 수 있다면, 나는 뭔가를 하고 있을 겁니다. 왜냐하면 내가 그것을 바꾸고 있으니까요.

케이티 당신이 그 의자에 앉아 있는 행위를 하고 있다고 생각하는 한, '생각 작업'을 할 게 조금 남아 있습니다.

해롤드 오. 좋아요. 그 대답이 마음에 듭니다.

케이티 다른 뒤바꾸기를 찾아볼까요? "나는 아버지에게 더 다정해야 하고…"

해롤드 나는 아버지에게 더 다정해야 하고, 아버지를 더 사랑하고, 아버지에게 더 너그럽고, 아버지에게 더 자비로워야 한다.

케이티 이제 보세요. 아버지와 그의 얼굴, 그의 혼란스러움을 바라보세요. 그의 얼굴을 바라보세요. 그는 화가 나 있습니다. 그는 혼란스럽습니다. "나는 이 고통 받는 남자에게 더 다정해야 해."

해롤드 나는 이 고통 받는 남자에게 더 다정해야 한다. 나는 그를 더 사랑해야 한다. 나는 그에게 더 너그러워야 한다. 나는 그에게 더 자비로워야 한다. 왠지 기분이 좋아집니다.

케이티 당신은 그에게 원하던 모든 것이 되고 있습니다. 당신은 아버지가 그렇게 되기를 원했어요. 그러면 당신이 평화로울 수 있기 때문이죠. 우리는 그를 바꿀 수 없지만, 더 분명히 보고 우리의 상상된 공포에서 해방될 수는 있습니다.

해롤드 이런 이미지들이 질문받았을 때 에너지를 잃는 것을 보는 게 놀랍네요!

케이티 모든 사람이 자비에 관해 이야기합니다. 이것이 자비입니다. 자비는 당신이 하는 어떤 행위가 아닙니다. 우리는 자비를 행할 수 없습니다. 우리는 오직 경험할 수만 있습니다. 4번 문장을 봅시다.

해롤드 나는 아버지가 나를 사랑하고, 나를 인정하고, 내게 진정한 아버지가 되고, 나를 위해 거기에 있어 줄 필요가 있다.

케이티 어린 소년님, 아버지가 너를 욕실로 끌고 갈 때, 네게 필요한 것이 행복이었니? 네가 행복해지는 데 아버지의 사랑이 필요하니? 그 고통 받는 사람이 너를 인정해 주는 것이 필요하니?

해롤드 아니요. 나는 그런 것들이 필요하지 않아요.

케이티 그리고 그는 진정한 아버지입니다. 당신은 아버지가 진정한 아버지가 되어 줄 필요가 있나요? 그는 당신의 진정한 아버지입니다. 당신이 상상하는 아버지들이 있고, 당신의 아버지가 있습니다. 당신은 자녀들에게 아주 다정한, 세상이 다른 아버지들을 아느요? 그는 당신의 아버지가 아닙니다. 이 아버지가 당신의 아버지입니다. 그는 어린 소년을 때리는 사람입니다. 그는 당신을 욕실로 끌고 갑니다. 그것은 그가 당신을 위해 거기에 있는 방식입니다. (해롤드가 웃는다.) 내 말은, 혹시 당신이 놓쳤을까 봐 얘기하는 건데, 그는 바로 거기에 있습니다.

해롤드 예, 그렇습니다.

케이티 그래서 당신은 그에게서 그런 것들을 필요로 한다는 게 진실인가요?

해롤드 아니요.

케이티 이제 당신이 이런 생각들을 믿을 때 당신의 삶에 무슨 일이 일어나는지 알아차려 보세요. "나는 그의 사랑이 필요해. 나는 배우자의 인정이 필요해." 당신은 아버지에 관해 믿는 생각을 배우자에 관해서도 믿을 수 있습니다.

해롤드 그럴 때는 몹시 스트레스를 받습니다.

케이티 "나는 내 배우자가 진정한 배우자가 되는 게 필요해. 그리고 나를 위해 거기에 있어 주는 게 필요해."

해롤드 더욱더 스트레스를 받습니다.

케이티 그 뒤 당신은 그런 생각들을 믿을 때 당신의 아버지 같은 사람이 됩니다. 그만큼 무자비하지는 않지만, 상당히 비슷한.

해롤드 제정신이 아니죠.

케이티 예.

해롤드 우리가 자신에게 하는 행동은 믿을 수 없을 정도입니다.

케이티 예, 꿈의 세계는 어렵습니다. 다행히 그것은 실제가 아닙니다.

해롤드 그래서 다행입니다. 그것은 내가 생각했던 것만큼 실제가 아닐 수도 있겠어요.

케이티 뒤바꿔 봅시다. "행복해지려면 나는 내가…"

해롤드 행복해지려면, 나는 내가 나를 사랑하고, 나를 인정하고, 나에게 좋은 아버지가 되고, 특히 나를 위해 여기에 있어 줄 필요가 있다.

케이티 예. 당신은 당신이 찾고 있던 아버지입니다. 자비로운, 다정한, 사랑하는. 그러니 그 문장을 다시 뒤바꿔 봅시다. "나는 아버지를 사랑할 필요가…"

해롤드 나는 아버지를 사랑할 필요가 있다.

케이티 예. 그는 잠들어 있습니다. 만일 그들이 잠들어 있지 않다면, 아무도 다른 인간에게 화가 나지 않을 겁니다.

해롤드 하지만 휴식 시간에 서점에서 내게 당신의 책을 판 여성은 말하기를, 그의 문제는 그의 문제고, 내 문제는 내 문제라고 말했습니다.

케이티 그것은 대단한 진실입니다. 자, "나는 아버지를 사랑하고…". 그리고 4번 문장을 이어서 읽어 보세요.

해롤드 나는 아버지를 사랑하고, 아버지를 인정하고, 그에게 아버지가 되고, 그를 위해 거기에 있어 줄 필요가 있다.

케이티 분명히 그는 그를 사랑한 아버지가 없었습니다. 그런 아버지를 경험해 보지 못했어요. 그래서 당신이 그에게 더 다정하고, 더 사랑하고, 더 너그럽고, 더 자비롭다는 것은 단지 그와 함께 그런 식으로 있는 것만이 아니라, 그를 아버지처럼 대하는 것이기도 합니다. 어린 일곱 살 소년은 그렇게 하는 법을 모릅니다. 특히 욕실로 끌려가고 있을 때는, 그리고 거기에 도착했을 때 일어날 일을 투사하고 있을 때는…. 당신이 할 일은 지금 그에게 진정한 아버지가 되어 주고, 그가 당신의 상상 속에서 당신에게 올 때, 그를 위해 거기에 있어 주는 것입니다. 그러면 됩니다. 사람들은 오직 당신의 상상 속에서만 당신에게 옵니다. 그러니 당신의 생각들에 질문하여 그런 악몽들을 다루는 것이 초대입니다. 5번 문장을 봅시다.

해롤드 아버지는 나쁘고 악하고 잔인하고 이기적이며 악마의 화신이다.

케이티 "그 순간, 욕실로 가는 도중에, 아버지에 관한 내 생각들은…"으로 뒤바꿔 보세요.

해롤드 아버지에 관한 내 생각들은 나쁘고 악하고 잔인하고 이기적이며 악마의 화신이다.

케이티 좋아요. 눈을 감아 보세요. 당신이 욕실에서, 욕실로 가는 도중에 믿고 있던 생각을 제외하면, 당신은 괜찮았나요?

해롤드 다시 긴장됩니다.

케이티 어린아이야, 네가 믿고 있는 생각을 제외하면, 너는 괜찮니?

해롤드 이젠 기분이 그리 좋지 않아요.

케이티 욕실로 가는 동안 그런 두려운 생각들이 없다면, 너는 누구일까?

해롤드 다시 더 편안해지고 있어요.

케이티 (그런 생각이 없다면) 욕실에서 아버지가 손을 들 때 너는 누구일까?

해롤드 내가 누구겠느냐고요? 그 질문에는 답할 수 없어요.

케이티 내겐 대답이 있단다. 들어 보고 싶니?

해롤드 예.

케이티 그의 손은 공중에 있어. 미래에 관한 내 이야기가 없다면, 나는 누구일까? 그가 나를 아직 때리지 않은 데 대해 정말로 고마워할 거야. 이제 그가 나를 때려. 일 초 뒤, 미래와 과거에 관한 내 이야기가 없다면, 나는 누구일까?

해롤드 완전히 자유롭겠죠.

케이티 '생각 작업'은 실천입니다. 그것은 미봉책이 아닙니다. '양식' 6번의 모든 문장을 탐구하면 많은 자유를 얻을 수 있습니다. 그 뒤 에고는 그 과정을 중단시키고 무효로 만들려 할 것입니다. 만일 당신이 질문을 통해 큰 알아차림을 얻으면, 에고는 당신이 스트레스 주는 생각을 믿고 있는 다른 상황을 주려 할 것입니다. 당신은 이 방에서 경험한 앎을 결코 잃을 수 없습니다. 하지만 당신의 질문되지 않은 생각들은 오늘 경험한 앎을 중단시키고 무효로 만들려 할 것입니다. 당신은 그것을 잃지 않습니다. 단지 당신이 아직 질문하지 않은 머릿속 가짜 뉴스들이 그것을 덮어 버릴 뿐입니다. 삶은 꿈이라고 말하는 것으로 충분합니다. 삶은 당신에게 다음에 오는 것을 줄 것입니다. 6번 문장을 봅시다.

해롤드 나는 앞으로 다시는 잔인함, 무자비함, 이기심, 미움을 경험하고 싶지 않다.

케이티 "나는 …을 고대한다"

해롤드 나는 잔인함, 무자비함, 이기심, 미움을 경험하기를 고대한다.

케이티 다음번에 당신이 기분 좋은 하루를 마치고 밤에 잠들려 할 때, 난데없이, 아버지! 당신은 욕실로 끌려가고 있고, 당신은 욕실에 있습니다! 그것을 사랑하지 않으면, 당신은 꿈에 깨어 있지 않습니다. 그러니 그것은 또 하나의 '생각 작업 양식'입니다. 기꺼이 생각들에 질문해 보려 하세요. 우리가 밤에 잠들지 못하는 것은 그 때문입니다. 우리에게는 끝마치지 않은 일이 있습니다.

해롤드 내가 잠을 잘 못 이루는 것은 그 때문입니다.

케이티 이제 당신은 밤에 잠들지 못할 때 무엇을 해야 하는지 압니다. 아버지를 판단하고, 종이에 쓰고, 네 가지 질문을 하고, 뒤바꿔 보세요.

아니면, 그렇게 하시 않습니다.

해롤드 이 모든 일을 고대할 때 정말로 기분이 좋아지는데, 그게 참 신기합니다. (청중이 박수를 친다.)

케이티 예, 그래요. 평화보다 더 신나는 건 없습니다.

해롤드 정말 그렇게 느껴져요.

케이티 여기에 공황 발작이 옵니다! 다시 아버지입니다! 야호! 고요해지세요. 그 상황으로 가세요. 그 상황에서 당신이 생각하는 생각, 믿는 생각들을 모으세요. 그리고 스스로 해방되세요. 아무도 그렇게 해 줄 수 없기 때문입니다.

해롤드 그것들은 정말로 가 버렸습니다. 감사해요, 케이티. (청중이 박수를 친다.)

케이티 (청중에게) 이 네 가지 질문 없이는 지옥으로 들어가지 마세요. 그리고 만일 삶에 이 질문들을 초대한다면, 그것들 없이 지옥으로 들어가는 것이 불가능해집니다. 질문들은 여기에서 여러분을 깨우기 위한 것이 아닙니다. 당신을 깨우는 것은 질문에 대한 당신의 대답입니다. 질문들은 초대입니다. 하지만 당신만이 그 질문에 답할 수 있습니다. 그리고 그것은 용기가 필요합니다.

죽음이 두려워요

사람들과 함께 '생각 작업'을 할 때 나는 질문을 통해 그들이 가장 두려워하는 것, 그들에게 일어날 수 있는 최악의 상황을 보여 주곤 합니다. 많은 사람에게 최악의 일은 죽음입니다. 그들은 종종 죽어 갈 때뿐 아니라 죽은 뒤에도 끔찍한 고통을 겪을 것이라고 믿습니다. 나는 두려움과 아픔과 고통이라는 환상을 물리치기 위해 그들을 이런 '한낮의 악몽' 속으로 깊이 데려갑니다.

나는 임종을 앞둔 사람들과 많은 '생각 작업'을 했는데, 그들은 '생각 작업'을 한 뒤에 마음이 편안해졌다고 늘 말합니다. 겁에 질린 채 암으로 죽어 가던 여성이 생각납니다. 나는 그녀의 부탁을 받고서 병실을 방문했습니다. 나는 그녀의 옆에 앉았고, 잠시 후 입을 열었습니다. "아무 문제도 없어 보이는군요." 그녀는 어이없다는 표정을 지으며, "아무 문제도 없다고요? 음, 그렇다면 문제를 보여 드리죠!"라고 말하고는 침대보를 옆으로 젖혔습니다. 다리 한쪽이 많이 부어서 성한 다른 쪽에 비해 적어도 두 배는 되어 보였습니다. 나는 보고 또 보았지만 여전히 문제를 찾을 수 없었습니다. 그녀는 답답해했습니다. "장님인가 보군요! 이 다리를 보세요. 이제 다른 쪽 다리를 보세요." 나는 말했습니다. "아, 이제 뭐가 문제인지 알겠어요. 당신은 이 다리가 저쪽 다리처럼 보여야 한다는 믿음 때문에 고통을 받고 있군요. 그 생각이 없다면 당신은 누구일까요?" 그녀는 알아차렸습니다. 그녀는 웃기 시작했고, 두려움은 그녀의 웃음에 실려 빠져나갔습니다. 그녀는 지금이 자신의 인생에서 가장 행복한 순간이라고 말했습니다.

한 번은 죽음을 앞둔 여성을 방문하기 위해 말기 환자를 위한 호스피스 병동에 갔습니다. 병실에 들어갔을 때 그녀는 낮잠을 자고 있었습니다. 나는 침대 옆에 조용히 앉아 있었는데, 이윽고 그녀가 눈을 떴습니다. 나는 그녀의 손을 잡고서 잠시 얘기를 나누었습니다. 그녀는 "너무 무서워요. 어떻게 죽어야 하는지 모르겠어요"라고 말했습니다. 내가 "스윗하트, 그게 진실인가요?"라고 묻자, 그녀는 "예. 어떻게 해야 할지

하나도 모르겠어요"라고 답했습니다. 내가 물었습니다. "내가 들어올 때 당신은 낮잠을 자고 있었는데, 어떻게 낮잠을 자는지는 아세요?" 그녀가 "물론이죠"라고 대답하자, 나는 말했습니다. "당신은 매일 밤 눈을 감고 잠이 듭니다. 사람들은 잠들기를 고대합니다. 죽음도 마찬가지입니다. 죽음도 잠과 다를 바 없는데, 당신의 믿음 체계가 죽음은 뭔가 다르다고 얘기하고 있을 뿐입니다." 그녀는 사후세계를 믿는다고 했습니다. "그 세계에 처음 가면 뭘 해야 할지 모를 거 같아요." 내가 "당신은 거기에 할 일이 있는지 정말로 알 수 있나요?"라고 묻자, 그녀는 고개를 저었습니다. "모르는 것 같아요." 내가 말했습니다. "당신이 알아야 할 것은 아무것도 없고, 그래도 늘 괜찮습니다. 당신에게 필요한 모든 것은 이미 당신을 위해 거기에 있습니다. 그런 것들에 관해 생각할 필요가 없습니다. 당신이 할 일은 그저 필요할 때 낮잠을 자는 것이며, 잠에서 깨어나면 무엇을 해야 할지 알게 될 것입니다." 물론, 나는 그녀에게 죽음이 아니라 삶에 관해 얘기하고 있었습니다. 우리는 두 번째 질문으로 넘어갔습니다. "어떻게 죽어야 하는지 모른다는 것이 진실인지 당신은 확실히 알 수 있나요?" 그녀는 웃음을 터뜨리면서, 자기의 이야기보다는 나와 함께 있고 싶다고 말했습니다. 우리는 지금 실제로 있는 곳 말고는 달리 갈 곳이 없습니다. 얼마나 즐거운 일인지요.

마음이 죽음을 생각할 때, 마음은 '없는 것'(nothing)을 바라보며 그것을 '어떤 것'(something)이라고 부릅니다. 그리하여 그것(마음)이 진정 무엇인지를 경험하지 못하게 합니다. 죽음이 삶과 다르지 않다는 것을 알기 전에는, 당신은 일어나는 일을 통제하려고 끊임없이 애쓸 것이며, 그래서 늘 고통을 받을 것입니다. 현실에 맞서는 이야기가 없으면 슬픔도 없습니다.

죽음에 대한 두려움은 사랑에 대한 두려움을 감추기 위한 마지막 위장입니다. 우리는 몸의 죽음을 두려워한다고 생각하지만, 우리가 실제로 두려워하는 것은 우리 정체성의 죽음입니다. 하지만 죽음은 관념일 뿐이며 우리의 정체성도 관념일 뿐임을 질문을 통해 이해할 때, 우리는 자신이 진정 누구인지를 깨닫게 됩니다. 그러면 두려움이 끝납니다.

상실도 하나의 관념입니다. 손자인 레이시가 태어날 때 나는 분만실에 있었습니다. 나는 그 애를 처음 본 순간 사랑에 빠졌습니다. 그런데 그 애는 숨을 쉬지 않고 있었습니다. 의사는 당황한 표정으로 아기에게 응급 치료를 하기 시작했습니다. 간호사들은 응급 치료가 먹히지 않는다는 것을 알게 되었고, 분만실은 중압감과 공포로 가득 차기 시작했습니다. 그들이 취한 조치들은 하나도 효과가 없었습니다. 아기는 숨을 쉬지 않을 것 같았습니다. 어느 순간 딸 록산은 내 눈을 들여다보았고, 나는 미소를 지었습니다. 록산은 나중에 내게 말했습니다. "엄마가 그런 미소를 자주 짓는다는 걸 아세요, 엄마? 엄마가 나를 그렇게 바라보면 평화의 물결이 밀려와요. 그러면 아기가 숨 쉬지 않고 있어도 나는 괜찮았어요." 잠시 후 내 손자에게 호흡이 들어왔고, 아기는 울음을 터뜨렸습니다.

내가 손자를 사랑하는 데는 그 애의 호흡이 필요하지 않아서 기쁩니다. 그 애가 숨을 쉬는 것은 누구의 일인가요? 내 일이 아닙니다. 그 애가 숨을 쉬든 안 쉬든, 나는 그 애를 한순간도 놓치지 않았을 것입니다. 나는 알았습니다. 한 번도 숨을 쉬지 않았다고 해도 그 애는 자기의 삶을 완전히 살았다는 것을…. 나는 현실을 사랑합니다. 환상이 말하는 대로가 아니라, 있는 그대로의 현실을, 지금 이 순간의 현실을.

헨리 나는 죽음에 대해 화가 난다. 왜냐하면 죽음은 나를 파괴하기 때문이다. 나는 죽는 것이 두렵다. 나는 죽음을 받아들일 수 없다. 죽음은 나를 환생하게 해 주어야 한다. 죽음은 고통스럽다. 죽음은 끝이다. 나는 앞으로 다시는 죽음의 공포를 경험하고 싶지 않다.

케이티 맨 위부터 볼까요? 첫 문장을 다시 읽어 보세요.

헨리 나는 죽음에 대해 화가 난다. 왜냐하면 죽음은 나를 파괴하기 때문이다.

케이티 두려움 속에서 살고 싶으면 미래를 상상하세요. 대단한 미래를 계획했군요, 스윗하트. 다음 문장을 들어 봅시다.

헨리 나는 죽는 것이 두렵다.

케이티 당신이 죽을 때 일어날 수 있는 최악의 일은 무엇일까요? 그걸 가지고 놀아 보죠.

헨리 내 몸의 죽음입니다.

케이티 그 뒤 어떤 일이 일어나나요?

헨리 모르겠습니다.

케이티 자, 일어날 수 있는 최악의 일은 무엇이라고 생각하나요? 당신은 어떤 끔찍한 일이 일어날 거라고 생각합니다. 그게 무엇인가요?

헨리 죽음이 끝이고, 다시는 태어나지 않는 것. 영혼도 없고….

케이티 그다음에는요? 당신은 다시 태어나지 않을 것이다, 영혼도 없을 것이다… 지금까지는 아무것도 없습니다. 지금까지 당신에게 일어날 수 있는 최악의 일은 '아무것도 없는 것'입니다. 그다음에는요?

헨리 예, 그런데 그게 고통스럽습니다.

케이티 그럼 아무것도 없는 것이 고통스럽다는 말이군요.

헨리 예.

케이티 당신은 그게 진실인지 정말로 알 수 있나요? 어떻게 '아무것도 없는 것'이 고통스러울 수 있죠? 어떻게 '아무것도 없는 것'이 '어떤 것' 일 수 있죠? 아무것도 없는 것은 아무것도 없는 것입니다.

헨리 나는 이 '아무것도 없는 것'이 매우 고통스러운 블랙홀이라고 상상 합니다.

케이티 '아무것도 없는 것'은 블랙홀이다… 그게 진실인지 당신은 정말 로 알 수 있나요? 나는 그게 진실이 아니라고 말하는 게 아닙니다. 나 는 당신이 자기의 이야기들을 얼마나 사랑하는지 알고 있습니다. 그것 은 오래된 블랙홀 이야기입니다.

헨리 나는 그것이 일어날 수 있는 최악의 일이라고 생각합니다.

케이티 좋습니다. 당신은 죽을 때 커다란 블랙홀로 영원히 들어갈 것입 니다.

헨리 또는 지옥으로. 나는 이 블랙홀이 지옥이라고 생각합니다.

케이티 커다란 블랙홀 지옥으로 영원히.

헨리 그리고 그것은 지옥불입니다.

케이티 커다란 블랙홀 지옥불로 영원히.

헨리 예, 그리고 그곳은 신에게 버림받은 곳입니다.

케이티 신에게 완전히 버림받은. 이 커다란 블랙홀 지옥 속의 불과 어둠 으로 영원히. 당신에게 묻고 싶군요. 당신은 그게 진실인지 확실히 알 수 있나요?

헨리 아니요. 알 수 없습니다.

케이티 그 생각을 믿으면 어떻게 느껴지나요?

헨리 (울음을 터뜨리며) 괴롭습니다. 무섭습니다.

케이티 스윗하트, 나를 보세요. 자신이 지금 무엇을 느끼고 있는지 알고 있나요? 자기를 들여다보세요. 이게 바로 지옥의 어두운 구덩이입니다. 당신은 지금 그 속에 있습니다. 그것은 나중에 오는 게 아닙니다. 당신은 미래의 죽음이라는 자기의 이야기를 지금 경험하고 있습니다. 이 공포는 최악입니다.

헨리 예.

케이티 이 이야기가 없다면 당신은 누구 또는 무엇일까요? 이미 당신은 일어날 수 있는 최악의 일을 경험하고 있습니다. 조사 없는 상상. 지옥에 떨어진. 출구가 없는.

헨리 신에게 떼밀린.

케이티 예. 삶 속의 신을 아는 앎으로부터 떼밀린. 신에게서 자기를 떼밀어 낼 수는 없습니다. 그것은 불가능합니다. 당신은 오직 자기 안의 신을 아는 앎으로부터 잠시 떼밀어 낼 수 있을 뿐입니다. 이 오래된 우상, 이 오래된 블랙홀 이야기를 숭배하는 한, 당신의 내면에는 신을 아는 앎이 자리할 공간이 없습니다. 당신은 순진한 어린아이처럼 이 이야기를 숭배했습니다. 다음 문장을 봅시다.

헨리 나는 죽는 것이 두렵다.

케이티 이해합니다. 그런데 죽음을 두려워하는 사람은 아무도 없습니다. 죽음에 대한 자기의 이야기를 두려워할 뿐입니다. 당신이 죽음이라고 생각하는 것을 바라보세요. 당신은 죽음이 아니라 자기의 삶을 묘사하고 있습니다. 이것은 당신의 삶에 관한 이야기입니다.

헨리 흐음. 예.

케이티 다음 문장을 봅시다.

헨리 나는 죽음을 받아들일 수 없다.

케이티 그게 진실인가요?

헨리 음, 예. 죽음을 받아들이기가 너무 힘듭니다.

케이티 당신은 죽음을 받아들일 수 없다는 게 진실인지 확실히 알 수 있나요?

헨리 죽음을 받아들일 수 있다는 게 믿어지지 않습니다.

케이티 죽음에 관해 생각하고 있지 않을 때, 당신은 죽음을 완전히 받아들입니다. 죽음에 관해 조금도 걱정하지 않습니다. 당신의 발을 생각해 보세요.

헨리 예.

케이티 당신이 생각하기 전에도 당신에게 발이 있었나요? 그게 어디에 있던가요? 생각이 없으면, 발도 없습니다. 죽음에 관한 생각이 없으면, 죽음도 없습니다.

헨리 정말 그런가요? 그렇게 단순하다는 게 믿어지지 않는군요.

케이티 "나는 죽음을 받아들일 수 없다"라는 생각을 믿을 때, 당신은 어떻게 반응하고 어떻게 느끼나요?

헨리 무력하게 느껴집니다. 두렵습니다.

케이티 "나는 죽음을 받아들일 수 없다"라는 이야기가 없다면, 당신은 무엇일까요?

헨리 그 생각이 없으면 내 삶이 어떠하겠느냐고요? 멋지겠죠.

케이티 "나는 죽음을 받아들일 수 없다"—뒤바꿔 보세요.

헨리 나는 죽음을 받아들일 수 있다.

케이티 모든 사람이 그렇게 할 수 있습니다. 모든 사람이 그렇게 합니다. 죽음을 결정할 수는 없습니다. 희망이 없다는 것을 아는 사람은 자유롭습니다. 결정은 그들의 손에 달려 있지 않습니다. 늘 그러했지만, 어떤 사람들은 몸이 죽을 때에야 그 사실을 깨닫습니다. 그들이 숨을 거둘 때 미소를 짓는 것은 당연한 일입니다. 죽음은 그들이 평생 기다려 온 것입니다. 그때 스스로 책임진다는 망상은 끝이 납니다. 선택의 여지가 없으면 두려움도 없습니다. 그리고 그 안에 평화가 있습니다. 그들은 자신이 집에 있으며 한 번도 떠난 적이 없다는 것을 깨닫습니다.

헨리 통제력을 잃을 것이라는 두려움이 매우 강합니다. 사랑에 대한 두려움도 그만큼 강하죠. 그 모든 것은 서로 연결되어 있습니다.

케이티 통제력을 잃을 거라고 생각하면 두려워집니다. 진실은, 당신이 한 번도 통제력을 가진 적이 없다는 것이지만⋯. 그것은 환상의 죽음이며, 현실의 탄생입니다. 다음 문장을 봅시다.

헨리 죽음은 나를 환생하게 해 주어야 한다.

케이티 "나는 환생해야 한다"—당신은 그게 진실인지 정말로 알 수 있나요? 미래의 이야기로 오신 걸 환영합니다.

헨리 아니요. 그게 진실인지는 알 수 없습니다.

케이티 당신은 이번 생애조차 좋아하지 않습니다. 그런데 왜 다시 태어나고 싶어 하죠? (헨리가 웃는다.) "이런, 이번 구덩이는 왜 이렇게 어둡담. 흐음, 다음에 다시 한 번 와 봐야겠어." (청중이 웃는다.) "나는 다시 오기를 원한다"—그게 진실인가요?

헨리 (웃으며) 아니요, 그렇지 않습니다. 다시 환생하고 싶지 않습니다. 내 실수였어요.

케이티 "우리는 환생한다"—당신은 그게 진실인지 확실히 알 수 있나요?

헨리 아니요, 그런 이야기를 듣고 읽었을 뿐입니다.

케이티 그 생각을 믿을 때 당신은 어떻게 반응하나요?

헨리 내가 지금 하는 행동에 관해 근심합니다. 지금까지 살면서 수많은 사람에게 상처를 주었는데, 나중에 그 행위들의 대가를 치러야 하고, 그 때문에 벌을 받거나 적어도 많은 생애 동안 고통 받아야 한다고 생각하기 때문입니다. 지금까지 나쁜 업(카르마)을 수없이 쌓아서 이번 생에서는 그 업들을 다 없애지 못할 것 같습니다. 그러면 하등 생명체로 태어나 처음부터 다시 시작해야 할 것 같은데, 그게 두렵습니다.

케이티 환생한다는 생각이 없다면 당신은 누구일까요?

헨리 덜 두려워하고 더 자유로울 겁니다.

케이티 어떤 사람들에게는 환생이라는 관념이 쓸모 있을 거예요. 하지만 내가 경험한 바로는, 생각 말고는 아무것도 환생하지 않습니다. "나. 나는 있다. 나는 여자다. 나는 자녀가 있는 여자다" 등등 끝없이 이어지는 생각들. 업을 끝내고 싶나요? 간단합니다. 나. "나는 있다"—그게 진실인가요? 이 이야기가 없다면 나는 누구일까요? 어떤 업도 없습니다. 나는 다음 생을 고대합니다. 그리고 여기에 다음 생이 옵니다. 그것은 '지금'이라고 불립니다. 다음 문장을 봅시다.

헨리 죽음은 고통스럽다.

케이티 그게 진실인지 당신은 정말로 알 수 있나요?

헨리 알 수 없습니다.

케이티 죽음이 고통스러울 거라고 생각하면 어떤 느낌이 드나요?

헨리 이제는 어리석게 느껴집니다.

케이티 "죽음은 고통스럽다"—뒤바꿔 보세요. "내 생각은…"

헨리 내 생각은 고통스럽다.

케이티 그게 더 진실한가요?

헨리 예.

케이티 죽음은 결코 그렇게 매정하지 않습니다. 죽음은 생각의 끝일 뿐입니다. 조사되지 않은 한상이 가끔 고통스럽게 합니다. 다음을 봅시다.

헨리 죽음은 끝이다.

케이티 (웃으며) 그거 아주 좋군요! 그게 진실인지 당신은 정말로 알 수 있나요?

헨리 알 수 없습니다.

케이티 그건 당신이 좋아하던 게 아니던가요? (청중이 웃는다.) 그 생각을 믿을 때 당신은 어떻게 반응하나요?

헨리 지금까지는 늘 두려워했습니다.

케이티 "죽음은 끝이다"—뒤바꿔 보세요.

헨리 내 생각은 끝이다.

케이티 생각이 처음이고, 가운데고, 끝입니다. (헨리와 청중이 웃는다.) 생각이 그 모든 것입니다. 당신은 죽는 법을 아주 잘 알고 있습니다. 밤에 깊이 잠들어 본 적 있나요?

헨리 예.

케이티 그것입니다. 꿈이 없는 잠. 당신은 아주 잘 잡니다. 밤에 잠을 자고 나중에 눈을 뜨는데, 아직 거기에는 아무것도 없습니다. 아무도 깨어 있지 않습니다. 아무도 살아 있는 사람이 없습니다. '나'라는 이야기가 시작되기 전에는…. 삶은 거기에서, 당신이 생각하는 첫마디인 '나'와 함께 시작됩니다. 그 말이 나오기 전에는, 나도 없고 세상도 없습니다. 당신은 날마다 이렇게 합니다. '나'라고 하는 정체성이 깨어납니다. '나'는 헨리다. '나'는 이를 닦아야 한다. '나'는 출근 시간에 늦었다. '나'는 오늘 할 일이 많다… 그전에는 아무도 없고, 아무것도 없으며, 블랙홀 지옥도 없습니다. 자기가 평화인 줄도 모르는 평화만이 있을 뿐입니다. 스윗하트, 당신은 아주 잘 죽습니다. 그리고 아주 잘 태어납니다.

힘들 때는 탐구를 하세요. 마지막 문장을 봅시다.

헨리 나는 앞으로 다시는 죽음의 공포를 경험하고 싶지 않다.

케이티 "나는 기꺼이…"

헨리 나는 기꺼이 죽음의 공포를 다시 경험하겠다.

케이티 이제 당신은 죽음의 공포를 어떻게 할지 압니다. 도전해 보세요. "나는 고대한다…"

헨리 (웃으며) 나는 죽음의 공포를 다시 경험하기를 고대한다. 최선을 다하겠습니다.

케이티 좋습니다. 당신이 어디를 가든 어떤 어두운 구덩이에 들어가든, 늘 탐구가 뒤따를 것입니다. 한동안 탐구를 잘 보살피면, 탐구는 당신 안에서 살아 있게 됩니다. 그 뒤 탐구는 스스로 생명력을 얻어 자동으로 당신을 보살필 것입니다. 당신이 감당할 수 없는 고통은 당신에게 주어지지 않습니다. 당신이 받을 수 없는 것은 결코 당신에게 주어지지 않습니다. 그것은 약속입니다. 죽음의 경험은 마음속의 경험일 뿐입니다. 그리고 사람들은 죽을 때 너무나 좋아서, 당신에게 알려 주기 위해 다시 돌아오는 법이 없습니다. 너무 좋아서 돌아오고 싶지 않은 겁니다. (웃음) 그래서 우리는 조사를 합니다. 그러니 스윗하트, 죽음의 두려움을 고대하세요. 진실을 사랑한다면 스스로 해방되세요.

폭탄들이 떨어지고 있어요

67세의 네덜란드인 노인과 나눈 다음 대화는 조사되지 않은 이야기의 힘을 보여 줍니다. 그런 이야기는 우리의 생각과 행동을 평생 지배할 수도 있습니다.

유럽에서 열린 '생각 작업을 위한 모임'에 참석했던 한 독일 남자 위에도 폭탄들이 떨어졌습니다. 1945년, 소련군이 베를린을 점령했을 때 그는 여섯 살이었습니다. 소련 군인들은 베를린 공습 때 살아남은 사람들, 그를 포함해 많은 어린이, 여성, 노인을 끌고 가서 임시수용소에 가두었습니다. 그는 군인들이 장난감으로 준 수류탄을 아이들이 가지고 놀던 장면을 기억합니다. 그가 구경하고 있을 때 어떤 소년이 안전핀을 뽑았습니다. 수류탄이 폭발하면서 소년의 팔이 날아갔고, 함께 있던 많은 어린이가 불구가 되었습니다. 그는 아이들의 비명 소리와 다친 얼굴들, 찢겨 날아가던 살점과 팔다리들을 기억합니다. 그는 가까이에서 자던 여섯 살짜리 소녀가 어느 병사에게 강간당하던 것을 기억한다고, 밤이면 밤마다 막사들에서 들리던 강간당하는 여성들의 비명 소리가 아직도 들린다고 말했습니다. 그는 여섯 살 때의 이 경험에 평생 짓눌렸으며, 이제 자기의 내면과 악몽으로 더 깊이 들어가기 위해, 그래서 '집'으로 가는 길을 찾기 위해 그 모임에 왔다고 말했습니다.

같은 모임에는, 부모님이 다카우 수용소에 갇혀 있다가 살아남은 유대인 여성이 있었습니다. 어린아이였던 그녀의 밤들 역시 비명으로 가득했습니다. 아버지는 거의 매일 밤 비명을 지르며 깨어났고, 방 안을 서성거리며 한탄하고 울먹이다가 밤을 지새우곤 했습니다. 어머니도 잠에서 깨어 아버지와 함께 신음했습니다. 부모의 악몽은 그녀의 악몽이 되었습니다. 그녀는 팔에 숫자 문신을 새기지 않은 사람은 믿지 말라고 배웠습니다. 그녀도 독일 남자 못지않게 정신적 충격을 받았습니다.

모임을 시작한 지 며칠 후, 나는 그들의 사연을 듣고서 이 두 사람을 함께 실습에 참여시켰습니다. 그들이 양식에 쓴 내용은 제2차 세계대전 때, 정반대 입장에서 적군에 대한 판단들이었습니다. 그들은 교대로 상대방에게 질문을 던졌습니다. 생각으로부터 살아남은 이 두 생존자가 친구가 되는 광경을 나는 기쁜 마음으로 지켜보았습니다.

다음 대화에서, 빌렘은 오십 년이 넘는 세월 동안 그를 떠나지 않던 어린 시절의 공포를 조사합니다. 자신에게 일어날 수 있는 최악의 상황을 고대할 준비는 아직 되지 않았지만, 그는 몇 가지 중요한 통찰을 얻습니다. 우리는 한 가지 질문을 최대한 정직하게 끝마쳤을 때 우리에게 얼마나 많은 것이 주어지는지, 우리에게 어떤 영향이 미치는지 알 수 없습니다. 우리는 그 결과를 전혀 모를 수도 있습니다. 그것은 우리의 일이 아닙니다.

빌렘 나는 전쟁을 좋아하지 않는다. 왜냐하면 전쟁은 내게 엄청난 두려움과 공포를 심어 주었기 때문이다. 전쟁은 내 존재가 몹시 불안하다는 것을 알려 주었습니다. 나는 늘 배가 고팠어요. 정작 필요할 때 아버지는 제 곁에 없었죠. 수많은 밤을 방공호에서 숨어 지내야 했습니다.

케이티 좋습니다. 그때 당신은 몇 살이었죠?

빌렘 여섯 살 때 전쟁이 시작되었고, 열두 살 때 끝났습니다.

케이티 "전쟁은 내게 엄청난 두려움과 공포를 심어 주었다"라는 말을 한 번 봅시다. 가장 힘들었던 때로 가 보세요. 배고프고 무섭고 아버지도 없던, 당신이 겪은 최악의 때로 가 보세요. 그때 당신은 몇 살이었나요?

빌렘 열두 살이었습니다.

케이티 당신은 어디에 있나요? 열두 살 소년과 얘기하고 싶군요. 열두 살 소년으로 돌아가서 대답해 주세요.

빌렘 학교에서 집으로 돌아오고 있는데, 갑자기 폭탄 터지는 소리가 들려요. 그래서 집으로 뛰어 들어갔는데, 머리 위에서 집이 무너져요. 천장이 머리에 부딪혀요.

케이티 다음에는 어떤 일이 일어나지?

빌렘 처음에는 내가 죽었다고 생각했는데, 아직 살아 있다는 것을 알았어요. 그래서 무너진 집 더미를 뚫고 기어 나와서 도망쳤어요.

케이티 그래, 너는 도망쳤어. 그 뒤 어떤 일이 일어났니?

빌렘 거리로 뛰쳐나가 빵집으로 뛰어들었어요. 그 뒤 빵집을 나와서 교회로 갔고, 지하실은 안전할 거라고 생각하며 거기로 들어갔어요. 그러고는 부상당한 다른 사람들과 트럭에 올라탔어요.

케이티 몸은 괜찮니?

빌렘 예, 하지만 뇌진탕 증세가 있었습니다.

케이티 좋아요. 열두 살 먹은 어린 소년에게 묻고 싶군요. 최악의 순간은 언제지? 폭탄이 터지는 소리를 들을 때니? 아니면, 집이 머리 위로 무너질 때니?

빌렘 집이 무너질 때요.

케이티 응. 집이 무너질 때, 네 생각은 얘기하지 말고, 얘야, 너는 괜찮니? 네 생각은 빼고, 괜찮니? 실제로?

빌렘 어른이 된 지금은 괜찮았다고 말할 수 있습니다. 살아남았으니까요. 하지만 어린아이로서는 괜찮지 않았습니다.

케이티 이해합니다. 나는 열두 살 소년에게 묻고 있습니다. 나는 네게 무너져 내리는 집을 바라보라고 말하고 있단다. 집이 무너지고 있어. 너는 괜찮니?

빌렘 예. 아직 살아 있어요.

케이티 그 뒤 집이 네 위로 무너져 내릴 때, 너는 괜찮니? 실제로?

빌렘 아직 살아 있어요.

케이티 이제 너는 집 밖으로 기어 나오고 있어. 애야, 진실을 말해 주렴. 너는 괜찮니?

빌렘 (한참 침묵한 뒤) 나는 살아 있습니다.

케이티 다시 말하지만, 나는 어린 소년에게 묻고 있습니다. 무슨 문제가 있니?

빌렘 새엄마나 형들이 살아 있는지 모르겠어요.

케이티 좋아. 이제 그 생각은 빼고, 너는 괜찮니?

빌렘 (한참 침묵한 뒤) 나는 살아 있어요. 그리고 그럭저럭 괜찮아요.

케이티 어머니와 가족에 관한 이야기가 없다면, 너는 괜찮니? 나는 그냥 살아 있는 것만 물어보는 게 아니란다. 열두 살 소년을 바라보세요.

빌렘 무서워 죽겠지만 괜찮은 것 같아요. 나는 살아 있고, 무사히 집에서 빠져나와 다행이라고 생각해요.

케이티 이제 눈을 감으세요. 그 어린 소년에게서 떨어져 있어 보세요. 어린 열두 살 소년을 가만히 지켜보세요. 머리 위로 무너져 내리는 집 안에 있는 그 아이를 지켜보세요. 이제 그 아이가 기어 나오는 것을 지켜보세요. 당신의 이야기 없이, 폭탄들과 부모에 관한 이야기 없이 그 아이를 바라보세요. 당신의 이야기 없이 조용히 그를 지켜보세요. 당신의 이야기는 나중에 다시 생각해도 됩니다. 하지만 지금은 당신의 이야기 없이 그 아이를 바라보세요. 그냥 가만히 그 아이 곁에 있어 보세요. 당신은 자신이 괜찮다는 것을 아는, 내면에 있는 그 자리를 찾을 수 있나요?

빌렘 흐음.

케이티 예, 스윗하트, 당신은 하늘에서 떨어지는 폭탄들이 당신과 가족을 몰살시키려 했다는 이야기를 하며, 그 이야기로 자기를 겁먹게 합니다. 어린 소년들은 마음이 어떻게 작용하는지를 알지 못합니다. 아이들은 자기를 겁먹게 만드는 것이 사실은 이야기라는 걸 모릅니다.

빌렘 예, 몰랐습니다.

케이티 그래서 집이 무너졌고, 무너지는 천장에 머리를 부딪혔고, 뇌진탕 증세가 있었고, 집에서 기어 나왔고, 빵집에 갔고, 교회에 갔습니다. 현실은 우리의 이야기보다 훨씬 더 친절합니다. "나는 아버지가 필요해. 우리 가족이 폭탄에 맞았을까? 부모님은 살아 있을까? 부모님을 다시 볼 수 있을까? 그분들 없이 어떻게 살아가지?"

빌렘 흐음.

케이티 앞으로 다시 돌아가서, 그 어린 소년과 함께하고 싶습니다. 그 아이는 오늘도 여기에 앉아 있기 때문입니다. "폭탄이 떨어져서 우리 가족이 다 죽을 거야"라는 이야기는 실제 당신의 머리 위에서 무너지는 집보다 훨씬 더 큰 공포심과 고통을 초래합니다. 당신은 머리 위에서 집이 무너지고 있는 것을 느끼기나 했나요?

빌렘 아마 아닐 겁니다. 몹시 겁에 질려 있었으니까요.

케이티 자, 스윗하트, 당신은 그 이야기를 얼마나 많이 경험했나요? 몇 년 동안이나?

빌렘 아주 많이.

케이티 당신은 폭탄 소리를 얼마나 많이 들었나요?

빌렘 폭탄은 2주 동안 떨어졌습니다.

케이티 당신은 2주 동안 폭탄이 떨어지는 것을 경험했습니다. 그런데 마음속에서는 얼마나 오랫동안 경험했나요?

빌렘 55년간.

케이티 폭탄은 당신의 내면에서 55년 동안 떨어졌습니다. 실제 떨어진 것은 6년 중 일부였죠.

빌렘 예.

케이티 그러면 전쟁과 당신 가운데 누가 더 친절한가요?

빌렘 흐음.

케이티 끊임없이 전쟁을 일으키는 것은 누구인가요? 이 이야기를 믿을 때 당신은 어떻게 반응하나요?

빌렘 무서워합니다.

케이티 이 이야기를 믿을 때 당신이 어떻게 살고 있는지 보세요. 폭탄도 떨어지지 않고 집도 무너지지 않았지만, 당신은 55년 동안 무서워했습니다. 당신은 이 어린 소년의 이야기를 내려놓을 이유를 찾을 수 있나요?

빌렘 오, 예.

케이티 그 이야기가 없다면 당신은 누구일까요?

빌렘 자유로울 겁니다. 아마도 두려움으로부터, 특히 두려움으로부터.

케이티 예, 나의 경험도 그렇습니다. 다시 열두 살 소년과 얘기하고 싶습니다. 네가 아버지를 필요로 한다는 게 진실이니? 그게 정말로 진실이니?

빌렘 아버지가 보고 싶었어요.

케이티 충분히 이해한단다. 그런데 네게 아버지가 필요하다는 것이 진실이니? 나는 네게 진실을 묻고 있는 거란다.

빌렘 나는 아버지 없이 자랐어요.

케이티 그래서, 아버지가 필요했다는 게 정말로 진실이니? 어머니를 다시 만나기 전에 네게 어머니가 필요했다는 게 진실이니? 실제로?

빌렘 아뇨.

케이티 네가 배고플 때 음식이 필요했다는 게 진실이니?

빌렘 아뇨. 많이 배고프지는 않았어요.

케이티 자, 당신은 어머니가 필요했다는, 아버지가 필요했다는, 집이 필요했다는, 음식이 필요했다는 이 이야기를 유지할 '스트레스 주지 않는 이유'를 찾을 수 있나요?

빌렘 그러면 내가 피해자라고 느낄 수 있습니다.

케이티 그런 이유는 몹시 스트레스를 줍니다. 이 오래되고 오래된, 진실하지도 않은 이야기의 유일한 결과는 스트레스입니다. "어머니가 필요했다." 그건 진실이 아닙니다. "아버지가 필요했다." 그건 진실이 아닙니다. 무슨 말인지 알겠어요? 만일 피해자가 아니었다면 당신은 어떻게 살았을까요?

빌렘 훨씬 자유롭게 살았을 겁니다.

케이티 방공호에 있는 열두 살 먹은 어린 소년님, "어머니가 필요해, 아버지가 필요해, 집이 필요해, 음식이 필요해"라는 이야기를 내려놓을 이유를 찾을 수 있니?

빌렘 예.

케이티 우리는 필요한 모든 것을 이미 가지고 있습니다. 우리의 이야기가 그것을 알지 못하게 방해할 뿐입니다. 문장을 뒤바꿔 볼까요? 문장을 다시 읽어 보세요.

빌렘 나는 전쟁을 좋아하지 않는다. 왜냐하면 전쟁은 내게 엄청난 두려움과 공포를 심어 주었기 때문이다.

케이티 "나는 내 생각을 좋아하지 않는다."

빌렘 나는 전쟁에 관한 내 생각을 좋아하지 않는다. 왜냐하면 그 생각은 내게 엄청난 두려움과 공포를 심어 주었기 때문이다.

케이티 예. 당신에게 실제로 일어날 수 있는 최악의 일은 뇌진탕이었습니다. 다음 문장으로 넘어갑시다.

빌렘 항상 대화로 문제를 해결해야 한다. 전쟁을 일으키지 말고.

케이티 당신은 그게 진실인지 정말로 알 수 있나요? 당신은 55년 동안 마음속에서 대화를 했습니다! (빌렘이 웃는다.) 하지만 그것은, 당신 내면의, 어떤 전쟁도 해결하지 못했습니다.

빌렘 흐음.

케이티 "전쟁은 없어야 한다"라는 생각을 믿을 때, 당신은 어떻게 반응하나요? 지난 55년 동안 그 생각을 생각하고 신문에서 전쟁에 관한 소식을 읽을 때 당신은 어떻게 살았나요?

빌렘 낙담하고 실망하고 화가 나고, 때로는 절망합니다. 갈등을 평화롭게 해결하려고 몹시 애쓰지만, 그다지 성공적이지 않습니다.

케이티 실제로는 전쟁이 당신 안에서, 세상 속에서 계속 일어나고 있습니다. 그리고 당신의 마음속에서는 "전쟁이 없어야 한다"라는 이야기로 현실과 싸우는 전쟁이 있습니다. 그 이야기가 없다면 당신은 누구일까요?

빌렘 그런 생각이 없다면 좀 더 편안하게 갈등을 다룰 수 있을 겁니다.

케이티 예. 당신은 현실과 싸우는 전쟁의 끝을 경험할 것입니다. 당신은 우리가 귀 기울여 들을 수 있는 사람, 평화로운 사람, 전쟁을 끝내는 법에 관한 진실을 말하는 사람, 신뢰할 수 있는 사람일 것입니다. 다음 문장을 봅시다.

빌렘 나라 간의 분쟁들은 평화롭게 해결되어야 한다. 뒤바꿀까요?

케이티 예.

빌렘 내 안의 분쟁들은 평화롭게 해결되어야 한다.

케이티 예, 탐구를 통해서. 당신은 문제를 내면에서 평화롭게 해결하는 방법을 배웁니다. 그러면 우리는 당신에게 배울 수 있습니다. 두려움은 두려움을 가르칩니다. 평화만이 평화를 가르칠 수 있습니다. 다음 문장을 봅시다.

빌렘 전쟁은 수많은 인간 생명을 파괴하며 엄청난 물질자원을 낭비한다. 전쟁은 가족들에게 말할 수 없는 슬픔과 고통을 안겨 준다. 전쟁은 잔인하고 난폭하며 무시무시하다.

케이티 읽는 동안 뒤바꾸기가 들리던가요? 그것을 경험하고 있나요? 어떤 뒤바꾸기가 들리는지 한번 봅시다. 뒤바꾸기를 하되, 모든 문장에 당신 자신을 넣어 보세요.

빌렘 나를요?

케이티 "내 생각은…"

빌렘 내 생각은 나의 수많은 인간 생명을 파괴하며, 나의 엄청난 물질자원을 낭비한다.

케이티 예. 당신이 내면에서 전쟁에 관한 이야기를 할 때마다 당신의 좋은 자원들, 평화와 행복이 감소합니다. 다음 문장은요? 뒤바꿔 보세요.

빌렘 나는 나의 가족에게 말할 수 없는 슬픔과 고통을 안겨 준다.

케이티 예. 내면에 이 이야기를 간직한 채 가족에게 돌아올 때 당신은 가족에게 얼마나 큰 슬픔을 안겨 주나요?

빌렘 그 말은 받아들이기가 힘들군요.

케이티 내 눈에는 폭탄 한 개도 보이지 않습니다. 55년 동안 당신의 마

414

음속 말고는, 어떤 폭탄도 당신 주변에 떨어진 적이 없습니다. 이 사실을 받아들이는 것보다 더 어려운 것은 한 가지밖에 없습니다—이것을 받아들이지 않는 것. 우리가 알든 모르든, 현실이 다스립니다. 당신이 바로 지금 평화를 경험하지 못하는 것은 그 이야기 때문입니다. "나는 어머니가 필요했어"—그게 진실인가요?

빌렘 나는 어머니 없이도 살아남았습니다.

케이티 '예, 아니요'로 대답한 뒤, 그 대답이 어떻게 느껴지는지 봅시다. "나는 어머니가 필요했어"—그게 정말로 진실인가요?

빌렘 아니요.

케이티 "나는 아버지가 필요했어"—그게 진실인가요?

빌렘 아니요.

케이티 느껴 보세요. 눈을 감으세요. 스스로 자신을 돌보고 있는 그 어린 소년을 바라보세요. 당신의 이야기 없이 그를 바라보세요. (긴 침묵. 드디어 빌렘이 미소 짓는다.) 나도 그렇습니다. 나도 내 이야기를 잃었고, 고통으로 가득하던 삶을 잃었습니다. 그리고 내면의 전쟁과 공포의 건너편에 있는 놀라운 삶을 발견했습니다. 내가 나 자신과 가족에게 맞서 일으킨 전쟁은 어떤 폭탄 못지않게 잔혹했습니다. 그런데 어느 순간, 나는 나 자신에 대한 폭격을 그쳤습니다. '생각 작업'을 하기 시작했습니다. 질문들에 그저 '예, 아니요'로 대답했습니다. 나는 대답들 가운데 앉았고, 그것들이 가라앉도록 내버려 두었고, 자유를 찾았습니다. 다음 문장을 봅시다.

빌렘 나는 앞으로 다시는 머리 위에 폭탄이 떨어지거나, 포로가 되거나, 굶주리는 경험을 하고 싶지 않다.

케이티 당신은 그 이야기를 다시 경험할지도 모릅니다. 그리고 부모가 필요하다고 생각했던 가엾은 어린 소녀의 이야기를 다시 들을 때 평화를 느끼거나 웃음이 나오지 않는다면, 그때는 다시 '생각 작업'을 해야 할 때입니다. 이 이야기는 당신에게 주어진 선물입니다. 두려움 없이 그 이야기를 경험할 수 있을 때, 당신의 '생각 작업'은 끝이 납니다. 당신의 내면에서 벌어지는 전쟁을 끝낼 수 있는 사람은 오로지 당신 한 사람뿐입니다. 내면의 폭탄들은 당신에게 떨어지고 있습니다. 자, 뒤바꿔 봅시다. "나는 기꺼이…"

빌렘 나는 기꺼이 내 머리 위로 다시 폭탄들이 떨어지게 하겠다.

케이티 오직 당신의 생각 안에서. 폭탄들은 밖에서 오지 않습니다. 그것들은 당신의 내면에서만 올 수 있습니다. 이제, "나는 고대한다…"

빌렘 그건 말하기가 힘들군요.

케이티 나는 일어날 수 있는 최악의 일을 고대합니다. 왜냐하면 그것은 내가 아직 이해로 만나지 않은 것을 보여 주기 때문입니다. 나는 진실의 힘을 압니다.

빌렘 나는 폭탄들이 다시 떨어지기를, 굶주리기를 고대한다. 굶주림은 그다지 나쁘지 않습니다. (잠시 멈춘다.) 아직은 가슴에 와닿지 않는군요. 시간이 필요한 것 같습니다.

케이티 지금 느껴야 하는 것은 아닙니다. 괜찮습니다. 지금은 폭탄들이 떨어지기를 고대할 수 없어도 괜찮습니다. 그만큼 인정한 것만으로도 어느 정도 자유로울 수 있습니다. 다음에 그 이야기가 다시 올라올 때는 기분 좋은 경험을 할 수도 있습니다. 당신이 오늘 경험한 과정은 앞으로 며칠이나 몇 주 동안 당신을 인도할 수 있습니다. 그것은 큰 쇠망치로 내리치듯이 당신을 내리칠 수도 있지만, 당신은 느끼지 못할 수도 있습니다. 그런 일이 생길 수도 있으니 고대하세요. 자리에 앉아서 남은 문제들을 적어 보세요. 55년 된 환상을 정신적으로 수술하는 것은 쉬운 일이 아닙니다. 당신의 용기에 감사합니다.

조카의 죽음에 화가 나요

죽음이라는 이야기를 통찰하는 데는 굉장한 용기가 필요합니다. 일찍 어린아이를 여읜 부모와 친척들은 그 아이들의 이야기에 특히 더 집착합니다. 우리 모두가 이해하는 이유들로…. 여읜 슬픔을 뒤로하는 것, 더욱이 그 슬픔을 탐구하는 것은 우리 아이에 대한 배신처럼 보일 수도 있습니다. 우리 가운데 많은 사람은 아직 그 일을 다른 관점으로 볼 준비가 되지 않았으며, 그것은 그래야 하는 대로입니다.

　누가 죽음은 슬픈 것이라고 생각하나요? 누가 어린아이는 죽지 않아야 한다고 생각하나요? 누가 죽음이 무엇인지 안다고 생각하나요? 누가 끝없는 이야기로, 끝없는 생각들로 신을 가르치려 하나요? 당신이 그 사람인가요? 자, 한번 조사해 봅시다. 그러기를 원한다면…. 그리고 현실과의 전쟁을 끝낼 수 있는지 봅시다.

게일　나는 조카인 샘에 관해 썼는데, 그 애는 얼마 전에 죽었습니다. 나는 그 애와 아주 친밀했어요. 그 애의 양육을 돕기도 했죠.

케이티　좋아요, 스윗하트. 당신이 쓴 글을 읽어 보세요.

게일　나는 샘이 죽어서 화가 난다. 나는 샘이 가 버려서 화가 난다. 나는 샘이 그렇게 어리석은 모험을 해서 화가 난다. 나는 샘이 스무 살에 눈

깜짝할 사이에 띠나서 화가 난다. 니는 샘이 신에서 미끄러지고 육십 피트 아래로 떨어져서 화가 난다. 나는 샘이 다시 돌아오기를 원한다. 나는 샘이 더욱 조심스럽기를 원한다. 나는 샘이 자기가 괜찮다는 것을 내게 알려 주기를 원한다. 나는 그 애의 몸이 육십 피트 절벽 아래로 떨어지면서 머리를 바닥에 부딪치는 모습이 머릿속에 떠오르지 않기를 원한다. 샘은 떠나지 말아야 했다.

케이티 "샘은 떠나지 말아야 했다"—그게 진실인가요? 이것은 우리의 종교입니다. 우리는 그런 믿음에 따라 살고 있지만 어떻게 조사하는지를 몰랐습니다. (청중에게) 여러분 가운데 원하는 분들은 내면으로 들어가서 자기에게 물어보세요. 자신과 이혼한 사람, 사별하거나 떠난 사람, 또는 멀리 떠나간 자녀들에 관해서…. "그 사람은 떠나지 말아야 했다"—그게 진실인가요? (게일에게) 다시 읽어 보세요.

게일 샘은 떠나지 말아야 했다.

케이티 그게 진실인가요? 현실은 어떠했나요? 그가 그렇게 했나요?

게일 아니요. 그 애는 떠났습니다. 그 애는 죽었습니다.

케이티 현실과 다투는 이 관념, 이 생각을 믿을 때 당신은 어떻게 반응하나요?

게일 피곤하고 슬프고, 분리되어 있다고 느낍니다.

케이티 지금 있는 현실과 다투면 그렇게 느껴집니다. 몹시 스트레스를 받습니다. 나는 현실을 사랑합니다. 내가 영적인 여자이기 때문이 아니라, 현실과 다투면 가슴이 아프기 때문입니다. 그리고 내가 진다는 것을, 언제나 진다는 것을 알게 됩니다. 그것은 희망이 없습니다. 조사하지 않으면 우리는 이런 관념들을 무덤까지 품고 갑니다. 관념들은 우리가 자기를 파묻는 무덤입니다.

게일 예. 그 일을 생각할 때마다 늘 스트레스를 받아요.

케이티 그래요. 그 생각이 없다면 당신은 누구일까요?

게일 다시 행복할 거 같아요.

케이티 이런 이유로 당신은 그가 살아 있기를 원합니다. "그 애가 살아 있다면 난 행복할 거야." 이는 당신의 행복을 위해 그를 이용하는 것입니다.

게일 맞아요.

케이티 우리는 살고, 우리는 죽습니다. 늘 제시간에, 한순간도 이르거나 늦지 않게…. 당신의 이야기가 없다면 당신은 누구일까요?

게일 여기에서 내 삶을 살 거예요. 샘은 그의 길을 가도록 놓아두고요.

케이티 당신은 그가 제시간에 죽도록 놓아둘까요?

게일 예. 마치 내게 선택권이 있는 것처럼. 나는 여기에 있을 거예요…

케이티 무덤 속에 있는 대신. 아니면, 샘과 함께 산에서 굴러떨어지겠지요. 마음속에서 다시 또다시.

게일 예.

케이티 당신의 이야기는 "샘은 떠나지 말아야 했다"입니다. 뒤바꿔 보세요.

게일 나는 떠나지 말아야 했다.

케이티 예. "샘은 죽지 말아야 했다"라는 이야기를 믿을 때, 당신은 그가 추락하는 절벽에서 마음으로 추락합니다. 당신은 그러는 대신 떠나지 말아야 하고, 그의 일에 끼어들지 말아야 합니다. 당신은 그럴 수 있습니다.

게일 알겠어요.

케이티 떠나지 않는다는 것은 이런 모습이겠지요. 친구들과 함께 의자에 앉아 있는, 현존하는, 자기의 삶을 살고 있는 여성, 샘의 추락을 지켜보려고 마음속에서 그 절벽으로 계속 돌아가지 않는 여성. "샘은 떠나지 말아야 했다"에는 또 하나의 뒤바꾸기가 있군요. 찾을 수 있나요?

게일 샘은 떠나야 했다.

케이티 예, 그는 당신이 아는 바대로 갔습니다. 현실이 다스립니다. 현실은 우리의 동의나 허락, 의견을 기다리지 않습니다. 그렇다는 걸 알아차렸나요? 내가 현실에 관해 가장 좋아하는 점은 그것이 늘 과거의 이야기라는 것입니다. 내가 과거에 관해 가장 좋아하는 점은 그것이 이미 끝났다는 것입니다. 나는 이제 제정신이기에 현실과 다투지 않습니다. 현실과 다투면 내면에서 불친절하게 느껴집니다. 지금 있는 현실을 알아차리는 것이 사랑입니다. 샘이 자기의 삶을 완전히 살았음을 내가 어떻게 알까요? 그것은 끝났습니다. 그는 끝까지 살았습니다. 당신이 생각하는 끝이 아니라 샘의 끝까지. 그것이 현실입니다. 지금 있는 현실과 다투면 상처를 받습니다. 차라리 두 팔을 활짝 벌려 현실을 껴안는 것이 더 정직하지 않을까요? 이것은 전쟁의 끝입니다.

게일 무슨 말인지 알겠어요.

케이티 좋아요, 다음 문장을 봅시다.

게일 나는 샘이 다시 돌아오기를 원한다.

케이티 좋은 말이군요. 그게 진실인가요?

게일 아니에요.

케이티 예. 그것은 하나의 이야기, 하나의 거짓말입니다. (청중에게) 내가 거짓말이라고 하는 까닭은, 내가 "그게 진실인가요?"라고 물었을 때 그녀가 아니라고 말했기 때문입니다. (게일에게) 당신은 "나는 샘이 다시 돌아오기를 원한다"라는 이야기를 믿지만 그가 다시 돌아오지 않을 때,

당신은 어떻게 반응하나요?

게일 마음의 문을 닫고 안에 틀어박혀요. 불안하고 우울해요.

케이티 "나는 샘이 다시 돌아오기를 원한다"라는 생각이 없다면, 당신은 누구일까요?

게일 다시 예전으로 돌아올 거예요. 다시 활기차게 살아갈 거예요. 지금 내 앞에 있는 삶을 살면서….

케이티 예, 그가 여기 있을 때 당신이 그랬던 것처럼.

게일 맞아요. 그 애를 떠나보내면 나는 원하던 것을 얻을 거예요. 그 애가 죽은 뒤부터는 그 애가 필요하다는 생각 때문에 늘 원하던 것을 얻지 못하고 있거든요.

케이티 자, "나는 샘이 다시 돌아오기를 원한다"—뒤바꿔 보세요.

게일 나는 내가 다시 돌아오기를 원한다.

케이티 또 하나의 뒤바꾸기는?

게일 나는 샘이 다시 돌아오기를 원하지 않는다.

케이티 예. 당신은 계속해서 그 절벽으로 돌아가 샘과 함께 떨어졌습니다. 그러니 이제 자신에게로 돌아오세요. 당신은 계속 생각합니다. "아, 그 애가 그렇게 떨어지지 않았더라면 얼마나 좋았을까." 그런데 '당신'이 계속해서 그렇게 떨어집니다. 다시 또다시, 마음속에서. 당신은 그 절벽에서 계속 떨어지고 있습니다. 도움이 필요할 때마다 뒤바꾸세요. 그리고 자기를 어떻게 도울 수 있는지 보세요. 다음 문장을 봅시다.

게일 나는 샘이 정말 괜찮고 평화롭다는 것을 알 필요가 있다.

케이티 "그 애는 괜찮지 않다"—당신은 그게 진실인지 확실히 알 수 있나요?

게일 아니요. 알 수 없어요.

케이티 뒤바꿔 보세요.

게일 나는 내가 정말 괜찮고 평화롭다는 것을 알 필요가 있다. 샘의 몸이 여기에 있든 없든.

케이티 예. 그럴 수 있습니다. 당신의 발가락과 무릎과 다리와 팔은 지금 어떤가요? 지금 이 순간 여기에 앉아 있는 당신은 어떤가요?

게일 다 좋아요. 나는 괜찮아요.

케이티 지금 당신의 몸 상태는 샘이 여기에 있을 때보다 더 좋거나 안 좋은가요?

게일 아니에요.

케이티 지금 이 순간 여기에 앉아 있는 당신에게 샘이 돌아올 필요가 있나요?

게일 아니요. 그건 그냥 하나의 이야기일 뿐이었어요.

케이티 좋아요. 당신은 조사했습니다. 당신은 알고 싶어 했고, 이제는 압니다.

게일 예.

케이티 다음 문장을 봅시다.

게일 신이나 어떤 존재는 샘의 죽음이 완전하다는 것을 내게 보여 주어야 한다.

케이티 뒤바꿔 보세요.

게일 나는 샘의 죽음이 완전하다는 것을 내게 보여 주어야 한다.

케이티 예. 잔디 깎는 기계가 잔디를 벨 때 당신은 슬퍼하지 않습니다. 당신은 죽어 가는 잔디의 모습에서 완벽함을 찾지 않습니다. 눈에 보이기 때문입니다. 사실, 당신은 잔디가 자라고 있을 때 깎습니다. 가을에는 나뭇잎이 떨어지고 죽지만, 당신은 슬퍼하지 않습니다. 오히려 감탄

하지요, "참 아름답구나!" 우리도 마찬가지입니다. 계절이 있습니다. 머지않아 우리는 모두 떨어집니다. 그것은 모두 참으로 아름답습니다. 그런데 조사되지 않은 우리의 관념들이 이 아름다움을 알지 못하게 방해합니다. 나뭇잎으로 있는 것은, 태어나는 것은, 떨어지는 것은, 다음 세대에게 자리를 내주는 것은, 뿌리를 위한 양식이 되는 것은 모두 아름답습니다. 그것이 삶입니다. 늘 모습이 바뀌며, 늘 자기를 완전히 내어 줍니다. 우리 모두는 자기의 역할을 다하고 있습니다. 잘못은 없습니다. (게일이 흐느끼기 시작한다.) 당신의 생각은 어떤가요, 스윗하트?

게일 죽음은 아름답고 계절의 일부라는 표현이 참 마음에 들어요. 그 말을 들으니 기쁘고 감사해요. 이제는 죽음을 더 큰 관점으로 볼 수 있을 것 같고, 삶과 죽음과 그 순환을 이해할 수 있을 것 같아요. '생각 작업'은 마치 유리창 같아요. 환히 내다보고 다른 식으로 보게 하는, 내가 어떻게 해서 샘의 죽음을 그런 식으로 붙들고 있었는지, 샘과 그 애의 죽은 방식을 어떻게 볼 수 있는지를 알게 하는 유리창….

케이티 그가 당신에게 생명을 주었다는 것을 알겠어요?

게일 예. 샘은 나를 지금 자라게 하는 흙이나 비료인 것 같아요.

케이티 그러면 당신은 충분한 자양분을 받고 감사하며 살 수 있고, 우리에게 다시 비료를 돌려줄 수 있게 됩니다. 우리의 고통을 이해하고, 자신이 알아차리고 있는 새 생명을 우리에게 줄 수 있습니다. 무슨 일이 일어나든 그것은 필요한 일입니다. 자연에는 아무 잘못이 없습니다. 그런 아름다움, 그런 완전함을 껴안지 않는 이야기에 집착하면 얼마나 고통스러운지 보세요. 이해하지 못하면 늘 고통 받게 됩니다.

게일 이제까지는 샘의 죽음을 아름답게 볼 수 없었어요. 그저 스무 살 먹은 애가 저지른 어리석은 짓으로만 보았죠. 하지만 그 애는 자기의 방식으로 그렇게 하고 있었던 거예요.

케이티 오, 세상에…. 그 이야기가 없다면 당신은 누구일까요?

게일 당신이 낙엽을 보듯이 그 애의 죽음을 볼 것 같아요. 잘못된 죽음이라고 생각하는 대신, 그 애가 그렇게 떠나간 것을 이해할 수 있을 거예요.

케이티 예, 그래요. 자기탐구를 하면 오직 사랑만이 남게 됩니다. 조사되지 않은 이야기가 없으면, 삶 자체로 나타나는 삶의 완전함만이 있습니다. 당신은 언제든 내면으로 들어가서, 고통과 두려움이 이해된 뒤 드러나는 아름다움을 발견할 수 있습니다. 다음 문장을 봅시다.

게일 샘은 가 버렸다, 죽었다. 샘은 내가 보살펴야 했던 사랑스러운 젊은이다. 샘은 더없이 아름답고 상냥하고 친절하며, 남의 말을 귀담아듣고, 호기심 많고 총명하며, 남을 함부로 판단하지 않고, 남의 의견을 잘 받아들이며, 강하고 유능하다. 샘은 인생의 절정에 있었다.

케이티 첫 부분을 다시 읽어 보세요.

게일 샘은 가 버렸다, 죽었다.

케이티 그게 진실인가요? "샘은 죽었다"—당신은 그게 진실인지 확실히 알 수 있나요?

게일 아니요.

케이티 내게 죽음을 보여 주세요. 현미경을 가져와서 보여 주세요. 죽은 몸의 세포를 현미경 렌즈 아래에 놓고서, 죽음이 무엇인지 보여 주세요. 그게 하나의 관념 이상의 어떤 것인가요? 샘은 어디에 살아 있나요? 여기에(게일의 머리와 가슴을 만지며). 당신은 잠에서 깨어나 그를 생각합니다. 샘은 그곳에 살고 있습니다. 당신은 밤에 눕습니다. 당신의 마음속에 그가 있습니다. 그런데 매일 밤 잠잘 때 꿈을 꾸고 있지 않으면, 그게 곧 죽음입니다. 이야기가 없으면, 인생도 없습니다. 당신이 아침에 눈을 뜨면, '나'라는 것이 시작됩니다. 인생이 시작됩니다. 샘의 이야기가 시작됩니다. 당신은 그 이야기가 시작되기 전에도 샘을 그리워했나요? 오직 이야기만이 살고 있습니다. 이런 이야기들을 이해로 만날 때 우리는 고통 없이 참된 삶을 살기 시작합니다. 그 생각을 믿을 때 당신은 어떻게 반응하나요?

게일 가슴이 죽은 것처럼 느껴져요. 너무 괴로워요.

케이티 당신은 "샘이 죽었다"라는 이야기를 내려놓을 이유를 찾을 수 있나요? 당신의 이야기, 당신이 그토록 소중히 붙들고 있는 이 관념을 내려놓으라는 말이 아닙니다. 우리는 우리의 오래된 종교를 사랑합니다. 설령 그것이 아무 쓸모가 없다 해도. 우리는 날이면 날마다 그 종교에 헌신합니다. 세상의 모든 문명권에서.

게일 예.

케이티 탐구에는 동기가 없습니다. 탐구는 철학을 가르치지 않습니다. 탐구는 그저 조사하는 것입니다. "샘은 죽었다"라는 이야기가 없다면 당신은 누구일까요? 비록 마음속에서는 그가 늘 당신과 함께 살고 있지만….

게일 지금 그 애는 아마 몸을 입고 있을 때보다 바로 지금 여기에 더욱 현존할 거예요.

케이티 그 이야기가 없다면 당신은 누구일까요?

게일 비료에 감사할 거예요. 또 과거 속에서 살기보다는 내가 지금 있는 곳에 있고 싶어 할 거고요.

케이티 뒤바꿔 보세요.

게일 나는 가 버렸다, 나는 죽었다. 내가 샘의 죽음에 관한 나의 이야기로 들어길 때는….

케이티 예.

게일 이제는 정말 알겠어요. 이제 끝났나요?

케이티 예, 스윗하트. 우리는 늘 지금 시작합니다.

뉴욕시 안의 테러리즘

2001년 9월 11일에 사건들이 일어난 뒤, 언론기관들과 우리의 정치 지도자들은 미국이 테러리즘에 대한 전쟁을 시작했으며 모든 것이 바뀌었다고 말했습니다. 그런데 사람들이 나와 함께 '생각 작업'을 하려고 찾아왔을 때, 나는 아무것도 바뀐 게 없다는 것을 알게 되었습니다. 에밀리와 같은 사람들은 조사되지 않은 생각들 때문에 겁에 질려 있었고, 자기 내면에 있는 테러리스트를 발견한 뒤에야 가족에게로, 정상적인 생활로 평화롭게 돌아갈 수 있었습니다.

두려움을 가르치는 사람은 지구에 평화를 가져올 수 없습니다. 우리는 수천 년 동안 그런 식으로 노력해 왔습니다. 내면의 폭력을 바꾸는 사람, 내면의 평화를 발견하고 그렇게 사는 사람은 참된 평화가 무엇인지를 가르치는 사람입니다. 우리는 오직 한 명의 스승을 기다리고 있습니다. 당신이 그 사람입니다.

에밀리 지난주 목요일 테러리스트들이 세계무역센터 건물을 공격한 뒤, 지금까지 나는 그랜드 센트럴과 월도프 근처에 있는 우리 사무실이나 지하철에서 죽을 수 있다는 공포에 떨었다. 내가 죽으면 아들들이 얼마나 무서워할지 계속 생각한다. 그 애들은 이제 겨우 한 살과 네 살입니다.

케이티 예, 스윗하트. 그래서 "테러리스트들은 나를 지하철에서 공격할 수 있다."

에밀리 예.

케이티 당신은 그게 진실인지 확실히 알 수 있나요?

에밀리 그런 일이 일어날 수 있다는, 아니면 그런 일이 일어날 거라는?

케이티 그런 일이 일어날 거라는.

에밀리 그런 일이 일어날지는 알 수 없지만, 그런 일이 일어날 수 있다는 것은 알아요.

케이티 그 생각을 믿을 때 당신은 어떻게 반응하나요?

에밀리 무서워집니다. 벌써 슬퍼져요. 내가 죽으면 나와 남편, 아이들이 가엾을 것 같아서.

케이티 그 생각을 믿을 때 당신은 지하철에서 사람들을 어떻게 대하나요?

에밀리 마음의 문을 닫아요. 굳게 닫아 버리죠.

케이티 지하철에서 그 생각을 믿을 때 당신은 자기를 어떻게 대하나요?

에밀리 음, 그 생각을 억누르려 애씁니다. 지금 하는 일과 책을 읽는 데 굉장히 집중합니다. 몹시 긴장해요.

케이티 지하철에서 책을 읽으면서 몹시 긴장한 상태로 그 생각을 믿을 때, 당신의 마음은 어디로 가나요?

에밀리 계속해서 마음속으로 내 아이들의 얼굴을 떠올립니다.

케이티 그러면 당신은 자녀들의 일을 하고 있는 거예요. 당신은 사람들로 가득 찬 지하철에서 책을 읽으며, 마음속으로는 당신의 죽음을 알게 된 아이들의 얼굴들을 보고 있습니다.

에밀리 예.

케이티 이 생각은 당신의 삶에 스트레스를 주나요, 평화를 주나요?

에밀리 물론 스트레스를 주죠.

케이티 그 생각이 없다면, 지하철을 타고 있는 당신은 누구일까요? 만일 당신이 "테러리스트가 지하철에서 나를 죽일 수 있다"라는 생각을 할 수 없다면, 당신은 누구일까요?

에밀리 만일 내가 그 생각을 할 수 없다면… 그 말은 '만일 내 마음이 그렇게 생각하지 않는다면'이라는 뜻인가요? (침묵) 음, 지난주 월요일 같을 거예요. 그 공격이 일어나기 전날처럼….

케이티 그럼 당신은 지하철을 타고 있을 때 마음이 좀 더 편안하겠군요.

에밀리 훨씬 편안할 거예요. 어려서부터 지하철을 탔기 때문에 지하철을 타고 있을 때 그 생각이 없으면 실제로 아주 편안합니다.

케이티 "테러리스트가 지하철에서 나를 죽일 수 있다"—어떻게 뒤바꾸렵니까?

에밀리 나는 지하철에서 나 자신을 죽일 수 있다?

케이티 예. 죽임은 당신의 마음속에서 일어나고 있습니다. 그 순간 지하철에 있는 유일한 테러리스트는 자기 생각들로 자기를 공포에 떨게 하는 당신 자신입니다. 또 어떤 내용이 있나요?

에밀리 나는 우리 가족(남편, 부모님, 여기 뉴욕시에 살고 있는 우리 모두)에게 분노한다. 왜냐하면 그들은 내가 이 도시에서 테러 활동이 더 심해질 때에 대비해 우리 가족 모두가 뉴욕 밖에서 다시 만날 수 있는 약속 장소를 알아보고, 여권을 갱신하고, 은행에서 비상금을 인출하는 등 긴급 대피 계획을 세우도록 돕지 않기 때문이다. 나는 그들이 너무나 소극적이고, 오히려 계획을 세우려고 애쓰는 내가 마치 제정신이 아닌 것처럼 느껴지게 하는 데 대해 분노한다.

케이티 자, "나는 우리 가족에게 분노한다"—뒤바꿔 봅시다. "나는 분노한다…"

에밀리 나는 내가 긴급대피 계획을 세우도록 돕지 않는 나 자신에게 분노한다?

케이티 무슨 뜻인지 알겠어요? 당신은 너무 소극적입니다. 긴급대피 계획을 세우되, 당신과 아이들과 남편과 뉴욕시에 살고 있는 친척들만이 아니라 모두를 위한 계획을 세우세요.

에밀리 그렇게 하려고 노력하지만, 가족들은 그러는 내가 제정신이 아닌 것처럼 느껴지게 합니다. 그래서 화가 나요.

케이티 음, 그들은 계획을 세울 필요를 느끼지 않는 것 같군요. 그들은 계획을 원하지도 않는 것 같습니다. 긴급대피 계획을 세울 필요를 느끼는 사람은 당신입니다. 그러니 뉴욕시 전체를 한꺼번에 대피시킬 수 있는 긴급대피 계획을 세우세요.

에밀리 (웃으며) 재미있네요.

케이티 그렇죠. 자각하면 웃게 됩니다.

에밀리 하지만 나를 제정신이 아닌 사람처럼 느껴지게 하는 데는 여전히 화가 나요.

케이티 당신이 그 부분에 관해서는 제정신이 아니라는 것을 알 수 있겠어요?

에밀리 음, 나는 전에 와이투케이(Y2K)[12] 문제에 관해서도 똑같이 이랬

---

12 밀레니엄 버그. 컴퓨터가 2000년 이후 연도를 제대로 인식하지 못하면 2000년 1월 1일에 큰 혼란과 재난이 일어날 것이라는 우려가 있었음.—옮긴이

는데, 그걸 보면 전에도 이랬던 것 같아요. 약간 피해망상적인 구석이 있는 거 같아요.

케이티 그럼 그들이 옳습니다. 그들의 세계에 따르면…. 그들은 핵심을 짚었습니다. 당신은 마음 편히 긴급대피 계획을 세울 수도 있습니다. 그들이 따라가고 싶어 하기를 기대하지는 않으면서….

에밀리 내 아이들은 꼭 데려갈 거예요.

케이티 그 아이들은 어리니까 두 아이를 양팔에 끼고서 도망칠 수 있을 거예요. 아이들을 차에 태워 안전띠를 채우고 무조건 달리세요.

에밀리 내가 운전할 줄 알면 더 나을 텐데…. 운전면허증이 없거든요.

케이티 (웃으며) 긴급대피 계획을 세우지 않는다고 가족들에게 화를 내면서 정작 당신은 운전면허증도 없어요?

에밀리 (웃으며) 이제 보니 황당하네요. 알겠어요. 가족을 비난하면서도 정작 나는 필요할 때 운전할 수도 없네요. 내가 어떻게 이런 사실을 몰랐을까요?

케이티 이제 당신에게 운전면허증이 있다고 가정합시다. 그런데 모든 터널과 다리의 통행이 금지됩니다. 그런 상황에 대비해 하나의 계획을 더 세워야 합니다. 당신은 헬리콥터를 사기 위해 대여섯 개 이상의 직업을 더 가져야 합니다.

에밀리 (웃으며) 알겠습니다, 알겠어요.

케이티 하지만 당국은 헬리콥터의 비행도 허락하지 않을 거예요.

에밀리 예, 확실히 그럴 거예요.

케이티 그래서 당신은 그냥 집에 있습니다. 아마 가족들이 긴급대피 계획을 세우려고 애쓰지 않는 이유가 그 때문이겠죠. 그들은 지난주에 터널들이 폐쇄되었고, 비행기들은 비행이 허락되지 않았고, 그래서 빠져

나갈 길이 없었다는 것을 알고 있을 거예요. 아마 그런 사정을 이해했을 겁니다. 당신만 모르고 있었을 거예요.

에밀리 정말 그랬을 것 같군요.

케이티 그래서 우리는 지금 여기에서 평화를 찾게 됩니다. 긴급대피 계획이 효과가 있으려면, 내가 아는 현실에 따르면, 당신은 초능력자가 되어서 언제 시민들을 피신시켜야 하고 어디로 가야 안전할지 미리 알아야 할 거예요.

에밀리 내 마음 한쪽에서는 당장 밖으로 나가야 한다고 생각하지만, 물론 그럴 때도 어디가 안전할 것인지는 여전히 문제로 남겠죠? 초능력자가 될 필요에 관한 얘기는…

케이티 그래서 당신은 초능력을 계발할 필요가 있겠죠. 그런데 초능력자가 복권에 당첨되었다는 소리는 아직 들어 보지 못했습니다.

에밀리 사실이에요.

케이티 자, "나는 긴급대피 계획을 세워야 한다"—그게 진실인가요? 당신은 그게 진실인지 확실히 알 수 있나요?

에밀리 이제는 그게 진실인지 알 수 없다고 생각해요. 안심하기 위해 그랬던 것 같아요.

케이티 오, 허니, 느껴 보세요. 당신의 가족은 그 점을 아는 것 같군요.

에밀리 결국 나는 그다지 좋은 계획 입안자가 아닌 것 같네요. 세워야 할 계획은 없습니다.

케이티 당연히 없습니다. 당신이 아무리 머리를 써도 현실을 능가할 수는 없습니다. 지금 있는 곳이 세상에서 가장 안전한 장소일 수도 있어요. 우리는 모릅니다.

에밀리 그런 생각을 해 보지 못했어요.

케이티 "나는 긴급대피 계획을 세워야 한다"라는 생각이 없다면, 당신은 누구일까요?

에밀리 덜 걱정하고, 덜 경계하고, 마음이 더 가벼운 사람. (침묵) 하지만 속은 더 상할 거예요. (울음을 터뜨리며) 슬퍼요. 정말 정말 슬퍼요. 그렇게 많은 사람이 죽었어요. 우리 도시가 변해 버렸어요. 내가 할 수 있는 건 아무것도 없고요.

케이티 그래요, 그게 현실입니다. 당신이 할 수 있는 것은 아무것도 없습니다. 그것이 겸손입니다. 내게는, 그것이 아름다운 거예요.

에밀리 나는 적어도 나와 가까운 사람들을 위해 미리 대비하고 실행하고, 그들을 보호하는 데 익숙하죠.

케이티 통제하고 있다고 느끼는 데에도. 한동안은 쓸모가 있겠지만, 현실은 곧 우리를 따라잡습니다. 하지만 만일 우리가 겸손한 마음으로 모든 놀라운 능력을 발휘하여 미리 대처한다면, 그것은 정말로 훌륭한 거예요. 그럴 때 우리는 스스로 분명하며 남들을 도울 수 있습니다. "나는 긴급대피 계획을 세워야 한다"—뒤바꿔 보세요.

에밀리 나는 긴급대피 계획을 세울 필요가 없다.

케이티 느껴 보세요. 이 말이 원래 문장만큼 진실할 수 있는지, 오히려 더 진실할 수 있는지 볼 수 있나요?

에밀리 예. 이 말이 더 진실하다는 걸 알겠어요.

케이티 오, 스윗하트. 나도 그렇습니다. 내가 늘 지금 있는 곳에서 더없이 편안할 수 있는 이유는 그 때문입니다. 두려워하면서 달리면 정면으로 벽에 부딪힙니다. 그러면 당신은 전에 있던 곳을 뒤돌아보고, 그곳이 훨씬 안전했다는 것을 알게 됩니다. 긴급대피 계획이 없어도, 어떤 일이 일어나면 어떻게 해야 할지 저절로 알게 됩니다. 당신은 알 필요가 있는 모든 것을 지금 있는 곳에서 찾을 수 있습니다. 이미 당신은 실제 그렇게 살고 있습니다. 펜이 필요하면 손을 뻗어 집어 듭니다. 그 자리에 펜이 없으면 얻으러 갑니다. 비상사태에도 이와 같을 겁니다. 두려움이 없으면, 당신이 해야 할 일은 손을 뻗어 펜을 집는 것처럼 분명합니다. 하지만 두려움은 그렇게 효율적이지 않습니다. 두려움은 보지 못하게 하고 듣지 못하게 합니다. 다른 문장을 봅시다.

에밀리 예. 나는 테러리스트들이 그들의 증오심도, 힘을 느끼고 싶은 마음도 너무나 모르고 있다고 생각한다. 그들은 필사적으로 우리를 해치려 한다. 그들은 독극물이든 폭탄 차량이든 무슨 짓이라도 하려 할 것이다. 그들은 사악하고 무지하고 성공하고 있으며 강력하다. 그들은 이 나라를 파괴할 수 있다. 그들은 메뚜기 떼와 같다. 그들은 어디에나 있으며, 우리를 해치고 우리나라를 마비시키고 우리를 죽이기 위해 숨어서 기다리고 있다.

케이티 그래서, "테러리스트들은 사악하다."

에밀리 예.

케이티 당신은 그게 진실인지 확실히 알 수 있나요?

에밀리 그들이 무지하다는 것은 알 수 있다고 생각해요. 그들은 우리에게 가하는 폭력이 어떤 결과를 가져오는지 모릅니다.

케이티 당신은 그게 진실인지 확실히 알 수 있나요? 그들이 그 결과를 모른다는 것이? 이것은 좋은 문장입니다. 당신은 그들이 아픔과 죽음과 고통을 모르는지 알 수 있나요?

에밀리 아니요. 모르지는 않을 거 같아요. 아마 그런 것들을 경험했을 테니까요. 그게 진실인지는 알 수 없지만, 그들이 경험했을 거라고 생각해요. 그들은 그 경험에 반응하고 있을 거예요. 하지만 폭력이 효과가 없다는 것은 모르고 있어요.

케이티 모르고 있지 않을 수도 있어요. 그들은 당신의 생각과 정반대의 생각을 믿습니다. 폭력은 효과가 있다는 생각을…. 그들은 온 세상이 자기들을 그렇게 가르쳤다고 생각하며, 그 생각에 사로잡혀 있습니다.

에밀리 하지만 폭력은 효과가 없어요, 정말로. 무지하거나 혼란스럽거나 정신병자가 아니면, 함부로 다른 사람을 해치려 하지 않을 거예요.

케이티 당신의 말이 옳을 수도 있고, 또 많은 사람이 당신에게 동의할 거예요. 하지만 우리가 여기에서 탐구하려는 것은 그 말의 옳고 그름이 아닙니다. 자 이제, 앞으로 다시 돌아가서 문장을 뒤바꿔 봅시다.

에밀리 나는 테러리스트들이 그들의 증오심도, 힘을 느끼고 싶은 마음도 너무나 모르고 있다고 생각한다.

케이티 뒤바꿔 보세요.

에밀리 나는 내 증오심도, 힘을 느끼고 싶은 마음도 너무나 모르고 있다. 사실이에요. 내가 긴급대피 계획을 세우려 한 것은 내게 힘이 있다고 느끼고 싶어서였어요.

케이티 예, 그런데 증오하는 것은 어떻게 느껴지나요?

에밀리 음, 그 순간은 힘이 나요. 무력하다는 느낌이 덜해지죠.

케이티 증오할 때는 어떤 일이 일어나나요?

에밀리 거기에 갇혀 버려요. 그냥 흘려보내지 못하고 증오심에 사로잡힙니다.

케이티 그리고 당신은 그 자리를 방어하는 길을 찾으려 합니다. 자신의 증오가 옳다는 것을, 그렇게 하는 게 타당하며 그럴 만한 가치가 있다는 것을 증명하려 합니다. 그런데 그렇게 사는 건 어떻게 느껴지나요? 그들이 사악하고 무지하다는 생각을 믿을 때, 당신은 어떻게 반응하나요?

에밀리 우리가 지금 얘기하는 맥락에서는, 사실 매우 잘못된 생각처럼 느껴져요. 이제는 내가 그렇게 느끼고 있는지도 잘 모르겠어요.

케이티 하지만 그들의 입장에서 보면, 그들의 증오는 분명히 정당합니다. 그들은 그것을 위해 기꺼이 목숨까지 내놓습니다. 그것은 정의의 문제이고 그들은 그걸 믿습니다. 그래서 자기의 생명을 내던져 건물에 충돌합니다.

에밀리 예.

케이티 그들의 증오는 그들에게 장애물이 아닙니다. 우리가 하나의 관념에 집착할 때와 같은데, 그 관념은 "너는 사악하다. 따라서 나는 너를 없애고야 말겠다"입니다. 세상의 선을 위해서.

에밀리 알겠어요.

케이티 계속 뒤바꿔 보세요.

에밀리 나는 사악하다. 왜냐하면 나는…

케이티 …이 사람들이 왜 그러는지 모르기 때문이다. 그들은 그런 식으로 자살할 때 자기 가족들이 겪을 고통을 알고 있습니다.

에밀리 알겠습니다.

케이티 그들은 어느 한 수준에서는 무지하지 않지만, 다른 수준에서는 물론 무지합니다. 그들의 생각은 더 많은 고통을 가져오기 때문입니다. 자, 계속해서 '그들의 무지와 사악' 다음에 적은 문장을 뒤바꿔 봅시다.

에밀리 그들은 사악하고 무지하고 성공하고 있으며 강력하다.

케이티 나는…

에밀리 나는 사악하고 무지하고 성공하고 있으며 강력하다?

케이티 예. 자기만이 옳다는 독선에 빠져서.

에밀리 오, 알겠어요. 내 긴급대피 계획이 옳은데 남들은 내 뜻을 이해하지 못한다고 생각했어요.

케이티 자, 계속해 보죠. "그들은 메뚜기 떼와 같다"—뒤바꿔 보세요.

에밀리 나는 메뚜기 떼와 같다. 어디에나 있으며, 나를 해치고 나를 마비시키고 나를 죽이기 위해 숨어서 기다리고 있다.

케이티 예.

에밀리 내 생각들은 메뚜기 떼와 같습니다.

케이티 맞아요. 당신의 조사되지 않은 생각들은….

에밀리 그래요.

케이티 지금 이 순간 내게는, 당신과 함께 살고 있는 사람 말고는 어떤 테러리스트도 보이지 않습니다. 당신 자신 말고는.

에밀리 예, 알겠어요.

케이티 나는 평화롭게 살고 있고, 모두가 그렇게 살 수 있습니다. 우리 모두는 자기의 테러리즘을 끝낼 수 있습니다.

에밀리 나의 행동이 오만했다는 것이 이해됩니다.

케이티 내가 변화의 가능성을 보는 곳은 그곳입니다.

에밀리 예.

케이티 당신은 부모가 긴급대피 계획을 세우지 않는다고 그분들에게 화를 냈습니다. 가족과 전쟁을 벌이면 어떤 느낌이 드는지 느껴 보세요.

에밀리 예.

케이티 그들에게 무슨 문제가 있나요? 당신은 "나를 그냥 내버려 둬"라고 비명을 지르는 그들을 붙잡고서 밖으로 끌고 갑니다. 어디로? 공격받을 수도 있는 곳으로.

에밀리 맞아요. 그 역시 오만입니다. 심지어 제정신이 아니에요.

케이티 또 어떤 내용이 있나요?

에밀리 나는 앞으로 다시는 그날 집으로 걸어가는 길에 보았던, 재로 뒤덮인 사람을 보고 싶지 않다. 나는 앞으로 다시는 복면이나 충격 받은 표정을 보고 싶지 않다. 방송매체가 건물이 무너지는 장면을 계속 되풀이해서 보여 준 것도 문제였어요. 그 사건이 일주일 내내 일어나는 것 같았죠.

케이티 "방송매체가 그 장면을 계속 되풀이해서 보여 준 것도 문제였다"—뒤바꿔 보세요.

에밀리 나는 그 장면을 계속 되풀이해서 보여 주었다.

케이티 예. "나는 방송매체가 그만 멈추기를 원한다"—뒤바꿔 보세요.

에밀리 나는 내가 그만 멈추기를 원한다.

케이티 자기 자신에 관해 '생각 작업'을 하세요. 당신의 마음이 방송매체입니다.

에밀리 어떻게 해야 할지 잘 모르겠어요.

케이티 마음속에 떠오르는 그런 모습들에 질문을 던져 보세요. 왜냐하면 실제로는 지금 당신 앞에는 먼지로 뒤덮인 사람이 아무도 없기 때문입니다. 여기에서는 그 일이 일어나고 있지 않습니다. 당신의 마음속을 제외하고는. (긴 침묵) 좋습니다. 다시 돌아가서 한번 봅시다. 당신의 마음속에 있는, 먼지로 뒤덮인 사람을 묘사해 보세요. 가장 충격을 준 사람에 관해 얘기해 보세요. 당신이 실제로 본 사람….

에밀리 음, 세계무역센터 건물이 무너진 뒤 두 시간쯤 지났을 때 나는 남편을 기다리며 우리 회사 건물 밖에 앉아 있었어요. 그때 내 앞을 지나가던 남자가 가장 충격적이었죠. 우리 회사는 중간 지구에 있어요. 그 남자는 육십 구역 넘게 걸어왔던 거예요. 집으로 가면서도 먼지를 뒤집어쓴 사람들을 많이 보긴 했어요. 하지만 이 남자는 고급 양복을 입고

시 손에는 시류 가방을 들고 있었고, 텔레비전에서 볼 수 있는 호흡 마스크를 쓰고 있었어요. 그는 완전히 잿빛이었죠. 그의 머리 전체와 양복, 구두, 서류 가방이 먼지로 뒤덮여 있었는데 한 번도 몸의 먼지를 턴 흔적이 없었어요. 그는 주위를 돌아보지도 않고 그저 좀비(주술에 의해 움직이는 시체)처럼 걷고 있었죠. 그는 충격을 받아 얼이 빠진 게 분명했어요. 그는 분명 세계무역센터가 있던 곳에서 거기까지 계속 걸어왔을 거예요. 날씨는 화창했고, 여기 중간 지구는 모든 게 정상인 것 같았어요. 그런데 이 유령이 지나갔던 거예요. 그 모습은 그날의 어떤 모습보다도 더 강하게 충격을 주었죠. 심한 충격을 주었어요. 나는 생각했어요. "이제 그것이 내 세계로 들어오고 있다. 그것이 여기에 있다."

케이티 좋아요, 스윗하트. 이제 함께 조사해 봅시다. "그는 좀비 같았다"—그게 진실인가요?

에밀리 분명히 그렇게 보였어요.

케이티 물론 그는 그랬습니다. 누가 그 이야기를 하고 있는지 보세요. 그는 서류 가방을 들고 있습니다. 그는 그 가방을 들어야 한다고 생각했습니다. 그는 그저 집을 향해 걷고 있었는지도 모릅니다. 지하철이 다니지 않았으니까요. 그는 자신이 괜찮다는 것을 가족에게 알리기 위해 집으로 돌아가고 싶었을지도 모릅니다.

에밀리 예.

케이티 그는 매우 지성적이었습니다. 그는 호흡 마스크를 착용했습니다. 당신은 그렇게 하지 않았습니다.

에밀리 흐음.

케이티 당신의 생각과 달리, 그는 당신보다 잘하고 있었습니다.

에밀리 (잠시 침묵한 뒤) 그럴 수 있겠네요. 나는 사고 현장 가까이 있지 않

있는데도, 거기에 앉아서 굉장한 스트레스를 받으며 걱정하고 있었거든요.

케이티 "그 남자는 좀비 같았다"라는 생각을 믿을 때, 당신은 어떻게 반응하나요?

에밀리 무서워져요. 마치 세상이 끝나는 것처럼.

케이티 "그는 좀비 같다"라는 생각이 없었다면, 그 남자를 지켜보는 당신은 누구일까요?

에밀리 그저 "저기 먼지를 뒤집어쓴 남자가 있구나, 집이 가까우면 좋을 텐데"라고 생각할 거예요.

케이티 대단히 현명한 남자. 좀비가 아니라. 그는 건물에서 빠져나왔고 서류 가방까지 챙겼습니다. 그 순간에 마땅히 해야 할 일이 그에게 떠올랐습니다. 나는 그가 긴급대피 계획을 세워 놓았을 거라고는 생각하지 않습니다. "만일 비행기가 이 건물에 충돌하고 내가 탈출하게 된다면, 나는 긴급대피 계획에 따라 서류 가방을 들고 집으로 걸어갈 것이다."

에밀리 그는 육십 구역을, 실제로는 얼마였든, 걸었어요. 그는 내 마음속에서 무슨 일이 일어났는지를 보여 주는 상징이었던 것 같아요.

케이티 예, 하지만 그는 또한 재난이 발생할 때 당신이 얼마나 효율적으로 행동할 수 있는지를 일깨워 주는 사람일 수도 있었습니다. 그는 서류 가방을 챙겼습니다. 그는 육십 구역이나 걸었습니다. 그런데 그를 보았을 때 당신은 무엇을 하고 있었나요?

에밀리 정말 충격에 빠지는 것 같았어요.

케이티 예. 그는 아주 잘하고 있었습니다. 당신은 좀비 같았고, 그 생각을 그에게 투사했습니다. 만일 당신이 누군가의 도움이 필요한 긴급 상황에 처해 있을 때 그곳에 당신과 그 사람이 있다면, 당신은 누구에게 도움을 청하러 가겠어요?

에밀리 (웃으며) 그 사람에게 갈 거예요. 놀랍네요. 하지만 분명히 그에게 갈 거예요.

케이티 좋아요, 스윗하트. 그럼 너그럽게 뒤바꿔 봅시다. "나는 기꺼이…"

에밀리 나는 기꺼이 먼지를 뒤집어쓴 사람을 또 보겠다.

케이티 예, 마음속에서라도. 그 뒤로는 주변에서 그런 사람을 보지 못했으니까요, 마음속 말고는. 현실과 이야기는 결코 일치하지 않습니다. 현실은 늘 더 친절합니다. 이런 깨달음이 당신의 삶에서 어떤 영향을 미치는지 지켜보세요. 재미있을 거예요. 특히 당신의 아이들에게…. 아이들은 당신에게 배울 것입니다. 미리 경계하고 계획을 세울 필요가 없다는 것을, 어떻게 해야 할지 늘 알게 되리라는 것을… 또 지금 있는 곳이 어디든 그곳이 좋은 곳이며, 어디를 가든 괜찮다는 것을 알게 될 것입니다. "나는 긴급대피 계획이 필요해"라는 두려움에 떠는 이야기가 없다면, 좋은 장소들이 여러 곳 떠오를 수도 있습니다. 통신이 끊길 때 남편과 만나기로 할 장소 등등. 운전을 배워 두면 어린 자녀들이 자라는 동안 도움이 될 수 있겠지요. 차 안에 몇 장의 지도와 필요한 물건을 비치해 둘 수도 있고…. 고요한 마음에 무엇이 떠오를지 누가 알겠어요?

에밀리 고마워요, 케이티. 알겠어요.

케이티 오, 허니, 천만에요. 당신이 순수한 진실만을 받아들여 기쁩니다.

고통을 겪을 만한
정당한 이유가 있다고
믿는다면
당신은 현실을
완전히 떠나게 됩니다.

13. 질문과 답변

사람들이 내게 질문하면 나는 최대한 분명하게 대답합니다. 이런 대답들이 도움 되었다는 말을 들으면 기쁘지만, 진정으로 도움이 되는 대답은 스스로 발견하는 것입니다.

판단들이 너무 많아 버겁습니다. 이 많은 믿음을 어느 세월에 다 조사할 수 있겠는지요?

언제 모든 믿음을 다 해결할 수 있겠느냐며 걱정하지 마세요. 그저 지금 스트레스를 일으키는 믿음을 조사하세요. 이 순간에는 늘 한 가지만 있습니다. 그 한 가지를 해결하세요.

정말로 진실을 알고 싶다면 이해하지 못할 생각은 없습니다. 우리는 관념들에 집착하고 있든지, 아니면 그것들을 조사하고 있습니다. 어떤 관념을 조사해야 하는지 어떻게 알까요? 그 관념이 지금 찾아옵니다.

내면에서 나타나는 생각들에 관해 내가 이해한 점은 그 생각들이 내게 맡겨졌다는 것입니다. 나는 그 생각들이 내면에서 나타나고 마침내 조건 없는 사랑과 만날 수 있는 그릇이었습니다. 내 아이들이 나에게 속마음을 솔직하게 털어놓았을 때, 똑같은 생각들이 아이들을 통해 내게 왔습니다. 생각들은 온갖 형태의 의사소통을 통해 내게 왔습니다. 하지만 내가 감당하지 못할 만큼 빨리 오지는 못했습니다. 나는 생각들을 어떻게 해야 하는지 알았기 때문입니다. 나는 내 아이들의 입이나 내 마음을 통해 찾아온 생각들을 종이에 옮겼고, 질문했습니다. 생각들을 있는 그대로 대했습니다. 내가 오해하여 차갑게 대했지만 다시 내 집을 찾아 주는 마음씨 고운 친구나 이웃을 대하듯이…. 여기에서는 모두가 환영받습니다.

이웃을 판단하고, 종이에 쓰고, 네 가지 질문을 하고, 뒤바꿔 보세요. 한 번에 하나씩만.

'생각 작업'을 하자마자 곧바로 자유를 찾을 수 있나요?

자유는 나름의 방식으로 찾아오지만, 당신은 알아차리지 못할 수도 있습니다. 그리고 종이에 쓴 어떤 주제에 관해서만 변화가 일어나는 것은 아닙니다. 예를 들어 어머니에 관해서 '생각 작업'을 했다고 합시다. 다음 날, 오랫동안 당신을 분노하게 만들던 이웃집 아줌마에게 화가 나지 않는다는 것을, 그녀에 대한 분노가 깨끗이 사라졌다는 것을 깨닫게 될 수 있습니다. 또는 일주일 뒤, 요리하는 것이 난생처음 즐거워질 수도 있습니다. 그런 일이 한 차례만 일어나는 것도 아닙니다. 내 친구는 남편에게 느끼던 질투심에 관해 '생각 작업'을 했습니다. 어린 아들이 자기보다 남편을 더 좋아했기 때문입니다. 그녀는 '생각 작업'을 한 뒤 작은 해방감을 느꼈습니다. 그런데 다음 날 아침 샤워를 하다가, 모든 것이 와르르 무너져 내리는 것을 느꼈습니다. 그 친구는 흐느껴 울기 시작했고, 그 뒤 그 상황을 둘러싼 모든 고통이 사라졌습니다.

같은 문제에 관해 계속해서 '생각 작업'을 되풀이하고 있습니다. 왜 그런가요?

그 문제에 관해 얼마나 자주 '생각 작업'을 하는지는 중요하지 않습니다. 당신은 그 악몽에 집착하고 있든지, 아니면 그 악몽이 진실한지를 조사하고 있습니다. 둘 중 하나입니다. 다른 선택은 없습니다. 그 문제는 열 번, 백 번 다시 돌아올 수 있습니다. 그리고 그것은 남아 있는 집착들을 볼 수 있고 내면으로 더 깊이 들어갈 수 있는 늘 더없이 좋은 기회입니다.

같은 판단에 관해 '생각 작업'을 많이 했지만, 그다지 효과가 없는 것 같습니다.

"나는 '생각 작업'을 많이 했다"—그게 진실인가요? 혹시 자신이 기대하는 것과 다른 대답은 가로막고 있지 않나요? 혹시 스스로 안다고 생각하는 것의 아래에 있을지 모르는 어떤 대답을 두려워하고 있는 건 아닐까요? 원래 문장만큼 진실하거나 더 진실한 다른 대답이 내면에 있지는 않을까요?

말로는 "그게 진실인가?"라고 묻지만, 정말로 진실을 알고 싶은 것은 아닐 수도 있습니다. 모르는 것 속으로 뛰어들기보다는 원래 문장을 붙들고 싶을 수도 있는 것입니다. '가로막는다'는 것은 진행 과정을 급히 서두르고, '가슴'이 대답하기 전에 의식하는 마음으로 대답한다는 뜻입니다. 이미 안다고 생각하는 것만을 붙잡으려 한다면, 그 질문은 막히게 되며 내면에서 살아 있을 수 없게 됩니다.

질문에 대한 대답과 그에 따르는 느낌을 충분히 경험하기도 전에 다음 이야기로 옮겨가지는 않는지 지켜보기 바랍니다. "음, 그래, 그런데…" 또는 "음, 그래, 하지만…"으로 시작되는 생각들을 주목하세요. 이런 생각들은 당신이 탐구에서 벗어나고 있다는 표시입니다. 정말로 진실을 알고 싶나요?

또 하나의 가능성은 어떤 동기를 가지고 질문하고 있을 수도 있다는 것입니다. 이미 생각하고 있는 대답이 옳다는 것을 스스로 확신하기 위해 질문하고 있지는 않나요? 그 대답이 고통을 주더라도? 혹시 진실을 알기보다는 그저 옳기를 바라거나 뭔가를 증명하고 싶어 하는 것은 아닌가요? 나를 자유롭게 하는 것은 진실입니다. 받아들임, 평화, 내려놓음, 그리고 고통의 세계에 덜 집착하는 것은 모두 '생각 작업'의 결과들입니다. 그것들은 목표가 아닙니다. 자유에 대한 사랑, 진실에 대한 사랑으로 '생각 작업'을 해 보세요. 만약 몸을 치유하거나 어떤 문제를 해결하려는 등의 다른 동기를 가지고 질문한다면, 아무 효과가 없었던 묵은 동기들로부터 대답이 나올 수 있습니다. 그러면 탐구의 경이로움과 은총을 놓치고 말 것입니다.

혹시 뒤바꾸기를 너무 빨리 하고 있지는 않나요? 정말로 진실을 알고 싶다면, 새로운 대답이 떠오를 때까지 기다리세요. 알맞은 뒤바꾸기를 발견하고 그 효과를 경험할 수 있도록 충분한 시간을 주세요. 자신에게 적용될 수 있는 뒤바꾸기를 모두 써 보세요. 뒤바꾸기는 오로지 당신 자신을 위한 것입니다.

탐구를 통해 경험하는 깨달음이 내면에서 살아 있도록 허용하고 있나요? 뒤바꾸기에 따라 살고, 상대방에게 잘못한 부분을 그 사람에게 얘기하고(자신이 그 말을 다시 들을 수 있도록), 잘못을 바로잡기 바랍니다. 당신의 자유를 위해서…. 그러면 진행 과정이 더 빨라지고 삶이 바로 지금 자유로워질 것입니다.

마지막으로, 당신은 탐구의 효과가 없는지를 정말로 알 수 있나요? 예전에 두려워하던 일이 다시 일어날 때 신기하게도 공포심이나 스트레스, 두려움, 고통이 거의 혹은 전혀 느껴지지 않으면, 그때 우리는 탐구가 효과를 발휘하고 있다는 것을 알 수 있습니다.

혼자서 '생각 작업'을 하다가, 내가 스스로 질문을 가로막고 있다고 느낄 때는 어떻게 해야 하나요?

원한다면 계속 '생각 작업'을 하세요. 사소하지만 정직한 대답이나 뒤바꾸기를 하나만이라도 내면에서 떠오르게 허용한다면, 당신은 이제껏 있는지도 몰랐던 세계로 들어갈 것입니다. 하지만 진실을 알기보다는 스스로 옳다는 것을 증명하고 싶은 의도라면, 굳이 탐구를 계속할 이유가 없습니다. 당신이 붙들고 있는 이야기가 지금은 자유보다 더 소중하며, 그래도 괜찮다는 것을 깨닫는 것으로 충분합니다. 나중에 다시 탐구하세요. 당신의 생각과는 달리, 당신은 아직 충분히 고통을 겪고 있지 않거나 충분히 원하지 않을 수 있습니다. 자신을 너그럽게 대하세요. 삶은 필요한 모든 것을 줄 것입니다.

고통이 너무 심할 때는 어떻게 해야 하나요? 계속 '생각 작업'을 해야 하나요?

고통이 일어나는 까닭은 뿌리 깊은 믿음에 집착하기 때문입니다. 그것은 옳다고 믿는 생각에 맹목적으로 집착하는 상태입니다. 이 상태에서는 진실에 대한 사랑으로 '생각 작업'을 하기가 매우 어렵습니다. 자기의 이야기를 지키려 하고 있기 때문입니다. 자기의 이야기를 자기의 정체성이라고 믿기에, 당신은 그 이야기가 옳다는 것을 입증하기 위해 온갖 노력을 다할 것입니다. 마음이 아플 때는 자기의 증거들을 종이에 옮긴 뒤, 그 증거를 조사해 보세요. 나는 '생각 작업'을 '외통장군'이라고 부릅니다. 오래 묵은 관념들은 자기탐구를 통해서만 꿰뚫을 수 있습니다.

신체의 아픔조차도 현실이 아닙니다. 그것은 늘 떠나지만 결코 찾아오지는 않는 과거의 이야기입니다. 하지만 사람들은 그 점을 모릅니다. 세 살배기이던 내 손자 레이시가 어느 날 넘어졌습니다. 무릎이 까지고 피도 조금 나왔습니다. 그걸 본 레이시는 엉엉 울기 시작했습니다. 울면서 고개를 들고 나를 쳐다보는 그 애에게 내가 물었습니다. "얘야, 너는 지금 아까 넘어져서 다친 때를 생각하고 있는 거니?" 레이시는 곧바로 울음을 멈추었습니다. 고통이란 늘 과거 속에만 있다는 것을 그 애는 잠시나마 깨달았을 것입니다. 고통의 순간은 늘 지나갑니다. 그것은 우리가 사실이라고 생각하는 것에 대한 기억이며, 기억은 이제는 존재하지 않는 것을 투사합니다. (당신의 고통이 당신에게 현실이 아니라는 말이 아닙니다. 나는 고통이 무엇인지 압니다. 고통은 아픕니다! 그래서 고통을 끝내려고 '생각 작업'을 하는 것입니다.)

만일 당신이 차에 다리를 치여 거리에 누워 있는데 마음속에서 이야기들이 계속 이어지고 있을 때, 아직 '생각 작업'에 능숙하지 않으면 당신은 "'나는 아프다'―그게 진실인가? 나는 그게 진실인지 확실히 알 수 있는가?"라고 묻지는 않을 것입니다. 대신 비명을 지를 것입니다. "진통제 좀 갖다 주세요!" 그 뒤 나중에 편안한 곳에 있게 되면, 펜과 종이를 들고서 '생각 작업'을 할 수 있습니다. 먼저 물질로 된 약을 복용하고, 그 뒤에는 다른 종류의 약을 복용하세요. 결국 당신은 다리를 잃을 수도 있지만 어떤 문제도 보지 않게 될 것입니다. 문제가 있다고 생각한다면, 당신의 '생각 작업'은 아직 끝나지 않았습니다.

음란하거나 변태적인 생각, 폭력적인 생각을 하면 안 될 것 같습니다. '생각 작업'을 하면 이런 생각을 하지 않는 데 도움이 될까요?

이러저러 생각들을 하면 안 된다고 믿지만 그런 생각들을 할 때, 당신은 어떻게 반응하나요? 부끄러워지나요? 우울해지나요? 이제 그 생각을 뒤바꿔 보세요—당신은 그 생각을 해야 합니다! 이 말이 좀 더 마음 편하고, 좀 더 정직하게 느껴지지 않나요? 마음은 엄한 속박이 아니라 자유를 원합니다. 생각들이 당신에게 다가올 때는 자기를 적대시하는 원수를 만나러 오는 게 아닙니다. 생각들은 아버지에게 다가가는 소녀와 같습니다. 소녀는 아버지가 "입 닥쳐! 안 돼! 너는 못됐어, 너는 나쁜 애야!"라고 소리 지르고 벌하는 대신, 자기 말에 귀 기울여 주기를 바랍니다. 자기 딸을 그렇게 심하게 대하는 아버지는 대체 어떤 사람인가요? 이런 내면의 폭력은 당신이 이해하지 못하게 방해합니다.

내가 당신을 적으로 여기면, 나는 당신과 나 자신에게서 분리되어 있다고 느낄 수밖에 없습니다. 내가 생각을 적으로 여기면, 어떻게 분리되어 있다고 느끼지 않을 수 있겠어요? 내 생각을 친구로 만나는 법을 배웠을 때, 나는 모든 사람을 친구로 만날 수 있다는 것을 알게 되었습니다. 내 안에서 이미 생각으로 나타나지 않은 것이 있을까요? 나 자신과 벌이는 전쟁, 내 생각과 벌이는 전쟁이 끝나면, 당신과 벌이는 전쟁이 끝납니다. 이처럼 단순합니다.

탐구는 생각의 과정인가요? 생각이 아니면 무엇인가요?

탐구는 생각의 과정처럼 보이지만 실제로는 생각을 풀어 주는 방법입니다. 사실은 우리가 생각하는 게 아니라는 것을 깨닫게 될 때, 생각은 우리를 지배하는 힘을 잃습니다. 생각은 마음속에서 나타날 뿐입니다. 생각하는 사람이 없다면, 어떨까요? 당신은 숨도 스스로 쉬고 있나요?

마음은 생각을 통해서만 자기의 본질을 발견할 수 있습니다. 생각 말고 또 무엇이 있나요? 마음이 달리 어떻게 자기를 발견할까요? 마음은 자기를 위해 실마리들을 남겨 놓아야 합니다. 그리고 마음은 스스로 자기의 빵 부스러기들을 떨어뜨렸음을 깨닫게 됩니다(헨젤과 그레텔 이야기에서 인용함―옮긴이). 마음은 그것 자체로부터 나오지만, 아직 그 사실을 깨닫지 못했습니다. 탐구는 빵 부스러기들이 그것 자체로 돌아가게 하는 빵 부스러기입니다. 모든 것은 모든 것으로 돌아갑니다. 없음은 없음으로 돌아갑니다.

"그게 진실인지 내가 확실히 알 수 있는가?"라는 질문에 대한 대답은 늘 "아니요"인 것 같습니다. 우리가 확실히 알 수 있는 것이 있나요?

없습니다. 경험은 인식일 뿐입니다. 그것은 늘 변합니다. 심지어 '지금' 조차도 과거의 이야기입니다. 우리가 지금에 관해 생각하거나 말할 때, 지금은 이미 지나가고 없습니다.

우리가 어느 생각에 집착하는 순간, 그 생각은 우리의 종교가 되고, 우리는 그 생각이 정당하다는 것을 입증하려고 계속 노력합니다. 우리가 알 수 없는 것의 정당성을 입증하려 애쓸수록 우리는 더 우울해지고 실망하게 됩니다.

'질문 1'은 마음이 열리게 합니다. 어떤 생각이 진실이 아닐 수 있다고 생각하는 것만으로도 마음속에 작은 빛이 들어옵니다. 이 질문에 대한 대답이 "예, 진실입니다"라면, '질문 2'로 넘어가서 "당신은 그게 진실인지 확실히 알 수 있나요?"라고 묻습니다. 어떤 사람들은 "아니요, 확실히 알 수는 없어요"라고 대답할 때 마음이 몹시 동요하고 심지어 화를 내기도 합니다. 그러면 나는 그들에게 자기를 너그럽게 대하라고, 잠시 그 이해를 경험하라고 권유합니다. 만일 그들이 자기의 대답을 묵상한다면, 마음은 너그러워지고 무한한 가능성과 자유를 향해 열립니다. 그것은 마치 좁고 침침한 방에서 활짝 열린 공간으로 걸어 나오는 것과 같습니다.

주위에 '생각 작업'을 하는 사람이 아무도 없을 때는 어떻게 '생각 작업'을 해야 하나요? 그들은 나를 초연하고 무심한 사람으로 보지 않을까요? 가족들은 나의 새로운 사고방식에 어떻게 적응할 수 있을까요?

내가 처음 '생각 작업'을 시작했을 때 내 주변에서 '생각 작업'을 하고 있는 사람은 아무도 없었습니다. 나는 홀로 '생각 작업'을 했습니다. 예, 가족은 당신을 초연하고 무심한 사람으로 볼 수 있습니다. 당신이 자기에게 진실하지 않은 것들을 알게 될 때, 그리고 '질문 3'("그 생각을 믿을 때 나는 어떻게 반응하며, 어떤 말을 하고 어떻게 행동하는가?")을 경험할 때, 내면에서 큰 전환이 일어나 가족과 기본적인 공감대를 잃을 수 있습니다. "찰리는 양치질을 해야 한다"—그게 진실인가요? 아니요, 그가 그렇게 할 때까지는. 당신에게는 그가 규칙적으로 양치질을 하지 않는다는 십 년간의 증거들이 있습니다. 당신은 어떻게 반응하나요? 당신은 십 년 동안 화를 냈고, 그를 윽박질렀고 노려보았고, 좌절했고, 그에게 죄책감을 심어 주었습니다. 이제 (당신이 그들에게 직접 시범을 보이며 가르친 대로) 온 가족이 찰리는 양치질을 해야 한다고 말하고 있는데, 당신은 더 이상 거기에 참여하지 않습니다. 당신은 가족의 종교를 배신하고 있습니다. 그들이 동의를 구하러 당신을 바라볼 때 당신은 동의할 수 없습니다. 이제 그들은 찰리를 비난하지 않는다는 이유로 당신을 비난할 수 있습니다. 당신에게 배운 대로…. 가족들은 당신이 과거에 믿었던 믿음들의 메아리입니다.

만일 지금 당신의 진실이 친절하다면, 그 진실은 가족 안에서 깊고 빠르게 퍼지며 더 나은 방식으로 배신감을 대체할 것입니다. 당신이 탐구를 통해 계속 진실을 알아 가면 가족들도 머지않아 당신처럼 알게 될 것입니다. 다른 선택의 여지는 없습니다. 가족들은 당신의 생각이 투사된 이미지이기 때문입니다. 가족은 당신의 이야기입니다. 그럴 수밖에 없습니다. (가족들이 찰리를 비난하더라도) 당신이 그들을 조건 없이 사랑하기 전에는 자기 자신을 사랑할 수 없으며, 따라서 당신의 '생각 작업'은 아직 끝나지 않았습니다.

가족들은 그들이 보는 대로 당신을 볼 것이며, 그들에 관해 탐구할 수 있는 기회를 당신에게 줄 것입니다. 당신은 자기를 어떻게 보나요? 이것은 중요한 질문입니다. 당신은 그들을 어떻게 보나요? 그들이 '생각 작업'을 할 필요가 있다고 생각하나요? 그러면 '생각 작업'을 할 필요가 있는 사람은 바로 당신입니다. 평화를 위해서는 두 사람이 필요하지 않습니다. 오직 한 사람만이 필요합니다. 그는 당신이어야 합니다. 문제는 당신에게서 시작하고, 당신에게서 끝납니다.

친구들이나 가족과 소원해지고 싶다면, 그들이 도움을 요청하지 않았는데도 그들에게 다가가서, "그게 진실이야?"나 "그 말을 뒤바꿔 봐"라고 말하고 다녀 보세요. 한동안은 그럴 필요가 있을 수 있습니다. 스스로 그 말을 듣기 위해서…. 하지만 친구들보다 더 많이 안다고 믿거나 그들의 선생을 자처하면 마음이 불편해집니다. 그들이 내는 화는 당신을 탐구 속으로, 혹은 고통 속으로 더 깊이 데려갈 것입니다.

"영적인 척하지 마세요, 대신 정직하세요"라는 당신의 말은 무슨 뜻인가요?
자기의 현재 수준보다 더 높은 척 가장하는 것, 어떤 거짓말이든 거짓말을 하며 사는 것, 그것은 매우 고통스럽다는 뜻입니다. 선생처럼 행동하는 것은 대개 학생이기를 두려워하기 때문입니다. 나는 두려움이 없는 척 가장하지 않습니다. 나는 두려워하든지, 아니면 두려워하지 않습니다. 둘 중 하나입니다. 그것은 내게 비밀이 아닙니다.

어떻게 하면 내게 심한 상처를 준 사람을 용서할 수 있을까요?

당신의 적을 판단하고, 종이에 적고, 네 가지 질문을 하고, 뒤바꿔 보세요. 일어났다고 생각하는 일이 실은 일어나지 않았음을 깨닫는 것이 곧 용서입니다. 용서할 게 아무것도 없음을 깨닫기 전에는 진정으로 용서한 게 아닙니다. 이제껏 다른 사람에게 상처를 준 사람은 아무도 없습니다. 이제껏 끔찍한 일을 저지른 사람은 아무도 없습니다. 끔찍한 일도 없습니다. 실제 일어난 일에 관한 생각, 당신의 조사되지 않은 생각 말고는⋯. 고통 받을 때마다 질문하고 생각을 조사하여 자유로워지세요. 어린아이가 되세요. 아무것도 모른다는 마음으로 출발하세요. 자유를 향해 가는 동안, 늘 모른다는 마음과 동행하세요.

당신은 "우리가 완전히 맑을 때는 지금 있는 것이 우리가 원하는 것입니다"라고 말했습니다. 가령 내가 최고급 식당에서 혀가자미 구이를 먹기 위해 몇 달 동안 저축을 했다고 합시다. 그런데 식당 종업원이 소 혓바닥 찜을 가져옵니다. 이때 지금 있는 것은 내가 원하는 것이 아닙니다. 내가 오해하고 있나요? 현실과 다툰다는 것은 무슨 뜻인가요?

예, 당신은 오해하고 있습니다. 만일 당신이 맑다면, 당신이 원하는 것은 소 혓바닥 찜입니다. 왜냐하면 종업원이 가져온 것은 그것이니까요. 당신이 그 요리를 먹어야 한다는 뜻은 아닙니다. 종업원이 소 혓바

딱 찜을 가져오면 안 된다고 생각할 때, 당신은 어떻게 반응하나요? 어쩔 수 없이 그 요리를 먹어야 한다는 생각, 또는 다시 주문해서 먹기에는 시간이 없다는, 주문하지도 않은 요리에 돈을 지불해야 한다는, 또는 뭔가 부당하다는 생각들을 투사하기 전에는 아무 문제가 없습니다. 하지만 종업원이 그 요리를 가져온 것은 잘못이라고 믿을 때, 당신은 그에게 화가 나거나 스트레스를 받을 수 있습니다. 그런 이야기가 없다면, 그 종업원을 보고 있는 당신은 누구일까요? 종업원이 실수했다거나 시간이 부족하다는 생각이 없다면, 당신은 누구일까요? 그 순간을 사랑하는 사람, 실수처럼 보이는 것도 사랑하는 사람일 것입니다. 또 차분한 마음으로 처음 주문한 내용을 분명하고 유쾌하게 다시 얘기할 수도 있습니다. 당신은 "고맙지만, 내가 주문한 것은 혀가자미 구이였습니다. 나는 사정이 있어서 오래 기다릴 수 없습니다. 여덟 시까지 그 요리를 먹고 나가기가 힘들면 다른 식당으로 갈 수밖에 없습니다. 나는 여기에 있고 싶습니다. 어떻게 하면 좋을까요?"라고 얘기할 수 있습니다.

현실과 다툰다는 것은 과거의 이야기와 다툰다는 뜻이기도 합니다. 과거는 이미 끝났고, 어떤 생각도 그 사실을 바꿀 수는 없습니다. 종업원은 이미 당신에게 소 혓바닥 찜을 가져왔습니다. 그것은 접시에 담겨 당신 앞에 놓여 있습니다. 만일 그곳에 그 요리가 있으면 안 된다고 생각한다면, 당신은 잘못 알고 있습니다. 왜냐하면 그 요리가 거기에 있기 때문입니다. 요점은, 지금 있는 것이 당신 앞에 있을 때 이 순간 어떻게 하면 가장 효과적일 수 있느냐 하는 것입니다. 현실을 받아들이는 것은 수동적인 태도와는 다릅니다. 맑은 정신으로 근사하고 지혜롭게 살 수 있는데, 당신이 왜 수동적이겠어요? 소 혓바닥 찜을 먹을 필요는 없습니다. 종업원에게 허가자미 구이를 주문했다고 분명히게 얘기할 수도 있습니다. 사실, 현실을 받아들인다는 것은 가장 친절하고 알맞게, 가장 효과적으로 행동할 수 있다는 뜻입니다.

당신은 "몸에는 아무 문제가 없으며, 오직 마음에만 문제가 있을 뿐입니다"라고 말하는데 그게 무슨 뜻인가요? 오른손잡이가 오른팔을 잃으면 큰 문제 아닌가요?

내게 한 팔만 필요하다는 것을 어떻게 알 수 있을까요? 지금 내 팔은 하나입니다. 우주에는 실수가 없습니다. 다른 식으로 생각하면 두려워질 뿐 아니라 희망이 없습니다. "내겐 두 팔이 필요해"라는 이야기에서 고통이 시작됩니다. 그것은 현실과 다투는 생각이기 때문입니다. 그 이야기가 없다면, 내게는 필요한 모든 것이 다 있습니다. 나는 오른팔 없이도 완전합니다. 왼손으로 쓰면 처음에는 글씨가 삐뚤빼뚤하겠지만, 그것은 있는 그대로 완전합니다. 왼손은 내가 어떠어떠해야 한다고 생각하는 방식이 아니라, 그럴 필요가 있는 방식으로 일할 것입니다. 팔이 하나만 있어도, 삐뚤빼뚤 글씨를 써도 행복할 수 있는 법을 알려 주는 선생이 이 세상에는 분명히 필요합니다. 기꺼이 왼팔까지도 잃으려 하지 않는다면, 나의 '생각 작업'은 아직 끝나지 않았습니다.

어떻게 하면 나 자신을 사랑할 수 있을까요?

"나는 나 자신을 사랑해야 한다"—그게 진실인가요? 자기 자신을 사랑해야 한다는 생각을 믿지만 사랑하지 못할 때, 당신은 자기를 어떻게 대하나요? 당신은 그 이야기를 내려놓을 이유를 찾을 수 있나요? 당신의 거룩한 관념을 내려놓으라는 말이 아닙니다. "나는 나 자신을 사랑해야 한다"라는 이야기가 없다면, 당신은 누구일까요? 게다가 "나는 다른 사람들도 사랑해야 한다"? 그건 또 하나의 장난감일 뿐입니다. 못살게 괴롭히는 또 하나의 장난감. 그 생각의 정반대는 무엇인가요? "나는 다른 사람들을 사랑하면 안 된다." 이 말이 좀 더 자연스럽게 느껴지지 않나요? 당신은 아직 다른 사람들을 사랑하면 안 됩니다. 사랑할 때까지는…. 이런 거룩한 관념들, 이런 영적 관념들은 늘 도그마로 변질됩니다.

"나는 당신의 투사입니다"라는 말은 무슨 뜻인가요?

세상은 세상에 대한 당신의 인식입니다. 안과 밖은 언제나 일치합니다. 그것들은 서로의 반영입니다. 세상은 당신의 마음이 거울에 비치듯 반사된 모습입니다. 내면에서 혼돈과 혼란을 경험하고 있다면, 바깥세상은 그것을 반영해야 합니다. 자신이 믿는 대로 보지 않을 수 없습니다. 혼란스러운 생각으로 바깥을 보고 자기 자신을 보고 있기 때문입니다. 당신은 모든 것을 해석합니다. 따라서 만일 당신이 혼란스럽다면 당신이 보고 듣는 것도 혼란스러울 수밖에 없습니다. 설령 예수나 붓다가 앞에 서 있다 해도, 당신이 듣는 말은 혼란스러운 말들일 것입니다. 혼란이 듣고 있기 때문입니다. 예수나 붓다가 무슨 말을 해도 당신은 자신이 생각하는 대로만 들을 것입니다. 그리고 자신의 이야기가 위협받는다고 느끼자마자 그와 다투기 시작할 것입니다.

내가 당신의 투사라는 말에 관해서는, 여기에서 내가 달리 어떤 존재일 수 있을까요? 내게는 선택권이 없습니다. 나는 실제의 내가 아니라, 내가 누구라고 생각하는 당신의 이야기입니다. 당신은 나를 늙은, 젊은, 아름다운, 못생긴, 정직한, 속이는, 자상한, 냉정한 사람으로 봅니다. 당신에게 나는 당신의 조사되지 않은 이야기이며 당신이 꾸며낸 인물입니다.

당신이 나를 어떤 사람이라고 생각할 때 나는 그 인물이 당신에게는 진실하다는 것을 이해합니다. 나 역시 순진하게 믿었습니다. 하지만 43년 동안만, 실제 있는 현실로 깨어나기 전까지. "저것은 나무다. 저것은 탁자다. 저것은 의자다." 그게 진실인가요? 고요히 멈추고서 자신에게 물어본 적이 있나요? 자신에게 묻고서 고요히 들어 본 적이 있나요? 저게 나무라고 당신에게 말한 사람은 누구인가요? 누가 맨 처음 저것을 나무라고 했나요? 그들은 어떻게 알았을까요? 내 모든 삶, 내 모든 정체성을 떠받치던 토대는 어린아이처럼 곧이곧대로 믿고 의문을 품지 않는 순진함이었습니다. 당신은 이런 어린아이인가요? 당신이 이 '생각 작업'을 통해서 참된 지식의 책, 자기 자신의 책을 읽기 시작할 때 장난감과 동화들은 치워집니다.

사람들은 내게 묻습니다. "그렇다면 당신의 행복도 모두 투사에 불과한 것 아닌가요?" 나는 이렇게 대답합니다. "예, 그게 아름답지 않나요? 나는 이 행복한 꿈을 즐기며 삽니다. 행복한 시간을 보내고 있습니다." 만일 당신이 천국에서 산다면, 그 생활이 끝나기를 바랄까요? 그 생활은 끝나지 않습니다. 끝날 수 없습니다. 그것은 내게 진실한 것입니다. 그렇지 않을 때까지는…. 만일 그것이 바뀌어야 한다면, 나는 항상 탐구할 수 있습니다. 나는 질문들에 답하고, 진실은 내 안에서 알려지며, 행위는 무위를 만나고, 있음은 없음을 만납니다. 그 두 절반이 균형 잡힌 자리에서, 나는 자유롭습니다.

'생각 작업'을 하면 스트레스와 문제들이 없어질 거라고 하지만, 그것은 무책임하지 않을까요? 만일 세 살배기 우리 아이가 몹시 배고파한다면, 나는 그 애

를 스트레스 없는 마음으로 바라보며 "음, 그게 현실이야"라고 생각한 뒤, 그냥 내버려 두지 않을까요?

오, 맙소사! 사랑은 친절합니다. 사랑은 사랑이 필요할 때 가만히 있지 않습니다. 어린아이에게 밥을 주는 데 폭력적인 생각이 왜 필요하나요? 아이가 배고파하면 밥을 주세요, 자신을 위해서! 배고파하는 아이에게 스트레스나 걱정 없이 밥을 주는 것은 어떻게 느껴질까요? 더 맑은 정신으로 음식에 필요한 재료를 찾고 음식을 준비할 수 있지 않을까요? 또 그래서 즐겁고 감사하지 않을까요? 음, 나는 그렇게 살고 있습니다. 나는 스트레스 없이 해야 할 일을 합니다. 스트레스는 효율적이지 않습니다. 평화롭고 맑은 마음이 효율적입니다. 사랑은 행동합니다. 그리고 내 경험에 따르면, 현실은 언제나 친절합니다.

어떻게 현실이 좋다고 말할 수 있죠? 전쟁이나 성폭행, 가난, 폭력 그리고 아동학대 등은 어떤가요? 당신은 그것들을 용납하는 건가요?

당연히 용납하는 것이 아닙니다! 나는 미치지 않았어요. 내가 어떻게 그것들을 용납할 수 있겠어요? 나는 단지 그것들이 없어야 한다고 믿으면 고통 받는다는 것을 알아차릴 뿐입니다. 그것들은 존재하지 않을 때까지는 존재합니다. 나는 내 안의 전쟁을 끝낼 수 있는가? 나는 나 자신과 남들을 폭력적인 생각들로 강간하지 않을 수 있는가? 만일 그럴 수 없다면, 나는 남들 안에서 끝내기를 원하는 바로 그것을 내 안에서 계속하고 있는 것입니다. 맑은 마음은 고통을 받지 않습니다. 당신은 이 땅 곳곳에서 벌어지는 전쟁을 모두 없앨 수 있나요? 탐구를 통해 당신은 한 인간을 위해서, 당신을 위해서 전쟁을 없애 나갈 수 있습니다. 세상의 모든 전쟁이 여기에서 끝나기 시작합니다. 삶이 당신을 화나게 하나요? 좋습니다! 전쟁을 일으키는 사람들을 판단하고, 종이 위에 옮기고, 질문하고, 뒤바꿔 보세요. 정말로 진실을 알고 싶나요? 모든 고통은 당신과 함께 시작하고, 당신과 함께 끝납니다.

언제나 현실을 받아들인다는 것은 아무것도 원하지 않는다는 말처럼 들립니다. 뭔가를 원하는 것이 더 재미있지 않을까요?

내 경험에 따르면, 나는 언제나 뭔가를 원합니다. 그것은 재미있을 뿐 아니라 무척 기쁩니다! 내가 원하는 것은 지금 여기에 있는 것입니다. 내가 원하는 것은 이미 내게 있는 것입니다.

이미 내게 있는 것을 원할 때 생각과 행동은 분리되지 않습니다. 둘은 갈등 없이 하나로 움직입니다. 무엇이든 부족한 것을 발견하거든 당신의 생각을 쓰고 질문하세요. 내가 아는 한, 삶은 전혀 모자라지 않으며 미래가 필요하지도 않습니다. 내게 필요한 모든 것은 늘 빠짐없이 주어집니다. 이를 위해 내가 해야 할 일은 아무것도 없습니다.

구체적으로 내가 무엇을 원하느냐고요? 나는 당신의 질문에 답하기를 원합니다. 왜냐하면 그것이 지금 일어나고 있는 일이기 때문입니다. 나는 당신에게 응답합니다. 사랑이 그렇게 하기 때문입니다. 그것은 최초 원인(당신)의 결과입니다. 나는 이 삶을 사랑합니다. 내가 왜 지금 가진 것 이상이나 이하를 원해야 하나요? 그게 고통스러운데도…. 지금 하는 것보다 더 나을 수도 있었던 것으로 내가 뭘 어떻게 하겠어요? 내가 보는 것, 내가 있는 곳, 내가 냄새 맡고 맛보고 느끼는 것, 그 모든 것이 아주 좋습니다. 당신이 자기의 삶을 사랑한다면 그 삶을 바꾸고 싶어 할까요? 지금 있는 것을 사랑하는 것보다 더 신나는 일은 없습니다.

당신은 때때로 "신은 모든 것입니다, 신은 좋습니다"라고 말합니다. 그 역시 또 하나의 믿음 아닌가요?

나는 신이라는 용어를 '지금 있는 것'을 가리키는 다른 이름으로 사용합니다. 나는 신의 의도를 언제나 압니다. 그것은 정확히 매 순간 '지금 있는 것'입니다. 그래서 나는 더이상 신의 의도를 묻지 않습니다. 나는 이제 신의 일에 간섭하지 않습니다. 신의 의도는 단순합니다. 그 토대 위에서 볼 때는 모든 것이 분명 완벽합니다. 마지막 진실—나는 마지막 판단이라고 부르는데—은 "신은 모든 것이다, 신은 좋다"입니다. 이 말을 정말로 이해하는 사람들은 탐구할 필요가 없습니다. 물론 궁극적으로는 이조차도 진실이 아닙니다. 하지만 이 말이 당신에게 도움이 된다면 가슴속에 간직하고 멋진 삶을 누리세요.

이른바 진실이라고 하는 것들은 결국 모두 사라집니다. 모든 진실도 실은 지금 있는 현실의 왜곡입니다. 조사해 보면 우리는 마지막 진실마저 잃게 됩니다. 그리고 모든 진실 너머의 그 상태는 참된 친밀함입니다. 그것은 신의 실현입니다. 당신은 집으로 돌아옵니다. 그것은 언제나 새로운 시작입니다.

만일 아무것도 진실이 아니라면, 일부러 애쓸 필요가 뭐 있겠어요? 왜 치과의사에게 가고, 왜 질병을 치료하죠? 참 혼란스럽군요. 설명을 듣고 싶습니다.

나는 치과의사에게 갑니다. 씹는 걸 좋아하기 때문이죠. 헐거워진 이빨이 잘 빠지지 않을 때도 치과에 갑니다. 혼란스러우면 질문을 하고, 자신에게 무엇이 진실인지를 찾으세요.

어떻게 하면 '지금'을 살 수 있나요?

당신은 그렇게 살고 있습니다. 알아차리지 못했을 뿐입니다.

우리는 오직 지금 이 순간에만 현실 속에 있습니다. 모든 사람이 배울 수 있습니다. 이 순간으로서 이 순간에 사는 법을, 지금 자기 앞에 있는 것이 무엇이든 그것을 사랑하는 법을, 그것을 자기로서 사랑하는 법을… '생각 작업'을 계속하면, 미래나 과거가 없는 자신이 진정 누구인지를 점점 더 분명히 알게 됩니다. 그리고 해석되지 않은 지금 이 순간 속에 현존할 때 사랑의 기적이 일어납니다. 마음이 다른 곳에 가 있을 때는 실제 삶을 놓칩니다.

하지만 '지금'조차도 관념입니다. 지금이라는 생각이 채 완성되기도 전에 지금은 존재했다는 증거도 남기지 않은 채 지나가 버립니다. 당신은 그 관념을 보고서 그것이 존재했다고 믿지만, 이제 그 관념도 지나갑니다. 현실은 늘 과거의 이야기입니다. 붙잡기 전에 지나가 버립니다. 우리가 찾는 평화로운 마음은 이미 우리에게 있습니다.

진실을 말하기가 참 어려운 것 같습니다. 진실은 잘 변하기 때문입니다. 어떻게 하면 일관되게 진실을 말할 수 있을까요?

인간의 경험은 끊임없이 변합니다. 비록 본성의 자리는 전혀 움직이지 않지만…. 우리가 지금 있는 곳에서 시작합시다. 그냥 지금 이 순간의 진실을 얘기할 수는 없을까요? 한순간 전에 진실이었던 것과 비교하지 않고서? 나중에 내게 다시 물어보면, 나는 똑같이 진실하지만 이전과는 다른 대답을 할 수 있습니다. "케이티, 목마르세요?" 아니요. "케이티, 목마르세요?" 예. 나는 늘 바로 지금 나의 진실이 무엇인지를 말합니다. 예, 아니요, 예, 아니요. 그것이 진실입니다.

어느 날 새벽 두 시에 사촌이 전화를 했습니다. 몹시 우울한 목소리였습니다. 그는 지금 자기 머리에 권총을 겨누고 있으며, 방아쇠를 당기기 직전이라고 말했습니다. 그리고 만일 자기가 살아 있어야 하는 좋은 이유 하나를 대지 못하면 방아쇠를 당겨 버리겠다고 말했습니다. 나는 오랫동안 기다렸습니다. 진심으로 그에게 좋은 이유를 말해 주고 싶었습니다. 그런데 좋은 이유가 하나도 떠오르지 않았습니다. 전화선의 맞은편에 그를 둔 채, 기다리고 또 기다렸습니다. 마침내 나는 좋은 이유를 찾을 수 없다고 말했습니다. 그러자 그는 울음을 터뜨렸습니다. 이것은 분명히 그에게 필요했던 진실이었습니다. 그는 이제까지 살면서 정직한 말을 들어 본 것은 그때가 처음이며, 그게 바로 자기가 찾고 있던 것이라고 말했습니다. 만일 그가 자살하면 안 된다고 믿고서 내가 어떤 이유를 꾸며냈다면, 나는 그에게 정말로 주어야 했던 단 하나, 그 순간 나의 진실이었던 것보다 못한 것을 그에게 주었을 것입니다.

나는 한동안 '생각 작업'을 한 사람들이 그 순간의 진실을 분명히 알아차리는 것을 목격했습니다. '생각 작업'을 계속할수록 진실을 알아차리는 일이 더 쉬워지며, 더 쉽게 유연해지고 더 쉽게 마음을 바꿀 수 있습니다. 아주 편안한 마음으로 이 순간에 정직할 수 있게 됩니다.

한 번도 마음을 바꾸지 않은 사람을 본 적 있나요? 이 문은 전에는 나무였으며, 나중에는 누군가를 위해 장작이 될 수 있고, 그 뒤에는 대기와 땅으로 돌아갈 것입니다. 우리 모두는 그처럼 끊임없이 변합니다. 마음이 바뀌면 마음이 바뀌었다고 말하는 것, 그것이 정직입니다. 정직하게 말하면 사람들이 어떻게 생각할지 두려워지나요? 그 때문에 당신은 혼란스러워집니다. "마음이 바뀌었나요?" 예. "무슨 문제라도 있나요?" 예, 마음이 바뀌었어요.

내가 다른 사람에게 상처를 줄 수 없다는 말이 사실인가요?

나는 다른 사람에게 상처를 줄 수 없습니다. (이 말을 믿으려고 하지는 마세요. 이 말은 당신이 스스로 깨닫기 전에는 당신에게 진실이 아닙니다.) 내가 상처를 줄 수 있는 사람은 나 자신밖에 없습니다. 지금 당신이 내게 진실을 묻는다면, 나는 지금 내가 보는 대로 말할 것입니다. 나는 당신이 요청하는 모든 것을 당신에게 주기를 원합니다. 그런데 당신이 내 대답을 어떻게 받아들이느냐에 따라 당신은 그것으로 자기에게 상처를 입힐 수도 있고, 자기를 도울 수도 있습니다. 나는 받은 것을 주고 있을 뿐입니다.

　하지만 내 말이 당신의 감정을 상하게 할 것이라고 느껴지면, 나는 말하지 않을 것입니다(당신이 정말로 알고 싶다고 말하지 않는다면). 내가 당신에게 불친절하다고 느껴지면 내 마음은 편치 않을 것입니다. 그러면 내가 고통스러워지기 때문에 나를 위해서 멈춥니다. 나는 나를 보살피고, 그 안에서 당신도 보살핌을 받습니다. 나의 친절은 궁극적으로는 당신과 아무 상관이 없습니다. 우리는 저마다 자기의 평화에 책임이 있습니다. 내가 한없는 사랑으로 말을 해도, 당신은 공격으로 받아들일 수 있습니다. 나는 그 점을 이해합니다. 내 말을 해석한 뒤 그 이야기를 자신에게 들려줄 때 당신은 자신에게 상처를 줄 수 있습니다. 그럴 때 당신은 고통을 받습니다. 네 가지 질문과 뒤바꾸기를 하지 않았기 때문입니다.

수많은 사람, 수많은 영혼이 지금 깨어나고 있는 것 같습니다. 마치 하나의 유기체, 하나의 존재, 깨어남이 있는 것처럼 공동의 깨어남에 대한 보편적이고 집단적인 갈망이 있는 것 같습니다. 당신의 경험도 그런가요?

나는 모릅니다. 내가 아는 것은 오직 고통이 있다면 조사해 보라는 것 뿐입니다. 깨달음이란 하나의 영적 관념일 뿐입니다. 결코 오지 않는 미래에 얻으려고 애쓰는 또 하나의 어떤 것에 불과합니다. 심지어 지고한 진실이라 해도 그 역시 또 하나의 관념입니다. 내게는 경험이 모든 것이며, 탐구가 드러내는 것이 그것입니다. 괴로운 것들은 남김없이 풀립니다―지금, 지금, 지금. 만일 당신이 깨달았다고 생각한다면 자가용이 견인되어 가는 것도 사랑할 것입니다. 자녀가 아플 때 당신은 어떻게 반응하나요? 남편이나 아내가 이혼을 원할 때 당신은 어떻게 반응하나요? 나는 사람들이 집단적으로 깨어나고 있는지에 관해서는 아무것도 모릅니다. 당신은 고통을 겪고 있나요? 지금? 그것이 나의 관심사입니다.

사람들은 깨달음에 관해 얘기합니다. 그런데 이게 바로 그것입니다. 당신은 행복하게 숨을 쉴 수 있나요? 지금 이 순간 행복하다면 어느 누가 깨달음에 신경 쓰겠어요? 지금 이 순간을 알아차리세요. 그럴 수 있나요? 그러면 결국 그 모든 것이 무너집니다. 마음은 가슴과 합쳐지고, 자기가 분리되어 있지 않음을 알게 됩니다. 마음은 집을 찾고, 자기 안에서 자기로서 편히 쉽니다. 이야기를 이해로 만나기 전에는 평화가 없습니다.

깨닫고 자유로워진 사람들은 좋아하거나 싫어하는 것이 없다고 들었습니다. 모든 것이 완벽하다고 보기 때문에 그렇다고 합니다. 당신은 좋아하는 게 있나요?

내가 좋아하는 게 있느냐? 나는 지금 있는 것을 사랑하며, 늘 그것을 좋아합니다. '그것'은 나름대로 좋아하는 것이 있습니다―아침의 태양과 밤의 달. 나는 늘 지금 일어나는 것을 좋아하는 것 같습니다. 아침의 태양을 좋아하고, 밤의 달을 좋아합니다. 또 지금 내 앞에 있는 사람과 함께 있는 것을 좋아합니다. 누군가 내게 묻기 시작하는 순간, 나는 거기에 있습니다. 내가 좋아하는 사람은 그 남자이며, 그 순간 다른 사람은 없습니다. 그 뒤 내가 다른 사람과 얘기하고 있으면 내가 좋아하는 사람은 그 여자이며, 그 순간 다른 사람은 없습니다. 나는 지금 무엇을 하고 있는지 알아차림으로써 내가 무엇을 좋아하는지 알게 됩니다. 내가 지금 무엇을 하고 있든, 나는 그것을 좋아합니다. 어떻게 알까요? 내가 지금 그것을 하고 있습니다! 내가 바닐라를 입힌 초콜릿을 좋아하는가? 그렇습니다. 좋아하지 않을 때까지는….

모든 믿음은 없어져야 하나요?

자신에게 고통을 일으키는 모든 믿음을 조사해 보세요. 악몽에서 깨어나세요. 그러면 달콤한 꿈들이 스스로 돌볼 것입니다. 만일 자기의 내면세계가 자유롭고 근사하다면 왜 굳이 바꾸려 하겠어요? 만일 꿈이 행복하다면 어느 누가 깨어나려 하겠어요? 그런데 만일 당신의 꿈이 행복하지 않다면 '생각 작업'으로 오세요. 환영합니다.

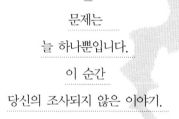

문제는
늘 하나뿐입니다.
이 순간
당신의 조사되지 않은 이야기.

14. 스스로 탐구하기

'생각 작업'을 처음 시작한 사람들은 규칙적으로 '생각 작업'을 하면 무슨 일이 일어나느냐고 묻습니다. 앞의 몇몇 대화에서 보았듯이, 그들은 이야기가 없어지면 행동할 동기를 잃고 무엇을 어떻게 해야 할지 모를 것이라고 걱정합니다. '생각 작업'을 하는 사람들(부모, 예술가, 교사, 회사원, 공무원, 교도관, 의료진 등)의 경험에 따르면, 진실은 그와 정반대입니다. 탐구를 하면 분명하고 친절하며 두려움 없는 행동이 자연스럽게 뒤따릅니다.

자기의 생각을 이해로 만나기 시작하면, 몸이 뒤따릅니다. 몸은 스스로 움직이기 시작하며, 당신은 아무것도 할 필요가 없습니다. '생각 작업'은 우리의 생각을 알아차리려는 것이지 바꾸려는 것이 아닙니다. 생각에 관해 질문하면 행동은 자연스럽게 뒤따릅니다.

만약 당신이 의자에 앉아 있다가 굉장한 통찰을 하게 되면 그것으로 다 끝날까요? 나는 그렇게 생각하지 않습니다. '생각 작업'을 하는 것은 절반의 과정일 뿐입니다. 다른 절반은 그 통찰이 살아 움직일 때 일어납니다. 그 통찰이 행동으로 살아 움직이기 전까지는 아직 완전히 당신의 것이 아닙니다.

'생각 작업'은 당신이 반대의 자리에서 행복할 수 있음을 보여 줄 것입니다. 만약 당신이 사람들은 당신에게 친절해야 한다고 생각한다면, 그 반대가 진실입니다. 당신은 그들과 자기 자신에게 친절해야 합니다. 다른 사람에 대한 당신의 판단들은 당신 자신이 어떻게 살아야 하는지를 알려 주는 처방전이 됩니다. 그 판단들을 뒤바꿀 때 어떻게 하면 행복할 수 있는지를 알게 됩니다.

이제까지 당신이 가족이나 친구에게 충고한 내용은 우리가 아니라 당신이 따라야 할 충고가 됩니다. 자신에게 배우는 학생이 될 때 당신은 지혜로운 선생이 됩니다. 다른 사람이 당신의 말을 듣고 안 듣고는 이제 중요하지 않게 됩니다. 왜냐하면 당신이 듣고 있기 때문입니다. 당신이 직장에서 일을 처리하고 식료품을 사고 설거지를 할 때, 숨 쉬고 걷고 노력 없이 움직이는 당신의 모습은 당신이 우리에게 전해 주는 지혜입니다.

자기실현은 더없이 달콤한 것입니다. 그것은 스스로 완전히 책임지는 법을 알려 주며, 그곳에서 우리는 자유를 찾습니다. 당신은 다른 사람이 아니라 자기를 실현할 수 있습니다. 당신은 충족되기 위해 우리를 바라보는 대신, 자기 안에서 충족을 발견할 수 있습니다.

우리는 어떻게 해야 변할 수 있는지를 모릅니다. 우리는 어떻게 해야 용서할 수 있는지, 어떻게 해야 정직할 수 있는지를 모릅니다. 우리는 본보기를 기다리고 있습니다. 당신이 그 본보기입니다. 당신의 유일한 희망은 당신 자신입니다. 당신이 바뀌기 전에는 우리도 바뀌지 않을 것이기 때문입니다. 우리의 할 일은 당신을 계속 공격하는 것입니다. 우리는 당신을 화나게 하고 기분 나쁘게 하고 불쾌하게 할 모든 것으로, 할 수 있는 만큼 심하게 당신을 공격할 것입니다. 당신이 이해할 때까지…. 우리는 의식하든 못하든 당신을 그처럼 많이 사랑합니다. 이 온 세상은 당신을 위해 존재합니다.

'생각 작업'을 실천하려면, 다른 사람에게 어떻게 하라고 말하는 내면의 목소리와 함께 시작하세요. 그 목소리는 '당신 자신'에게 어떻게 하라고 말한다는 것을 알아차리세요. 그 목소리가 "그는 양말을 주워야 해"라고 말하면, "나는 양말을 주워야 해"라는 뒤바꾸기로 듣고 그저 양말을 주우세요. 노력 없이 끝없이 이어지는 흐름 속에 머무르세요. 양말 줍는 일을 사랑하게 될 때까지 양말을 주우세요. 그것은 당신의 진실이기 때문입니다. 그리고 깨끗이 청소해야 할 중요한 집은 오직 당신의 마음뿐이라는 것을 아세요.

당신이 지금 이 순간 내면에서 평화를 발견하기 전에는 세상에도 평화가 없습니다. 자유를 원한다면 이런 뒤바꾸기에 따라 사세요. 예수가 그렇게 살았고, 붓다가 그렇게 살았습니다. 우리에게 알려진 모든 위대한 존재들이 그렇게 살았고, 알려지지 않은 모든 위대한 존재들이 집에서, 공동체에서 행복하고 평화롭게 그렇게 살았습니다.

어떤 지점에 이르면, 내면에 남아 있는 가장 깊은 아픔을 해결하고 싶어질 수 있습니다. 그 가운데 당신의 몫을 알게 될 때까지 '생각 작업'을 하세요. 그 뒤에는 당신이 판단했던 사람들을 찾아가서 사과하세요. 당신이 자신에 관해 무엇을 알게 되었고, 이제 그 부분에 관해 어떻게 탐구하고 있는지 얘기하세요. 그 모든 것은 당신에게 달렸습니다. 이렇게 진실을 말하면 당신이 자유로워집니다.

'생각 작업'에 더 깊이 들어가기가 두려울 수 있습니다. 뭔가 귀중한 것을 잃을 것이라고 생각하기 때문입니다. 내 경험은 그와 정반대입니다. 이야기가 없으면 삶이 더 풍요로워집니다. 한동안 '생각 작업'을 한 사람들은 탐구가 심각한 게 아니며, 고통스럽게 하는 생각을 조사하면 결국 웃음이 나온다는 것을 깨닫게 됩니다.

나는 두려움과 슬픔, 화 없이 이 세상을 자유롭게 걸을 수 있어 기쁩니다. 내가 언제 어디서든, 누구든 무엇이든, 두 팔과 가슴을 활짝 열고 기꺼이 만날 준비가 되어 있어 기쁩니다. 삶은 내가 아직 해결하지 않은 것을 보여 줄 것입니다. 나는 그것을 고대합니다. 그리고 나는 당신이 나와 함께 걷기를 고대합니다.

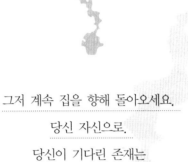

그저 계속 집을 향해 돌아오세요.
당신 자신으로.
당신이 기다린 존재는
바로 당신입니다.

부록

스스로 탐구한 사례들

다음은 친구나 애인에 관 한 생각들 때문에 화가 난 사람들이 스스로 '생각 작업'을 한 사례들입니다. 이 사례들은 충분한 여유를 갖고서 자기의 대답을 철저히 정직하게 적을 때 질문이 얼마나 깊이 들어갈 수 있는지를 보여 줍니다.

내 남자친구의 신체장애인가, 나의 장애인가?

원래 문장 나는 슬프고 화가 난다. 왜냐하면 알렌이 걸을 수 없어서 우리는 정상적인 애인들이 함께 할 수 있는 것들을 할 수 없기 때문이다.

그게 진실인가? 예.

현실은 어떤가? 현실은, 알렌이 휠체어에 앉아 있으며 걸을 수 없다는 것이다.

다시 쓴 문장("만일 알렌이 걸을 수 있다면, 나는 무엇을 얻을까?"라는 추가 질문을 통해서 나온) 알렌이 걸을 수 있다면 내 삶은 더 나아질 것이다.

그게 진실인지 나는 정말로 알 수 있는가? 아니요. 전혀 알 수 없다.

알렌이 걸을 수 있다면 내 삶이 나아질 것이라는 생각을 믿을 때, 나는 어떻게 반응하는가? 무슨 일이 일어나는가? 내가 순교자처럼 느껴진다. 불쌍하게 느껴진다. 다른 애인들을 부러워한다. 속았다는 생각이 들고, 엄청난 두려움에 사로잡힌다. 내가 원하는 것 가운데 일부를 영영 포기해야 한다고 느낀다, 특히 성적으로. 우리가 함께하기 어렵거나 할 수 없는 것들, 신체장애자들이 갈 수 없는 지역으로의 여행 같은 것들을 갈망한다. 이 남자를 사랑하는 것이 실수인 건 아닐까 하고 쓸데없이, 끊임없이 걱정한다. 신을 의심한다. 비록 그분이 나의 연인으로 내 앞에 되풀이해서 보여 주는 사람이 바로 알렌이지만….

그 생각을 믿으면 어떻게 느껴지는가? 제정신이 아닌, 외로운, 이상한 사람, 변비를 일으키는 끊임없는 생각에의 중독. 누가 가슴 위에 서 있는 것처럼 가슴의 통증이 너무 심하다. 나는 미쳐 버린다. 우리는 튀는 커플이다. 우리는 이상하고 비정상적이다. 우리는 어울리지 않는다.

그가 걸을 수 있으면 내 삶이 더 나아질 것이라고 생각할 때, 나는 알렌을 어떻게 대하는가? 그를 차갑게 대하고 멀리한다. 마음이 편치 않다. 그와 사랑의 말, 사랑의 행위를 나누고 싶지만, 그런 마음을 억누른다. 그와 잠자리를 함께하지 않는다. 그를 어떻게 돌보아야 하는지를 내가 그보다 더

472

많이 아는 것처럼 행동한다.

나는 나 자신을 어떻게 대하는가? 내가 제정신이 아니라고, 내게 뭔가 문제가 있다고 생각한다. 왜냐하면 나는 휠체어에 앉아 있는 사람을 사랑하기 때문이다. 내 최악의 행동은 그를 완전히 사랑하도록 허용하지 않는다는 것이다. 내가 너무 의존적이라고 혼잣말을 한다. 마음이 너무 산란해져서 술을 마신다. 책을 너무 많이 읽거나 아예 읽지 않는다. 다른 남자와 사귀어 보려고 한다. 대개는 머릿속에서만 그렇게 하지만 가끔은 진짜 남자와…. 이중적인 생각으로 나를 분열시킨다. "그게 옳은 짓일까, 옳지 않은 짓일까?" 잠을 이루지 못한다. 가족과 친구들 앞에서는 신체장애자와 사귀는 것이 전혀 문제가 되지 않는 것처럼 행동하며, 나를 방어하려 한다. 그와 함께했던 행복한 추억들을 생각하지 않으려 한다. 점성술, 산양자리 짝에 관한 얘기들, 형이상학적인 헛소리 등 내가 옳다는 것을 증명할 이론들을 찾아 헤맨다. 내 가슴을 따르지 않는 내가 부끄럽게 느껴진다. 내가 쌓은 훌륭한 경력과 내 멋진 집, 내 고양이들을 핑계 대며 그와 함께 뉴멕시코로 가지 않으려 한다.

알렌이 걸을 수 있으면 내 삶이 더 나아질 것이라는 생각이 없다면, 나는 누구일까? 알렌이라는 이름의 남자를 사랑하는 한 여자.

다시 쓴 문장을 뒤바꾸기 만일 알렌이 걸을 수 있다면, 내 삶은 더 나아지지 않을 것이다. 원래 문장만큼 진실한 것 같다.

원래 문장을 뒤바꾸기 나는 슬프고 화가 난다. 왜냐하면 나는 걸을 수 없기 때문이다. 그렇다. 때때로 나는 가고 싶은 곳들을 스스로 가지 않으면서도 알렌을 탓하며 비난한다. 가고 싶은 곳에 갈 수 없다고 생각하며 화를 낸다.

우리는 정상적인 애인들이 하는 것들을 함께 할 수 있다. 맞다. 알렌과 내가 하는 것은 우리에게 정상이다. 나는 우리를 다른 애인들과 비교하고 그들의 정상적인 상태가 우리에게도 정상적인 상태여야 한다고 생각했다. 그래서 우리가 정상적으로 함께 할 수 있는 일들을 즐기지 못했다.

제닌은 내게 거짓말을 하면 안 된다

원래 문장 나는 제닌을 좋아하지 않는다. 왜냐하면 제닌은 내게 거짓말을 하기 때문이다.

그게 진실인가? 예.

그게 진실임을 입증하는 나의 증거는 무엇인가? 제닌은 내게 그 강좌는 서른 명으로 한정될 것이라고 말했다. 그런데 쉰다섯 명이었다. 제닌은 내게 주말까지 테이프를 보내겠다고 말했지만, 한 달 뒤에 보냈다. 제닌은 내가 공항에 더 일찍 도착할 수 있도록 차를 구해 주겠다고 말했다. 그런데 떠날 시간이 되어서야, 내가 탈 수 있는 차가 없다고 말했다.

제닌이 내게 거짓말한다는 게 진실인지 내가 확실히 알 수 있는가? 예.

제닌이 내게 거짓말을 한다는 생각을 믿을 때, 나는 어떻게 반응하는가? 내가 자꾸 속수무책으로 당한다고, 무력하다고 느낀다. 이제 제닌의 말을 믿을 수 없다. 좌절한다. 제닌과 함께 있을 때마다, 또는 제닌에 관해 생각만 해도 늘 몹시 긴장된다. 어떻게 하면 제닌보다 거짓말을 더 잘할 수 있을지 늘 생각한다.

다시 쓴 문장("어떤 것이 '해야 한다'인가?"라는 질문에 대한 대답으로) 사람들은 거짓말하지 말아야 한다.

그게 진실인가? 아니요. 사람들은 거짓말을 한다!

나는 사람들이 거짓말하지 말아야 한다는 이야기를 믿지만 제닌은 거짓말을 할 때, 나는 제닌을 어떻게 대하는가? 나는 제닌이 거짓말쟁이며 믿을 수 없고 무능하고 무관심하다고 생각한다. 제닌을 불신하고 냉정하게 대한다. 제닌이 하는 말과 몸짓, 행동이 모두 거짓말이라고 생각한다. 제닌을 퉁명스럽게 대한다. 제닌을 싫어하며, 내가 싫어하고 비난한다는 것을 제닌이 눈치채기를 바란다.

그러면 어떤 느낌이 드는가? 마음이 통제되지 않는다고 느껴진다. 나 자신이 싫어진다. 죄책감을 느끼고, 내가 잘못하고 있다고 느낀다.

사람들이 거짓말하지 말아야 한다는 이야기가 없다면, (제닌과 함께 있을 때) 나는 누구일까? 나는 제닌이 나름대로 최선을 다하고 있으며, 실제로는 아주 잘하고 있다고 여길 것이다. 제닌은 많은 사람에게 수많은 정보를 제공하고 있으니까. 제닌에게 더 관심을 가지고 더 도우려 할 것이다. 제닌과 만나서 함께 수다도 떨고 서로 잘 알아 갈 수 있을 것이다. 눈을 감고 그 이야기 없이 제닌을 바라볼 때, 나는 제닌을 정말로 좋아하며 친구가 되고 싶어 한다고 느낀다.

다시 쓴 문장을 뒤바꾸기 사람들은 거짓말을 해야 한다. 예, 그들은 해야 한다. 왜냐하면 그들은 그렇게 하니까.

원래 문장을 뒤바꾸기 나는 나를 좋아하지 않는다. 왜냐하면 나는 제닌에게 거짓말을 하기 때문이다. 사실이다. 나는 제닌에게 다음 비행기는 탈 수 없다고 말했다. 그 항공편의 승차권이 매진된 건 사실이었지만, 대기자 명단에 올리거나 다른 항공사를 알아보지도 않았다. 내가 거짓말을 했다는 것이 진실이다. 더 이른 비행기를 타고 싶었다.

나는 제닌을 좋아하지 않는다. 왜냐하면 나는 나 자신에게 (제닌에 관해) 거짓말을 하기 때문이다. 예, 그것은 더 진실하다. 제닌의 말과 행동에 관해 결론을 내릴 때 나는 제닌에 관해 내게 아주 많은 거짓말을 한다. 내가 싫어하는 것은 제닌이 아니라, 내가 제닌을 싫어한다고 스스로 말하는 이야기들, 거짓말들이다.

나는 제닌을 좋아한다. 왜냐하면 제닌은 내게 거짓말을 하지 않기 때문이다. 그것도 진실이다. 나는 제닌이 진실이 아닌 줄 알면서도 고의로 내게 거짓말했다고는 믿지 않는다. 제닌은 남들에게 받은 정보를 전해 주고 있으며, 그 정보가 언제 어떻게 바뀔지 일일이 알 수는 없다. 그리고 나는 정말로 제닌을 좋아한다.

나는
내 괴로움의 원인입니다
하지만 오직 내 괴로움만의.

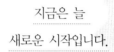

지금은 늘
새로운 시작입니다.

옮긴이 김윤

서울대학교 경영학과를 졸업했다. 지금은 자유롭고 평화로운 삶으로 안내하는 글들을 우리말로 옮기고 소개하는 일을 하고 있다. 그동안 번역한 책으로는《네 가지 질문》《기쁨의 천 가지 이름》《가장 깊은 받아들임》《아잔 차 스님의 오두막》《지금 여기에 현존하라》《고요한 현존》《현존 명상》《모든 것은 하나다》 등이 있고, 공역한 책으로는《순수한 앎의 빛》《사랑에 대한 네 가지 질문》《직접적인 길》《요가 매트 위의 명상》 등이 있다.

네 가지 질문

초판	1쇄 발행일 2002년 8월 5일
	14쇄 발행일 2013년 4월 17일
개정판	1쇄 발행일 2013년 9월 17일
	6쇄 발행일 2018년 7월 27일
개정2판	1쇄 발행일 2020년 4월 13일
	7쇄 발행일 2023년 11월 15일
재개정 증보판	1쇄 발행일 2024년 6월 24일
	2쇄 발행일 2024년 12월 20일

지은이 바이런 케이티, 스티븐 미첼
옮긴이 김윤

펴낸이 김윤
펴낸곳 침묵의 향기
출판등록 2000년 8월 30일, 제1-2836호
주소 10401 경기도 고양시 일산동구 무궁화로 8-28,
　　　삼성메르헨하우스 913호
전화 031) 905-9425
팩스 031) 629-5429
전자우편 chimmukbooks@naver.com
홈페이지 www.chimmuk.com

ISBN 979-11-986756-4-4　03840

＊ 책값은 뒤표지에 있습니다.